Martin Adam Kotyczka

VINDICTA

Amygdala

MARTIN ADAM KOTYCZKA

VINDICTA

Amygdala

Historischer Roman

Habitat Verlag

Die Deutsche Nationalbibliothek verzeichnet diese Publikation in der Deutschen Nationalbibliographie.

Erstausgabe: 2019 Vindicta (Paramon Verlag)
2. Auflage: 2024 (Habitat Verlag)
eBook Version: Januar 2024

Martin Adam Kotyczka

VINDICTA

Amygdala

Co-Autor: Selman Kum

ISBN: 978-3-00-080454-0
eBook ISBN: 978-3-00-069306-9

Buchsatz: Martin Adam Kotyczka

Cover: Martin Adam Kotyczka (midjourney.com)

Originalausgabe

Habitat Verlag

INHALT

Vorwort:		7
Kapitel I:	Die Ursache	9
Kapitel II:	Die Wirkung	15
Kapitel III:	Die Botschafter	59
Kapitel IV:	Brot und Spiele	93
Kapitel V:	Dolce Vita	167
Kapitel VI:	Iustitia	585
Danksagungen		613

VORWORT

Ich versetze Sie nun in die Vergangenheit, in die Provinz Judäa, wo alles begann. Die ersten Seiten dürften Ihnen aus einem anderen Buch bekannt vorkommen, aber was folgt, ist meine Geschichte. Ab jetzt haben die Möglichkeiten keine Grenzen mehr und die Hoffnung gewinnt an Kraft.

Cassius

02. September 1683, Wien

KAPITEL I

DIE URSACHE

Mit gnadenlosen Peitschenhieben wurde Jesus gezwungen ein Kreuz vom Richtplatz zu der Stätte hinauszutragen, die da hieß Schädelstätte, welche auf Hebräisch heißt Golgatha, was ein stillgelegter Steinbruch war. Das schwere, massivhölzerne Kreuz trug er mühevoll auf seinen Schultern. Longinus, einer der römischen Soldaten, die das ganze leiteten, befahl einem scheinbar besorgten Schaulustigen die Last mit Jesus zu teilen. Auf dem Hügel angekommen, rissen die römischen Peiniger Jesus blutverschmierte Gewänder von seinem Leib und frische, schreckliche Wunden kamen zum Vorschein. Jesus wurde qualvoll auf das Kreuz genagelt und mit zwei anderen Verurteilten auf dem Berg rasch aufgestellt. Für die Römer war er nur ein weiterer aufrührerischer Jude, aber für andere war er scheinbar der Messias. Die Zeit verging und Jesus blickte vom Kreuz hinab auf seine unten wachende Mutter, hinab auf eine Frau namens Maria Magdalena und auf einen Mann namens Johannes, die zu dritt die ganze Zeit zugegen waren. Der restliche Pöbel, der aus mindestens zweihundert Menschen bestand, hielt sich eher schreiend im Hintergrund. Die römischen Soldaten blickten hinauf zu Jesus und sahen zu, wie er immer schwächer wurde. Plötzlich sagte der Gekreuzigte in den Himmel schauend: „Vater, vergib ihnen, denn sie wissen nicht was sie tun!"

Jesus schaute zu den Römern, denn Gott hatte ihm geantwortet und nur er hörte seine Stimme im Geiste. Gott würde den Römern nicht vergeben und sie würden ewig dafür büßen, seinen Sohn umgebracht zu haben. Gott sagte zu Jesus auch, dass die Hohepriester und ihr falscher Tempel fallen werden und darauf wurde der Himmel plötzlich auf eine erschreckende Weise dunkel. Gottes Rache folgte sofort, als der letzte Atemzug von Jesus gekommen war. Die Erde erzitterte heftig und der Tempel in der Stadt bröckelte durch das Beben. Die römischen Soldaten, die kurz zuvor Würfelspiel unter dem Kreuz zum Zeitvertreib betrieben, gerieten in Panik, als das Beben immer stärker wurde. Ihre Panik steigerte sich und sie wollten den Berg nur noch verlassen, jedoch hatten sie den strikten Befehl unter dem Kreuz zu verweilen, bis Jesus stirbt. Der halbblinde Zenturio Longinus forderte von seinem Untergebenen Legionär Mauritius panisch eine Lanze, die er auch kurz darauf zugeworfen bekam. Longinus stach darauf mit der Lanze in Jesus´ Torso, um sich zu vergewissern, ob Jesus bereits gestorben war. Bei dem Stich floss Blut aus der Wunde unterhalb der rechten Rippen und eine Windböe streute es in Richtung Longinus und setzte sich auf seinem Gesicht ab, sowie auf dem Gesicht und dem Körper des danebenstehenden Mauritius. Der Evocatus Stephaton, ein Veteran, der nach Ablauf seiner regulären Dienstzeit freiwillig in den Militärdienst zurückgekehrt war und kurz zuvor mit seinem Zenturio Würfelspiel betrieb, bekam ebenfalls das Blut ins Gesicht, sowie der Legionär Cassius, ein Explorator, der eine Art Kundschafter und Späher war. Alle vier verspürten plötzlich ein Brennen im Gesicht und versuchten sich das Blut von Jesus wegzuwischen. Es gelang ihnen jedoch nicht, denn das Blut hatte sich auf eine unerklärliche Art und Weise in deren Haut festgesetzt. Plötzlich überkam sie ein Reuegefühl und das Gefühl, sie hätten etwas sehr Schlechtes und Unumkehrbares getan, als hätten sie die Erde selbst zerstört. Als das Beben abklang, nahmen sie den leblosen Jesus vom Kreuz, übergaben ihn Maria und ihren Freunden und zogen zu viert ab. Auf dem Weg herunter vom Berg bemerkte Longinus, dass er plötzlich mehr Details in der Landschaft um Jerusalem herum erkennen konnte und seine Sehkraft verbesserte sich immer mehr. Er blickte auf seine Untergebenen, erzählte aber nichts von seiner Feststellung. Er war derart erstaunt, dass er nur noch seine Ruhe haben wollte und allein in seinem Quartier den Geschehnissen auf den Grund gehen wollte. Er wollte verstehen, warum Jesus sterben musste, warum er es bereute dabei mitgewirkt zu haben und warum er plötzlich so detailreich sah, wie in seinen jungen Jahren. Er verweilte in seinem Quartier eine lange Zeit und spürte eine Kraft, die sich in ihm ausbreitete und zusätzlich war sein altes Knieleiden auch plötzlich verschwunden. Anstatt, dass Longinus alle Geschehnisse verarbeitete, war er noch verwirrter als vor der Flucht in sein Quartier. Er fühlte einerseits, er hatte einen Fehler begangen und etwas sehr Böses getan, aber andererseits fühlte er sich wieder so kraftvoll, als wäre er wieder zwanzig Jahre alt und hätte gerade seine Ausbildung zum Soldaten beendet. Beide Gefühle gleichzeitig verwirrten ihn immer mehr und die Tropfen vom Blut Jesu hinterließen zusätzlich noch dunkle Male auf seinem Gesicht, was ihn noch mehr schockierte. Mauritius, dessen Lanze Longinus nutzte, um zu prüfen, ob Jesus tot war, stellte ebenfalls diverse Veränderungen an sich fest und auch ihn überkam ein heftiges Gefühl der Reue. Er hatte ebenfalls diverse Male im Gesicht, die nicht abgingen, als er versuchte sich zu waschen. Mauritius stellte auch fest, dass seine Atmung sich verbesserte, denn als er früher ganz im Norden Africas in der Wüste stationiert war, fing er sich die Staublungenkrankheit ein. Er hustete oft, manchmal auch sogar Blut und plötzlich hatte er keine Hustenreize mehr. Auch der Veteran Stephaton, der vor vielen Jahren in der Schlacht bei Actium in Griechenland die Sehne seines linken Arms durchgeschnitten bekommen hat, konnte plötzlich wieder seine Hand heben und er erschreckte sich ebenfalls, als er merkte, dass sein Knieleiden ebenfalls nicht mehr zu spüren war. Er zuckte auch zusammen, als er feststellte, dass die Narbe an seinem linken Ellenbogen plötzlich verschwunden war. Einerseits war er darüber glücklich, wieder funktionsfähig zu sein, andererseits fragte er sich nach der Ursache für seine plötzliche Heilung. Irgendwann bemerkte der vom Wein angeheiterte Cassius eine Bewegung des linken Arms von Stephaton, als dieser seinen Helm abnahm und fragte erstaunt: „Stephaton, ich dachte, du hattest in einer Schlacht eine Verletzung erlitten und könntest deine Hand nicht bewegen? War dies denn nur eine Lüge, um nicht so viele Tätigkeiten ausüben zu müssen?"

Cassius lachte dabei und Stephaton schaute nur grimmig auf ihn herab, denn Cassius war trotz seines jungen Alters auch einer seiner Vorgesetzten. Freiwillige Veteranen hatten nämlich kaum einen Rang, dafür aber einen gesicherten Sold. Stephaton hätte ihm sowieso nichts erklären können, da er die Situation selbst nicht verstand. Der dreiundzwanzig Jahre junge Cassius ging dann ebenfalls in sein Quartier, denn sein Dienst an diesem Tag sollte ebenfalls nach der Kreuzigung zu Ende sein. Er zog seine Rüstung aus, legte sein Schwert ab und wollte sich für seinen allabendlichen Besuch im Thermopolium vorbereiten. Er wusch seine Hände, versuchte sein Gesicht zu waschen, doch die Blutspritzer hinterließen ebenfalls bei ihm seltsame Male, die einfach nicht weggingen. Cassius verwendete sogar einen harten Naturschwamm und schrubbte damit seine Wange, auf der die Male waren, doch ohne Erfolg. Bald wurde er wütend, denn er hatte ja eine Verabredung mit seinen Kameraden im Thermopolium. Sie spielten dort Würfelspiele um Geld, tranken viel Wein und vergnügten sich hinterher gern mit Frauen. Cassius bekam die Male einfach nicht weg, zog sich an und folgte dennoch seinem Plan. Im Thermopolium angekommen, sichtete er rasch seine ungefähr gleichaltrigen Kameraden an ihrem Stammtisch, wo sie fast jeden Abend verbrachten. Dieser Abend sollte aber anders werden, vor allem für Cassius. Er spielte mit seinen Freunden bis tief in den Abend hinein und hatte sehr viel Glück. Er hatte eine solche Glückssträhne, dass er seinen Freunden fast das gesamte Geld abnahm. Felicius, einer seiner besten Freunde, sah die Male auf seiner Wange und fragte lächelnd: „Welches Weib hat sich so an dir festgesaugt und hinterließ dir diese Knutschflecke?“

Alle anderen betrachteten nun auch seine Male und lachten nach Felicius' Scherzereien, während die Taschen von Cassius immer voller wurden. Während er sich die Gewinne weiter einsteckte, verließ seine Kameraden nach und nach die gute Laune, da sie gegen Cassius immer wieder verloren. Einer nach dem anderen verließ das

Thermopolium, bis nur noch Felicius mit Cassius übrigblieb. Sie hörten auf zu spielen und bestellten noch Wein, den Cassius jetzt gerne ausgab. Die ganze Glückssträhne von Cassius wurde von drei einheimischen Halunken und Dieben von einem in einer dunklen Ecke befindlichen Tisch beobachtet. Mittlerweile war es schon ziemlich spät und Cassius musste am nächsten Morgen wieder seinen Dienst antreten, also entschloss er sich den Abend für sich zu beenden, verabschiedete sich von Felicius und ging über seinen Gewinn erfreut durch die dunklen Gassen zu seinem Quartier. Die drei Diebe gingen Cassius hinterher, mit der Hoffnung, ihn in einer dunklen Ecke erwischen und ausrauben zu können und hinter einigen Häusern eröffnete sich ihnen auch die Gelegenheit. Einer der Räuber, der kräftig gebaute Aram, zog seinen Dolch. Sein Kumpane Haschem schubste ihn plötzlich und sagte: „Tue es! Wir holen uns die Steuern von den verdammten Römern jetzt zurück!"

Aram näherte sich Cassius, griff mit seiner Linken nach seinem rechten Arm, drehte ihn hastig um und stach einfach zu, worauf Cassius blutend und vor Schmerzen wimmernd niederging. Als er auf dem Boden lag und seine Wunde zudrückte, beklaute ihn Aram mit seinen Gefährten und sie verschwanden danach rasch in den dunklen Gassen Jerusalems. Die Schmerzen waren unerträglich und er spürte, wie das Blut aus der Wunde zwischen seinen Fingern floss und war sich sicher, er würde diesen Stich nicht überleben. Er war seit einigen Monaten mit der wunderschönen Aurelia verheiratet, die in der Nähe von Rom in Ostia daheim geblieben war. Er spürte kaum noch die Schmerzen, weil die Trauer, dass er Aurelia nie wiedersehen würde, sich steigerte. Nach und nach fand er sich damit aber ab und entschied sich letztendlich wieder den realen Schmerz des Dolchstoßes zu spüren. Er lag bereits seit mehreren Augenblicken in der dunklen Gasse und verlor sicherlich schon so viel Blut, dass man damit zwei Weinkrüge hätte füllen können, aber seltsamerweise wurde er nicht schwächer. Plötzlich merkte er, dass der Schmerz stetig nachließ und bald völlig verschwunden war. Er schaute auf die nicht mehr blutende Wunde und sah, wie sie sich plötzlich verschloss. Entsetzt und erschrocken, jedoch glücklich über dieses Wunder, stand er wieder auf und seine Liebe zu Aurelia erwachte ebenfalls erneut. In seinem Quartier angekommen, reinigte er seinen Körper vom Blut und fand erstaunt keine Spur eines Einstiches. Cassius konnte in dieser Nacht nicht schlafen und lag in seinem Quartier auf seiner Pritsche an die Decke starrend und sich fragend, was ihm geschehen war.

KAPITEL II
DIE WIRKUNG

Am nächsten Morgen mussten die Vier wieder ihren Dienst antreten und wahrscheinlich wieder die Straßen von Jerusalem bewachen. Sie trafen sich dazu bei Sonnenaufgang in der Kaserne und empfingen ihre Befehle für diesen Tag wieder vom Präfekten Pontius Pilatus. Der Befehl lautete, sieben Tage die Straßen von Jerusalem zu sichern, da die Menschen aufgebracht waren, weil der jüdische Tempel eingestürzt war. Sie verließen darauf schwer bewaffnet die Kaserne und gingen die Hauptstraße hinunter und keiner sprach über die Vorkommnisse und über die Dinge, die mit ihnen geschehen waren. Sie schauten sich während der Wache nur schweigend an und betrachteten gegenseitig ihre Male, die sie seit der Kreuzigung hatten und irgendwann meinte Longinus zu den anderen: „Ihr habt ja die gleichen Male wie ich im Gesicht."

Cassius entgegnete: „Ich habe gestern versucht, mich von den Blutspritzern zu reinigen, doch das Blut des Gekreuzigten hinterließ mir diese Male und es ist, als hätte es sich in meine Haut eingebrannt."

Stephaton fügte darauf hinzu: „Und als das Blut auf mein Gesicht kam, habe ich ein Brennen verspürt. Ihr vielleicht auch?"

Alle bestätigten und Longinus meinte nachdenklich: „Vielleicht war Jesus doch kein normaler Mensch, denn ich habe in keiner Schlacht erlebt, dass das Blut meiner Opfer auf meinem Körper brannte und glaubt mir, ich war schon in vielen Schlachten."

Stephaton: „Ich habe auch viele Schlachten erlebt und sowas ebenfalls noch nicht erfahren."

Mauritius: „Habt ihr vielleicht auch davon gehört, dass Jesus heilende Kräfte besaß und jemanden sogar von den Toten auferstehen lassen hat?"

Longinus entgegnete: „Ja, diese Gerüchte habe ich auch gehört."

Sie gingen weiter und beendeten das Thema in der wachsenden Menschenmenge vorerst. Sowieso hatte keiner von ihnen den Mut, über seine Erlebnisse zu sprechen, denn sie wussten ja nicht, dass mit allen etwas Sonderbares passiert war. An diesem Tag war es ruhig in den Gassen und sie mussten nur mit wenigen Knüppelhieben einen kleinen Aufruhr beenden, da sich eine Gruppe junger Männer auf sie stürzen wollte, aber für den kampferprobten Stephaton war das kein Problem. Sie bewachten die Straßen Jerusalems bis zum Sonnenuntergang und meldeten sich dann in der Kaserne zurück, um Bericht zu erstatten und gingen danach in ihre Quartiere. Am nächsten Morgen mussten alle wieder den Dienst antreten und empfingen in der Kaserne erneut Befehle. Sie sollten bis zum Sonnenuntergang die Altstadt bewachen, denn dem Präfekten wurden dort diverse Unruhen und kleinere Aufstände gemeldet. Für diese Aufgabe hatten sie noch fünf andere, kürzlich rekrutierte junge Soldaten zur Unterstützung zugeteilt bekommen, die an diesem Tag mit Schwertern und Schilden ausgestattet wurden. Sie gingen die Hauptstraße der Altstadt herunter und Longinus befahl jeweils zwei der Soldaten die Nebenstraßen zu beaufsichtigen. Mauritius sollte mit zwei der Soldaten mit und Stephaton wurde befohlen, mit zwei der anderen Rekruten zu gehen und eine düstere Gasse zu überwachen. Dort befand sich auch das Thermopolium, wo zwei Nächte zuvor Cassius seinen Abend verbrachte. Stephaton ging die Gasse mit den Rekruten herunter, als vor seinem geistigen Auge plötzlich ein Bild auftauchte und er Jesus auf dem Kreuz sah, der auf ihn herabblickte. Jesus versuchte ihm etwas zu sagen, doch Stephaton hörte nichts. In seiner Vision waren auch seine Kameraden zu sehen, Cassius, Mauritius und sein Zenturio Longinus. Auch einer der Jünger, Johannes, erschien in seiner Vision. Er wusste zuvor noch nicht, dass Johannes zu Jesus' Jüngern gehörte, aber er wusste, dass er ihn schon oft in dem Armenviertel in Jerusalem auf seinen früheren Wachten gesehen hatte. Das Bild verschwand irgendwann und Stephaton blieb erschrocken stehen, denn es war wie ein Tagtraum. So eine reale Vision hatte er zuvor noch nie erlebt und die zwei jungen Soldaten, die mit ihm unterwegs waren, schauten ihn überrascht an und einer von ihnen fragte: „Evocatus, was habt Ihr? Geht es euch nicht gut?"

Stephaton erwiderte: „Die letzten Tage waren einfach nur anstrengend. Geht weiter und bleibt wachsam."

Sie gingen weiter und sprachen bis zum Sonnenuntergang und bis zu der Wiederkehr in die Kaserne nicht mehr miteinander. Währenddessen liefen Longinus und Cassius in der entgegengesetzten Gasse und einer der Rekruten begleitete sie. Sie gingen bereits einige Zeit umher und kamen irgendwann im Armenviertel an, als Longinus und Cassius plötzlich stehenblieben und für einige Zeit erstarrten. Plötzlich übermannte auch sie die Vision von Jesus, wie er am Kreuz hängt und es war die gleiche Vision, die Stephaton hatte. Der Rekrut schaute beide staunend an, da sie plötzlich stehen blieben und kein Wort von sich gaben und er sprach sie an, doch sie antworteten nicht, als wären sie abwesend. Beide sahen in der Vision einander, Mauritius, Stephaton und Johannes, doch das Erschreckende für sie war, dass sie in der Vision Kontrolle über ihre Körper hatten. Sie konnten umherschauen, ihren Körper bewegen, jedoch nicht sprechen. Jesus versuchte auch ihnen etwas zu sagen, aber sie hörten seine Stimme einfach nicht. Sie hatten bald das Gefühl, es sei keine Vision, sondern, dass sie sich in der Zeit zurückbegeben hätten, als sie Jesus kreuzigten. Plötzlich waren sie wieder in der Gasse des Armenviertels und die Bilder waren verflogen. Beide schauten sich an und es wurde ihnen klar, dass beide das Erlebnis hatten und das schockierte sie, jedoch sprachen sie nicht weiter darüber und gingen vorwärts. Während der Wacht betrachteten sie die Bettler, die ihnen mit grimmigen Blicken entgegneten und irgendwann sichteten sie Johannes, einen der Jünger, den sie vorhin in ihren Visionen sahen. Longinus schaute Cassius an, da er auf einmal stehen blieb und Johannes anstarrte, worauf er ihn ganz leise fragte: „Cassius, kennst du diesen Mann?"

Cassius erwiderte: „Ja, er kommt mir bekannt vor."

Longinus fragte wieder: „Woher?"

Cassius antwortete: „Ich weiß es nicht, aber ich habe ihn schon mehrmals gesehen."

Cassius wusste natürlich, dass Johannes kurz zuvor in seiner Vision zu sehen war und erinnerte sich ebenfalls daran, dass er Johannes während der Kreuzigung sah, jedoch hatte er nicht den Mut, mit Longinus jetzt darüber zu reden. Sie gingen weiter und drehten sich noch einmal nach Johannes um. Bei Sonnenuntergang durften auch sie wieder in die Kaserne zurück und ihr Dienst war damit vorbei. An diesem Tag hatte Mauritius ebenfalls zwei Rekruten zugeteilt bekommen, um Jerusalems Straßen zu bewachen und ganz besonders aufmerksam den Marktplatz zu beobachten. Es war jedoch keine leichte Aufgabe, da sich dort die meisten Juden trafen, um ihren Kummer und ihre Sorgen miteinander zu teilen. Wegen der letzten, angespannten Tagen war die Wut auf die Römer ohnehin auf dem Höhepunkt angelangt und Mauritius war ganz verunsichert, als er die bösen Blicke der Leute auf dem Marktplatz ernten musste. Die beiden jungen Soldaten, die mit ihm unterwegs waren, waren ebenfalls sehr nervös. Sie waren erst vor zwei Wochen in den Militärdienst eingezogen worden, hatten keine Erfahrungen in den Provinzen von Rom und genossen bloß eine Grundausbildung in einem Militärkastell nahe Roms. Plötzlich übermannte Mauritius ebenfalls eine Vision der Kreuzigung und er sah seine Kameraden, Johannes und Jesus auf dem Kreuz. Wie bei den anderen war die Vision wie ein Tagtraum. Er konnte seinen Körper steuern, umherschauen, jedoch nichts hören. Nach einigen Momenten war seine Vision vorbei und er war wieder plötzlich auf dem Marktplatz. Die Rekruten, die mit ihm unterwegs waren, haben seine Abwesenheit ebenfalls mitbekommen, jedoch sprachen sie ihn nicht an. Auf dem Markplatz wurde es mittlerweile schon dunkel und die meisten Juden haben den Platz verlassen, bis auf die Händler, die ihre Waren auf ihre Karren packten und langsam abzogen. Mauritius befahl den Soldaten darauf die Rückkehr zu der Kaserne und sie verließen zügig den Marktplatz. Beinahe zum gleichen Zeitpunkt kamen alle bei Sonnenuntergang in der Kaserne an und die fünf Rekruten brachten ihre Waffen direkt zu der Waffenkammer. Longinus und die anderen zögerten jedoch und starrten sich gegenseitig einige Augenblicke nur an, ohne ein Wort miteinander zu wechseln. Jeder von ihnen spürte aber, dass sie nun etwas Seltsames verband. Es war sicherlich nicht die Kreuzigung eines Menschen, da sie zuvor bereits viele Aufständische und viele Verbrecher gekreuzigt haben. Für sie war es zunächst nur eine weitere Kreuzigung. Als Stephaton kurz davor war, über seine Vision zu berichten, sagte Longinus plötzlich: „Geht jetzt und seid morgen früh hier. Ich will euch bei Sonnenaufgang hier stehen sehen."

Alle gingen in ihre Quartiere und dachten noch lange an die Vision, die sie hatten. Sie konnten eine lange Zeit nicht einschlafen, da sie versuchten, die Vision zu deuten und zu verstehen. Die Nacht verging und es wurde immer heller. Sie bereiteten sich auf den dritten Tag ihres Dienstes vor und vier Tage lang mussten sie noch insgesamt für Ordnung in Jerusalem sorgen, danach konnte jeder von ihnen für mehrere Wochen zu ihren Familien heimkehren. In der Kaserne angekommen, bekamen alle wieder gleiche Befehle wie am Vortag und sollten wieder von den gleichen Rekruten begleiten werden. Es waren sehr wenig Leute auf den Straßen und der Tag verlief für alle ganz ruhig. Sie durchstreiften die Gassen Jerusalems und blieben wachsam. Longinus und Cassius waren wieder im Armenviertel unterwegs und die Zeit verging. Irgendwann meinte Longinus: „Es ist ungewöhnlich ruhig, findest du nicht? Gestern war doch Sabbat, da hätte doch Ruhe sein müssen."

Cassius erwiderte: „Ja, das ist wirklich ungewöhnlich. Andererseits war gestern sowieso ein merkwürdiger Tag."

Longinus erinnerte sich sofort an die Vision und fragte: „Was meinst Du?"

Nach einigen Augenblicken erwiderte Cassius: „Ach, nichts Zenturio, gehen wir einfach weiter. Es wird gleich dunkel und ich bekomme schon langsam Hunger."

Natürlich erinnerte sich Cassius auch an die Vision, traute sich aber noch nicht, seine Erfahrungen mit seinem Zenturio zu teilen. Darauf begaben sie sich zu ihrer Kaserne und legten dort ihre Waffen ab. Sie verabschiedeten sich voneinander mit dem üblichen römischen Gruß und gingen in ihre Quartiere. Stephaton und Mauritius waren bereits früher angekommen und bereits schon in ihren Unterkünften. Als alle erschöpft auf ihren Pritschen lagen, dachten sie wieder an ihre Visionen und Stephaton entschied im Prinzip als Erster, über seine Vision mit den anderen zu sprechen, weil ihm das Ganze einfach nicht aus dem Kopf ging. Erst tief in der Nacht sind alle irgendwann eingeschlafen. Die Nacht war für sie viel zu kurz, als sie von den Hähnen geweckt wurden und den vierten Tag ihres Dienstes begannen. Sie begaben sich zu ihrer Kaserne und dort angekommen, statteten sie sich erstmal mit ihren Waffen und Schilden aus. Sie warteten darauf auf den Präfekten, um die heutigen Anweisungen zu erhalten, aber der Präfekt ließ an diesem Tag lange auf sich warten. Er kam eine ganze Weile später als gewöhnlich und sie warteten sitzend im Waffenlager, als Pontius Pilatus dort endlich hereinkam. Longinus stand darauf auf und fragte den Befehlshaber ungeduldig: „Präfekt, wir sind spät dran. Wieso lasst ihr uns so lange warten?"

Pontius Pilatus erwiderte genervt: „Dieser Ton missfällt mir, Zenturio. Mein Schlaf war heute nicht leicht, also reizt mich nicht weiter. Jetzt geht und macht einfach, was ihr gestern gemacht habt."

Longinus bestätigte und sie verließen die Kaserne in den gleichen Formationen, wie die zwei Tage zuvor und nach ungefähr einem halben Tag ihrer Wache übermannten sie erneut die gleichen Visionen. Dieses Mal bekamen alle die Vision gleichzeitig und sie sahen einander, Jesus und Johannes und deren Begleiter, die jungen Rekruten, schauten sie fragend an, da sie plötzlich wieder erstarrt stehenblieben. Nach einigen Augenblicken war die Vision wieder vorbei und sie standen wieder erschrocken dort, wo sie vor der Vision standen, schauten nervös umher und blickten die Rekruten an, aber keiner sprach zu einem und sie gingen einfach nur weiter, bis es dunkel wurde. Stephaton ließen die Fragen jedoch nicht in Ruhe, denn er wollte dringend eine Antwort auf die Visionen finden und er dachte sich: „In dieser Vision sehe ich auch die anderen, den gekreuzigten Juden und noch jemanden. Ich muss mit den anderen einfach darüber reden und ich hoffe, sie werden mich nicht für verrückt erklären."

In der Kaserne angekommen, sah er Longinus und Cassius, wie sie dem Präfekten gerade Bericht erstatteten. Sie hatten Stephaton währenddessen ganz komisch angeschaut und er schaute komisch zurück und war sich nun sicher, über die Vision mit den anderen reden zu müssen. Nun kam der Präfekt auch auf ihn zu und fragte: „Evocatus, ist etwas vorgefallen?"

Stephaton antwortete und schaute abwechselnd zu den anderen: „Nichts besonderes, Präfekt. Es war sogar ungewöhnlich ruhig."

Währenddessen kam ebenfalls Mauritius mit den anderen Rekruten durch die schwere, hölzerne Tür der Kaserne herein und ging auf den Präfekten zu, um ebenfalls Bericht zu erstatten. Auch er hatte nichts Wichtiges zu berichten, also ging der Präfekt zum Ausgang der Kaserne, drehte sich noch kurz um und sagte: „Morgen geht ihr zu viert zu dem Marktplatz und die Rekruten übernehmen die Gassen. Ich denke, heute war es die Ruhe vor dem Sturm."

Alle verabschiedeten den Präfekten mit dem üblichen römischen Gruß und als Pontius Pilatus weg war, sagte Stephaton zu seinen Freunden: „Ich muss euch etwas erzählen, bleibt bitte noch hier."

Sie schauten ihn an, dann einander, dann fügte Stephaton noch hinzu: „Aber warten wir, bis die Rekruten weg sind."

Sie warteten also, bis die Legionäre ihre Waffen und ihre Rüstungen in die Waffenkammer brachten und zu ihren Quartieren gingen und als dies geschehen war, meinte Stephaton: „Ich habe euch in einer Vision gesehen, Männer, und das sogar mehrmals. Ich sehe immer euch und einen Kerl bei der Kreuzigung des Juden."

Der junge Cassius erwiderte überrascht: „Die gleichen Visionen hatte ich auch! Was hat das zu bedeuten?"

Longinus und Mauritius bestätigen ebenfalls, die Visionen gehabt zu haben und alle tauschen sich erstmal eine ganze Weile aus, bis Cassius irgendwann meinte: „Ich muss euch noch etwas erzählen, vielleicht sogar besser demonstrieren, denn ihr werdet es mir sowieso nicht glauben, wenn ich es nur erzähle, also schaut her…"

Cassius zog darauf seinen Dolch und schnitt sich eiskalt seinen linken Daumen auf. Es blutete stark, denn er hatte sich die Handinnenseite vom Daumenanfang bis zur Daumenspitze aufgeschlitzt. Die anderen Drei schauten ihn fragend und erschrocken an und Longinus schrie: „Hast du den Verstand verloren!? Willst du ins Lazarett!? Du weißt, dass man das als Fahnenflucht deuten kann!?"

Cassius erwiderte ganz entspannt und lächelnd: „Dann schaut auf die Wunde mal genauer und versucht mir das zu erklären."

Sie schauten auf die Wunde und beobachteten, wie sie schnell zu bluten aufhörte und sich langsam verschloss. Cassius ging darauf zu dem Wasserbehälter, wusch sich das Blut ab, drehte sich um und meinte: „Schaut, nicht einmal eine Schramme. Was geschieht nur mit mir?"

Er ging darauf auf Mauritius zu und stach ihn plötzlich leicht in seinen linken Arm. Mauritius schrie auf, beruhigte sich jedoch schnell und meinte: „Ich verstehe nicht… Es tat gerade furchtbar weh, aber der Schmerz verging fast sofort."

Mauritius untersuchte total erschrocken die Stelle des Einstiches, fand aber keine Wunde, bloß noch etwas Blut. Cassius lächelte, als Stephaton und Longinus vor Staunen erstarrten und Mauritius fragte ebenfalls fassungslos: „Wie ist sowas nur möglich?"

Cassius erwiderte: „Ich kann es mir genauso wenig erklären."

Mauritius weiter: „Hat es vielleicht mit diesen Visionen zu tun?"

Cassius erwiderte: „Ich denke ja. Ich habe es euch nicht gesagt, aber am Abend nach der Kreuzigung, als ich im Thermopolium war und eine Glückssträhne hatte und mit dem Gewinn ins Quartier wollte, fingen mich Diebe ab, erstachen mich und raubten mich aus. Als sie in der Dunkelheit verschwanden, stand ich irgendwann wieder auf und fand ebenfalls keine Schramme. Meine blutigen Gewänder habe ich sogar aufbewahrt."

Longinus unterbrach und meinte: „In der Vision sah ich diesen Kerl, den wir mit Cassius im Armenviertel getroffen haben. Vielleicht hat er damit etwas zu tun?"

Cassius erwiderte: „Bestimmt. Wir müssen morgen früh dringend zum Armenviertel und ihn suchen. Vielleicht hat er Antworten?"

Longinus entgegnete: „Wir haben aber Befehl, den Markplatz zu bewachen. Ihr wisst, was Rom mit Befehlsverweigerern macht? Der Präfekt wird nicht zögern, in diesen schwierigen Zeiten ein Exempel zu statuieren."

Stephaton drang sich in die Mitte der Runde und meinte: „Dann führen wir den Befehl halt nicht aus und ziehen in die Berge, falls wir auffliegen. Sollten sie uns suchen, werden wir uns schon zu wehren wissen. Ich muss einfach erfahren, was mit mir passiert."

Longinus erwiderte: „Nun gut, Männer. Ich brauche ebenso eine Erklärung für all das. Wir treffen uns morgen früh hier und bewaffnen uns wie üblich, nur gehen wir nicht zum Marktplatz, sondern suchen diesen Kerl. Geht jetzt zu euren Quartieren und redet bloß mit niemanden über diese Dinge, klar?"

Sie verließen die Kaserne und gingen wie befohlen heim. Jeder von ihnen konnte wieder bis tief in die Nacht nicht schlafen, da sie sich über die Geschehnisse ununterbrochen Fragen stellten. Die Nacht verging aber irgendwie und am nächsten Morgen trafen sich alle wie besprochen in der Kaserne. Es lag Spannung in der Luft und als die ausgeruhten Rekruten eintrafen, rückte das Vorhaben immer näher. Plötzlich sagte einer der Rekruten zu Longinus: „Zenturio, vielleicht stimmen wir den Präfekten um, um wieder die gleichen Gebiete zu bewachen?"

Longinus erwiderte lächelnd: „Dann versucht es. Ihr werdet sehen, wie schnell ihr im Kerker landet oder ausgepeitscht werdet. Seine Laune war gestern schon ganz mies, also nur zu."

Longinus blickte auf seine Kameraden und sie schauten lächelnd zurück. Sie wussten alle, dass die Befehle des Präfekten vom Vortag für sie vom Vorteil waren, damit sie zusammenbleiben und Johannes suchen können. Alle Anwesenden rüsteten sich entsprechend aus und warteten auf den Präfekten. Einige Augenblicke später betrat er mit seiner Leibwache den Raum und meinte: „Salve, Männer! Ihr kennt eure Befehle für den heutigen Tag?"

Longinus erwiderte: „Gewiss, Präfekt."

Pontius Pilatus schaute die Vier an und fügte noch hinzu: „Es bleiben euch noch drei Tage, dann dürft ihr für vier Wochen zu euren Familien heimkehren. Ich habe in Rom bereits eine Verstärkung geordert, die in einigen Tagen eintreffen sollte, aber die frischen Legionäre werden hier in Jerusalem noch bleiben müssen."

Longinus schaute auf seine Kameraden, dann schaute er den Präfekten an und bestätigte: „Verstanden, Präfekt. Heil Cäsar!"

Sie verabschiedeten alle Pontius Pilatus mit dem üblichen römischen Gruß und der Präfekt verließ zufrieden die Kaserne. Darauf schaute Longinus die Rekruten an und fragte: „Ihr wisst, was zu tun ist?"

Einer der Rekruten erwiderte: „Ja, Zenturio. Ich übernehme mit Decimus das Armenviertel und Gaius, Marcus und Quintus übernehmen dann die Gassen. Ist es euch so recht?"

Longinus antwortete: „Ja, gewiss, jetzt geht. Wir brechen ebenfalls gleich auf. Wir müssen noch eben unsere Schwerter schärfen."

Magnus, der älteste der Rekruten, erwiderte: „Jawohl, Zenturio! Wir wünschen euch einen ruhigen Tag."

Magnus und Decimus verließen die Kaserne und kurz nach ihnen auch die anderen Rekruten und einige Augenblicke später meinte Longinus: „Ihr wisst schon, dass wenn wir das durchziehen, was wir besprochen haben, dass es dann kein Zurück mehr gibt?“

Stephaton erwiderte: „Longinus, ich muss wissen, was mit mir los ist und die Folgen sind mir vollkommen egal.“

Cassius darauf: „Ich will aber nicht die Folgen erleben, wenn wir den Befehl verweigern, also werden wir aus der Stadt fliehen müssen, das muss euch klar sein.“

Longinus erwiderte: „Ja, das ist mir schon klar und ich hoffe euch ebenso. Also, nehmt die beste Ausrüstung und die schärfsten Schwerter und los. Ich warte vor dem Tor.“

Nach wenigen Augenblicken trafen sich alle vor den Toren der Kaserne und warteten noch einige Zeit, bis die Rekruten nicht mehr zu sehen waren und als es soweit war, meinte Longinus: „Aber hört, wir dürfen nicht auf Decimus und Magnus stoßen, denn sie werden ja auch irgendwo im Armenviertel herumlaufen.“

Die Männer nickten und gingen langsam in die Richtung des Armenviertels los. Jeder war in Gedanken versunken und sie beachteten nicht, was sich um sie herum abspielte, nicht einmal einander. Sie näherten sich dem Viertel, als Longinus meinte: „Wenn ihr die beiden Rekruten seht, versucht euch zu verstecken. Vielleicht bekommt ja niemand mit, dass wir nicht am Marktplatz sind und wir können unbesorgt wieder zurück.“

Stephaton entgegnete: „Nur dann wollen wir auch hoffen, dass die Juden das nicht irgendwie ausnutzen, dass keiner den Marktplatz bewacht und Unruhen stiften.“

Longinus: „Das wollen wir hoffen. Kommt, gehen wir zu dem Haus, wo ich diesen Kerl gesehen habe.“

Sie gingen weiter und stellten wieder einen geringen Gassenverkehr fest. Sie passierten einige Häuser, bis sie bei dem Haus ankamen, bei dem Longinus und Cassius Johannes zuvor sichteten. Sie schauten sich alle um und irgendwann meinte Longinus: „Hier sahen wir diesen Kerl schon zweimal, genau vor dieser Hütte. Es war doch hier, oder etwa nicht, Cassius?“

Cassius erwiderte: „Doch, in der Tat, Longinus, aber werden wir jetzt hier etwa warten?"

Longinus: „Nein, die beiden Rekruten könnten uns hier antreffen und damit wären wir erledigt. Schauen wir uns doch besser in der Hütte mal um. Stephaton, wärst du so nett und klopfst einfach an der Tür?"

Stephaton zögerte nicht lange, knallte entschlossen mit der rechten Faust auf die Holztür und schrie: „Aufmachen! Im Namen Roms, aufmachen!"

Keiner machte auf, woraufhin er nochmals gegen die Tür schlug. Kurz darauf ging sie endlich auf und sie erblickten Johannes. Er schaute sie ganz erstaunt und erschrocken an und fragte: „Was wollt ihr? Ich kenne euch! Ich habe nichts Unrechtes getan!"

Longinus entgegnete: „Wir wollen bloß mit dir reden, also entspann dich und tritt einfach beiseite."

Die Vier betraten die Hütte und verschlossen hinter sich die Tür. Sie sahen sich achtsam um und Longinus fragte Johannes: „Bist du nicht derjenige, der bei der Kreuzigung an der Seite der Mutter des Juden war?"

Johannes erwiderte mit einer zitterigen Stimme: „Ja, aber ich habe nichts Unrechtes getan! Was wollt ihr von mir?!"

Darauf drängelte sich Stephaton zwischen Johannes und Longinus und meinte: „Longinus, beruhige dich und lass mich mit ihm reden."

Stephaton sah Johannes an und gestand: „Seit der Kreuzigung geschehen merkwürdige Dinge mit uns und vielleicht hast du einige Antworten? Wir suchen einfach nach einer Erklärung."

Johannes antwortete: „Ich weiß es nicht, aber ich sehe eure Gesichter bei der Kreuzigung immer wieder im Geiste. Ich sehe Jesus auf dem Kreuz und auch euch. Es ist wie ein Traum, aber wahrlich zu lebhaft, um ein Traum zu sein."

Stephaton erwiderte: „Deswegen sind wir hier, Mann. Wir alle hatten diese Visionen und du und der gekreuzigte Jude kamen darin vor. Wir werden dir nichts tun, hab keine Angst, aber wir wollen alles verstehen."

Johannes zögerte kurz und erzählte los: „Wie soll ich da keine Angst haben, wenn der Jude, den ihr gekreuzigt habt, mein Lehrer war. Er war ein heiliger Mann und ihr habt ihn auf dem Gewissen!"

Longinus unterbrach und meinte: „Wir haben nur Befehle befolgt und hätten wir sie nicht ausgeführt, würden wir womöglich neben dem Juden gekreuzigt werden und andere Soldaten hätten alles angeführt. Wir sind nur Soldaten und an gewisse Pflichten gebunden, verstehst du?"

Johannes erwiderte ernst: „Ich hoffe, Gott und Jesus werden euch jemals vergeben. Ich kann es jedenfalls nicht!"

Plötzlich klopfte es an der Tür und jemand dort draußen schrie: „Was ist dort drinnen los!? In Namen Roms! Aufmachen!"

Longinus hielt alle an, kein Geräusch von sich zu geben und flüsterte: „Psst, seid leise."

Jemand hämmerte weiter auf die Tür: „Aufmachen! Sonst treten wir die Tür ein!"

Sie gaben weiterhin kein Geräusch von sich, als plötzlich Decimus die Tür eintrat und mit Magnus in die Hütte hineinging. Decimus erblickte erstaunt Longinus und sagte: „Zenturio, solltet ihr nicht am Marktplatz sein? Ich dachte, wir hätten alle direkte Befehle erhalten?"

Longinus erwiderte: „Ja, aber wir mussten hier noch etwas klären. Geht jetzt!"

Decimus entgegnete lächelnd: „Dem Präfekten wird es aber gar nicht gefallen, dass ihr euch seinen Befehlen widersetzt. Wer bewacht nun den Marktplatz?"

Decimus und Magnus verließen die Hütte und liefen beschleunigt in Richtung der Villa des Präfekten. Stephaton blickte darauf Longinus an und meinte: „Jetzt sind wir erledigt. Wir müssen aus der Stadt raus."

Longinus: „Los, wir verstecken uns im Norden hinter dem Bergkamm, kommt! Und du Jude kennst uns nicht und weißt nicht, wo wir hin sind, klar?“

Sie eilten heraus und verließen rasch Jerusalem. Johannes hingegen verließ seine Hütte und begab sich zu dem Haus, wo er sich immer mit den Jüngern traf, mit der Hoffnung, sie dort anzutreffen. Als er dort ankam, traf er sie alle an und Maria Magdalena war ebenfalls anwesend. Sie schaute ihn beglückt an und meinte: „Es ist etwas Wundervolles passiert, Johannes! Jesus ist auferstanden!“

Johannes erwiderte verunsichert: „Das ist seltsam. Ich bin in meinem Haus gerade seinen Mördern begegnet, den vier Römern, die Jesus gezwungen haben, den Berg hinaufzusteigen und ihn dort kreuzigten. Sie erzählten von Visionen, die ich ebenfalls hatte. Ich sehe immer wieder, wie unser Lehrer gekreuzigt wird.“

Maria Magdalena weiter: „Kommt, ich beweise es euch. Gehen wir zu Jesus‘ Grab.“

Sie zerrte an Johannes‘ Gewändern, ging mit ihm hinaus und Petrus folgte ihnen. Am Jesus‘ Grab angekommen, sahen sie, dass der Stein, der den Zugang zum Grab verschloss, zerborsten war. Sie gingen herein und fanden das Grab tatsächlich leer vor. Sie waren verwundert, aber gleichzeitig auch erschrocken und Maria Magdalena fuhr fort: „Ich sage euch, Jesus kam zu mir. Glaubt ihr mir jetzt?“

Petrus war überzeugt: „Ja, er ist zurück!“

Sie liefen zu den anderen Jüngern ins Haus und kauften unterwegs frisches Brot, da Petrus vorschlug, zu Ehren von Jesus deren letztes Abendmahl zu wiederholen. In der Hütte angekommen, meinte Petrus: „Freunde, es ist wahr! Jesus ist auferstanden!“

Plötzlich erschien ihnen Jesus als Person und alle Jünger erstarrten vor Staunen. Er lächelte alle an und kurz darauf meinte er zu Thomas, einem der Jünger: „Thomas, hör auf zu zweifeln und glaube endlich.“

Thomas entgegnete: „Ja, ich glaube es!“

Jesus weiter: „Weil du mich siehst, glaubst du. Selig sind die, die nicht sehen und doch glauben können."

Jesus schaute alle Jünger noch einmal lächelnd an und ging aus der Hütte hinaus. Petrus und Johannes liefen ihm hinterher, doch Jesus war genauso plötzlich wieder verschwunden, wie er erschienen ist. Sie gingen in die Hütte zurück und sagten erst nichts. Keiner sagte etwas und war in Gedanken und tiefer Freude versunken. Irgendwann meinte Johannes lächelnd: „Die Römer haben ihn doch nicht umbringen können. Ich habe ihnen ja gesagt, dass er ein heiliger Mann ist. Ich werde morgen hinauf zum Bergkamm gehen und ihnen sagen, dass Jesus lebt."

Maria Magdalena: „Wieso sollten sie beim Bergkamm sein? Dort halten sich die Römer doch nie auf."

Johannes antwortete: „Sie haben scheinbar einen Befehl von Pontius Pilatus verweigert, als sie mich aufsuchten. Einer von ihnen schrie mich an, worauf zwei andere Soldaten die Tür eintraten und darauf zu den Vieren sagten, dass sie doch auf dem Marktpatz sein sollen und nicht hier. Die beiden verschwanden wieder und die Vier redeten davon, dass sie nun aus der Stadt fliehen müssen und sich hinter dem Bergkamm verstecken werden."

Petrus entgegnete entschieden: „Nein, du darfst Jesus nicht verraten! Sie werden ganz Jerusalem nach ihm absuchen und wer weiß, was sie noch mit uns anstellen werden. Sie werden Jesus nicht finden, denn ihr habt doch gesehen, dass er kommt und geht, wie ein Geist."

Johannes erwiderte: „Du hast Recht, ich werde es nicht tun."

Petrus weiter: „Du darfst auch nicht zu dir daheim, denn dort könnten sie auf dich lauern."

Johannes nickte und sie beendeten irgendwann gemütlich das Mahl. Sie tauschten sich noch einige Zeit miteinander aus und als es langsam dunkel wurde, gingen sie in ihre Hütten, bis auf Johannes. Währenddessen hatten Longinus und seine Männer ein Lager hinter dem Bergkamm aufgeschlagen, ein kleines Lagerfeuer entfacht und saßen eine ganze Weile einfach nur still davor, bis Longinus irgendwann meinte: „Wir werden nicht zurückkehren können, nicht nach Jerusalem und sicherlich auch nicht nach Rom."

Stephaton entgegnete: „Ich weiß, nur, was machen wir jetzt?"

Longinus erwiderte: „Wir bleiben erstmal hier. Hier werden sie bestimmt nicht nach uns suchen. Ich hoffe jedoch, dass der Jude aus unseren Visionen uns nicht verrät."

Stephaton: „Das wird er nicht, das habe ich irgendwie im Gefühl. Ich denke, er ist ebenso auf der Flucht wie wir."

Sie unterhielten sich noch eine Weile und Longinus machte das Lagerfeuer irgendwann mit Sand aus, bevor sie sich zur Ruhe legten. So sehr sie sich auch bemühten, konnte keiner so wirklich in dieser Nacht schlafen. Ähnlich erging es auch den Jüngern. Der Präfekt hatte noch vor der Dämmerung von den Rekruten erfahren, dass Longinus und seine Männer seinen Befehlen nicht gefolgt waren und dass sie nicht den Marktplatz bewachten. Ziemlich wütend darüber plante er sofort eine Jagd auf die Verräter direkt bei Sonnenaufgang, denn die Vier kamen auch nicht zur Kaserne zurück. Für ihn war es unverständlich aber klar, dass sie fahnenflüchtig geworden sind. Natürlich kannte er nicht den wahren Grund dafür, aber für ihn war das ein klarer Verrat, der nicht ungestraft bleiben durfte. Er hoffte nur, dass die überfällige Ersatzzenturie, die er in Rom angefordert hatte, endlich in Jerusalem eintreffen würde. Der Kaiser hatte ihm mindestens hundert Männer versprochen, allesamt gut ausgebildet und sehr erfahren. Der nächste Morgen brach an und Pontius Pilatus war enttäuscht, dass der Nachschub aus Rom noch immer auf sich warten ließ, worauf er seinen ergebensten Zenturio zu sich rief. Linus kam rasch in das Gemach des Präfekten und Pilatus befahl: „Linus, du sammelst deine besten Männer zusammen und ihr werdet mir diese Verräter bringen! Keiner verweigert meine Befehle und Longinus wird sich dafür verantworten müssen. Finde ihn und seine Männer!"

Linus erwiderte: „Aber Herr, Jerusalem ist groß, wo sollen wir suchen?"

Der Präfekt entgegnete: „Diese Neulinge, Decimus und Magnus, berichteten mir gestern Abend, dass sie Longinus und die anderen im Armenviertel in einer Hütte gesehen haben."

Linus erfreut: „Das ist schon mal was, Präfekt."

Der Präfekt weiter: „Magnus soll mit euch gehen und euch die Hütte zeigen. Achtet auf alle Spuren und fragt die Leute dort aus. Ihr müsst auch nicht zimperlich sein, du verstehst?"

Linus antwortete: „Ja, Präfekt, verstanden."

Der Präfekt fügte noch hinzu: „Magnus berichtete auch von einem Einheimischen, mit dem sich Longinus und die anderen unterhielten. Magnus soll versuchen, ihn zu erkennen. Das ist womöglich die beste Spur, um die Verräter zu finden."

Linus erwiderte: „Ich verstehe. Ich werde sofort Magnus in der Kaserne aufsuchen."

Als Linus ging, schrie der Präfekt noch hinterher: „Sie werden in der Arena sterben für ihren Verrat, das kannst du ihnen sofort ausrichten!"

Linus: „Wir werden sie finden, Präfekt, das versichere ich euch."

Linus begab sich darauf zu der Kaserne, stieß dort die Tür auf und schrie: „Decimus und Magnus, tretet vor!"

Wenige Augenblicke später standen sie vor dem Zenturio, begrüßten ihn ordentlich mit dem römischen Gruß und Decimus fragte: „Heil Cäsar! Was können wir für euch tun?"

Linus erwiderte: „Ihr werdet mit mir zum Armenviertel gehen. Das ist ein Befehl direkt vom Präfekten. Ihr habt Longinus und die anderen Befehlsverweigerer dort gesehen, oder etwa nicht?"

Decimus bestätigte: „Ja, in der Tat, Zenturio. Wir haben dort in einer Hütte Streitigkeiten gehört und haben darauf die Tür eingetreten. In der Hütte fanden wir Longinus und seine Männer vor, die sich mit einem Einheimischen stritten."

Linus erwiderte zufrieden: „Gut. Ich sammle noch einige Männer zusammen und ihr führt mich zu der Hütte."

Decimus: „Jawohl, Zenturio! Wir rüsten uns aus und warten im Hof."

Decimus und Magnus gingen zur Waffenkammer, legten ihre Rüstungen an, steckten ihre frisch geschliffenen Schwerter ein und gingen hinaus. Sie warteten eine Weile, bis Linus mit elf weiteren Soldaten in den Hof kam, sich vor alle stellte und laut und deutlich sagte: „Soldaten! Wir haben die Mission, Longinus und seine Leute zu verhaften und dürfen den Präfekten nicht enttäuschen! Decimus und Magnus, geht voran!"

Die Truppe verließ den Kasernenhof und verschloss hinter sich das riesige Kasernentor. Sie liefen eine Weile durch Jerusalem und Decimus und Magnus führten sie an. Im Armenviertel angekommen, meinte Decimus irgendwann: „Zenturio, das ist das Haus, wo wir gestern Longinus und die anderen gesehen haben."

Darauf meinte Linus zu seinem Decurio Numerius: „Numerius, nimm die Hälfte der Männer, geht da rein und sucht alles gründlich ab."

Numerius bestätigte: „Jawohl, Zenturio."

Der Soldat sparte sich das Klopfen, trat die Tür direkt ein, ging mit fünf anderen Soldaten in die Hütte und alle sahen sich dort gründlich um. Sie untersuchten ebenfalls alle möglichen Verstecke und sogar die Speisekammer, fanden jedoch nichts. Irgendwann gab sich Numerius geschlagen und meinte zu den anderen: „Kommt Männer, gehen wir. Hätte sich hier in der Hütte auch nur eine kleine Maus versteckt, hätten wir sie gefunden."

Sie gingen hinaus, traten vor den kräftig gebauten Zenturio und Numerius berichtete: „Zenturio, in der Hütte ist nichts und wir haben wirklich jeden Winkel abgesucht."

Linus verweilte eine Weile nachdenklich und schrie bald wütend auf: „Verdammt! Das war unsere einzige Spur!"

Plötzlich drang sich Magnus vor und meinte: „Zenturio, vielleicht sollten wir die Einheimischen hier befragen?"

Linus schaute ihn grimmig an und erwiderte: „Du Idiot! Was meinst du hätte ich als Nächstes getan? Geht jeweils zu zweit und fragt die Leute aus, ob sie diesen Kerl, der hier wohnt, gesehen haben. Wir müssen ihn einfach finden! Bei Sonnenuntergang treffen wir uns in der Kaserne und wehe, ihr habt keine guten Nachrichten!"

Sie schlossen sich willkürlich in Zweiergruppen zusammen und verteilten sich in den Gassen des Armenviertels. Decimus ging mit Numerius los und Magnus mit einem anderen Soldaten. Zu ihrem Glück stand vor dem Haus von Johannes schon länger ein kaputter Karren, dessen Rad gebrochen war. Magnus fragte irgendwann einen Mann, der scheinbar ein älterer Bettler war und sich dort in der Nähe aufhielt: „Du! Hast du den Kerl gesehen, der dort oben wohnt?"

Der Bettler erwiderte: „Wen meint ihr, Herr?"

Magnus zeigte hektisch mit seiner rechten Hand auf das Haus weiter oben und meinte: „Dort, wo der kaputte Karren steht, du Narr!"

Der Bettler antwortete: „Nein, mein Herr. Meine Augen sind mir schon seit Jahren nicht mehr dienlich, verzeiht."

Magnus entdeckte erst dann die vergrauten Pupillen des Mannes und entgegnete unfreundlich und enttäuscht: „Na dann verschwinde! Los!"

Magnus schubste den Bettler weg und trat ihn zum Abschied noch ins Gesäß. Sie gingen langsam weiter und sahen sich ständig nach Menschen um, die sie befragen könnten. Es spielten viele Kinder auf den Straßen, aber sie auszufragen hielt Magnus für sinnlos. Seine Laune wurde immer schlechter, aber als er plötzlich eine Frau mittleren Alters traf, ging er grinsend auf sie zu und meinte: „Weib, bleib stehen!"

Die Frau blieb erschrocken stehen und fragte: „Was wollt ihr von mir?"

Magnus erwiderte: „Kennst du den Mann, der in dem Haus wohnt, wo der kaputte Karren steht?"

Die Frau erwiderte: „Ja, ich wohne einige Hütten weiter runter, aber seinen Namen kenne ich nicht.“

Magnus weiter: „Hast du ihn in der letzten Zeit gesehen?“

Sie antwortete: „Nein, schon länger nicht. Aber ich habe ihn schon oft mit einigen anderen Männern gesehen. Der, der kürzlich gekreuzigt wurde, war ebenfalls bei ihnen.“

Magnus plötzlich ernst: „Wo hast du sie gesehen? In seinem Haus?“

Die Frau erwiderte ganz erschrocken: „Nein, sie trafen sich bloß vor diesem Haus und gingen die Straße herunter. Mehr weiß ich nicht, das schwöre ich.“

Magnus nun ganz ernst: „Los, zeig mir, wo sie hinliefen. Gehen wir!“

Die Frau hob ihren Korb vom Boden auf, lief leicht verunsichert voraus und Magnus und der ihn begleitende Soldat gingen ihr hinterher. Sie liefen die Gasse herunter und nach einer Weile blieb die Frau stehen und meinte: „Sie sind immer hier runtergegangen. Dort steht ein altes, verlassenes Gasthaus, wo sie sich vielleicht immer versammelt haben. Ich habe von einigen Leuten auch gehört, dass der Mann, der gekreuzigt wurde, dort gepredigt hat. Mehr weiß ich wirklich nicht.“

Magnus entgegnete: „Gut Weib. Geh weiter deines Weges.“

Magnus und sein Begleiter gingen weiter, bis sie endlich bei dem verlassenen Gasthaus ankamen. Es war verrottet, beinahe am Einstürzen und das Strohdach war undicht und die Wände bröckelten. Sie öffneten die kaputte Tür und gingen hinein. Sie schauten sich um, suchten das ganze Gebäude ab, aber fanden nichts und niemanden. Magnus wurde immer hektischer und nervöser und stieß schreiend die alten Holzstühle und die schweren Tische um: „Verdammt! Linus wird uns auspeitschen lassen. Lass dir etwas einfallen!“

Der Soldat entgegnete: „Ich denke, wir sollten die Einwohner hier befragen. Sie werden die Leute doch sicherlich kennen müssen.“

Magnus erwiderte etwas beruhigter: „Ja, hoffen wir, dass du Recht hast und dass wir eine Spur finden, sonst sind wir geliefert."

Beide gingen hinaus und schauten sich sorgfältig um. Magnus bemerkte bald einen Bettler, der nicht weit von dem Gasthaus auf einem Ballen Stroh lag. Magnus blickte darauf seinen Begleiter an und meinte: „Schau doch mal, der Typ dort. Hoffen wir, dass das sein Stammplatz ist."

Sein Begleiter erwiderte: „Überlass ihn mir, ich werde ihn ausquetschen. Dafür habe ich ein Händchen und kriege immer alles aus ihnen heraus."

Magnus nickte, worauf sein Begleiter auf den schlafenden Bettler zuging, ihn an seiner zerfetzten Kleidung hochriss und schrie: „Steh auf, du Abschaum! Lungerst hier herum, anstatt zu arbeiten? Du weißt, was der Präfekt mit solchem Unnütz anstellt?"

Der Bettler antwortete, während sein ganzer Körper vor Angst erzitterte: „Aber Herr, ich habe eine Krankheit und lebe von Almosen! Ich würde so gern wieder arbeiten. Ich hatte einen Hof und viele Ziegen, aber dann wurde ich krank und meine Frau und meine Kinder haben mich verstoßen. Seht her, meine Haut löst sich von meinen Knochen!"

Der Bettler brach in Tränen aus und Magnus schrie: „Lass ihn los! Er ist ein Aussätziger!"

Sein Begleiter ließ den kranken Mann zu Boden fallen, trat zurück, aber Magnus ging dennoch auf ihn zu und meinte: „Nun hör auf zu jammern und beruhige dich endlich! Wir geben dir zu essen, aber dafür musst du etwas tun."

Der Bettler blickte auf Magnus und erwiderte: „Herr, ich habe seit zwei Tagen nichts gegessen. Wie kann ich euch dienen?"

Magnus entgegnete: „Ich muss wissen, wo sich die Leute aufhalten, die sich hier in diesem Gasthaus trafen. Wenn du mir brauchbare Informationen lieferst, sorge ich dafür, dass du Essen für einen Monat bekommst und eine Unterkunft."

Der Bettler antwortete aufgeheitert: „Herr, sie waren gestern, oder vorgestern hier. Sie gingen hinein und... und alles wurde irgendwie anders, dann schlief ich ganz seltsam ein. Als ich aufwachte, sah ich, wie sie aus dem Gasthaus gingen und die nördliche Straße herunterliefen. Dort endet Jerusalem und die Wüste beginnt. Herr, so war es. Bitte, gebt mir jetzt etwas Wasser."

Magnus schaute den Bettler an, überlegte einen Moment, klemmte seinen Wasserbeutel von seinem Gürtel ab und warf ihn dem Bettler zu. Magnus und der Soldat gingen darauf in Richtung der Wüste, die hinter dem Gebirge lag und hofften, die Männer dort zu finden und den Kerl, den Magnus und Decimus mit Longinus und seinen Männern gesehenen haben. Es wurde schon langsam dunkel, als das Gebirge vor ihnen lag und Magnus und der Soldat stehen blieben. Magnus blickte den Soldaten darauf an und meinte: „Gleich, wenn es ganz dunkel wird, finden wir sie mit Sicherheit nicht. Wir müssen zur Kaserne zurück und morgen mit mehr Männer hierhin zurückkehren. Ich weiß, der Präfekt wird nicht begeistert sein, dass wir Longinus und die anderen nicht gefunden haben, aber wir haben wenigstens einen guten Anhaltspunkt. Wir werden sie schon finden."

Magnus und sein Begleiter begaben sich wieder nach Jerusalem und erst nach einer Weile betraten sie das Stadttor und gingen durch die Gassen in Richtung der Kaserne. Als sie in der Kaserne ankamen, waren bereits alle anderen Soldaten zurück und warteten im Hof. Magnus suchte nach Decimus und als er ihn fand, fragte er lächelnd: „Und, habt ihr etwas zu berichten, Decimus?"

Decimus erwiderte: „Nein, keine Spur von Longinus. Der Präfekt wird stinksauer sein. Ich hoffe, ihr wart erfolgreicher?"

Magnus antwortete: „Etwas mehr wie du, Decimus. Wir haben erfahren, wo sich der Kerl aufhält, den wir in der Hütte mit Longinus und seinen Männern gesehen haben. Sie sollen sich in der Wüste hinter den Bergen versteckt haben. Wir werden morgen aufbrechen und sie dort weitersuchen. Ich schlage dem Präfekten vor, dass du und noch ein paar andere mit uns in die Wüste gehen und nach ihnen suchen. Es ist die einzige Möglichkeit, Longinus zu finden."

Decimus entgegnete wenig überzeugt: „Ich hoffe nur, der Präfekt wird nicht ausrasten, dass wir heute keinen Erfolg hatten."

Sie warteten noch einige Zeit, bis der Präfekt endlich kam und den Hof betrat. Alle Soldaten standen blitzartig auf und der Präfekt schaute sich um. Kurz darauf schrie er plötzlich auf: „Ich sehe Longinus und seine Leute nicht! Ihr solltet sie finden! Wo sind sie?!"

Pontius Pilatus ballte seine Fäuste vor Wut zusammen, schlug mit der Rechten auf einen der Tische und schrie weiter: „Könnt ihr nicht mal vier römische Soldaten in einer Provinzstadt finden? Sie sollten kaum zu übersehen sein, ihr Stümper!"

Magnus entgegnete laut und mutig: „Präfekt, wir wissen wo sie sich aufhalten könnten."

Der Präfekt schaute ihn an und fragte: „Wo soll es denn sein?"

Magnus antwortete: „Wir haben erfahren, dass der Kerl, den wir mit Longinus in der Hütte antrafen, in die Wüste gezogen ist. Womöglich weiß er, wo sich Longinus und die anderen aufhalten. Präfekt, lasst mich morgen mit Decimus und einigen anderen dahingehen und im Tageslicht nach ihnen suchen."

Der Präfekt erwiderte nur wenig beruhigt: „Ich gebe euch fünf weitere Männer mit. Solange ihr Longinus nicht findet, kommt nicht wieder. Nehmt also besser Verpflegung und genug Wasser mit. Habt ihr versanden?"

Magnus blickte untergeben den Präfekten an und bestätigte: „Ja, Herr. Wir werden euch nicht enttäuschen."

Pontius Pilatus schaute in die Augen aller Soldaten und schwang seine Hand, was als Befehl für den Abgang gelten sollte. Während alle Soldaten die Kaserne verließen, meinte Magnus zu Decimus: „Decimus, du weißt, wenn wir Longinus finden, werden wir vielleicht befördert werden. Wir müssen einfach erfolgreich sein."

Decimus antwortete: „Mach dir bloß keine Sorgen. Longinus und sein Gefolge kann nicht weit gekommen sein. Zudem haben sie noch den gebrechlichen Evocatus mit sich, der mit ihnen sicherlich nicht Schritt halten kann. Wir werden die elenden Hunde schon finden."

Decimus lächelte und ging durch das Kasernentor. Magnus folgte ihm und meinte zum Abschied: „Sei bloß so früh wie möglich hier. Das ist die Gelegenheit, um uns zu beweisen."

Decimus nickte zustimmend und beide gingen darauf voller Vorfreude in ihre Quartiere. Es waren einfache Hütten, die alle einfachen Soldaten zugeteilt bekommen haben. Die Nacht verging für sie ruhig, während Longinus, Stephaton, Mauritius und Cassius in sicherer Entfernung an ihrem Lagerfeuer saßen. Es war für sie die zweite Nacht auf der Flucht und vorher hatte Mauritius ein Kaninchen gefangen, das in ein tiefes Loch gefallen war und nicht mehr herausspringen konnte und er ergriff die Gelegenheit sprichwörtlich an ihren Ohren. Die Männer hatten das Kaninchen dann über dem Lagerfeuer gebraten und verspeisten es gerade, als Longinus meinte: „Ihr wisst schon, dass wir die römischen Rüstungen und die Schwerter loswerden müssen? Am besten wir verbrennen das Leder, vergraben die Schwerter und behalten nur die Dolche. Wir müssen schließlich aussehen wie die Einheimischen hier."

Stephaton: „Wir sollten aber auch unsere Namen ändern."

Cassius lächelte und meinte: „Richtig, daher nenne ich Stephaton ab heute Chamor."

Stephaton verzog grimmig seine Miene, worauf Cassius weiterlächelte und meinte: „Du hast schon Recht, Stephaton. Jeder von uns sollte sich einen neuen Namen zulegen. Wir werden schließlich nicht jeden Tag ein Kaninchen in dem Loch dort finden und werden in die Stadt müssen, um Proviant zu besorgen."

Longinus blickte auf Cassius, nickte und erwiderte: „Also gut. Ich nenne mich Aaron und öffentlich werdet ihr mich so nennen."

Stephaton lächelte darauf und meinte: „Gut, dann nennt mich Salomon."

Longinus zustimmend: „Guter Name. Mauritius, welchen Namen wählst du?"

Mauritius antwortete: „Ist mir egal, ich bleibe ich."

Longinus bestimmend: „Mauritius, du nennst dich Jakobus und du Cassius, du nennst dich Jakob. Verwendet in der Öffentlichkeit bloß nicht eure richtigen Namen, denn der Präfekt hat sicher schon eine Horde Männer nach uns geschickt, denn ich glaube kaum, dass er einen fahnenflüchtigen Zenturio davonkommen lässt."

Mauritius erwiderte: „Zenturio bist du gewesen. Habt ihr überhaupt Geld dabei, damit wir Proviant kaufen können?"

Longinus entgegnete: „Wie du schon schadenfreudig bemerkt hast, war ich Zenturio und habe genug Geld verdient und beiseitegelegt, also wird mein Geldbeutel euch drei Fressmäuler schon ernähren können."

Longinus setzte darauf ein stolzes Lächeln auf, zeigte seinen dicken Geldbeutel und lächelte weiter, während die anderen drei aufeinander etwas enttäuscht schauten. Darauf lächelte Cassius aber auf und meinte: „Schön, du Arsch. Du hast vielleicht mehr Geld als ich, aber ich bin jünger und hübscher."

Alle lachten laut, aber Longinus erwiderte etwas grimmig: „Ich bin dein Vorgesetzter, also sei mit deiner Wortwahl etwas vorsichtiger."

Cassius lachte jetzt laut und entgegnete: „Mein Vorgesetzter bist du gewesen, aber wenn du willst, stich einfach zu."

Stephaton stoppte den Irrsinn: „Longinus, mein Freund, wir sind scheinbar unsterblich und es gibt keine Ränge mehr zwischen uns. Wir sollten besser überlegen, wie es jetzt für uns weitergeht."

Mauritius meinte dazu lächelnd: „Longinus, schlag Cassius doch kurz aufs Maul und dann ist die Sache gegessen."

Alle vier lachten nun und als sie sich beruhigten, stand Cassius auf und holte noch einige trockene Äste aus der Umgebung. Er warf sie ins Lagerfeuer, aß noch den Rest seines Kaninchens und meinte: „Gut, lasst uns jetzt schlafen und werft eure Lederrüstungen ins Feuer, damit es wärmer in der Nacht wird. Morgen überlegen wir, wie es weitergeht. Ich bin aber dafür, dass wir in Richtung Rom gehen."

Longinus blickte auf ihn, dann auf die anderen und erwiderte: „Gut Männer, legt euch jetzt schlafen und erholt euch. Einer muss morgen nach Jerusalem und frisches Wasser holen. Etwas zu essen werden wir auch brauchen."

Alle legten sich auf den weichen, sandigen Boden neben dem Lagerfeuer und schliefen rasch ein. Die Lederrüstungen qualmten ganz schön, aber in der Nacht störte das niemanden. Die Nacht verging ruhig und am nächsten Morgen wachte Stephaton als Erster auf. Er nahm seinen bescheidenen Geldbeutel mit überwiegend Silbermünzen, seine Umhängetasche und ging in Richtung Jerusalem und weckte die anderen nicht. Er lief eine ganze Weile, bis er vor den Mauern Jerusalems stand und darauf der großen Straße folgte, die zum Marktplatz führte. Als er am Marktplatz angekommen war, ging er erstmal zu einem Stand mit Kleidung. Er suchte einige Dinge aus, doch er kaufte sie erstmal nicht und meinte zu dem Verkäufer: „Ich kaufe diese vier Gewänder. Leg sie zurück und ich hole sie gleich ab."

Stephaton durchstreifte weiter den Marktplatz und schaute sich nach gutem Essen um. Er sichtete einen Stand, der Wein verkaufte und lief lächelnd darauf zu. Dort angekommen, meinte er: „Gebt mir euren besten Wein, gleich zwei Karaffen."

Er nahm die zwei versiegelten Karaffen, bezahlte sie mit Silbermünzen und ging weiter. Dann kam er zu einem Stand, an dem Nahrung verkauft wurde, nahm vier frische Brote und getrocknetes Ziegenfleisch in seine Hände und drückte dem Verkäufer einige Münzen in die Hand und der Verkäufer strahle, denn es war mehr als genug. Natürlich wusste der Verkäufer nicht, weshalb Stephaton so in Eile war und das Geld nicht einmal nachzählte, aber Stephaton wollte einfach nicht entdeckt werden. Als Letztes ging Stephaton zu dem Kleiderstand zurück, warf dem Verkäufer ebenfalls einige Silbermünzen zu, nahm die zurückgelegten Kleider und ging schnell wieder die Hauptstraße hoch und verließ rasch Jerusalem. Der Weg zurück dauerte etwas länger als vorher, denn die Weinkaraffen haben Stephaton ziemlich belastet. Als Longinus jemanden in der Ferne kommen sah, stand er hektisch auf, aber erst nach einer Weile erkannten die Drei, dass es Stephaton war, der mit zwei Weinkaraffen ankam. Longinus blickte darauf auf die anderen und brüllte: „Schaut, Leute, Stephaton will uns wohl den Tag versüßen!"

Cassius und Mauritius standen fröhlich auf und rissen vor Freude ihre Hände nach oben. Als Stephaton in Hörweite war, meinte Mauritius laut: „Mein Freund, wenn du noch Essen gebracht hast, küsse ich dich. Ihr habt mir gestern nämlich nur Kaninchenknochen überlassen, an denen kaum Fleisch daran war."

Stephaton lächelte nur, blieb stehen und stellte die Weinkrüge vor den Männern auf den Boden. Er zog seine Umhängetasche aus und lächelte ganz stolz weiter. Longinus und Mauritius nahmen jeweils eine der Karaffen an sich und Longinus meinte: „Ich hoffe, in der Tasche ist noch etwas zu futtern?"

Stephaton erwiderte: „Selbstverständlich! Fleisch, Brot und sogar etwas zum Anziehen. Das Essen muss für heute reichen, denn viel Geld hatte ich nicht dabei. Longinus, du Arsch, du hast Goldmünzen und du bist morgen dran."

Alle lachten und Longinus erwiderte: „Wir müssen jetzt ohnehin zusammenhalten und zusammen wirtschaften. Ich teile meinen Sold also mit euch, aber ich gehe ganz bestimmt nicht mehr nach Jerusalem. Mich kennt man dort zu gut. Cassius soll gehen. Er ist unauffällig und so dürr wie die Einheimischen."

Alle lachten wieder laut und Cassius öffnete die erste Karaffe und meinte: „Ich gehe, aber der erste Schluck gehört mir."

Keiner hatte Einwände und Cassius trank aus der Karaffe und reichte sie danach weiter an Longinus. Als Nächstes holte Stephaton das Brot aus seiner Leinentasche und verteilte es an die anderen. Jeder bekam auch einige Stücke von dem getrockneten Ziegenfleisch, das Stephaton in großer Menge kaufte. Sie aßen und tranken den

Wein, bis die Nacht einbrach. Als Longinus langsam müde wurde, meinte er: „Gut, Männer, legen wir uns zur Ruhe. Aber morgen denken wir wirklich und gründlich darüber nach, wie es für uns weitergeht."

Stephaton entgegnete: „Ja, lange will ich hier auch nicht mehr bleiben. Entweder wir ziehen nach Rom, oder mischen uns unter die Einheimischen hier. Ihre Sprache sprechen wir ja."

Als Cassius seinen Schlafplatz vorbereitete fügte er hinzu: „Ich muss nach Rom, nach Ostia. Ihr wisst, ich habe dort eine Frau, die auf mich wartet."

Longinus blickte ihn an und erwiderte: „Ich hoffe, der Präfekt wird sie nicht aus Rache aus eurem Haus werfen, oder noch schlimmer. Jetzt schlaft. Wir überlegen morgen, was zu tun ist."

Sie legten sich alle hin und schliefen mit den vollen Bäuchen rasch ein. Diese Nacht war ziemlich kalt und der kühle Morgen weckte Cassius als Ersten auf. Er blickte auf seine drei schlafenden Kameraden, zog die Kleider an, die Stephaton am Vortag kaufte und ging in Richtung Jerusalem. Als er dort ankam, war sein erster Kauf eine Weinkaraffe. Dann suchte er nach einem Stand, an dem es Brot gab, kaufte dort vier noch warme Fladen und suchte weiter. Er wollte noch etwas Besonderes zu essen kaufen, da ihm Longinus am Vorabend genügend Münzen gab, womit er sich noch einiges leisten konnte. Irgendwann blieb er vor einem Stand stehen, an dem lebendige Tiere verkauft wurden, blickte den Verkäufer an und fragte: „Wieviel wollt ihr für die Ziege dort?"

Der Verkäufer antwortete mit einer rauen Stimme: „Seid ihr sicher, ihr könnt euch dieses wohlernährte Tier leisten?"

Die neue Bekleidung erfüllte scheinbar ihren Zweck und ließ Cassius ganz gewöhnlich und durchschnittlich aussehen. Er lächelte darauf, zeigte dem Händler einige Silberlinge auf seiner rechten Hand und meinte: „Wird das reichen?"

Der Händler schnitt blitzartig die Schnur durch, mit der die Ziege an einem Pfeiler festgebunden war und erwiderte: „Klar, wird das reichen. Hier, sie gehört euch."

Cassius übernahm zufrieden die Schnur, die ihm der Händler überreichte und ging mit der Ziege fort. In einer Hand hielt er nun den Weinkrug und in der anderen Hand die Schnur mit der Ziege am Ende. Die Brote verstaute er in einer Umhängetasche, die praktischerweise zu der Bekleidung gehörte und daran angenäht war. Jetzt musste Cassius nur noch raus aus Jerusalem, um mit dem Großeinkauf bloß nicht weiter aufzufallen. Auf dem Weg zum Lager war die Ziege noch anstrengender, als die schweren Weinkrüge zu tragen, weil sie sich ständig störrisch stellte und nicht weiterwollte. Da es jedoch schnell gehen musste, zerrte Cassius einfach an der Schnur, um endlich vorwärts zu kommen. Als er irgendwann ankam und die anderen ihn sahen, standen sie jubelnd auf und gingen lächelnd auf ihn zu. Longinus schnappte sich sofort die Ziege, Stephaton den Weinkrug und Mauritius meinte: „Frischer geht es nun wirklich nicht. Macht ordentlich Feuer, denn heute speisen wir wie der Präfekt selbst."

Stephaton entgegnete lächelnd: „Ich schlachte die Ziege und ihr bereitet alles zum Braten vor. So ein Mahl hatte ich zuletzt in Actium. Damals hatten wir ein griechisches Dorf geplündert und alle Männer unserer Zenturie hatten genug Ziegenfleisch für die nächsten Tage. Das war eine Zeit, sage ich euch. Nicht so wie hier, nur Wüste. Dort gab es Meeresstrände und leckere Oliven. Nun ja, das Schicksal wollte uns wohl hier."

Longinus hörte Stephaton aufmerksam zu und erwiderte: „Haltet noch aus. Wenn sich die Lage beruhigt, ziehen wir nach Rom. Hier werden sie uns nicht so schnell finden und der Präfekt lässt sicherlich nach uns suchen."

Cassius und Mauritius holten Holz aus der nahen Umgebung und machten darauf das Lagerfeuer an. Sie bauten aus einigen trockenen Holzstöckern eine Art Haltevorrichtung für den Spieß und schärften einen Pfahl, um die Ziege darauf aufzuspießen. Währenddessen schlitzte Stephaton der Ziege die Kehle durch und weidete sie nach ihrem Verenden aus. Anschließend zog er der Ziege die Haut ab und säuberte sie. Als alles getan war, kam er zum Lagerfeuer und meinte: „So Männer, jetzt wird gebraten."

Cassius gab ihm den hölzernen Pfahl und Stephaton spießte die junge Ziege darauf. Er legte den Spieß auf die Haltevorrichtung und sagte: „So, bis das Fleisch fertig ist, kümmere ich mich um den Wein. Schließlich musste ich mir ja die Hände schmutzig machen."

Er lächelte, während Cassius ihm mürrisch die Weinkaraffe reichte. Stephaton trank sicherlich ein Viertel des Weins und meinte irgendwann: „Lasst uns jetzt bitte darüber reden, was wir weitermachen sollen, denn ich halte es hier nicht länger aus. Die Nächte sind kalt und ich langweile mich noch zu Tode."

Cassius entgegnete: „Wir müssen uns noch eine Weile hier verstecken, aber morgen hole ich Würfel und einen Becher und dann können wir Longinus das Gold abzocken."

Cassius lachte darauf und Longinus erwiderte ebenfalls lächelnd: „Hier, du Idiot, du kannst es jetzt schon haben."

Longinus warf seinen Münzbeutel Cassius zu und dieser erwiderte: „So verdirbst du uns ja den Spielspaß. Ich will es rechtmäßig gewinnen."

Cassius lächelte spöttisch und warf den Beutel Longinus wieder zu, worauf dieser lächelnd erwiderte: „Ja, du hast Recht, Frischling. Kommt, lass uns jetzt etwas futtern, denn ich habe einen Mordshunger."

Sie setzten sich ans Feuer, drehten die Ziege auf dem Spieß abwechselnd um und als der Abend einbrach, nahm Stephaton das knusprig gebratene Tier vom Spieß und meinte: „So Männer, jetzt wird ordentlich gegessen."

Er legte die gut zubereitete Ziege auf einen großen Stein, auf welchem er sich immer setzte, riss die Glieder der Ziege nacheinander ab und verteilte sie unter den Männern. Bei der letzten Hinterkeule meinte er grinsend: „Genau, diese Keule ist für mich."

Longinus klagend: „Hej, du Sack! Er kaufte die Ziege für mein Geld also gib mir gefälligst die andere Hinterkeule und nicht Cassius."

Alle lachten und fingen an zu essen, nachdem Cassius und Longinus die Fleischstücke lächelnd tauschten. Für eine Weile waren sie mit dem Essen beschäftigt und es wurde ganz still. Jeder nahm ein Fladenbrot und sie reichten einander den Weinkrug. Als sie fast das sämtliche Fleisch von den Knochen abgenagt haben, meinte Longinus: „So, Männer, nun können wir schön mit vollem Bauch schlafen. Cassius, denk du morgen an die Würfel und einen Becher. Fleisch haben wir noch genug, also bring morgen Brot und bitte mehr Wein."

Alle grinsten Cassius bettelnd an und er erwiderte: „Klar, mache ich, aber dann steht ihr tief in meiner Schuld. Jerusalem ist ja nicht mal eben um die Ecke."

Cassius lächelte weiter, als alle ihre Schlafplätze vorbereiteten und während Stephaton das restliche Ziegenfleisch in ein Leinentuch einwickelte. Sie schliefen rasch ein und nach der erholsamen Nacht weckte die Sonne wieder als Ersten Cassius. Nachdem er sich an dem Geldbeutel von Longinus bediente, der weiterhin fröhlich vor sich hin schnarchte, brach er sofort nach Jerusalem auf, um keine Zeit zu verlieren. Irgendwie belustigte ihn dieser Moment und er hätte ihn gern mit Mauritius geteilt, aber leider drängte die Zeit. Er ging in Richtung Jerusalem und als er dort endlich ankam, ging er in Richtung des Marktes. Unterwegs schoss ihm jedoch ein Gedanke durch den Kopf: „Verdammt, bevor ich jeden Tag hin und her laufen und schleppen muss, besorge ich mir einen Karren und kaufe direkt mehr Sachen ein. Vor dem Haus dieses Kerls aus den Visionen stand ja ein Karren. Den schaue ich mir mal näher an."

Cassius machte also kehrt und ging in Richtung des Armenviertels. Er kam bei dem Haus von Johannes an sichtete den besagten

Karren. Er schaute ihn sich an, zog an der Haltelatte und stellte zu seinem Erstaunen fest, dass die Speichen, die an den Rädern fehlten, nicht verhinderten, dass der Karren noch brauchbar war. Er nahm also den Karren und ging damit in Richtung des Marktes. Ein Bettler, der es mitbekam, rührte sich nicht, aber er beobachtete diesen Diebstahl ganz genau. Cassius kam bald am Marktplatz an und sein erstes Ziel war wieder der Weinstand. Cassius lächelte den Verkäufer an und bestellte: „Bitte, vier Karaffen deines besten Weins und packt sie direkt auf den Karren."

Der Verkäufer erwiderte beglückt: „Aber natürlich, Herr. Ist es vielleicht eine Hochzeit, die so viel Wein fordert?"

Cassius wusste nicht recht, was eine taktisch gute Antwort war und erwiderte: „Es ist bloß ein kleiner Vorrat."

Der Verkäufer: „Natürlich, Herr. Sagt, wo kommt euer Dialekt her?"

Cassius wurde durch die Fragerei des Verkäufers immer nervöser und entgegnete mit einer lauten Stimme: „Fragst du jeden deiner Kunden derart aus? Beladet lieber den Karren, während ich Brot hole."

Der Verkäufer nickte und Cassius ging sofort zum Brotstand und kaufte dort zehn Brote, verstaute sie in seinem Beutel und ging wieder zum Weinstand. Der Verkäufer wartete schon auf ihn und der Karren stand bereits beladen da. Cassius schaute auf den Verkäufer, gab ihm das Geld für den Wein, worauf der Verkäufer ein Lächeln aufsetzte und meinte: „Danke, Herr! Ich hoffe, ihr kommt wieder?"

Cassius antwortete: „Gewiss."

Cassius verließ mit dem Karren den Markt und ging in Richtung des Tores der Stadt, das in die Wüste führte. Plötzlich blieb er jedoch stehen und erinnerte sich laut: „Verdammt! Die Würfel und den Becher habe ich total vergessen."

Er drehte sich um und ging zurück zu dem Markt und dort angekommen, ging er wieder in Richtung des Weinstades. Als er dort ankam, meinte er zu dem Weinhändler: „Ich lasse den Karren bei dir nochmal stehen, weil ich etwas Wichtiges vergessen habe. Und wehe, du tauschst den Wein gegen einen Fusel aus."

Cassius lächelte und der Verkäufer erwiderte: „Herr, ich passe darauf auf, wie auf meine eigene Ware."

Cassius nickte und ging in Richtung anderer Stände. Er schaute sich um und fand nach einiger Zeit einen Stand mit Geschirr. Er entdeckte dort einen kleinen Holzbecher und kaufte ihn. Er suchte noch eine Weile nach Würfeln, doch er fand keinen Stand, der solche Dinge verkaufte. Dann wurde es ihm bewusst, dass es für Juden nicht üblich war, sich mit Würfelspielen zu beschäftigen und er dachte sich: „Gut, den Becher habe ich schon mal und die Würfel können wir uns ja aus Holz schnitzen."

Er steckte den Becher in seine Tasche zu den Broten und verließ Jerusalem mit dem Karren. Es dauerte lange, bis er bei Longinus und den anderen am Lager angekommen war, denn der Weg war steinig und der Karren ohnehin schon stark beschädigt. Als Longinus und die anderen Cassius sahen, rief Stephaton laut: „Hej, Cassius! Du hast deine Aufgabe ja mehr als erfüllt!"

Alle jubelten laut und Longinus nahm sofort eine Weinkaraffe vom Karren und machte sie auf. Er nahm einen tiefen Schluck, blickte Cassius erfreut an und meinte: „Das hast du gut gemacht, junger Freund."

Cassius erwiderte: „Ja, das weiß ich, aber Würfel habe ich nicht finden können."

Das machte Longinus etwas weniger euphorisch und Cassius fuhr fort: „Dafür habe ich aber einen Becher und Würfel könnten wir uns doch selbst aus Holz schnitzen."

Longinus nickte und zog mit Cassius den Karren mit dem Wein zu den anderen. Er übergab den geöffneten Krug Stephaton und meinte: „Hier, trink etwas. Und du, Mauritius, such bitte nach geeignetem Holz, da Cassius keine Würfel finden konnte."

Alle wirkten jetzt enttäuscht, daher stand Mauritius auf, riss die Weinkaraffe aus Stephatons Händen und trank einen Schluck, bevor er sich umschaute, einen vertrockneten Baum sichtete und in seine Richtung ging. Als er bei dem Baum ankam, brach er einen dicken Ast ab und ging damit zu den anderen. Am Lager angekommen schaute er lachend Cassius an und sagte: „Hier, mach du es. Nur bedenke, Würfel müssen viereckig sein."

Alle lachten laut und Cassius nahm grimmig den Ast an sich. Er zog seinen Dolch, fing mit den Schnitzereien an und nach einer ganzen Weile präsentierte er seinen Kameraden endlich die Würfel: „Schaut, besser hätte es keiner hingekriegt."

Er zeigte die sechs Würfel stolz seinen Kameraden und Longinus bewertete sie als Erster: „Sehr schön! Dann lasst und jetzt anfangen."

Cassius erwiderte lächelnd: „Aber seid nicht so geizig mit den Einsätzen."

Alle wurden fröhlich und würfelten bis zum Einbruch der Dunkelheit. So vergingen nahezu sechsunddreißig Tage und Cassius musste noch viele Male zum Markt. Er machte den mittlerweile reparierten Karren immer mit Wein und Nahrungsmitteln voll und manchmal gab es sogar Fisch. Irgendwann, als das Geld immer knapper wurde, sagte er zu Longinus: „Longinus, die Leute schauen mich schon komisch an. Sicherlich fragen sie sich, wo ich die Sachen immer hinbringe. Wir fallen auf und man könnte uns folgen und uns womöglich bloßstellen. Es ist sowieso ein Wunder, dass das noch nicht geschehen ist."

Longinus erwiderte: „Du hast Recht. Wir können nicht hierbleiben, bis uns das Geld ausgeht. Es ist bestimmt schon Gras über die Sache gewachsen und der Präfekt hat die Suche nach uns längst aufgegeben. Also, morgen ziehen wir nach Rom."

Stephaton teilte seine Meinung: „Da stimme ich dir zu. Lasst uns morgen früh einfach aufbrechen."

Alle nickten und Longinus fügte hinzu: „Esst euch heute satt, denn die Reise wird nicht leicht werden. Am besten wäre, wir wandern nach Norden durch Griechenland. Was meinst du, Stephaton?"

Stephaton erwiderte: „Ja, dort ist es ruhig, der Weg ist kürzer und wir werden kaum auffallen. Unsere römischen Stadthalter hatten dort in der letzten Zeit wenig Probleme, also werden dort nicht viele Truppen versammelt sein. Aber Cassius muss noch etwas zu essen und zu trinken besorgen und auf Wein werden wir verzichten müssen."

Longinus nickte. Als sie diese Unterhaltung führten, versammelten sich die Jünger von Jesus im Tal eines Berges. Vorher hielten sie sich in einem verrotteten Haus im Süden von Jerusalem versteckt, wo ihnen Jesus erschienen ist und ihnen auftrug, sich zu eben diesem Tal zu begeben. Dort erschien ihnen Jesus erneut und sagte zu ihnen folgendes: „Ihr werdet die Kraft des Heiligen Geistes empfangen, der über euch kommen wird. Die Kraft des Heiligen Geistes kann bei euch sein, wo immer ihr auch seid. Geht hin in alle Welt und verkündet das Evangelium allen Geschöpfen. Der Friede sei mit euch. Du Johannes, bekommst noch eine weitere Aufgabe. Suche die Vier, die mich an das Kreuz genagelt haben und sag ihnen, sie sollen tun, was ihnen von Michael aufgetragen wird. Sag ihnen, sie werden auf ihrem Weg nach Rom von ihrem Schicksal und ihrer neuen Aufgabe erfahren."

Johannes erwiderte: „Rabbi, wer ist Michael?"

Jesus antwortete: „Er ist die rechte Hand Gottes, unseres Schöpfers, und sie werden ihm auf ihrer Reise begegnen. Nun geh und überbringe ihnen meine Botschaft."

Jesus verschwand wieder plötzlich in einem grellen Strahl, aber die Jünger standen erfreut und jubelnd auf und umarmten einander. Sie wussten, Jesus war nicht wirklich verschwunden, sondern gegenwärtiger als jemals zuvor. Als der Jubel abklang, meinte Petrus zu Johannes: „Johannes, wir gehen zu unserem Versteck und werden dort auf dich warten, Bruder."

Johannes erwiderte: „Wie soll ich die Vier denn finden? Ich weiß zwar, sie halten sich hinter dem Bergkamm irgendwo versteckt, aber wo genau, kann ich doch nicht wissen."

Petrus entgegnete beruhigend: „Der Heilige Geist wird dich schon hinführen, so wie uns alle, da bin ich mir sicher."

Petrus und Johannes umarmten einander erneut euphorisch und Johannes ging darauf in Richtung des Berges, während die anderen wieder nach Jerusalem gingen. Johannes war eine Weile unterwegs und seine Verzweiflung wuchs, als plötzlich eine Windböe eine Menge Sand aufwirbelte und es in eine Richtung blies. Johannes war sich sicher: „Das muss das Zeichen sein, der Heilige Geist weist mir die Richtung. Danke dir, oh Herr!"

Er beschleunigte seine Schritte und ging erfreut in die Richtung, in die der Wind den Sand blies. Es dauerte eine Weile, bis Johannes Rauch sichtete und sich sicher war, dass dort die Vier ihr Lager haben müssten. Er hatte etwas Angst, aber dennoch genug Mut, um weiterzugehen. Also ging er und erblickte bald vier Männer, die vor einem Lagerfeuer saßen. Als er rasch von Stephaton bemerkt wurde, schrie dieser auf: „Schaut! Ist das nicht der Kerl von der Kreuzigung und der aus unseren Visionen?"

Longinus erschrocken: „Ja, verdammt, das ist er! Was will er hier?"

Stephaton entgegnete: „Das werden wir gleich erfahren, befürchte ich."

Cassius: „Das gibt es doch nicht. Wir haben ihn gesucht und er findet uns hier in der kahlen Wüste?"

Alle standen auf und warteten, bis Johannes sich dem Lagerfeuer näherte und als er dort angekommen war, sagte er zu den Männern: „Ich sollte euch eigentlich verdammen, aber ihr habt einen Märtyrer erschaffen. Ich habe mittlerweile das Gefühl, Jesus wählte den Tod und ihr wart lediglich sein Werkzeug dazu."

Alle blicken einige Augenblicke einander an und Johannes fuhr fort: „Ihr werdet auf eurer Reise erfahren, was ihr zu tun habt, oder besser gesagt, was nun euer Schicksal ist."

Longinus erwiderte: „Woher willst du wissen, wohin wir reisen wollen?"

Johannes antwortete: „Von dem Messias, den ihr auf dem Gewissen habt. Ihr wollt doch nach Rom, oder etwa nicht?"

Longinus entgegnete: „Ja, wir wollen tatsächlich nach Rom."

Johannes schaute alle nacheinander an und meinte: „Auf eurer Reise werdet ihr jemandem begegnen, der euch sagt, was ihr tun müsst. Euer Schicksal gehört nun Gott allein."

Longinus erwiderte etwas wütend: „Ich lasse mir aber keine Befehle mehr erteilen."

Johannes entgegnete: „Ich befehle dir nichts. Das war die Botschaft und ich bin bloß ihr Überbringer."

Johannes blickte die Vier erneut einzeln an, drehte sich um und ging wieder in Richtung Jerusalem. Longinus schaute darauf seine Freunde an und meinte: „Wir müssen hier unbedingt weg, Männer. Wenn er uns hier gefunden hat, dann können es die anderen auch. Wir planten doch sowieso hier zu verschwinden, also Cassius, hol bitte Proviant und im Morgengrauen brechen wir auf."

Cassius nickte und entgegnete: „Lass dem Kerl einigen Vorsprung, dann eile ich sofort zum Markt."

Longinus: „Danke. Ich setze mich erstmal hin und verarbeite diesen Mist, den der Kerl von sich gab."

Keiner sagte etwas und alle wirkten recht nachdenklich. Nach einer Weile stand Cassius auf und meinte: „Ich gehe besser, bevor der Mark noch schließt. Ich hoffe nur, dass dieser Kerl uns nicht verraten hat."

Longinus opferte dieses Mal das Kleingeld, übergab es Cassius und dieser eilte damit sofort nach Jerusalem. Dort kaufe er genügend Brote, eine größere Menge getrocknetes Ziegenfleisch und reichlich Wasser in Lederbeuteln. Als er damit bei den anderen ankam, wurde es schon dunkel und Longinus dankte ihm: „Gut gemacht. Das wird sicher für einige Tage reichen. Jetzt esst etwas und morgen bei Sonnenaufgang brechen wir auf."

Jeder folgte dem Rat und hinterher legten sich alle schlafen. Bei Sonnenaufgang war Longinus der Erste, der aufwachte. Er schaute sich die anderen lächelnd an, kam auf Stephaton zu, trat ihn lachend ins Gesäß und sagte laut: „Steht auf, ihr Säcke! Macht euch alle bereit und lasst uns aufbrechen, Männer."

Die anderen standen nur widerwillig auf und wurden langsam vollkommen wach. Sie erledigten nacheinander ihre Bedürfnisse und Stephaton meinte darauf: „Verstaut alles, was wir für die Reise nach Rom brauchen auf dem Karren. Ich glaube zwar nicht, dass er diese Reise übersteht, aber für eine Weile wird er uns einiges erleichtern. Versteckt die Dolche gut, denn es sind römische Waffen und wenn uns damit eine Wache erwischt, sind wir am Arsch."

Longinus und die anderen nickten zustimmend, worauf alle aufstanden, sich nochmals nach brauchbaren Dingen umschauten und in die Richtung gingen, die Stephaton ihnen aufzeigte. Er und Longinus gingen vor, während Cassius und Mauritius als Erste den Karren zogen. Irgendwann fragte Stephaton den ehemaligen Zenturio: „Longinus, dir ist schon bewusst, dass das eine lange Reise sein wird?"

Longinus erwiderte: „Hör mal, ich bin schon viel durch Europa gewandert und wenn du sagst, dass es einfacher wird, wenn wir durch Griechenland reisen, dann vertraue ich darauf, dass wir innerhalb eines Monats ankommen."

Stephaton entgegnete: „Wir werden es schon schaffen und hoffentlich begegnen wir keiner römischen Wache."

Longinus blicke Stephaton nochmals an und fragte: „Wie planst du unsere Reise denn im Detail? Ich meine, du hast doch einen Plan?"

Stephaton blicke Longinus lächelnd an und erwiderte: „Natürlich habe ich einen. Erst gehen wir in Richtung Galiläa, dann Syria und wenn wir Syria überquert haben, überqueren wir Cilicia, dann Galatia, dann gehen wir nördlich in Richtung Thracia. Danach gehen wir durch Moesia nach Dalmatia und dann sind wir fast in Rom."

Longinus erwiderte leicht verwirrt: „Sollten wir nicht doch lieber den Seeweg nehmen?"

Stephaton erwiderte: „Bist du wahnsinnig? Alle Schiffe werden gründlich kontrolliert, das weißt du doch. Was wäre, wenn man das Zeichen der Legion auf deinem Arm sieht? Sie wüssten sofort, dass du ein Deserteur bist. Aber vielleicht hast du ja Entlassungspapiere dabei?"

Longinus entgegnete: „Ist ja gut. Du hast wie immer Recht."

Das Thema wurde also abgeschlossen und wie wanderten. Sie wanderten einige Tage, bis sie in der Stadt Nazareth ankamen. Longinus blickte darauf lächelnd Cassius an und meinte: „So, mein Lieber Cassius. Würdest du bitte wiedermal einige Besorgungen für uns machen?"

Cassius antwortete unzufrieden: „Wieso immer ich? Das ist aber das letzte Mal, das sage ich euch. Irgendwelche besondere Wünsche die Herren?"

Keiner traute sich einen besonderen Wunsch zu nennen und zuckte bloß mit der Schulter, worauf Cassius sich zu der Stadt begab. Nach einer Weile sahen die anderen ihn schon aus der Stadt kommen und als er bei ihnen ankam, verteilte er an alle erstmal das noch warme Brot: „Tut mir leid, Männer, aber etwas Wein habe ich mir wohl verdient."

Cassius trank aus der mittelgroßen Karaffe und hörte bald mit dem Trinken auf, als jeder seiner Freunde ihn neidisch anschaute, worauf er meinte: „Hier, teilt euch den Rest. Schmeckt gar nicht mal so schlecht."

Alle aßen und reichten einander die Weinkaraffe, bis irgendwann die Nacht hereinbrach und Stephaton meinte: „Hört mal, so nah an der Stadt können wir nicht rasten. Wir sollen weiter weg unser Lager aufschlagen."

Longinus erwiderte: „Einverstanden. Lasst uns erstmal weiter nach Norden gehen, bis die Stadt nicht mehr in Sichtweite ist, dann rasten wir. Ich hoffe, meine Füße machen das noch mit."

Stephaton lachte und meinte: „Was bist du denn für ein Soldat? Wir marschierten damals in Germanien monatelang die Wälder ab und du hast wahrscheinlich in einem Bordell in Rom gelegen und dich fettgefressen. Ich konnte sogar von meinem Nagelgeld ganz gut leben."

Jetzt lachten alle und blickten dabei auf Longinus, worauf sie dann in Richtung einer Anhöhe gingen. Als sie dort ankamen und wieder von der Anhöhe herabgingen, entdeckte Cassius eine Höhle und schrie: „Schaut mal! Lasst uns dort rasten! Der Platz ist doch perfekt, oder etwas nicht? Was verdammt ist denn Nagelgeld?"

Alle nickten zustimmend und Stephaton erwiderte: „Ist tatsächlich ein guter Platz. Nagelgeld ist übrigens das Geld für die Nägel, die dir durchs Marschieren von deinen Caligae abfallen. Ein Soldat bekommt für jeden verlorenen Nagel eine großzügige Entschädigung. Kommt, lass uns ein Lagerfeuer entfachen, bevor es noch ganz dunkel wird."

Sie begaben sich geradewegs zu der Höhle und setzten sich bis auf Mauritius davor. Dieser holte aus der Umgebung nämlich das Holz und entfachte darauf mit Cassius das Feuer. Nach und nach legten sie immer dickere Äste auf das Feuer, sodass es immer größer wurde. Es war schon dunkel, als Longinus als Erster einknickte und eingeschlafen war. Die anderen unterhielten sich aber noch einige Zeit und Cassius spielte währenddessen mit seinem Dolch. Er pikste sich ständig in seinen Daumen und lächelte, als er sah, dass die Wunde nach kurzer Zeit wieder verschwand. Stephaton beobachtete es, während er über seine geschlagenen Schlachten in Germanien erzählte und meinte plötzlich laut: „Kannst du das lassen, du Trottel?"

Cassius erwiderte grimmig: „Ist ja gut. Ich lege mich sowieso jetzt hin. Gute Nacht."

Mauritius blickte darauf lächelnd Stephaton an und meinte leise: „Nicht, dass er uns noch durchdreht."

Jetzt lächelten beide und Mauritius fuhr fort: „Ich lege mich jetzt aber auch hin, weil mir die Augen schon zu fallen."

Stephaton nickte und entgegnete: „Ja, mir tatsächlich auch. Gute Nacht, Mauritius. Morgen geht es weiter in Richtung Syria."

Alle lagen jetzt um das Lagerfeuer herum und schliefen. Am nächsten Morgen wachte Longinus als Erster auf und weckte seine Freunde unsanft auf: „Männer, aufwachen! Es geht weiter!"

Alle standen grimmig auf und sammelten ihre Sachen zusammen. Stephaton zeigte mit seiner linken Hand nach Norden, blickte dabei nach rechts zur aufgehenden Sonne und meinte: „In diese Richtung müssen wir. Dort geht gerade die Sonne auf, also muss dort der Norden sein."

Stephaton ging also vor und die anderen folgten ihm. Es vergingen viele Tage und Cassius musste in den Nächten viele Lagerfeuer entfachen. Stephaton und Longinus beschäftigten sich hingegen mit dem Jagen und Mauritius bereitete die erbeuteten Tiere zu, nachdem Stephaton sie schön sauber ausnahm. Eines Tages überquerten sie die Grenze Syrias und ließen Galiläa endlich hinter sich. Als das geschah, meinte Stephaton zu den anderen: „Leute, ich habe leider eine schlechte Nachricht für euch. Wir dürfen nicht westlich die Küstenregion entlanggehen, weil es in den Provinzen dort viele Städte gibt und es für uns gefährlich sein könnte. Ich bin mir sicher, dass die Soldaten, die Pontius Pilatus angefordert hat, auch diesen Weg nehmen werden. Der Kaiser würde niemals ein Schiff für so eine Provinz wie Judäa losschicken."

Longinus erwiderte enttäuscht: „Wenn wir durch die Wüsten sollen, wie willst du da an Nahrung und Wasser kommen?"

Stephaton blickte auf Cassius und meinte: „Vielleicht tut unser Cassius uns wieder einen Gefallen und geht in die nächste Stadt? Mauritius könnte ihn ja begleiten und sie holen genug Sachen für den Weg durch die Wüste."

Cassius blickte darauf Stephaton an und entgegnete: „Ihr steht immer tiefer in meiner Schuld, wisst ihr das? Wenn wir in Rom ankommen, zahlt ihr sie mir zurück!"

Leicht unzufrieden von seiner Lage blickte er Mauritius an und fuhr fort: „Dann komm, Mauritius, spielen wir mal wieder Sklaven für die feinen Herren."

Stephaton etwas ernster: „Cassius, ihr wisst doch, dass sie den Zenturio suchen. Ihr dürft nicht vergessen, dass er weitaus bekannter ist, als ihr beiden Legionäre. Geht nach Westen und dort hinter der Anhöhe müsste Damaskus liegen. Es ist ein weiter Weg, aber da bekommt ihr alles was das Herz begehrt. Kauft auch etwas Wein, damit eure Gemüter sich etwas beruhigen."

Cassius und Mauritius nickten nur und gingen in die von Stephaton aufgezeigte Richtung. Als die beiden schon etwas entfernt waren, meinte Longinus: „Danke, dass du für mich gesprochen hast. Ich finde es schade, dass die beiden die Lage noch immer nicht verstehen. Ich meine, ich würde liebend gern Damaskus sehen, aber falls mich dort einer erkennt, sind wir alle am Arsch."

Stephaton nickte zustimmend: „Ich weiß... Ich hoffe, dass das Versteckspiel bald sein Ende hat."

Nach einer Weile verschwanden die Legionäre aus dem Blickfeld der anderen und gingen noch ein ganzes Stück westlich. Währenddessen unterhielten sie sich über banale Dinge und Cassius hatte die meisten Fragen: „Was meinst du, was hat das Schicksal nun mit uns vor?"

Mauritius erwiderte: „Ich weiß es nicht. Ich neige den Dingen eher entgegenzugehen und mich überraschen zu lassen. Ich rate dir auch geduldig zu sein, sonst verlierst du noch den Kopf."

Kurz darauf blieb Mauritius stehen und zeigte auf die weit entfernte Stadt: „Schau mal, ist das Damaskus?"

Cassius erwiderte: „Ja, ich denke schon. Sieht echt riesig aus."

Mauritius nickte zustimmend, worauf beide ihren Gang beschleunigten und auf Damaskus zugingen. Als sie nach einer Weile das Stadttor durchquerten, blickten die Torwächter sie sehr akribisch an, ließen sie jedoch passieren. Die Stadt war von Menschen überfüllt und sie liefen einfach in die Richtung des Zentrums der Stadt, wo die Menschenansammlung noch größer wurde. Sie erreichten bald den Markt von Damaskus, schauten einander an und Cassius meinte: „So, jetzt finde in dem Gewimmel mal den Weinstand."

Mauritius erwiderte lächelnd: „Schon geschehen. Ich hole also den Wein und du holst Proviant."

Cassius schaute umher und war noch verwirrter als eben. Er ließ Mauritius seine Aufgabe erfüllen und suchte selbst die Stände nach gutem Essen ab. Er hatte keine schwere Aufgabe, denn hier gab es tatsächlich alles im Überfluss. Er brauchte nicht lange, um den Karren vollzubekommen und für das Restgeld ließ er sich sogar einen Esel aufbinden. Jetzt zog sein neuer Freund den Karren und Cassius suchte nun nach Mauritius. Nur mit Mühe quetschte er sich zu dem Punkt durch, an dem sich die beiden trennten und traf seinen Freund mit zwei Riesenweinkaraffen wartend an. Beide lächelten über ihre Einkäufe stolz und eilten zu ihren Freunden zurück. Als sie das Stadttor passierten, fragte Mauritius: „Was soll das mit dem Esel?"

Cassius lächelnd: „Den gab es zu dem Einkauf praktisch kostenlos dazu. Meinst du, ich ziehe jetzt diesen schweren Karren den ganzen Weg zurück?"

Mauritius begutachtete das Tier von allen Seiten und meinte: „Das war ja eine brillante Idee von dir. Ich freue mich schon jetzt auf die Reaktionen der anderen."

Cassius lächelte und entgegnete: „Ich glaube, die werde ich schon überleben."

Sie befestigten den Esel irgendwie an die Haltelatte, kauften noch Wasser und gingen aus der Stadt. Es verging eine ganze Weile und der Abend brach schon an, als sie irgendwann ein Feuer in der Ferne sichteten und darauf zugingen. Longinus und Stephaton haben sie ebenfalls bemerkt und Longinus fasste seinen Augen kaum: „Sind die beiden denn bescheuert? Was sollen wir mit einem Esel? Er frisst doch Gras! Wo gibt es in der Wüste denn Gras?!"

Stephaton lachte laut und setzte sich belustigt wieder an die Feuerstelle, während Cassius und Mauritius mit dem Esel langsam näherkamen. Als sie in Hörreichweite waren, schrie Longinus: „Seid ihr total verblödet!? Was wollt ihr mit dem Ding?! Er braucht Nahrung, ihr Idioten! Findet ihr welche in der Wüste!?"

Cassius erwiderte: „Beruhige dich. Wir treffen irgendwann schon auf eine Oase und tauschen ihn einfach ein. Ich habe das Schleppen auch schon satt."

Longinus drehte sich grimmig um, setzte sich ans Feuer und meinte: „Ich kümmere mich um das Ding jedenfalls nicht. Der Esel ist ganz offiziell dein Problem. So, jetzt bitte den Wein her."

Cassius übergab eine der Karaffen an Longinus, band den Esel an ein Gebüsch und setzte sich zu den anderen. Sie unterhielten sich noch eine ganze Weile, aßen genüsslich das frisch gebratene Ziegenfleisch und legten sich später zu Ruhe.

KAPITEL III

DER BOTSCHAFTER

Der nächste Morgen brach an. Wieder mal war Longinus der Erste, der wach wurde. Er betrachtete seine drei noch schlafenden Freunde, das Lagerfeuer, das nur noch leicht qualmte und schrie: „Männer, auf mit euch! Es geht weiter!"

Stephaton wachte auf, rieb mit seinen Händen über sein Gesicht und sagte: „Verdammt, ich habe so schlecht geschlafen. Kommen die beiden Bauern etwa wieder nicht hoch? Na wartet mal."

Stephaton ging auf den festgebundenen Esel zu, machte ihn los, zehrte ihn dann in Richtung des Lagerfeuers und sagte leise zu Longinus: „Halt mal fest. Jetzt wird es lustig."

Longinus übernahm die Leine, wonach Stephaton sich in der Gegend umsah und einen dünnen Zweig erblickte. Er holte ihn und schlug den Esel damit auf sein Hinterteil. Dabei hielt Longinus den Esel fest und der Esel machte erschrocken seine Laute. Cassius riss entsetzt seine Augen auf und kurz darauf auch Mauritius. Longinus blickte auf Cassius, drückte ihm die Leine mit dem Esel in die Hand und sagte: „Hier, geh mit deinen neuen Kumpanen mal pissen."

Alle lachten laut und Longinus fuhr fort: „Jetzt ehrlich Männer, wir müssen aufbrechen."

Alle machten sich bereit, sammelten langsam ihre Sachen zusammen und gingen Stephaton nach Norden hinterher. Cassius führte den Esel, der wieder an den Karren festgebunden war und Longinus stichelte weiter: „Wer kauft für eine Wüstenreise schon einen Esel? Ein Kamel würde ich ja noch verstehen, aber einen Esel?"

Stephaton und Mauritius grinsten nur, ergriffen aber lieber keine Partei. Langsam verließen sie die Gegend und bald umgab sie nichts weiter als Sand. Sie wanderten nahezu eine Ewigkeit und danach wurden es Wochen. Die Sonne schien erbarmungslos auf sie herunter und ihr Wasservorrat neigte sich fast dem Ende zu. Wie Longinus es vorhersagte, verbrauchte der Esel mehr Wasser als Cassius selbst und wurde schon bald zu einer Belastung. Irgendwann an einem Mittag sichteten sie in der Ferne Palmen und Gräser und legten voller Hoffnung sofort einen Zahn zu. Dort wartete nicht nur das Grünzeug auf sie, sondern ein schmaler Fluss, der sie höchstwahrscheinlich jetzt rette. Als der Esel trank, konnte man beobachten, wie sein runder Bauch immer größer wurde. Nachdem die Männer auch reichlich tranken, badeten sie hinterher sofort und wuschen sich den alten Schweiß ab. Alle waren erleichtert und Longinus meinte: „Füllt bloß alle Behälter mit Wasser und du Cassius, siehst zu, dass dein Freund in Wassernähe bleibt, wenn wir heute hier rasten. Vielleicht fischen wir noch etwas aus dem Fluss heraus und können endlich wieder etwas Frisches essen?"

Stephaton untersuchte bereits die Ferne und schrie plötzlich: „Schaut dort! Das muss eine Karawanserei sein! Dort bekommen wir sicherlich alles."

Cassius unwissend: „Was ist denn bitte eine Karawanserei?"

Stephaton erwiderte: „Das sind Herbergen für Händler und Reisende, Dummkopf. Dort kannst du Handel treiben und dich mit Waren für die Reisen versorgen. Ein Glück, dass wir in diese Richtung gegangen sind."

Alle beschleunigten ihre Schritte in Richtung der niedrigen Gebäude am Flusslauf und dort angekommen, band Cassius den Esel direkt an der Wasserstelle, die speziell für die Tiere der Reisenden gebaut war. Währenddessen gingen die anderen auf den Hof der Karawanserei und erblickten einen kleinen Markt, wo diverse Händler vieler Völker versammelt waren. Longinus fiel ein Händler auf, der Tiere verkaufte und sogar Kamele an einen Balken gebunden hatte. Er hatte sogar einen Tiger in einem Käfig, aber Longinus interessierten eher die Kamele. Er blickte den Händler lächelnd an und sagte: „Sei gegrüßt. Ich gebe dir einen jungen, gesunden Esel, zahle noch etwas drauf und du gibst mir die zwei Kamele?"

Der Händler erwiderte: „Herr, ich habe sie selbst aufgezogen, hier in der Oase. Sie sind wohlgenährt, kräftig und gesund. Da müsst ihr aber einiges drauflegen."

Longinus entgegnete: „Ich gebe dir zwei Goldmünzen."

Der Händler lächelte und erwiderte: „Ich glaube, wir kommen erst ins Geschäft, wenn du noch etwas mehr drauflegst."

Die Kamele sahen gesund aus, waren aber nicht wirklich wohlgenährt. Longinus wusste jedoch, dass es in dieser Oase viel Grünzeug für die Kamele gab und meinte: „Gut, noch vier Silbermünzen obendrauf, dann ist aber Schluss."

Während der Verhandlung kamen Stephaton und Mauritius ebenfalls zu dem Stand und Stephaton meinte: „Jetzt sag nicht, du hast die zwei Kamele gekauft."

Longinus erwiderte lächelnd: „Noch nicht, aber hoffentlich gleich. Zudem gebe ich den Esel in Zahlung, was euch eigentlich erfreuen sollte. Meint ihr wirklich, ich will mit einem Esel in Rom einreisen? Der Karren wird ebenfalls überflüssig werden, wenn wir die Kamele beladen."

Der Händler drang sich dazwischen und sagte: „Für zwei Silberlinge mehr bin ich einverstanden. Wo habt ihr den Esel und welchen Karren meint ihr?"

Longinus: „Mein Reisegefährte bringt ihn gleich. Jakobus, hol den Schwachkopf und sag ihm, er soll sich von seinem Freund verabschieden."

Alle lachten laut und Mauritius ging vom Hof. Nach einigen Augenblicken kam er mit dem Karren und Cassius zurück, der den Esel an der Leine zog und sie direkt dem Händler übergab. Darauf blickte Longinus den Händler an und sagte: „Das wäre der Karren und das der Esel. Das Geld bekommst du morgen früh, wenn wir ausgeruht unsere Reise fortsetzen. Bitte, machst du die Kamele bis dahin reisebereit?"

Der Händler bestätigte freundlich nickend und sie verließen seinen Stand. Kurz darauf hatte Stephaton einen Vorschlag: „Männer, mischt euch unter die Leute, sucht euch eine nette Unterkunft und bei Sonnenaufgang treffen wir uns ausgeruht vor dem Eingang in die Karawanserei."

Longinus fügte noch hinzu: „Ich und Mauritius treffen uns aber erstmal hier und nehmen die Kamele entgegen."

Mauritius nickte zustimmend und verschwand bald in der Menschenmenge. Jeder von ihnen fand ein freies Kämmerlein für die Nacht und besorgte sich für die Nacht noch Wein und reichlich zu Essen. Das Angebot an Fertiggerichten war hier wirklich groß, die Sterne und der Mond funkelten bezaubernd und an den Ufern des Flusses war es ruhig und angenehm. Cassius war von der Ruhe hier angetan und ging sogar nochmals alleine zum Ufer und beobachtete eine Zeitlang den Himmel. Er stellte sich viele Fragen und besonders fragte er sich selbst, was ihn in Rom wohl erwarten würde. Er fragte sich natürlich auch, ob es seiner wunderschönen Aurelia überhaupt gut ging. Nach einer ganzen Weile ging er in sein Quartier und schlief rasch ein. Der nächste Tag ihrer Reise begann mit dem Aufstrahlen der Sonne. Stephaton und Cassius verließen beinahe zeitgleich ihre Quartiere und trafen sich beinahe auch zeitgleich vor der Karawanserei. Sie warteten bereits einige Zeit vor dem Eingang, als Stephaton bald ungeduldig meinte: „Wo sind die beiden Schlafmützen denn bloß? Es ist noch recht frisch und genau der richtige Zeitpunkt für die Weiterreise."

Cassius zuckte noch ganz verschlafen mit seinen Schultern und erwiderte: „Geduld, die kommen schon gleich. Sicherlich holen sie noch die zwei Kamele von dem Verkäufer ab."

Stephaton blickte mürrisch zur Seite und nickte. Nach mehreren Augenblicken sahen sie endlich die anderen mit den zwei Kamelen aus den Toren der Karawanserei kommen und Stephaton meinte ziemlich entnervt: „Wir warten schon eine halbe Ewigkeit auf euch! Kommt jetzt, verdammt! Wir müssen den Fluss überqueren und dazu müssen wir erst nach Osten, da der Fluss dort bedeutend schmaler und seichter wird, habe ich mir sagen lassen. Später kommt noch eine weitere Karawanserei und dort können wir wieder eine ruhige Nacht verbringen und wieder Eier schaukeln. Danach auf dem Weg gibt es wieder nur Sand, Sand und noch mehr Sand."

Longinus schaute grimmig auf ihn und entgegnete: „Ist ja gut, Mann, krieg dich wieder ein und lauf."

Stephaton debattierte nicht weiter, blickte nach Nordosten und ging in diese Richtung vor. Sie gingen einen halben Tag lang, bis sie die besagte schmale Stelle des Flusses endlich erblickten. Eine Karawane überquerte ebenfalls gerade diesen Fluss und Stephaton meinte: „Hier gehen wir auch durch und dann gehen wir nordwestlich. Das ist unser Weg."

Longinus nickte und entgegnete: „Ich hoffe, du täuschst dich nicht und wir irren nicht herum."

Stephaton erwiderte: „Mein Freund, ich weiß, du warst Zenturio, aber ich diente doppelt so lang im römischen Heer wie du und weiß, wo wir lang müssen. Wenn du mir nicht traust, dann frag doch jemanden nach dem Weg und überzeuge dich doch."

Longinus: „Ist ja gut, war auch nur ein Scherz. Ich vertraue dir natürlich vollkommen."

Kurz nach der Händlerkarawane überquerten auch sie mit ihren Kamelen den Fluss und gingen in die geplante Richtung den Fluss weiter entlang, bis es dunkel wurde. In dem Moment erblickte Stephaton die Karawanserei in der Ferne, die er vorher erwähnte und schrie: „Da! Wie ich gesagt habe! Heute essen wir uns wieder satt, bevor es morgen wieder in die Wüste geht. Dort gibt es übrigens ein Bordell, falls einer der Herren mal möchte?"

Die Männer lachten und Cassius erwiderte: „Es gibt wohl nur einen, der sich das derzeit leisten kann."

Stephaton lachte noch lauter und entgegnete: „Wenn wir nett fragen, gibt uns Longinus die Nacht mit einer Frau vielleicht aus?"

Alle lachten und eilten gutgelaunt in Richtung der Karawanserei. Dort angekommen, banden Mauritius und Cassius die Kamele an einen dafür vorgesehenen Balken und nahmen die Kostbarkeiten aus den Taschen, die auf den Rücken der Kamele hingen. Longinus stellte sich darauf vor die Männer und verkündete nahezu befehlend: „So, Männer. Geht, esst, trinkt und fickt. Morgen beim Sonnenaufgang tilge ich eure Schulden und es geht weiter."

Die Drei klatschten darauf jubelnd, gingen aber dennoch zu viert in das Thermopolium. Es stellte sich heraus, dass ihnen allen momentan Wein wichtiger war, als der warme Schoss einer Frau. Sie aßen und tranken bis spät in die Nacht und jeder von ihnen fand später eine Stube mit einem weichen Bett und genoss schnarchend die Nacht. Heute weckte sie nicht die Sonne, sondern der aufkommende Lärm an diesem Ort. In der Karawanserei fing der Tag jetzt nämlich an, der einen nicht lange schlafen ließ. Sie versammelten sich nach und nach an der Stelle, an der ihre Kamele standen und Cassius war der Erste, der die Tiere umsorgte. Sie hatten genügend Heu zu fressen bekommen, worauf Cassius dem Stallburschen einen großzügigen Obolus zuschob. Als er die anderen erblickte, fragte er: „Na? Habt ihr schön ausgeschlafen?"

Longinus erwiderte: „Bei diesem Treiben hier? In der Wüste schlief ich eindeutig besser."

Die anderen lächelten ebenfalls noch ganz verschlafen und Longinus fuhr fort: „So, Stephaton, wo lang jetzt?"

Stephaton erwiderte: „Erstmal ganz raus hier. Ich hasse Lärm beim Wacherden. Dort ging die Sonne auf, also müssen wir in diese Richtung."

Er zeigte mit seinem rechten Finger nach Norden, begann in diese Richtung auch zu gehen und die anderen folgten ihm einfach. Sie gingen eine ganze Weile und rasteten noch einige Male, als es plötzlich unnatürlich leicht dunkel wurde. Ein plötzlicher Wind wirbelte vor ihnen den Sand auf und in dem Sandwirbel blitzte auf einmal ein sehr grelles Licht auf und strahlte in alle Richtungen. Alle Vier verdeckten sich sogar die Augen, da es so hell war. Die Helligkeit nahm wieder ab und die Vier schauten in Richtung der Strahlenquelle und erblickten dort plötzlich drei bewaffnete Männer in wunderschönen, glänzenden Rüstungen. Der in der Mitte hatte ein sehr langes und massives Schwert bei sich und alle drei hatten rote Umhänge. Der Erste, der den anderen Zweien vorstand, strahlte eine enorme Kraft aus und eine große Selbstsicherheit. Longinus sah ihn an und stellte ihm die Frage: „Wer seid ihr und was wollt ihr?"

Der in der Mitte antwortete: „Ich bin Michael. Zu meiner Linken steht Aglasis und zu meiner Rechten Rakhaniel. Wir sind Boten, Boten Gottes, und da ihr den Hebräer zu seinem Tod geführt habt, werdet ihr nun an seiner Stelle den Kampf mit dem Bösen aufnehmen. Es war sein Abgesandter, sein Sohn. Das sind die Befehle, die wir euch von Gott überbringen sollen."

Longinus sah ihn mit einer bösen Miene an und erwiderte laut: „Mein Gott ist Mars und ich lasse mir nichts diktieren!"

Plötzlich umgab alle drei eine helle Aura, Michael warf seinen roten Umhang beiseite und hinter ihm entfalteten sich plötzlich riesige, schwarze Flügel, wie bei einem gigantischen Vogel. Die Vier erschreckten sich bei diesem Anblick und Michael fuhr fort: „Es gibt nur einen Gott, du Kleingeist. Ihr lebt dank seiner Gnade eigentlich noch, trotz dem, was ihr seinem Sohn angetan habt, aber euer Weiterleben hat einen Preis. Geht nach Rom und schlagt der römischen Schlange den Kopf ab. Zu gegebener Zeit wird sie Cassius euch aufzeigen. Gott schenke euch nicht nur die Ewigkeit, sondern erschuf mit euch Werkzeuge zu seinem Zweck. Wenn ihr Gottes Befehlen folgt, werdet ihr nicht für immer brennen, das ist mitunter der Lohn. Vieleicht werdet ihr sogar zu seinen Kriegern, denn Krieger Roms seid ihr nicht mehr und das wisst ihr. Ich bin sein Soldat seit Anbeginn der Zeit und mehr Stolz bringt nichts. Nun geht nach Rom."

Plötzlich wurde es um die Drei wieder grell und es blendete wieder Longinus und seine Leute. Als das helle Licht verschwand, waren Michael und seine Begleiter ebenfalls verschwunden. Longinus drehte sich darauf zu den anderen um und sagte: „Was war denn das? Wer waren sie?"

Stephaton erwiderte: „Ich hörte von ihnen. Sie nennen sie Engel und dieser Michael soll der Höchstgestellte von ihnen sein."

Longinus weiter: „Was meinte er damit, wir sollen der römischen Schlange den Kopf abschlagen?"

Cassius entgegnete: „Es gibt nur eine Schlange in Rom und das ist immer der Kaiser. Ihr wisst doch, sie sind alle Tyrannen."

Longinus erwiderte verunsichert: „Wir sollen dem Kaiser den Kopf abschlagen? Gut, wir sind irgendwie unverwundbar, aber den Kaiser töten? Wie sollen wir das anstellen?"

Stephaton: „Lasst uns doch einfach erstmal wie geplant weiter. Wir wollten ja sowieso nach Rom und ich empfinde tatsächlich einen Drang, der mich nach Rom ruft. Habt ihr nicht auch ein solch komisches Gefühl?"

Cassius blickte auf ihn und erwiderte: „Ja, dort ist etwas, aber ich muss erst Aurelia in Sicherheit wissen, dann erforsche ich erst all meine anderen Gefühle."

Stephaton: „Kommt, wir werden noch viel Zeit auf unserer Reise haben, um uns Gedanken über alles machen zu können."

Stephaton ging voraus und die anderen folgten ihm. Jeder von ihnen schwieg auf dem Wüstenweg und war tief in seinen Gedanken versunken, bis die Nacht einbrach und sie erneut rasteten. Am nächsten Morgen gingen sie weiter nach Westen und sollten bald Cilicia erreichen. Sie liefen vielleicht einen halben Tag lang, als sie in der Ferne eine lange Karawane sichteten und Longinus eine Idee hatte: „Hört mal, sollen wir uns denen anschließen? Sie gehen ebenfalls in die gleiche Richtung."

Stephaton erwiderte: „Ich weiß nicht, ob das eine gute Idee ist, aber lasst uns erstmal mit ihnen reden."

Sie näherten sich der Karawane, als Cassius plötzlich schrie: „Seht mal, sie werden überfallen!"

Stephaton: „Was meinst Du?"

Cassius zeigte mit seinem Finger nach Osten und schrie: „Dort! Bewaffnete Männer rennen auf die Karawane zu! Seht ihr sie nicht?"

Longinus: „Tatsächlich! Ich sehe die Bastarde! Sollen wir denen helfen? Es sind sicher Händler und wir brauchen ohnehin Vorräte. Kommt, lasst uns ihnen helfen! Bringen wir etwas Spannung in diese langweilige Reise! Cassius, du bleib hier und passt auf die Tiere auf! Los Männer!"

Sie zogen ihre Dolche und liefen zu der Karawane, wo gerade ein Kampf begann. Sie mischten sich in den Kampf und Stephaton erwischte gleich drei der insgesamt sieben Wüstenräuber tödlich. Longinus erledigte zwei von ihnen und die Verbliebenen flüchteten. Longinus erblickte darauf eine erschrockene Frau, die sich hinter einem Kamel versteckte und beruhigte sie: „Ganz ruhig, es ist vorbei. Du brauchst dich nicht mehr zu fürchten. Sag mir, wer ist euer Anführer?"

Die junge Frau erwiderte: „Unser Anführer? Da vorne, mit dem grauen Bart und der bunten Bekleidung, Herr."

Longinus blickte in Richtung des Anfangs der Karawane und ging darauf zu. Als er dort ankam, erkannte er den Mann, den ihm die Frau eben beschrieben hat und sagte zu ihm: „So eine lange Karawane und scheinbar ohne Begleitschutz? Wo kommt ihr her?"

Der ältere Mann erwiderte: „Ich heiße Artyom und wir sind Händler aus Armenia. Wir nehmen immer diesen Weg, doch niemand hat uns jemals überfallen. Wir danken euch für die Rettung aufrichtig."

Longinus leicht stolz: „Nichts zu danken. Wo wollt ihr hin?"

Artyom erwiderte: „Wir gehen nach Rom, Herr. Wir bringen Seide und wertvolle Gewürze dorthin."

Longinus lächelte und erwiderte: „Das trifft sich gut. Wir reisen ebenfalls dorthin. Dürfen wir vielleicht mit euch weiterreisen?"

Artyom erwiderte erfreut: „Herr, ihr habt uns vor diesen Verbrechern bewahrt, womöglich sogar vor dem Tod. Wir nehmen euch gerne mit. Hier mein Dank."

Artyom drückte Longinus einen kleinen Beutel in die Hand und fuhr fort: „Nehmt mein Silber als Zeichen der Dankbarkeit. Es ist zwar nicht viel, aber meine persönliche Habe. Es reisen Frauen und unsere Kinder mit und ich will nicht darüber nachdenken, was noch hätte passieren können. Meine geliebte Tochter, wer weiß, was sie mit ihr anstellen würden, diese Räuber und Mörder. Dieser Pfad war immer so sicher gewesen. Ich habe das Gefühl, es ziehen dunkle Zeiten auf."

Longinus nahm das Silber gar nicht erst an und meinte: „Behalt dein hartverdientes Geld. Wir haben euch nicht wegen des Geldes verteidigt, Artyom. Ist das deine Tochter dort, die uns gerade anlächelt?"

Artyom erwiderte stolz: „Ja, das ist sie. Sie sieht ganz wie ihre Mutter aus. Wir werden für immer in eurer Schuld stehen."

Longinus: „Wie schon gesagt, das müsst ihr nicht. Ich unterrichte eben meine Männer, dass wir mit euch reisen dürfen. Sie werden sich sicher freuen."

Als Erstes forderte Longinus Cassius winkend zum Kommen auf und dann sofort die anderen. Als sie beisammen waren, meinte Longinus: „Männer, wir dürfen uns ihnen anschließen. Sie reisen ebenfalls nach Rom."

Artyom lächelte die Männer freundlich an und meinte: „Solltet ihr Wasser oder Nahrung brauchen, sagt es einfach."

Longinus erwiderte: „Wir danken euch, Freunde. Ihr dürft ebenso auf unseren Schutz vertrauen."

Artyom bedankte sich beugend und ließ die Karawane weiterziehen. Während die Karawane wieder weiterging, fragte Artyom Longinus: „Sagt mir, wie heißt ihr?"

Longinus antwortete: „Ähm... Ich bin Aaron und die anderen kenne ich nicht lange. Frag sie nachher am besten selbst. Wo habt ihr die Waren her, die ihr in Rom verkaufen wollt?"

Artyom erwiderte: „Wir kaufen sie sehr günstig in Iberia. Dort laufen alle Waren der Seidenstraße auf. Wenn wir sie in Rom verkaufen, machen wir damit einen riesigen Gewinn. Wo kommt ihr eigentlich her?"

Longinus antwortete: „Wir waren in Judäa und hatten dort einige Geschäfte zu erledigen."

Währenddessen kam Stephaton zu ihnen nach vorne, nachdem er die Kamele an einem der Karren befestigte und stellte sich vor: „Ich grüße dich. Mein Name ist Salomon."

Er reichte Artyom die Hand und dabei bemerkte der Armenier sofort das Zeichen der Legionen auf Stephatons linken Oberarm und flüsterte ab jetzt: „Ihr seid römische Soldaten? Seid ihr etwa Deserteure?"

Longinus kam Artyom näher und sagte: „Ja, aber bitte, es muss nicht jeder wissen. Wir hatten einen Grund für die Flucht und es ging nicht anders."

Artyom weiter flüsternd: „Aber wieso wollt ihr dann nach Rom? Geht doch nach Iberia, da seid ihr bestimmt sicherer."

Longinus erwiderte: „Schau dort, der Jüngste von uns. Er hat in Ostia, in der Nähe von Rom, eine Frau. Du weißt, die jungen, verrückten Kerle sind ganz blind vor Liebe."

Longinus lächelte und Artyom erwiderte: „Ja, ich weiß. Ich hatte auch früher Zeit für die Liebe, aber heute muss ich nur noch daran denken, uns alle zu versorgen. Euer Geheimnis bleibt unter uns, darauf gebe ich euch mein Wort."

Sie wanderten eine halbe Ewigkeit durch die Wüste, bis die Gegend langsam zerklüfteter wurde. Bald überquerten sie wieder den Fluss Euphrat, aber an einer ganz anderen Stelle. Hier war er auch ganz flach und der Übergang war nicht weiter schwierig. Nach der Überquerung rasteten sie kurz und dann ging es wieder weiter, bis die Gegend immer bergiger wurde. Als sie danach durch ein Tal gingen, schrie Artyom plötzlich auf: „Halt! Bleibt sofort stehen!"

Longinus eilte nach vorne und fragte: „Wieso halten wir, Artyom?"

Artyom erwiderte: „Schau dort in die Ferne, römische Soldaten und das nicht gerade wenige."

Longinus fasste Artyom an seinem linken Arm und sagte: „Bleib ganz ruhig. Wir mischen uns unter euch und hoffen, dass sie nicht alles auf den Kopf stellen."

Währenddessen kam ebenfalls Stephaton nach vorne und meinte: „Ich werde sie ablenken. Sie werden die ganze Karawane auf den Kopf stellen und dann sind wir alle dran! Mit den Armeniern werden sie dann sicherlich nicht zimperlich umgehen. Wir haben keine andere Wahl, Männer."

Longinus erwiderte: „Sie werden dich festnehmen, nach Rom bringen und bis zum Tode foltern!"

Stephaton entgegnete entspannt: „Du weißt doch, sie können uns nichts. Wir müssen an die Leute hier denken, du Narr, an die Frauen und Kinder! Wir haben es ihnen versprochen. Wir sehen uns in Rom wieder, mein Freund, und macht euch keine Sorgen um mich. Bringt alle sicher nach Rom, Longinus, hörst du?"

Longinus nickte den Kopf senkend und erwiderte: „Ich wünsche dir gutes Gelingen, Stephaton. Ich vertraue darauf, dass wir uns bald wiedersehen."

Longinus und Stephaton reichten sich die Hände und Stephaton fügte noch hinzu: „Wenn sie nahe genug sind, renne ich einfach los und erwecke ihre Neugier und einen Verdacht. Wenn sie mich schnappen und das Zeichen der Legionen sehen, werden sie mich schon nach Rom bringen und euch hoffentlich in Frieden lassen. Mischt euch einfach unter die Leute hier und spielt denen Ehemänner vor. Ich sehe hier viele einsame Frauen."

Als die Soldaten auf die Karawane zusteuerten, führte Stephaton seinen Plan aus und rannte los. Die Soldaten bemerken seine Flucht von der Karawane und zehn von ihnen brachen aus ihrer Formation aus, um Stephaton zu stellen. Währenddessen ging Longinus zu Mauritius und Cassius, die sich in der Mitte der Karawane aufhielten und sagte zu den beiden: „Hört zu, Stephaton lenkt sie von uns ab. Er hat sich gerade für uns alle geopfert! Sucht euch jeder eine Frau, die allein reist und tut so, als wärt ihr deren Ehemänner. Schnell!"

Die beiden bestätigten überrascht und schauten sich direkt um. Cassius stellte sich neben ein Mädchen, das wunderschöne, schwarze Haare hatte und Mauritius fand ebenfalls eine einsame, wunderhübsche Frau, während Longinus noch hektisch suchte. Bald entdeckte er endlich eine, ging auf sie zu und fragte höfflich: „Wie heißt du? Hast du einen Ehemann?"

Sie erwiderte: „Nein, er ist auf der letzten Reise von uns gegangen, Herr, und mein Name ist Lilit."

Longinus: „Kannst du bitte so tun, als wäre ich dein Ehemann?"

Lilit erwiderte: „Wieso? Habt ihr Ärger mit den Römern?"

Longinus: „Bitte, ich erkläre dir mit Artyom später alles. Bitte!"

Lilit: „Natürlich. Ich werde es versuchen."

Sie lächelte Longinus freundlich an und er lächelte zurück, währen Stephaton in Richtung des Gebirges rannte, das sich links von der Karawane erstreckte. Als die zehn Soldaten ihn langsam einholten, warfen sie ihn zu Boden und einer von ihnen schrie: „Wieso fliehst du? Rede!"

Stephaton erwiderte spöttisch, während er auf dem Boden lag: „Also wirklich, ich wollte bloß das Kaninchen fangen!"

Der Soldat schrie wieder: „Erzähl mir keine Scheiße! Ich sehe hier weit und breit kein Kaninchen! Wie ist dein Name und wo kommst du her?"

Jetzt versuchte Stephaton ernst zu sein: „Also, ich bin im Grunde auf Schlangenjagd. Ich komme aus Judäa und gehöre nicht zu dem Karawanenpack dort. Ich schloss mich ihnen erst kürzlich an und nutzte bloß ihre Gastfreundschaft aus, weil mein Wasservorrat zuneige ging. Ist das jetzt etwa ein Verbrechen?"

Der Soldat blickte auf seine Kameraden und sagte: „Durchsucht ihn, los!"

Zwei der Soldaten rissen Stephatons Umhang von seinem Körper und einer der Soldaten erblickte sofort das Zeichen der Legionen auf seinem Oberarm. Er machte einen Schritt nach hinten und schrie:

„Er ist ein Soldat! Bestimmt Deserteur! Schaut, das Zeichen der Legionen!“

Der anführende Soldat kam darauf näher, sah sich das Zeichen an und schrie: „Du mieser Verräter! Stellt ihn auf, fesselt ihn und bringt ihn unserem Zenturio!“

Die Soldaten fesselten Stephatons Hände, stellten ihn auf und gingen rasch in Richtung der Formation. Als sie sich der Formation näherten, gab der Zenturio den Befehl zum Halt und fragte den Gruppenführer: „Brutus, wen schleppt ihr da an? Wir müssen schnellstens nach Judäa und du schleppst irgendwelche Bauern an?“

Brutus erwiderte: „Herr, es war richtig ihn zu verfolgen. Mein Spürsinn sagte mir, dass da etwas faul sein muss, als er von der Karawane floh. Schaut Zenturio, das Zeichen der Legionen.“

Zenturio Decimus schaute auf den Oberarm von Stephaton, lächelte und meinte: „Du bist desertiert, du Schwein? Das trifft sich gut, denn Kaiser Tiberius veranstaltet bald widerwillig Spiele zu Ehren der Götter und auf Anfragen des Volkes hin in der Arena, also braucht er viele Schweine wie dich. Wie ist dein Name, du Verräter?“

Stephaton blickte den Zenturio mit einem überheblichen Blick an und entgegnete: „Ich bin Stephaton.“

Decimus wurde wütend und erwiderte: „Du bist also einer der Deserteure von Pontius Pilatus? Wo sind die anderen drei? Wo ist dein Zenturio?“

Stephaton erwiderte gelassen: „Wir sind alle in Judäa eigene Wege gegangen. Ich nach Westen, der andere nach Osten, der andere nach Norden und der vierte nach Süden. Ich glaube nicht, dass ihr die anderen findet. Ich bin schon viele Wochen unterwegs, wie die anderen auch.“

Decimus erwiderte: „Weißt du, wo sie hinwollten?“

Stephaton antwortete: „Nein. Jeder hatte seine eigenen Wege und... seine eigene Bestimmung.“

Darauf gab Decimus Brutus einen Befehl: „Nimm deine neun Männer und bringt dieses Verräterschwein zu Tiberius. Sagt ihm, das ist ein Geschenk von mir. Das ist einer der Verräter, von dem Pontius Pilatus berichtet hat. Los! Wir gehen weiter nach Judäa."

Decimus stieg wieder auf sein Pferd und gab den Befehl zum Weitermarsch. Ihr Weg führte sie ohnehin auf die Karawane zu und als sie sich ihr näherten, schrie Decimus: „Halt Männer!"

Darauf stieg er wieder von seinem Pferd, ging auf Artyom zu und fragte: „Wer seid ihr und wo kommt ihr her!?"

Artyom erwiderte: „Herr, wir bringen eurem Kaiser Seide und Gewürze, wie jedes halbe Jahr. Wir sollten bereits schon in Galatia sein, aber ein Sandsturm hielt uns auf und der Kaiser wird nicht erfreut darüber sein."

Decimus blickte auf Artyoms Leute, dann auf ihre Ware und fragte: „Was hattet ihr mit dem Kerl zu tun? Er ist ein Deserteur!"

Artyom erwiderte: „Herr, er bat bloß um etwas Wasser und begleitete uns seit kurzem. Wasser haben wir genug und in der Wüste helfe ich jedem, egal, wer es ist. Verzeiht."

Decimus nickte und sagte: „Gut, geht weiter. Aber vergewissert euch das nächste Mal, wem ihr helft. Das könnte euch nämlich euren Kopf kosten."

Decimus stieg wieder auf sein Pferd und winkte mit der Hand in die Richtung, in die sie ursprünglich gingen und die Zenturie folgte ihm. Gleiches machte auch Artyom und die Karawane zog ebenfalls weiter. Man freute sich, dass alles nach Plan verlaufen ist erst, als die Soldaten nicht mehr zu sehen waren. Sie noch eine ganze Weile weiter und es gab keine besonderen Konversationen, bis Longinus zu Artyom nach vorne ging und meinte: „Danke dir, mein Freund. Wir sind euch etwas schuldig."

Artyom erwiderte: „Mein Freund, ihr habt uns gerettet und das war das Mindeste, was wir für euch tun konnten. Was geschieht nun mit eurem Freund?"

Longinus entgegnete: „Er wird sicher nach Rom gebracht und in der Arena hingerichtet. Es war sein Wille, sich zu opfern und ich respektiere seine Entscheidung. Wir werden aber dennoch versuchen, ihm zu helfen."

Artyom: „Gut, Herr, wenn ihr das sagt. Ich mochte euren Freund und hoffe, dass ihr Erfolg habt. Wir sollten gleich rasten, dann geht es morgen weiter. Kommt, speist doch mit uns."

Artyom gab den Befehl und die Karawane stoppte. Die anderen Männer der Karawane bauten rasch einige provisorische Zelte auf und zündeten ein großes Lagerfeuer an, wonach die Frauen rasch die gemeinsame Mahlzeit zubereiteten. Nach seinem üblichen Rundgang ging Artyom auf Longinus zu und sagte: „Kommt ans Feuer und speist mit uns. Vielleicht könnt ihr uns eine interessante Geschichte erzählen, oder ich euch?"

Longinus suchte mit seinen Blicken nach Mauritius und Cassius und winkte sie zu dem Lager, als er sie endlich entdeckte. Sie kamen mit den beiden Frauen an, die ihnen kurz zuvor als Tarnung dienten, als die römischen Soldaten ankamen. Alle setzten sich um das Lagerfeuer herum und Artyom meinte auf Longinus blickend: „Sagt Freunde, wie heißt ihr wirklich? Bedenkt, euer Geheimnis bleibt bei uns sicher. Uns erdrückt die römische Herrschaft oft auch und sie missfällt uns ebenso wie euch. Habe ich Recht?"

Longinus erwiderte nachdenklich: „In der Tat sind wir es leid, für den Kaiser die Drecksarbeit zu verrichten, Artyom. Wir sollten einen unschuldigen Galiläer kreuzigen und das haben wir auch getan. Hinterher bereuten wir es und begriffen, dass es falsch war. Wir begriffen danach plötzlich auch, was böse und was gut ist. Wahrscheinlich haben wir euch bei dem Überfall daher geholfen, denn für üblich befolgten wir nur Befehle und alles andere war uns gleich. Ihr habt dann aber uns geholfen und scheinbar wird Gutes wird mit Gutem erwidert, Böses mit Bösem."

Cassius fügte noch hinzu: „So ist es. Wer einem eine Grube gräbt, fällt selbst in eine hinein."

Artyom schaute Cassius an und meinte: „Weise Worte, junger Freund, du könntest Recht haben."

Nach und nach versammelten sich immer mehr Mitglieder des nomadischen Stammes und setzten sich um das Feuer herum. Mauritius setzte sich mit der Frau, die vor den Römern seine Ehefrau gewesen ist und Artyom fragte ihm: „Wie ist dein Name?"

Mauritius erwiderte leise: „Ich heiße Jakobus."

Artyom lächelte und entgegnete: „Nein, dein richtiger Name. Euer Geheimnis bleibt unser Geheimnis, das versichere ich dir."

Mauritius blickte Longinus an und dieser nickte, worauf Mauritius leise entgegnete: „Ich heiße Mauritius."

Artyom lächelte und sagte: „Du hast Meine Tochter Marina, die mich mit Stolz erfüllt, bereits kennengelernt?"

Mauritius blickte Marina überrascht an und erwiderte: „Verzeih, ich wusste nicht, dass das deine Tochter ist."

Artyom lächelte nur und richtete seine Aufmerksamkeit an alle: „Ich möchte euch eine Geschichte erzählen, eine Geschichte aus ferner Vergangenheit. Ich war einst ein junger Anführer einer kleinen Gruppe unseres Volkes und wir gingen durch Sarmatia. Wir waren viele Tage unterwegs und plötzlich umkreisten uns zehn Räuber. Wir hatten keine Waffen dabei und der Anführer der Bande kam auf mich zu und sagte: „Leert eure Taschen! Geld und eure Güter, gebt alles her!"

Ich erwiderte: „Wir können euch Wasser geben, denn Geld und Güter haben wir nicht. In dieser Einöde teile ich unser Wasser gern mit euch."

Der Anführer der Bande erwiderte dann nachdenklich: „Ihr seid doch Nomaden und tragt euer Hab und Gut doch mit euch?"

Ich entgegnete: „Ja, aber wir wurden in Iberia überfallen und sie haben uns glücklicherweise das Wasser gelassen."

Der Anführer entgegnete unzufrieden und erzürnt: „Behaltet euer dreckiges Wasser und zieht weiter!"

Artyom weiter: „Ich sah, wie der Anführer und seine Bande unsere kleine Karawane mit ihren Blicken untersuchten und sich dann endlich von uns entfernten. Wir waren sehr erleichtert, denn ich hatte viel Geld in einem Kästchen versteckt gehabt. Wir wollten in Iberia die schönste Seide kaufen, die es auf der Welt gibt und wir taten es, meine Freude, wir taten es. Als wir die Ware nach Rom brachten, war der damalige Kaiser Augustus so entzückt und zufrieden, dass er uns sehr großzügig bezahlte und uns sogar einen Aufenthalt in den Thermen Roms spendierte, wo normalerweise nur hochgestellte Römer Zutritt haben."

Alle im Kreis schauten sich von der Geschichte erfreuten an und konsumierten fröhlich ihr Mahl. Irgendwann sagte Artyom zu Longinus: „Mein Freund, erzähl bitte auch etwas aus deinem Leben. Ich wäre erfreut, etwas mehr von euch zu erfahren."

Longinus schaute Artyom und alle anderen rings herum an und begann: „Ich kann euch viel erzählen, aber die folgende Geschichte ist einzigartig. Sie hat sich erst kürzlich abgespielt und beschäftig mich noch bis jetzt. Der Galiläer, den ich vorher erwähnte, galt unter seinen Anhängern als der Messias und soll Wunder vollbracht haben. Er hat Kranke geheilt und sogar Blinde wieder sehend gemacht, doch sein eigenes Volk und vor allem ihre Priester haben ihn zum Ketzer und Gotteslästerer erklärt und forderten seinen Tod durch die Kreuzigung. Der römische Präfekt, Pontius Pilatus, gab den Befehl, weil die Pharisäer es verlangten. Nun weiß ich, dass die Entscheidung des Präfekten falsch war, denn ich kannte den Galiläer und er strahlte tatsächlich etwas Besonderes aus."

Longinus blickte auf Mauritius und dieser bestätigte: „Ja, das stimmt, ich war dabei."

Artyom entgegnete: „Wir haben auch von dem Mann und seiner traurigen Geschichte gehört. Er soll Brot und Fisch hergezaubert haben, als ihn Menschen in Not und Hunger aufsuchten."

Longinus erwiderte: „Rom zerstört alles, was eine andere Ordnung, eine eigene Idee, oder einen anderen Glauben hat. Das wird aber sein Ende haben, davon bin ich überzeugt."

Artyom entgegnete: „Das römische Reich ist so mächtig, es wird wohl nie untergehen. Es gibt keinen ebenbürtigen Gegner für sie."

Longinus schaute ihn lächelnd an und meinte: „Doch, es gibt Wege. Rom ist wie eine Schlange, die einen Kopf hat und ihr Körper sind die Soldaten. Wir werden ihr den Kopf abschlagen und alles fällt in sich zusammen. Die freien Völker werden wieder über ihre Ländereien verfügen und das Ausbeuten findet sein Ende, dafür sorgen wir."

Artyom lächelte: „Ihr? Zu dritt? Heldenhafte Vorstellung. Treibt lieber Handel wie wir. Geld macht euch auch frei."

Longinus erwiderte: „Die Zukunft birgt viele Geheimnisse und sie steht schon geschrieben, glaub mir, mein Freund."

Artyom wirkte nachdenklich und meinte irgendwann: „Danke für eure Gesellschaft, Freunde, aber mein alter Körper verlangt leider nach Schlaf. Wir haben für euch auch ein Zelt aufgebaut. Esst noch reichlich, trink und dann geht es morgen weiter."

Longinus: „Danke euch allen. Vorher schliefen wir unter dem freien Himmel in der Kälte der Nächte. Ihr erleichtert unsere Reise sehr. Vielen Dank."

Artyom nickte und alle verschwanden in ihren Zelten. Die Nacht verlief ruhig und das erste Mal schliefen Longinus und seine Männer wieder richtig aus. Am nächsten Morgen wachten alle gleichzeitig auf, bereiteten sich auf die Weiterreise vor und gingen vorwärts in Richtung Cilicia. Sie waren viele Wochen unterwegs und eines Tages standen sie endlich vor den Grenzen Italias. Artyom blickte Longinus an, der ihm schon seit längerer Zeit Gesellschaft leistete und meinte: „Sag mir, Longinus, wie hießt eigentlich euer Freund, der von den Römern gefangen genommen wurde? Seinen Namen habt ihr mir noch nie verraten."

Longinus erwiderte: „Er heißt Stephaton und war mir immer ein guter Freund. Wir dienten Rom viele Jahre zusammen und ich werde ihn auf jeden Fall suchen. Das bin ich ihm schuldig."

Artyom schaute Longinus an und entgegnete: „Ja, das kann ich verstehen. Ein guter Freund ist wie ein Familienmitglied, besonders, wenn man mit ihm Seite an Seite gekämpft hat. Mischt euch jetzt besser unter die Leute, denn an der Grenze gibt es immer strenge Kontrollen."

Longinus: „Stimmt. Ich war schon seit Langem nicht mehr hier, aber ich kann mich erinnern."

Longinus und Cassius mischten sich darauf unter die Leute der Karawane, während Mauritius schon sowieso während der ganzen Reise die Tochter von Artyom begleitete. Sie verstanden sich von Anfang an und mochten sich mittlerweile ziemlich. Mauritius hatte sogar tagelang kein Wort mit seinen Kameraden gewechselt, da er so mit Marina beschäftigt war und ihr viele Geschichten erzählte. Irgendwann erblickte Artyom in der Ferne plötzlich den Grenzposten auf der Straße und schrie: „Leute, es ist soweit! Verhaltet euch ganz normal und bleibt nicht stehen! Wenn wir Glück haben, wird es vielleicht wieder Victorius sein."

Die Karawane näherte sich langsam dem Grenzposten und Artyom erkannte tatsächlich den Grenzsoldaten Victorius, den er schon länger von seinen früheren Reisen kannte. Artyom wirkte dadurch deutlich erleichterter und begrüßte Victorius: „Hallo, mein alter Freund! Immer noch im Dienst!?"

Victorius erwiderte: „Artyom! Seid gegrüßt! Diesmal seid ihr aber spät dran. Wart ihr nicht sonst immer Mitte April hier?"

Artyom entgegnete: „Ja, ein verdammter Sandsturm hat uns für mehr als zwei Wochen festgehalten."

Victorius erwiderte: „Ob ihr jetzt noch gute Geschäfte machen könnt, bezweifele ich. Die meisten Händler sind schon längst hier durch, aber wenn eure Waren wieder so hochwertig sind wie immer, habt ihr vielleicht noch Erfolg. Nun geht, ich will eure wertvolle Zeit nicht verschwenden. Artyom, denkt an den Wein, wenn ihr wieder zurückkehrt."

Artyom entgegnete lächelnd: „Habe ich ihn jemals vergessen, Victorius? Ich werde wie immer daran denken, das weißt du doch. Alles Gute, mein Freund!"

Artyom winkte und die Karawane passierte langsam den Kontrollposten. Victorius setzte sich zu den anderen römischen Soldaten und sie beachteten die Karawane nicht weiter, als sie an ihnen vorbeizog. Als die Karawane aus der Sicht von Victorius war, kam Longinus zu Artyom nach vorne und fragte: „Du kanntest ihn wirklich? Mit euch haben wir scheinbar nur Glück. Ich muss dir wieder meinen Dank aussprechen."

Artyom entgegnete lächelnd: „Ich sage niemals etwas nur daher. Ich sagte doch, dass ich ihn kenne. Victorius hat mal Mist gebaut, daher ist er bis zum Ende seiner Dienstzeit hierher verdonnert worden. Meine Sorge war nur, dass er schon im Ruhestand sein könnte, weil er schon fünfzig Jahre alt ist."

Longinus war erfreut und die Karawane ging weiter. Sie bewunderten auf ihrer weiteren Reise die wunderschöne Italia, teilten bei jeder Rast diverse Erzählungen aus ihrer Vergangenheit untereinander aus und alle fühlten sich wohl. Artyom beobachtete jeden Abend, wie seine Tochter von Mauritius immer mehr angetan war und eines Abends, als sie rasteten, ging Artyom auf Mauritius zu und fragte: „Mauritius, magst du sie?"

Mauritius schaute ganz überrascht und erwiderte: „Meinst du Marina? Ja, sie ist sehr nett. Sie machte mich mit euren Gebräuchen vertraut und hilft mir, wenn ich etwas brauche. Vor allem macht sie einen wunderbaren Kräuteraufguss."

Artyom lachte, fasste dabei Mauritius an seiner Schulter und sagte: „Ich weiß, mein Freund, ich weiß."

Darauf ging Artyom wieder zu den anderen, setzte sich neben Longinus und dieser sprach Artyom an: „Artyom, wir waren bisher in Küstennähe. Welche Straße willst du jetzt nehmen?"

Artyom antwortete: „Wir rasteten auf unseren Reisen immer in Ariminum und dann folgten wir einfach der Via Flaminia. Dieser Weg ist sicher und bequem und mit Steinen gepflastert. Glaub mir, ich nehme diesen Weg schon fast dreißig Jahre und bewundere die Landschaft immer aufs Neue. Wäre Italia nicht so schön und die Geschäfte nicht so lukrativ, wäre ich jetzt nicht hier."

Longinus blickte ihn nachdenklich an und erwiderte: „Du hast Recht, Italia ist ein schönes Land, aber wie das Reich andere Völker behandeln, daran werde ich mich nicht mehr beteiligen. Nun, nach der Kreuzigung des Galiläers verurteile ich das Vorgehen der Römer, bereue all meine Taten als römischer Soldat und will sie wiedergutmachen. Nein, ich werde sie wiedergutmachen!"

Artyom schaute ihn an und meinte: „Ich kann deine Wut verstehen, mein Freund. Der Kaiser benutzt euch nur, um sein Imperium zu vergrößern und seinen Wohlstand mit den Steuergeldern der Provinzen noch zu steigern. Ich bin nur glücklich, wenn alle von uns satt und zufrieden sind."

Longinus entgegnete: „Ich habe nicht mal eine Familie, Artyom. Mein Leben war das Soldatendasein, der Dienst und die Befehle, wie bei Mauritius. Er ist noch jung und sollte auch eine Frau und Kinder haben, die ihn stolz machen."

Artyom: „Ja, mein Freund, so ist es. Es gibt nichts Schöneres, als eine zufriedene und glückliche Familie. Komm, lasst uns nun schlafen. Bald erreichen wir Ariminum und ich freue mich schon auf die vielen Sorten Fisch, die sie dort anbieten. Einfach köstlich."

Longinus lächelte und erwiderte: „Gute Nacht, mein Freund. Ich genieße unsere Unterhaltungen immer sehr."

Longinus stand darauf auf und ging zu seinen Männern ins Zelt, die bereits schliefen. Der nächste Morgen brach an und Artyom schrie laut: „Freunde! Es geht weiter!"

Die Karawane setzte sich nach und nach in Bewegung und ging entlang der Küste. Nach einigen Tagen erreichten sie eine prächtige Stadt und waren damit endlich in Ariminum angekommen. Artyom stoppte die Karawane unweit der Tore der Stadt und schrie laut: „So! Macht die Kamele fest! Gevorg und Areg, bewacht hier alles und baut bitte die Zelte auf. Wir gehen in die Stadt und bringen Vorräte. Longinus, kommst du mit mir?“

Longinus erwiderte: „Natürlich! Ich bin so viele Male hier vorbeimarschiert, habe aber das Tor als Soldat nie betreten dürfen.“

Artyom lächelnd: „Dann erfreut mich es besonders, dass wir nun zusammen durch das Tor gehen. Du wirst sehen, in Ariminum gibt es immer die besten Oliven, das beste Brot und das frischeste Fleisch.“

Artyom und Longinus gingen darauf durch das Tor der Stadt und zwei weitere Mitglieder der Gemeinschaft begleiteten sie. Als sie bald den Marktplatz betraten, meinte Artyom: „Schau, Longinus, habe ich übertrieben, als ich erzählte, wie prächtig diese Stadt ist?“

Longinus erwiderte leise und leicht nervös: „Bitte, nenn mich besser Aaron.“

Artyom entgegnete laut: „Aber natürlich, Aaron! Wenn du möchtest, kaufen wir das Kalbsfleisch! Wir sollten endlich alle ordentlich satt werden.“

Artyom lächelte Longinus an und sagte zu ihren zwei Begleitern: „Holt ihr bitte Oliven, Gemüse und reichlich Brot? Ich und Aaron kaufen dort drüben Kalbsfleisch.“

Die jungen Männer nickten und gingen an ihre Aufgabe heran, während Artyom und Longinus auf den Stand zugingen, wo das Frischfleisch gerade zerhackt wurde. Artyom näherte sich gezielt dem Metzger und rief: „Titus, sei gegrüßt! Wie immer alle Hände voll zu tun?“

Der Verkäufer Titus erwiderte: „Artyom, nicht du schon wieder! Wie immer werde ich an dir kaum verdienen und das meiste Fleisch loswerden! Aber ich weiß, du schuftest hart für das Wohl deiner Leute. Also, was kann ich für dich tun, alter Freund?“

Artyom entgegnete: „Titus, unsere Gruppe wächst und das ist unser neuer Freund Aaron, der uns auf der Reise sehr geholfen hat.

Such mir bitte zur Feier des Tages das frischeste Kalbsfleisch aus und übertreib nicht wieder mit dem Preis, mein Lieber."

Titus lächelte und erwiderte: „Artyom, du kannst versuchen zu handeln so lange du willst, aber für dieses Qualitätsfleisch musst du mir mindestens so viel bezahlen wie letztens. Es stand nicht in irgendeinem Stall herum, denn ich züchte mein Vieh neuerdings auf einer Weide, die ich kürzlich erwarb. Mein Vieh isst jetzt nur frische Gräser und Wiesenblumen und besseres Fleisch gibt es in ganzem Reich nicht, garantiert. Was bringt ihr übrigens dieses Mal nach Rom?"

Artyom erwiderte: „Seide und Gewürze von bester Qualität. Ich werde heute nicht herumfeilschen, Titus, obwohl ich das sehr gerne tun würde, wie du weißt. Gib mir einfach zehn Pfund des Fleisches zum Freundschaftspreis und ich bin zufrieden."

Titus reichte Artyom die Hand und sie besiegelten das Geschäft mit einem Handschlag, worauf Artyom noch hinzufügte: „Titus, wir rasten heute auf der Anhöhe vor Ariminum und du bist zum Festmahl herzlich eingeladen."

Titus erwiderte: „Vielleicht besuche ich euch, wieso nicht. Eure Geschichten sind immer so spannend. Danke für die Einladung, alter Freund."

Artyom reichte Titus nochmals die Hand und sie verabschiedeten sich voneinander. Von den Eindrücken der Stadt überwältigt, kehrten Artyom und die anderen nur langsam zu dem bereits aufgebauten Lager ihrer Leute zurück. Dort angekommen, sagte Artyom laut und ganz stolz: „Hört alle her! Ich möchte den heutigen Abend zu einem Festabend ausrufen und damit unseren neunen Freunden für ihre Anwesenheit und ihre Hilfe danken!"

Alle standen jubelnd auf und beteiligten sich sofort an der Vorbereitung zum Fest, während das Lagefeuer bereits hell brannte. Die Männer hievten den riesigen Kochtopf und stellten ihn auf die glühende Asche, während die Frauen das frische Fleisch in gleichgroße

Stücke schnitten und es gut gewürzt in den Topf schmissen. Das frische Olivenöl brachte das Ganze zum Brutzeln und erst dann kam das Wasser hinzu. Es folgten noch mehr Gewürze und sehr viele Zwiebeln, die man bald in der ganzen Gegend roch. Es wurde gefeiert, bis es dunkel wurde und noch darüber hinaus. Der Vollmond an diesem Abend erhellte die ganze Gegend und die Frauen tanzten in den Klängen der Trommeln, während die Männer ihnen zujubelten. Irgendwann meinte Longinus zu Artyom: „Wir haben an das Wichtigste nicht gedacht, Artyom, nämlich an Wein."

Artyom erwiderte euphorisch: „Mein Freund, normalerweise trinke ich keinen Wein, aber heute verschönern wir unseren Abend, bevor es morgen weiter durch die Via Flaminia in Richtung Rom geht. Gevorg, Areg! Wo seid ihr?!"

Artyom schaute sich um und sah Gevorg und Areg rasch ankommend. Als die beiden vor Artyom und Longinus standen, fragte Gevorg fröhlich: „Artyom, sollen wir etwa auch tanzen, oder weshalb rufst du?"

Artyom lachte und erwiderte: „Nein, mein Lieber, besser nicht. Bitte, geht nochmals nach Ariminum und besorgt etwas Wein."

Gevorg schaute Artyom ganz erstaunt am und fragte: „Artyom, du und Wein? Ich habe dich schon ewig keinen Wein trinken sehen."

Artyom erwiderte lächelnd: „Ich weiß, Gevorg, aber heute ist die Zeit für eine Ausnahme."

Gevorg und Areg lächelten bloß und gingen rasch zu dem Marktplatz von Ariminum und kamen eine kurze Zeit später mit reichlich Wein zurück. Gevorg stellte die zwei großen Weinkaraffen neben Artyom und ging zu seiner kleinen Gruppe. Artyom bedankte sich aber vorher, griff darauf nach einem der Gefäße und lud Longinus zum Trinken ein: „Hier, mein Freund, trinken wir auf euren Wohl!"

Longinus erwiderte lächelnd: „Nein, mein Freund, auf das Wohl deiner Leute."

Artyom: „Auf das Wohl von uns allen hier."

Longinus nickte und nahm als Erster einen tiefen Schluck und Artyom nach ihm. Danach schaute Artyom Longinus an und fragte: „Wieso bist du eigentlich Soldat geworden? Du hättest auch Händler werden können, oder Vater und Ehemann, oder beides. Vielleicht aber auch ein Bauer oder Schmied. Wieso gerade Soldat?“

Longinus überlegte eine Weile und erwiderte: „Ich hatte eine wirklich, wirklich hübsche Frau an meiner Seite und einen schönen kleinen Hof. Ich hatte drei Sklaven, die mein Vater mir nach seinem Tod hinterließ, wie ebenfalls den Hof. Er war nämlich Bauer und hat die besten Bohnen Roms gezüchtet. Solche Bohnen hast du noch nie gesehen, Artyom, wirklich. Eines Tages lernten wir auf einem Fest einen sehr reichen Senator kennen und es dauerte nicht lange, bis meine Frau das Schlafgemach wechselte. Ich verkaufte die Sklaven und den Hof und wollte einfach nur weg, raus aus Rom. Es kam mir nur der Militärdienst in den Sinn und so wurde aus mir ein Soldat. Nach der Musterung wurde ich sofort zum Legionär und drei Jahre später wurde ich aufgrund meiner Fähigkeiten zum Zenturio. Es folgten viele Schlachten, ziemlich erfolgreiche Schlachten. Dann, vor einer Schlacht, ganz früh am Morgen, konnte ich kaum aufstehen. Ich hatte mit Stephaton so viel Wein getrunken, dass ich nicht hochkam. Das war für mich das Ende in der Legion. Ich wurde zwar nicht meines Ranges enthoben, aber wurde zur der trockenen Provinz Judäa geschickt. Hier sollte ich bis Ende meiner Dienstzeit der Aufseher sein, die Ordnung bewahren und solche Sachen.“

Artyom schaute ihn nachdenklich an und meinte: „Eine traurige Geschichte Longinus, aber meine ist ebenfalls traurig. Einst reiste meine Frau mit uns, als unsere Tochter noch winzig war, doch eines Tages wurden wir in Cappadocia überfallen. Wir hatten keine Waffen mit uns geführt, weil wir ja Händler sind und keine Krieger, aber die Angreifer schon. Sie entführten einfach fünf unserer Frauen und wir waren dagegen machtlos. Darunter war auch meine Frau. Das hat mich für eine lange Zeit gebrochen, sage ich dir. Aber unser Volk, unsere Gemeinschaft musste einfach weiter und ich zog meine

Tochter alleine groß. Marina hat keine Mutter, aber sie hat uns alle. Wollt ihr euch uns nicht für immer anschließen? Das würde mir viel bedeuten, Longinus."

Longinus blickte Artyom an und erwiderte: „Mein Freund, es wäre schön mit euch zu reisen, aber unser Schicksal lenkt uns gerade in eine andere Richtung. Verzeih."

Artyom entgegnete: „Wirklich schade, aber wir haben für unsere Gemeinschaft eine Villa in Rom gemietet und ihr seid dort herzlich willkommen. Ich weiß, mein Freund, ihr werdet nicht in eure Häuser zurückkehren können, also werdet ihr die nächste Zeit in Rom mit uns verbringen müssen. Das wäre für euch wirklich am sichersten."

Longinus erwiderte: „Stimmt, wir sollten uns lieber bedeckt halten. Ich danke dir für das Angebot, auch im Namen der anderen."

Artyom: „Eine andere Wahl habt ihr leider nicht."

Artyom lächelte jetzt breit und fuhr fort: „Außerdem wäre es mir lieb, weiterhin eure Gesellschaft zu genießen. Des Weiteren fühlten wir uns schon lange nicht mehr so sicher, wie mit euch. Ich kann mir das Gefühl dieser sonderbaren Sicherheit nicht erklären."

Longinus schaute Artyom an und erwiderte: „Ich kann es auch nicht. Seit der Kreuzigung des Galiläers hat sich unser Leben ohnehin grundlegend verändert. Ich war früher skrupellos gegenüber den Menschen, doch jetzt achte ich das Leben und will es beschützen."

Artyom entgegnete: „Mein Volk denkt, wenn Du etwas Falsches getan hast, werden es deine künftigen guten Taten wieder aufwiegen. Jeder hat das Recht auf eine neue Zeit der Bewährung."

Longinus erwiderte: „Ich will nur hoffen, dass es so ist."

Artyom: „Ich hoffe für euch auch, dass ihr eure Taten verbüßt und dass ihr euren Frieden finden werdet. So, jetzt lass uns aber etwas essen und dann singen wir und trinken diesen köstlichen Wein weiter, komm!"

Die beiden beendeten ihren Dialog und gingen zum Lagerfeuer, wo die Frauen das wohlriechende Kalbsfleisch zubereiteten. Jeder von ihnen nahm sich ein großes Stück Fleisch und aß. Dieser besondere Abend war sehr fröhlich und ganz anders als die üblichen Rastpausen. Longinus blicke irgendwann Artyom an und sagte: „So viel Spaß hatte ich schon lange nicht."

Artyom erwiderte: „Hier geht es immer so zu, Longinus. Wir feiern, weil die Via Flaminia das leichteste Stück unserer Reise sein wird und dass wir den schweren Weg endlich hinter uns haben. Für euch waren die Wege ja immer leicht mit dem ganzen Haufen von Soldaten hinter eurem Rücken und eure Versorgung war immer sichergestellt."

Longinus bestätigte: „Stimmt, ich weiß, was du meinst. Nun ja, jetzt hast du ja auch Soldaten hinter dem Rücken."

Longinus lachte laut und Artyom gab nickend und lächelnd zu: „Stimmt, mein Freund! Ein Glück, dass ihr aufgetaucht seid."

Bald halfen Mauritius und Cassius den beiden auch mit dem Wein und der Abend endete, als alle nach und nach in ihren Zelten verschwanden. Die Sonne ging viel zu schnell auf, aber Artyom weckte seine Leute dennoch mit einem lauten Schrei auf: „Alle aufwachen! Auf nach Rom!"

Alle standen unausgeschlafen, jedoch mit Freude auf, bauten rasch die Zelte ab und sammelten ihre Sachen zusammen. Die Karawane setzte sich schnell in Bewegung und betrat die beliebte Via Flaminia. Die Straße war ein mit großen Steinplatten bepflasterter Weg, deren Ende man nicht sehen konnte. Ihre weitere Reise ab Ariminum führte sie erst entlang der Küste, dann nach der Stadt Farum Fortunae, wo sie erneut rasteten, ins Landesinnere. Die Via Flaminia durchquerte noch viele prachtvolle Städte und nach einigen Tagen näherte sich die Karawane endlich Rom. Longinus und alle anderen sahen bereits aus der Ferne die imposanten Bauten der Hauptstadt und hielten den Atem an, als sie der Stadt immer näherkamen. Alle waren positiv angespannt, bis auf Longinus und seine Männer. Artyom sah es ihnen an und beruhigte Longinus: „Bleib entspannt, mein Freund. Wenn wir Glück haben, ist es wieder einer, den ich kenne."

Longinus entgegnete: „Ja, ist mir schon aufgefallen, dass du einen Haufen Römer kennst, aber erst, wenn wir in eurer Villa untergebracht sind, werde ich mich wohl entspannen können."

Artyom lächelnd: „Das garantiere ich dir sogar, Longinus. Es ist purer Luxus dort und wir werden ganz ungestört sein. Kaiser Tiberius sichert uns die Villa immer zu, damit wir uns nach der Reise erholen. Glaub mir, mein Freund, unsere Waren sind ihm sehr wertvoll."

Longinus erwiderte: „Das glaube ich dir. Er hatte schon immer die edelsten Gewänder unter den Kaisern von Rom. Ich hätte niemals gedacht, dass ich einmal seinen Lieferanten kennenlerne."

Longinus und Artyom waren amüsiert und kurz darauf überquerte die Karawane den Fluss Tiber über eine Brücke und betrat die Porta Flumentana, ein südlich gelegenes Tor von Rom. Die Wachen dort winken Artyom schon zu und er winkte ihnen zurück, worauf die Karawane ohne jegliche Kontrollen das Tor passierte. Artyom blickte darauf Longinus lächelnd an und meinte: „Siehst du? Du kannst unbesorgt sein. Seit dreißig Jahren gehen wir hier durch und mittlerweile müssten uns schon viele kennen. Unser Vorteil liegt daran, dass Römer Iberia noch nicht unterworfen haben. Sie müssten Iberia erst erobern, um Waren dort zu bekommen, aber das Land ist ihnen scheinbar zu weit entfernt. Wie Armenier können dort aber kaufen und verkaufen was wir wollen, vorausgesetzt natürlich, wenn wir wissen wo. Das ist mein Geschäftsgeheimnis, mein Freund."

Longinus erwiderte lächelnd: „Schlau überlegt, das muss man zugeben."

Artyom erwiderte: „Danke, aber reden wir jetzt nicht weiter über Geschäfte. Morgen fangen die Geschäfte an und heute erholen wir uns richtig. Als Erstes gehe ich morgen früh zu Tiberius, um meinen Tribut zu zollen, dann erst zum Markt. Ich schlage vor, ihr bleibt erstmal in der Villa."

Longinus erwiderte: „Ja, ich denke, das wäre erstmal besser. Versucht bitte in Erfahrung zu bringen, was mit Stephaton geschehen ist. Ich hoffe, er lebt noch."

Artyom entgegnete: „Ja, das hoffe ich ebenfalls und werde mich gut umhören. Kommt, die Villa ist nicht mehr weit. Ich lasse meine Männer Speisen und Getränke besorgen und dann bereiten wir uns auf morgen vor."

Alle folgten Artyom und die Karawane zog langsam durch das dicht bevölkerte Rom und musste mehrere Male anhalten, da die Straßen so voller Menschen waren. Bald passierten sie den Marktplatz, gingen einen breiten Weg hinunter und als Gevorg als Erster die Villa sichtete, zeigte er sie sofort Cassius. Als sie sich ihr näherten und bald vor ihr standen, schrie Artyom zu allen: „So Leute! Schafft die Waren ins Lager und macht die Kamele fest. Marina, schafft bitte Ordnung in der Villa und bereitet bald ein Mahl vor."

Jedes Mitglied der Gemeinschaft setzte sich darauf rasch in Bewegung und tat etwas Nützliches. Marina ging mit einigen Frauen in die Villa und die Männer luden die Waren ab, mit denen die Kamele bepackt waren und brachten sie in die Lager. Es dauerte eine ganze Weile, bis die zwanzig Kamele von den Waren entlastet wurden und als das getan war, winkte Artyom Longinus und seine Freunde zu sich: „Kommt, meine Freunde! Ich zeige euch erstmal den Garten und meine Vitis Vinifera, die ich letztens gepflanzt habe."

Als Artyom die Männer mitten durch die Villa in den Garten führte, meinte Mauritius ganz verblüfft: „Vitis Vinifera? Züchtest du hier etwa die edlen Weintrauben?"

Artyom erwiderte lächelnd: „Ja, mein Freund. Marina und die anderen pflücken sie immer und wir machen daraus den besten Wein. Er verkauft sich gut und sogar Kaiser Tiberius fordert immer eine Karaffe davon. Hättest du das gedacht? Ihr seht also, wir schuften und verschwenden nicht unsere Zeit. Ich sage euch, man kann allein durch den Handel und durch die Produktion von Waren reich werden und wenn man Geld hat, hat man Frieden. Sogar in Zeiten eures Kaisers Augustus funktionierte dieses Prinzip und ich bin mir sicher, dass es immer so bleibt. Kommt, Männer, setzen wir uns in den Garten und bewundern meine wunderschöne Weinzüchtung."

Longinus und seine Männer schauten erstaunt umher, als sie vor den steinernen Sitzbänken und den ausgewachsenen Weinrebenbüschen standen und Longinus kommentierte seine Eindrücke zuerst: „Artyom, in dieser Idylle könnte ich für ewig bleiben. Kaum zu glauben, dass hier mitten in der Stadt so viele Vögel hausen. Ich hätte nie gedacht, dass die Händler außerhalb des Reiches einen solchen Wohlstand genießen können."

Artyom blickte Longinus lächelnd an und entgegnete: „Da siehst du, was wir uns erarbeitet haben. Es ist einfach so, eine Hand wäscht die andere und das wird wohl immer so bleiben. Das hier ist eine natürliche Barriere und ein Schutzwall für mein Volk und Rom und der Kaiser sind von uns auf eine Weise abhängig, die sich hoffentlich nicht ändert."

Longinus überlegte einige Augenblicke auf den Boden schauend und entgegnete: „Wir hätten auch Feinde sein können, Artyom. Tiberius hatte Pläne auch Iberia zu unterwerfen und später noch die benachbarten Völker."

Artyom erwiderte: „Ja, Rom will alle Völker unterwerfen, nicht nur Iberia. Könnten wir beide etwas spazieren gehen und das Thema wechseln?"

Longinus nickte, folgte Artyom ins Atrium und als sie dort außerhalb der Hörweite der anderen waren, meinte Artyom ernst: „Longinus, wenn Tiberius irgendwann Iberia erobert, sind wir für ihn alle nicht mehr von Nutzen, dessen bin ich mir sehr wohl bewusst. Ich wollte dich aber fragen, ob du es nicht bemerkt hast, dass meine Tochter Marina ständig an der Seite von Mauritius ist? Sie scheinen sich wirklich sehr zu mögen, aber ich weiß, ihr werdet in Rom bleiben und wir müssen irgendwann wieder zurück. Ich will nicht, dass Marina das gleiche widerfährt wie ihrer Mutter, aber Mauritius kenne ich ebenso wenig. Ich spüre, dass Marina in seinem Beisein gut aufgehoben ist und ich wünsche mir sogar, dass sie hier mit ihm bleibt und eine Familie gründet, aber seine Intentionen kenne ich nicht."

Longinus entgegnete verzweifelt: „Artyom, wir haben nicht genug Geld, um Familien zu gründen! Wo sollen wir wohnen, wenn ihr fortgeht?"

Artyom flüsternd: „Geld ist meine geringste Sorge, du Narr. Ich werde für euch alle sorgen, vertrau mir."

Longinus schaute Artyom an, schwieg einen Augenblick und entgegnete: „Ich vertraue dir, Artyom, und werde mit Mauritius reden. Cassius hat in Ostia aber seinen eigenen Hof und eine Frau, die er möglichst bald wiedersehen will."

Artyom erwiderte: „Ist er verrückt? Er sollte sich nicht dorthin wagen. Du weißt doch selbst, dass die Familien von Deserteuren als Erstes besucht werden, wenn die Deserteure nicht gefunden werden. Rede es ihm erstmal aus. Ich schicke jemanden von uns dorthin, der die Lage erkunden wird und morgen auf dem Marktplatz höre ich mich nach freien Häusern um. Ich rede nun mit Marina und du rede bitte mit Mauritius. Ich hoffe, mein Plan für die beiden geht auf und Marina bleibt sicher."

Longinus nickte, drehte sich um und ging zu seinen Männern, während Artyom ihm noch hinterherrief: „Longinus! Kommt gleich ins Atrium. So wie es hier duftet, bereiten Marina und die anderen sicher etwas Köstliches vor."

Dem war auch so. Marina hatte mit den anderen Frauen nur duftende Köstlichkeiten zubereitet und es gab verschiedene Gemüsearten, frisches Brot und frische Oliven. Alle speisten gemütlich, unterhielten sich noch bis tief in die Nacht und Marina wich Mauritius wieder nicht von der Seite. Sie unterhielten sich und lachten den ganzen Abend ausschließlich nur miteinander, was Artyom sehr erfreute. Die Stimmung wurde immer ruhiger und die Müdigkeit übermannte allmählich jeden, bis Artyom wie üblich zur Nachtruhe rief: „So, meine Kinder! Jetzt erholen wir uns und morgen geht es los.

Areg, du gehst mit mir zur Residenz von Tiberius und die Restlichen gehen so früh wie möglich zum Markt. Gevorg, nimm das Dokument, das Tiberius uns letztens gab. Damit haben wir das Recht, uns den besten Platz auf dem Markt zu reservieren."

Artyom stand auf, griff in seine Tasche, übergab Gevorg die Schriftrolle und rief Longinus winkend zu sich. Als Longinus zu ihm kam, meinte Artyom: „Komm, mein Freund, gehen wir ein Stück."

Als die beiden sich etwas von der Gruppe entfernt haben, fuhr Artyom fort: „Wie besprochen, bleibt morgen ganz entspannt hier. Hier seid ihr sicher und keiner außer uns wird diese Villa betreten. Wenn ich bei Tiberius gewesen bin, komme ich direkt hierher zurück, dann gehe ich erst zu den anderen zum Markt. Wenn ich etwas über Stephatons Schicksal herausgefunden habe, werdet ihr es sofort erfahren."

Longinus nickte dankend und alle gingen in ihre Quartiere, wonach er und seine Freunde eine freie Stube besetzten. Mauritius ging dort als letzter hinein, da er sich zum Abschied noch nach Marina umschaute und beobachtete, wie sie sich mit einigen anderen Frauen und Kindern in das Hauptgebäude begab. Sie schaute ebenfalls intensiv zurück und beide lächelten sich noch so lange an, bis die Tür des Gebäudes zufiel. Alle schliefen nach einer Weile friedlich und der Luxus der Villa und die weichen Betten sorgten überall für eine sehr erholsame Nacht.

KAPITEL IV

BROT UND SPIELE

Der nächste Morgen brach an und die Bevölkerung von Rom wachte langsam auf. Um die Villa herum wurde es laut und die Mitglieder der Gemeinschaft wussten, was zu tun war. Die Frauen kümmerten sich um die Kinder und die Verpflegung, während die Männer die Waren, die heute zum Verkauft vorgesehen waren auf Karren aufluden und sie in Richtung des größten Marktes von Rom zogen. Dort konnten die Armenier immer all ihre Waren verkaufen, die sie aus Iberia brachten. Währenddessen näherten sich Artyom und Areg der Residenz des Kaisers und sahen bald die Prätorianer, die die Riesenvilla bewachten. Einer der Elitesoldaten ging ihnen sofort entgegen und fragte streng: „Du bist sicherlich der Armenier, wie es ausschaut? Du bist der letzte Händler, den der Kaiser noch sehnlichst erwartet, also erwarte keine gute Laune. Laut Abmachung und Zeitplan solltet ihr schon längst hier sein."

Artyom erwiderte: „Ich weiß, Herr, aber ein Sandsturm hielt uns auf und dann eine eurer Zenturien, die nach Judäa unterwegs war. Einfach war unsere Reise also nicht."

Der Prätorianer entgegnete: „Nun gut, geht ins Atrium und lasst eure Waffen hier. Kaiser Tiberius frühstückt dort gerade."

Artyom: „Wir sind Händler und keine Soldaten, also tragen wir auch keine Waffen. Wieso muss ich das immer wiederholen?"

Der Elitesoldat winkte die beiden weiter und von zwei Prätorianer begleitet, gingen sie in das riesige Atrium der prächtigen Residenz von Tiberius. Überraschenderweise trafen sie den Kaiser in einem Bad der hinteren Atriumecken, aus dem noch Dampf emporstieg und Artyom meldete gehorsam: „Ich grüße euch, Kaiser Tiberius. Verzeiht uns bitte die Störung und die späte Ankunft, aber ein Sandsturm hielt uns zwei Wochen in Syria gefangen. Meine Waren sind aber wohlauf und edler denn je."

Artyom kam langsam einige Schritte näher an das Bad des Kaisers und fuhr fort: „Herr, ich habe dieses Mal auch einige besondere Geschenke für euch. Ich habe Männerschmuck aus Gold, das von den besten iberianischen Künstlern gefertigt wurde. Es heißt, sie haben es für besondere Heldenkrieger ihres Volkes gefertigt."

Artyom griff tief in seine Tasche, holte diverse Schmuckstücke heraus und zeige sie dem Kaiser. Tiberius schaute darauf Artyom lächelnd an und meinte: „Du weißt wohl immer, wie du mein Gemüt erheiterst, oder? Lasst mich das Bad beenden, dann schaue ich mir gerne alles an, Armenier."

Artyom beugte sich tief, drehte sich um und ging zu Areg, worauf sie von den Prätorianern in den Vorhof des Atriums geleitet wurden und sich dort auf eine der steinernen Bänke setzten. Nach einer ganzen Weile kam Tiberius ganz in weiß bekleidet auf sie zu und sagte er zu Artyom: „Und, Armenier, was bringst du dieses Mal?"

Artyom entgegnete: „Mein Herr, wie zuvor gesagt, sind diese Schmuckstücke hier ein Geschenk, aber die iberianischen Stoffe sind dieses Mal besonders. Schaut!"

Artyom drehte sich zu seinen Waren um, zog ein langes Stück bunten Stoffes aus dem Haufen, präsentierte es Tiberius und meinte: „Schaut, mein Kaiser, so prächtig waren die Farben noch nie, nicht wahr? Die Iberier werden immer besser in ihrem Handwerk, findet ihr nicht auch?"

Tiberius schaute sich die gesamte Ware an und entgegnete: „Ja, Armenier, sie sind wirklich prachtvoll, aber ich habe etwas mehr von diesem... wie hieß es noch? Ing... Imb... Ingber erwartet. Habt ihr diesmal mehr davon, wie ich es euch aufgetragen habe?"

Artyom antwortete rasch: „Ja, Herr, natürlich. Ich habe frischen Ingwer als Wurzel und einige Säcke in Pulverform. Wenn das Pulver trocken gelagert wird, ist es sehr lange haltbar. Es ist eine neue Methode, die wir entwickelt haben. Ihr werdet begeistert sein, mein Kaiser. Wir nutzen ihn nun ebenfalls, besonders fürs Fleisch."

Tiberius blickte Artyom an und entgegnete: „Nun gut, Armenier, ich bin zufrieden. Wie war nochmal dein Name?"

Artyom antwortete: „Ich heiße Artyom, Herr."

Tiberius erwiderte: „Ach ja, Artyom. Ich versuche es mir endgültig zu merken. Mein persönlicher Schreiber wird euch jetzt schon die Handelserlaubnis für eure nächste Wiederkehr ausstellen. Denkt dann ebenfalls an den Ingwer."

Artyom entgegnete: „Ja, Herr, das werde ich gewiss. Sagt mir Herr, wir wurden auf unserer Reise von einer euren Zenturie aufgehalten, weil wir einen Deserteur mitnahmen, aber nicht wussten, dass er einer ist. Hat das Folgen für uns?"

Tiberius antwortete: „Ach, eure Karawane war das also? Keine Sorge, der Vorfall wird nicht weiterverfolgt, weil dieser Stephaton seine Desertation und die Umstände seiner Flucht gestanden hat und dafür schon bald in der Arena sterben wird. Der beste Gladiator Roms wird dafür sorgen, dass er seine gerechte Strafe erhält. Wenn ihr wollt, kommt doch in die Arena und schaut es euch an? Das wird bestimmt ein Spektakel werden, denn ich habe mir bereits ein Scenario für das Schauspiel überlegt, obwohl ich die Gladiatorenspiele im Grunde ablehne. Es ist einfach ehrlos, wenn ein Evocatus desertiert. Nun geht zu meinem Schreiber, der euch das Schriftstück ausstellt. Palmenius, geleite ihn!"

Artyom drehte sich um, ging dem Prätorianer Palmenius hinterher und Areg folgte ihnen. Bald betraten sie eine Schreibstube, wo sich der Schreiber von Tiberius aufhielt und Palmenius sagte mit einer befehlenden Stimme zu ihm: „Stell eine besondere Handelserlaubnis für diesen Armenier aus, sein Name ist Artyom. Vermerke das primäre Platzrecht auf dem Markt, keine Einschränkungen, keine Steuern zu entrichten und das persönliche, kaiserliche Siegel soll drauf."

Palmenius blickte darauf auf Artyom und sagte: „Sobald ihr das Schriftstück habt, begebt euch selbstständig aus dem Gebäude, verstanden?"

Artyom nickte, worauf der Prätorianer aus der Schreibstube ging und wieder seinen Wachposten vor den Gemächern von Tiberius besetzte. Artyom bekam wenig später die Schriftrolle von dem Schreiber überreicht und ging darauf mit Areg aus der Residenz von Tiberius heraus. Als die beiden wieder draußen waren, meinte Artyom: „Geh du schon mal zum Markt und ich gehe zu Longinus. Ich habe ihm versprochen, etwas über Stephatons Lage zu erfahren, aber ich komme bald nach. Macht aber die Preise nicht so niedrig und richte das auch den anderen nochmals aus. Wir haben noch viel Zeit, um alles loszuwerden."

Areg nickte zustimmend und begab sich in Richtung des Marktes, wo sie immer ihre Waren verkauften. Währenddessen begab sich Artyom zu der Villa und als er dort ankam, erblickte er Longinus und seine Freunde im Garten sitzen. Er ging auf die Männer zu, blickte Longinus mit einer ernsten Miene an und berichtete: „Longinus, keine guten Nachrichten. Euer Freund wird bald in der Arena von dem besten Gladiator Roms hingerichtet. Das sagte mir Tiberius höchstpersönlich. Ich glaube, ihr könnt nichts mehr für ihn tun. Es tut mir leid."

Longinus blickte Cassius an und lächelte nahezu unauffällig und Cassius lächelte ebenfalls leicht. Dann sah Longinus Mauritius an und auch die beiden lächelten einander an. Darauf blickte er Artyom an und sagte ganz entspannt: „Glaubt mir, Stephaton wird siegen. Ich kenne ihn und seine Vorteile. Vertraut mir."

Artyom erwiderte ganz erstaunt: „Wie soll er denn gegen den besten Gladiator siegen? Er ist sicherlich doppelt so alt wie Cassius."

Cassius drang sich in das Gespräch ein und meinte: „Ich bin mir auch sicher, dass er siegen wird und setze all mein Geld auf seinen Sieg."

Cassius schaute abwechselnd seine Freunde an, blickte dann auf Artyom und meinte: „Du wirst schon sehen, Stephaton wird siegen. Setze auch du wenigstens einen Viertel deines Geldes auf ihn. Wenn

Stephaton stirbt und du verlierst das Geld, stehe ich persönlich in deiner Schuld. Was sagst du?“

Artyom lächelte und entgegnete: „Ihr scheint tatsächlich von ihm überzeugt zu sein. Gut, meine Freunde, ich vertraue euch.“

Longinus fügte noch hinzu: „Aber Artyom, bitte bringe in Erfahrung, wann der Kampf stattfindet. Wir wollen auf jedem Fall hingehen und du kommst natürlich mit. Glaube mir, Stephaton ist der Beste.“

Artyom schaute auf den Boden, überlegte kurz und entgegnete: „Ich weiß nicht. Sagen wir, wenn sich die Geschäfte heute gut entwickeln, mache ich da mit. Ich war nie ein Spieler, aber ihr habt mich schon mehrmals überrascht. Also bin ich unter dieser Bedingung einverstanden. Ich gehe nun zu den anderen zum Markt und nachher sehen wir, ob ich mir eine Wette leisten kann. Genießt den schönen Tag, meine Freunde.“

Artyom drehte sich um und verließ die Villa, worauf die anderen sich entspannten. Cassius legte sich auf die Wiese und Longinus spazierte mit Mauritius im Garten herum. Sie bewunderten die Vielfalt der Botanik und die prächtigen Weinstauden. Nach einiger Zeit legten sie sich ebenfalls auf die Wiese im Schatten und schliefen einfach ein. Sie waren sorglos, da sie wussten, dass Stephaton noch lebte und ihm nichts geschehen konnte. Jeder von ihnen freute sich schon in Gedanken, dass sie bei der Wette auf Stephatons Sieg einen satten Gewinn machen werden, denn jeder von ihnen wusste ja, dass Stephaton unverwundbar war. Alle machten sich jedoch Gedanken, wie dieser Kampf wohl aussehen wird und ob er am Ende noch gerecht bleibt. Nach einer Weile Erholungszeit klopfte plötzlich jemand ans Tor, als Longinus und Mauritius bereits wach waren, Cassius aber noch schlief. Longinus blickte erschrocken Mauritius an, dann schauten beide den schlafenden Cassius an und Mauritius flüsterte: „Weck ihn besser auf und halt ihn an, still zu sein.“

Longinus nickte und erwiderte flüsternd: „Ja, und was machen wir dann?“

Mauritius flüsterte weiter: „Vielleicht gehen sie einfach weg, wenn still bleiben."

Longinus rüttelte darauf an Cassius und als dieser langsam zu sich kam, fragte er verärgert: „Wieso weckst du mich, du Penner?"

Longinus überrascht: „Penner? Was bedeutet denn das?"

Cassius: „Weiß ich nicht, kam mir einfach so in den Sinn. Was ist denn nun, wieso weckt ihr mich?"

Longinus flüsternd: „Sei leise, da hämmert jemand ans Tor."

Cassius erwiderte lächelnd: „Dann macht doch auf. Habt ihr etwa Angst? Wir sind bereits im Maul des Löwen."

Longinus überlegte kurz, blickte auf Mauritius und meinte: „Vielleicht machst du doch auf, bevor sie weiter draufhämmern und noch mehr Aufsehen erregen? Aber wenn dir etwas bedrohlich vorkommt, schlag sofort Alarm."

Mauritius nickte, ging zum Tor, riss es auf und schrie laut: „Was ist los?!"

Vor dem Tor erblickte er einen ungepflegten Mann mit Wassereimern, der kaum noch Zähne im Mund hatte und erwiderte: „Seeid geegrüüßt, Heerr! Iiich briingee Waasser, wiie iiimmer. Iihr seiiid diiie Armmeeenier, deenke ich? Diiie aaaanderen siiind schooon aaauff deem Maaarkt? Veerzeiiht, iiich biin heeeute spääät dran. Wiiie geeeht es Arrr... Aarrt..."

Mauritius unterbrach den Behinderten und sagte: „Artyom, du Dummkopf."

Der Wasserträger antwortete mit einem idiotischen Grinsen: „Jjjaa, Heeeerr, Aaaarrtyom. Saaaagt iiihm, iiich koooomme mooo-orgen auch, aaaaber naaatüüürlich früüher."

Mauritius nickte und erwiderte: „Gut, danke. Nun geh und lasst die Eimer hier. Ich kümmere mich um sie."

Mauritius übernahm die Eimer voller Wasser und der Wasserträger fügte noch stotternd hinzu: „Biiiitte, bbbriiingt sie miiiir gleeeeich entleeeeeert wiiiieder, soooonst bekoooomme iiiich wiiiieder Ärger, ja?"

Mauritius nickte und knallte ungewollt das Tor mit seinem Fuß zu. Er trug die Eimer zu einem großen Behälter aus Stein, goss das Wasser hinein und ging mit den leeren Eimern wieder zum Tor. Er machte es auf, übergab dem Träger die leeren Behälter, nickte dankend und schloss das Tor wieder zu. Darauf ging er zu den anderen, die sich hinter den Büschen im Garten versteckten und gab Entwarnung: „Entspannt euch, es war nur ein stotteriger Wasserträger. Artyom, der Knallkopf, hätte uns sagen können, dass einer kommt. Egal, genießen wir weiter die Mittagssonne."

Alle suchten sich eine gemütliche Ecke und setzten sich hin, wogegen Cassius sich wieder auf die Wiese legte und wieder in Sekundenschnelle eingeschlafen war. Longinus blickte lächelnd auf Mauritius, der ihm gegenüber auf einer Steinbank saß und sagte leise: „Schau dir den Kerl doch nur an, schläft wie ein Neugeborenes sofort ein. So schnell kann ich nicht mal pissen."

Mauritius lächelte über diese Bemerkung und nickte sogar zustimmend, worauf er aufstand und meinte: „Ich erkunde mal die Villa und vor allem die Culina. Warte du auf Artyom und öffne ihnen das Tor, falls sie klopfen. Sollte etwas sein, ruf mich einfach."

Longinus nickte, worauf Mauritius in aller Ruhe das Gelände der Villa und ihre Räume, Raum für Raum untersuchte. Einige Türen waren selbstverständlich verschlossen, aber dann erblickte Mauritius die riesige Culina, die ihm sofort den Atem raubte. Er schaute sich dort überwältigt um und schrie: „Longinus! Komm, sieh dir das an! Longinus!"

Longinus kam angerannt und fragte ganz erschrocken: „Wieso schreist du so, was ist los?"

Mauritius: „Hast du schon einmal so eine Culina gesehen? Schau dir nur die Ausstattung an. Hier könnte ich mich so richtig austoben."

Longinus: „Ja, ich sehe schon, besser als eine Feldculina. Ist mir aber auch egal, ich koche sowieso nicht gern. Vielleicht kannst du ja mit Marina morgen Frühstück machen?"

Longinus lächelte spöttisch und ging wieder in den Garten, während Mauritius in aller Ruhe und mit einer sichtbaren Neugier die Ausstattung der Culina begutachtete. Es verging dabei einige Zeit, bis es plötzlich am Tor der Villa klopfte. Longinus rannte hin, machte das Tor erst einen Spalt auf und erblickte dort draußen Artyom und seine restlichen Armenier. Darauf sperrte er das Tor angelweit offen und Artyom begrüßte ihn lächelnd: „Hallo, mein Freund, wir sind zurück!"

Artyom wirkte ziemlich zufrieden, als er durch das Tor ging und die anderen ihm ebenso gutgelaunt folgten. Longinus lächelte selbstverständlich zurück und bemerkte laut: „Du hast aber eine ziemlich gute Laune, Artyom. Erzähl, was macht dich so glücklich?"

Artyom erwiderte ganz stolz: „Wenn es so weitergeht, Longinus, dann haben wir das Lager in einer Woche leerverkauft! Es lief wirklich toll. Sie waren von unseren Gewürzen begeistert und der Thymian war in Windeseile verkauft. Ich bin so zufrieden, das glaubst du nicht."

Longinus lächelte mit Artyom mit und entgegnete: „Das freut mich riesig, mein Freund."

Artyom umarmte Longinus darauf sogar vor Freude und leitete ihn darauf in Richtung des Gartens. Dort erblickte Artyom den schlafenden Cassius und bemerkte lächelnd: „Wartet, gleich bereitet Marina mit den anderen etwas Leckeres aus unserer Heimat vor."

Longinus entgegnete lächelnd: „Die anderen braucht Marina wahrscheinlich nicht. Mauritius bewundert schon seit geraumer Zeit die Culina. Er kocht nämlich gerne selbst."

Beide lachten laut und Artyom meinte belustigt: „Kochende Männer sind sogar bei uns ganz unüblich. Nun gut, mein Freund, ich schaffe hier erstmal etwas Ordnung mit den Karren und dann speisen wir. Ich habe alles für das Gericht aus unserer Heimat besorgt, nämlich Auberginen, Bohnen, Chasch, Lawasch und frisch gepflügte Kichererbsen. Marina ist die beste Köchin, die ich kenne, du wirst sehen, es wird dir schmecken."

Longinus schaute interreisert und fragte: „Chasch? Sagt mir nichts. Was ist das denn?“

Artyom lächelnd: „Das sage ich dir erst dann, wenn du es probierst, einverstanden?“

Longinus nickte und Artyom fügte hinzu: „Übrigens, dein Freund wird in zwei Tagen in der Arena stehen, habe ich erfahren. Er wird gegen den besten Gladiator kämpfen, Faulius, Euxinus oder so ähnlich. Ich weiß seinen Namen leider nicht mehr, aber ich habe euch besondere Plätze im Amphitheater reserviert.“

Longinus erwiderte: „Das klingt gut, danke.“

Artyom: „Ja, aber in diesen Gewändern könnt ihr da nicht hin. Dort kommt man nur als Patrizier rein, bunt gekleidet. Aber, ich besorge euch noch die passende Kleidung, macht euch darüber keine Gedanken. Komm, schauen wir, wie weit Marina mit den Speisen schon ist. Nicht, dass sie nur mit Mauritius beschäftigt ist, denn alle haben sicher schon einen Riesenhunger.“

Beide lachten und gingen in Richtung der Culina, wo bereits ein interessanter Duft herkam. Sie gingen durch das offene Tor der Culina und erblickten Marina und Mauritius, die noch von zwei anderen Frauen unterstützt wurden, indem sie das Gemüse und die Bohnen zubereiteten und die Interaktionen von Marina und Mauritius nicht weiter beachteten. Die beiden standen nämlich vor der Feuerstelle, rührten abwechselnd in einem riesigen Topf herum und unterhielten sich prächtig. Longinus und Artyom unterbrachen sie, als Longinus lächelnd fragte: „Was treibt ihr denn da? Alle haben Hunger und ihr macht hier Späße?“

Mauritius drehte sich überrascht um und erwiderte: „Sieht es hier etwa nicht nach schwerer Arbeit aus? So einen Riesentopf hast du sicherlich noch nie gegessen, mein Freund, und das Rühren geht echt in die Arme. Unsere Freunde haben Gewürze, Longinus, die kannte ich gar nicht. Geduldet euch noch etwas, es brauchet nicht mehr lange. Wo ist Cassius? Schläft er etwa noch?“

Longinus erwiderte: „Bis vorhin schlief er noch, aber ich werde ihn gleich unsanft wecken, sonst verpennt er noch wirklich den Tag."

Artyom: „Genau, und dann speisen wir gemeinsam auf der schönen Wiese. Nimm einen Becher mit Wasser und schütte es ihm einfach über den Kopf. Das wird sicher lustig."

Longinus nahm tatsächlich einen Becher mit Wasser aus der Culina und ging mit Artyom zu Cassius im Garten. Longinus übergoss darauf den schlafenden Cassius mit dem Wasser, worauf Cassius ganz erschrocken aufsprang und schrie: „Was ist denn nun schon wieder los?!"

Longinus erwiderte: „Steh jetzt auf, du Faulpelz. Gleich speisen wir und du könntest in der Culina etwas aushelfen. Außerdem hat Artyom Informationen über Stephaton, aber darüber reden wir nach dem Essen. Komm, mach dich jetzt mal nützlich."

Cassius ging vorerst grimmig in Richtung der Culina, aber als er dort ankam, standen bereits die angerichteten, wohlriechenden Speisen auf einem riesigen Tisch und er lächelte. Der riesige, dampfende Topf in der Mitte des Tisches fiel ihm direkt auf und er verstummte, schaute auf Mauritius und Marina und fragte: „Was riecht hier so gut?"

Mauritius antwortete stolz: „Das ist der Eintopf, mein Freund. Marina und ich haben ihn zubereitet, obwohl ich zugeben muss, dass sie die meiste Arbeit geleistet hat. Ich habe aber einiges von ihr gelernt, das muss ich betonen. Komm, bringen wir den Topf schon mal nach draußen."

Cassius ging auf den Tisch zu und beide packten den riesigen, schweren Topf an den Griffen und trugen ihn gemeinsam aus der Culina in den Garten. Die anderen Mitglieder der Karawane hatten bereits alles für das Mittagessen vorbereitet und es lagen Unmengen an Schüsseln und Löffel bereit. Das Lawasch lag in einem riesigen Korb und in einer großen Tonschüssel dampfte das wohlriechende, warme Gemüse. Artyom lächelte die Drei an und sagte: „Schaut, meine teuren Freunde, das ist Lawasch, das beste Brot unserer Vorfahren. Bestreicht es mit Olivenöl und streut das getrocknete Basilikum darüber. Ihr werdet sehen, es wird euch alle Sinne rauben, wenn ihr es probiert. Aber wartet, lasst uns erst das warme Chasch verspeisen, bevor es noch kalt wird. Natürlich könnt ihr das Lawasch auch in den Eintopf tunken, wenn ihr es mögt."

Jeder griff sich eine Schüssel und einen Löffel und Marina verteilte das Gericht lächelnd an jeden, der an der Reihe war. Als Longinus bedient war, blickte er neugierig in seine Schüssel, rührte die Speise mit seinem Löffel um und fragte Artyom: „Es riecht hervorragend. Woraus besteht es?"

Artyom lächelte und erwiderte: „Nicht drum herumreden, einfach rein damit. Marina wird dir gleich ihr Geheimnis verraten."

Longinus füllte seinen Löffel, pustete die Speise ein wenig kalt und aß vorsichtig. Er untersuchte den Geschmack des ersten Happens, nickte leicht, aß den Rest immer schneller und verkündete darauf seine Bewertung: „Das schmeckt gut und sogar sehr."

Artyom lächelte zufrieden, als Marina sich ebenfalls zu ihnen setzte und zu essen anfing. Als sie mit ihrer Portion fertig war, sagte Artyom zu ihr: „Jetzt verrate Longinus, meine liebe Tochter, woraus Chasch besteht."

Marina klärte Longinus lächelnd auf: „Chasch besteht aus viel Gemüse, aber die Kuhfüße geben Chasch den eigentlichen Geschmack und die Gewürzmischung verleiht dem Ganzen am Ende noch die Schärfe."

Longinus erstarrte und fragte erstaunt: „Kuhfüße? Ihr wollt mich auf den Arm nehmen?"

Marina erwiderte lächelnd: „Nein, wirklich Kuhfüße. Ich gebe aber noch Stücke von Kuhmägen dazu, denn dann wird es noch deftiger. Schmeckt es dir denn nicht?"

Longinus schüttelte den Kopf und erwiderte: „Nein, nein, ganz im Gegenteil. Es ist köstlich und sowas sonderbar Leckeres habe ich noch nie gegessen, danke."

Während Longinus den Eintopf ganz aufaß, fragte Cassius: „Und was ist mit den Hufen?"

Marina erwiderte lächelnd: „Diese werden natürlich vorher entfernt und nach dem Kochen auch die Knochen. Zu deiner Beruhigung, Cassius, bliebt nur das zarte Fleisch in dem Topf."

Das Sonderbare Gericht verwirrte die Vier, aber hier hatten sie es ja mit einer Nomadenkultur zutun und mit ihren ungewöhnlichen Essensgewohnheiten. Der Brotkorb wurde auch langsam leer und alle schienen richtig satt zu werden. Artyom stand irgendwann auf, ging auf Longinus zu und sagte: „Siehst du, Marina ist die beste Köchin die wir hier haben. Denke aber dennoch an unsere Abmachung, ja? Ich ruhe mich jetzt aus, denn morgen wird wieder ein langer und anstrengender Tag sein. Ich bringe euch morgen Kleidung und was ihr noch braucht."

Longinus erwiderte: „Vielen Dank, mein Freund."

Die beiden gaben sich einen kräftigen Handschlag und Artyom ging in eine der Kammern, die vorher verschlossen war. Artyom kam an diesem Abend nicht mehr heraus, aber die anderen hielten sich bis kurz vor dem Sonnenuntergang im Atrium auf, unterhielten sich noch lange und verschwanden dann in ihren Stuben. Die Nachtruhe war für alle angenehm und alle erholten sich recht gut. Am Morgen wurden alle von einem lauten Geschrei von Artyom geweckt: „Raus aus euren Betten! Macht schon, es geht zum Markt! Packt alles auf die Karren und auf geht's! Denkt daran, heute mehr von dem Thymian mitzunehmen!"

Alle kamen nach und nach aus ihren Stuben, auch Longinus und seine Männer. Artyom stand nur da und achtete darauf, dass sich jeder an seine Arbeit machte. Als alles wie geschmiert lief, ging er auf Longinus und seine Freunde zu und fragte: „Guten Morgen, meine Freunde. Habt ihr gut geschlafen?"

Longinus blickte kurz die anderen abwechselnd an und erwiderte lächelnd: „Also, ich bin ausgeruht wie schon lange nicht mehr. Sag, können wir euch bei etwas helfen?"

Artyom: „Nein, ist nicht notwendig und außerdem seid ihr unsere Gäste. Wir müssen aber dringend über die Spiele im Amphitheater reden, meine Freunde. Wie ihr wisst, fangen sie morgen schon an und euer Freund wird am Nachmittag gegen den besten Gladiator kämpfen. Vorher werden siebzehn zum Tode Verurteilte durch wilde Löwen hingerichtet, so wie ich es mitbekommen habe. Wir müssen bei den Spielen vom Anfang bis zum Ende dabei sein, damit wir keine Aufmerksamkeit erregen. Bitte, bereitet euch darauf vor, ja? Was wir besonders beachten müssen ist, dass wir direkt über dem Podium sitzen werden, unmittelbar neben den Senatoren und den Rittern. Es darf euch niemand erkennen und ich begleite euch natürlich. Wie schon gesagt, besorge ich euch heute noch die entsprechenden Kleider."

Longinus fasste Artyom an der Schulter und sagte: „Ich danke dir Artyom, dass du es trotz des Risikos arrangiert hast."

Cassius drang sich plötzlich zwischen die beiden und erinnerte: „Wir danken dir alle, aber denk daran, dass wir alle auf Stephatons Sieg wetten wollten."

Artyom erwiderte lächelnd: „Mein junger Freund, wenn die Geschäfte heute genauso gut laufen wie gestern, setze ich einen Viertel unserer Mittel auf euren Freund. Das steht fest."

Artyom blickte alle drei nacheinander lächelnd an, machte kehrt und ging zu seinen Leuten, die auf ihn bereits warteten. Sie hatten wieder alle Karren mit Waren vollgepackt und verließen damit die Villa. Mauritius verschloss hinter ihnen die Tore und Cassius machte wieder das gleiche wie am Vortag. Er legte sich auf die Wiese, beachtete die anderen nicht weiter und schlief rasch ein. Longinus blickte darauf auf Mauritius und meinte: „Das ist ein fauler Sack, das gibt es doch nicht."

Mauritius erwiderte: „Ach, lass ihn doch. Ich wollte sowieso die Villa weiter erkunden. Sein Gejammer wie: ‚Mir ist langweilig... Lasst uns Würfel schmeißen... Kratz mich mal am Rücken...' kann ich nicht mehr hören."

Longinus lächelte und entgegnete: „Stimmt, du hast Recht. Derweilen gehe ich in den Garten und pflücke einige Trauben."

Mauritius drehte sich darauf um und untersuchte den restlichen Teil der Villa, den er am Vortag noch nicht erkundet hatte, während Longinus den gesamten Garten besichtigte. Der Tag verging rasch und irgendwann hämmerte es am Tor. Longinus lief dorthin, machte das Tor einen Spalt auf und erblickte Artyom und seine Leute. Sofort machte er das Tor ganz weit auf und ließ die Armenier hinein. Als die leeren Karren an ihm vorbeizogen, blicke er Artyom mit riesigen Augen an und fragte: „Wurdet ihr beklaut? Wo sind eure Waren?"

Artyom berichtete fröhlich: „Longinus, du wirst es nicht glauben! Alle rissen sich um unsere Waren und die anderen Händler mit ihrem halbverdorbenen Gemüse platzten beinahe vor Neid. Wir haben tatsächlich alles verkauft! Noch drei Tage und wir sind alles los."

Longinus erwiderte beglückt: „Das freut mich, Artyom, wirklich!"

Artyom lächelte und fuhr fröhlich fort: „Kommt, ich habe Hunger wie ein Steppenwolf! Die Frauen bereiten heute wieder etwas Leckeres vor, also kannst du Mauritius schon mal zur Culina beordern und nach dem Essen zeige ich euch die Kleider."

Artyoms Lächeln verschwand nicht und während er die Gewinne in seine Stube brachte, stellten die anderen Männer die leeren Karren in einer der Ecken der Villa ab und begaben sich ebenfalls ins Atrium. Es dauerte nicht lange, bis Marina mit den anderen Frauen und Mauritius aus der Culina kam. Sie waren reichlich mit Speisen bepackt und trugen sie wieder in die Mitte des Gartens. Alle speisten entspannt und lang und als sie nach einiger Zeit voll waren, richtete Artyom seinen Blick auf Longinus und sagte: „Wenn ihr satt seid, zeige ich euch jetzt die neuen Kleider. Ich hoffe nur, sie werden euch passen."

Die Männer nickten und folgten Artyom in seine Stube, wo bereits einige Kleider auf dem Tisch ausgebreitet lagen. Artyom präsentierte sie den Männern und meinte lächelnd: „So, sucht euch etwas aus. Es muss vor allem passen, also achtet nicht auf das Aussehen, denn bunt genug sind sie alle."

Die Drei durchwühlten die Sachen und entgegen dem Rat von Artyom, griff jeder von ihnen nach dem Kleidungsstück, das ihm am besten gefiel. Nach dem Anprobieren der Sachen stellte sich zum Glück heraus, dass die ausgewählten Kleider tatsächlich passten. Jeder begutachtete zufrieden den anderen und Artyom kommentierte lächelnd: „Schaut, schaut, hier haben wir drei wohlhabende Händler aus Armenia. Ihr seht ja prächtiger aus als ich. Ich habe euch übrigens als meine Leibwache bei den Spielen angemeldet, aber ich musste die Plätze für mindestens zwei Wochen reservieren, damit die Bühnen nicht leer bleiben. Also, ab morgen werden wir für zwei Wochen an die Arena gefesselt bleiben, so sind die Regeln. Jetzt erholt euch und morgen begegnet ihr eurem Freund. Hoffentlich behaltet ihr Recht und Stephaton siegt."

Longinus erwiderte: „Keine Sorge, das wird er schon und einen anderen Ausgang schließe ich entschieden aus. Nun gut, ich verbringe den Abend auf meiner gemütlichen Liege, weil ich für morgen klar und erholt sein will."

Cassius blickte auf Mauritius und entgegnete: „Ich glaube, ich mache das Gleiche. Ich will auch darüber nachdenken, wie der morgige Tag wohl aussehen wird."

Mauritius darauf: „Ich mache mich lieber nützlich und werde Marina und den anderen beim Aufräumen helfen."

Mauritius verabschiedete sich bloß mit der erhobenen Rechten, drehte sich um, verließ Artyoms Stube und suchte mit seinen Blicken im Atrium nach Marina. Als er sie zwischen den anderen Frauen entdeckte, die bereits angefangen hatten das Geschirr wegzuräumen, ging er auf sie zu und nahm ihr direkt eine schwere Schüssel ab, die sie gerade schleppte. Nach einiger Zeit hatten sie die Unordnung nach dem Essen beseitigt, setzen sich im Garten und genossen den restlichen Abend nur zu zweit. Longinus und Cassius, sowie der erschöpfte Artyom, blieben bis zum Sonnenuntergang in ihren Stuben und schliefen wahrscheinlich schon tief. Am nächsten Morgen war es so weit und Artyom verteilte seine Aufgaben an Areg und Gevorg, die genau wussten, wie an einem Verkaufstag alles zu laufen hatte. Marina hatte er aufgetragen, an diesem Tag in der Villa zu bleiben und ihm einen Beutel mit Goldmünzen zu bringen. Sie tat es und als sie vor ihm stand, fragte sie etwas empört: „Vater, wofür brauchst du das Geld? Du sagtest gestern, ihr geht in die Arena, aber nicht, dass du wetten willst!"

Artyom erwiderte beruhigend: „Bitte, vertrau mir bei dieser Sache und rede mit niemandem darüber. Stephaton wird heute in der Arena kämpfen und Longinus und die anderen versicherten mir, dass er siegreich sein wird. Ich weiß, sowas machen wir eigentlich nicht, aber sollte er gewinnen, könnten wir unser Geld vielleicht sogar auf einen Schlag verzehnfachen."

Marina kämpfte einen Augenblick mit ihren Zweifeln, erwiderte aber letztendlich: „Nun gut, Vater, ich vertraue deiner Entscheidung und füge mich ihr, aber sie versetzt mich dennoch in Sorge."

Artyom ernst: „Vertrau mir, meine Tochter, wie ich Mauritius vertraue."

Marina wirkte überzeugt, aber die Angst in ihr blieb, während sich Artyom, Longinus und die anderen in ihren neuen Kleidern vor dem Tor der Villa versammelten."

Mauritius blickte darauf verunsichert umher und fragte: „Wieso ist sie so verärgert?"

Artyom erwiderte: „Ist doch offensichtlich, Mauritius, weil ich in der Arena ein Viertel unseres Geldes auf den Sieg von Stephaton setzen will. Ich hoffe, ihr behaltet Recht, sonst stehe ich als Versager da."

Longinus erwiderte: „Mach dir keine Gedanken. Wenn du es verlierst, bekommst du es von uns wieder. Meinst du, ich würde es sagen, wenn ich mir über seinen Sieg nicht sicher wäre? Beruhige dich einfach und lasst uns nun los."

Nach diesem kurzen Gespräch ging es in Richtung des Zentrums von Rom. Es schien, als würden alle Bürger ebenfalls in die Richtung des Amphitheaters gehen, da die Straßen immer voller wurden. Währenddessen stürmte eine große Gruppe Prätorianer die Kerker des Theaters, wo die Sklaven, die Verurteilten und die Gladiatoren eingesperrt waren und sicherten den Korridor, der zur Stephatons Zelle führte. Plötzlich betrat Tiberius höchstpersönlich den Korridor und ging sofort auf Stephatons Zelle zu. Als er vor ihr stand, blickte er Stephaton an und sagte: „Na, du Verräter? Heute blutest du das letzte Mal für Rom. Du wirst in dem größten Spektakel untergehen, das die Römer jemals gesehen haben, dafür habe ich persönlich gesorgt."

Tiberius lächelte Stephaton darauf noch dreckig an, drehte sich dann um, ging siegessicher hinaus und seine Prätorianer folgten ihm. Währenddessen näherten sich Artyom und die anderen leicht angespannt der Arena, aber Longinus und seine Männer spielten ihre Rolle als Leibwächter perfekt. Bald standen sie vor dem Eingang und immer mehr Menschen strömten an und wurden durch die Einweiser zu ihren Plätzen gewiesen. Alles ging ziemlich laut zu und als Artyom und die anderen an der Reihe waren, sagte Artyom zu einem der Einweiser: „Ich bin Artyom, der Armenier, und das ist meine Leibwache."

Der Einweiser schaute auf seine Liste, dann auf Artyom, und erwiderte: „Wartet, ich habe auf meiner Liste einen Vermerk unter eurem Namen."

Der Einweiser versuchte das Gekrakel auf seiner Liste schnell zu entziffern und sagte: „Ach, da steht's, Herr. Ein Artyom und drei Begleiter. Euch wurden Plätze im Maenianum Primum zugewiesen, in der ersten Reihe. Viel Vergnügen, die Herren."

Artyom erwiderte: „Danke schön. Bitte sag mir noch, wo kann ich meine Wette für die Gladiatorenkämpfe abschließen?"

Der Einweiser zeigte mit seinem Finger auf einige Stuben, die sich in dem Gang befanden, in dem sie sich aufhielten und sagte:

„Herr, hier sind die Buchmacher versammelt, aber wenn ihr viel setzten wollt, nehmt besser die letzte Stube. Alles läuft dort vertraulich und gewissenhaft ab. Viel Glück!“

Artyom winkte darauf zu Longinus und seinen Freunden und alle gingen in Richtung der letzten Stube. Als sie sie betraten, war dort niemand außer dem Buchmacher und Longinus verriegelte hinter ihnen die Tür. Als der Buchmacher nun auf die Vier aufmerksam wurde, fragte Artyom: „Wie hoch stehen die Quoten bei dem Kampf mit dem Verräter aus Judäa?“

Der Buchmacher antwortete lächelnd: „Noch hat keiner auf ihn gesetzt und euch rate ich auch davon ab. Er soll ein alter Sack sein, der sowieso zur Schau hingerichtet werden soll, aber wenn ihr mich reich machen wollt, nur zu.“

Artyom blickte auf Longinus und fragte: „Aaron, wollten wir nicht alle wetten?“

Artyom löste darauf seinen Geldbeutel von seinem Gürtel und die anderen taten es ihm nach. Der Armenier schüttete dann den Inhalt des Lederbeutels auf den Tisch des Buchmachers und Longinus und die anderen machten es auch. Nachdem sie alle fertig waren, sagte Artyom zu dem Buchmacher: „Das alles setzten wir auf Stephaton.“

Als der Buchmacher die Geldmenge auf seinem Tisch erblickte, fielen ihm beinahe die Augen aus. Es waren mindestens hundertfünfzig Goldmünzen und über dreihundert kleine Silbermünzen auf seinem Tisch und er kommentierte es ganz laut: „Entweder seid ihr einfach wahnsinnig oder sehr reich.“

Artyom antwortete ganz gelassen und lächelnd: „Wahrscheinlich beides. Los, zähle es und gib uns das Siegel. Mein Name ist Artyom. Mach schnell, wir wollen die besten Plätze nicht verpassen.“

Der Buchmacher zählte hektisch das gesamte Geld zusammen, setzte ein bestätigendes Schriftstück auf und platzierte sein Siegel darunter. Er übergab das Schriftstück an Artyom und sagte spöttisch lächelnd: „Na dann viel Glück!“

Artyom und die anderen drehten sich um und verließen die Wettstube, während der Buchmacher das Wettbüro panisch von innen verriegelte und das Geld sofort in einer Truhe verstaute und verschloss. Er entriegelte darauf die Tür, ging hinaus, verschloss die Tür mit drei Schlüsseln von außen und ging in die Stube nebenan. Dort riss er die Tür auf und schrie: „Falko! Stell dir vor, vier Idioten haben soeben hundertdreiundfünfzig Goldstücke und dreihundertvierzig Silberlinge auf den alten, verräterischen Sack gesetzt! Ich werde reich sein!"

Falko entgegnete lächelnd: „Du hast immer Glück, aber hoffentlich wirst du nicht böse überrascht. Ich habe den Verräter nämlich gesehen, als sie ihn in den Kerker steckten. Er ist zwar ein alter Sack, aber immerhin ein Veteran. Nun ja, ich wünsche dir das Beste."

Der Buchmacher nickte, verließ die Stube seines Nachbarn, ging wieder in seine Stube und verriegelte die Tür wieder von innen. Er war deutlich aufgeregt, weil er noch nie auf eine so große Geldsumme aufpassen musste. Derweilen suchten sich Artyom und die anderen die besten Plätze in der ersten Reihe auf dem Maenianum Primum aus. Das war die Reihe gleich über den Senatoren Roms und von dort aus hatten sie eine sehr gute Sicht auf die komplette Arena. Die Tribünen füllten sich nach und nach und es wurde immer lauter. Als die Tribünen gefüllt waren, ertönten Trompeten und Tiberius betrat seine Loge. Darauf öffnete sich ein riesiges Tor der Arena und vier Streitwagen fuhren mit enormer Geschwindigkeit heraus. Außer den Führern der Streitwagen waren noch jeweils zwei Frauen in prächtigen Rüstungen darauf. Sie warfen während der Fahrt festlich Rosenblätter aus riesigen Körben auf den sandigen Arenaboden und als der ganze Sand der Arena mit roten Rosenblättern bedeckt war, ertönten die Trompeten erneut. Die vier Streitwagen wurden nun langsamer und verließen die Arena wieder durch das offene Tor. Nach kurzer Zeit fuhren aus dem gleichen Tor weitere acht Streitwagen heraus und diesmal waren die riesigen Körbe mit Broten und kleinen Lehmkugeln gefüllt. Langsam am Rand der Arena fahrend, wurde der Inhalt der Körbe in Richtung der Menge geworfen und jeder versuchte etwas zu fangen. Eine Lehmkugel traf dabei Cassius am Kopf und Longinus explodierte praktisch vor Lachen: „Da trifft es den Richtigen! Los, klopf sie kaputt! Ich bin gespannt, was du gewonnen hast! Los!"

Cassius erwidere ahnungslos: „Wie, was ich gewonnen habe?"

Longinus antwortete: „Ja, da drin ist ein Gutschein, du Narr. Warst du noch nie bei den Spielen? Los, mach schon, ich bin gespannt!"

Cassius klopfte die Lehmkugel auf seinen Sitz kaputt und entdeckte drinnen ein Stück Pergament. Er entfaltete es, machte große Augen und fragte: „Was soll das heißen... Sklave?!"

Longinus antwortete erstaunt: „Was?! Du hast einen Sklaven gewonnen? Du verdammter Glückspilz! Am Ende der Spiele kannst du dir einen Sklaven aussuchen, so läuft das."

Es ertönten wieder Trompeten und der Sprecher der Spiele schrie aus der Loge des Kaisers ganz laut: „Meine verehrten Römer! Heute präsentiert euch unser geliebter Kaiser Tiberius ein besonderes Spektakel! Siebzehn verurteilte Schwerstverbrecher werden bestraft und zum Tode geführt! Durch drei hungrige Löwen, frisch eingetroffen aus den Tiefen Africas, werden sie verspeist! Ihr seht also, Verbrechen lohnt sich nicht! Als zweites werden die Sklaven von Senator Claudius Titus hingerichtet, die ihn vergiften wollten und am Nachmittag beginnen die Gladiatorenkämpfe! Als Erstes werden die neuen Gladiatoren aus der Gladiatorenschule von Casius Augustus auf seinen Wunsch hin erprobt. Sein Motto ist, der stärkste überlebt. Zuletzt rächt sich Rom am Verrat des Soldaten Stephaton, der in der Krisenzeit seinen Posten in der Provinz Judäa verlassen hat, trotz den Anweisungen des Präfekten Pontius Pilatus. Er wird von dem besten Gladiator Roms für seine Vergehen brutal niedergestreckt! Ihr kennt seinen Namen?! Schreit ihn hinaus!"

Die Menge schrie ganz laut: „Marcus Attilius!"

Der Sprecher lachend: „Ja, meine Freunde! Kein geringerer als Marcus Attilius! Nun genießt diesen herrlichen Tag!“

Als der Sprecher seine Ansprache beendet hatte und sich zurückzog, stand Tiberius von seinem Thron auf und ging zu dem Geländer der Loge. Er schaute sich die Menge langsam von links nach rechts an und schrie: „Lasst die Spiele beginnen!“

Plötzlich öffnete sich ein anderes Tor als zuvor und ein Pferdegespann von sechs Pferden fuhr heraus. Es zog einen Anhänger hinter sich, worauf siebzehn Pfähle aufgestellt waren, an denen siebzehn Männer nur am Hals und an den Beinen gefesselt waren und ihre Hände waren frei. Die Gefesselten schlugen mit ihnen umher und schrien irgendetwas in fremden Sprachen, als das Gespann in der Mitte der Arena anhielt. Die Gespannführer stiegen von den Pferden ab, lösten die Seile, die an den Anhänger gebunden waren, stiegen darauf wieder auf ihre Pferde und ritten in Richtung des noch offenen Tores. Als sie hindurch geritten waren, verschloss sich das Tor sofort und es ertönten wieder Trompeten und ein anderes Tor ging langsam auf. Man konnte deutlich das Gebrüll der gereizten Löwen dort hören und die Menge schrie einheitlich ganz laut: „Occidere! Occidere! Occidere!“

Kurz darauf kamen die drei wütenden Löwen aus dem Tor und zentrierten ihren Blick direkt auf den in der Mitte stehenden Anhänger mit den Männern. Sie gingen erst langsam auf den Anhänger zu, dann beschleunigten sie ihren Gang und als die Verurteilten auf dem Anhänger immer panischer wurden, herumschrien und mit ihren Händen wedelten, beschleunigten die Löwen nur ihren Sprint. Einer der Löwen sprang auf den Anhänger und dann direkt auf einen der Gefangenen. Er riss ihm mit seinen kräftigen Krallen den Brustkorb auf und biss ihm abwechselnd in seine Kehle und die Oberarme und der Gefangene verstummte. Der Löwe setzte sich kurz vor ihm hin und widmete sich gleich einem anderen Gefangenen, der daneben ebenfalls in eine noch größere Panik ausbrach. Ihn ereilte das gleiche Schicksal und die anderen Löwen taten instinktiv das gleiche mit den anderen Gefangenen. Es war üblich, dass nur hungrige Löwen auf die Gefangenen losgelassen wurden und das merkte man auch, denn keiner der Verurteilten überlebte. Das Blutbad dauerte eine ganze Weile, bis die Löwen gesättigt waren und sich endlich hinlegten. Darauf ertönten erneut Trompeten und das war das Zeichen für die Bogenschützen. Sie stellten sich in der ersten Reihe des Podiums auf, nachdem ihnen die Senatoren Platz machten und zielten in Richtung der Löwen. Artyom schien überrascht und fragte Longinus: „Töten sie sie etwa?!"

Longinus erwiderte: „Kein Tier verlässt die Arena jemals lebend, Artyom."

Artyom schien darüber sichtlich verärgert zu sein, denn nichts davon ergab für ihn einen Sinn. Alle Schützen schauten darauf zu dem Kaiser und erwarteten das Zeichen. Tiberius blicke erneut das Publikum von links nach rechts an und erhob seine rechte Faust in die Höhe. Daraufhin regneten nahezu fünfzig Pfeile auf die Löwen, sowie auf die Überreste der getöteten Verurteilten nieder und zur Sicherheit folgte noch eine weitere Salve. Als die Löwen ebenfalls keine Lebenszeichen mehr von sich gaben, ertönten wieder Trompeten. Diesmal öffneten sich drei Tore und aus zwei von ihnen kamen Sklaven herausgerannt und aus dem dritten wieder das gleiche Pferdegespann. Die Sklaven begleiteten vier Soldaten, die vorsichtig auf die Kadaver der Löwen zugingen. Die Soldaten untersuchten die Tiere auf Lebenszeichen und winkten kurz darauf mit ihren Schwertern, woraufhin die Sklaven die Tierkadaver auf den Anhänger zogen, wo sich auch die Reste ihrer Opfer befanden. Die Reiter befestigten den Anhänger wieder an das Gespann und ritten davon, während die Sklaven unter der Aufsicht der Soldaten noch den blutigen Sand ebneten und darauf wieder durch die Tore verschwanden. Als die Tore zufielen, ertönten erneut Trompeten und der Sprecher von Tiberius trat wieder vors Geländer und schrie hinaus: „Meine Freunde! Heute wird noch mehr Blut fließen! Senator Claudius Titus hat sich für eine drakonische Strafe entschieden! Seine fünfzig Sklaven sollen hingerichtet werden und überlässt euch die Methode zu wählen, wie sie sterben werden! Er betont, für einen Mordversuch an einem römischen Senator kann es keine Gnade geben! Also, ihr habt die Wahl: Die Dreizehnte Legion, die Prätorianer oder die Gladiatoren von Casius Augustus!? Unser Kaiser Tiberius ist dafür, dass sich die Gladiatoren von Casius Augustus für die Kämpfe warmmachen! Was meint ihr?"

Die Menge stand auf und schrie eindeutig: „Gladiatores! Gladiatores! Gladiatores!"

Der Sprecher erhob seine Hände, die Menge wurde still und er verkündete: „Euren Willen sollt ihr bekommen! Der Kaiser präsentiert euch: Die mordgierigen Sklaven von Senator Claudius Titus! Nun werden sie ihrer Gerechtigkeit zugeführt!"

Ein Tor ging plötzlich auf und es strömten fünfzig Sklaven in die Arena, darunter auch Frauen und Kinder. Sie liefen panisch umher, konzentrierten sich jedoch kurz darauf in der Mitte der Arena und schrien allesamt um Gnade. Es ertönten erneut Trompeten und das gegenüberliegende Tor öffnete sich. Daraus kamen zehn bis an die Zähne bewaffneten Kämpfer und gingen geradewegs auf die Gruppe der Sklaven zu. Die Menschenmengen auf den Bühnen jubelten immer lauter, als die Gladiatoren von Casius Augustus die Sklaven umkreisten, sich jedoch ohne Befehl zum Angriff zurückhielten. Dieses Mal ertönten die Posaunen mit einem tieferen Ton und das Gemetzel begann. Es dauerte nicht lange, bis alle Sklaven niedergestreckt waren und der Pöbel, bis auf Artyom und die anderen, immer lauter wurde. Artyom wirkte wie erstarrt und sagte erzürnt: „Das ist doch barbarisch!"

Longinus erwiderte ernst: „Artyom, so ergeht es allen Sklaven eines Herrn und auch wenn nur einer von ihnen ihn hintergeht. Sie bezahlen alle mit ihrem Leben, egal ob Mann oder Frau, jung oder alt. So werden Sklaven nun mal in Rom gezüchtigt und unterworfen."

Artyom entgegnete erschüttert: „Das ist nicht menschlich, Longinus, sowas kennen wir nicht."

Longinus erwiderte: „Artyom, so werden Imperien nun mal erschaffen und wir beide spielen ihr Spielchen mit, aber ich verspreche dir, bald ändert sich alles."

Artyom blickte Longinus fragend an, als erneut Trompeten ertönten, der Sprecher erneut an das Geländer trat und in die Menge schrie: „Nun erblickt ihr wieder die Gladiatoren von Casius Augustus! Diesmal werden sie gegen wilde Stiere kämpfen! Sie sind fünf an der Zahl, also werden jeweils zwei Gladiatoren gegen einen Stier kämpfen! Das wird für sie nicht leicht werden, aber für uns spannend! Wünschen wir ihnen Glück!"

Erneut ertönten Trompeten, ein Tor öffnete sich und es liefen wieder die Gladiatoren von Casius Augustus heraus. Das Blut der Opfer von eben hatten sie sich scheinbar abgewaschen und verteilten sich nun in Zweiergruppen auf die gesamte Arena. Die Gruppen stellten sich in einiger Entfernung vor ein Tor und warteten kampfbereit. Erneut ertönten Trompeten und fünf Tore öffneten sich langsam. Man sah die Stiere noch nicht, aber jeder konnte ihr Gebrüll hören. Als die Tore schon ganz offen waren, hörten alle Kettengerassel, was bedeutete, dass die Stiere von ihren Ketten gelassen wurden und jeden Augenblick aus den Toren rennen konnten. Dem war auch so. Die Stiere rannten mit enormer Geschwindigkeit aus den Toren und brüllten dabei. Man konnte sehen, dass sie in Rage waren und auch, dass jedes der Tiere an der rechten Flanke blutete. Sie waren sicherlich daher so in Rage, weil man sie vorsätzlich dafür verletzt hatte. Jedes der Tiere rannte in Richtung der zwei Gladiatoren, die ihnen am nächsten waren. Jeder Gladiator einer Gruppe war mit einem Wurfspeer und einem Kurzschwert ausgestattet und die anderen hatten riesige Schilder und scharfe, lange Schwerter. Ein Gladiator einer Gruppe schleuderte seinen Speer mit voller Wucht. Sein Wurf war so stark und so gut gezielt, dass er den Stier direkt in den Schädel traf und das Tier sofort niedergestreckt war. Die Speerträger der anderen Gruppen versuchten dies ebenfalls, waren aber nicht so erfolgreich. Einer streifte seinen Stier an den Schultern, ein anderer am Bein und die zwei anderen verfehlten ihre Stiere sogar gänzlich. Die Menge fieberte bei jedem Schritt der Kämpfer laut mit und der Stier mit der verletzten Schulter rannte noch wütender auf den Speerwerfer zu, der ihn verletzte. Der Mann hatte nicht die geringste Chance, als der Stier sein rechtes Horn in seinen Bauch stieß. Als der Gladiator am Boden lag, machte das Tier keinen Halt und attackierte ihn erneut mit seinen Hörnern. Als der Partner des am Boden liegenden Gladiators nur panisch danebenstand und sich langsam ängstlich hinter den Stier verzog, schrie das Publikum laut: „Occidere! Occidere! Occidere!"

Zum Töten des Tieres aufgefordert, sammelte der Gladiator all seinen Mut zusammen, näherte sich dem Kopf des Stieres und schnitt den Hals des Tieres mit seinem scharfen Schwert auf. Der Stier brüllte laut, drehte sich blutend zu dem Gladiator um und versuchte auch ihn zu erwischen, doch der Gladiator machte einige Schritte zurück und der Stier folgte ihm. Nach wenigen Augenblicken fiel das Tier jedoch zu Boden, blutete zuckend aus und die Menschenmenge jubelte. Es blieben nun drei Stiere übrig und neun Gladiatoren. Eine andere Gruppe versuchte einen der Stiere zu verwirren, indem sie einfach vor ihm weglief und zog damit die Blicke des Publikums auf sich. Die Menschenmenge lachte und es schien sie zu belustigen, was aber keiner wusste, war, dass das eine geplante Taktik von ihnen war. Während des Flüchtens sammelten sie die Speere auf, trieben den Stier in ihre Mitte und schleuderten sie in seine Richtung, was seinen Tod bedeutete. Jetzt blieben noch zwei Stiere übrig und alle Gladiatoren konzentrierten sich nun auf sie. Es dauerte nicht lange, bis auch die zwei abgeschlachtet wurden und Trompeten erneut ertönten. Die Menschenmenge jubelte mit den Gladiatoren laut mit und die Gewinner hielten ihre Waffen stolz in die Höhe. Plötzlich öffnete sich ein völlig anderes Tor und einige Sklaven mit Pferden betraten die Arena. Darauf banden sie die getöteten Stiere an die Pferde und schafften die Kadaver aus der Arena fort, während die Gladiatoren weiterjubelnd ebenfalls das Kampffeld räumten. Als die Arena leer war und das Tor sich schloss, ertönten erneut Trompeten. Der Sprecher trat erneut vor das Geländer der Loge und schrie wieder laut hinaus: „Wunderbare Vorstellung! Bitte, Applaus für die starken Gladiatoren von Casius Augustus!“

Das Publikum jubelte nochmals laut auf und wollte nicht verstummen, bis der Sprecher erneut seine Hände erhob und schrie: „Hört her! Kaiser Tiberius präsentiert euch jetzt das ersehnte Hauptspektakel! Er präsentiert euch den Verräter aus Judäa, den Evocatus Stephatooooon!“

Ein Tor öffnete sich, Stephaton kam heraus und wurde von dem Pöbel sofort laut verspottet. Man hatte ihm ein kleines Schild gegeben und eines der wohl stumpfesten Schwerter, die es gab. Das Publikum buhte ihn weiter aus und viele pfiffen ihn voller Abneigung aus, als er zur Mitte der Arena ging und sich umschaute. Der Sprecher erhob erneut seine Hände in die Höhe und schrie: „Sein Gegner wird unser Held sein! Marcus Attiliuuuuuus!“

Das gegenüberliegende Tor öffnete sich und Marcus Attilius betrat kampfbereit die Arena. Die Menschenmenge verstummte, als der beste Gladiator aller Zeiten auf Stephaton zuging, denn heute trat er in seiner besonderen Rüstung auf, die bisher nur ein Gerücht gewesen war. Sie war tatsächlich aus Gold, glitzerte vollkommen in der Sonne und die Leute schrieben dem Kampf sofort eine besondere Bedeutung zu. Sie fingen an zu jubeln, als Marcus Attilius seinen stolzen Blick auf die Loge richtete und den Anblick von Tiberius erwartete. Er war mindestens einen Kopf größer und doppeltmuskulöser als Stephaton, aber das beeindruckte den Evocatus nicht. Stephaton drehte sich nicht zur Loge, sondern schaute in aller Ruhe in alle Richtungen der Tribünen. Als Tiberius von seinem Thron aufstand und zum Geländer ging, ertönten erneut kurz Trompeten. Tiberius schaute darauf erwartungsvoll auf die beiden Kämpfer und nur Marcus Attilius schrie laut, während er sein prächtiges Schwert in die Höhe hielt: „Wir, die Todgeweihten, grüßen dich!“

Stephaton suchte in der Menge einfach nur weiter und blieb unbeeindruckt, während Tiberius Marcus Attilius zurückgrüßte und schrie: „Fang an!“

Die beiden Gladiatoren blickten sich nun an und umkreisten einander in einer defensiven Stellung. Jeder wartete auf den ersten Angriff, während die Menschenmenge verstummte und die beiden in der heißen Mittagssonne akribisch beobachtete. Irgendwann packte Artyom Longinus fest am Unterarm und sagte: „Ich hoffe, er hat etwas Glück, denn er wird es sicherlich brauchen.“

Longinus erwiderte: „Glaube mir, das braucht er nicht.“

Artyom empört: „Wie kannst du das sagen? Schau, wie sie ihn ausgestattet haben und wie sie diesen Marcus Attilius ausgestattet haben! Das ist sein sicherer Tod.“

Longinus: „Jetzt werde nicht panisch und lass dich einfach überraschen. Vertrau mir einfach.“

Alle Blicke richteten sich nun ausnahmslos auf die beiden in der Arena, als Marcus Attilius den ersten Schwerthieb von oben machte. Die Menschen schrien kurz auf, aber der Hieb war nur lässig und leicht und sollte nur die Einleitung zum Kampf werden. Stephaton wehrte ihn problemlos ab und beide gingen danach sofort wieder auf Distanz. Kurz darauf versuchte es Marcus Attilius mit einem mächtigen Rechtshieb, dann mit einem Linkshieb von unten, aber Stephaton wehrte ebenfalls beide Hiebe problemlos ab. Marcus Attilius trat darauf zurück und sagte etwas, was für das Publikum nicht verständlich war, aber er klang sichtlich verärgert. Nun folgten viele diverse Hiebe hintereinander, doch Stephaton wehrte sie alle ab. Marcus Attilius ging in die Defensive und wartete nun auf einen Angriff von Stephaton, aber dieser stand nur ganz locker da, unternahm keinen Angriffsversuch und lächelte, worauf Marcus Attilius schrie: „Komm schon, du Verräter! Komm!“

Stephaton lächelte kurz, entschied sich dann aber doch anzugreifen und schwang sein Schwert von rechts direkt in die linke Flanke von Marcus Attilius' Torso, die gerade nicht geschützt war. Marcus Attilius war jedoch ebenso wach und stieß sein längeres Schwert als Erster in die linke Flanke von Stephatons Körper. Er stieß das Schwert so in Stephaton hinein, dass er mit Sicherheit die wichtigsten Organe verletzte. Marcus Attilius war sich seines Sieges sicher, als Stephaton zusammensackte, worauf sich die Menschenmenge von den Tribünen erhob und laut mit Marcus Attilius jubelte. Stephaton verdeckte kniend den Einstich mit seinem kleinen Schild und schaute Marcus Attilius lächelnd an, als dieser sich gerade um seine eigene Achse drehte und in dem Jubel badete. Marcus Attilius ließ das Schwert mit der Gewissheit stecken, dass das ein tödlicher Stoß war und heizte das Publikum noch weiter zum Jubeln auf. Artyom packte Longinus darauf wieder entsetzt an seinem Unterarm, aber Longinus und die anderen blieben gelassen. Als Stephaton kniete und für alle den Eindruck machte besiegt worden zu sein, fasste er am Griff des Schwertes, das in ihm steckte, zog es aus seinem Leib, stand blitzartig auf und stieß es von unten bis zu Klingenhälfte in den Kehlkopf von Marcus Attilius, der auf der Stelle tot zum Boden fiel. Der Jubel der Menschen verstummte plötzlich und Artyom blickte mit großen Augen überrascht auf Longinus, der ihn anlächelte und sagte: „Siehst du, mein Freund, ich habe es dir versichert, dass er siegen wird. Dein Einsatz hat sich gerade eben ungefähr verzwanzigfacht."

Artyom wirkte erleichtert und meinte: „Stephaton wurde doch voll erwischt... Wie ist das möglich?"

Longinus erwiderte: „Scheinbar nur eine Fleischwunde und es wäre nicht seine erste."

Das Publikum erstarrte und erwartete nun eine Handlung vom Kaiser, der aufgebracht am Geländer seiner Loge stand, während Artyom und die anderen ebenfalls erstarrten, weil sie nicht wussten, was nun kommt. Tiberius schaute jetzt nämlich ziemlich wütend auf Stephaton und schrie: „Lasst die Bluthunde los!“

Nach kurzer Zeit öffnete sich ein Tor, vier riesige Mastino Napoletanos rannten heraus und nahmen Stephaton sofort ins Visier. Einer der Hunde war größer als die anderen drei und war an ihrer Spitze. Es schien das Alphatier zu sein und rannte immer schneller auf den blutüberströmten Stephaton zu. Stephaton ging sofort in Angriffsstellung, aber ab einer bestimmten Entfernung zu Stephaton wurde das Alphatier plötzlich langsamer, bis es letztendlich vor Stephaton einfach stehen blieb. Auch die anderen drei Hunde hinter ihnen stoppten und warteten wohl auf die Anweisungen des Leittieres. Als dieses plötzlich mit seinem Schwanz zu wedeln anfing, lockerte sich Stephaton, lachte plötzlich auf, warf das Schwert und den Schild in den Sand, kniete sich hin und rief: „Belathor, bist du das wirklich?! Mein alter Freund!“

Stephaton spreizte die Arme, worauf Belathor ihm ins Gesicht sprang, ihn dabei umstieß und anfing sein Gesicht abzulecken. Währenddessen streichelte Stephaton Belathor an den langen Ohren und nahezu die gesamte Menschenmenge fing an zu lachen. Sie konnten damit nicht aufhören, so sehr sie die Situation belustigte. Artyom lachte ebenfalls und Longinus grinste nun unaufhörlich, bis der Armenier ihn unterbrach: „Was ist das? Diese Hunde sind normalerweise Bestien und für das Töten geboren!“

Longinus lachte und erwiderte: „Das ist sein Hund. Er hat ihn großgezogen und er kämpfte immer an Stephatons Seite in diversen Schlachten. Welch ein Zufall!“

Alle amüsierten sich weiter, nur Tiberius wurde immer wütender, als der Pöbel sogar mit den Senatoren gleichzeitig forderte: „Leben! Leben! Leben!“

Tiberius ballte seine Fäuste zusammen und schlug mit der rechten Faust auf das Geländer. Er wusste, er konnte sich der Menschenmenge nicht wiedersetzen, auch wenn er der Kaiser war, denn so eindeutig war die Stimme des Pöbels noch nie. Er erhob also seine rechte Hand und streckte den Daumen nach oben, worauf die Menschenmenge beglückt aufjubelte. Irgendwann übertönten Trompeten den Jubel und ein Tor öffnete sich, aus dem zehn bewaffnete Soldaten herausgingen und auf Stephaton zuliefen. Einer der Soldaten befahl Stephaton in das offene Tor zu gehen und Stephaton folgte dieser Anweisung. Als er in Richtung des Tores ging, jubelte die Menschenmenge nochmals auf, als würde sie ihn verabschieden wollen, aber Tiberius überlegte schon weiter und meinte zu seinem Sprecher: „Das ist ja wohl mehr als ein Desaster! Was machen wir nun mit dem verdammten Deserteur, der unseren besten Gladiator abgeschlachtet hat?!"

Der Sprecher erwiderte: „Herr, ich denke, er sollte ihn ersetzen. Die Menge mag ihn und wer weiß, welche Überraschungen er noch bringt. Wieso sollten wir aus der kleinen Niederlage keinen Vorteil für uns ziehen? Er scheint im Kampf sehr geübt zu sein."

Tiberius: „Natürlich ist er das! Er ist ja auch ein verdammter Veteran! Veranlasst, dass er unter der Aufsicht von Casius Augustus zu Gladiator ausgebildet wird. Den Platz von Marcus Attilius kann er haben, aber lass seine Rüstung in meine Gemächer bringen. Ich habe sie Attilius schließlich geschenkt."

Tiberius stand auf, ging wütend aus der Loge und seine Prätorianer und einige seiner Diener begleiteten ihn. Die Tribünen leerten sich nach und nach, während Longinus auf seine Freunde blickte und meinte: „So, Leute. Sollen wir jetzt unseren fetten Gewinn abholen? Was meint ihr?"

Artyom erwiderte: „Ja, aber was ist mit Stephaton?"

Longinus erwiderte: „Glaub mir, er ist jetzt in bester Sicherheit. Tiberius wird seinen neuerlangten Ruhm nicht verschwänden, da bin ich mir sicher. Kommt jetzt."

Die Männer verließen mit den unzähligen Einwohnern von Rom die Arena, gingen jedoch als Einzige links zu den Wettstuben, denn keiner hatte auf Stephatons Sieg gewettet und alle anderen, die auf Marcus Attilius gesetzt haben, haben ihr Geld verloren. Sie näherten sich dem Wettbüro, wo sie die Wette abgeschlossen haben und bemerkten vier Wachsoldaten, die davorstanden. Als sie dort eintreten wollten, sagte einer von ihnen: „Wer seid ihr und was wollt ihr?"

Artyom erwiderte: „Wir wollen bloß unseren Gewinn abholen. Hier, das Schriftstück dieses Buchmachers mit seinem Siegel."

Der Soldat: „Ach, ihr seid die Glücklichen? Er wartet schon auf euch, aber das Geld zu viert zu tragen, werdet ihr nicht schaffen."

Artyom lächelte und sagte zu dem Soldaten: „Ich gebe euch hundert Silberlinge, wenn ihr mir einen Ziehkarren besorgt und uns geleitet. Was sagt ihr?"

Der Soldat blickte auf seine Freunde, die lächelnd zustimmten und erwiderte: „Gut, aber es bleibt unter uns, versteht sich?"

Artyom: „Aber natürlich. Wir gehen nun hinein und ihr sucht schon mal einen Karren."

Die Soldaten machten kehrt und liefen hektisch nach rechts, während Artyom und die anderen die Wettstube betraten. Dort erblicken sie den mies gelaunten Buchmacher, zwei riesige Truhen und Artyom fing das Gespräch an: „Ich grüße dich, mein Freund. Wie ich sehe, steht alles schon bereit?"

Der Buchmacher: „Ja, ich kann es kaum fassen. Ihr habt fast als Einzige richtiggelegen. Hier euer Gewinn, Zweitausendneunhundertdreiundachtzig Goldmünzen und sechstausendsechshundertdreißig Silberlinge. Unterzeichnet bitte hier den Empfang. Es ist euch schon klar, dass das der größte Gewinn ist, der in Rom jemals ausgezahlt wurde?"

Artyom: „Gewiss, aber Rom wird davon auch profitieren und sogar der Kaiser selbst. Ich bringe eurem Kaiser mehrmals im Jahr höchstpersönlich Stoffe, die ihn hinterher bekleiden und nun kann ich noch mehr davon kaufen. Ist dein Kaiser glücklich, sind alle Römer glücklich, denke ich."

Der Buchmacher: „Ja, das ist klar, aber ich hatte verständlicherweise dennoch auf die Provision gehofft. Nun ja, hier euer Geld."

Der Buchmacher setzte ein gezwungenes Lächeln auf und zeigte auf die zwei Truhen. Gerade in diesem Moment ging die Tür auf, einer der Wachsoldaten ging in die Stube herein und meinte: „Kommt! Wir haben einen Karren gefunden."

Artyom: „Sehr gut. Packen wir das Geld auf den Karren und verschwinden."

Artyom und Longinus packten eine der Truhen und Cassius mit Mauritius die andere. Sie stellten sie auf den Karren, setzten sich in Bewegung und die Soldaten folgten ihnen. Kurz vor der Villa stoppte Longinus plötzlich und meinte: „Leute, wir haben etwas vergessen! Cassius, dein Gutschein?"

Cassius: „Weißt du was, ich will eigentlich keinen Sklaven. Hier bitte, ich schenke dir den Gutschein."

Er griff mit seiner Hand in seine Tasche und übergab den Gutschein Longinus. Die Soldaten blieben währenddessen auch stehen und einer der Soldaten meinte: „So, weiter müsst ihr allein. Die Silberlinge?"

Artyom öffnete eine der Truhen ein wenig, griff hinein, übergab Longinus eine Hand voll Silbermünzen und meinte: „Hier, zähl das mal, hundert sollten sie bekommen."

Longinus zählte, zählte und erwiderte: „Siebzehn fehlen noch."

Artyom entnahm der True noch die fehlenden Silberlinge und übergab sie dem Soldaten. Der Soldat nickte und sagte: „Danke euch. Vergesst nicht, das hier ist nie passiert."

Artyom: „Seid unbesorgt und lebt wohl."

Als die Soldaten sich entfernten, fragte Longinus Artyom und die anderen: „Meint ihr, ihr schafft es alleine den Karren zur Villa zu ziehen? Ich würde mich noch gerne auf dem Sklavenmarkt umsehen. Wer weiß, vielleicht kann ich ja noch eine Seele von der römischen Knechtschaft retten und kaufe noch etwas Wein, damit wir den Gewinn feiern können."

Artyom und die anderen blickten einander an und Mauritius erwiderte: „Hm, eine noble Geste und zugleich eine gute Idee."

Alle lachten auf und Artyom meinte, während er eine der Truhen öffnete: „Greif rein, es ist reichlich davon da."

Alle lachten erneut, als Longinus in die Truhe griff, eine Handvoll verschiedener Münzen nahm und die Truhe wieder zuklappte. Er verabschiedete sich mit einem Handzeichen von den anderen und ging in die entgegengesetzte Richtung, während die anderen den Karren weiter zur Villa zogen. Als sie bald vor den Toren der Villa standen, klopfte Artyom darauf und schrie: „Aufmachen! Im Namen Roms!"

Einen Augenblick später öffnete Areg das Tor und fragte aufgeregt: „Was soll dieser Unsinn, Artyom? Ihr habt uns zu Tode erschreckt!"

Kurz darauf kam auch Marina hervor, begutachtete alle akribisch, erblickte den Karren und fragte: „Was schleppt ihr da wieder an? Wir haben bereits alles gekauft, was wir brauchen."

Artyom lächelnd: „Lasst uns erstmal reinkommen und verschließt hinter uns gründlich das Tor, dann zeigen wir euch, was wir anschleppen."

Artyom und die anderen zogen den Karren bis zum Atrium und blieben in dessen Zentrum stehen, worauf Artyom zu seiner Tochter lächelnd sagte: „Los, Marina, mach auf."

Marina erhob darauf gespannt den Deckel der ersten Truhe, blickte hinein, fasste sich mit beiden Händen erstaunt ins Gesicht und sagte: „Woher habt ihr das ganze Geld!?"

Darauf riss sie die zweite Truhe auf, blieb wie erstarrt stehen und fragte: „Woher stammt das? Woher habt ihr das?"

Artyom lächelte stolz: „Schatz, du weißt, wir haben viel Geld auf Stephaton gewettet und dadurch fast das Zwanzigfache gewonnen. Nun schafft es in unsere Tresore und lasst uns speisen."

Alle jubelten und bei einigen flossen sogar die Tränen, denn die Menge an dem gewonnenen Geld war für jeden einfach unvorstellbar. Marina umarmte Mauritius ziemlich intensiv vor Glück und als sie es schaffte ihn loszulassen, schaute sie Mauritius an und fragte: „Was ist mit eurem Freund Stephaton?“

Mauritius erwiderte: „Er ist wohl auf. Er hat vorhin den besten Gladiator Roms besiegt, daher unser Gewinn. Stell dir vor, keiner hat auf ihn gewettet.“

Marina entgegnete: „Woher wusstet ihr, dass er überhaupt eine Chance hatte?“

Mauritius überlegte eine Weile, weil er Marina natürlich nicht erzählen durfte, dass er, Stephaton und die anderen unverwundbar sind und flunkerte: „Longinus kennt ihn schon lange und war sich einfach sicher. Komm, meine Liebe, lass uns speisen. Wir haben den ganzen Tag in der Arena verbracht, ohne etwas zu essen oder zu trinken. Der Kampf von Stephaton war der Letzte, also kannst du dir vielleicht vorstellen, welchen Hunger und Durst wir haben.“

Marina erwiderte: „Das haben wir uns schon gedacht und reichlich zu essen vorbereitet. Ich habe diesmal Bosbasch gekocht, eine leckere Suppe und die anderen bereiteten Unmengen Boraki zu. Das sind Teigtaschen mit Fleisch und sehr harmonisch gewürzt. Komm, du wirst begeistert sein.“

Marina griff Mauritius an der Hand und zog ihn zu den anderen hinter sich her, die bereits zu speisen begonnen haben. Währenddessen suchte Longinus in Rom nach dem Sklavenmarkt und es stellte sich heraus, dass dieser sich ebenfalls auf dem Markt befand, wo Artyom und seine Leute handelten, aber irgendwo am Rande gelegen war. Als er sich den Weg dorthin erfragte und bald die Käfige mit den abgemagerten Menschen erblickte, war er am Ziel angekommen. Jeder Käfig hatte scheinbar seinen Besitzer, der zugleich der Verkäufer der Sklaven war. Longinus ging mehrmals an jedem der Käfige vorbei und betrachtete die Sklaven akribisch. Irgendwann erblickte er eine hübsche, junge Sklavin, die sich hinter anderen Sklaven in einer Ecke ihres Käfigs versteckte und als er kurz vor diesem Käfig stehen blieb, sprach ihn der Verkäufer sofort an: „Herr, ich sehe, ihr habt Interesse an meiner Ware?“

Longinus erwiderte: „Ja. Dieses hübsche Mädchen dort sieht gesund und kräftig aus."

Der Sklavenverkäufer erwiderte ganz stolz: „Ja, sie ist gepflegt und kräftig. Wollt ihr sie haben? Sie kann euch viele diverse Dienste erweisen, wenn ihr wisst, was ich meine."

Longinus entgegnete: „Wo kommt sie her?"

Der Verkäufer: „Keine Ahnung. Ich habe sie von einem Senator erworben, der Gerüchte gehört hat, dass sie sich mit Giften auskennt. Er wollte wohl kein Risiko eingehen und hat sie mir einfach verkauft. Er hat wohl von dem Mordversuch an Senator Claudius Titus gehört, würde ich sagen. Nun, wenn ihr sie kaufen wollt, müsst ihr auch ihre Mutter mitkaufen, so hat es mir der Senator aufgetragen und keine Ahnung wieso."

Longinus griff ohne zu zögern in seine Tasche, holte den von Cassius gewonnenen Gutschein heraus und meinte: „Ich nehme sie beide."

Der Verkäufer blickte den Gutschein an, dann Longinus und entgegnete: „Ach, ihr seid der glückliche Gewinner der heutigen Spiele?"

Longinus lächelnd: „Ja, das bin ich."

Der Verkäufer: „Aber Herr, für diesen Gutschein bekommt ihr bloß einen Sklaven, versteht sich."

Longinus griff in seine andere Tasche, zählte versteckt zehn Münzen zusammen, drückte sie dem Verkäufer in die Hand und meinte: „Das ist wohl mehr als genug. Nimm es und mach die Papiere rasch fertig."

Der Verkäufer blickte erstaunt auf das erhaltene Geld und meinte: „Sehr großzügig, mein Herr, ich danke euch. Wie ist der Name, der auf die Urkunde kommt?"

Longinus erwiderte: „Aaron aus Armeinia."

Der Verkäufer ging darauf zu dem kleinen Gemeinschaftsschreibtisch und fing mit der Anfertigung des Dokumentes an, während Longinus näher an den Käfig heranging und die junge Frau freundlich zu sich winke. Sie stand auf, fasste kurz eine ältere Frau an den Armen und ging in den vorderen Teil des Käfigs, worauf sie Longinus anblickte und ganz verschüchtert fragte: „Seid ihr unser neuer Herr?"

Longinus erwiderte: „Ja, habt keine Angst vor mir. Ich werde euch anständig behandeln und euch wird nichts Schlechtes mehr wiederfahren, das verspreche ich euch. Einen Käfig seht ihr definitiv das letzte Mal."

Darauf kam der Verkäufer schon mit dem Schriftstück und einem großen Schlüsselbund, übergab die Schriftrolle an Longinus und verkündete deutlich vor den Sklaven: „Sie gehören nun offiziell euch, Aaron."

Der Verkäufer öffnete das Gitter und winkte die beiden Frauen heraus. Sie verließen den Käfig und Longinus sagte zu ihnen: „Folgt mir einfach."

Als sie zu dritt ein Stück gegangen sind, fuhr Longinus fort: „Ihr habt sicher Hunger. Haltet noch aus, es ist nicht weit und Marina wird sich sofort um euch kümmern."

Die ältere Frau entgegnete, während sie liefen: „Ja, Herr. Wir waren fünf Tage in diesem Käfig eingesperrt, seitdem uns der Sklavenhalter gekauft hat. Wir haben nur wenig Wasser bekommen und noch weniger Brot."

Longinus erwiderte: „Ihr braucht mich nicht Herr zu nennen, ich heiße Aaron und brauche keine Sklaven. Ich gewann bei den Spielen einen Gutschein für einen Sklaven, da wollte ich eine Seele retten und siehe da, zwei Seelen."

Die beiden Frauen wirken überrascht, lächelten sich an und man merkte, dass sie sich plötzlich entspannter fühlten und Longinus fuhr fort: „Unsere Händlergemeinschaft besteht aus Männern, Frauen und Kindern. Ihr könnt euch gerne einbringen und hier und da etwas aushelfen. Genauer gesagt, betrachtet euch ab jetzt als freie Menschen, in Ordnung?"

Die junge Frau ganz überrascht: „Danke dir, Herr."

Longinus stoppte plötzlich, drehte sich um, blickte die junge Frau an und sagte: „Aaron. Das ist mein amtlicher Name. Ihr könnt mich auch Longinus nennen, aber nur, wenn wir unter uns sind. Wie heißt ihr denn?"

Die Mutter der jungen Frau erwiderte: „Das ist meine Tochter Celina und ich heiße Akatia."

Longinus entgegnete: „Schöne Namen. Woher stammt Ihr?"

Akatia antwortete: „Ich wurde vor langer Zeit aus der Provinz Dalmacia nach Rom gebracht und versklavt, weil ich einen Apfel gestohlen habe. Celina wurde hier in Rom geboren und glücklicherweise wurden wir nie getrennt."

Longinus erwiderte: „Verstehe. Niemand wird euch mehr trennen. Nun kommt, es ist nicht mehr weit. Ihr müsst unbedingt meine Freunde kennenlernen. Ihr werdet euch unter ihnen bestimmt wohlfühlen. Ich und meine anderen drei Freunde haben uns ihnen auch erst kürzlich angeschlossen. Es sind sehr nette Menschen, ihr werdet sehen."

Sie liefen noch ein Weilchen, bis sie vor den Toren der Villa standen, Longinus draufhaute und rief: „Macht auf! Ich bin es!"

Areg entriegelte kurz darauf das Tor und fragte: „Du bist es, Longinus? Wer sind deine Begleiterinnen?"

Longinus erwiderte: „Das sind die Sklaven, die Cassius gewonnen hat. Haben sie es dir nicht erzählt?"

Areg verneinte mit dem Kopf und Longinus fuhr fort: „Ab jetzt sind sie aber keine Sklaven mehr. Ich hoffe, Artyom wird sie aufnehmen wollen. Kommt herein, Celina und Akatia, jemand wird sich sofort um euch kümmern."

Sie gingen ins Atrium und Longinus schaute sich um. Als er Marina entdeckte, winkte er sie zu sich und rief: „Marina! Bitte, kümmere dich um unsere neuen Gäste. Sie haben Hunger."

Marina ging auf Longinus und die beiden Frauen zu, packte Celina freundlich an der Hand und meinte: „Kommt, es ist noch reichlich da. Esst erstmal in Ruhe, dann könnt ihr ein frisches Bad nehmen. Am Abend setzen wir uns zusammen und dann können wir uns näher kennenlernen, kommt."

Longinus war sichtlich erleichtert, dass Marina so blitzartig und richtig reagiert hatte und die beiden Frauen zu den anderen führte, die noch vereinzelt speisten. Als Cassius die beiden Frauen erblickte, schubste er leicht Mauritius und blickte ihn überrascht an, worauf Mauritius etwas überrumpelt fragte: „Was hast du denn? Wieso schubst du mich?"

Cassius erwiderte leise: „Ich habe deren Gesichter gestern im Traum gesehen. Wie ist das möglich?!"

Mauritius: „Wirklich?"

Cassius: „Ja. Ich habe diese Situation gestern Geträumt! Wie ist das nur möglich?"

Mauritius: „Wieso fragst du mich?"

Als Longinus, Marina und die beiden Frauen vor den anderen standen, sagte Longinus verkündend: „Das sind unsere neuen Gäste, Akatia und ihre Tochter Celina. Heißen wir sie herzlich willkommen."

Die Gemeinschaft begrüßte die Frauen und Marina packte sofort Unmengen am Speisen auf drei Teller und übergab sie den beiden und Longinus. Longinus setzte sich mit seinem Teller neben Artyom, der von Anfang an die Situation aus einiger Entfernung beobachtete und lächelte. Kurz darauf fragte er Longinus leise: „Ist das etwa der Inhalt der Lehmkugel, die Cassius am Kopf traf? Schönes Schicksal, dass wir die beiden retten konnten, oder? Die Jüngere ist an die zwanzig Jahre alt und du kannst dir sicher vorstellen, was mit einer so jungen und hübschen Sklavin geschehen kann?"

Longinus bestätigte nickend und Artyom fuhr fort: „Das war eine gute Idee, die Frauen auszuwählen. Bei uns sind sie auf jeden Fall in Sicherheit. Jetzt iss erstmal etwas und trink. Sag mal, wo ist denn der Wein? Wollten wir nicht etwas feiern?"

Longinus erwiderte: „Verdammt! Ich wusste, dass ich etwas vergessen habe. Tut mir leid, ich gehe sofort los."

Artyom: „Nein, bleib sitzen, ich schicke Areg. Iss du erstmal in Ruhe auf. Areg?!"

Areg kam in Windeseile zu Artyom und fragte: „Was ist, Artyom?"

Artyom erwiderte: „Areg, ich hoffe, du wirst mir nicht böse sein, wenn ich dich nochmals zum Markt schicke, um Wein zu holen? Longinus hat ihn völlig vergessen."

Areg entgegnete: „Nein, keineswegs. Wenn ihr wollt, nehme ich den Karren und kaufe direkt mehr davon. Ich denke, wir können es uns jetzt leisten. Ich nehme auch Gevorg mit, der mir zur Hand geht."

Artyom schaute Areg an und erwiderte: „Ja, eine gute Idee. Areg, da wäre aber noch etwas, worum ich dich bitten wollte."

Areg fragte: „Was denn?"

Artyom winkte ihn näher und als Areg sich zu Artyom beugte, sagte Artyom: „Ihr müsst zu viert unsere Plätze in der Arena besetzen, da ich sie für vierzehn Tage verpflichtend buchen musste. Ihr müsst auch aufmerksam sein, wann Stephaton wieder kämpft und es euch merken. Macht ihr das?"

Areg antwortete: „Ja, wieso nicht, aber was ist mit unseren Waren? Wir können euch doch nicht die ganze Arbeit überlassen und die Tage faul in der Arena verbringen."

Artyom erwiderte: „Mach dir darüber keine Gedanken. Wir werden schon alles stemmen können, mein Freund."

Areg nickte und entgegnete: „Gut, Artyom, aber ihr müsst uns nachher noch unterweisen, wie, wo und was."

Artyom erwiderte: „Danke. Nachher erkläre ich euch alles. Aber ganz wichtig ist, dass ihr keine Wetten abschließt. Wir wetten nur dann, wenn Stephaton kämpft, in Ordnung?"

Areg nickte zustimmend und Artyom wühlte darauf in seiner Tasche, holte reichlich Silberlinge heraus, übergab sie Areg und meinte: „Hier, mein Freund, für den Wein. Den Rest gebt ruhig aus."

Areg winkte darauf Gevorg zu sich und sie nahmen den abgestellten Karren und verließen damit die Villa. Nach einer ganzen Weile kamen sie wieder, klopften an das Tor und wurden von Cassius begrüßt. Als er den Karren voller Weinkaraffen erblickte, half er Areg und Gevorg gerne die Ware bis in die Culina zu ziehen. Lächelnd übernahm er dort eine der Karaffen und ging damit zu den anderen ins Atrium, während Marina sich mit den beiden Frauen unterhielt und sie gerade fragte: „Wie kam es eigentlich zu eurem Schicksal als Sklaven?"

Akatia erzählte los: „Ich komme aus Dalmacia, einer Provinz von Rom. Ich hatte kein glückliches Leben dort, denn mein Ehemann wurde recht früh zum Militärdienst gezwungen und ich blieb alleine. Ich wusste nicht mal wohin, während er irgendwo in der Welt für Rom kämpfen musste. Aber bevor er abgeholt wurde, wurde ich schwanger. Es ist schwer, ohne einen Mann in Dalmacia zu überleben, besonders, wenn du noch schwanger bist. Ich stahl vor Hunger am Markt einen Apfel und wurde dabei erwischt. Meinen Mann hatten sie schon in ihrem Diensten und dann nahmen sie noch mich. Es ist alles schon so lange her. Sie haben mich wegen Diebstahls zur Sklaverei verurteilt und ich wurde nach Rom gebracht. Seit dieser Zeit musste ich für einen fetten, römischen Senator kochen. Zum Glück durfte ich in der Sklaverei meine Tochter Celina gebären und aufziehen. Sie ist das Einzige, was mir von meinem Mann noch geblieben ist, denn ihn sah ich nie wieder. Ich weiß bis heute nicht, was mit ihm geschehen ist."

Marina entgegnete mit einer traurigen Stimme: „Es tut mir leid von eurem Schicksal zu hören, aber nun seid ihr sicher und kein Leid wird euch mehr wiederfahren, das verspreche ich."

Akatia drückte fest Marinas Hand und erwiderte: „Wir danken euch von Herzen und wissen es zu schätzen."

Alle saßen im Atrium bis spät in die Nacht und ein Weinkrug nach dem anderen leerte sich. Jeder wurde locker und alle unterhielten sich und lachten gemeinsam, wobei das Abendessen zu einem blühenden Fest wurde. Artyom unterwies Areg währenddessen und erklärte ihm, wohin sie sich am nächsten Tag zu begeben haben, wo ihre Sitzplätze waren und wie sie sich am besten verhalten. Danach ging Artyom auf Longinus zu und sagte: „Longinus, es wird Zeit für mich, mein Freund. Areg und drei andere von uns besetzen morgen unsere Plätze in der Arena und informieren uns, sobald Stephaton wieder kämpft. Wir sollten nach dem fetten Gewinn die Aufmerksamkeit in der Arena lieber doch vorerst meiden, finde ich."

Longinus blickte Artyom an und entgegnete: „Ich hatte etwas andere Pläne, mein Freund. Ich wollte unbedingt zu Stephaton gelangen und mit ihm reden. Er muss wissen, dass wir hier in Rom in Sicherheit sind. Wir kommen morgen mit euch zum Markt, helfen euch wo wir können und dann sehen wir einfach weiter. Vielleicht kann Areg in Erfahrung bringen, wo sie Stephaton untergebracht haben."

Artyom erwiderte: „Ja, er kann vielleicht die Einweiser befragen, wenn sie in der Arena sind. Sie werden sicherlich gut informiert sein."

Longinus nickte zustimmend und die Feier endete langsam, worauf alle gemütlich in ihre Stuben gingen. Longinus ging zur Cassius, der wieder faul, vollgefressen und dazu noch halbeingeschlafen auf der Wiese lag und informierte ihn: „Morgen gehen wir mit den anderen zum Markt, bereite dich darauf also vor."

Cassius erwiderte: „Du willst zum Markt? Was willst du denn da?"

Longinus antwortete: „Jedenfalls etwas anderes, als faul herumzuliegen. Wir müssen auch irgendwie mit Stephaton reden. Er soll wissen, dass wir hier sind. Vor allem soll er auch erfahren, dass wir durch seinen Sieg steinreich geworden sind und dass er nicht alleine ist."

Cassius: „Ja, das stimmt, aber wie willst du zu ihm gelangen?"

Longinus erwiderte: „Areg wird sich schon umhören. Er geht mit drei anderen zur Arena, um unsere Plätze zu besetzen."

Cassius entgegnete: „Nun gut, dann machen wir es so. Ich bin richtig vollgefressen und verschwinde jetzt lieber in der Stube."

Longinus grinste und erwiderte: „Ja, geh du mal und ich rede noch mit Mauritius. Denke daran, wir stehen morgen früh auf."

Cassius nickte, stand auf und lief in Richtung der Stube, worauf Longinus nach Mauritius suchte. Als er ihn nicht finden konnte, ging er zu Artyom und fragte ihn: „Artyom, hast du Mauritius gesehen? Ich kann ihn nirgends finden."

Artyom lachte und erwiderte: „Ach, sowas. Ich kann Marina auch nicht finden. Dann lass uns die beiden doch mal gemeinsam suchen, würde ich sagen."

Artyom stand auf und beide fingen an das Gelände der Villa abzusuchen, während sie sich nebenbei unterhielten. Plötzlich sichtete Artyom die beiden Vermissten auf einer Sitzbank in einer dunklen Ecke der Villa, worauf er Longinus anstupste und mit seinem Finger auf die beiden zeigte. Als Longinus die beiden nun auch sah, fragte er sie laut: „Na, ihr Turteltäubchen? Ist es nicht an der Zeit ins Bettchen zu gehen?"

Mauritius und Marina standen lächelnd auf, gingen auf die beiden zu und Mauritius entgegnete: „Ja, es ist schon spät."

Longinus lächelnd: „Komm, mein Freund, verabschiede dich von Marina. Wir müssen noch etwas Wichtiges besprechen."

Mauritius lächelte Marina zum Abschied lediglich nur an und sie ging darauf zurücklächelnd fort. Artyom verabschiedete sich noch mit einem festen Händedruckt von den beiden und folgte seiner Tochter. Kurz darauf fragte Mauritius gespannt: „Worüber müssen wir sprechen?"

Longinus erzählte los: „Folgender Plan für morgen: Wir gehen mit allen zum Markt und Areg, Gevorg und noch zwei andere nehmen unsere Plätze in der Arena ein und hören sich nach Stephaton um. Währenddessen machen wir uns endlich mal nützlich und helfen Artyom und den anderen. Wie klingt das?"

Mauritius erwiderte: „An mir soll es nicht scheitern. Ich helfe Marina gern mit den Gewürzen. Abwiegen, einpacken... kein Problem."

Longinus erfreut: „Gut, dann ist alles geplant. Komm, lass uns in unsere Stube gehen. Cassius ist bereits dort, schläft bestimmt schon und furzt alles wieder voll."

Beide lachten und gingen belustigt in Richtung ihrer Stube. In der Villa wurde es vollkommen still und alle schliefen fest, als die Öllampen ausbrannten und von da an nur die Dunkelheit herrschte. Als der Morgen anbrach, war es diesmal Marina, die als Erste aus ihrer Stube kam. Sie weckte jedoch nicht die anderen auf, sondern ging zu der Stube ihres Vaters. Sie klopfte erst leise an der Tür, aber nach einigen Augenblicken etwas fester. Artyom öffnete endlich die Tür, erblickte seine Tochter und meinte: „Ich bin schon wach, mein liebes Kind, aber danke, dass du an mich denkst. Ich habe eine Überraschung für dich. Mauritius und die anderen werden uns heute zum Markt begleiten. Was hältst du davon?"

Marina grinste erfreut und meinte: „Das ist doch schön. Das freut mich wirklich!"

Artyom lächelte ebenfalls und entgegnete: „Das freut mich, dass es dich freut. Komm, wecken wir die anderen und auf geht's."

Sie machten beide mit Freude extra viel Krach und weckten damit so ziemlich jeden. Aus dem Schlaf gerissen wachten aber alle fröhlich auf und machten sich zügig für den Verkaufstag fertig. Darauf wurden rasch die Karren beladen und es ging los. Alle verließen die Villa gleichzeitig, aber Areg, Gevorg und ihre zwei Begleiter gingen in die Richtung der Arena. Mauritius zog den Karren mit den Gewürzen und Marina wich ihm dabei nicht von der Seite. Sie lächelten unaufhörlich und man konnte sehen, dass sie sich auf den Tag schon freuten. Longinus lief mit Artyom vornan und irgendwann fragte Longinus: „Du, hör mal, wie kann ich dir auf dem Markt überhaupt behilflich sein?"

Artyom erwiderte: „Du sollst erstmal nur beobachten und lernen, wie alles abläuft. Es ist im Prinzip einfach. Du musst einfach nur stur sein und von der Qualität deiner Ware überzeugen, dann wird der Käufer mit dem Preis hoffentlich einverstanden sein. Aber Longinus, alle kennen unsere Waren und laufen erst unsere Stände an, dann die anderen, dann kommen alle wieder zu uns und kaufen schließlich bei uns, du wirst sehen. Ich mache das schon so lange."

Longinus lächelte und erwiderte: „Nun gut. Käufer war ich oft, aber Verkäufer noch nie. Ich bin gespannt, was daraus wird."

Bald näherten sie sich dem Markt und steuerten geradewegs das Zentrum des Handelsviertels an, wo ihre reservierten Verkaufsplätze waren. Alle Waren wurden von den Armeniern auf den leeren Tischen aufgehäuft und Marina und Mauritius schütteten all die Gewürze in die traditionellen Behälter der Armenier aus und die Leute stürzten sich sofort auf ihren Stand. Mauritius konnte das Tempo fast nicht einhalten, um die Beutel und Behälter der Leute mit den Gewürzen zu füllen und es war fast so, als hätten die Leute nur auf die Ankunft der Armenier gewartet. Artyom und die anderen waren mit dem Verkauf der Stoffe nicht so erfolgreich, aber als Marina und Mauritius schon alles verkauft haben, unterstützen sie die anderen sofort tatkräftig mit. Währenddessen hockte Stephaton in einer dunklen Ecke einer Zelle der Gladiatorenschule von Casius Augustus und starrte die feuchte und tropfende Decke an, als plötzlich jemand das Schloss aufmachte. Es war der Aufseher mit zwei Helfern, der Stephaton niedertrachtend anblickte und schrie: „Hier, dein neuer Schmuck!"

Dabei warf er einen stählernen Ring auf den Boden und schrie weiter: „Los, auf den linken Fuß damit, mach schon!"

Stephaton blickte dem Aufseher tief in die Augen, dann schaute er auf den Ring und entgegnete: „Es fehlen noch die Edelsteine darauf."

Stephaton lächelte dabei spöttisch, worauf der Aufseher seine Peitsche schwang und Stephaton damit von rechts schlug. Stephaton lächelte nur und entgegnete: „Ist ja gut, ich tue es, bevor du noch anfängst zu schwitzen."

Stephaton öffnete den Ring, der sich noch in zwei Hälften öffnen ließ und befestigte ihn an seinem linken Knöchel, worauf der Aufseher zu seinen Helfern schrie: „Los, versiegelt es!“

Einer der Helfer benutzte dazu einen schweren Hammer, einen kleinen Amboss und versiegelte den Eisenring mit einem Bolzen. Er klopfte derart fest darauf, bis der Bolzen von unten und von oben platt wurde. Der Eisenring sollte natürlich kein Schmuck werden, denn er hatte eine Öse, die dafür vorgesehen war, eine Kette daran zu befestigen. Jetzt war der Aufseher zufrieden und meinte gehässig: „So, das nächste Mal wird dich das Ding im Zentrum der Arena fesseln und das Publikum wird wiederum von deinem Tod gefesselt sein.“

Der Aufseher lachte laut auf, verließ mit seinen Helfern die Zelle und verschloss hinter ihnen das Gitter. Stephaton setzte sich wieder in die Ecke der Zelle und fing an zu grübeln. Die anderen am Markt packten derweilen die nicht verkaufte Ware zusammen und breiteten sich auf die Heimkehr vor. Bevor sie jedoch wieder zur Villa aufbrachen, hörte Artyom plötzlich einen Ruf: „Artyom, wartet! Wir gehen gemeinsam!“

Artyom schaute sich um und erblickte tatsächlich Areg und die anderen, die wohl gerade von den Spielen in der Arena kamen. Areg drängte sich darauf zu Artyom durch und berichtete hektisch: „Leute, wir haben gute Nachrichten! Stephaton wurde in die Gladiatorenschule von Casius Augustus gebracht und lebt!“

Longinus erwiderte erfreut und dankbar: „Das sind gute Nachrichten, Areg. Dann ist es so, wie ich es vermutet habe. Was habt ihr noch erfahren?“

Areg fuhr fort: „Sonst leider nicht viel, aber die Leute waren von den heutigen Spielen sehr gelangweilt und wir haben mitbekommen, dass alle Stephatons erneuten Auftritt fordern.“

Darauf packte Longinus Areg an der Schulter und sagte: „Danke für die erfreulichen Nachrichten, mein Freund.“

Auch Artyom war nun beruhigt und meinte: „Gut, Freunde, lasst und zurück. Der Tag ist noch jung und frischer Wein wartet auf uns. Ich habe nämlich drei Amphoren bestellt, die gestern aus Gallien geliefert wurden. Kommt, holen wir sie ab und ab in die Villa."

Die Kolonne setzte sich in Bewegung und machte beim Weinstand, wo die drei Amphoren bereits nebeneinander zur Abholung bereitstanden, noch einen kurzen Halt. Areg und Gevorg luden den Wein auf ihren Marktkarren auf und verließen allesamt den Markt. Als sie wieder in der Villa waren, verteilten sich alle frei auf dem Gelände und ließen den Arbeitstag ganz hinter sich. Gegen Abend versammelten sich alle nach und nach gemeinsam im Atrium und aus der Culina roch es wieder wundervoll. Alle speisten darauf genüsslich, kosteten noch den leckeren Wein und gingen diesmal früh in ihre Betten. Der nächste Arbeitstag verlief fast gleich. Mauritius verkaufte wieder mit Marina Gewürze und die anderen die Stoffe. Es war der dritte Tag der Reservierung der Plätze in der Arena und Artyom war sich dessen bewusst, dass sie für die Reservierungsdauer noch in Rom bleiben mussten. Für üblich waren sie nach wenigen Tagen wieder abreisebereit, doch diese Reise war vollkommen anders. Bis Ende des Geschäftstages tauchten Areg und die anderen nicht am Markt auf, was Artyom etwas irritierte. Er dachte sich, dass die Spiele heute vielleicht etwas länger dauerten und beruhigte sich damit. Nach den erfolgreichen Verkäufen begaben sie sich also zu der Villa und trafen überraschenderweise Areg und die anderen dort an. Als Areg sie hereingehen sah, lief er sofort auf Longinus zu und berichtete wieder ganz hektisch: „Longinus, du wirst es nicht glauben! Für morgen wurde ein großes Schauspiel angesagt und es heiß, dass der Verräter gegen dreißig Soldaten kämpfen wird! Kaum einer ist sich seines Sieges noch sicher und die Leute meinen, dass er das nicht schaffen wird."

Longinus erwiderte überraschend entspannt: „Mach dir keine Sorgen, mein Freund. Wir standen in unseren früheren Schlachten Tausenden gegenüber, also was sind da schon dreißig?"

Areg verstummte nachdenklich, während Longinus mit seinen Blickten nach Artyom suchte, Areg an der Schulter packte und sagte: „Entschuldige mich, mein Freund, ich muss mit Artyom und meinen Leuten reden."

Areg nickte und Longinus ging auf Artyom zu, winkte unterwegs Mauritius und Cassius zu sich und als sie bei Artyom beim Brunnen ankamen, sagte er: „Areg hat mir soeben berichtet, dass Stephaton morgen wieder in der Arena kämpfen wird. Wir müssen also dort hin, nehmen diesmal all euer Geld und setzen wieder auf seinen Sieg."

Artyom erwiderte: „Gut, letztens hattet ihr Recht behalten, aber ob es diesmal so sein wird? Ich kann nicht das gesamte Geld meiner Leute setzen, verzeiht. Maximal die Hälfte."

Longinus entgegnete: „Mach, wie du möchtest, ich setze alles. Und was meint ihr?"

Mauritius und Cassius nickten ganz gelassen und gingen ihrer Wege. Mauritius ging zu Marina und Cassius legte sich wiedermal auf die Wiese im warmen Schein des Sonnenuntergangs. Alle anderen verkrochen sich in ihren Kammern und später in ihren Betten. Die Nacht verging ruhig und jeder erholte sich gut, doch am Morgen weckte alle ein lautes Gelächter. Longinus und Mauritius wollten nämlich Cassius wecken, der auf der Wiese eingeschlafen war und was sie erblickten, ließ sie einfach in Lachen ausbrechen. Es kamen einige andere hinzu, darunter Artyom, Areg und Marina und fingen ebenfalls an zu lachen, als sie vor dem schlafenden Cassius standen. Damit weckten sie ihn auf, worauf er leicht verschämt aufstand und etwas verwirrt fragte: „Was ist denn mit euch los?!"

Longinus erwiderte lachend: „Schau dich doch an, du bist mit Nacktschnecken übersät! Was schläfst du auch hier draußen auf der Wiese?"

Cassius inspizierte sich und fing plötzlich an, die zahlreichen Schnecken hektisch von seinem Körper zu schütteln. Währenddessen fing er allmählich selber an zu grinsen und sagte zu den anderen, die weiterhin lachten: „Ich liege immer hier. Wieso auf einmal die Schnecken?! Wo kommen sie her?!"

Longinus schaute ihn an und entgegnete weiterhin belustigt: „Sie kommen nur abends raus, sonst vertrocknen sie, du Trottel. Tagsüber verstecken sie sich in den Gräsern, als schlaf besser drinnen, ja?"

Cassius schaute Longinus noch halb verschlafen an und ging darauf zu der Latrine. Artyom, Longinus und Mauritius blieben im Zentrum des Atriums stehen und warteten nur noch auf ihn, während Marina auf ihren Vater zukam und meinte: „Vater, ich weiß, wir sind bereits mehr als reich, aber seid mit allem vorsichtig. Mauritius hat mir bereits erzählt, was ihr wieder vorhabt."

Artyom entgegnete: „Mach dir keine Sorgen, Tochter."

Darauf gab ihr Artyom einen Kuss auf die Stirn und begab sich mit den beiden zu dem Tresor. Cassius sah die Drei, schloss sich ihnen an und sie verließen die Villa darauf mit einer großen Truhe voller Gold auf dem Karren. Irgendwann auf ihrem Weg zu der Arena meinte Longinus: „Ich bin mir sicher, dass Stephaton siegen wird, aber eines ist mir auch sehr wichtig und zwar, dass wir mit Stephaton reden, oder wenigstens einer von uns."

Cassius entgegnete: „Wie wäre es, wenn ich am Abend versuche zu der Gladiatorenschule zu gelangen und die Wachen dort großzügig besteche?"

Longinus: „Gut, versuchen wir es auf diese Weise, aber lasst uns jetzt erstmal zum Wettbüro. Ich freue mich nämlich schon auf das Gesicht des Buchmachers."

Alle lächelten, aber Artyom blieb ernst. Sie gingen in Richtung der Arena und konnten immer lauter werdende Trompetentöne hören, was für gewöhnlich das Zeichen dafür war, dass die Spiele bald beginnen. Sie betraten den Eingang, begaben sich direkt zu den Buchmachern und steuerten wieder die Wettstube am Ende des Ganges an. Sie klopften dort an der Tür, machten sie auf, gingen hinein und erblickten den ihnen bekannten Buchmacher. Sie lächelten ihn an, er lächelte zurück und meinte: „Lasst mich raten, ihr wollt wieder auf den Verräter setzen? Ihr wisst aber schon, dass er heute gegen dreißig andere Soldaten kämpfen wird? Das wird er nicht schaffen, da bin ich mir sicher. Was soll es also sein?"

Alle Vier blickten auf die Truhe voller Geld, öffneten sie vor dem Tisch des Buchmachers und er traute seinen Augen nicht. Diesmal war es viel mehr Geld, als letztens und alles war aus Gold. Dem Buchmacher fielen die Hände zu Boden und er meinte: „Och nein, soll ich das jetzt alles zählen? Dann sitze ich bis morgen hier und bin dann immer noch nicht fertig."

Longinus erwiderte lächelnd: „Weißt du was, wiege es doch einfach, dann geht es schneller. Denke dabei an deine fette Provision, falls wir verlieren. Wer hat schon gegen dreißig bestgeschulte Soldaten hintereinander gewonnen?"

Der Buchmacher entgegnete: „Das stimmt allerdings. Habt ihr es auch schon durchgezählt?"

Longinus erwiderte: „Ja, natürlich, gründlich und mehrmals, also vertue dich nicht. Wir warten draußen, während du beschäftigt bist, ja?"

Der Buchmacher nickte und holte eine alte Wage vom Wandregal, während die Männer kehrtmachten und die Wettstube verließen. Sie warteten eine ganze Weile, bis der Buchmacher mit der Wettquittung herauskam und sie den Männern überreichte, wonach sie sich direkt zu ihren Plätzen auf der Tribüne begaben. Nach einiger Zeit ertönten Trompeten und von der Loge aus begrüßte der Sprecher alle laut schreiend: „Bürger Roms! Kaiser Tiberius begrüßt euch erneut an diesem wunderschönen Tag! Gleich bekommt ihr ein einzigartiges Rennen der besten Streitwagenführer aus allen Ecken des Reiches zu sehen! Es sind insgesamt dreißig und der Gewinner des Rennens wird ziemlich reich belohnt werden! Ja, der Gewinner des Rennens bekommt eine gemütliche Villa in Ostia geschenkt und dazu noch dreizehn Sklaven! Danach, meine lieben Freunde, werden frisch geschulte Bogenschützen, die für die neunte Legion vorgesehen sind, ihr Können beweisen! Sie werden der Reihe nach auf einen Stier schießen und jeder von ihnen wird drei Versuche haben! Wer das Ziel nicht trifft, wird weitere drei Monate geschult! So erschafft unser Kaiser die besten Soldaten!"

Die Menschenmenge jubelte darauf unaufhörlich und es ertönten erneut Trompeten, worauf der Sprecher seine Hände erhob und fortfuhr: „Das letzte Spektakel wird aber sein, der Verräter Stephaton! Der ehemals Rom ergebener Veteran, wird heute gegen dreißig Soldaten der gefürchteten neunten Legion kämpfen! Sie werden ihn in Paaren angreifen und bringen ihm nach und nach seine gerechte Strafe!"

Nach der Rede des Sprechers stand Tiberius auf und erhob seine Hände, worauf Trompeten ertönten und sich alle Tore der Arena öffneten. Aus ihnen fuhren langsam die Streitwagen heraus, die sich jeweils in Paaren und in einer Schlange hinter der Startlinie versammelten. Sie blickten alle zur Loge von Tiberius und warteten auf das Zeichen, worauf der Sprecher seine Hände erhob und laut rief: „Eine Regel jedoch, nur eine Regel gibt es! Wer zehn Runden als Erster schafft, ist der Gewinner und wird reich und berühmt werden!"

Die Trompeten ertönten erneut, worauf Tiberius zum Geländer trat, seine rechte Hand erhob und den Befehl gab: „LOS!"

Das Rennen begann und die Pferde galoppierten los, als sie von den Peitschenhieben der Fahrer gedrillt wurden. Es waren jeweils zwei Pferde an einem Streitwagen gebunden und gleich nach der ersten Umrundung fing der Kampf zwischen den Fahrern an, die vorne um die Führung kämpften. Sie versuchten sich gegenseitig mit den Peitschen zu hindern und schlugen auf sich ein. Zwei der Fahrer, die ganz vorne waren, kämpften besonders hartnäckig, als einer der Fahrer tatsächlich den anderen ins Gesicht traf, so dass er vom Streitwagen fiel. Er wurde gnadenlos von den anderen Fahrern überfahren und war sofort tot, worauf die Menschenmenge einen lauten und erschrockenen Ton von sich gab. Die Pferde des getöteten Fahrers kamen langsam zum Stehen, aber das Rennen ging weiter. Als kein

Streitwagen es behinderte, wurde der leblose Körper des Fahrers fortgeschleppt und sein Streitwagen weggebracht. Das Rennen wurde immer spannender, als einer der Fahrer nach der fünften Runde die Oberhand gewann und die anderen Fahrer immer heftiger und immer lauter ihre Pferde drillten. Das Publikum jubelte allen Fahrern zu, als das Rennen in die neunte Runde ging. In der letzten Runde führte immer noch der gleiche Fahrer, der prächtige, schwarze Pferde besaß, die jung und kraftvoll genug waren, um ihn zum Sieg zu befördern. Dem war auch so und er beendete die zehn Runden als Erster. Es ertönten Trompeten in hohen Tönen, um den Sieger gebührend zu ehren, worauf der Sprecher der Spiele seine Hände spreizte und aufschrie: „Wir haben den Gewinner! Apollo aus Thrakien! Glückwünsch, Apollo!"

Die Menschenmenge jubelte eine ganze Weile und rief Apollos Namen laut aus, worauf wieder Trompeten ertönten und der Sprecher sie bald unterbrach: „Nun, meine Freunde, präsentiert euch unser geliebter Kaiser die Bogenschützen! Hier die Anwärter für die Legio nonus Hispanaaa! Welcher sich als würdig erweisen wird, werden wir gleich erfahren!"

Tiberius setzte ein Lächeln auf und es öffneten sich wieder alle Tore der Arena, bis auf eines. Aus den vielen offenen Toren kamen die winkenden Bogenschützen heraus und bildeten in der Mitte der Arena rasch eine Formation. Darauf ertönten erneut Trompeten und das letzte Tor ging auf, woraus ein Gespann von vier Pferden kam, das einen Käfig auf Rädern hinter sich zog und von vier Bediensteten der Arena in eine bestimmte Position gebracht wurde. In dem Käfig befand sich der wütende Bulle, der den Bogenschützen als Zielscheibe dienen sollte. Als Nächstes wurden die Pferde vom Käfig getrennt und von zwei Bediensteten fortgebracht, worauf die verbliebenen zwei Bediensteten den Käfig vorsichtig öffneten und davonliefen. Der Bulle stürzte sich sofort auf die Bogenschützen, aber zu ihrer Sicherheit war er mit einem Eisenring um den Hals an einer Kette an dem massiven Käfig befestigt und stellte keine Gefahr für sie dar. Dennoch erstarrte die Menschenmenge vor Spannung und der Sprecher schrie wieder auf: „Bogenschützen! Nehmt die Entfernung von zweihundert Fuß und schießt nacheinander!"

Die Bogenschützen reihten sich in dieser Entfernung sofort ein und der erste Schütze spannte seinen Bogen. In der Arena wurde es plötzlich still wie in der Nacht und alle warteten gespannt auf den ersten Schuss, aber der Schütze zögerte noch. Longinus und die anderen schauten auch gespannt zu und Artyom meinte irgendwann: „Was glaubt ihr, trifft er den Stier?"

Longinus erwiderte: „Wenn die Schützen für die neunte Legion vorgesehen sind, dann müssen sie etwas draufhaben. Das ist die absolute Eliteeinheit, mein Freund, die die schwierigsten Aufgaben übernimmt und hinterher reich belohnt wird."

Artyom schaute ihn an und fragte: „Wie werden sie belohnt?"

Longinus antwortete: „Sie bekommen den größten Anteil an der Kriegsbeute. Je mehr Gegner sie neutralisieren, desto mehr bekommen sie."

Artyom schaute ihn einige Augenblicke nachdenklich an, als Tiberius plötzlich von der Loge aus den Startbefehl gab: „Beginnt!"

Der erste Schütze schoss seinen Pfeil ab, verfehlte jedoch den Stier, worauf die Menschenmenge laut buhte. Genervt spannte der Schütze erneut seinen Bogen und schoss, aber auch dieser Pfeil verfehlte sein Ziel und die Menge buhte noch lauter. Er spannte den Bogen erneut und verfehlte wieder das Ziel, worauf er wütend die Arena verließ, während die Menge ihn laut verspottete. Nun stellte sich der zweite Schütze auf, spannte seinen Bogen und schaute zur Loge des Kaisers, worauf Tiberius seine Hand erhob und der Schütze seinen Pfeil abschoss. Der Bulle war ständig in Bewegung, aber dieser Pfeil traf sein rechtes Bein. Der Bulle brüllte laut auf, lief noch wütender umher und wollte sich befreien, doch die Kette hinderte ihn ziemlich effektiv daran. Das Publikum jubelte dieses Mal, worauf der Schütze erneut seinen Bogen spannte und schoss. Dieser Schuss ging leider knapp daneben und er spannte seinen Bogen wieder und zielte auf den herumrennenden Stier. Der Schütze nahm sich scheinbar viel Zeit, um ein Muster in der Bewegung des Stiers zur erkennen und schoss seinen dritten und letzten Pfeil ab. Dieser traf den Bullen an seiner linken Flanke, aber der Pfeil steckte quer in dem Stier und verletzte ihn nicht ernst, aber dennoch hatte dieser Schütze den Test bestanden. Das ganze Spektakel dauerte ungefähr bis zum Mittag, als der Stier sterbend auf dem Sand der Arena lag. Siebzehn Schützen wurden darauf in die neunte Legion aufgenommen und die anderen dreizehn durften wieder in ihre Kaserne. Die Menschenmenge jubelte laut und Tiberius ergötzte sich daran, denn es war ihm klar, dass er den Römern ein besonderes Spektakel geboten hatte. Er blickte stolz seine Gäste in der Loge an, darunter die reiche Aquila, die ihm eine Freundin und die Witwe eines Patriziers und eines geachteten Senators war. Als der Jubel abklang, folgte seine weitere Anweisung an den Sprecher: „Los, als Nächstes der Verräter. Lasst ihn erstmal die Arena betreten und dann unsere Soldaten. Das macht sicher Eindruck. Verteilt aber erstmal das Brot an die Menge."

Der Sprecher erhob darauf seine Hände und die Trompeten ertönten in einem tiefen Ton, worauf er sie gleich mit Handzeichen unterbrach und schrie: „Und nun, meine lieben Mitbürger, ein kleines Geschenk von unserem Kaiser Tiberius! Ihr werdet nicht hungrig den finalen Kampf schauen!"

Die Tore öffneten sich und zig mit Brotkörben beladene Streitwagen fuhren heraus. Die Brote dufteten derart frisch, dass es plötzlich in der gesamten Arena nur noch nach Brot roch. Die Bediensteten warfen die Brote erfreut in die Menge und als das Brot nach einer ganzen Weile verteilt war, verschwanden die Wagen wieder in den Toren, worauf Trompeten ertönten, der Sprecher erneut seine Hände erhob und schrie: „Nun, meine geliebten Römer, das Finale! Der Verräter Stephaton findet heute hier seinen Tod! Und das ist eeer!"

Ein Tor öffnete sich und Stephaton betrat die Arena. Er war wieder mit dem kleinen Schwert ausgestattet und demselben kleinen Schild und die Menge begrüßte ihn jubelnd, ganz anders als es sich

Tiberius erhofft hatte. Stephaton begab sich zur Mitte der Arena und schaute umher, da er nicht wusste, was ihn erwartete. Tiberius erhob darauf seine rechte Hand, Trompeten ertönten und es öffneten sich einige Tore, aus denen dreißig mit Kurzschwertern bewaffnete Soldaten kamen. Sie umringten den grauhaarigen Stephaton und blickten zur Loge, worauf Tiberius stolz auf die Soldaten schaute, die er persönlich aus der neunten Legion ausgesucht hatte. Er erhob wieder seine rechte Hand und zwei der dreißig Soldaten gingen auf Stephaton langsam zu, worauf er in Kampfstellung ging. Einer der Soldaten stürzte sich gleich auf Stephaton, während der andere sich hinter Stephaton positionierte. Der Kampf begann und die Menschenmenge hielt den Atem an, aber als Stephaton über seinem Kopf nach hinten einen Schwerthieb mit seinem kleinen Schild abwehrte, jubelten alle auf. Darauf ging er in die Knie, stieß sein Schwert mit voller Wucht in den Bauch seines Vordergegners und sein zweiter Gegner schritt darauf vorsichtig zurück, als wäre er von der Kampftechnik von Stephaton überrascht. Nun ging Stephaton auf ihn los und der Schwertkampf dauerte nicht mehr lange. Stephaton streifte den Soldaten an der Kehle, sodass er schnell wegen der Verletzung verblutete. Tiberius stand wütend am Geländer der Loge und erhob erneut seine rechte Hand, worauf zwei weitere Soldaten aus dem Kreis traten. Stephaton ließ darauf sein stumpfes Schwert und sein Schild fallen und griff lächelnd nach den scharfen Gladiusschwertern der getöteten Soldaten. Der Jubel der Menge wurde lauter und die nächsten zwei Soldaten stürzten sich nun gleichzeitig auf Stephaton. Sie konnten ihm in der Kampfkunst nicht das Wasser reichen und waren schnell tot, worauf Tiberius in seiner Loge tobte und vor Wut seinen goldenen Weinbecher auf den Boden stieß. Er stand darauf auf und erhob diesmal seine beiden Hände, worauf vier Soldaten den Kreis verließen und auf Stephaton zugingen. Der Veteran schaute jeden von ihnen lächelnd an und es sah danach aus, als würden sie jetzt erst eine Strategie für den Angriff entwickeln. Sie umkreisten Stephaton erstmal, griffen jedoch nicht an, worauf er seine beiden Arme zu den Seiten austreckte, sich langsam im Kreis drehte und die scharfen Schwerter fest in seinen Händen hielt. Dann plötzlich traute sich einer der vier den ersten Schwerthieb zu machen und schlug von oben. Stephaton wehrte es mit einem Schwert ab und gleichzeitig bohrte er das andere in den Leib des Soldaten. Er starb sofort und nun verteilte Stephaton die Schwerthiebe, gegen die seine Gegner machtlos waren. Einer nach dem anderen viel zu Boden und Tiberius tobte in der Loge und schmiss wieder seinen Becher um, doch dann versuchte er sich zu beherrschen und setzte sich wieder auf seinen Thron, worauf er seinen Blick auf den Sprecher richtete und befahl: „Los, lass sie alle angreifen! Ich will ihn endlich tot sehen!"

Um den Soldaten zu signalisieren, dass sie sich nun alle auf Stephaton stürzen sollen, erhob der Sprecher seine Hände und wedelte mit ihnen herum. Sie hatten die Geste verstanden und gingen jetzt alle auf Stephaton zu, worauf er in Rage geriet und einen nach dem anderen abschlachtete. Die Menschenmenge machte mit und schrie wild, als der letzte Soldat abwechselnd Stephaton und die Loge anblickte. Er traute sich wohl nicht mehr anzugreifen, als er die Leichen seiner Kameraden anblickte und den blutbespritzen Stephaton, der nur auf seinen Angriff wartete. Er ließ sein Schwert also fallen und trat langsam zurück, worauf ihn Tiberius wütend von der Loge aus anschrie: „Los, erledige ihn jetzt!"

Stephaton blickte Tiberius an, dann den neumotivierten Soldaten, worauf er eines der Schwerter fallen ließ und das in seiner rechten Hand behielt. Darauf ging er auf den Soldaten zu und warf das Schwert mit aller Kraft auf ihn. Es durchbohrte erst die Rüstung des Soldaten, dann seine Brust und er war auf der Stelle tot. Die Menge war außer sich vor Jubel, aber Tiberius ballte wütend seine Fäuste zusammen und versuchte sich zu beherrschen. Er wusste, er durfte nicht gegen den Pöbel sein und dass die Menschen hierherkamen, um unterhalten zu werden und er nun mal dafür zuständig war. Er lehnte sich also ans Geländer, erhob seine Hände und machte freundliche Mine zu bösem Spiel. Alle Römer jubelten jetzt noch lauter, sogar die Senatoren und natürlich auch Artyom und die anderen. Die reiche Witwe Aquila kam ebenfalls zum Geländer, lächelte Tiberius an und sagte: „Mein Kaiser, ich habe gemerkt, du willst ihn loswerden, nicht wahr? Lass mich ihn dir für tausend Goldmünzen abkaufen, dann bist du ihn einfach los."

Tiberius schaute sie nachdenklich an und entgegnete nach einem Augenblick entschlossen: „Nein, er soll hier öffentlich sterben und das wird er. Morgen ist schließlich auch noch ein Tag."

Tiberius drehte sich darauf um und verschwand, während Aquila noch blieb und auf Stephaton schaute, der in der Arena den Applaus genoss. Dabei blickte er mehrmals Aquila an und abwechselnd die Menge, bis er bald nur noch Aquila ansah. Plötzlich öffnete sich ein Tor und Stephaton ging in dessen Richtung, während er sich immer wieder nach ihr umschaute. Irgendetwas reizte ihn an ihr und er wusste nicht, ob das ihr leidenschaftlicher Blick war, oder etwas anderes. Jedenfalls war auch sie sichtlich von ihm angetan und während Stephaton in dem Tor der Arena verschwand, klatschten Artyom und die anderen laut. Als das Gitter hinter Stephaton heruntergefahren war, meinte Longinus erfreut: „Seht ihr, mein bester Mann, und wir sind nun reicher als der Kaiser selbst!"

Artyom klatschte, konnte aber immer noch nicht glauben, dass Stephaton gesiegt hatte. Sie verließen ihre Plätze, begaben sich ziemlich beglückt zum Ausgang und machten in den Gängen einen Abstecher in die Wettstube. Der Buchmacher, der vor dem Wettbüro bereits wartete, haute mit seiner Hand die Tür auf und lies die Vier hinein, worauf Longinus ihn anblickte und lächelnd zu ihm sagte: „Du hast heute wieder mal Pech gehabt."

Der Buchmacher erwiderte miesgelaunt: „Rom hat nur Verluste mit euch. Hier, nehmt euer Geld und verschwindet. Mich werdet ihr hier nicht mehr sehen, ich bin meine Stellung los."

Longinus lächelte und entgegnete: „Dann soll dein Kaiser doch mehr Herausforderung für einen Veteranen seiner Klasse bieten und vor allem hätte er sich vorher über Stephaton informieren sollen."

Der Buchmacher zeigte mit seinem Finger bloß auf einige Truhen und verließ tatsächlich die Wettstube, worauf Longinus die anderen anblickte und meinte: „Artyom, du musst nicht mehr hin- und herreisen, glaube ich. Jetzt haben wir wirklich ausgesorgt."

Artyom antwortete lächelnd: „Mein Freund, Geld ist nicht alles, was wir Armenier benötigen. Das Wandern ist eine Art der Lebensweise für unsere Gemeinschaft und nicht nur das Handeln. Aber Marina möchte ich ein anderes Leben ermöglichen und nun kann ich es wirklich, dank euch. Kommt, lasst uns zu den anderen, sie sind sicher schon vom Markt zurück."

Sie zogen die insgesamt acht Kisten aus der Wettstube in den Gang, lächelten alle Cassius an und Longinus sprach es aus: „Kann mir jemand von euch sagen, wieso keiner von uns an einen Karren gedacht hat? Cassius, bitte, sei so gut und besorg doch einen."

Cassius stellte die letzte Kiste genervt ab und entgegnete: „Leute, wieso immer ich? Etwa, weil ich der jüngste bin? Aber gut, ich habe ebenso wenig Lust zu schleppen wie ihr."

Cassius eilte darauf zum Markt, kaufte dort einem armen Gemüsehändler einen kleinen Karren ab, bezahlte ihn recht großzügig und kehrte damit schnell zu den anderen zurück. Auf dem Rückweg zur Villa drehte sich Artyom immer wieder nach den Truhen auf dem Karren um und meinte irgendwann: „Sagt mal, ist euch schon aufgefallen, dass wir so viel Geld besitzen, dass wir es wiegen müssen, anstatt zu zählen?"

Alle wirkten nachdenklich und Longinus erwiderte: „Das hatte ich dir versprochen, Artyom, deshalb frage ich dich erneut, ob du nicht lieber doch mit uns sesshaft werden willst? Du brauchst mindestens für die nächsten zehn Jahre nicht mehr zu arbeiten und deine Leute ebenso nicht."

Artyom entgegnete: „Mein Freund, sei mir nicht böse, aber ich habe mich bereits entschieden. Ich bin sogar während einer Reise geboren worden, so wie die meisten von uns, also habe Verständnis, dass wir unsere Lebensgewohnheiten nicht ablegen."

Longinus nickte und Artyom fragte ihn jetzt flüsternd: „Hast du denn schon mit Mauritius gesprochen?"

Longinus erwiderte: „Nein, leider noch nicht. Es bot sich einfach keine Gelegenheit."

Artyom: „Ist schon gut, vielleicht finde ich heute selbst eine. Ich habe für euch alle sowieso eine Überraschung und wir werden einiges klären müssen."

Longinus überrascht: „Was meinst du?"

Artyom lächelte und erwiderte: „Darüber reden wir lieber später. Lasst uns die Truhen in der Villa erstmal in Sicherheit bringen."

Sie liefen noch ein Weilchen und wechselten sich mit dem Ziehen des Karrens ab. Die letzten beiden, die ihn zogen, waren Cassius und Mauritius und als sie endlich vor den Toren der Villa standen, klopfte Cassius am Tor und schrie: „Aufmachen, im Namen Roms! Aufmachen!"

Areg machte rasch das Tor auf und hinter ihm stand erschrocken Marina. Sie blickten den Karren an und schauten fragend auf die vier Rückkehrer, worauf Artyom meinte: „So, verstaut alles in der Kammer und ich erledige noch etwas Dringendes in der Stadt."

Longinus und Marina fragten gleichzeitig: „Wo willst du hin?"

Artyom erwiderte lächelnd: „Das wird eine Überraschung, bleibt geduldig. Esst erstmal, dann werdet ihr alles erfahren."

Artyom verließ wieder die Villa und begab sich in Richtung des Zentrums von Rom. Als Erstes ging er zu dem Vermieter der Villa und klopfte bald an der Riesentür seiner prunkvollen Residenz, die ganz in der Nähe des Senats stand. Ein Bediensteter machte auf, ließ Artyom freundlich herein und fragte: „Was kann ich für euch tun, Artyom?"

Artyom erwiderte: „Ich möchte mit Augustus reden und es wäre dringend."

Der Bedienstete nickte, ging fort und einige Augenblicke später betrat ein dicker Mann das Atrium, wo Artyom wartete. Der Patrizier grüßte den Armenier mit einem festen Händedruck und fragte: „Artyom, was führt dich zur mir?"

Artyom erwiderte freundlich: „Es ist lange her, Augustus. Ich komme mit einem geschäftlichen Vorschlag zur dir."

Augustus entgegnete: „Da bin ich gespannt. Über einen Nachlass für die Mietgebühren brauchen wir gar nicht erst reden."

Artyom: „Nein, Augustus, darum geht es ganz und gar nicht. Wir reisen morgen wieder ab, aber die Villa brauchen wir wohl für länger. Verkaufst du sie mir?"

Augustus schaute Artyom überrascht an und fragte: „Wieso braucht ihr sie, wenn ihr abreist?"

Artyom: „Ich will, dass meine Tochter mit einigen Freunden in Rom für immer bleibt, deshalb."

Augustus überlegte einen Moment und erwiderte: „Nun gut, mir ist es gleich. Ich vermiete die Villa sowieso nur vier Mal im Jahr, ansonsten steht sie leer. Aber woher willst du so viel Geld nehmen?"

Artyom: „Nenn mir doch einfach den Preis."

Augustus erwiderte: „Eine Villa in der Nähe des Marktes ist viel wert, das weißt du doch."

Artyom: „Wie viel?"

Augustus wirkte nachdenklich, zögerte eine Weile und entgegnete endlich: „Für dreitausend Goldstücke gehört sie dir."

Artyom: „Ich gebe dir noch hundert dazu, wenn du noch heute die Papiere vorbereitest. Mein Freund Aaron wird sie und die restlichen Schlüssel nachher abholen und dir das Geld überreichen. Aber die fälligen Mietgebühren entfallen?"

Augustus lächelte erstaunt und erwiderte: „Artyom, zu diesem Angebot kann ich nicht NEIN sagen, besonders, weil wir uns schon so lange kennen."

Der fette Augustus umarmte Artyom plötzlich und fügte noch hinzu: „Ich rufe gleich meinen Schreiber und lasse ihn das Dokument aufsetzen. Nun entschuldige mich, mein Freund, in meinem Badewasser wartet gerade eine junge Schönheit. Ich wünsche dir und deinen Leuten vom Herzen eine sichere Heimkehr. Ach und denke daran, mich auch das Nächste Mal zu besuchen, ja?“

Artyom nickte zustimmend und beide verabschiedeten sich voneinander. Als Nächstes ging Artyom zu der Gladiatorenschule von Casius Augustus und während er dorthin unterwegs war, wurde Stephaton gerade von der Arena zurückgebracht. Als Stephaton in seine Zelle geführt wurde und die Zellen der anderen Gladiatoren passierte, ertönte ein lauter Ruf zu seinen Ehren: „STEPHATON! STEPHATON! STEPHATON!“

Wirklich alle anderen Gladiatoren jubelten Stephaton zu und er lächelte Stolz, während Artyom noch mehrmals nach dem Weg dorthin fragen musste. Als er dann endlich vor der Schule stand, lächelte er und dachte sich: „Was für ein Zufall, Cassius, Augustus und Casius Augustus.“

Er klopfte darauf am Tor, worauf ein verschwitzter Aufseher sie einen Spalt öffnete und ganz unfreundlich fragte: „Was willst du?!“

Artyom erwiderte ganz gelassen: „Ich möchte zu dem Sieger.“

Der Aufseher: „Hier kommt niemand rein! Wer bist du überhaupt?“

Artyom: „Jemand, der dir zehn Goldstücke gibt, um mit dem Sieger zehn Worte zu wechseln.“

Der Aufseher änderte seine Haltung und seine Laune blitzartig, worauf er sich vorsorglich umschaute und erwiderte: „Einverstanden, aber nur für einen kurzen Augenblick.“

Er öffnete das Tor ein Stück weiter und hielt gierig seine Hand offen, worauf Artyom ihm die besagten zehn Goldstücke in die Hand drückte und fragte: „Wo entlang?“

Der Aufseher öffnete das Tor nun ganz, zeigte Artyom eine Richtung und meinte: „Die letzte Zelle, aber beeil dich.“

Artyom ging dorthin und erblickte Stephaton tatsächlich, worauf die beiden sich die Hände reichten und sich begrüßten. Stephaton hatte sich scheinbar noch nicht vollständig vom Blut gesäubert, aber Artyom störte es nicht weiter und er redete los: „Ich bin froh, dich wohlauf zu sehen, mein Freund. Wir haben nicht viel Zeit, also hör zu. Wir sind alle hier in Rom und deine Freunde ebenfalls. Ich werde morgen mit meinen Leuten abreisen, aber Longinus und die anderen bleiben hier in Sicherheit. Ich werde Longinus berichten, wo du steckst und er wird dich sicher bald aufsuchen. Ich muss jetzt weg, der Aufseher kommt, aber eines sollst du wissen, bevor ich gehe und zwar, dass wir immer auf deine Siege gewettet haben und Longinus versuchen wird dich freizukaufen. Halte durch!"

Stephaton lächelte und erwiderte: „Grüß die Arschlöcher von mir und berichte, dass es mir gut geht."

Beide lächelten nun, als der Aufseher auf die Zelle und Artyom zuging und beunruhigt meinte: „So, jetzt los, bevor wir beide noch Ärger bekommen."

Artyom drückte noch einmal ganz fest die Hand von Stephaton, lächelte ihn an und verließ rasch das Gelände, wonach er sich sofort in Richtung des Senats begab. Neben dem Senat befand sich nämlich ein Gebäude, das von zwei Wachsoldaten bewacht wurde und Artyom betrat dort den Eingang. Darauf steuerte er direkt den Schreibtisch des Verwalters an und sagte zu ihm recht hektisch: „Sei gegrüßt. Mein Name ist Artyom und dies sind meine Papiere und meine Handelserlaubnisse. Ich und meine Leute sind aus der Provinz Armenia und wir treiben in Rom genehmigten Handel, jedoch möchte ich einen ständigen Aufenthalt für vier unserer Mitglieder hier melden. Geht das?"

Der Verwalter: „Ich kann sie registrieren, aber sie müssen persönlich hierherkommen, ihren Wohnsitz angeben und ihre Dokumente selbst vorlegen, anders geht das nicht. Außerdem zeigst du mir deine Papiere und nicht die von den Vieren. Wie stellst du dir das denn vor?"

Artyom erwiderte: „Das ist es ja, sie besitzen blöderweise keine Papiere mehr. Unsere Karawane wurde auf dem Weg nach Rom durch einen Sandsturm durchgewirbelt. Ich habe es Kaiser Tiberius sogar persönlich gemeldet, ihr könnt es prüfen. Nennt ihm einfach meinen Namen und es wird euch bestätigt."

Dabei zog Artyom einen kleinen Beutel aus seiner Tasche, blickte auf den Verwalter, legte den Beutel auf den Tisch und sagte: „Bitte, wir wollen morgen abreisen und rasch mit neuer Ware nach Rom zurückkehren. Die Zeit drängt wirklich. Ich entlohne euch auch für die Umstände."

Der Verwalter überlegte kurz und erwiderte: „Nun gut, aber wenn du mich auf den Arm nimmst, dann schiebe ich alles auf dich, Artyom aus Armenia. Normalerweise müssen die Personen vor mir stehen, damit sie notiert werden können. Also, nenn mir ihren Wohnsitz."

Artyom legte los: „Die ehemalige Villa von Augustus, dem ehemaligen Senator."

Der Verwalter: „Welches Viertel denn? Mach es mir doch nicht so schwer."

Artyom: „Ich glaube, es ist Municipio XV."

Der Verwalter: „Der Senator hat in jedem Viertel seinen Besitz. Wenn du nicht präziser wirst, schicke ich dich wirklich noch fort."

Artyom: „Verzeiht bitte, ich weiß nur, dass die Villa im Municipio XV liegt. Könnt ihr nicht in den Unterlagen nachschauen?"

Der Verwalter erwiderte schon leicht genervt: „Soll ich jetzt das komplette Archiv absuchen? Das dauert sicher Stunden."

Artyom griff nach dem Beutel mit dem Geld, verstaute es wieder in seiner Tasche und der Verwalter wirkte sofort verunsichert. Darauf griff Artyom in eine andere Tasche, holte einen noch dickeren Beutel heraus und frage: „Und wenn ich nochmals darum bitte?"

Der Verwalter setzte nun ein leichtes Lächeln auf, griff nach dem Geld, verstaute es sofort in seiner Schublade und meinte endlich entschieden: „Nun gut, warte hier ungesehen."

Artyom wartete auch unauffällig in einer Ecke und untersuchte derweilen die prachtvollen Skulpturen in dem Verwaltungsraum. Es dauerte eine halbe Ewigkeit, bis der Verwalter zurückkam und ihm stolz berichtete: „Ich habe es gefunden! Also, Augustus hat in diesem Stadtteil zwei Gebäude. Eines davon ist eine Villa und das andere ein bescheidenes Haus. Welches bewohnen deine Vier?“

Artyom: „Es ist die Villa mit den prächtigen Gärten.“

Der Verwalter erwiderte: „Gut, dann nenn mir jetzt ihre Namen und ich trage sie ein.“

Artyom listete auf: „Da wäre meine Tochter Marina, geboren in Kapan, dann Aaron, Vater leider unbekannt, geboren in Jerewan, Jakob, Vater ebenfalls unbekannt, geboren in Jerusalem und letztendlich Jakobus, Vater leider auch unbekannt und ebenfalls in Jerusalem geboren. Habt ihr es?“

Der Verwalter notierte alles so schnell, wie Artyom es diktierte, schaute ihn am Ende an und fragte: „Väter unbekannt? Wieso? Und deine Tochter bleibt wirklich in Rom?“

Artyom: „Ja, meine Tochter soll hier im Schutze Roms bleiben und die Jungs nahmen wir vor Jahrzehnten als Waisen auf. Wozu eigentlich die Fragerei?“

Der Verwalter: „Schon gut, warte hier, ich bereite die Schriftstücke für sie vor.“

Artyom wartete wieder und diesmal dauerte es etwas länger. Nach einer weiteren Ewigkeit erschien der Verwalter mit versiegelten Schriftrollen in der Hand und meinte: „Hier, Artyom. Nun verschwinde rasch und verstecke die Schriftrollen beim Herausgehen.“

Artyom verbeugte sich, verstaute die Schriftrollen unter seinem Gewand und verließ ziemlich diskret das Verwaltungsbüro. Damit hatte er alles erreicht, was er sich vorgenommen hatte und eilte beglückt zu der Villa zurück. Areg machte ihm das Tor auf und Artyom lief darauf direkt zu seinen speisenden Freunden ins Atrium und begrüßte sie alle fröhlich. Er schaute hauptsächlich Longinus und seine Freunde an und winkte sie gleich zu sich. Etwas abseits versammelt, fing Artyom an zu berichten: „Ich habe heute diese Villa gekauft und hier sind auch eure neuen Papiere. Ihr seid jetzt wieder Bürger Roms und das ist eure offizielle Behausung."

Longinus schaute verdutzt und fragte: „Ich verstehe nicht. Was hast du vor?"

Artyom: „Nehmt es doch einfach hin. Mauritius, an dich habe ich noch eine besondere Bitte, die du mir nicht abschlagen darfst."

Mauritius direkt: „Was soll ich tun?"

Artyom fuhr fort: „Ich möchte, dass du dich um meine Tochter kümmerst. Sie liebt dich, das weiß du und ich will sie hier bei dir in Sicherheit wissen."

Mauritius wirkte etwas überrascht, zögerte kurz und erwiderte: „Ich werde sie beschützen, so gut ich kann, aber wird sie es so wollen?"

Artyom entgegnete: „Sie hat immer auf mich gehört und ich denke, dass sie es auch dieses Mal tut wird. Aber ich rede gleich dennoch mit ihr, damit du beruhigt bist. Ach, übrigens, mit diesen legalen Papieren könnt ihr nun auch zu Stephaton. Der Wächter mit der Narbe auf der Nase mag Gold mehr als seinen Posten."

Die Drei lächelten überrascht, blickten auf die Pergamentrollen, die Artyom ihnen überreichte und er fuhr fort: „Ich danke euch für alles und ich bestehe darauf, dass der gesamte Gewinn halbiert wird, denn in der Wüste reicht uns die Hälfte vollkommen. Ich verkünde noch den anderen, dass wir morgen früh nach Armenia aufbrechen, doch davor rede ich mit Marina. Esst nun weiter und lasst mich alles Weitere regeln."

Artyom packte fest an der Schulter von Longinus, schaute ihn einen Augenblick lang an und ging zu seinen Leuten. Alle aßen und tranken an diesem Abend ziemlich lang und ziemlich viel und irgendwann nach Einbruch der Dunkelheit stand Artyom auf und ging auf Marina und Mauritius zu. Die beiden genossen wieder die Zweisamkeit, als Artyom sie lächelnd störte und zu Marina sagte: „Lauf mit mir ein Stückchen, meine Tochter, ich muss mit dir reden."

Marina stand auf, stellte sich neben ihren Vater und griff nach seinem Arm, worauf die beiden sich spazierend von Mauritius entfernten und Marina bald fragte: „Was möchtest du mit mir besprechen, Vater?"

Artyom blieb stehen, schaute Marina ganz tief in die Augen und sagte: „Liebst du mich, Tochter?"

Marina entgegnete ganz überrascht: „Aber Vater, natürlich liebe ich dich! Wieso stellst du mir diese Frage überhaupt?"

Artyom erwiderte ernst: „Du sollst hier in Rom mit Mauritius und den anderen bleiben und wir reisen morgen ab. Ich habe es fest beschlossen und dulde keine Widerrede."

Marina ging einen Schritt zurück, nahm ihre Hände vor ihrem Vater und entgegnete mit einer zittrigen und erschrockenen Stimme: „Aber Vater, ich kann dich und die anderen doch nicht in Stich lassen, das geht nicht!"

Artyom kam ihr näher, fasste sie beidseitig an der Schulter und sagte: „Marina, wir sind nun reich, reicher als wir es uns überhaupt vorstellen können! Wir können uns nun Leibwachen für die Reisen einfach leisten, also mach dir keine Sorgen um mich oder die anderen. Wir werden spätestens in sechs Monaten wieder hier sein, das verspreche ich dir."

Nach dieser Ansprache schaute Marina ihren Vater innig an, dann den etwas weiter entfernten Mauritius, dann ihre Leute auf dem Gelände und erwiderte: „Ich weiß, dass du für uns nur das Beste willst und ich vertraue auch darauf, dass deine Entscheidung wohlüberlegt war, daher füge ich mich ihr, auch wenn nur schweren Herzens."

Darauf gab sie ihrem Vater einen Kuss auf die Wange und verschwand in der Culina. Als die Gemeinschaft in ihren Quartieren zu verschwinden drohte, erhob Artyom seine Hände nach oben und rief: „Bitte wartet, Freunde! Ich muss euch allen etwas Dringendes mitteilen."

Areg setzte sich als Erster wieder auf seinen Platz und als der Rest auch wieder saß und aufmerksam zuhörte, schaute Artyom alle nacheinander an und verkündete laut: „Meine lieben Gefährten, wir werden Rom schon morgen verlassen und Marina und unsere neuen Freunde bleiben vorerst hier in der Villa. Wenn wir wieder in der Heimat sind, kaufen wir noch mehr Waren ein, noch mehr Schmuck und vielleicht noch etwas Besonderes, was die Römer uns mit Sicherheit abkaufen werden und kommen dann wieder zurück. Wir sind nun reich, unser Einfluss ist enorm und das müssen wir zu unserem Vorteil nutzen."

Begeistert von der Rede tuschelten alle eine Weile miteinander und Einwände gab es keine. Alle wirkten sogar beglückt, schon morgen die Mauern der Villa zu verlassen und auf ihren geliebten Kamelen in die Heimat zu reiten. Artyom war sichtlich erleichtert und fuhr erfreut fort: „Schön, meine Freunde. Legt euch nun zu Ruhe und morgen früh packt jeder mit an. Verteilt die Aufgaben gerecht und denkt an reichlich Proviant."

Nach dieser Rede ging Artyom auf Areg zu und wies ihn diskret ein: „Areg, wir müssen die Geldtruhen für die Reise äußerst sorgfältig verstecken. Du kennst die Gefahren, also lass dir etwas einfallen, sonst ist alles dahin. Ich übertrage dir die gesamte Verantwortung, verstehst du?"

Areg nickte leicht überrascht und erwiderte: „Gut, Artyom, ich lasse mir heute Nacht etwas einfallen."

Artyom schaute ihn lächelnd an, drückte ihn an der Schulter und ging. Der Abend ging auch seinem Ende entgegen und die letzten Latrinengänge wurden erledigt. Nach und nach verschwanden alle in ihren Stuben, aber zwei von ihnen blieben im Atrium. Es waren Mauritius und Marina und sie kamen sich näher. Marina faste Mauritius an der Hand und fragte liebevoll: „Würdest du mir heute Abend Gesellschaft leisten? Diese Villa hat noch viele unbenutzte Stuben."

Mauritius lächelte verliebt und entgegnete: „Nichts lieber würde ich tun, als neben dir einzuschlafen."

Marina lächelte zurück, zog Mauritius hinter sich in Richtung einer der unbenutzten, großen Stube und sie taten mindestens die halbe Nacht alles andere als schlafen. Der nächste Morgen begann sehr hektisch, alle liefen wie Ameisen umher und packten sorgfältig die Kameltaschen. In der Tresorstube verpackten und tarnten Areg und Gevorg das Gold, indem sie kleine Teile davon in jeweils einer Reisetasche verstauten und mit verdreckter und durchgeschwitzter Kleidung abdeckten. Artyom überprüfte mit einigen anderen derweilen draußen die Kamele und als seine Inspektion zu Ende war, suchte er in der Villa nach Areg. Als er ihn fand, meinte er: „Areg, das ist aber nicht gerade viel Proviant. Bitte holt mehr vom Markt, ja? Nimmt auch bitte Longinus und seine Freunde mit. Sie sollen sich schon mal daran gewöhnen, selbst einkaufen zu gehen."

Areg nickte und wählte rasch einige Männer aus, sowie Longinus und seine Freunde. Er bat jeden, vor dem Tor zu warten und teilte ihnen mit, was jetzt anstand. Als insgesamt alle sieben vor dem Tor standen, erblickten sie die vielen Kamele, die bereits zur Abreise bereitstanden. Jemand übernahm gerade die Aufgabe, sie noch zu tränken und zu füttern und Areg meinte: „So, Männer, nehmen wir drei Karren und ab zum Markt."

Alle setzten sich in Bewegung und gingen in Richtung des Marktes und dort angekommen, kauften sie reichlich ein. Dieses Mal kauften sie Lebensmittel von bester Qualität und sie konnten sich nun mehr leisten. Als sie gerade den Markt verlassen wollten, meinte Longinus: „Wartet, Freunde, ich muss kurz noch etwas erledigen, in Ordnung?"

Areg erwiderte: „Ist gut, aber beeile dich besser. Die Vorräte müssen gleich noch aufgeladen werden und dann geht es los."

Longinus nickte und verschwand in der Menschenmenge des Marktes. Keiner wusste, was er vorhatte und Areg fragte Mauritius: „Was hat er vor?"

Mauritius erwiderte: „Ich habe echt keine Ahnung, aber ich fürchte, das werden wir gleich erfahren."

Währenddessen betrat Longinus eine Taverne, wo betrunkene den Raum mit einem enormen Lärm fluteten. Eine Gruppe von vier Männern war aber völlig anders und sie tranken gemütlich und gepflegt ihren Wein. Longinus ging auf sie zu und meinte: „Mal wieder nichts zu tun, Titus?"

Titus schaute Longinus überrascht an und fragte: „Longinus? Was machst du denn hier? Solltest du nicht gerade in Judäa sein?"

Longinus: „Nicht so laut, Mann. Es ist eine lange Geschichte und sehr langweilig, einfach nicht der Rede wert. Sag, mein Freund, suchst du Arbeit? Ich hätte da etwas Lukratives für euch. Interesse?"

Titus erwiderte: „Wir sitzen seit Monaten hier auf unseren Ärschen und nicht mal ein kleiner Auftrag. Also, wie du dir denken kannst, nehmen wir alles was kommt."

Longinus setzte sich zu Titus und seinen Männern und erklärte genauer: „Es wird eine beschwerliche Reise und eure Aufgabe wäre, eine Handelskarawane zu beschützen. Die Reise geht nach Armenia und später wieder hierher. Es sind meine sehr guten Freunde und die Freunde von Stephaton."

Titus erstarrte und fragte überrascht: „Seid ihr beide desertiert?"

Longinus: „Nicht so laut, du Narr. Hier, ein kleiner Vorgeschmack für euren Lohn. Nach diesem erfüllten Auftrag werdet ihr jahrelang nur in Freudenhäusern herumlungern und nicht in solchen Löchern wie dem hier, das versichere ich euch."

Longinus holte einen dicken Geldbeutel heraus und fuhr fort: „Hier, hundert Goldmünzen für den Anreiz. Was sagt ihr?"

Die vier Söldner blickten sich an, dann schauten sie auf Titus und nickten gierig. Titus nickte letztendlich auch und sage: „Gut, wir machen es. Wann geht es los?"

Longinus erwiderte: „Jetzt. Holt eure Waffen und kommt."

Titus: „Jetzt? Dürfen wir noch den Wein austrinken?"

Longinus: „Nein, dafür ist keine Zeit. Ich treffe euch an der Südsäule in der Nähe des Eingangs zum Markt. Bewaffnet euch, bleibt diskret und vergesst nicht, dass ich mich auf euch verlasse."

Longinus riss sich auf, verließ das schäbige Stammthermopolium von Titus und begab sich zu den anderen zum Markt. Dort angekommen, traten sie vollbepackt die Rückkehr zu der Villa an, während im Thermopolium einer der Freunde von Titus zu den anderen meinte: „Lasst uns das Geld doch einfach nehmen und verschwinden. Das ist doch ein Haufen Gold."

Titus entgegnete verärgert: „Entweder überdenkst du jetzt die Scheiße, die du gerade gesagt hast, oder du verschwindest! Ich habe mit Longinus und Stephaton viele Jahre gedient und irgendwann zählte ich die gemeinsamen Schlachten nicht mehr. Jedenfalls rettete Stephaton mir zwei Mal das Leben und das sind zwei Mal mehr als du. Überlege jetzt lieber sehr gründlich, was du sagst."

Der Kumpane von Titus erwiderte rasch: „Sei nicht gleich so wütend, Titus. Ich wusste nichts von eurer Bekanntschaft und eurer Vergangenheit, verzeih!"

Titus schaute ihm einen Moment lang tief in die Augen und erwiderte: „Gut, dann ziehen wir es durch. Kommt jetzt oder bleibt hier."

Titus und seine drei Freunde verließen dann doch ziemlich motiviert das Thermopolium und holten als Nächstes ihre Waffen. Longinus und die anderen warteten bereits eine Weile, bis die angeheuerten Söldner endlich eintrafen. Longinus stand darauf auf und fragte Titus laut: „Wieso hat das solange gedauert?"

Titus erwiderte lächelnd: „Beruhige dich, ich habe soeben noch das beste Schwert des Schmiedes gekauft. Kommt, jetzt kann es losgehen."

Titus folgte mit seinen Männern den anderen und irgendwann auf dem Weg zu der Villa fragte Areg Longinus: „Longinus, wer sind diese Leute?"

Longinus erwiderte: „Das sind eure neuen Leibwächter, mein Freund, und sie werden die Karawane bis zu der Wiederkehr nach Rom beschützen. Ich diente mit Titus viele Jahre lang und Eines kann ich über ihn sagen: Er ist loyal, ein sehr guter Soldat und ein treuer

Freund. Nun ja, heute ist er ein Söldner, aber er wird Artyom und allen anderen immer zur Seite stehen. Kommt, lasst uns rasch zu den anderen gehen."

Sie verließen die südliche Straße des Marktes und gingen in Richtung der Villa, während dort ein wirres Vorbereiten auf die Reise herrschte. Alles war fast gepackt, doch einige Sachen wurden für Marina und die drei Römer hinterlassen. Areg, seine Freunde und die vier neuen Begleiter näherten sich der gepflegten Behausung der Armenier und als Artyom sie erblickte, fragte er leicht verärgert: „Wo wart ihr so lange? Ich habe mir schon Sorgen gemacht! Und wer sind die Vier?"

Longinus antwortete: „Artyom, das sind eure neuen Leibwächter für die Reise. Das hier ist Titus Varus, ein alter Freund von mir und Stephaton. Früher haben wir zusammen für Rom gekämpft, doch das ist Vergangenheit. Ich habe ihn und seine Freunde angeheuert, also lasst uns erstmal rein, damit wir uns alle etwas kennenlernen."

Alle gingen in den Vorhof der Villa und zogen die Karren mit den Vorräten herein. Titus und die anderen setzten sich erstmal abseits hin und beobachteten das wirre Herumlaufen der Leute. Einige Armenier schauten sie fragend an, liefen an ihnen vorbei und keiner sprach sie an, bis Artyom einen freien Moment fand, auf sie zukam und sagte: „Ich grüße euch. Ich heiße Artyom und bin der Älteste. Wir sind Händler aus Armenia und allesamt friedvolle Menschen, aber leider sind es die Räuber auf unserer Reise nicht und ich danke euch jetzt schon für euren Schutz. Longinus ist ein Freund und ich bin ihm dankbar, dass er euch angeheuert hat. Doch jetzt entschuldigt mich, Titus, wir müssen den Proviant noch gerecht verteilen. Ich hoffe, ihr könnt Kamele reiten?"

Titus nickte freundlich und Artyom ging lächelnd zu den Karren, die gerade entladen wurden. Marina und Mauritius packten dort ebenfalls mit an und als Mauritius Artyom sichtete, meinte er zu ihm lächelnd: „Das war eine gute Idee von Longinus, für euch Leibwachen anzuheuern, nicht wahr? Ich und Marina fühlen uns dabei viel wohler, wenn ihr geschützt werdet. Ich möchte mit dir noch etwas anderes unter vier Augen besprechen. Ist das für dich in Ordnung, Marina?"

Marina nickte, lächelte dabei und Artyom entgegnete: „Dann lasst uns beide in meine Stube gehen, dort sind wir ungestört."

Artyom packte Mauritius freundschaftlich an der Schulter, führte ihn in seine Stube und als sie darin waren, fragte Artyom: „Was möchtest du mit mir besprechen, mein Freund?"

Mauritius fing an: „Bitte, versuche jetzt nicht panisch zu reagieren, ich werde dir nun ALLES erklären. Aber du darfst mit niemandem darüber reden, nicht einmal mit Longinus und er darf auf keinen Fall wissen, dass ich es dir erzählt habe. Und Marina darf es schon gar nicht erfahren. Versprichst du es mir?"

Artyom erwiderte: „Aber natürlich, mein Freund, es bleibt unter uns. Nun erzähl."

Mauritius setzte sich, zog einen kleinen Dolch, spielte damit herum und begann mit seiner Erzählung: „Kannst du dich daran erinnern, als wir auf der Reise hierher von der Kreuzigung des Juden gesprochen haben?"

Artyom: „Ja, kann ich und weiter?"

Mauritius fuhr fort: „Seitdem geschehen merkwürdige Dinge mit uns, schau her."

Mauritius stach mit dem Dolch plötzlich leicht in seinen linken Unterarm, worauf Blut aus der Wunde spritzte und Artyom sich erschrocken den Mund mit seinen Händen zuhielt und durch sie schrie: „Was machst du da!?"

Mauritius lächelte leicht und beruhigte Artyom: „Mach dir keine Sorgen und beobachte weiter die Wunde."

Artyom kam näher und schaute zu, wie das Blut aufhörte zu fließen und die Wunde sich langsam verschoss. Er schaute mit riesigen Augen auf die Wunde, dann auf Mauritius und fragte: „Wie ist sowas möglich?"

Mauritius entgegnete: „Ich weiß es selber nicht, mein Freund, wir wissen es alle nicht. Doch wir wissen, dass wir eine höhere Aufgabe, oder eine Art Strafe vom Gott für den Tod des Juden auferlegt bekommen haben. WIR haben ihn auf das Kreuz genagelt und sind für seinen Tod verantwortlich."

Artyom schaute weiterhin total verblüfft und fragte weiter: „Was bedeutet das? Geschieht mit euch allen das gleiche? Warte mal, auch mit Stephaton? Deshalb hat er immer gesiegt?"

Mauritius lächelnd: „Das wird der Grund gewesen sein, ja."

Artyom weiterhin fassungslos: „Ist das eine Art Zauber?"

Mauritius: „Ich weiß es noch nicht, ob das ein Zauber oder ein Fluch ist, Artyom. Ich weiß nur, dass unsere Aufgabe es ist, hier in Rom zu verweilen und die Zeit das Geheimnis hoffentlich bald lüften wird. Wieso ich es dir erzähle ist aber, damit du weißt, dass Marina sicher ist und es ihr nichts geschehen kann."

Artyom weiterhin nachdenklich: „Wie ist sowas denn nur möglich? Ich kann es mir nicht erklären."

Mauritius: „Artyom, ich kann es ebenso wenig, wir alle können es nicht."

Artyom: „Sind es vielleicht eure Götter, die euch diese Kraft verleihen?"

Mauritius: „Nein, es sind nicht die Götter der Römer. Uns erschienen in der Wüste drei himmlische Wesen bevor wir euch trafen. Einer hatte schwarze, riesige Flügel und nannte sich Michael. Er sagte uns, der Jude, den wir gekreuzigt haben, wäre der Sohn des einzigwahren Gotts und wir sollen nun die Aufgaben übernehmen, die sein Sohn vor sich hatte. Jedenfalls wird die Zeit uns hoffentlich bald weitere Antworten liefern. Cassius hat noch weitere Fähigkeiten, die wir anderen nicht haben, und zwar hat er seltsame Visionen und das geflügelte Wesen sagte uns, dass Cassius uns die Richtung weisen wird. Wir können einfach nur warten. Komm, lasst uns zu den anderen und bitte versuche normal zu wirken und erzähl niemandem etwas."

Artyom: „Schon gut, es würde mir sowieso keiner glauben."

Artyom und Mauritius verließen die Stube und als sie im Atrium standen, war plötzlich keiner mehr da. Sie schauten hektisch umher, sahen das offene Tor, begaben sich hinaus und erblicken die abreisefertige Karawane. Longinus ging auf die beiden zu und fragte: „Wo wart ihr beiden denn? Alle sind für die Abreise schon bereit."

Artyom erwiderte: „Wir mussten noch einige Dinge klären, die Marina und Mauritius betreffen. Ich verabschiede mich nun von euch, meine Freunde. Ich werde eure Gesellschaft vermissen, wie meine Tochter selbst, aber ich weiß, dass sie in guten Händen ist. Lebt wohl, meine Freunde, und auf ein baldiges Wiedersehen."

Alle umarmten einander eine ganze Weile und die Karawane setzte sich langsam in Bewegung. Marina winkte unaufhörlich und weinend und Longinus, Cassius und Mauritius blickten ebenfalls traurig auf die sich entfernende Karawane, bis sie den südlichen Kontrollposten von Rom passierte und in der Landschaft der Pappeln verschwand.

KAPITEL V

DOLCE VITA

Der Erste, einsame Tag in der Villa brach an. Die Männer schliefen lang, doch Marina, Akatia und Celina waren bereits seit Sonnenaufgang wach. Marina verstand sich gut mit den beiden, die sich letztendlich entschieden haben, hier in der Villa zu bleiben. Akatia war eine sehr gute Köchin, genau wie Marina, aber Celina hatte noch einiges zu lernen. Die Stimmung war trüb für Marina, da sie niemals von ihrem Vater getrennt gewesen war und sich mit der Trennung nicht anfreunden konnte. Akatia musste sie immer wieder trösten, als sie anfing zu weinen und zum Glück funktionierte es. Irgendwann klopfte es plötzlich am Tor und Marina rannte mit Akatia dorthin. Sie öffneten das Tor und erblicken den trotteligen Wasserträger, der immer ganz früh das Wasser brachte und sagte: „Ähm... Iiich hörrrte, iiihr seeid aaabgereist? Iiist Arytom hier?"

Marina lächelte und erwiderte: „Artyom heißt mein Vater, nicht Arytom. Wir blieben hier und mein Vater ist mit den anderen erstmal wieder fort. Du kannst uns aber gerne weiterhin mit Wasser beliefern, wenn du willst und selbstverständlich wirst du dafür entlohnt."

Der Wasserträger: „Daas maaache iiich geeern, gnääädige Frau, Tooochter von Artyyyom."

Marina lächelte und fuhr fort: „Gut, stell es einfach ab und komm morgen wieder. Aber bring weniger Wasser, da wir nur zu sechst sind, ja?"

Der Wasserträger erwiderte: „Ja, gnäädige Fffrau, Toooochter von Artyyyom, daas maaache ich. Iiich wüüünsche euch eiiinen schööönen Taag."

Der Wasserträger ging fort und Marina und Celina trugen die Wasserbehälter gemeinsam in die Culina und füllten das Wasser in den Hauptbehälter um. In der Zeit erwachten ebenfalls die Männer und als sie in ihrer Stube langsam zu sich kamen, meinte Mauritius:

„Ihr wisst schon, dass es für Marina erstmal schwer sein wird, sich an die Situation zu gewöhnen?“

Longinus erwiderte: „Das wird es mit Sicherheit. Lasst uns erstmal speisen und sie etwas ablenken. Mauritius, weich ihr nicht von der Seite und lenk sie ab, wenn sie anfängt, von ihrem Vater zu reden.“

Mauritius entgegnete: „Das kriege ich schon hin, kommt.“

Als die Männer darauf hinausgingen, erblickten sie die drei Frauen auf der Atriumwiese sitzen. Sie hatten bereits ein üppiges Mahl vorbereitet und aßen schon langsam, als Mauritius zu ihnen sagte: „Na, ihr Frühaufsteher? Es sieht ja köstlich aus. Was ist das alles?“

Marina erwiderte: „Es fiel uns nicht viel ein und es sind bloß einige gekochte Gemüsesorten mit Olivenöl und Kräutern und köstliches Brot. Wir dachten gerade darüber nach, was unsere Leute jetzt wohl speisen.“

Mauritius blickte auf Longinus und meinte: „Denen geht es sicher besser als uns und sie speisen mindestens so gut wie wir. Nun lasst uns auch essen, denn ich habe einen Mordshunger.“

Darauf verteilte Marina die Speisen fröhlich an die Drei und Akatia holte noch frisches Wasser. Während sie speisten, bahnte sich in der Residenz von Kaiser Tiberius etwas ganz anderes an. Aquila, die reiche Witwe, die Stephaton dem Kaiser abkaufen wollte, klopfte an das Tor der schwerbewachten Residenz und ein Bediensteter machte es auf. Er kannte sie scheinbar schon und winkte sie herein. Sie war ziemlich festlich bekleidet und wurde sofort zu dem Hauptdiener von Tiberius geleitet. Der Hauptdiener begrüßte sie ebenfalls freundlich und fragte: „Was kann ich für euch tun, Aquila?“

Aquila erwiderte: „Ich muss mit dem Kaiser sprechen. Bitte arrangiere es.“

Der Diener: „Gewiss, Aquila. Ich schaue nach, ob Kaiser Tiberius mit dem Speisen schon fertig ist. Bitte wartet hier.“

Der Diener ließ Aquila in dem riesigen, prunkvollen Raum einige Augenblicke warten und als er aus dem Hauptsaal zurückkam, winkte er Aquila zu sich und sagte: „Kaiser Tiberius hat gerade erst gespeist, aber er will euch empfangen."

Darauf bat sie der Diener mit einer Geste herein und sie ging in die Mitte des Saals, wo Tiberius noch am Essenstisch saß. Tiberius blickte sie darauf etwas gleichgültig an und fragte: „Welches Anliegen bringt dich zu mir, Aquila?"

Aquila erwiderte entschlossen: „Du weißt, wieso ich hier bin, mein Kaiser. Ich will ihn dir abkaufen und gebe dir dreitausend Goldstücke, die nicht in die Staatskasse wandern, sondern direkt in deine Truhe."

Tiberius antwortete leicht genervt: „Ich habe ihn bereits verkauft, Aquila, und zwar an Casius Augustus, einen angesehenen Inhaber mehrerer Gladiatorenschulen. Ein römischer Vertrag ist ein römischer Vertrag, da kann ich sogar als Kaiser nichts machen. Casius Augustus leistete immer wieder die besten Dienste für Rom und ich werde mit ihm keinen Vertrag brechen, Aquila. Aber rede ruhig mit ihm, vielleicht verkauft er dir diesen Verräter. Nun entschuldige mich, ich muss mich jetzt um dringende Angelegenheiten kümmern und so schnell wie möglich wieder nach Capri reisen."

Aquila verbeugte sich höflich, verließ die kaiserliche Residenz und begab sich auf direktem Wege schnell zu der abgelegenen Gladiatorenschule von Casius Augustus. Sie kannte den Lanista gut, da ihr verstorbener Mann früher oft Gladiatoren von ihm für diverse Feiern orderte. Nach einer ganzen Weile war Aquila an der Gladiatorenschule angekommen und die Wachen machten ihr die Tore sofort auf. Sie ging hinein, erblickte hinter dem Gitterzaun einen Haufen übender Gladiatoren und suchte unter ihnen akribisch nach Stephaton. Als sie ihn nicht fand, ging sie weiter zum Atrium der Schule, wo sich für gewöhnlich Casius Augustus aufhielt und erblickte rechts tatsächlich den fetten, alten Casius auf einer Art Holzthron sitzen. Er schaute sie überrascht an und sagte: „Aquila! Was führt dich zu mir?

Seit dem Dahinscheiden deines Mannes habe ich dich nicht mehr gesehen! Was kann ich für dich tun?"

Aquila erwiderte mit einer entschiedenen Stimme: „Ja, Casius, du kannst tatsächlich etwas für mich tun. Verkaufe mir einen deiner Gladiatoren."

Casius erwiderte lächelnd: „Ist die Domina etwa einsam? Ich habe frische, junge Gladiatoren aus den nordafricanischen Provinzen mit prachtvollem Gehänge zwischen ihren Beinen. Wie wäre es damit?"

Aquila warf darauf einen dicken Beutel voller Goldmünzen auf einen kleinen Beistelltisch neben Casius und entgegnete: „Ich will den Römer, den Veteranen, und gebe dir tausend Goldstücke für ihn. Also, wo ist er?"

Casius erwiderte enttäuscht: „Dieser sitzt leider im Kerker und ich kann ihn dir nicht verkaufen. Außerdem hat Tiberius andere Pläne für ihn und es geht nicht. Ich habe aber noch andere römische Deserteure hier, wenn es unbedingt ein Römer sein muss?"

Aquila entgegnete: „Ich will diesen, es muss dieser sein."

Casius: „Aquila, dieser Ludus hat sich verpflichtet, Stephaton für weitere Spiele vorzubereiten und ich habe es vertraglich mit Tiberius vereinbart, also steht sein Verkauf außer Frage!"

Aquila standhaft: „Also gut, nenn mir den Preis für diesen Ludus und ich versichere dir, dass er seine vertraglichen Pflichten erfüllen wird und du reich wirst."

Casius überlegte eine Weile und entgegnete: „Nun, für zehntausend Goldmünzen gehört alles dir, ausnahmslos, aber alle vertraglichen Pflichten musst du erfüllen."

Aquila antwortete erleichtert und erfreut: „Abgemacht! Morgen bringe ich den Rest und einen stattlichen Schreiber, der den Kauf dokumentiert und amtlich macht."

Casius Augustus erwiderte gleichgültig: „Du kommst mir eigentlich gelegen und ich bin das Problem endlich los. Der Kaiser hat mir sowieso indirekt ausrichten lassen, dass ich dafür die Schuld trage, dass der Verräter nicht in der Arena stirbt. Meinst du, dieser Ludus ist mein Bester? Nein, ich habe viele Gladiatorenschulen und diese wird mich noch irgendwann ruinieren. Komm morgen mit dem Schreiber hierher und vergiss nicht das Geld. Jetzt entschuldige mich Gnädige, die Latrine ruft."

Casius verließ das Atrium und Aquila darauf direkt die Gladiatorenschule. Sie begab sich auf direktem Wege zu einem Verwaltungsgebäude, um einen Schreiber für morgen zu organisieren, traf jedoch keinen mehr an und ging wieder enttäuscht zu ihrer Residenz zurück. Longinus und die anderen waren zu diesem Zeitpunkt mit dem Speisen schon fertig, saßen noch lange in Atrium, unterhielten sich und Longinus lernte Akatia immer näher kennen. Longinus gewann nach und nach ihr Vertrauen und damit auch das ihrer Tochter Celina. Es bildeten sich langsam drei Grüppchen. Celina unterhielt sich abseits von den anderen mit Cassius, Mauritius streifte mit Marina im Garten umher und Longinus saß mit Akatia auf einer Steinbank im Atrium und fragte sie irgendwann: „Akatia, erzähle mir bitte deine wahre Geschichte. An die Geschichte mit den Äpfeln kann ich irgendwie nicht glauben."

Akatia atmete tief durch und fing an zu erzählen: „Ich habe mir schon gedacht, dass irgendwann jemand nachhackt. Also gut. Mein Mann war ein angesehener Schmied, doch er war spielsüchtig und seine Schulden wurden immer größer, bis wir schließlich unseren Hof verkaufen mussten und dann in einer kleinen Hütte wohnten. Eines Morgens, als ich wach wurde, baumelte sein lebloser Körper von der Decke. Einige Tage nach der Bestattung kamen Männer in unsere Hütte und berichteten mir von den tatsächlichen Schulden meines Mannes und forderten sie ein! Ich konnte sie natürlich nicht bezahlen und die einzige Möglichkeit war, mich als bedienstete Sklavin zu verkaufen. Sie stimmten erst nicht zu, doch dann schritt Celina in das Gespräch und bot sich ebenfalls unter der Bedingung an, dass wir niemals misshandelt und getrennt werden und brachten uns fort. Wie waren zehn Tage in einer Stube eingesperrt, bis sie uns zu einem Senator brachten, der uns ihnen abkaufte. Dort arbeiteten wir drei Jahre lang und nun sind wir hier."

Longinus: „Ich habe dir gesagt, dass du und deine Tochter keine Sklaven mehr seid. Wenn ihr wollt, geht wohin ihr möchtet."

Akatia: „Longinus, ich und meine Tochter haben entschieden hier zu bleiben, natürlich wenn es euch recht ist? Wir werden für unseren Unterhalt auch hart arbeiten."

Longinus: „Bitte bleibt, aber hart arbeiten müsst ihr nicht mehr. Wieso hat euch der Senator denn für den Verkauf freigegeben?"

Akatia erwiderte: „Der Senator hat irgendwann erfahren, dass ich mich sehr gut mit Kräutern auskenne, die heilende Wirkungen haben, aber auch mit denen, die tödlich sind, daher wurden wir beide wahrscheinlich weiterverkauft. Es gab ja kürzlich einen Mordversuch an einem Senator und vielleicht kriegte er Angst."

Longinus: „Also bist du nicht nur eine gute Köchin?"

Akatia entgegnete: „Es war immer ein lukratives Geschäft mit den Kräutern und Pilzen. Einige von ihnen sind berauschend und sehr beliebt und es gibt welche, die tödlich sind. Mein Mann schmiedete schließlich auch Schwerter, die zum Töten gedacht waren, sagte ich mir und machte einfach weiter. Für die einen habe ich tödliche Getränke gemischt und für die anderen Mixturen, die einen einfach nur berauschten oder verrückt machten. In den Provinzen wird mit Schwertern gekämpft, Longinus, aber nicht in Rom."

Longinus bestätigte nachdenklich: „Da hast du wohl Recht."

Der Abend verklang und die Männer verschwanden in der großen Stube, die Artyom zuvor bewohnte, während die Frauen eine andere, ebenfalls riesige Stube wählten, die gleich neben der Culina war. Marina war trotz ihrer Sorgen rasch eingeschlafen und der nächste Morgen fing als Erster für Aquila an. Sie packte die Truhen mit der vereinbarten Goldmenge zusammen und vier ihrer bewaffneten Diener hievten die Last auf einen Karren und zogen ihn hinter ihrer Domina in Richtung des Ludus von Casius Augustus. Dorthin unterwegs, gingen sie an dem Verwaltungsbüro vorbei und Aquila ging geradewegs auf den Verwalter zu und sagte: „Nimm dein Schreibwerkzeug und bereite dich auf Arbeit vor. Du musst nämlich den Kauf eines Ludus dokumentieren."

Der Verwalter entgegnete: „Aber gnädige Frau, das ist nicht die übliche Vorgehensweise einfach so ohne einen Termin. Außerdem müssen Käufer und Verkäufer hier erscheinen."

Aquila entgegnete etwas deutlicher: „Ich habe keine Zeit für den Scheiß."

Darauf schmiss sie einen Beutel voller Münzen auf seinen Tisch und änderte damit seine Haltung sofort: „Nun, andererseits bin ich früher hier, als ich hätte hier sein müssen, also könnte ich theoretisch kurz weg. Wo soll es eigentlich hingehen?"

Aquila erwiderte bestimmend: „Nicht theoretisch, sondern praktisch und folge mir jetzt, oder lass es."

Aquila ging hinaus und der Verwalter folgte ihr und ihren Dienern mit den Truhen auf Schritt und Tritt. Als sie bei dem Ludus ankamen, war das Tor weit offen, sie gingen hinein und Aquila erblickte im Atrium Casius, der seine zusammengehäuften Habseligkeiten inspizierte. Als Casius Aquila bemerkte, schrie er fröhlich auf: „Ach, Aquila, die Erlösung meiner Strapazen!"

Aquila unterwies ihre Diener, die Truhen neben die Sachen von Casius zu stellen und fragte: „Welche Strapazen meinst du?"

Casius erwiderte: „Der Lanista kann Stephaton einfach nicht züchtigen. Er folgt keinen Anweisungen und keinen Regeln und wenn wir ihn brandmarken wollen, schlägt um sich. Ich habe die Nase wirklich voll, aber wegen des Vertrages mit Tiberius kann ich ihn nicht einfach beseitigen. Und dann noch der Druck von Tiberius und seine Informanten, die hier jeden Tag lauern. Das alles ist nicht gut für das Geschäft und meine Nerven. Nun liegt das Problem in deiner Hand, Aquila. Lass uns nun die Formalitäten erledigen, dann verschwinde ich."

Casius winkte Aquila und den Schreiber in seine Arbeitsstube und setzte sich dort das letzte Mal auf seinen Stuhl. Aquila und der

Schreiber setzten sich ebenfalls an den Tisch zu Casius, worauf der Schreiber drei blanke Pergamentrollen aus seiner Tasche holte und den Kaufvertrag aufzusetzen begann. Casius unterbrach ihn jedoch nach einer Weile und meinte: „Erwähne auch, mein Lieber, dass alle laufenden Verträge mit dem Ludus von der neuen Besitzerin übernommen werden."

Der Verwalter bestätigte: „Gewiss, Herr."

Darauf schrieb er eine Weile die drei Schriftrollen voll und holte sich zwischendurch einige Angaben von den beiden. Als er irgendwann fertig war, sagte er: „Dieser Vertrag ist gleich für euch, Casius Augustus, der für euch, Aquila von Maius und der dritte kommt in die Staatsarchive. Bitte unterschreibt alle beide jedes davon."

Der Verwalter übergab erst Aquila die drei Schriftrollen, die sie nacheinander unterschrieb und an Casius weiterreichte. Er unterschrieb sie ebenfalls, gab darauf eine Schriftrolle dem Schreiber zurück, eine Aquila und damit war alles erledigt. Der Verwalter lächelte die beiden jetzt an und verkündete: „So, der Kauf ist nun vollzogen und ich mache mich zu den Staatsarchiven auf, um das Dokument zu verstauen. Euch wünsche ich noch einen schönen Tag."

Der Schreiber verließ die beiden und als Casius ein weiteres Dokument aus seiner Schublade holte, meinte er mit einer ernsten Stimme: „Aquila, das ist der Vertrag zwischen Tiberius und diesem Ludus. Es ist wichtig, dass Stephaton nicht weiter ausgebildet wird, aber dennoch wohl gepflegt wird. Das bedeutet normale Ernährung, keine Körperbehaarung und immer kurze Haare. Vor allem darf er keinen Kontakt zu den anderen haben und soll immer für den Kampf in der Arena bereit sein. Das sind die vertraglich festgelegten Vereinbarungen, verstehst du?"

Aquila nickte und entgegnete lächelnd: „Ich werde schon alles einhalten, mach dir keine Sorgen. Aber während du jetzt das Gold zählst, erlaube ich mir meinen Ludus und das Inventar näher zu betrachten."

Casius stand auf und erwiderte: „Ich vertraue dir, Aquila. Alle Schlüssel liegen in der Schublade und ich wünsche dir viel Glück. Das Personal ist bereits informiert und steht dir jederzeit zur Verfügung. Lebe wohl, Aquila."

Casius verbeugte sich noch kurz vor der neuen Domina des Ludus und verließ das Gemäuer mit seinen Sachen, dem Gold und seinen Sklaven, die all seine Habseligkeiten hinter ihm herzogen. Aquila verließ darauf die Stube und ging als Erstes zu dem Gang, wo sich die Zellen der Gladiatoren befanden. Sie ging dort langsam entlang, begutachtete stolz die gut gebauten Männer und sie schauten sie an. Der Lanista folgte ihr langsam und als der Gang zu Ende war, fragte er Aquila: „Domina, wollt ihr die Gladiatoren im Kerker auch sehen? Es sind momentan drei von ihnen dort eingesperrt."

Sie erwiderte rasch: „Ja, bringe mich dorthin."

Der Lanista führte Aquila also die Treppe hinunter, die rechts am Ende des langen Ganges gelegen war, und stieg mit ihr in den nicht sonderlich großen Kerker ab. Er war von mehreren Fackeln beleuchtet und bestand aus zwei Mal drei Zellen auf jeder Seite, die von drei Männern abwechselnd besetzt waren. Aquila blickte dann auf den Lanista und sagte: „Führe mich als Erstes zu Stephaton."

Der Lanista ging voran, stellte sich vor die letzte, rechte Zelle und meinte: „Das ist Stephaton, der Verräter."

Aquila bestimmend: „Du kannst jetzt gehen."

Der Aufseher verließ darauf den Kerker leicht verunsichert, als Aquila dort alleine und schutzlos blieb und in die Augen von Stephaton schaute, während er auf dem schwarzen Erdboden der Zelle saß und sie von unten anblickte. Sie wechselten einige Zeit kein Wort miteinander, bis Aquila anfing: „Du bist also Stephaton, der Unbesiegbare?"

Stephaton stand auf, kam langsam an das Gitter heran und entgegnete: „Ja, ich bin Stephaton, und wer seid ihr?"

Aquila erwiderte mit einer sanften Stimme: „Ich bin Aquila, die neue Eigentümerin dieses Ludus. Ich werde ihn umgestalten, so wie ich es mir vorstelle und du wirst mir dabei helfen. Ich habe dich kämpfen sehen und ich spüre irgendwie, dass du eine große Rolle in dem Ganzen spielst. Wirst du mir zur Seite stehen?“

Stephaton: „Nehmt es mir nicht übel, Domina, aber ich stehe jedem zur Seite, der mich an die Sonne zurückholt.“

Aquila lächelte schälmisch und erwiderte: „Ich werde für morgen einen Plan entwickeln, nur stehe mir bei, dann werden wir zusammen Großes vollbringen.“

Sichtlich von seiner Person angetan, lächelte Aquila Stephaton nochmals an und verließ den Kerker beglückt. Stephaton setzte sich darauf wieder auf den Boden und begann zu grübeln, während Aquila zu der Stube ging, die Casius vorhin noch als seine Arbeitsstube nutzte, setzte sich auch hin und grübelte nun ebenfalls. Sie las den Vertrag zwischen dem Ludus und Tiberius mehrmals durch und überlegte, wie sie Stephaton mehr Freiheiten geben konnte, ohne die vertraglichen Pflichten zu verletzen. Sie wusste ja, dass Tiberius täglich seine Aufseher schicken könnte, also entwickelte sie den perfekten Plan und rief nach einer Weile ihre Diener zusammen. Als diese die Stube betraten, sagte sie: „Findet in diesem Ludus eine gemütliche Stube, weit entfernt von den anderen und untersucht die Culina und ihre Ausstattung. Ruft anschließend alle Bediensteten des Ludus im Atrium zusammen, alle Wachen und alle Gladiatoren. Wenn alle versammelt sind, inspiziert das Waffenarsenal des Ludus und berichtet. Nun macht, es wird bald dunkel.“

Die persönlichen Bediensteten von Aquila machten sich an die Arbeit und sie nahm die Schlüssel zu den Zellen im Kerker und ging erneut herunter. Als sie im Kerker ankam, ging sie erst zu der Zelle von Stephaton und als sie vor ihm stand, blickte sie ihn an und fragte: „Kann ich dir vertrauen?“

Stephaton erwiderte lächelnd: „Ich werde dir nicht im Wege stehen und habe es nicht eilig. Ich will nur raus aus dieser stinkenden Dunkelheit.“

Aquila: „Wirst du mir beistehen und mich bei meinen Plänen unterstützen?"

Stephaton: „Was planst du denn, Domina?"

Aquila öffnete mutig und selbstsicher das Gitter und erwiderte: „Das wirst du gleich erfahren, starker Mann. Folge mir, aber befreie erst die anderen Gefangenen hier. Ach, und legt euch diese Ringe von den Füßen ab, das muss ja schrecklich weh tun."

Stephaton lächelte und entgegnete: „Wird erledigt, Herrin."

Aquila drehte sich um und ging hinauf, während sich alle nach und nach im Atrium versammelten. Sie stellte sich vor all die Menschen und ging auf und ab. Vorne standen die Gladiatoren, hinter ihnen die bewaffneten Wachen und hinter den Wachen die Bediensteten. Alle standen gehorsam und hier und da gab es nur ein leises Geflüster. Sie wussten nicht, worauf sie warteten und wurden langsam unruhig, da Aquila vor ihnen stand und nichts sagte, daher trat der Lanista des Ludus irgendwann aus den Reihen der Gladiatoren vor und fragte Aquila: „Herrin, worauf warten wir?"

Aquila entgegnete: „Du bist der Lanista hier?"

Der Lanista erwiderte: „Ja, der bin ich, Herrin."

Aquila verkündete darauf mit einer bestimmenden Stimme: „Ab heute kümmerst du dich um die Übungswaffen und die Rüstungen in diesem Ludus. Alles muss von bester Qualität sein und falls nötig, soll alles neu gekauft werden, verstanden? Nun geh zu deinen Männern zurück."

Der Lanista, der soeben der Waffenaufseher wurde, ging wieder zurück, während Stephaton und noch zwei weitere, eingesperrte Gladiatoren aus dem Kerker hochkamen und sich bei den Gladiatoren einreihten. Als endlich wirklich alle versammelt waren, rief Aquila laut und durchdringlich: „Ich heiße Aquila von Maius! Dieser Ludus befindet sich ab heute in meinem Besitz und ihr werdet mir alle gehorchen! Dieser Ludus wird der prachtvollste von ganz Rom werden und ihr werdet ein Teil davon sein! Ein Teil des Ruhms gehört ab heute euch!"

Alle, vor allem die Gladiatoren jubelten laut: „Jawohl! Jawohl! Jawohl!"

Aquila erhob ihre rechte Hand, worauf alle wieder still wurden und sie fortfuhr: „Ich weiß, ich bin eine Frau, aber glaubt mir, auch ich kann haarig werden, wenn man sich mir in den Weg stellt! Meine Entscheidung ist, dass der unbesiegbare Stephaton der neue Lanista dieses Ludus wird! Mir ist sein Vergehen gleich und für Politik ist hier kein Platz mehr. Nun geht euren Aufgaben nach und am Abend treffen sich ALLE im Atrium und speisen gemeinsam!"

Darauf trug Aquila den Bediensteten der Culina Einkäufe auf, gab ihnen reichlich Geld für diesen Zweck mit und bat sie anschließend etwas Leckeres zu kochen. Der Einkauf war rasch erledigt und die Frauen der Culina waren sichtlich begeistert, dass endlich eine Frau einen Ludus befehligte, die dazu noch recht freundlich und nett wirkte. Sie bereiteten nach dem Einkauf diverse Köstlichkeiten zu, die die Gladiatoren noch niemals in ihrem Leben gegessen hatten und die Stimmung im Ludus war sofort gelockert. Nur die Wachen hatten weniger Spaß, da sie das Ganze mit gemischten Gefühlen überbewachen mussten. Während des Einweihungsfestes kam irgendwann Aquila auf Stephaton zu, der sich gerade mit den anderen Gladiatoren unterhielt und fragte ihn: „Kann ich dich kurz sprechen, Stephaton?"

Stephaton: „Natürlich, Herrin. Was kann ich für euch tun?"

Aquila erwiderte: „Begleite mich ein Stück."

Stephaton nickte und ging mit Aquila mit, während einer der Wächter ihnen in einiger Entfernung folgte. Irgendwann in der Nähe des Tores angekommen, blickte Aquila den Gladiator lächelnd an und meinte: „Es gibt leider Bedingungen für diesen Ludus, an die wir uns halten müssen, Stephaton. Beachte, dass du nicht ausgebildet werden darfst und in deiner Freizeit nicht mit den anderen zusammen sein und speisen darfst. Heute ist eine Ausnahme, aber ab morgen bildest du die Männer aus, was der Vertrag mit Tiberius nicht verbietet. Nun, genieße deine Restsonne, die du so dringend gewollt hast und morgen früh geht es an die Arbeit. Sollte ein Informant von Tiberius auftauchen, werde ich alles klären."

Stephaton zufrieden: „Ja, Herrin Aquila. Ihr könntet wirklich ein Segen für all diese Leute hier sein, denn manche von ihnen sind wirklich gute Kerle. Ich werde euch dienlich sein und darauf gebe ich euch mein Ehrenwort."

Aquila: „Der fette Casius interessierte sich nur für Geld und die Menschen waren ihm gleich, aber damit ist jetzt Schluss. Teile dein Kampfwissen mit den anderen Gladiatoren, denn mein oberstes Ziel ist es, dass du begnadigt wirst und das werde ich auch erreichen. Stephaton, ich kann es mir nicht erklären, aber deine Persönlichkeit zieht mich stark an und ich verspüre eine wichtige Rolle, die wir beide in der Zukunft spielen werden. Was soll ich überhaupt mit einer Gladiatorenschule? Ich bin nur einmal bei den Spielen gewesen und dann sah ich ausgerechnet dich."

Stephaton: „Herrin Aquila, ich erlebe gerade selbst eine seltsame Zeit. Ein Vorfall änderte vollkommen mein Leben und das meiner Freunde. Ihr scheint ein guter Mensch zu sein, Aquila, also was ist eure Geschichte?"

Aquila atmete erstmal durch und fing an zu erzählen: „Mein Mann war ein geachteter Senator und brachte sehr viel Kraft auf, um für die Rechte der Menschen in Rom und in den Provinzen zu kämpfen. Leider verlor er diesen Kampf und starb plötzlich und unerwartet. Er war ein guter Mann, ein guter Mensch und ich war sehr stolz auf ihn. Stephaton, in dir sehe ich ebenso viel Potenzial und noch mehr Kraft."

Während all dieser einschlägigen Ereignisse im Ludus, verging in der Villa ein eher ruhiger Abend. Am nächsten Morgen wachten dort alle ausgeruht aus, frühstückten zunächst genüsslich, lachten miteinander und genossen einfach den schönen Morgen. Irgendwann schweifte Longinus von den Themen jedoch ab und sagte: „Hört zu, Leute. Ich möchte heute Stephaton aufsuchen, komme, was wolle. Artyom hat mir zwar berichtet, dass es ihm gutgeht, aber ich will den

Kerl lebendig vor mir sehen. Seid ihr damit einverstanden, dass ich gehe?"

Mauritius erwiderte: „Tue, was du nicht lassen kannst. Es darf dich aber keiner erkennen und nimm bloß deine Papiere mit."

Longinus stand auf, nickte und entgegnete lächelnd: „Auf dem Weg zurück besorge ich noch etwas Wein."

Darauf verließ er die Villa und erfragte sich praktisch den Weg zu dem Ludus. Er war sogar mutig genug, zwei Wachsoldaten nach der Richtung zu fragen, was nötig war, denn die beiden wiesen ihm letztendlich den richtigen Weg zu der Gladiatorenschule, wo der Deserteur Stephaton gefangen war. Nach kurzer Zeit stand er dann vor dem Ludus, traute sich plötzlich nicht anzuklopfen und als er sich dann doch überwunden hatte, wusste er plötzlich nicht, was er sagen sollte, um zu Stephaton zu gelangen. Er grübelte also eine Weile, hatte bald einen Einfall und hämmerte auf das Tor des Ludus. Ein Wachsoldat öffnete es und fragte: „Was willst du?"

Longinus erwiderte: „Ich will zu Casius Augustus, wie jedes Jahr. Nächste Woche ist mein Geburtstag und ich brauche für die Feier wieder fünf eurer besten Gladiatoren. Lass mich jetzt mit Casius reden, er vermisst mich sicher schon."

Der Wachsoldat: „Verzeiht, aber Casius Augustus ist nicht länger der Besitzer dieses Ludus. Seit gestern leitet eine Frau namens Aquila diese Gladiatorenschule. Ich führe euch zu ihr, dann könnt ihr mit ihr verhandeln."

Der Soldat winkte Longinus herein und verschloss hinter ihm wieder das Tor. Sie gingen erst neben dem Übungsgelände, wo alle Gladiatoren gerade kräftig übten und Longinus suchte unter ihnen akribisch nach Stephaton. Als er ihn mit einer Peitsche in der Hand erblickte und ihn schreien hörte, erstarrte er: „Das Wichtigste ist, Männer, KEINE Furcht! Furcht ist immer euer erster Feind!"

Alle Gladiatoren wiederholten diese Lektion laut rufend: „KEINE FURCHT! KEINE FURCHT!"

Longinus konnte es nicht fassen und schaute vollkommen überrascht, während Stephaton auch ihn bemerkte. Beide schauten sich eine Weile an, bis der Wachsoldat meinte: „Hier entlang, Herr. Herrin Aquila beschäftigt sich schon länger mit Frauenkram in ihre Stube. Ihr wisst schon, Haare machen und Bekleidung. Kommt."

Stephatons und Longinus Blicke trennten sich und Stephaton fuhr mit den Übungen fort, während Longinus weiter zu der Stube von Aquila geführt wurde. Der Soldat klopfte erst an der Tür ihrer Stube an, wartete auf die Eintrittserlaubnis und meldete darauf Longinus als potenziellen Klienten an. Aquila erfreute ihre erste Geschäftshandlung im Ludus und winkte Longinus sofort hinein. Nun stand er vor ihr und sie blickte ihn von oben bis unten an und begutachtete damit wohl erstmal seinen Wohlstand. Longinus hatte natürlich die prachtvollen, bunten Kleider an, die Artyom besorgt hatte und Aquilas Zensur bestimmte nun das Gespräch: „Seid ihr Kaufmann?"

Longinus: „Ja, Herrin, das bin ich, aber..."

Aquila unterbrach: „Wollt ihr mir etwas verkaufen?"

Longinus entgegnete: „Nein, ich wollte eigentlich eine Dienstleistung von Casius, aber wie ich höre, seid ihr die neue Besitzerin hier?"

Aquila erwiderte: „Ganz recht, seit gestern. Was kann ich für euch tun?"

Longinus lächelte freundlich und sagte: „In sechs Tagen ist mein Geburtstag und wie jedes Jahr veranstalte ich Schaukämpfe zu dieser Feier in meiner Villa. Wie jedes Jahr möchte ich auch dieses Mal die fünf besten Kämpfer buchen. Wäre das möglich?"

Aquila erwiderte: „Ich habe die Notizbücher von Casius gründlich studiert und für diesen Tag letzten Jahres keinen Eintrag gefunden."

Longinus lächelte und entgegnete: „Es war ja auch ein Gefallen unter Freunden, Herrin, kein offizielles Geschäft. Ich habe wieder halb Rom eingeladen und diese Feier muss einfach wieder die Größte werden. Leiht mir den Lanista und noch vier weitere und ich gebe euch dafür hier und jetzt hundert Goldmünzen. Soviel hat Casius niemals bekommen, das kann ich euch versichern."

Aquila überlegte kurz und erwiderte: „Eigentlich habe ich Casius den Ludus wegen anderer Beweggründe abgekauft, aber wieso damit nicht noch Geld verdienen? Ich sag euch was, für das Geld leihe ich euch die fünf Männer, aber für die Sicherheit müsst ihr selbst sorgen. Redet einfach mit dem Hauptmann der Soldaten hier, da lässt sich sicher etwas machen. Das ist der eine ohne Helm, der bisher immer nur an der Zisterne gehockt hat. Ich empfehle euch zwanzig Mann, damit keine Fluchtgefahr besteht. Wenn einer von ihnen flüchten würde, würde es mich und euch den Kopf kosten. Für wann plant ihr die Feier?"

Longinus entgegnete: „Für nächsten Mittwoch, Herrin, und ihr seid ebenfalls herzlich eingeladen."

Aquila erwiderte lächelnd: „Ich lasse es mir nicht entgehen, Stephaton wieder im Kampf zu sehen. Er ist wirklich der beste und nun in meiner Hand. Was kann sich eine Witwe noch wünschen?"

Longinus: „Witwe? Verzeiht, das wusste ich nicht."

Aquila erzählte: „Es ist schon lange her. Mein Mann war Senator und ein erfolgreicher Geschäftsmann. Er hat sehr viel für Rom getan und jeder liebte ihn. Er hinterließ mir eine Menge Geld, aber auch die Einsamkeit, aber jetzt ist die Zeit meiner langen Trauer vorbei. Nächsten Mittwoch also, am Nachmittag nehme ich an, holt ihr die Gladiatoren ab? Vergesst nicht mit Rufus zu reden, denn Zwanzig Mann sind die Voraussetzung."

Longinus: „Ja, Herrin, ich werde mit Rufus alles gleich besprechen. Ich danke euch und wünsche euch bis dahin eine schöne Zeit."

Longinus ließ den fetten Goldbeutel auf Aquilas Tisch liegen, ging zur der Wasserzisterne und neben ihr saß tatsächlich ein Soldat ohne Helm. Longinus blickte ihn darauf an und fragte: „Bist du Rufus?"

Der Soldat entgegnete: „Ja, der bin ich. Was wollt ihr?"

Longinus: „Ich habe mit Aquila gesprochen und fünf Gladiatoren für eine Feier bestellt. Besteht die Möglichkeit, dass du mit neunzehn weiteren Leuten diese Gladiatoren in meine Villa geleitest und dort für die Sicherheit sorgst? Ich werde euch alle selbstverständlich großzügig entlohnen."

Rufus erwiderte: „Wenn Herrin Aquila mich entbehren kann, sehe ich keine Hindernisse. Ich trommle einige Männer zusammen und dann sind wir zwanzig. Wann ist es soweit?"

Longinus entgegnete erfreut: „Nächsten Mittwoch, Soldat, und für Speis und Trank wird üppig gesorgt. Bringt diesen Stephaton und noch vier weitere Gladiatoren mit, von denen du denkst, dass sie gute Kämpfer sind, ja?"

Rufus überrascht: „Ihr wollt diesen Verräter wirklich daheim haben und Herrin Aquila ist damit einverstanden? Nun gut, wo sollen wir sie hinbringen und wann genau?"

Longinus lächelnd: „Aquila kommt sogar auch. Kennt ihr die Villa vom Senator Augustus im Viertel Municipio XV? Dorthin, kurz vor dem Nachmittag, dann kommen auch unsere Gäste."

Rufus: „Wer kennt Senator Augustus nicht, einen der reichsten Männer Roms? Welche Waffen habt ihr denn vorgesehen?"

Longinus erwiderte: „Nehmt Holzschwerter mit, das sollte genügen. Aber bekleidet die Kämpfer bitte mit den prächtigsten Rüstungen, die ihr habt. Hier, eine kleine Anzahlung für deine Dienste, Soldat."

Longinus überreichte ihm einen kleinen Geldbeutel, den Rufus gern entgegennahm und erfreut meinte: „Dann bis Mittwoch, großzügiger Gastgeber."

Longinus nickte dankend und warf noch ein: „Darf ich noch einige Wörter mit dem Verräter wechseln? Einige organisatorische Dinge wären da noch zu klären."

Rufus zuckte gleichgültig mit einer Schulter und setzte sich wieder neben die Zisterne, während Longinus sich umdrehte und auf den neuen Lanista der Gladiatorenschule zuging. Als die beiden sich gegenüberstanden, flüsterte Longinus lächelnd: „Es freut mich wirklich dich wohlauf zu wissen, mein Freund. Wir werden uns nächste Woche sehen, dann reden wir ungestört und ausführlich. Nächste Woche begleitet Rufus mit einigen Soldaten fünf von euch zu unserer Behausung, als bleib geduldig und lass dir nicht anmerken, dass wir uns kennen."

Stephaton lächelte nur kurz und entgegnete laut: „Jawohl, Herr!"

Longinus drehte sich darauf um, verließ zufrieden den Ludus und eilte mit einem schnellen Schritt wieder zu der Villa, um die Neuigkeiten seinen Freunden rasch zu verkünden. Als er dort ankam, hämmerte er wie verrückt an das Tor, wonach Mauritius es öffnete und erschrocken fragte: „Was ist passiert, Longinus?"

Longinus berichtete überglücklich: „Du wirst es nicht glauben! Lass mich erstmal rein, dann erzähle ich euch alles."

Mauritius trommelte alle im Atrium zusammen und Longinus berichtete euphorisch los: „Stellt euch vor, Stephaton ist nun ein Lanista eines Ludus! Fragt mich nicht wie es dazu kam, aber die neue Besitzerin des Ludus hat wohl ein Auge auf ihn geworfen. Sie ist scheinbar sehr reich und kaufte gestern den Ludus, aber das Beste kommt jetzt. Für nächsten Mittwoch habe ich eine Feier wegen meines angeblichen Geburtstages arrangiert und ratet mal, wer einen Schaukampf hier bieten wird?"

Mauritius entgegnete: „Jetzt sag nicht Stephaton."

Longinus erwiderte lachend: „Doch! Er und noch vier andere Gladiatoren werden uns hier Schaukämpfe bieten und die neue Besitzerin des Ludus kommt sogar auch. Wir werden also zwischendurch mit Stephaton reden können und es wird niemandem auffallen. Sind das nicht gute Neuigkeiten, Mauritius? Wir müssen jetzt gemeinsam das üppige Fest planen."

Mauritius: „Sehr gute Neuigkeiten, außer Frage. Nur, wer werden die Gäste auf deinem Fest sein? Hast du dich das schon gefragt?"

Das Lächeln von Longinus verging und er entgegnete: „Bin ich ein Blödmann, daran habe ich wirklich nicht gedacht."

Plötzlich meinte Akatia: „Longinus, ich habe vielleicht eine Lösung für dein Problem. Ich habe damals für meinen Dominus Einladungen für seine Feiern verteilt. Er war ja Senator und lud immer die gefragtesten Leute zu seinen Feiern ein. Lass mich das einfach wieder übernehmen."

Longinus erwiderte erleichtert: „Das klingt wirklich nach einem guten Ausweg. Bitte, kümmere dich darum, wenn du es möchtest."

Akatia: „Das mache ich gern. Ich setze gern die Schreiben auf und verteile sie mit Celina."

Longinus: „Ich danke dir. Marina, an dich habe ich eine andere Bitte. Ich hoffe, du wirst dich mit Mauritius um die Speisen kümmern? Es muss alles üppig sein, alles nur vom Besten. Beste Speisen, beste Getränke und so weiter."

Mauritius blickte auf Marina und meinte lächelnd: „Das machen wir gerne. Wie alt wird der Knabe denn?"

Longinus lächelnd: „Wie alt schätzt du mich, Marina?"

Sie antwortete ganz unsicher: „Ich schätze... vierzig?"

Longinus lächelte und erwiderte: „Gut geschätzt, das stimmt sogar fast! Ich werde im Juli vierzig, aber ziehen wir meinen Geburtstag einfach vor."

Alle lachten noch ein Weilchen gemeinsam, unterteilten sich darauf für die anstehenden Aufgaben und verbrachten später den Abend wieder fröhlich zusammen. Bei Sonnenuntergang verschwanden Mauritius und Marina immer in ihrer Stube, wogegen Longinus und Cassius mit Akatia und Celina noch lange in Atrium sitzenblieben und sich unterhielten. So gemütlich verging jeder Tag dieser Woche und auch das Wochenende. Sie genossen die Zeit, die gemeinsamen Pflichten und am Dienstagabend fragte Longinus Marina: „Habt ihr für morgen alles vorbereitet, oder braucht ihr vielleicht noch Hilfe?"

Marina erwiderte: „Wir haben alles soweit fertig, Longinus. Morgen wird noch einiges frisch gekauft und gebraten, aber eine geschickte Hand beim Gemüseschneiden werden wir sicher noch brauchen. Kannst du das, Gemüseschneiden?“

Longinus lächelte und erwiderte: „Natürlich. Sagt mir, Schwester, was ich schneiden soll und ich werde es tun.“

Marina lächelte zurück und entgegnete: „Gut, Bruder, dann bin ich ja froh.“

Der Abend verklang und alle schliefen tief und fest. Nur aus der Stube von Mauritius und Marina hörte man noch bis spät in die Nacht Gelächter und andere Laute. Es folgte der nächste Morgen und der Mittwoch, der der angebliche Geburtstag von Longinus sein sollte. Alle wachten auf, begrüßten sich herzlich und fingen an, die Feier vorzubereiten. Cassius und Longinus holten nahezu alle Tische aus verschiedenen Stuben der Villa und stellten sie im Atrium auf. Marina entwendete den beiden einen der Tische und stellte es am Rande des Atriums. Dann brachte sie aus der Culina Früchte und Gemüse und rief ganz laut: „Longinus, das Gemüse wartet auf dich!“

Longinus blickte vom anderen Ende zu ihr und ging schälmisch lächelnd in ihre Richtung. Als er dann vor ihr stand, sagte er verschämt: „Marina, ehrlichgesagt habe ich noch nie Gemüse geschnitten, vielleicht einen Apfel, mehr aber auch nicht. Sag mir, was soll ich genau tun?“

Marina lachte und entgegnete: „Du kleiner Leichtfuß. Einfach alles kleinschneiden, in der Schüssel dort vermischen, Olivenöl darüber schütten, einige zerhackte Kräuter hinzugeben und schon ist ein Salat fertig. Du wirst sehen, es ist sehr einfach. Und immer probieren, was du da zusammenmischst. Ich bringe noch Salz und du fang schon mal an.“

Longinus fühlte sich etwas unbeholfen, aber es ärgerte ihn nicht weiter und er meinte: „Ja, ich versuche es hinzubekommen, aber bevor die Gäste kommen, probiere du es lieber auch, ja?“

Marina lächelte und entgegnete: „Ja, das werde ich vielleicht besser tun. Ach ja, ich dachte mir, dass ich mit Mauritius auch Wein vom Markt hole und etwas mehr Nüsse und Amygdalae. Vor allem dürfen Weintrauben und Mandeln nicht fehlen und frisches Fleisch ist sehr wichtig. Wir nehmen besser noch Cassius mit, ja?"

Longinus lächelnd: „Ja, macht das. Du bist die perfekte Organisatorin und ich freue mich jetzt schon auf dieser Feier."

Jetzt wurde Longinus etwas ernster und meinte: „Ich will deine Wunden nicht aufreißen, aber ich muss dir ehrlich sagen, dass ich es mir wünschen würde, dass Artyom bei dieser Feier dabei wäre."

Marina blickte auf den Boden, dann wieder auf Longinus und entgegnete: „Es trennen uns nur wenige Monate. Ich vermisse ihn auch, aber ich bin mir sicher, sie kommen wieder und dann feiern wir ein noch größeres Fest."

Longinus nickte, lächelte und blickte dabei fröhlich in Marinas Augen. Darauf drehte er sich um und bearbeitete fleißig das Gemüse. Marina beobachte seine Arbeit und lächelte für sich. Die Stücke, die er schnitt, waren nicht gerade einheitlich, aber wer sollte darauf später schon achten. Sie ging darauf zu Mauritius und teilte ihm mit, was anstand, worauf er Cassius zu sich rief und sie kurz danach zu dritt die Villa mit einem Karren verließen. Es dauerte nicht lange, bis Longinus das Gemüse kleingeschnitten hatte und die Drei vom Markt zurückkamen. Mauritius und Cassius zogen den Karren ins Atrium und portionierten als Erstes das Obst auf den Tellern, die mittlerweile auf den Tischen verteilt waren. Marina inspizierte ihr Handeln, lächelte dabei und meinte: „Ihr schmeißt es ja hin wie in Kisten. Jungs, das muss schön aussehen und die Teller sollten etwas geschmückt werden. Wisst ihr was, lasst mich das alles machen und ihr bringt am besten den Wein weg."

Marina ging darauf zu Artyoms prachtvollen Weinstauden, riss dort viele große Weinblätter ab, dann einige Traubenreben und begab sich damit zu den Tischen. Anschließend schmückte sie die Teller mit den Weinblättern aus und legte diverses Obst darauf. Es sah alles einfach nur lecker und verführerisch aus, die grünen Trauben vom Markt und die dunklen aus dem Garten, dazwischen die roten Äpfel und die dicken, saftigen Birnen. Mauritius beobachte alles von Weitem und lächelte bei diesem Anblick, aber danach war der Spaß vorbei. Es war nämlich kurz vor dem Mittag und nun musste in der Culina geschuftet werden. Marina bereitete Hähnchen vor, Schweinefleisch, Rind und sie hatten sogar Perlhühner und Kaninchen eingekauft. Das ganze Fleisch hatte einen Wert, das locker zwei Monatssolde eines Zenturios überstieg, aber Longinus wollte es üppig. In der Villa verbreitete sich bald der wundervolle Geruch des zubereiteten Fleisches und drang sicherlich auch nach draußen. Akatia und Celina schmückten mit wundervollen Gartenblumen derweilen noch die Tische, als es plötzlich am Tor klopfte. Longinus sprang auf, rannte wie ein Verrückter dorthin, machte es auf und erblickte Aquila. Sie war ziemlich festlich bekleidet und Longinus stand wie angewurzelt da und fragte: „Seid ihr alleine, Herrin?"

Aquila erwiderte lächelnd: „Ja, ihr habt mich auch alleine eingeladen, oder? Rufus kommt am Nachmittag, wie ihr es wolltet."

Longinus entgegnete ganz verlegen: „Ja, Herrin Aquila, stimmt. Kommt doch bitte herein und werdet mein erster Gast. Ich hoffe, die anderen kommen auch bald. Kommt, ich stelle euch zunächst meine Freunde vor."

Longinus führte Aquila ins Atrium, wo die Tische mit den Speisen standen und stellte Aquila erst Marina vor: „Das ist Marina, die Tochter eines sehr guten Freundes. Neben ihr steht Jakobus, einer meiner drei Freunde und Jakob ist der, der wiedermal faul auf der Wiese herumliegt und nichts tut, wie ich wiedermal feststellen muss. Die beiden Frauen sind Akatia und Celina, Mutter und Tochter und das ist unser Heim."

Longinus streckte seine Hände aus und präsentierte die Villa, worauf Aquila sich kurz umblickte und erst auf die hübsche Marina zuging. Sie begrüßte sie mit Küsschen und danach ebenso die anderen Frauen. Die Männer kamen später dran und küssten zur Begrüßung höfflich Aquilas Hand. Sie fühlte sich sofort wohl, denn die Villa, ihre Ausstattung und ihre Bewohner entsprachen ihrem Lebensstandard vollkommen. Als sie sich mit allen bekannt machte, fragte sie Longinus: „Aquila, möchtet ihr Wein?"

Aquila erwiderte: „Was wäre eine Geburtstagsfeier ohne Wein und wo ist eigentlich euer dritter Freund?"

Longinus schenkte Aquila den Wein in ein edles Gefäß ein, danach sich selbst und entgegnete beiläufig: „Der ist sicher noch unterwegs."

Aquila nahm das Gefäß, hielt es in die Höhe und rief: „Also, alles Gute zu deinem Geburtstag!"

Sie und Longinus tranken darauf einen tiefen Schluckt und Aquila flüsterte lächelnd: „Verehrter Kaufmann, ihr stellt mir eure Freunde vor, doch euren Namen kenne ich noch nicht."

Longinus überrascht: „Habe ich mich wirklich noch nicht vorgestellt? Verzeiht! Ich heiße Aaron und stamme aus Judäa, wie die meisten meiner Freunde. Marina ist aus Armenia und der Handel hier trieb uns alle zusammen. Stellt euch vor, Herrin, der Vater von Marina verkauft an Tiberius persönlich Stoffe aus Seide."

Aquila lächelte und entgegnete: „Ach, dann könnte ich die Stoffe theoretisch direkt von euch kaufen? Tiberius verkaufte sie immer meiner Schneiderin und das nicht gerade preiswert."

Beide lachten und Longinus entgegnete: „Wenn der Kaiser es nicht erfährt, könnte man das mit Vergnügen arrangieren."

Als Longinus diesen Satz beendete, klopfte es erneut am Tor und Longinus meinte: „Endschuldigt mich, verehrte Aquila, das werden wohl weitere Gäste sein."

Aquila nickte lächelnd und Longinus begab sich zu Tor. Er öffnete es und ein fetter, gutbekleideter Römer stand mit seiner weiblichen Begleitung im Eingang und fragte lächelnd mit einer durchdringlichen Stimme: „Ihr müsst Aaron sein, ja? Der Händler aus Armenia? Obwohl ich euch nicht kenne, wünsche ich euch einen schönen Geburtstag! Mein Name ist Audius und dies ist meine bessere Hälfte, Lutania. Ich bin der Sekretär von Senator Quintus, der ebenfalls jeden Moment hier eintreffen sollte. Hier, mein Geschenk an euch, Aaron. Das habe ich selbst geschnitzt, denn das tue ich nämlich in meiner Freizeit immer. Das ist der Gott Mercurius, der Gott des Handels und aus africanischem Moabi-Holz geschnitzt. Ihr solltet wissen, aus diesem Holz werden die besten Boote Roms gebaut, Aaron. Sagt mal, ist es wirklich wahr, dass der Verräter hier heute einen Schaukampf bittet?"

Longinus erwiderte lächelnd: „Oh ja, mein neuer Freund, das wird er."

Audius entgegnete beglückt: „Das freut mich riesig, Aaron. Ich habe sein Können letztens in der Arena beobachtet und finde ihn sehr imposant. Tiberius will ihn tot sehen, aber ich will ihn lieber kämpfen sehen, wenn ihr mich fragt. Erst wiedersetzte er sich Pilatus, dann besiegte er den besten Gladiator und ist einfach toll!"

Longinus lächelnd: „Ihr könnt seine neue Domina jetzt kennen lernen, wenn ihr wünscht, und auch meine anderen Freunde."

Audius ganz aufgeregt: „Seine Domina? Seit wann?"

Longinus weiterlächelnd: „Begebt euch einfach ins Atrium, mein Freund. Es ist die blonde, bläulich bekleidete Frau."

Audius schaute sich um, entdeckte Aquila und meinte laut: „Das ist doch... das ist Aquila! Das ist doch nicht möglich! Sie ist bloß eine reiche Hausfrau! Entschuldigt mich, Aaron, ich muss sie sprechen. Anscheinend habe ich nicht alles mitbekommen in der letzten Zeit. Wir sehen uns bestimmt heute noch, entschuldigt mich."

Während Audius auf Aquila praktisch zu rannte und seine Frau hinter sich herzerrte, klopfte es wieder an der Tür. Es war wieder ein wohlgenährter Römer mit einer hübschen Frau an seiner Seite, die wohl von zwei Bediensteten begleitet wurden, die ihnen nach der Begrüßung mit Longinus auf Schritt und Tritt ins Atrium folgten. Kurz darauf klopfte es erneut am Tor und so ging es noch lange weiter. Bis zum Nachmittag war das Atrium mit bunt bekleideten Römern nahezu überfüllt und die Stimmung war prächtig. Marina kam kaum nach, den Wein zu verteilen, aber Akatia und Celina halfen ihr dabei erfolgreich. Das Klopfen verklang langsam und es schien, als wären alle Gäste schon anwesend. Sie aßen, tranken und unterhielten sich miteinander, aber anstatt sich mit Longinus zu unterhalten, redeten die meisten Gäste vor allem mit Aquila. Scheinbar kannte man sie gut, daher machte sich Longinus natürlich nichts daraus. Er trank nur sporadisch seinen Wein, unterhielt sich meistens mit Cassius und Mauritius und meinte irgendwann zu den beiden: „Wann kommt Stephaton endlich? Ich kann es nicht mehr erwarten und ihr bestimmt auch nicht."

Mauritius beruhigte ihn: „Habe Geduld, Aaron. Die Sonne steht schon ganz oben, also kommen sie bestimmt jeden Moment."

Longinus etwas gereizt: „Geduld? Hätte ich gerne, habe ich aber nicht."

Sobald er diese Worte aussprach, hämmerte es tatsächlich am Tor, worauf die Männer zügig zum Tor gingen und es voller Erwartung breit aufmachten. Alle Gäste erstarrten voller Spannung und erblickten zwei Reihen von Soldaten, die aus zehn mal zwei Mann bestanden und in deren Mitte fünf Gladiatoren ins Atrium führten. Alles sah sehr militärisch und diszipliniert aus und als die Soldaten vor den Gästen stehen blieben, verließ Rufus die Formation und ging auf Longinus zu. Währenddessen fing ausgerechnet Aquila an zu klatschen und zu jubeln, worauf alle anderen Gäste auch sofort anfingen, es ihr gleich zu tun. Darauf sagte Rufus direkt in Longinus' Ohr, da es um sie herum so laut wurde: „Ich werde erstmal den Eingang sichern lassen. Zwei Männer werden vor dem Tor stehen, zwei dahinter und vier wachen am besten um das Anwesen herum. Die anderen passen mit euch auf die Sklaven auf. Eine Frage hätte ich da noch."

Longinus: „Ja?"

Rufus: „Der Wein?"

Longinus erwiderte lächelnd: „Mein Freund, bedient euch. Esst und trinkt so viel ihr wollt."

Währenddessen übergab Longinus dem Soldaten unbemerkt einen dicken Beutel voller Geld und lächelte ihn dabei an, während die Stimmung in der Villa noch lauter wurde. Darauf neigte sich Longinus zu Rufus und meinte laut aber diskret: „Es ist mehr als abgemacht, also lasst uns heute einfach alle Spaß haben."

Rufus grinste irgendwie debil und ging darauf zu seinen Männern, um sie zu unterweisen. Die fünf Gladiatoren wurden weiterhin bewacht, jedoch nur noch von den restlichen Wachsoldaten und Rufus. Nicht lange später verließ Rufus jedoch seine Kameraden und begab sich diskret zu den Tischen, wo das Essen immer wieder frisch von Marina und den anderen Frauen angeliefert wurde. Er bediente sich an dem Fleisch, am Brot und am Olivenöl, als hätte er schon länger nichts gegessen. Er aß in einem wirklich schnellen Tempo, doch das störte scheinbar niemanden und keiner achtete darauf. Als er schon reichlich zu sich genommen hatte und danach noch zwei Weinkrüge leer trank, kam Longinus auf ihn zu und fragte: „Rufus, wie sollen wir die Vorstellung gestalten? Hast du da schon eine Idee?"

Rufus erwiderte ganz locker: „Wartet, Aaron. Lasst den Wein erstmal wirken und ich lasse mir währenddessen etwas einfallen."

Während des Gesprächs stand Aquila nicht weit von den beiden entfernt und verfolgte es, bis sie schließlich auf die beiden zukam und meinte: „Es wird nicht mit den Kanten der Schwerter gekämpft, nur mit den Seitenflächen. Ist das verstanden? Sie sollen alle unversehrt bleiben."

Longinus erwiderte: „Aquila, wir wollen auch kein Blut sehen und keine blauen Flecken, sondern etwas Unterhaltung."

Aquila: „Gut, ich verlasse mich auf dein Wort, Aaron."

Aquila verließ die beiden wieder, begab sich zu den anderen Gästen und wenig später meinte Rufus zu Longinus: „Hör zu, Aaron, ich mag Turniere sehr gern. Erst kämpft einer gegen einen anderen, bis einer von den beiden erschöpft ist oder aufgibt, dann kommt der Nächste und kämpft gegen den Gewinner. Dieses Prinzip ist immer gut und spannend. Lasst den Verräter antreten, denn ich habe mitbekommen, dass die meisten Gäste nur wegen ihm gekommen sind. Sie wollen nur ihn kämpfen sehen und dein Geburtstag ist den meisten völlig egal. Verzeiht meine ehrliche Zunge, aber von ihm sprechen alle in Rom und können seine Kämpfe in der Arena nicht mehr abwarten. Wenn ihr zufriedene Gäste haben wollt, stellt ihn erstmal auf und irgendeinen anderen. Zwischen den Kämpfen machen wir dann kurze Pausen für Speis und Trank und dann lassen wir den nächsten Kampf beginnen."

Longinus zustimmend: „Das kling gut, was du da vorschlägst, das muss ich zugeben, aber lass die Kämpfer vor den Augen der Gäste sich warm werden lassen. Das wird die Stimmung sicherlich noch anheizen, dann gebe ich den Befehl für den ersten Kampf."

Rufus nickte lächelnd und scheinbar schon angetrunken, worauf er Longinus verließ, erst in Richtung der Tische ging und dort erneut seinen Becher mit Wein füllte. Er trank ihn schnell leer und begab sich zu den fünf Gladiatoren, die von den Wachsoldaten die ganze Zeit über bewacht wurden und meinte: „Wir machen es wie folgt: Erst kämpft Stephaton gegen... ihn da. Dann kämpft der Nächste gegen den Gewinner und so weiter, bis wir den eindeutigen Gewinner haben, ganz einfach. Zwischen den Kämpfen machen wir immer eine kurze Pause, dann könnt ihr etwas Wasser trinken. Nach dem Spektakel, wenn Aaron es erlaubt und die Gäste gut unterhalten wurden, könnt ihr vielleicht noch etwas speisen. Wenn Wein noch übergeblieben ist, bekommt ihr vielleicht auch etwas ab. Aber jetzt stellt euch alle fünf in die Mitte des Atriums und macht zum warmwerden einige Kampfübungen. Achtet darauf, dass ihr einander nicht verletzt, denn eure Domina will kein Blut sehen, verstanden? Es bleibt nur ein Schaukampf, also los! Hier, eure Schwerter."

Rufus verteilte an alle fünf die mitgebrachten Holzschwerter und allen voran setzte sich Stephaton als Erster in Bewegung und die anderen folgten ihm. Sie befanden sich nun in der Mitte des Atriums und Aquila und Longinus verfolgten erfreut und gespannt die Bewegungen der Männer. Aquila hatte nach kurzer Zeit jedoch nur noch einen der Männer im Auge und blickte ihn lächelnd und beglückt an. Longinus verstand diese Gäste so, dass Aquila stolz auf ihren neuen Besitz war, konnte aber auch erkennen, dass sie Stephaton mehr als nur zugeneigt war. Er ging darauf auf die Gladiatoren zu und sagte laut, während er auf die Gäste blickte, die noch immer um die Tische versammelt waren: „Meine lieben Gäste, meine Freunde! Ich präsentiere euch den Höhepunkt dieser Feier! Nun ein kleiner Vorgeschmack, was gleich passieren wird, denn gleich werden wir ein Turnier zwischen den fünf kampfstarken Männern erleben! Doch schaut erstmal zu, wie sie sich darauf vorbereiten! Beginnt, Gladiatoren!"

Alle ließen ihre Speisen und Getränke liegen und stehen und konzentrierten sich nur noch auf die Kämpfer. Stephaton fing mit dem Übungskampf an, den er schon vorher mehrmals mit seinen neuen Kameraden im Ludus durchgegangen war. Sie präsentierten dem Publikum interessante und spannende Schwertkampftechniken und die Geräusche der aufeinanderschlagenden Holzschwerter ließen die Gäste vor Spannung erstarren. Von Weitem beobachteten es auch Cassius und Mauritius, blickten sich zwischendurch an und nickten lächelnd, bis Cassius irgendwann meinte: „Der Alte hat es immer noch drauf, oder?"

Mauritius erwiderte: „Ich bin froh, dass es uns letztendlich allen gut geht. Schau, er ist Lanista und wir bewohnen eine herrliche Villa. Was wollen wir mehr?"

Cassius nickte lächelnd und beobachtete weiterhin das Schauspiel, während ausnahmslos alle es ebenfalls taten. Viele klatschten, wenn eine imposante Abwehrtechnik oder eine interessante Angriffstechnik angewendet wurde und das Schauspiel dauerte eine ganze

Weile und wurde niemandem langweilig. Jeder war so in das Zuschauen vertieft, dass er das Zeitgefühl verloren hatte, bis Longinus irgendwann auf die Kämpfer zuging und sie unterbrach, sich darauf zu den Gästen drehte und laut rief: „Herrlich, nicht wahr!? Meine Freunde, füllt wieder eure Becher! Gleicht wird es ernster!"

Die Menge wendete sich wieder den Speisen und den Getränken zu und Longinus nutzte die Gelegenheit und winkte Stephaton zu sich. Vor Rufus war ein freies Gespräch nicht möglich, daher sagte Longinus zu dem Lanista: „Kommt, Stephaton, ich möchte dich besser kennenlernen."

Rufus stand nur da und ließ die beiden tatsächlich einfach in den Gärten der Villa aus seiner Sicht verschwinden. Er war schon zu betrunken, als dass er seine Aufgabe erfüllen konnte, Stephaton nicht aus den Augen zu lassen und die anderen Wachsoldaten verspürten sowieso nicht die Not, irgendetwas zu bewachen. In einem versteckten Teil des Gartens stand nun Longinus mit Stephaton und der Lanista sagte: „Longinus, ich bin überglücklich zu sehen, dass es euch allen gut geht!"

Longinus lächelnd: „Ich nenne mich Aaron, du erinnerst dich? Wir sind ebenfalls froh, dass es auch dir gut geht. Du kannst dir nicht vorstellen, wohin uns das Schicksal geführt hat. Wir haben einen Haufen Geld durch deine Siege verdient und das wichtigste ist, dass wir alle sicher sind."

Die beiden umarmten sich überglücklich wie Brüder, während Cassius und Mauritius ebenfalls zu ihnen stießen. Mauritius umarmte Stephaton als Nächster und schlug ihm dabei mehrmals kräftig auf den Rücken. Cassius machte dies danach auch und alle lächelten beglückt und freuten sich herrlich, als hätten sie ein verlorenes Familienmitglied wiedergefunden. Irgendwann meinte Longinus: „Wir haben nun die Möglichkeit, dich jederzeit zu sehen, mein Freund, aber wenn es dir in dem Ludus gut geht, verweile lieber dort, würde ich sagen. Uns geht es hier auch sehr gut, also genießen wir erstmal das Leben."

Stephaton: „Es geht mir gut in dem Ludus, stimmt, aber ich muss Aquila in jeder Nacht beischlafen."

Mauritius: „Beischlafen? Du Arsch, ich hatte schon so lange keine Frau mehr und du beschwerst dich noch? Ein Glückspilz bist du!"

Alle lachten und fassten einander fest an den Oberarmen, bis Longinus meinte: „Kommt, Freunde, führen wir das Schauspiel fort. Alle warten sicher schon."

Darauf gingen sie wieder ins Atrium, Stephaton ging voran und die anderen drei folgten ihm. Als Stephaton sich wieder den anderen vier Gladiatoren anschloss, klatschte Longinus zwei Mal laut in seine Hände und rief: „So, meine lieben Gäste! Der Schaukampf soll nun beginnen! Stephaton und der Glatzköpfige eröffnen das Spektakel! Beginnt jetzt!"

Alle traten zurück, bis auf Stephaton und den anderen glatzköpfigen Gladiator, dessen Name Nanzius der Thraker war. Stephaton hatte sich in den letzten Tagen sehr gut mit ihm angefreundet und sie trainierten oft intensiv zusammen. Er war recht jung und hörte immer auf den Rat von Stephaton. Der Schaukampf begann und die Zuschauer wurden still. Die Kämpfer bewegten sich im Kreis und blickten einander stets an. Stephaton bewegte sein Holzschwert mehrmals hin und her und forderte Nanzius damit zum Angriff auf, bis Nanzius nachgab, angriff und ein wundervolles Kampfschauspiel begann. Stephaton hatte Nanzius scheinbar viele imposante Schwertkampftechniken beigebracht, da die Menge ständig jubelte. Am Anfang war es nur ein Schauspiel, aber dann machten die beiden ernst. Nun galt es, dem anderen etwas Schmerz zuzufügen, ihn zu schwächen und zur Aufgabe zu zwingen. Die Schwerthiebe wurden immer schneller und stärker und Nanzius konnte mit dem Tempo der Schwerthiebe von Stephaton nicht mithalten, obwohl er sich sichtlich anstrengte. Stephaton zielte mit seinem Schwert immer nur auf den linken Oberarm von Nanzius und schlug immer wieder mit der Schwertseitenfläche darauf, bis er ziemlich rot wurde. Nanzius konnte den Schmerz bald nicht mehr aushalten und erhob zwei Finger in die Höhe, was das Zeichen dafür war, dass er aufgab und alle klatschten wie verrückt. Aquila klatschte am lautesten und Longinus und seine Männer lächelten nur stolz. Darauf ging Longinus auf die Kämpfer zu und sagte laut: „Wundervoll, meine Freunde, oder? Das ist die römische Kampfkunst! Stephaton ist der Sieger!"

Alle bejubelten Stephaton eine Weile zu, bis Longinus sie unterbrach: „Gönnen wir dem Gewinner eine Pause, dann beginnt seine nächste Herausforderung! Füllt eure Becher, meine Freunde, denn gleich geht es weiter!"

Alle waren sichtlich begeistert und blickten Stephaton an, während sie ihre Becher mit Wein füllten. Die männlichen Gäste waren sichtlich reiche Römer und einige von ihnen waren wohl Senatoren, so wie sie gekleidet waren. Sie aßen abermals und tranken Wein, doch sie tranken mehr, als sie aßen. Die ganze Gesellschaft des Abends wurde immer betrunkener und die Stimmung war ungehemmt. Alle lachten, erzählten sich irgendwelche lustige Geschichten, während die weiterentfernten Gladiatoren Wasser tranken und einfach warteten. Longinus begab sich irgendwann in die Mitte des Atriums, klatschte laut in seine Hände und sagte laut, sodass jeder seinen Ruf vernehmen konnte: „Meine Freunde! Es ist Zeit für den nächsten Kampf. Nun wird Stephaton sich selber seinen Gegner aussuchen. Stephaton, wähle!"

Stephaton zeigte darauf mit seinem Schwert auf einen dunkelhäutigen Gladiator. Er war ebenfalls sehr jung, aber für sein Alter sehr gut gebaut. Er hatte pralle Muskeln und sein Körper wirkte einfach perfekt. Die Gäste wussten es nicht, aber er wurde vorher in einem Steinbruch als Sklave eingesetzt und wegen eines Aufstandes dort, bei dem er beteiligt war, zum Tode in der Arena verurteilt. Er überlebte jedoch alles und wurde so zum glorreichen Gladiator. Nicht einmal Rufus kannte seine Vorgeschichte, oder Aquila, aber die Gladiatoren und Stephaton schon. Stephaton zeigte weiter mit seinem Holzschwert auf ihn und sagte: „Amidou, dich fordere ich heraus!“

Longinus winkte Amidou in die Mitte und die Menge wurde plötzlich still und erwartete mit Spannung den Anfang des Kampfes. Als Amidou vor Stephaton stand, schrie Longinus, während er sich zurückzog: „BEGINNT!“

Amidou machte mit seiner ganzen Kraft den ersten Hieb, doch Stephaton währte es mit Leichtigkeit ab und die Menge jubelte. Vor allem die fetten Senatoren rasteten aus, die sich mittlerweile in einer Gruppe versammelt haben und bereits ziemlich betrunken waren. Stephaton griff nicht ein einziges Mal an, sondern wehrte immerzu die Angriffe von Amidou ab. So ging es eine ganze Weile, Angriff und Abwehr, Angriff und Abwehr, bis Amidou sichtlich erschöpft war und Stephaton nur lächelte. Amidou machte den nächsten Hieb und sofort nach dem Abwehren trat ihn Stephaton vor seinen Brustkorb, worauf Amidou mit der Wucht des Trittes zu Boden fiel und seufzte. Die Leute klatschten erneut und jubelten erfreut, worauf Stephaton als Nächstes auf Amidou zuging, ihm aufhalf und leise sagte: „Komm, mein Freund, du wirst alles noch lernen.“

Amidou verbeugte sich darauf höfflich vor Stephaton und Longinus schrie wieder ganz laut: „Unser erneuter Sieger: Stephaton!“

Die Menge klatschte und nach einigen Augenblicken begaben sich alle wieder an die Essenstische und es folgte erneut eine kurze Pause zwischen den Kämpfen. Währenddessen ging Aquila auf Longinus zu und sagte: „Aaron, ich muss dich etwas fragen.“

Longinus lächelnd: „Frag ruhig.“

Aquila: „Mir ist etwas an dir und Stephaton aufgefallen. Diese Male in euren Gesichtern sind sich ähnlich. Seid ihr etwa verwandt?“

Longinus ganz überrascht und zögernd: „Ähm, ja, er ist mein Consobrinus, aber das muss kein anderer wissen.“

Aquila: „Der Sohn deines Onkels also? Ich behalte das für mich, mach dir da keine Sorgen, aber deine anderen Freunde haben ähnliche Male in ihren Gesichtern. Seid ihr etwa alle verwandt?“

Longinus leicht verunsichert: „Ja, wir sind irgendwo verwandt, aber das muss wirklich keiner wissen, denke ich."

Aquila: „Ach, als Frau habe ich noch etwas bemerkt. Eure Bediensteten... Dein blonder Freund ist einer von ihnen zugetan, stimmt?"

Aquila lächelte freundlich und Longinus tat dies nun ebenfalls, worauf er erwiderte: „Ja, Marina und Mauritius sind tatsächlich ein Paar. Ähm, ich meinte natürlich Jakobus... Verzeiht, ich war mit den Gedanken ganz woanders."

Aquila: „Mauritius oder Jakobus? Was verbirgst du vor mir? Sei ehrlich. Mir ist der ganze militärische und politische Mist vollkommen egal, also raus mit deiner Geschichte."

Longinus: „Wofür brauchst du dieses Wissen? Ich verstehe nicht, wieso es dir so wichtig ist, alles über Stephaton zu erfahren."

Aquila: „Also gut. Ich habe mich in ihn verliebt. Genügt dir das als Grund? Nicht einmal er weiß es. Ich will eure Geschichte kennen, eure ganze Geschichte."

Longinus blickte tief in Aquilas Augen und untersuchte innig ihr wahres Wesen. Als er sich entschloss ihr zu vertrauen, sagte er: „Aquila, komm morgen am Mittag hierher und ich erkläre dir unsere Beziehung. Jetzt lass uns aber bitte die Feier fortsetzen. Du siehst doch, wie gerissen alle auf Stephatons Kämpfe sind."

Aquila: „Aber natürlich. Senator Catus fragte mich bereits, ob ich Stephaton für seine Feier nicht erübrigen könnte. Das ist dieser dort hinten, der mit seinem jungen Liebhaber. Natürlich zahlt er auch gutes Geld. Ich habe genug Geld, glaub mir, aber ich will wieder richtig leben und das Leben wieder genießen."

Longinus interessiert: „Hast du denn zuvor nicht gelebt?"

Aquila: „Als mein Mann gestorben ist, habe ich keinen Sinn mehr im Leben gesehen und eine leere und traurige Zeit begann. Er war auch Senator, aber ein ehrenvoller, hübscher und starker Mann. Mit Stephaton kehrte mein Lebenswille zurück, aber wieso, kann ich mir nicht erklären. Wenn ihr alle zu ihm gehört, möchte ich euch auch eine Freundin sein."

Longinus: „Wir fühlen uns auch besonders mit ihm verbunden, Aquila, aber die Geschichte erzähle ich dir morgen, in Ordnung?"

Aquila nickte freundlich und sie gingen auseinander. Kurz darauf ging Longinus auf Cassius und Mauritius zu und berichtete leicht panisch: „Hört mal, Aquila schöpft Verdacht, dass wir Stephaton kennen. Sie erkannte, dass unsere Male im Gesicht ähnlich sind und fragte, ob wir verwandt sind."

Alle schauten sich fragend an und Cassius rief plötzlich ganz komisch: „Römische Kerzen! Römische Kerzen!"

Cassius war so außer sich und wiederholte diesen Satz immer wieder, sodass Mauritius ihn handgreiflich beruhigen musste. Es klappte jedoch nicht und Longinus holte mit seiner rechten Hand aus, schlug Cassius einfach ins Gesicht und meinte: „Reiß dich zusammen, Mensch! Wovon redest du?"

Cassius kam nach dem Klatsch zu sich und berichtete panisch: „Ich weiß nicht, das Wort dröhnte plötzlich in meinem Kopf herum. Leute, ich drehe durch, glaube ich."

Longinus: „Nun beruhige dich erstmal und trink etwas Wein. Wir reden nachher darüber und über das Problem mit Aquila."

Alle versuchten sich zu beruhigten und tranken gemeinsam einen Becher Wein. Als Cassius sich danach entfernte, meinte Mauritius zu Longinus: „Was meinte er damit, römische Kerzen? Kerzen sind Kerzen und römische Kerzen gibt es nicht."

Longinus: „Entweder dreht er wirklich durch, oder es hat etwas mit unserem Erlebnis zu tun und es war eine seiner Visionen."

Mauritius: „Ich weiß es nicht, Mann, aber merkwürdig war es schon, das muss ich zugeben."

Longinus: „Jetzt komm, wir müssen den nächsten Schaukampf ansagen und du könntest mir dabei etwas helfen."

Die besoffenen Wachsoldaten schauten ihnen bei der merkwürdigen Unterhaltung zu, jedoch interessierten sie sich nicht weiter dafür und über die leichte Ohrfeige, die Longinus Cassius gab, lachten sie nur. Longinus und Mauritius gingen also zur Mitte des Atriums, wo Stephaton bereits auf die nächste Kampfansage wartete, worauf Longinus erneut zweimal laut in seine Hände klatschte und rief: „Lernt meinen Freund Jakobus kennen! Er wird den nächsten Gegner für Stephaton aussuchen. Jakobus, bitte!"

Mauritius sah sich die zwei verbliebenen Gegner an und zeigte mit seinem rechten Zeigefinger bald auf einen dürren, kleinen Mann, der ungewohnt schmale Augen hatte und meinte: „Der Asiate soll es sein!"

Alle Gäste verspotteten lachend den Kurzen, aber als der kleine Mann mit seinem Holzschwert mutig auf Stephaton zuging und dann das Schwert fallen ließ, verstummten alle vor Spannung. Der kleine Asiate führte darauf diverse akrobatische Kunststücke vor, die mit Schlagtechniken verbunden waren. Die meisten Gäste hatten Derartiges noch nie gesehen und konnten ihren Augen nicht glauben, da der Asiate damit noch nie in der Arena gesehen worden war. Selbst Longinus war sowas unbekannt. Der Asiate sprang irgendwann hoch in die Luft, machte eine Rolle, als er vor Stephaton stand, knallte mit seiner rechten Ferse auf Stephatons linke Schulter und brachte ihn mit der Kraft des Schlages zum Fall. Stephaton stand jedoch rasch auf und schlug den Asiaten mit aller Kraft und Schnelligkeit mit seiner Faust auf die Nase. Das Blut strömte über seinen Mund und sein Kinn herunter und Stephaton grinste. Er ließ nun ebenfalls sein Holzschwert fallen, ballte seine Fäuste zusammen, ging in Angriffsstellung und machte plötzlich komische Bewegungen mit seinen Händen. Er bewegte seine Hände vor sich, formte in der Luft einen Kreis und die Zuschauer fragten sich, was das werden würde, worauf ein Angriff des Asiaten folgte. Die Kreisbewegungen machten ihn aber derart wirr und unaufmerksam, dass Stephaton ihn mit einem einzigen Tritt in seine Genitalien unschädlich machte. Der Asiate lag sofort auf dem Boden und jammerte, während er sich in den Schritt fasste. Der Jubel und das Gelächter der Gäste war sicherlich außerhalb der Villa zu hören, dennoch bewegte es Stephaton nicht dazu, sich wie ein Triumphator zu fühlen und er half dem besiegten Kameraden sofort auf. Diese Geste gefiel ebenfalls den Leuten und sie jubelten noch lauter, als Longinus rasch in die Mitte kam und verkündete: „Der erneute Sieger steht wieder fest! Nun trinkt und esst, dann folgt der letzte Kampf dieses Abends! Ich hoffe, ihr seid gut unterhalten?"

Alle jubelten zustimmend, klatschten und waren sichtlich gut gelaunt. Aquila vertiefte ihren Blick aber immer mehr in Stephaton und Longinus beobachtete es. Longinus schien einen Plan zu schmieden, weil Aquila immer mehr Zuneigung zu Stephaton zeigte, lief dabei nachdenklich in Atrium herum und beobachtete freundlich die Menschen. Irgendwann ging er auf den faul herumsitzenden Cassius zu und fragte: „Hast du es bemerkt?"

Cassius: „Was? Dass der Wein fast alle ist?"

Longinus: „Nein, du Idiot. Dass Aquila sich in Stephaton wirklich verliebt hat. Siehst du es denn nicht?"

Cassius: „Ja und? Was soll ich jetzt mit dieser Information anfangen?"

Longinus erwiderte fassungslos: „Verstehst du das nicht? Dadurch ist uns jedes Tor in Rom offen. Sie hat einen enormen Einfluss, du Narr. Es führt kein Weg herum, ich muss ihr morgen mehr über unsere Beziehung zu Stephaton erzählen."

Cassius gleichgültig: „Wenn du einen Plan hast, dann bitte, aber lass mich jetzt wenigstens den restlichen Wein retten, ja?"

Longinus schüttelte nur seinen Kopf und ließ mit dieser Geste Cassius ziehen. Dieser begab sich direkt zu den Tischen und suchte nach einer halbwegs gefüllten Weinamphore. Er war aber nicht der einzige, der danach suchte, denn die ganzen betrunkenen Gäste interessierte auch nur noch der Wein. Nach einer kurzen Weile wurden alle erneut von Longinus in ihren Handlungen unterbrochen, als er erneut ganz laut in seine Hände klatsche und jeder auf ihn aufmerksam wurde: „Und nun, meine verehrten Gäste, bekommen wir den letzten Kampf zu sehen und der Sieger des Turniers bekommt sogar eine Belohnung! Eine Amphore des besten Weines und Geld! Jeder Kämpfer erhält zwei Schwerter, damit es noch spannender wird. Das wird ein Kampf, sage ich euch! Los, beginnt!"

Stephaton und sein letzter Gegner, ein etwas dickerer Gallier, griffen nach den Schwertern, die ihnen ein Soldat reichte und begaben sich zur Mitte des Atriums. Longinus erhob seine Hände und klatschte zweimal, worauf ein imposanter Kampf begann, der mit einem kräftigen Schwerthieb des Galliers namens Gantor anfing. Darauf folgte ein Hieb mit seinem zweiten Schwert und dann erneut mit dem anderen. Stephaton hatte Schwierigkeiten, die Hiebe abzuwehren, jedoch gab er sich die größte Mühe. Er griff nicht an, wehrte sich nur und Gantor wurde immer schwächer und seine Kräfte ließen nach den heftigen Attacken rasch nach. Nun schlug Stephaton zu, hatte aber nicht vor, Gantor zu treffen, sondern hatte es nur auf seine Schwerter abgesehen. Er schlug mit seinem rechten Schwert mit aller Wucht auf das rechte Schwert von Gantor und es brach. Nun stand Gantor mit einem zerbrochenen Schwert und dem anderen in seiner Linken da. Er ließ das kaputte Schwert fallen, wechselte die Hände und bereitete sich auf einen erneuten Angriff von Stephaton vor. Stephaton machte es geschickt und wartete auf den richtigen Augenblick, um erneut die Seitenfläche des verbliebenen Schwertes von Gantor zu erwischen. Die Menge beobachte alles mit größter Spannung und jeder war still. Stephaton erkannte seine Chance plötzlich, als Gantor sein Schwert schwenkte und schlug mit aller Kraft zu. Damit zerteilte er nicht nur das Schwert, sondern schlug es ihm aus der Hand. Gantor blieb darauf einfach nur stehen, erhob seine Hände und schüttelte seinen Kopf, fing aber danach an zu klatschen, um

Stephaton offiziell zu gratulieren. Alle bejubelten Stephatons endgültigen Sieg und klatschten ihm zu, während er einfach nur lächelnd dastand und alle ringsherum anblickte. Die vom Wein angeheiterte Aquila ging darauf lächelnd auf ihn zu und flüstere in sein Ohr: „Du bleibst mein Held."

Stephaton entgegnete leicht grinsend: „Natürlich, Domina."

Darauf fuhr Aquila lächelnd fort: „Nimm doch die anderen Männer und bedient euch anständig am Tisch."

Stephaton nickte lächelnd und winkte seine Männer zu sich, worauf sie sich von vier Wachsoldaten begleitend zu den Tischen begaben. Die Gäste beobachteten sie unaufhörlich, aber besonders den Sieger. Als sie die übriggebliebenen Speisen auf frischen Tellern an sich nahmen, kam plötzlich Marina mit einem riesigen Korb mit frisch vorbereitetem Essen auf sie zu und meinte: „Das habt ihr euch verdient, Stephaton. Nehmt nachher diesen Korb in den Ludus mit und genießt jetzt bitte diesen Restabend."

Marina entfernte sich lächelnd und plötzlich stand Longinus neben Stephaton und meinte grinsend: „Das war keine schlechte Leistung, du hast mich überrascht. Mau... Ich meine Jakobus, bringt dir gleich die versprochene Amphore und etwas Taschengeld, ja? Ich rede derweilen mit Rufus und Aquila, da Jakobus ja auch bald Geburtstag hat. Einer meiner Besten Freunde soll doch nicht leer ausgehen, oder?"

Dabei zwinkerte Longinus Stephaton zu und verließ die speisenden Gladiatoren. Darauf ging er auf Aquila zu, grinste sie schon von Weitem an, sie grinste noch freudiger zurück und er meinte: „Ich danke dir für diese gelungene Feier, Aquila."

Aquila erwiderte lächelnd: „Ich habe dir zu danken, Aaron. Du bist zu mir gekommen, nicht ich zu dir. Ich habe den Tag wirklich genossen und ich könnte noch den ganzen Abend zuschauen, wie er kämpft."

Longinus, weiterhin lächelnd: „Die Übungen im Ludus sind sicherlich nicht das gleiche, wenn kein Publikum zusieht und jubelt, nicht wahr? Jakobus hat aber auch bald Geburtstag und wir könnten das Ganze wiederholen. Was sagst du?"

Aquila streifte sich nachdenklich über die blonden, langen Haare und erwiderte: „Wie schon gesagt, ich könnte ihm ewig zuschauen und wir können sehr gerne alles wiederholen."

Longinus: „Nein, wir machen es noch größer als jetzt. Wir lassen einen Murmillo, Thraex oder einen Secutor gegen Stephaton antreten, oder was sonst dein Ludus so hergibt. Natürlich wird keiner verletzt und wir tragen alle Kosten."

Aquila: „Murmillo? Secutor? Aaron, ich bin neu in diesem Geschäft, also mach es mir nicht so schwer."

Longinus lächelnd: „Du sollst dir mit der Organisierung auch nicht den Kopf zerbrechen, Aquila. Lass Stephaton einfach zehn Männer auswählen und er wird es schon richtigmachen."

Aquila: „Nun gut, aber morgen sehen wir uns dennoch?"

Longinus erwiderte: „Natürlich, morgen am Mittag."

Aquila nickte freundlich und ging zu den anderen Gästen. Beim Einbruch des Abends, als die Sonne unterging und der Wein schon alle war, verließen die Gäste nach und nach die Villa und jeder verabschiedete sich persönlich von Longinus und von Aquila. Ihre soziale Stellung hatte sich scheinbar gewaltig geändert, seitdem sie den Ludus mit dem besten Gladiator besaß und jeder es nun wusste. Ihr gefiel das Ansehen auch, aber dennoch suchten ihre Blicke immer wieder gierig nach Stephaton. Als alle Gäste verschwunden waren, ging Rufus auf Aquila zu und sagte mit einer betrunkenen Stimme: „Herrin Aquila, wir sollten nun auch gehen. Ich und einige meiner Männer müssen bald den Nachtdienst antreten. Jemand beschmiert ständig die Wände vom Augustusforum und wir sollen dort Wache halten."

Aquila: „Verstehe. Dann bereitet alles für die Rückkehr in den Ludus vor und ich verabschiede mich noch von dem Gastgeber."

Aquila entfernte sich und ging auf Longinus zu, der mit Mauritius, Cassius und Stephaton bei den Tischen im Atrium stand und sich unterhielt. Sie unterbrach die Vier und sagte zu Stephaton: „Komm, mein Gewinner, es geht nachhause. Von euch verabschiede ich mich nun, aber morgen sehen wir uns ja wieder und können nebenbei den Geburtstag von Jakobus besprechen."

Stephaton blickte mit großen Augen auf Longinus und dieser zwinkerte ihm wieder lächelnd zu. Stephaton konnte sich schon denken, dass Longinus etwas plante, jedoch fragte er nicht weiter nach und verabschiedete seine Freunde nur beiläufig. Rufus ging darauf mit seinen Männern auf die Gladiatoren zu und sagte laut: „So, ab mit euch. Wenn unterwegs jemand fragt, gab es harte Arbeit, aber keinen Schaukampf. Verstanden?"

Die Gladiatoren nickten, setzten sich in Bewegung und verließen mit den Wachen die Villa, nachdem Aquila sich ebenfalls herzlich von den Villenbewohnern verabschiedete und ihnen folgte. Longinus verschloss hinter ihnen das Tor und ging zu seinen Freunden, während die Frauen derweilen mit dem Aufräumen anfingen. Als Longinus mit den Männern bald diskret reden konnte, meinte er: „Wir müssen Aquila einweihen. Ich denke, es geht nicht anders."

Mauritius ganz aufgebracht: „Was?! Und wie willst du ihr erklären, dass du unsterblich bist?"

Longinus: „Nicht das, du Trottel. Ich will bloß zugeben, dass wir verwandt sind und mit ihm desertiert sind. Ich habe ihr bereits gesagt, dass wir Consobrini sind."

Mauritius: „Wieso hast du das denn überhaupt erwähnt?"

Longinus: „Jetzt beruhige dich. Sie dachte sowieso, dass wir verwandt sind, weil wir die ähnlichen Male tragen. Zudem ist sie in Stephaton verliebt und wird ihm sicherlich nicht schaden wollen und logischerweise auch nicht seinen Verwandten, oder?"

Mauritius: „Ich hoffe du hast recht, Mann. Gut, ich helfe Marina noch etwas in der Culina, dann verschwinden wir schlafen."

Cassius: „Ja, mach du das. Ich verschwinde jetzt schon. Gute Nacht Leute."

Alle gaben einander die Hände und gingen auseinander. Cassius schlief rasch ein, wie auch Longinus. Mauritius war mit Marina noch lange wach und sie unterhielten sich noch bis spät in die Nacht, bis sie einschliefen. Die lange Feier hatte alle sehr lange ausruhen lassen und nicht einmal das Krähen der Hähne, die in den Haushalten um die Villa herum gehalten wurden, konnte sie an diesem sonnigen Morgen wecken. Longinus wachte schließlich als Erster auf und erledigte erst einmal seinen Latrinengang. Er weckte nicht die anderen, da er sich mehr auf den Besuch von Aquila vorbereitete. Er rasierte sich, wusch sein Gesicht sehr gründlich und kleidete sich frisch ein. Kurz darauf verließ er seine Stube und hörte plötzlich Klopfen am Tor und rannte beinahe dorthin. Er machte das Tor in der Erwartung auf, Aquila im Eingang zu sehen, doch es war bloß der Wasserträger, der zu Longinus sagte, während er idiotisch grinste: „Guuuuten Morgen, meeeeein Herr! Iiich bringe Waaaasser!“

Longinus enttäuscht: „Komm einfach rein und füll das Wasser in die Zisterne, ja?“

Der Wasserträger: „Ja, meeein Heeerr... Das maaaache ich, ja... Das maache ich.“

Der Wasserträger humpelte zu der Zisterne in der Culina, befüllte sie mit dem gebrachten Wasser und Longinus hielt das Tor weiterhin auf und wartete, bis der Wasserträger die Villa verlässt. Als Longinus ihm zusah, wie er langsam aus der Culina in Richtung des Tores latschte und nicht auf das Gewimmel vor der Villa achtete, sagte plötzlich eine Frauenstimme laut: „Sei gegrüßt, Hausherr!“

Longinus zuckte zusammen, blickte nach draußen durch das Tor, erblickte Aquila und sagte: „Aquila! Jetzt hast du mich aber erschreckt.“

Aquila lächelnd: „Wieso bist du so schreckhaft? Hast du etwas zu verbergen?“

Longinus erwiderte verdutzt: „Ich doch nicht. Komm doch herein. Die anderen schlafen noch und es kann ruhig so bleiben.“

In der Zeit, als Aquila die Villa betrat, kam der Wasserträger, grinste die beiden an und verließ das Anwesen, wonach Longinus hinter ihm das Tor schloss und Aquila ins Atrium geleitete. Die Tische vom Vortag waren aufgeräumt und sauber und zwei Stühle waren bereits vorbereitet, worauf Longinus Aquila fragte: „Was möchtest du trinken, Aquila?"

Aquila lächelnd: „Gewiss keinen Wein, Aaron. Es war gestern etwas zu viel. Wasser wird reichen."

Longinus ging zurücklächelnd zur Culina und holte zwei Becher, sowie eine mittelgroße Karaffe mit frischem und kühlem Wasser. Er stellte die Becher auf den Haupttisch im Atrium und befüllte beide mit dem Wasser, als der Sonnenschein gerade plötzlich das gesamte Atrium erfasste und Longinus es als den geeignetsten Augenblick empfand Aquila zu fragen: „Du musst mir versprechen, dass diese Unterhaltung geheim bleibt. Versprichst du es?"

Aquila schaute ihn einige Augenblicke an und erwiderte entschlossen: „Ich habe nicht vor, jemandem zu schaden. Ich dachte, das wüsstest du bereits?"

Longinus: „Ich wollte nur sichergehen. Es darf wirklich niemand erfahren, was ich dir jetzt erzähle."

Aquila: „Sei unbesorgt und spann mich nicht länger auf die Folter."

Longinus verstummte, schaute Aquila einige Augenblicke an und erzählte los: „Mein Name ist nicht Aaron und es gibt auch keinen Jakobus oder Jakob. Wir sind Kameraden von Stephaton und mein Name ist Longinus, der Jüngere ist Cassius und der andere heißt Mauritius. Wir sind zusammen mit Stephaton desertiert, wurden später aber getrennt, folgten ihm schließlich nach Rom und nun stehen wir hier."

Aquila lächelnd: „So, so? Freunde von Stephaton sind auch meine Freunde, aber ihr bekommt ihn sowieso nicht wieder."

Longinus, ebenfalls lächelnd: „Du kannst den Kerl gerne behalten. Wichtig ist nur, dass wir Zugang zu ihm haben."

Aquila: „Der sei euch gewährt, wieso auch nicht. Ich werde niemandem von eurer Verbindung zu Stephaton erzählen und das verspreche ich dir vor Jupiter. Ich wollte dich aber noch etwas fragen."

Longinus: „Ich höre?"

Aquila: „Ich habe gestern noch mit Stephaton über die Zukunft von meinem Ludus gesprochen. Er möchte Lanista bleiben, meinen Gladiatoren alles beibringen was er kann und sogar heute damit fortfahren. Wollt ihr zuschauen? Ich lade euch alle herzlich ein."

Longinus lächelte und erwiderte: „Ich wüsste nicht, dass wir andere Pläne hätten. Also, wenn es nach mir geht, kommen wir gerne."

Aquila: „Wunderbar! Dann erwarte ich euch nachher, wenn die Mittagssonne verschwunden ist."

Während Aquila dies aussprach, kam gerade der halbwache Cassius zu den beiden und meinte zu Longinus: „Bitte, gib mir Wasser. Mein Schädel platzt gleich."

Longinus reichte ihm lachend seinen Becher und Cassius trank ihn blitzschnell leer. Aquila schaute Cassius dabei zu und meinte zu ihm, als er fertig war: „Guten Morgen, Cassius."

Cassius wurde plötzlich vollkommen wach und schaute erschrocken die beiden abwechselnd an, da Aquila seinen echten Namen sagte, aber Longinus beruhigte ihn sofort: „Keine Sorge, Aquila wird niemandem verraten, dass wir mit Stephaton verwandt sind und mit ihm desertiert sind. Aquila hat uns auch eingeladen, die Übungen im Ludus heute zu verfolgen. Was sagst du? Stephaton leitet das Ganze auch."

Cassius positiv überrascht: „Ich habe nichts dagegen, wieso nicht? Ich lasse euch aber erstmal alleine, weil ich meinen Traum, oder besser gesagt meinen Albtraum verdauen muss."

Aquila: „Was hast du denn so Schreckliches geträumt?"

Cassius: „Ich sah in meinem Traum, wie unzählige Menschen mit Harz eingeschmiert und lebendig verbrannt wurden. Sie waren auf Pfählen festgebunden und schrien unheimlich vor Schmerzen. Es war ein wirklich schrecklicher Traum, das sage ich euch. Entschuldigt mich jetzt."

Cassius ging fort und Aquila blickte Longinus fragend an: „Wieso träumt er solche Sachen? Sind es Kriegserinnerungen?"

Longinus: „Nicht, dass ich wüsste. Cassius hat manchmal in der Tat komische Träume, aber so im Ganzen ist er ein netter Kerl. Naja, manchmal ist er noch unerträglich faul."

Aquila: „Tja, so sind die jungen Leute von heute. Wie seid ihr denn verwandt? Väterlicherseits?"

Longinus etwas zögernd: „Nein, meine Mutter hatte sechs Schwestern und Cassius ist einer der Söhne der jüngsten Schwester meiner Mutter, aber lass uns über etwas anderes reden und zwar über Stephaton. Wie stellst du dir eure Zukunft denn vor?"

Aquila erwiderte: „Ich werde ihn solange bei mir halten, wie ich nun kann, das habe ich fest beschlossen. Ich sagte dir schon, ich fühle mich auf eine merkwürdige Weise von ihm angezogen, dass es mich erschreckt und verwundert. Sei unbesorgt, er ist bei mir ebenso sicher, wie euer Geheimnis."

Longinus: „Das freut mich. Er ist wie ein Bruder für mich."

Aquila erwiderte lächelnd: „Mach dir keinerlei Sorgen, Longinus. Ich gehe nun zum Ludus und bereite euer Kommen vor. Ich hoffe, ihr bringt die entzückende Marina und die anderen Frauen mit? Ich habe nämlich ziemlich viele Kleider, die ich nicht mehr trage und wäre entzückt, wenn ich sie ihnen schenken könnte."

Longinus zurücklächelnd: „Wir nehmen sie gerne mit und ich bin mir sicher, dass das mit den Kleidern sie erfreuen wird."

Aquila: „Fantastisch! Nun entschuldige mich, Longinus."

Longinus: „Warte, ich begleite dich hinaus, danach mache ich die anderen Schlafmützen wach."

Longinus half Aquila höfflich vom Stuhl aufzustehen, geleitete sie zum Tor, machte es für sie auf und meinte: „Grüß Stephaton von uns. Ich freue mich jetzt schon auf sein Gesicht, wenn er uns überrascht erblickt. Sag ihm aber bitte nicht, dass wir kommen."

Aquila lächelnd: „Das ist eine gute Idee, ihn zu überraschen. Bis nachher, Longinus."

Aquila ging aus der Villa hinaus und verschwand bald zwischen den Römern in den Gassen, worauf Longinus das Tor verschloss und ganz laut schrie: „Hühner, aufwachen! Looos, aufwachen!"

Auch bei dem lauten Aufruf kam keiner aus seiner Stube und lediglich Cassius erhob seinen Kopf, als er wieder einmal auf der Wiese in der Sonne lag. Longinus wiederholte die Aufforderung, aber diesmal noch lauter und hörte plötzlich Mauritius aus seiner Stube schreien: „Was ist denn so wichtig!?"

Longinus ganz laut: „Ich habe eine Überraschung für euch! Kommt alle ins Atrium!"

Nach und nach kamen alle verschlafen aus ihren Stuben und Mauritius fragte ziemlich genervt, als er auf Longinus zuging: „Was für eine Überraschung?"

Longinus erfreut: „Aquila war hier und hat uns in den Ludus eingeladen."

Mauritius erwiderte: „Ach, das könnte interessant werden. Ich war noch nie in einem Ludus."

Longinus: „Wir sollen alle kommen, auch die Frauen."

Mauritius entgegnete: „Sehr schön. Ich sage gleich Marina Bescheid."

Mauritius ging rasch fort und dann kam Cassius auf Longinus zu und fragte: „Was hörte ich eben? Wir gehen heute zum Ludus? Das wird sicher interessant werden."

Longinus: „Ja, Mauritius sieht es auch so. Los, macht euch alle fertig und sag Akatia Bescheid. Ich hatte sowieso gedacht, dass ich Akatia und Celina offiziell die Freiheit wiedergebe, also wieso nicht heute bei dieser Gelegenheit. Aber lass uns sie damit überraschen, wenn wir auf dem Weg zum Ludus zu einem Verwalter gehen. Nimm unsere Papiere und die Urkunden von Akatia und Celina unauffällig mit."

Cassius: „Eine gute Idee. Sie werden sicher sehr erfreut sein. Das Leben als Sklaven hat sie sicherlich ziemlich eingeschüchtert und wie man sieht, blühen sie hier wieder auf."

Cassius unterrichtete als Nächstes Akatia über den geplanten Ausflug, ging nach diesem Gespräch in seine Stube, zog sich um und ging in die Stube, wo alle wertvollen Sachen lagerten, sowie alle wichtigen Dokumente. Er suchte alles Wichtige heraus und begab sich damit zum Atrium. Dort erblickte er Celina, die mit einem Lächeln auf ihn zukam und fragte: „Ich hörte, wir gehen zum Ludus von Aquila?"

Cassius lächelnd: „Ja, das ist wahr. Freust du dich?"

Celina zurücklächelnd: „Ja, natürlich! Aquila ist sehr nett und ich und meine Mutter mögen sie ziemlich."

Cassius erwiderte: „Nun, dann wird der heutige Tag für uns alle sehr fröhlich werden. Das Beste ist aber, dass wir diese Soldaten im Ludus nicht um uns herumhaben werden. Sie waren ja nur gestern hier, um die Gladiatoren zu bewachen. Sag deiner Mutter bitte, dass wir... Moment..."

Cassius bemerkte Longinus zusammen mit Akatia aus der Culina kommen und fragte ihn laut: „Longinus, wann sollen wir überhaupt zum Ludus?"

Longinus rief laut zurück: „Wenn die Mittagssonne vorüber ist!"

Cassius: „So, jetzt wissen wir es."

Cassius lächelte Celina sanft an und begab sich darauf ebenfalls zur Culina. Celina folgte ihm nicht, sondern ging auf ihre Mutter zu und flüsterte: „Ich bin so glücklich, Mutter. Und du?"

Akatia erwiderte lächelnd: „Ja, Tochter, ich ebenso."

Dabei blickte Akatia Longinus an und lächelte, worauf er noch intensiver zurücklächelte, da er wusste, dass die beiden heute noch eine angenehme Überraschung erwartet. Er wollte nicht, dass sein Verhalten und sein Grinsen etwas verraten und meinte zu den beiden: „Ähm, entschuldigt mich. Ich mache mich für die Feier schon mal zurecht."

Er drehte sich um, ging weiterhin grinsend zu Mauritius und als er ihn und Marina auf einer Steinbank im Atrium bei einer Konversation unterbrach, schaute ihn sein Freund an und frage: „Wieso grinst du so?“

Longinus: „Akatia und Celina freuen sich schon sehr auf die Feier und wissen dabei nicht, was sie noch erwartet.“

Mauritius überrascht: „Was denn?“

Longinus: „Ich habe vor, den beiden offiziell die Freiheit wiederzugeben und meine so richtig auf Papier. Aber sagt ihnen nichts, es soll sie überraschen.“

Marina kommentierte: „Das ist eine sehr schöne Geste und sie werden sich sicherlich sehr freuen.“

Longinus lächelte weiterhin und ging auch weitergrinsend in seine Stube, wo er sich für den Besuch im Ludus gründlich vorbereitete. Marina brachte in der Zeit Akatia und Celina viele bunte Kleider zur Auswahl und nach einer Weile waren alle wunderschön bekleidet und versammelten sich nach und nach im Atrium. Als Longinus und Cassius Akatia und Celina in der neuen Bekleidung erblickten, erstarrten sie und Longinus meinte erfreut: „Die Farben stehen euch wirklich gut, nicht wahr Cassius?“

Cassius erwiderte lächelnd: „Das kann man wohl sagen.“

Irgendwann unterbrach Akatia die Schmeicheleien leider: „Wir sind noch nicht fertig, ihr Männer. Lasst uns jetzt allein, damit wir ungestört unsere Haare zurechtmachen können. Ich habe Übung darin, da ich täglich die Harre unserer Domina schönmachen musste, allerdings brauchen wir dafür etwas Ruhe.“

Danach begaben sich alle drei lächelnd und voller Vorfreude in die Stube von Akatia und Celina und die Männer blieben im Atrium und unterhielten sich über belanaglose Dinge. Nach einer ganzen Weile ging die Tür der Frauenstube auf und die Drei kamen heraus. Akatia hatte rote und blaue Stoffstreifen in ihre Haare eingeflochten und alles passte einfach perfekt zu ihrer Kleidung. Die Harre von den anderen hatte Akatia derart zauberhaft verziert, dass Longinus und seine Freunde blitzartig aufhörten miteinander zu quatschen und die Drei wie erstarrt anschauten. Sie konnten diese Verwandlung nicht fassen und Cassius meinte: „Celina, du siehst wie eine Prinzessin aus! Ihr alle drei tut es!"

Longinus: „Das stimmt, Akatia. Ich bin wirklich fassungslos."

Cassius: „Kommt, ihr hübschen Geschöpfe und gesellt euch zu uns. Bald ist die brennende Mittagssonne vorüber und wir können aufbrechen. Ich bin schon gespannt, wie Aquila auf euch reagiert."

Longinus berichtete: „Aquila war natürlich auch gut gekleidet, aber ihre Haare waren nicht so prunkvoll wie eure. Akatia, ich sage es nochmal, ihr seid wunderschön!"

Die Frauen schienen restlos glücklich zu sein und Longinus fuhr fort: „Lasst uns lieber jetzt schon aufbrechen und bevor wir zum Ludus gehen, habe ich noch eine Überraschung für Akatia und Celina. Cassius, nimm noch ein paar dieser runden Dinger mit, du weißt schon."

Cassius nickte und begab sich rasch zu der Stube, wo das Geld lagerte, füllte dort mehrere kleine Säckchen mit Goldmünzen und verstaute sie gut unter seinen Gewändern. Währenddessen schaute Akatia Longinus an und fragte: „Was für eine Überraschung?"

Longinus grinste und erwiderte: „Wenn ich es dir jetzt verrate, wäre es keine Überraschung mehr. Warte es einfach ab."

Akatia lächelte, als Cassius zu ihnen ins Atrium kam und meinte: „Ich bin bereit und ihr?"

Longinus erwiderte: „Ich denke schon. Kommt und folgt mir."

Alle setzten sich in Bewegung und steuerten das Tor an. Longinus öffnete es, wartete bis alle hinausgingen und verschloss mit einem Schlüssel hinter ihnen und sich das Tor. Während er diesen Ausflug leitete, war Akatia an seiner Seite, Celina an der Seite von Cassius und Marina wie immer an der Seite von Mauritius. Sie liefen durch die Gassen Roms und die Leute schauten sie ständig an und viele verbeugten sich sogar vor ihnen, was allen Sechs ein gutes und sicheres Gefühl gab. Was die Leute aber auch fröhlich machte, war, dass die Sechs keinerlei Arroganz zeigten und immer freundlich zurückgrüßten. Das waren die Bürger von Edelleuten gar nicht gewohnt und die Sechs sahen jetzt nun mal aus, als wären sie Edelleute. Bald war es soweit und sie standen vor einem Verwaltungsgebäude und Longinus verkündete: „Akatia, Celina, kommt mit mir."

Akatia: „Ist das der Ludus? Ich habe ihn mir anders vorgestellt."

Longinus: „Nein, meine Liebe, das ist nicht der Ludus. Cassius, gib mir bitte die Papiere und das Geld."

Cassius übereichte ihm die gewünschten Sachen und grinste Celina dabei an. Sie schaute ihn fragend an und dann sagte Longinus zu den beiden Frauen: „Jetzt kommt die Überraschung, folgt mir. Ihr drei wartet bitte hier und hofft, dass das nicht lange dauert."

Longinus betrat das Verwaltungsgebäude und Akatia und Celina folgen ihm wie gewünscht. Als sie durch einen langen Korridor gingen, erreichten sie einen Raum, wo der Verwalter an seinem Schreibtisch fast einschlief. Longinus bemerkte dies und sagte extra laut: „Schlafen könnt ihr nachts!"

Der Verwalter ganz erschrocken: „Ich hörte euch nicht kommen, verzeiht! Was ist euer Anliegen?"

Longinus: „Dies sind meine Sklavinnen und ich schenke ihnen heute und jetzt die Freiheit. Hier die Papiere."

Der Verwalter schien nicht nur müde zu sein, sondern roch ebenfalls ziemlich stark nach Wein. Longinus nahm den Geruh wahr und wenig später war er sich sogar sicher, dass der Verwalter einfach nur besoffen war. Akatia fasste Celina plötzlich ganz fest an der Hand und ließ sie nicht los. Der Verwalter schaute mit seinem besoffenen Blick alle abwechselnd an und meinte abwertend: „Ach, schon wieder ein reicher Sack, der sich in seine Sklavin verliebt hat?"

Longinus wurde sauer, schlug mit der Faust auf den Tisch des Verwalters und sagte ganz ernst und lautstark: „Wäre ich damals im Dienst als Soldat derart besoffen vor meinem Hauptmann erschienen, wäre ich jetzt sicher nicht hier! Mach endlich deine Arbeit! Hier ein Anreiz, der die Sache hoffentlich beschleunigt."

Longinus griff in einen Geldbeutel und schmiss dem Verwalter drei Goldmünzen auf den Tisch. Erst etwas erschrocken, dann aber grinsend, nahm der Verwalter das Gold und die Papiere an sich, steckte die Münzen ein und betrachtete nun alle Dokumente, die Longinus ihm übergab. Er brauchte relativ lange, um alle Informationen durchzulesen, wonach er Longinus anblickte und entgegnete: „Ihr seid römischer Bürger. Ich verstehe, dass die beiden ebenfalls eingebürgert werden sollen?"

Longinus trocken: „Ja, natürlich."

Der Verwalter: „Ich muss aber erst ihre Geschichte kennen, ob sie nicht vielleicht zu unseren Feinden gehören oder sowas."

Akatia erzählte: „Nein, Herr. Wir stammen aus einer Provinz und dienten bisher einem Senator hier in Rom. Es wird alles in unseren Urkunden bescheinigt."

Der Verwalter: „Ihr nennt mich Herr, wo ihr doch frei werden wollt? Könnt ihr beweisen, dass ihr zum Beispiel nicht aus Germanien stammt?"

Longinus konnte das besoffene Gequatsche nicht mehr hören und griff nochmals in seinen Geldbeutel. Er holte wieder drei Goldstücke heraus, schmiss sie auf den Tisch und sagte laut: „Unsere Freunde warten draußen auf uns, außerdem hat uns jemand eingeladen. Mach schon endlich!"

Der Verwalter: „Ist ja gut, ist ja gut! Lasst mir etwas Zeit. Ich stelle die Papiere sofort aus. Wartet draußen, ich bringe sie gleich."

Der Verwalter steckte das Geld ein und fing erst dann mit der Anfertigung der Dokumente an. Longinus und die beiden Frauen begaben sich durch den Flur wieder nach draußen und als sie durch den Flur gingen, sagte Akatia zu Longinus, während sie nach seiner Hand griff: „Ich danke dir, Longinus. Du schenkst uns ein ganz neues Leben. Ich weiß nicht, ob ich das je wiedergutmachen kann."

Longinus: „Du brauchst mir nicht zu danken und musst nichts wiedergutmachen, Akatia, ihr beide nicht. Und überhaupt, die ganze Sklaverei sollte abgeschafft werden und jeder Mensch sollte frei sein.

Jetzt lasst uns zu den anderen. Ich bin wirklich gespannt, was Aquila zu euren Frisuren sagt.“

Akatia lächelte und alle drei gingen durch das Tor hinaus. Als sie die anderen sahen, sagte Longinus stolz zu allen: „Ich präsentiere euch, zwei neue Bürgerinnen Roms!“

Cassius erblickte die fast vor Glück weinende Celina und schrie: „Perfekt, das werden wir heute feiern! Ich freue mich riesig für euch!“

Longinus: „Der Verwalter macht alles noch fertig und kommt gleich mit den neuen Dokumenten für die beiden. Wir müssen uns also noch etwas gedulden, dann gehen wir zum Ludus.“

Ausnahmslos alle lächelten beglückt und warteten, bis der Verwalter nach einiger Zeit mit den Papieren endlich herauskam. Diesmal war er noch betrunkener als vorher und Longinus entriss ihm praktisch die Dokumente, begutachtete sie und stellte zum Glück keine Fehler fest. Darauf übergab er die Papiere lächelnd an Akatia und Celina und meinte: „Nun seid ihr frei und könnt tun und lassen was ihr nur wollt.“

Akatia erwiderte ganz fröhlich: „Dann lasst uns doch einfach zum Ludus gehen.“

Longinus lächelnd und ebenso überglücklich: „Na dann folgt mir einfach.“

Sie wanderten die Gassen entlang, hielten sich an den Händen und es wurde deutlich, dass Longinus Akatia zugeneigt war und Cassius Celina. Cassius dachte zwischendurch noch an seine Frau Aurelia, aber er wusste, dass es kein Zurück in sein früheres Leben mehr gab und er sich zwingen musste, mit seiner Vergangenheit abzuschließen. Ihm blieb nur die Hoffnung, dass Aurelia wenigstens wohlauf ist und er irgendwann davon überzeugt wird. Sie liefen eine Zeitlang, unterhielten sich unaufhörlich und Mauritius erzählte immer wieder Witze, über die alle lachten und irgendwann erzählte Mauritius diesen: „Ich habe noch einen: Zwei Elefanten sehen zum ersten Mal einen nackten Mann und der eine sagt zu dem anderen: Wie kriegt der eigentlich das Essen in den Mund?"

Alle lachten herrlich, aber Longinus unterbrach: „So Leute, das ist der Ludus. Klopfen wir an?"

Mauritius nickte und klopfte ans Tor, worauf ein Wachsoldat öffnete und fragte: „Seid ihr Aaron?"

Longinus erwiderte: „Ja, das bin ich und das ist meine Begleitung."

Der Wachsoldat: „Ich soll euch direkt zu Aquila geleiten, kommt."

Alle folgten dem Wachsoldaten über das Areal, aber es waren keine Kämpfer auf dem gesamten Gelände zu entdecken. Der Wachsoldat führte Longinus und seine Begleitung durch ein Eisengitter eine Treppe hinauf und dann in die Stube, wo Aquila sich aufhielt. Als sie die sechs erblickte, sprang sie auf und schrie ganz fröhlich: „Ach, da seid ihr ja endlich und seht entzückend aus! Kommt, ihr Drei hübschen, lassen wir die Männer alleine und ihr Longinus macht es euch gemütlich. Quintus, lass Stephaton hochkommen."

Der Wachsoldat Quintus erwiderte: „Ja, Herrin!"

Die Frauen gingen darauf irgendwohin und ließen die Drei zurück. Nach einigen Augenblicken kam Stephaton gefolgt von dem Wachsoldaten zu ihnen, blieb vor ihnen stehen, grinste leicht und die anderen lächelten zurück. Stephaton drehte seinen Kopf, schaute Quintus an, worauf dieser sich umdrehte, wegging und die Vier alleine ließ. Alle lächelten sich eine Zeitlang an, bis der Soldat aus ihrer Sicht war und Longinus lächelnd meinte: „Dir scheint es hier wirklich gut zu gehen, nicht wahr?"

Stephaton grinsend: „Ja, ich fühle mich wie eine Made im Speck, aber das hat seine Kosten."

Longinus: „Was meinst du?"

Stephaton weitergrinsend: „Ich war wieder die halbe Nacht wach. Ihr wisst schon, Aquila und ihre Gelüste."

Cassius: „Jetzt hör auf rum zu prahlen und sag uns wo der Wein ist."

Stephaton lächelnd: „Ich prahle nicht herum, ich sage nur, dass Aquila nicht ohne mich kann. Sie hat sich wohl in mich verliebt, schätze ich."

Longinus: „Das ist doch gut für dich. Du bist hier sicher und Tiberius kann dir nichts anhaben."

Stephaton: „Ja, das stimmt allerdings. Ihr habt Aquila erzählt, dass ihr mit mir desertiert seid und dass wir verwandt sind?"

Longinus: „Ja, Mensch. Wie sonst hätte ich ihr die Male erklären sollen? Sie kam selbst darauf, dass wir vielleicht verwandt sind, also habe ich nicht lange überlegt."

Stephaton: „Da hast du Recht, stimmt. Nun gut, kommt. Die Culina ist hier klein, aber der Weinvorrat von Casius war riesig. Jetzt also der Wein und nach den Übungen speisen wir sicherlich alle gemeinsam."

Stephaton führte die Drei darauf in die Culina und die Wachen, die die Türen und das Tor bewachten, beachteten die Vier nicht weiter und sie konnten sich frei bewegen. Die Wachen wussten zwar, dass Stephaton ein Verräter war, aber sie ehrten ihn für die Leistungen in der Arena, übten keinerlei Druck auf ihn aus und ließen ihm ziemlich viel Handlungsfreiheit. In der Culina angekommen, sagte Stephaton zu allen, als er den Wein in drei Becher einschenkte: „Was machen wir nun weiter, meine Herren? Was ist euer Plan? Ihr wisst schon, ich meine unsere Unverwundbarkeit und unsere Missionen?"

Longinus: „Wir haben keinen Plan. Der Engel sagte ja, Cassius wird uns den Weg weisen. Er sagte nicht was, wo und wann. Ich schlage vor, wir leben einfach unser jetziges Leben weiter und alles wird sich ergeben."

Stephaton wirkte nachdenklich und fragte Cassius: „Hast du denn irgendwelche mystischen Zeichen empfangen oder sowas?"

Cassius: „Wenn ich zu euch ehrlich sein soll, träume ich jeden Abend von Dingen, die ich nicht verstehe und kann sie nicht deuten. Vor allem sehe ich einen Mann mit roten Haaren und Flammen um ihn herum und darin brennen Menschen. Wie deutet ihr es? Ich kann es nämlich nicht."

Stephaton schulterzuckend: „Rothaariger Mann? Keine Ahnung."

Mauritius schüttelte ebenfalls seinen Kopf und Longinus meinte: „Ich weiß auch nicht, was uns das sagen sollte."

Stephaton: „Zerbrechen wir uns jetzt erstmal nicht den Kopf. Ich denke, es wird sich alles bald klären. Kommt, ich muss nun die Männer für die Übungen zusammenrufen. Die Mittagsonne ist vorüber und die kleinen Wölkchen bringen etwas kühlenden Wind, wie es scheint."

Stephaton drehte sich um und ging mit den anderen Drei die Treppe herunter. Sie folgten ihm in das Atrium, was zugleich auch der Platz für die Übungen war und Longinus fragte überrascht: „Hier übt ihr etwa?"

Stephaton erwiderte: „Ja, ich weiß, viel Platz haben wir hier nicht, daher möchte Aquila, dass ich hier alles verändere, eventuell vergrößere, oder noch dazu baue. Sie hat das Thema nur angeschnitten, aber sie meinte es eher entschlossen, also erwarten diesen Ludus noch viele Veränderungen. Sie will, dass dies der berühmteste Ludus Roms wird. Geht jetzt zu ihr und zu den anderen und dann kommt zu der Terrasse. Ich zeige euch, was ich den Männern noch beigebracht habe."

Longinus und die anderen gingen wieder durch das Eisengitter die Treppe hinauf und begaben sich in die Stube, aus der das Kichern der Frauen zu vernehmen war. Sie klopften erst, öffneten dann langsam die Tür der Stube und betraten sie, worauf Cassius lächelnd fragte: „Was ist so amüsant? Dürfen wir auch mitlachen?"

Akatia erwiderte: „Schaut, Aquila hat uns all diese Kleider geschenkt! Sind sie nicht wunderschön? Sowas Farbenfrohes habe ich noch nie gesehen! Dafür habe ich ihre Haare verschönert. Wie findet ihr es?“

Longinus antwortete ehrlich: „Ihr seht alle aus wie die Venus. Stimmt, Männer?“

Mauritius und Cassius bejahten es lächelnd und Aquila meinte: „Lasst uns mit diesem Wohlgefühl auf die Terrasse, meine Lieben. Hat Stephaton die Männer schon aufstellen lassen?“

Longinus erwiderte: „Ja, er ist sie holen gegangen und sagte ebenfalls, dass wir auf die Terrasse sollen.“

Aquila: „Sehr gut. Ich sage euch, dieser Ludus wird der beste in ganz Rom werden! Ach was, der Beste in ganzem Imperium!“

Longinus entgegnete: „Das hat uns Stephaton auch schon erzählt. Wenn der Ludus der berühmteste sein sollte, könnte der Kaiser Stephaton nicht dafür vielleicht die Freiheit schenken?“

Aquila lächelnd: „Für mich ist er kein Sklave, das wisst ihr. Eine Pflicht hat er aber dennoch und zwar in der Arena zu siegen und zu überleben. Wenn er das tut, wird er irgendwann sicher ein freier Mann werden, auch ohne die Gnade von Tiberius.“

Longinus erwiderte: „Das wird er mit Sicherheit gut meistern und mit seinen Erfahrungen wird er es auch sicher schaffen. Ich kenne wirklich niemanden, der so gut kämpft und vor allem imponierte er jedem in den Schlachten mit seinem Mut. Ehrlich gesagt, versuchte ich immer an seiner Seite zu bleiben, um die Schlachten überhaupt zu überleben. Das habe ich ihm nie erzählt, aber das werde ich eines Tages noch.“

Aquila: „Wenn ihr heute nichts vorhabt, dann können wir uns nachher eure Geschichten anhören, was meint ihr? Wisst ihr, Stephaton ist ein guter Zuhörer, aber er erzählt nicht viel von sich. Vielleicht öffnet er sich, wenn wir uns alle zusammen Geschichten erzählen?“

Longinus erwiderte lächelnd: „Wir haben eigentlich nichts vor, auch in den nächsten Tagen nicht, denke ich.“

Aquila entgegnete erfreut: „Wunderbar! Dann kommt nun alle zur Terrasse. Akatia, kommt."

Alle sechs folgten Aquila in der oberen Ebene den Flur entlang und man konnte feststellen, dass dieser Teil des Anwesens bedeutend schöner gestaltet war. Überall waren Statuen aufgestellt, an den Wänden brannten schön verzierte Fackeln und alles war mit bunten Stoffen ausgekleidet. Vor allem die Frauen bestaunten alles intensiv, bis sie die Terrasse betraten. Dort angekommen, erblicken sie unten im Atrium die Gladiatoren, die sich scheinbar gerade warm machten und mit ihren hölzernen Übungsschwertern herumfuchtelten, bis Aquila plötzlich dreimal laut in ihre Hände klatschte und laut rief: „Männer, begrüßt unsere Gäste! Sie werden euch bei den Übungen heute zuschauen. Stephaton, fangt an!"

Stephaton ließ alle Männer in einer Reihe aufstellen und verkündete laut und mimisch: „Die nächste Lektion wird heute sein, wie ihr eure Furcht überwindet, Männer! Das ist wichtig, damit ihr alles im Kampf wahrnehmen könnt und angemessen reagiert. Ich hatte früher auch diesen verdammten Tunnelblick und Angst! Ich war so auf meinen Gegner fixiert und auf sein Schwert, dass ich den anderen von meiner Linken nicht kommen sah, was mich fast meinen linken Arm gekostet hätte! Also ihr seht, Männer, die Furcht ist der Feind, den ihr zuerst besiegen müsst! Nun bildet Paare und fangt an!"

Alle Männer begannen mit den Übungen und der feine Sand des Atriums wirbelte stark auf, aber Stephaton konnte dennoch jeden Gladiator gut beobachten. Hin und wieder kam er auf den einen oder den anderen Gladiator zu, um ihm seine Fehler aufzuzeigen und währenddessen ließ Aquila von ihren Bediensteten Speisen und Getränke bringen. Marina hatte es vor allem auf die Trauben abgesehen und fragte Aquila: „Aquila, sind das nicht Vitis Vinifera? Falls ja, wieso sind so klein?"

Aquila lächelnd: „Ich weiß, was du sagen willst, meine Liebe, ich habe eure Trauben gesehen. Diese hier sind vom Markt und die

Idioten pflücken sie immer viel zu früh, aber sie schmecken eigentlich ganz gut. Bedient euch nur und genießt das Spektakel. Sieht das alles nicht einfach überwältigend aus?"

Longinus erwiderte: „Ich muss zugeben, Stephaton hat sich in dieser Rolle wiedergefunden und die Männer respektieren ihn."

Aquila entgegnete: „Das stimmt. Alle Zahnräder passen hier wunderbar ineinander und keiner macht hier Ärger oder sowas. Lasst sie noch etwas üben, dann gönnen wir ihnen eine Pause."

Alle lenkten ihre intensiven Blicke wieder auf die Gladiatoren, während Stephaton besonders vier Männer im Blick hatte, denen die Puste wegzubleiben schien und drei andere, die besonders hartnäckig kämpften und schrie irgendwann laut: „Wechselt nun eure Gegner! Und ihr vier, du, du, du und du da... Kommt zu mir!"

Die Vier, die keine Ausdauer zu haben schienen, stellten sich vor Stephaton auf und er fragte: „Was ist los? Bleibt euch etwa die Luft weg?"

Der Erste von ihnen erwiderte: „Herr, ich habe mein halbes Leben in einer Schreibstube verbracht und bin diese Anstrengungen einfach nicht gewohnt."

Stephaton: „Wie ist dein Name und wieso bist du hier?"

Der Mann erwiderte: „Ich heiße Vinitius, Herr. Ich habe etwas Geld abgezweigt und das hier ist meine Strafe."

Stephaton entgegnete: „Es muss aber keine Strafe werden. Nun gut, ich denke mir etwas aus, damit ihr Ausdauer bekommt. Du da, ganz rechts, wie ist dein Name?"

Der Gladiator ganz rechts erwiderte: „Kean heiße ich, Herr!"

Stephaton: „Kean, du bist einfach zu fett und du, Vinitius, bist auch nicht gerade schlank. Ab sofort bekommt ihr den ganzen Tag nichts zu essen, erst am Abend. Dann könnt ihr aber essen, wie viel ihr vertragt und trinken werdet ihr weiterhin wie gewohnt. Ihr werdet sehen, nach drei Monaten ist das Fett weg. Ich unterweise nachher die Bediensteten, wie sie euch zu ernähren haben. So, ihr vier werdet erstmal einige Runden um die kämpfenden Männer laufen und wenn euch die Luft wegbleibt, lauft einfach nur langsamer. Los!"

Die Vier fingen sofort an, im Atrium herumzulaufen, worauf Longinus auflachte und zu den anderen meinte: „Das hat Stephaton richtig erkannt. Ich habe es auch bemerkt, dass die keine Ausdauer haben und im echten Kampf ist sowas einfach nur tödlich."

Nach einer Weile stand Aquila irgendwann auf, klatschte dreimal laut in ihre Hände und rief von der Terrasse aus zu Stephaton: „Lass die Männer jetzt pausieren, Lanista! Sie sollen trinken, sich etwas ausruhen und du komm bitte hoch."

Stephaton nickte, begab sich durch die Gittertür nach oben und kein Wachsoldat folgte ihm. Es war nicht üblich, dass ein Verurteilter sich derart frei bewegen konnte, aber Stephaton betrat rasch die Terrasse. Als Longinus ihn erblickte, stand er von seinem Stuhl auf, fing an zu klatschen und meinte: „Das machst du gut, für einen so alten Knacker."

Stephaton erwiderte lächelnd: „Vorsicht, Aquila ist nur etwas jünger als ich. Jetzt lasst mich etwas trinken und bleibt mir bloß mit diesem Wein weg. Hinterher rede ich ebenso blödes Zeug wie Longinus."

Alle lachten auf und eine Bedienstete von Aquila füllte sofort einen großen Becher mit Wasser, übergab ihn Stephaton und er meinte: „Ich danke dir. Aquila, ich habe eine gute Idee, wie wir den Männern die Furcht vor dem Kämpfen nehmen können."

Aquila lächelnd: „Wir hören gespannt zu."

Stephaton: „Wir holen Belathor hierher, meinen Hund!"

Aquila verwundert: „Du hast einen Hund?"

Stephaton: „Aber ja, du hast ihn bereits in der Arena gesehen."

Aquila: „Ach, das war dein Hund und daher die lustige Vorstellung, als er dich abgeleckt hat? Jetzt verstehe ich."

Stephaton: „Genau. Also, jeder der Männer stellt sich auf und ich gebe Belathor den Befehl zu Angriff. Sie werden darauf mit ihrer Angst kämpfen müssen und Belathor wird den Verlierer entlarven. Er erkennt, wenn ein Mann Angst hat und zerfleischt er ihn, wenn ich den Befehl dazu gebe. Bleibt ein Mann aber mutig, macht Belathor nichts."

Longinus: „Das stimmt, Aquila, und es ist eine sehr gute Idee. Er wird den Männern damit die Kontrolle über ihren Mut beibringen und Mut und Unerschrockenheit sind im Kampf das Wichtigste."

Aquila überlegte kurz und entgegnete: „Nun, gut, ich glaube euch und versuche deinen Hund aufzutreiben, aber wo soll ich anfangen zu suchen?"

Longinus: „Unsere Legion wurde aufgelöst, als Belathor praktisch einer unserer Kameraden war, aber wir durften ihn dennoch nicht behalten. Der Hund ist für Rom ebenso ein Werkzeug, wie unsere Schwerter, die wir auch abgeben mussten, daher denke ich, dass die Hunde jetzt für die Kämpfe benutzt werden und du in der Arena nachfragen solltest."

Aquila: „Gut, dann gehe ich gleich morgen früh dorthin."

Stephaton erwiderte zufrieden: „Gut. Du wirst sehen, Aquila, mein Plan wird schon aufgehen. Ich gehe jetzt wieder, weil ich für heute noch einige Übungen mit Gewichten geplant habe, die die Männer kräftig machen sollen. Ach, Aquila, eines noch."

Aquila: „Was denn?"

Stephaton: „Wird dich Tiberius auffordern, ihm Gladiatoren zur Verfügung zu stellen, dann sollten die Drei dort auf jeden Fall dabei sein. Sie sind schon so weit, um sich den stärksten Gegnern zu stellen und ich wette mit euch, dass sie die Belathor-Prüfung bestehen."

Stephaton zeigte Aquila vorsichtshalber die Drei von der Terrasse aus und sie nickte, worauf er jeden freundlich anlächelte und wieder herunter zu seinen Männern ging. Im Atrium angekommen, sagte er laut: „Männer, lasst uns nun ein paar Gewichte stemmen! Benutzt dafür die Holzbalken dort in der Ecke. Eure Muskeln sollen prall werden und glänzen, wenn ihr eure Gegner in der Arena niederstreckt. Nun fangt an!"

In diesem Augenblick, als Aquila und ihre Gäste sich auf die Gladiatoren konzentrierten, betrat Aquilas Bedienstete die Terrasse und sagte zu ihr: „Domina, eine Nachricht von Kaiser Tiberius ist soeben eingetroffen. Bitte."

Aquila schaute überrascht und meinte: „Danke, Tullia. Bitte hole noch Wein, ja?"

Tullia nickte freundlich und ging von der Terrasse, worauf Aquila zu allen sagte: „Kaum spricht Stephaton es aus und schon passierte es. Wartet, ich lese die Nachricht eben durch."

Aquila las die Nachricht und es schien, als würde sie ihre gute Laune verlassen. Sie haute mit ihrer rechten Hand auf ihr rechtes Knie und sagte leicht wütend: „Er plant ab Montag eine Reihe von Spielen und ich soll am Montag fünf Kämpfer liefern. Ratet mal, wer darunter sein soll: Stephaton! Er lässt einfach nicht locker."

Longinus ganz entspannt: „Mach dir keine Sorgen, Stephaton wird schon nichts geschehen."

Aquila: „Ihr wisst, dass Stephaton mir sehr wichtig ist, aber ich will ebenso wenig einen der anderen für die Spielchen von Tiberius opfern. Wenn einer stirb, bekomme ich einen Beutel voller Gold, heißt es, aber davon habe ich genug. Mir macht es einfach Spaß, diesen Ludus zu betreiben und die Männer erfüllt zu sehen."

Longinus entgegnete: „Es war doch klar, dass Tiberius unzufrieden sein wird, dass du den Ludus aufgekauft hast und dass er versuchen wird, ihn auf eine legale Weise zu zerstören. Sorg dich nicht, Stephaton wird schon wissen, wie er die anderen auf die Kämpfe vorbereitet. Es bleiben ja noch sechs Tage und er wird bis dahin genügend Kraft in die Männer gespeist haben."

Aquila: „Ich hoffe, du behältst Recht. Auf jeden Fall sollen die Drei mit ihm gehen, die er soeben erwähnte und einen muss er noch finden."

Longinus beruhigend: „Er findet bestimmt noch einen, da bin ich mir sicher."

Aquila plötzlich: „Ich habe dazu eine gute Idee! Ich setzte gleich eine Nachricht an Tiberius auf und sage ihm, ich liefere ihm die Männer, wenn er mir Belathor überlässt. Ich sage ihm einfach, dass wir eine Katzenplage haben, die wir erstmal bekämpfen müssen."

Longinus lachte auf und entgegnete: „Ein sehr schlauer Einfall, gefällt mir."

Alle lachten und auf Aquilas Gesicht erstrahlte wieder ein Lächeln. Alle unterhielten sich noch eine Zeitlang und tranken genüsslich Wein, bis Aquila irgendwann meinte: „Ich denke, die Männer haben jetzt genug geübt und haben reichlich Hunger."

Darauf stand sie von ihrem gemütlichen Stuhl auf, klatschte dreimal in ihre Hände und rief ins Atrium: „Stephaton, es reicht für heute! Schick die Männer ins Badehaus und dann sollen sie reichlich speisen."

Aquila fing an zu klatschen und die anderen auf der Terrasse ebenfalls, als die Gladiatoren zufrieden heraufblicken. Man konnte sehen, dass sie zufrieden mit ihrer neuen Domina waren und wie sie mit ihnen umging. Kurz darauf begaben sich alle heiter zum Badehaus und Stephaton ging hoch zu den anderen und betrat rasch die Terrasse. Daraufhin drückte ihm Aquila die Nachricht von Tiberius in die Hand und meinte: „Läse dir das mal durch."

Stephaton las alles schnell und kommentierte belustigt: „Schön, endlich mal wieder etwas Spaß!"

Longinus, Cassius und Mauritius lachten auf und Longinus meinte lächelnd: „Siehst du Aquila, er macht sich nichts draus."

Stephaton: „Ich nehme die Drei und den Nordafricaner Akono mit. Ich denke, sie haben es drauf und ich werde in den kommenden Tagen intensiver mit ihnen üben. Ich bin nur gespannt, was sich Tiberius für uns ausgedacht hat. Wie auch immer, Longinus, vergesst bloß nicht zu wetten."

Die vier Männer lachten und die Frauen grinsten nur unwissend, worauf Aquila kurz unterbrach und ihre Bedienstete rief: „Tullia!?"

Ihre Dienerin kam rasch auf die Terrasse und fragte: „Ja, Domina?"

Aquila: „Bereite in meiner Stube bitte Pergament und etwas zu schreiben vor."

Tullia lächelnd: „Natürlich, Domina."

Darauf schaute Aquila die anderen an und meinte: „Entschuldigt mich. Ich setze die Nachricht eben auf und lasse sie sofort zu Tiberius bringen. Es wird nicht lange dauern, versprochen."

Alle nickten und Aquila ging zu ihrer neuen Schreibstube, worauf Stephaton nach seinem Becher griff, ihn diesmal mit Wein füllte und meinte: „So, jetzt darf ich wohl auch."

Die Anderen lächelten, als Stephaton den Becher schnell leer getrunken hatte und darauf meinte: „Seid mir nicht böse, aber der Sand klebt an mir und ich sollte ebenfalls zum Badehaus. Ihr bleibt doch noch etwas hier, hoffe ich?"

Longinus erwiderte: „Ja, natürlich, uns ruft keine Pflicht. Geh nur."

Stephaton griff nach einigen Trauben, tunkte noch etwas frisches Brot ins Olivenöl in einer riesigen Schale und entfernte sich lächelnd. Unterwegs vertilgte er hastig das Brot und traf im Korridor Aquila, die wiederrum zur Terrasse eilte und leicht enttäuscht fragte: „Wo willst du denn hin?"

Stephaton erwiderte: „Ich brauche wohl selbst auch ein Bad, glaube ich, geselle mich lieber zu den Männern ins Badehaus und informiere schon mal die Vier, damit sie sich jetzt schon auf Montag vorbereiten. Ich bin gespannt, wie sie überhaupt reagieren."

Aquila nickte, rauschte zu den anderen und als sie bei ihnen angekommen war, meinte sie lächelnd: „So, ratet mal, welche Bedingungen ich noch gestellt habe."

Longinus etwas ernst: „Es ist nicht gerade weise, Tiberius Bedingungen zu stellen."

Aquila: „Mach dir keine Sorgen, ich kenne Tiberius gut. Er wuchs mit meinem Mann praktisch auf und sie waren einst dicke Freunde.

Glaub mir, ich kann mir bei Tiberius einiges erlauben, aber das ist jetzt hier nicht das Thema. Wollt ihr wissen, was ich noch gefordert habe?"

Longinus entgegnete lächelnd: „Ich bin gespannt."

Aquila: „Meine erste Forderung war natürlich Belathor und die zweite, dass ich in der Loge mit meinen Freunden sitzen darf, wenn die Spiele im Circus stattfinden und meine Männer kämpfen. Er wird zustimmen, er braucht immer Gesellschaft bei den Spielen, das weiß ich. Tullia überbringt ihm wahrscheinlich in diesem Augenblick in Begleitung zweier Soldaten die Nachricht, also werden wir gleich erfahren, ob er einverstanden ist. Lasst uns in der Zwischenzeit den Abend weitergenießen."

Alle stimmten nickend zu und unterhielten sich ein ganzes Weilchen über alles Mögliche. Die Weiber redeten hauptsächlich über Kleidung und die Männer seltsamerweise über Kaninchenbraten. Die Frauen hörten der lauten Unterhaltung der Männer hin und wieder zu und lächelten darüber, als Longinus ganz ernst zu Mauritius sagte: „Du musst den Hasen am besten mit Äpfeln vollstopfen, nicht mit Birnen!"

Mauritius erwiderte empört: „Meine Mutter hat immer Birnen verwendet und dazu noch frischen Rosmarin. Äpfel? Du hast doch keine Ahnung!"

Longinus noch empörter: „Äpfel und Zimt, ich sag es dir!"

Die Frauen lachten die beiden darauf sprichwörtlich aus, während Longinus und Mauritius es bemerkten und gezwungenermaßen mitlächelten, womit der Streit um die Kochkünste seltsamerweise vom Tisch war. Kurz darauf erschien wieder Stephaton und verkündete stolz und laut: „Die Männer sind bereit und freuen sich sogar darauf! Vor allem der Sarmatia Pogoria freut sich besonders. Ich frage mich, wieso Casius Augustus ihn nie eingesetzt hat."

Longinus fragte: „Was sind denn ihre Kampftechniken?"

Stephaton: „Akono ist ein Retiarius, kämpft vor allem mit dem Dreizack und seinem Fangnetz und ist darin wirklich hervorragend.

Die anderen nutzen den Gladius und alle Vier sind sehr gut, aber in sechs Tagen werden sie unbesiegbar sein, das werdet ihr sehen. Nun lasst mich was essen, ich verhungere gleich."

Stephaton nahm Platz, stopfte sich so richtig voll und als er gerade speiste, erschien Tullia auf der Terrasse und übergab Aquila zügig eine Schriftrolle. Aquila entfaltete sie hektisch, las leise den Inhalt und ein breites Grinsen erstrahlte in ihrem Gesicht, worauf sie erfreut berichtete: „Er ist einverstanden! Das freut mich! Plant also nichts für den nächsten Montag, ja?"

Longinus: „Aber natürlich nicht! Großartig, ich freue mich auch schon darauf."

Alle freuten sich und amüsierten noch bis spät in die Nacht hinein. Sie lachten, speisten gelegentlich und tranken sehr viel Wein. Die Gladiatoren hatten auch einen gemütlichen Abend, da Aquila es ausnahmsweise erlaubt hatte, ihnen etwas Wein und großzügige Speisen zu bringen. Der Abend war für alle einfach nur schön und als der Himmel schon stockduster wurde, meinte Cassius irgendwann: „Meine Freunde, so herrlich der Abend auch ist, muss ich jetzt in meine Federn."

Longinus entgegnete: „Ja, du hast Recht. Es ist schon spät, Aquila, und den Restabend überlassen wir gerne euch beiden."

Marina fügte darauf noch schnell etwas hinzu: „Mauritius weiß es noch nicht, aber ich hatte vor, morgen unsere Trauben zu pflücken, um unseren Wein daraus zu machen. Besuche uns doch morgen einfach, dann zeige ich dir, was mir mein Vater beigebracht hat. Seinen Wein lieferte er sogar an Tiberius persönlich und er war davon immer derart begeistert, dass er ihn niemals mit anderen teilte."

Aquila erfreut: „Sehr gern und danke für die Einladung, meine Liebe. Ich danke euch allen für diesen wundervollen Abend, den ich nicht vergessen werde. Lasst mich euch zum Tor begleiten."

Aquila geleitete die Sechs zum Tor, nachdem sie sich herzlich von Stephaton verabschiedet haben. Am Tor drückte jede der drei Frauen Aquila freundschaftlich, gab ihr einen Wangenkuss und nachdem sich alle von ihr verabschieden haben, begaben sie sich durch die dunklen Gassen zu ihrer Villa. In der Villa angekommen, verkündete Marina ausdrücklich, während sie Mauritius an der Hand zerrte: „So, ihr Lieben. Wir verschwinden nun und wünschen euch eine erholsame Nacht."

Longinus blickte lächelnd Cassius an, dann Akatia und Celina und alle wussten, dass bei dieser Menge Wein der Abend für die beiden frischverliebten noch nicht enden würde. Akatia und Celina verabschiedeten sich darauf von Longinus und Cassius und gingen in ihre Stube. Danach schaute Longinus Cassius an und meinte: „Na das wird ja ein Spaß, mit Tiberius in der Loge zu sitzen. Meinst du, es ist eine gute Idee dann noch zu wetten?"

Cassius verwundert: „Wieso nicht? Willst du etwa nur zuschauen und jubeln? Ich sage dir, wir wetten, denn schließlich ist das unser Recht."

Longinus: „Nun gut, aber das ist das letzte Mal. Ich meine, Geld haben wir mehr als genug und ich will nicht, dass jemandem etwas auffällt, verstehst du?"

Cassius erwiderte: „Ist ja schon gut, Mann. Ich trinke noch etwas, dann gehe ich schlafen."

Longinus: „Ja, schlaf gut und bis morgen."

Longinus ging darauf in seine Stube und Cassius erstmal zu der Culina. Dort füllte er einen großen Becher mit Wein, begab sich damit zum Atrium, setzte sich auf eine der Steinbänke und bewunderte den klaren Sternenhimmel. Der Becher wurde zu schnell leer und Cassius füllte ihn erneut in der Culina auf. Er taumelte schon ziemlich müde zurück und sagte zu sich selbst, als er wieder herauf zu den Sternen blickte: „Ist der Mond nicht eine perfekte Kugel? Doch, das ist er."

Eine Weile noch schaute er hinauf und schlief langsam auf der Bank ein. Er war mittlerweile so müde, dass er keine Kraft mehr aufbringen wollte, zu seiner Stube zu gehen und als er am Einschlafen war, dachte er sich und grinste: „Auf dieser Bank werden mich die Schnecken bestimmt nicht überfallen."

Das waren seine letzten Gedanken, als er darauf tief einschlief, fast die ganze Nacht schnarchte und am nächsten Morgen wieder von lautem Gelächter geweckt wurde. Es war hauptsächlich Longinus, der laut meinte, als Cassius seine Augen öffnete: „Du bist ein Idiot! Du hast wieder nicht an die Schnecken gedacht!"

Cassius noch ganz verschlafen: „Klar habe ich das. Deshalb schlief ich ja auf der Bank."

Longinus entsetzt: „Schau dich nur an, die Dinger klettern doch überall hoch. Mach dich mal sauber! Marina möchte mit dir reden und ich gehe mit Mauritius derweilen zum Markt."

Longinus drehte sich um und ging zu der Stube, in der das Geld lagerte und in der Mauritius bereits auf ihn wartete. Cassius stand darauf von der Sitzbank auf, betrachtete seinen Körper und erblickte wieder einmal unzählige Schnecken auf ihm haften, die er hektisch abschüttelte und dabei ordentlich fluchte. Als Longinus und Mauritius aus der Stube kamen und dies sahen, lachten sie Cassius nur noch herzhaft aus, wodurch er noch wütender wurde, da er noch viele dicke Schnecken auf seinem Rücken spürte, aber nicht wusste, wie er sie runter bekommen soll. Longinus und Mauritius verließen dennoch weiterhin lachend die Villa und kurz darauf kam Marina lächelnd auf Cassius zu und meinte: „Lass mich dir doch helfen, Cassius. Wieso nimmst du nicht einfach eine Decke oder schläfst besser in deiner Stube?"

Cassius ganz dankbar: „Du hast Recht, Marina. Nun, ich schätze, wir Männer sind manchmal nur Holzköpfe."

Marina lachte und fragte darauf: „Kannst du nachher etwas für mich tun?"

Cassius enthusiastisch: „Aber natürlich! Was denn?"

Marina erwiderte: „Wir wollen heute all die Trauben pflücken. Hilfst du uns dabei?"

Cassius weiterhin begeistert: „Gerne! In Ostia haben wir auch Trauben angebaut und zu dieser Jahreszeit immer gepflückt. Das mache ich wirklich gerne, aber wie man Wein daraus macht, habe ich keine Ahnung."

Marina lächelnd: „Lass das einfach meine Sorge sein, mein Lieber, mein Vater hat mir genug über die Weinherstellung beigebracht. Du wirst sehen, es wird der beste Wein, den du jemals getrunken hast. Ich habe Longinus und Mauritius gebeten, einige leere Amphoren und einen riesigen Holzbehälter vom Markt zu besorgen, wo wir die Trauben ausquetschen werden. Zu dem Saft gebe ich noch eine geheime Kräutermischung hinzu, die dem Wein seinen charakteristischen Geschmack verleiht. Du wirst sehen, sowas hast du noch nie getrunken."

Cassius erwiderte: „Du machst mich wirklich neugierig, Marina. Wann ist der Wein denn fertig?"

Marina: „Es dauert mindestens eine Woche, aber je länger er lagert, desto besser wird er natürlich. Ach, würdest du im Keller der Speisekammer bitte nachschauen, ob dort überhaupt genügend Platz zum Lagern ist? Der Wein muss dort nämlich kühl verweilen."

Cassius entgegnete: „Selbstverständlich, mache ich sofort, aber lass mich bitte richtig wach werden."

Marina lächelnd: „Natürlich, lass dir Zeit."

Cassius drehte sich und wollte gerade zur Latrine, doch er drehte sich erneut und fragte Marina: „Sag mal, denkst du, dass der Mond eine Scheibe ist wie die Erde, oder eher eine Kugel?"

Marina erwiderte verwundert: „Ich weiß es nicht. Wie kommst du darauf?"

Cassius: „Ich habe mir gestern Gedanken darüber gemacht und als ich einschlief, träumte ich von Kugeln in den Sternen und einem Kerl namens Copernikus. Er erzählte in meinem Traum von acht Planten, von runden Planeten und unsere Erde sei eine davon. Verzeih, ich träume momentan wirklich komische Sachen. Ich mache mich erstmal zurecht, dann schaue ich mir sofort den Keller an."

Marina lächelnd: „Ich danke dir."

Cassius ging darauf zu der Latrine, erledigte sein kleines und großes Geschäft und begab sich zu seiner Stube, wo er sich frischmachte und umzog, da seine Gewänder zerknittert und vollkommen mit dem Schleim der Schnecken überbedeckt waren. Unterwegs roch er bereits das anstehende Mittagessen und der Speichel in seinem Mund mengte sich, als er plötzlich den Duft des gebratenen Fleisches wahrnahm. Seine Vorliebe war nämlich Rindfleisch, wonach es gerade duftete und er legte sofort einen Schritt zu und eilte zu der Culina. Dort traf er auf Akatia und Celina und fragte: „Was bratet ihr da? Es riecht köstlich!"

Akatia erwiderte lächelnd: „Celina macht einen köstlichen Gemüsesalat und ich brate Rindfleisch."

Cassius ganz beglückt: „Das riecht einfach nur herrlich und lecker!"

Akatia erwiderte erfreut: „Ich habe Fleisch auf diese Art und Weise immer für meinen Mann zubereitet und es einfach nur mit Salz und Pfeffer gewürzt. Das Besondere ist aber, dass ich aus Milch die Fette gewinne und das Fleisch einfach darauf brate. Ich sage dir, es ist sehr gesund und das Gemüse, was Celina gerade zubereitet, macht das Mahl einfach perfekt."

Cassius entgegnete lächelnd: „Ich kann es nicht abwarten, ehrlich, aber davor muss ich den Keller im Auftrag von Marina noch auf Lagerkapazitäten prüfen."

Cassius atmete den herrlichen Geruch noch mehrmals demonstrativ ein und widmete sich seiner Aufgabe. Darauf verließ er die Culina und begab sich wieder zum Atrium, um Marina die positive Nachricht zu überbringen. Sie hatte jedoch schon damit angefangen, die reifen Trauben zu pflücken und Cassius unterstützte sie sofort tatkräftig mit und machte es sogar sehr geschickt. Innerhalb kürzester Zeit waren bereits alle Sträucher abgepflückt und vier riesige Körbe waren voll mit prallen Trauben. Marina schaute sich die Ernte an Ende stolz an und meinte: „Erstaunlich, Cassius. Nicht einen Stiel sehe ich an den Trauben. Die meisten Männer reißen die Trauben einfach nur ab und achten nicht darauf, ob die Stiele noch dran sind. Das verdirbt nämlich später den Wein und macht ihn oft säuerlich."

Cassius erwiderte grinsend: „Ich sagte ja, pflückte kann ich, aber ehrlich gesagt, ist eure Züchtung hier einfach nur der Hammer, so riesig und fest die Trauben sind."

Marina erwiderte: „Es ist nicht verwunderlich, da mein Vater die Samen der Trauben aus einem weit entfernten Land mitgebracht hat und sie mit den hiesigen gekreuzt hat. Das war zu dem Zeitpunkt, als ich noch nicht mal auf der Welt war."

Während die beiden das Gespräch führten, öffnete sich das Tor der Villa und Longinus machte es beidseitig breit auf. Mauritius betrat das Gelände als Erster und zog einen Esel hinter sich her, der wiederum einen Karren zog, der mit einem riesigen Behälter aus Holz beladen war, der wohl für die Weinproduktion vorgesehen war. Hinter ihm betrat ebenfalls Longinus mit einem Esel das Gelände, der wiederrum einen Karren mit sechs großen Amphoren zog, worauf Cassius belustigt vom Atrium aus schrie: „Letztens habt ihr mich ausgelacht, dass ich einen Esel besorgt habe und nun schleppt ihr gleich zwei an?"

Longinus schrie lächelnd zurück: „Die sind nur ausgeliehen, mein Freund, nur ausgeliehen."

Longinus und Mauritius lachten weiter, während sie die Esel ins Atrium zogen, wo die riesigen Körbe mit den gepflückten Weintrauben standen. Alle packten darauf gemeinsam mit an und entluden die Karren. Die Amphoren waren nicht schwer, aber bei dem riesigen Holzbehälter hatten sie Schwierigkeiten und erst als Cassius anpackte, kriegten sie ihn endlich von dem Karren. Sie stellten ihn auf eine der breiteren Steinbänke, da Marina dies so wollte und meinte: „So, Männer, hier steht er stabil und jetzt fehlt nur noch ein Loch, wo der Saft der Trauben abfließen kann. Kümmert ihr euch darum?"

Cassius erwiderte als Erster: „Ich kümmere mich darum und schlitze einen hinein. Wie groß soll er denn werden?"

Marina entgegnete: „So in etwa wie dein Daumen. Vorher muss der Boden des Behälters aber noch mit Stroh bedeckt werden. Es dient als eine Art Filter und so wird der Saft der Trauben gut abfließen. Sagt mal, habt ihr an das Stroh überhaupt gedacht?"

Longinus: „So ein Mist, ganz vergessen! Cassius, bring bitte mit Mauritius die Esel weg und denkt an das Stroh, ja?"

Cassius lächelte und erwiderte: „Machen wir, bevor die Viecher sich noch an unserem Gras zu schaffen machen."

Da lachte Mauritius auf und meinte: „Stimmt, wir sind ja nicht in der Wüste, nicht wahr, Longinus?"

Die Männer lachten nun alle, da sie sich an die Situation mit dem Esel auf der Reise noch gut erinnerten. Cassius packte darauf die Leine und geleitete einen Esel hinaus, worauf Mauritius ihm mit dem anderen Tier folgte. Marina begutachtete mit einem stolzen Lächeln nochmals die gesammelten Trauben und rief nach Longinus. Nicht nur er kam zu ihr, sondern auch Akatia und Celina, und als sie zusammen die Trauben bewunderten, fragte Marina: „Akatia, nachdem wir gespeist haben, helft ihr mir die Trauben zu stampfen?"

Akatia: „Wie macht man das denn? Sowas habe ich noch nie gemacht. Ich habe nur gehört, dass man einfach mit den Füßen rein soll und drauf trampeln muss. Stimmt das?"

Marina lächelnd: „Ja, so einfach ist es tatsächlich. Natürlich sollten wir uns vorher gründlich unsere Füßchen waschen und dann rein mit uns in den Behälter. Das macht einen Riesenspaß, ihr werdet sehen. Ich bereite schon mal die Kräutermischung zu, bevor Cassius und Mauritius mit dem Stroh zurückkehren. Kommt mit, ich zeige es euch."

Marina griff Celinas Hand und zog sie lächelnd zu der Culina und Akatia folgte. In der Culina angekommen, meinte Marina: „Das Rezept stammt von meiner Mutter und ist ein Geheimrezept unseres Stammes. Bitte gebt es nicht weiter."

Akatia: „Nein, werden wir natürlich nicht, aber ich habe ehrlich gesagt noch nie gehört, dass man einen Wein wie eine Suppe würzt."

Marina erwiderte: „Meine Mutter nannte es daher einen Gewürzwein und die Zutaten dafür sind hier schwer zu bekommen. Wir machen die Mischung aber noch etwas schärfer. Schaut her, wir müssen diese trockenen und scharfen Schoten, die wir aus Asien mitbrachten, ganz fein zermahlen und das gleiche machen wir dann mit dem Ingwer. Er ist auch leicht scharf und verleiht dem Wein hinterher seinen charakteristischen Geschmack. Leider haben wir keinen Honig, womit die Schärfe sanfter werden könnte."

Celina plötzlich: „Doch, doch, wir haben Honig. Zumindest habe ich ihn hier irgendwo gesehen. Wartet, ich suche ihn mal."

Marina erwiderte erfreut: „Wenn du ihn findest, wird der Wein perfekt. Mein Vater brachte den Wein immer Tiberius und er trank ihn tatsächlich alleine und teilte ihn mit niemandem. Also, nur wir und der Kaiser Roms werden diesen Wein trinken. Das ist doch was, oder?"

Akatia: „Das kann man wohl sagen. Obwohl ich keinen Wein trinke, lasse ich mich gerne zu einem Becher überreden."

Die Drei waren ziemlich fröhlich, als sie anfingen, die Gewürze in einem Steinmörser abwechselnd zu zermahlen. Sie mahlten die getrockneten roten Schoten und die Wurzeln des Ingwers, bis nur noch Staub übrig war und Marina meinte irgendwann: „Genau so muss es sein. Die Mischung wird sich zwar immer noch auf dem Boden des Gefäßes ablegen, aber das ist nicht weiter schlimm. Noch feiner kriegen wir es wohl nicht hin. Anders als die üblichen Weine, wird unserer etwas trüb werden, aber dafür wird sein Geschmack unverwechselbar. Kommt, bringen wir alles zu den Amphoren. Celina, bitte denk an den Honig."

Celina nickte fröhlich, brachte aus der Speisekammer rasch den Holzbehälter mit dem Honig und folgte Akatia und Marina ins Atrium. Als sie vor den Amphoren standen, sagte Marina: „So, jetzt geben wir eine Handvoll der Gewürze in jede der Amphoren und einen ordentlichen Löffel Honig. Hinterher kommt noch der ganze ausgepresste Traubensaft rein und alles wird gut vermischt. Letztendlich wird es versiegelt und ab damit in den Keller und das war's."

Akatia ganz verdutzt: „Und das ist das Geheimnis?"

Marina erwiderte lächelnd: „Ja, so einfach ist das. Aber was daran schwer ist, ist, die Gewürze überhaupt zu bekommen. Sie wachsen praktisch an anderem Ende der Welt, daher machen sie den Wein so besonders und einzigartig."

Akatia nickte freundlich, während Longinus auf einer der Steinbänke nicht weit von den Frauen entfernt saß und die Unterhaltung verfolgte, als das Tor der Villa aufging. Es waren Cassius und Mauritius, die beide jeweils ein Bündel Stroh auf ihrem Rücken trugen. Sie gingen zu den anderen ins Atrium und Cassius fragte Marina: „Ich hoffe, das reicht, denn mehr gab es einfach nicht."

Marina schaute sich die Strohballen an, nickte zufrieden und entgegnete: „Sehr gut. Stellt es bitte erstmal vor den Behälter, dann speisen wir."

Cassius lächelte schon gierig, worauf Marina mit den anderen Frauen in die Culina ging. Nach kurzer Zeit kamen sie mit dem Geschirr und dem Besteck wieder, verteilten es fröhlich auf dem Haupttisch und begaben sich wieder zu der Culina, um das Essen zu holen. Die Männer saßen bereits, redeten und lachten wieder über Cassius' Schneckenvorliebe, was Cassius schon langsam langweilte und ihn ständig in Richtung der Culina schauen ließ, da er bereits auf sein Fleisch wartete. Als die Frauen mit dem Fleischteller aus der Culina kamen, lächelte er fast wie ein Kind und meinte laut: „Ihr seid die besten Haushälterinnen, die ich kenne und Kichererbsen habt ihr auch noch, wie ich sehe? Wunderbar!"

Cassius riss Celina den Teller mit dem Fleisch praktisch aus der Hand und stellte es mitten auf den Tisch. Er scherte sich nicht um die anderen und griff mit seiner Gabel nach dem größten Stück des Rindfleisches. Danach nahm er die große Schüssel mit den gekochten Kichererbsen und schüttete reichlich davon auf seinen Teller. Hinterher übergoss er die Erbsen noch mit dem gewürzten Olivenöl und sagte laut zu allen, die sich nach ihm nun ebenfalls an den Speisen bedienten: „Ich wünsche euch einen guten Appetit!"

Alle wünschten sich gegenseitig laut das gleiche und begannen zu essen. Cassius genoss jedes Stück des Fleisches und versank dabei in Stille und Genuss. Die anderen aßen gemütlich und unterhielten sich ab und zu und Marina meinte irgendwann, als Cassius bereits das dritte Stück Fleisch anfing zu essen: „Hört mal, ich werde die Trauben mit Akatia und Celina ausquetschen, aber ihr müsst uns helfen hineinzuklettern."

Longinus lächelnd: „Ja! Ich schmeiße dich gern hinein, sogar von hier aus. Soll ich?!"

Alle lachten und Longinus fuhr fort: „Nein, nur Spaß, schmächtiges Wesen. Natürlich helfen wir euch."

Als alle fröhlich zu Ende aßen und die Männer sich noch etwas Wein einschenkten, warfen die Frauen das Stroh schon mal in den großen Holzbehälter. Nun war der ganze Boden des Behälters mit dem Stroh bedeckt und Marina sagte zu den Männern, die noch am Tisch in der Nähe saßen und alles beobachteten: „So, Männer, helft uns nun rein. Wir müssen das Stroh plattdrücken, danach kommen alle Trauben rein und dann beginnt der Tanz."

Longinus lächelnd: „Kommt, Männer, dann schmeißen wir sie jetzt einfach da rein."

Die Drei standen auf und als Erster packte Mauritius Marina und hob sie hoch. Sie kletterte in den großen Holzbehälter und meinte lachend: „So, jetzt ihr, meine Lieben, kommt!"

Als Nächste stieg Celina auf die Steinbank, auf der der Behälter stand und Marina half ihr, in den Behälter zu klettern. Er war mindestens fünf Fuß hoch und die anderen lachten bei dem Anblick, als die beiden dort drinsteckten und dann war Akatia an der Reihe. Longinus half ihr, auf die Bank zu steigen und dann in den Behälter. Die Männer standen einfach nur da und lächelten unaufhörlich, als die Frauen sichtlich anfingen, in dem Behälter zu tanzen. Marina bemerkte, dass der Behälter doch etwas wackelig war und sagte zu den

Kerlen: „Hört mal, ihr solltet das Ding lieber festhalten. Es ist doch etwas wackelig."

Cassius: „Ja, macht ihr beiden das, Longinus und ich schlitze schon mal das Loch hinein."

Marina dazu: „Ja, das ist eine gute Idee. Sobald du das Loch geschnitzt hast, könnt ihr nach und nach die Trauben reinschmeißen. Bis dahin haben wir das Stroh sicherlich schon plattgetrampelt."

Longinus und Mauritius hielten den Behälter also fest, während die Frauen darin das Stroh mit ihren Füßen plattdrückten. Alle hatten sichtlich ihren Spaß dabei, denn die Frauen kicherten unaufhörlich wie kleine Mädchen. Longinus und Mauritius lachten auch über die kichernden Frauen, während Cassius auch schmunzelnd das Loch schnitzte. Nach einer Weile war es soweit und Cassius meinte: „So, das sieht doch gut aus, denke ich. Was nun?"

Marina entgegnete, als sie vom Rand des Behälters auf ihn heruntersah: „Nun hole ein sauberes Gefäß oder sowas und halte es darunter. Schmeißt die Trauben rein und dann beginnt der eigentliche Spaß. Befülle schnell die großen Amphoren und stelle das Gefäß schnell wieder darunter. Es darf so wenig wie möglich von dem Saft verloren gehen."

Cassius raste zur Culina und brachte eine große Kanne mit einer großen Öffnung, stellte sie unter das geschnitzte Loch und meinte zu Longinus: „So, ich denke, wir können beginnen."

Longinus und Mauritius fingen darauf an, die vorbereiteten Trauben in den Behälter direkt vor die Füße der Frauen zu schmeißen und sie wiederum fingen an, auf den Trauben herum zu trampeln. Alle lachten erneut auf, aber die Frauen lachten am meisten und Akatia meinte kichernd: „Es fühlt sich kalt und nass an, als ob ich im Matsch laufen würde!"

Marina erwiderte lächelnd: „Du wirst dich schon daran gewöhnen. Warte ab, wie geschmeidig deine Füße von diesem Saft danach werden."

Anfangs wartete Cassius vergeblich darauf, dass der Traubensaft aus dem Loch floss, aber dann fing es an und Cassius rief beinahe stolz zu Marina: „Marina, es kommt! Es kommt!"

Marina: „Denke daran, wenn das Gefäß voll ist, schütte den Saft schnell in eine Amphore und halte es wieder hier drunter."

Cassius: „Ja, mache ich! Mauritius, halte das Loch solange zu, während ich die Amphore fülle!"

Mauritius nickte und die drei Männer sahen nun gespannt zu, wie das Gefäß sich füllte und schmissen immer wieder neue Trauben nach. Alle amüsierte die Tätigkeit, während in dem Ludus von Aquila andere Dinge stattfanden. Aquila selbst stand sehr spät auf und zwar zu der Zeit, als in der Villa der erste Traubensaft floss. Zu ihrem Erstaunen lag sie alleine im Bett, obwohl sie doch mit Stephaton einschlief. Als sie richtig zu sich kam, schaute sie umher und rief laut nach Tullia: „Tullia!? Tullia!"

Tullia betrat wenig später die Stube und fragte: „Ja, Herrin?"

Aquila: „Wo steckt Stephaton?"

Tullia: „Herrin, er übt schon seit dem Sonnenaufgang mit vier Männern. Soll ich ihn rufen?"

Aquila: „Ach so. Nein, lass nur, ich gehe gleich selbst hin. Danke dir."

Tullia verließ das Gemach und Aquila ging zu ihrer steinernen Kommode, die ihr Casius Augustus mitüberlassen hat und machte sich schnell zurecht. Darauf begab sie sich nach einer Weile hinaus und rannte praktisch zum Atrium, wo Stephaton mit den vier Männer üben sollte. Als sie dort ankam, sah sie Stephaton und die anderen Vier, wie sie kräftig ihre Schwerter schwangen. Stephaton stand gerade mit dem Rücken zu ihr, als er zu dem Africaner rief: „Akono! Halte den Dreizack in der Mitte, so kannst du deine Kraft am besten auf die Waffe übertragen! Gib her, ich zeige es dir."

Akono übergab den Dreizack an Stephaton und beobachtete darauf, wie gekonnt Stephaton mit der Waffe umging. Akono war zwar sehr gut mit seinem Netzt zugange, aber den dreizackigen Speer führte er noch nicht vollkommen. Als Stephaton seitlich zu den Männern stand, bemerkte er irgendwann Aquila, wie sie das ganze beobachtete und sagte zu ihr: „Guten Morgen, Domina, du bist spät auf. Ich hoffe, die Nacht war für dich angenehm?“

In dem Augenblickt, als Stephaton diese Worte aussprach, wurden die anderen Vier steif und sagten laut: „Guten Morgen, Domina!“

Aquila erwiderte: „Ich grüße euch. Stephaton, kommst du für einen Augenblick mit mir?“

Stephaton nickte und meinte zu seinen Männern: „Macht weiter, wie vorhin. Akono, geh mit deinem Dreizack zu dem Sandsack und versuche zu spüren, wie du deine Kraft am besten auf die Waffe übertragen kannst. Mach es, wie ich es dir gerade gezeigt habe. Ich komme gleich wieder und dann machen wir Krafttraining.“

Alle nickten und Stephaton folgte Aquila hinauf. Als die beiden in Aquilas Gemach ankamen, sagte Aquila leicht enttäuscht zu Stephaton: „Wieso verlässt du mich eigentlich, ohne dich morgens von mir gebürtig zu verabschieden? Du weißt, was ich meine?“

Sie lächelte ihn an und Stephaton erwiderte: „Du schliefst so friedlich und ich wollte dich einfach nicht wecken. Außerdem musste ich mir sicher sein, dass die Männer bereit sind und jetzt bin ich das. Sie haben Kampfgeist, das gefällt mir, aber an Akono muss ich noch arbeiten.“

Aquila erwiderte: „Hört sich gut an. Vergesse aber bitte nicht die anderen Gladiatoren, wenn du mit den Vieren fertig bist. Ich gehe mit Tullia nun zu der Villa und dann zum Markt. Wenn ich wiederkomme, lasse ich den Männern ein köstliches Mahl zubereiten.“

Aquila lächelte bei ihren Worten und Stephaton entgegnete: „Ja, das stimmt, die Ernährung ist ebenfalls sehr wichtig. Grüße bitte alle in der Villa und sag Cassius beiläufig, dass er ein Arsch ist.“

Stephaton lächelte bei der Aussage und Aquila verstand es auch als einen Witz und nahm sich vor, diesen genauso zu überbringen. Stephaton verließ sie, nachdem er ihr einen Kuss auf die Wange gab, sie fest an sich drückte und zu den Männern zurückging. Aquila inspizierte noch oben ihr Aussehen im Spiegel und rief nach Tullia. Als Tullia in ihr Gemach kam, sagte Aquila zu ihr: „Tullia, ich würde gerne zu der Villa von Marina gehen und dann noch zu Markt. Begleitest du mich?“

Tullia erwiderte lächelnd: „Natürlich, Herrin, sehr gerne.“

Aquila lächelte zurück und entgegnete: „Schön! Dann warte auf mich vor dem Tor. Ich komme rasch, sobald ich noch kurz mit Stephaton gesprochen habe, ja?“

Tullia: „Ja, Herrin.“

Tullia ging durch das Atrium zum Tor und beobachtete währenddessen die Männer, die kräftig am üben waren. Alle bemerkten sie, nickten ihr lächelnd zu Begrüßung zu und als sie am Tor ankam, betrat Aquila gerade das Atrium und sagte dann etwas lauter, um die Geräusche der aufeinanderprallenden Holzschwerter zu übertönen: „Stephaton, bitte kümmere dich auch um die anderen Männer und gib denen nun etwas Ruhe.“

Stephaton nickte zustimmend, ließ sein Schwert hinabsinken und meinte zu den Männern: „Ganz recht, es reicht erstmal. Macht eine kurze Pause und anschließend machen wir alle gemeinsam weiter. Und eines noch: Ich bin stolz auf euch! Zeigt alles in der verdammten Arena! Wir sind die Besten!“

Die Vier schrien darauf auf: „Jawohl, Stephaton!“

Stephaton wirkte zufrieden, als die Männer den Übungsplatz verließen und wandte sich erstmal dem großen Wasserbehälter zu, der an einer Mauer des Atriums stand. Er trank etwas Wasser und setzte sich darauf neben den Behälter, um sich etwas auszuruhen und auf die Männer zu warten. Währenddessen spazierte Aquila mit Tullia durch die belebten Gassen Roms in Richtung der Villa, sie unterhielten sich und Irgendwann stellte Aquila eine ernstere Frage: „Tullia, sag mal, bist du glücklich bei mir?“

Tullia schaute sie lächelnd an und erwiderte: „Aquila, ihr seid eine gute Herrin und ich bin glücklich, ja.“

Aquila entgegnete fröhlich: „Das freut mich wirklich. Sag mal, soll ich dir heute in der Culina helfen? Was denkst du, was sollen wir für die Männer kochen, damit sie kräftig bleiben?"

Tullia erwiderte etwas nachdenklich: „Ich denke, Fleisch ist immer das Richtige. Vielleicht noch etwas Gemüse dazu?"

Aquila erwiderte: „Klingt gut, so machen wir es. Wenn wir auf dem Rückweg von der Villa sind, kaufen wir alles ein."

Tullia nickte zustimmend und während sie sich fröhlich weiterunterhielten, näherten sie sich langsam der Villa. Als sie irgendwann vor dem Tor standen, ging es plötzlich auf und ein Wasserträger mit leeren Wasserbehältern kam heraus, schaute die beiden Frauen ganz verdutzt an und sagte: „Haallooo, Doooominnnä."

Er ging darauf weiter und die beiden erblickten den lächelnden Cassius, der das Tor eigentlich zu machen wollte, worauf Aquila zu ihm deutlich lächelnd sagte: „Du bist ein Arsch."

Cassius ganz irritiert: „Wie meinst du das?"

Aquila lächelnd: „Ich soll dir von Stephaton ausrichten, dass du ein Arsch bist, so meine ich das."

Nun lachten alle und Cassius erwiderte: „Er hält mich immer noch für einen Grünschnabel und ärgert mich immer wieder. Sag ihm, er ist ein miesgelaunter Bock! So, nun kommt rein. Ihr werdet bei dem Anblickt noch mehr lachen, garantiert."

Cassius begleitete die beiden ins Atrium, wo Marina und die anderen Frauen in dem riesigen Fass herumtrampelten und kicherten. Aquila und Tullia betrachteten es und lächelten ebenfalls, worauf Aquila sie begrüßte: „Hallo, ihr Lieben! Was treibt ihr da?"

Marina erwiderte: „Hallo! Springt doch auch herein! Wir machen gerade den Wein. Kommt, es macht Spaß, ihr werdet sehen."

Aquila schaute Tullia lächelnd an und fragte: „Sollen wir?"

Tullia erwiderte lächelnd: „Das habe ich zwar noch nie gemacht, aber wieso eigentlich nicht."

Cassius und Longinus reagierten beinahe gelichzeitig und meinten lachend: „Wir helfen euch rein, kommt."

Er packte Aquila tatsächlich an der Hüfte, hob sie erst auf die Steinbank, dann in den Holzbehälter und danach tat er fröhlich das gleiche mit Tullia. Mauritius schüttete jetzt noch mehr Trauben in den Behälter und beobachtete, wie die fünf Frauen belustigt die Trauben zerquetschten. Cassius musste den Behälter nun noch schneller leeren und alle hatten sichtlichen Spaß an dem Geschehen. Irgendwann verkündete Aquila lächelnd, als Mauritius die letzten Vitis Vinifera in den Behälter schüttete: „Marina, du hattest Recht. Es macht wirklich Spaß."

Alle fünf Frauen trampelten noch ein Weilchen auf den restlichen Trauben, bis Cassius das letzte Gefäß füllte und der Saft aus dem Loch nicht mehr floss, worauf Marina fröhlich zu allen sagte: „Ich denke, wir haben es geschafft. So Männer, jetzt helft uns hier raus und schafft die Amphoren in den Keller, während wir uns die Füßchen abwaschen, ja?"

Longinus nickte lächelnd, hob als Erstes Aquila aus dem Behälter und stellte sie auf die Steinbank neben sich. Darauf stieg sie sanft von der Steinbank auf die Wiese des Atriums, worauf Longinus lächelnd das gleiche mit den anderen Frauen machte. Als alle fünf nun auf der Wiese vor dem Behälter standen, kicherten sie noch immer und der Spaß an dem Ausquetschen hielt weiter an, bis Aquila irgendwann meinte: „Ihr Lieben, wir würden gerne noch bei euch bleiben, aber wir müssen für Stephaton und die anderen Männer noch kochen. Ich habe zwar selten gekocht, aber heute helfe ich Tullia dabei."

Marina erwiderte blitzartig: „Wenn du möchtest, gehen mit und helfen euch? Die Drei werden sicherlich selbst klarkommen, nicht wahr, Mauritius?"

Mauritius erwiderte lächelnd: „Bestimmt. Geht nur, macht euch einen schönen Tag und grüßt Stephaton von uns."

Aquila: „Das machen wir. Kommt, meine Lieben, ab zum Markt und dann kochen wir etwas Leckeres für meine Gladiatoren."

Marina lächelte darauf Mauritius an und meinte: „Ein reiner Frauentag. Hört sich das nicht gut an?"

Akatia und Celina bejahten es beglückt, wie auch die Männer, aber Tullia hielt sich irgendwie verschämt mit ihrer Meinung zurück. Sie war wohl zu lange Sklavin von Casius Augustus gewesen und wohl noch nicht an solche Freiheiten gewöhnt, die Aquila ihr gab. Die Frauen verabschiedeten sich also von den Männern und verließen die Villa. Cassius tat darauf das gleiche, was er immer tat und legte sich wieder auf die Wiese und schlief im Schatten der Gemäuer ein. Mauritius begab sich hingegen zu der Culina und bereitete ein schnelles Mahl für sich und Longinus zu, das einfach aus gewürztem Olivenöl und Brot bestand und brachte zwei Teller davon hinaus. Er wusste ja, dass Cassius gerade seiner Lieblingstätigkeit nachging und nicht essen würde, aber er hatte ihm genug von dem gewürzten Olivenöl in der Culina übergelassen. Als sie in einsamer Ruhe das Brot verspeisten, der eine auf einer Steinbank und Mauritius in seiner Stube, hatten die Frauen auf dem Markt mehr Spaß. Sie erzählten sich ständig Sachen, über die sie lachten und kauften von verschiedenen Ständen hauptsächlich Fleisch ein. Marina war eher weniger für das Fleisch und schaute sich eher nach frischem Gemüse um. Während sie einkauften und durch den Markt liefen, waren sie fröhlich und unterhielten sich prächtig. Als sie im Ludus ankamen und lächelnd die kämpfenden Gladiatoren im Atrium anschauten, steuerte Marina als Erste die Culina an und Akatia folgte ihr. Als die anderen in die Culina bald nachkamen, begann rasch das große Kochen. Akatia bereite sofort das Fleisch vor, Marina das Gemüse und Tullia und Celina halfen ihnen. Aquila stand eher nur daneben und suchte dort noch ihren Platz. Sie hatte mit Kochen bisher wenig zu tun, fing jedoch nun an, sich langsam dafür zu interessieren. Sie fragte Marina und Akatia hin und wieder, ob sie helfen könnte, aber viele Tätigkeiten blieben für sie nicht mehr übrig. Sie wartete also und bereitete mit Celina in der Zwischenzeit das Geschirr und die Teller vor. Als das ganze Fleisch fertiggebraten und das Gemüse weich war, verteilten sie es auf vierzig Teller für die hungrigen Gladiatoren und fünf für die Frauen. Darauf ging Aquila ins Atrium und schrie: „Männer, es gibt Essen! Jeder holt sich seinen Teller aus der Culina!“

Dies war gleichzeitig der Aufruf für die Unterbrechung der Übungen und die Frauen vergaben den Männern die Teller. Als Stephaton an der Reihe war, übergab ihm Aquila persönlich seinen und fragte: „Speist du mit uns in der Loge?“

Stephaton erwiderte: „Aquila, ich kann die Männer nicht so behandeln. So gewinne ich ihr Vertrauen nicht.“

Aquila lächelnd: „Du hast Recht, aber am Abend gehörst du mir.“

Stephaton nickte zurücklächelnd und ging fort. Die fünf Frauen nahmen nun auch ihre Teller mit dem Fleisch und mit dem Gemüse und gingen hoch zur Loge. Als sie dort saßen, aßen und auf die vierzig speisenden Gladiatoren herunterschauten, fragte Marina Aquila: „Du magst ihn wirklich, habe ich Recht?“

Aquila erwiderte stolz: „Ja, das tue ich und das Beste ist, dass er nur mir gehört.“

Marina entgegnete: „In fünf oder sechs Tagen wird er in der Arena kämpfen. Machst du dir da keine Sorgen?“

Aquila: „Doch, schon, aber meine Hoffnung ist größer als meine Angst. Ich werde heute Mars anbeten, damit er Stephaton beschützt und ihm Kraft gibt und den anderen natürlich auch.“

Marina darauf: „Und ich bete zu meinen Göttern, damit ihnen nichts geschieht.“

Aquila neugierig: „Habt ihr auch einen Kriegsgott?“

Marina erwiderte: „Ja, er heißt Aray. Wir beteten aber selten zu unseren Göttern, weißt du.“

Aquila erwiderte: „Verstehe. Erzähle mir aber bitte dennoch von euren Göttern. Mein ganzes Leben spielte sich nur hier in Rom ab, zwischen den Mauern. Das Verrückte ist, wenn du im Wohlstand lebst und dazu noch eine Frau von einem reichen Senator bist, kannst du nicht einfach so in den Gassen Roms spazieren und dich mit den Menschen austauschen. Mein Mann ist verstorben und seine angeblichen Freunde stürzte sich auf seinen Nachlass wie die Geier. Ich musste viele Dinge unternehmen, um seinen Nachlass für unser Heim zu sichern. Aber wisst ihr was, ich bin fest entschlossen mein Anwesen zu verkaufen und hier zu wohnen, denn hier im Ludus gibt es genug Platz."

Akatia brachte sich nun in das Gespräch ein, während sie das zarte Rindfleisch genoss: „Ja, allein der Anblick auf die starken Männer und auf die Gebäude Roms von dieser Anhöhe aus ist es wert."

Alle Frauen lachten fröhlich auf, unterhielten sich noch eine ganze Weile, nachdem sie ihr Mahl verspeisten und die Männer betrieben währenddessen weiter ihre Übungen. Stephaton ließ die Vier, die wenig Ausdauer hatten, ständig Runden im Atrium drehen und bemerkte dabei, dass sie immer besser wurden und ließ sie währenddessen hin und wieder die anderen Vier mit Holzschwertern angreifen. Natürlich schlugen sie sich alle tapfer, aber Akono hatte an diesem Tag mit seinem Netz oft Schwierigkeiten und verfehlte seine Angreifer mehrmals, aber zum Glück hatte er den Dreh mit seinem Dreizack raus. Sein Dreizack war für die Übungszwecke besonders präpariert und an den Spitzen waren Kugeln geschmiedet worden, die keinen Schaden anrichteten, sondern nur etwas Schmerz. Für Longinus und die anderen in der Villa verging der Tag eher einfacher. Sie faulenzten herum und taten so wenig wie nur möglich. Bevor es anfing dunkel zu werden, kamen die vier Frauen vom Ludus zurück und als Marina den auf der Wiese schlafenden Cassius erblickte, näherte sie sich ihm leise schälmisch lächelnd, klatschte laut in ihre Hände und schrie: „Aufstehen!"

Cassius schreckte auf, blickte sie ganz überrascht an und sie fragte ihn darauf: „Sag mal, was willst du eigentlich in der Nacht machen?"

Cassius lächelte und erwiderte: „Ich werde mir wieder die Sterne anschauen, schätze ich."

Währenddessen kamen die anderen Männer auch aus ihren Stuben ins Atrium und alle setzten sich zusammen. Sie verbrachten den Abend mit wenig Wein, unterhielten sich gut und die Frauen berichteten gern von ihrem gelungenen Tag im Ludus. Der nächste Morgen begann als Erstes für Aquila im Ludus. Sie machte sich schnell zurecht und rief nach Tullia, die bereits alle Besorgungen gemacht hat, das Wasser für die Gladiatoren bereitstellte und eben die Culina aufräumte. Als Tullia die Stube von Aquila betrat, fragte sie: „Guten Morgen, Herrin! Hast du gut geschlafen?"

Aquila: „Hallo, Tullia. Die Nacht war angenehm, danke. Hast du Stephaton gesehen?"

Tullia: „Er übt schon längst wieder intensiv mit seinen vier Männern und sie waren noch vor den meisten Wachen schon wach."

Aquila entgegnete lächelnd: „Lass ihn nur weitermachen. Wir beide holen jetzt erstmal seinen Belathor hierher und überraschen ihn damit. Irgendwie müssen wir unbemerkt zum Circus, wo der Hund gehalten werden soll, komm."

Beide begaben sich schleichend aus dem Ludus hinaus und blieben achtsam, damit Stephaton und die anderen sie nicht bemerken. Als sie nach einer Weile im Circus ankamen, sagte Aquila zu einem der Wachsoldaten mit einer bestimmenden Stimme: „Ich soll den Hund Belathor abholen. Führe mich hin oder bring ihn her."

Der Wachsoldat schaute Aquila an, zögerte erst kurz und erwiderte: „Ihr müsst Aquila sein? Wartet hier, ich hole den Hund."

Der Soldat verschwand für eine Weile irgendwo im Gebäude und ließ die beiden lange auf sich warten. Aquila wurde schon langsam ungeduldig und fing sogar leise an zu fluchen, bis er irgendwann endlich mit Belathor auftauchte und Aquila ihn genervt fragte: „Wieso hat es so lange gedauert?!"

Der Wachmann erwiderte: „Herrin, wisst ihr, wie viele Tiere dort unten sind? Unter dem Komplex sind alle Kerker voller Tiere und Sklaven. Es ist nicht gerade leicht, einen Hund daraus zu picken."

Aquila: „Verstehe. Danke dir trotzdem. Komm, Tullia, wir gehen und halten die Leine besser zusammen fest. Ach, Soldat, noch eine Frage. Am Montag finden Spiele statt. Weißt du, was genau geplant ist?"

Der Wachsoldat erwiderte: „Nicht genau, aber gestern wurden in aller Eile fünfzig gefangene Barbaren gebracht. Mehr weiß ich nicht."

Aquila: „Danke nochmals."

Tullia hielt die Leine ganz fest und Aquila überließ ihr bald allein die Führung des Tieres. Belathor wedelte fröhlich mit seinem Schwanz, als die beiden mit ihm durch die Gassen zurück zum Ludus gingen und er schaute ganz interessiert alle Menschen an, denen er begegnete. Es schien ihm sichtlich Spaß zu machen, wieder aus dem Kerker des Circus herausgekommen zu sein. Aquila schaute ihn hin und wieder an und meinte irgendwann zu Tullia: „Ich fasse es nicht. So ein Brocken Fleisch und so lieb. Er wiegt sicherlich mehr als du und ich zusammen."

Tullia erwiderte lächelnd: „Mich beruhigt, dass er uns zu mögen schein."

Aquila: „Lass das mit Herrin, ich mag es nicht. Ich brauche Freunde um mich und keine Bediensteten, in Ordnung?"

Tullia erwiderte lächelnd: „Gut, Herrin."

Aquila zurücklächelnd: „Achtung, wir nähern uns dem Ludus. Machen wir es so: Ich mache das Tor auf und du lässt Belathor reinrennen. Ich möchte zu gern sehen, wie der Hund auf sein altes Herrchen reagiert."

Tullia bestätigte lächelnd und wenige Augenblicke später standen sie vor dem Tor des Ludus. Aquila machte es wie besprochen auf und Belathor erblickte Stephaton, der gerade auf dem Sand des Atriums mit allen Männern Abwehrtechniken übte. Sobald dies geschah, riss sich Belathor aus der Hand von Tullia und rannte auf Stephaton zu. Erst bemerkte der Lanista nicht, dass überhaupt jemand den Ludus betrat, aber als er den nahezu zweihundertfünfzig Librae schweren Belathor rennen hörte, drehte er sich um und erblickte ihn. Er ließ seinen hölzernen Gladius sofort zu Boden fallen und streckte seine Arme aus, aber Belathor war es nicht nach Umarmen. Er wollte Stephaton einfach nur wieder abschlecken, wie die Tage in der Arena zuvor und er tat es auch. Als die Männer es sahen, konnten sie sich kaum vor Lachen halten und sogar der zurückhaltende Akono machte mit. Belathor ließ nicht von Stephaton ab, bis Stephaton ihn selbst freundlich von sich abwies. Belathor war derart fröhlich Stephaton zu sehen, dass er nicht aufhören konnte mit dem Schwanz zu wedeln und um Stephaton herumzurennen und man erkannte sofort, dass eine besonders starke Beziehung die beiden verband. Aquila und Tullia lachten und freuten sich ebenfalls und irgendwann sagte Stephaton zu Aquila: „Aquila, gebt ihm bitte etwas zu fressen, bis wir die Übungen hier abschließen."

Aquila lachte weiter und meinte irgendwann zu Tullia: „Hol bitte etwas Fleisch und gib es Stephaton. Er soll Belathor am besten selbst füttern."

Tullia erwiderte: „Gut, Herrin, mache ich sofort."

Aquila etwas ernster, aber weiterhin lächelnd: „Tullia, worüber sprachen wir vorhin?"

Tullia zurücklächelnd: „Verzeih, ich muss mich noch wirklich daran gewöhnen."

Tullia ging darauf etwas verschämt zur Culina und suchte nach dem prächtigen Stück Lammkeule, das vom Vortag noch übriggeblieben war, während Aquila sich auf eine der Steinbänke setzte und Stephaton und Belathor bei herumspielen beobachtete. Die Männer übten nicht weiter, sondern standen im Atrium umher, schauten ebenfalls zu und alberten etwas herum. Bald kam Tullia auf Stephaton lächelnd zu, übergab ihm das Fleisch und meinte: „Aquila meinte, du solltest ihn am besten füttern."

Stephaton übernahm gerne das schöne Stück Lamm, lächelte Belathor dabei an und bot ihm das Fleisch an. Belathor war jedoch schwer mit dem Fleisch abzulenken, aber der Hunger siegte irgendwann und der Hund schaute Stephaton an, der ihm das Fleisch zeigte und zu ihm sagte: „Hier wirst du endlich ordentlich gefuttert, mein Freund. Schnapp!“

Er schmiss das Fleisch in die Richtung des Mauls von Belathor und er schnappte es und verschlang es rasend schnell. Akono wollte mehr über die Beziehung der beiden erfahren und fragte Stephaton: „Stephaton, was verbindet euch so stark?“

Stephaton erzählte: „Er hat mir mehr als nur einmal das Leben gerettet, mein Freund. In den ganzen Schlachten, in denen ich kämpfte, war er immer an meiner Seite. Er hatte nie Angst vor Schwertern oder Schildern und war immer bereit mich mit seinem Leben beschützen. Akono, auch wenn es ein Tier ist, hat es seine Prinzipien. Ich verspreche dir, in der Arena werde ich für euch das Gleiche tun.“

Akono verbeugte sich dankend vor Stephaton und ließ ihn mit Belathor alleine. Die Männer begaben sich dann nach und nach zum Badehaus und Stephaton ging zu Aquila, die alles von der Sitzbank aus beobachtete. Tullia inspizierte währenddessen mit anderen Bediensteten die Culina und überhaupt den ganzen Bestand an Nahrung und Wasser und als Letztes füllten sie alle Leuchten im Ludus mit Öl. Die Wachsoldaten, die für den Ludus eingeteilt waren, fühlten sich ohnehin überflüssig und man sah sie noch kaum. Sie hielten sich entweder außerhalb des Ludus, oder irgendwo in einer stillen Ecke auf dem Gelände auf. Eigentlich waren sechs von ihnen dort eingeteilt, aber keinen störten die Lockerungen im Ludus, die Aquila einführte und es waren nie mehr als zwei von ihnen zu sehen. Der Abend verklang langsam für Aquila und Stephaton und Belathor lag brav und gesättigt neben ihnen auf der Terrasse. Als es schon wirklich spät wurde, sagte Stephaton irgendwann zu Belathor: „Bleib, Belathor!“

Belathor erinnerte sich noch an diesen Befehl, knurrte nur kurz und legte seinen Kopf etwas traurig auf seine Pfoten. Stephaton verschwand darauf mit Aquila in ihrem Gemach und so endete der erfüllte Abend für alle. Ähnlich erging es auch den anderen in der Villa. Zwischen Marina und Mauritius geschah jedoch wesentlich mehr, als bei allen anderen. Sie kamen sich an diesem Abend ausnahmsweise nicht körperlich näher, sondern führten eine tiefgründige Unterhaltung, bis Marina irgendwann ganz still wurde und Mauritius sie fragte: „Was ist denn, meine Sonne, wieso sagst du nichts mehr?"

Marina zögerte noch, aber dann schoss es aus ihr heraus: „Ich bin schwanger, Mauritius, und das macht mich überglücklich!"

Mauritius umarmte sie plötzlich fröhlich, bis sie laut sagen musste: „Du zerquetscht mich gleich!"

Darauf Mauritius lächelnd: „Bist du wirklich schwanger? Von mir?"

Marina klatschte Mauritius ganz leicht und symbolisch auf die Wange und erwiderte lächelnd: „Mit wem den sonst, du Dummkopf! Mein Vater wird überglücklich sein, dass sein Enkel hier aufwachsen wird. Ich freue mich schon sehr auf seine Reaktion."

Mauritius, dessen Lächeln weiterhin andauerte, entgegnete: „Das macht mich wirklich glücklich, Marina. Ich kann es wirklich nicht erwarten, es den anderen zu erzählen."

Marina: „Nein, das übernehme ich, verstanden? Ich als Frau finde schon den richtigen Zeitpunkt dafür. Jedenfalls sollen sie es nicht vor den Spielen am Montag erfahren. Einverstanden?"

Mauritius erwiderte lächelnd: „Wie du wünschst, meine Sonne."

Beide umarmten sich noch eine lange Zeit, alberten herum und legten sich in ihrer Stube umschlungen zur Nachtruhe. Cassius hingegen spazierte im Atrium herum, als Longinus auch schon längst schlief und beobachtete wie immer die Sterne. An diesem Abend war der Mond nicht anwesend, daher waren alle Sterne umso deutlicher. Er sah sich das Sternenband an, das besonders hervorstach und sagte laut zu sich selbst: „Es sieht wir eine Straße aus Milch aus."

Als er diesen Satz aussprach, näherte sich ihm unbemerkt Celina, hörte es und fragte: „Wo siehst du Milch?"

Cassius ganz erschrocken: „Mensch, ich habe dich nicht kommen hören. Schau dort, sieht das nicht wie ein Band aus Milch aus?"

Cassius nahm sanft die Hand von Celina und führte sie am Himmel entlang, wo sich der Schleier der winzigen Sterne erstreckte und kurz darauf bestätigte sie lächelnd: „Tatsächlich, du hast Recht! Es sieht aus, wie den Himmel entlang ausgegossene Milch. Wieso habe ich es noch nie gesehen?"

Cassius: „Du hättest in der Nacht bloß nach oben blicken müssen, meine Liebe, mehr nicht. Die Welt ist voller interessanter Dinge, man muss nur die Ruhe finden, um sie zu entdecken."

Celina blicke tief in seine Augen und entgegnete lächelnd: „Das hört sehr poetisch an, was du da sagst, Cassius, wirklich."

Cassius lächelte ebenfalls und sie schauten noch lange in den Himmel, während sie sich gegenseitig die Hände warmhielten und irgendwann später zusammen in der Stube von Cassius verschwanden. Der Nachthimmel, den sie beobachteten, blieb noch eine ganze Weile, bis es wieder hell wurde und alle am nächsten Morgen ausgeschlafen aufstanden. Jeder trug spontanen etwas für die Gemeinschaft bei, wie beispielsweise Marina, die die Amphoren im Keller kontrollierte und an ihren Hälsen roch und untersuchte, ob der Wein vielleicht nicht schlecht geworden war. Aber zu dieser Jahreszeit und den nächtlichen Temperaturen hätte es eigentlich nicht passieren dürfen. Als Nächstes speisten alle gemeinsam, lachten herum, Cassius belustigte wieder alle mit seinen Witzen und sie verbrachten insgesamt einen schönen Tag. Im Ludus standen währenddessen wieder intensive Übungen an und Stephaton reizte die Vier wieder aus, die er für den Kampf vorgesehen hatte. Aber er vergaß nicht die anderen Vier, an deren Ausdauer er noch arbeitete und ließ sie zwischen den anderen Männern, die mit ihren Kampfschwertern und Schilden übten, einfach Fangen spielen. Das amüsierte zusätzlich wirklich jeden und Aquila beobachtete es ebenfalls belustigt von der Loge aus und lachte immer wieder, als einer der Vier sich ärgerte, gefangen worden zu sein. Stephaton wusste, wie er die Männer zusammenschmieden konnte, denn er erinnerte sich noch daran aus seiner harten Dienstzeit. Die Männer sollten sich gegenseitig einfach schätzen lernen, um sich jederzeit aufeinander verlassen zu können. In den darauffolgenden Tagen ging sein Plan auch auf und die Männer zollten einander Respekt und unterstützten einander bei jeder Gelegenheit. Stephaton beobachtete dies auch am Sonntagabend von der Terrasse aus, worauf der Montag und der Beginn der Spiele anstanden. Er nickte irgendwann stolz und meinte zu Aquila, die ebenfalls alles mit gleichem Stolz beobachtete: „Ich denke, wir haben es geschafft, meine Liebe. Die Männer sind nun Eins miteinander und ich denke, sie sind für den Belathor-Test bereit."

Aquila: „Meinst du, es ist noch nötig?"

Stephaton überlegte kurz und erwiderte entschieden: „Es wird sicherlich niemandem schaden, komm."

Beide gingen herunter und als sie vor den Gladiatoren im Atrium standen, rief Stephaton ganz laut: „Kommt alle zu mir! Kommt!"

Alle versammelten sich vor Stephaton und Aquila und Stephaton verkündete: „Jetzt machen wir den Belathor-Test! Seid ihr bereit?"

Alle entgegneten entschieden mit einer lauten Stimme: „Ja, Lanista, das sind wir!"

Erneut wurde Stephaton von Stolz erfüllt und sagte: „Gaius, geh an das andere Ende des Atriums und stelle dich vor die Wand."

Gaius folgte dieser Anweisung und wartete darauf gespannt, was gleich auf ihn zukommen würde. Alle waren gespannt, was nun passiert und Stephaton zögerte die Spannung noch extra eine Weile hinaus. Irgendwann zeigte er mit dem Zeigefinger auf Gaius und rief Belathor zu, der den ganzen Tag den Männern zusah: „Belathor, fass!"

Belathor rannte, wie von einem Stier gejagt auf Gaius zu und alle verfolgten es mit riesiger Anspannung. Gaius rührte sich kaum und ließ den furchteinflößenden Hund einfach auf sich zu rennen. Belathor war darauf gut abgerichtet, einen Feigling zu riechen und stoppte kurz vor Gaius ihn musternd, fing kurz darauf an mit dem Schwanz zu wedeln und drehte sich ständig nach Stephaton um, worauf Stephaton laut sagte: „Gut, mein Freund! Komm, Belathor!"

Belathor hörte sofort auf sein Kommando, lief rasch zu ihm und Gaius reihte sich stolz wieder bei den anderen ein und lächelte noch eine ganze Weile. Den anderen Männern gab er damit reichlich Ansporn und alle schafften anschließend den Test tatsächlich, bis auf Athikus. Er war ein Römer, der riesige Spielschulden hatte und sich freiwillig als Gladiator verkaufte. Er hatte vor, in der Arena zu siegen, um Geld für seinen Rückkauf zu verdienen, aber als der schwere Koloss Belathor auf ihn zu rannte, zitterte sein ganzer Körper plötzlich. Alle sahen es, lächelten darüber diskret und Stephaton rief seinen Hund darauf rasch zurück: „Belathor! Zu mir!"

Dabei zeigte Stephaton mit seinem rechten Zeigefinger auf den Platz rechts neben sich, an den der Hund kommen sollte und es dauerte nicht lange, bis er dort stand und auf Stephaton blickend mit dem Schwanz wedelte. Stephaton meinte dann zu allen gerichtet: „Ich bin stolz auf euch alle. Für heute reicht es. Athikus, deine Zeit wird auch noch kommen, mach dir nichts draus. Akono, Gaius, Raton und Pogoria, konzentriert euch auf morgen. Wir werden es schaffen. Egal was da kommen mag, wir werden siegen!"

Alle Männer schrien plötzlich einheitlich auf, nicht nur die Vier: „Jawohl! Jawohl! Jawohl!"

Sie verschwanden alle im Glauben bekräftigt erst im Badehaus, füllten hinterher rasch den Speisesaal und aßen mit Freude die Köstlichkeiten, die ihnen Tullia und die anderen vorbereitet hatten. Der Abend war still aber heiter und auch die Villenbewohner bereiteten sich auf den Montag vor. Longinus und seine Männer wussten natürlich von den Fähigkeiten Stephatons, daher sorgten sie sich mehr um die anderen, die kämpfen sollten. Vor allem war Longinus bei dem Gedanken unwohl, dass er Tiberius gegenüberstehen würde, denn er stand ihm schon mal gegenüber und hatte Sorgen, dass der Kaiser ihn erkennen könnte. Zum Glück war es aber nur einmal vor einer längeren Zeit und auf einem längst vergessenen Schlachtfeld. Die Müdigkeit ließ ihn jedoch schließlich einschlafen und nicht mehr an die Sorgen denken. Am nächsten Morgen weckte alle der Lärm außerhalb der Mauern der Villa auf, als scheinbar alle Römer vor dem Anfang der Spiele aufgeregt und kollektiv in den Circus eilten. Es war dort bestimmt nicht genug Platz für alle, daher die laute Hektik. Nur die obere Schicht hatte reservierte Plätze, aber der kleine Wasserträger und die schlichte Sängerin konnten nur auf ihr Glück hoffen, einen Platz wenigstens weit oben in der Arena zu ergattern. Während alle in der Villa richtig wach wurden, klopfte es anderswo in Rom laut an den Toren des Ludus. Es waren die Wachen, die Stephaton und die anderen Vier holen und zum Circus geleiten sollten. Tullia machte das Tor auf und sagte zu einem der Soldtaten, der scheinbar der ranghöchste war: „Wenn ihr wegen den Gladiatoren hier seid, dann kommt herein. Ich schaue, ob sie bereit sind."

Der ältere Anführer erwiderte direkt und unfreundlich: „Ohne Waffen! Sie bekommen welche von uns. Deine Domina soll sich ebenfalls aufmachen und mit ihrer Begleitung bald eintreffen. Dies sind die Anweisungen von Kaiser."

Tullia sagte nichts weiter, um weitere Gespräche mit diesem Widerling zu vermeiden und schaute nur nach den nächsten Wachsoldaten, der im Ludus wachte und in der Nähe war. Diesen kümmerte der Besuch der anderen römischen Soldaten scheinbar aber nicht, daher begab sich Tullia ohne eine Begleitung zu den Quartieren der Gladiatoren. Nach einigen Augenblicken kam sie mit Stephaton, Gaius, Raton, Pogoria und Akono heraus und die Männer prallten mit blankem Stolz. Sie zeigten Selbstsicherheit und dass sie sich schon auf die Kämpfe freuten. Damit verschüchterten sie nur den arroganten Anführer, der dann unfreundlich und herablassend meinte: „Los, ins Schlachthaus mit euch!"

Stephaton lächelte nur, da er wusste, dass ihnen die bewaffneten Wachen nichts antun durften und ging als Erster vor. Bereits auf ihrem Weg in den Circus jubelten alle Menschen in den belebten Gassen den Gladiatoren zu, was den Fünf noch mehr Sicherheit und Mut gab. Stephaton brauchte es nicht unbedingt, aber er freute sich als er sah, dass die anderen dadurch immer sicherer wirkten. Als die Kämpfer fortgingen, lief Tullia rasch zum Gemach von Aquila, klopfte leicht an der Tür, machte sie auf und berichtete hektisch: „Aquila, sie haben sie gerade abgeholt!"

Aquila wurde dadurch geweckt, riss sich sofort vom Bett und meinte aufgeregt: „Wirklich? Lauf bitte schnell zu der Villa und hol Marina und die anderen und ich mache mich schnell zurecht."

Tullia: „Ihr sollt ebenfalls gleich im Circus erscheinen, wurde mir ausgerichtet."

Aquila: „Gut, gut, gut. Lauf bitte schnell hin und hol alle. Du kommst doch mit uns zu den Spielen, oder?"

Tullia: „Wenn du es möchtest."

Aquila ganz hektisch: „Ja klar, komm mit."

Tullia nickte, eilte darauf aus dem Gemach und verließ den Ludus in Richtung der Villa. Dort angekommen, hämmerte sie auf das Tor, worauf Longinus es aufmachte, ihre Panik sofort erkannte und fragte: „Tullia, wieso bist du so aufgeregt?"

Tulia erwiderte: „Sie haben Stephaton und die anderen bereits abgeholt und ihr sollt mit Aquila im Circus so schnell es geht erscheinen."

Longinus erwiderte beruhigend: „Wir sind eigentlich schon alle fast fertig, nur noch Cassius trödelt mal wieder herum. Komm erstmal herein, dann gehen wir sofort gemeinsam los."

Tullia nickte, ging herein und begrüßte als Erstes natürlich die Frauen, aber niemanden freute irgendwie das Wiedersehen aus diesem Anlass. Alle waren irgendwie verspannt, anders als Stephaton zu diesem Zeitpunkt, der mit seinen Männern durch die Gassen stolzierte, während sie dem Circus immer näherkamen. Der ranghöchste Soldat wurde dadurch immer wütender, als er sah, wie Stephaton von den Menschen bejubelt wurde. Den Soldaten war klar, dass Stephaton kürzlich auch einer von ihnen war und durch seinen Verrat nun so viel Ruhm erntete. Die Arena war nun in Sichtweite und die Menschenmenge davor verdichtete sich immer mehr. Die zehn Wachsoldaten hatten immer mehr Schwierigkeiten, die Massen von den Gladiatoren fernzuhalten, aber irgendwann drängelten sie sich zu dem Spezialeingang durch und schlossen hinter sich das schwere Gitter. Der Pöbel dahinter rief weiterhin unaufhaltsam Stephatons Namen, was ein ständiges Lächeln in seinem Gesicht erzeugte. Einige Wachsoldaten, die die Gladiatoren geleiteten, blieben bei dem Gitter und die restlichen führten die Fünf tiefer ins Gebäude. Es ging eine steinerne Treppe herunter, wo überall grelle Fackel an den Wänden angebracht waren, da das Tageslicht die Verliese der Arena nicht erreichte. Als sie auf der unteren Ebene ankamen, stoppten sie und der unfreundliche Soldat meinte wieder herablassend: „Das hier ist eure Zelle und da drin findet ihr eure Waffen. Los, macht euch bereit! Wenn es soweit ist, holen wir euch."

Die Fünf betraten die Zelle, in der ihre Ausrüstung und ein Wassereimer bereitstanden, worauf der Soldat hinter ihnen symbolisch laut das Gitter verschloss und mit seinem Anhang verschwand. Irgendwann sagte Stephaton zu den anderen, nachdem er sich umgesehen hatte: „Inspiziert genau eure Waffen, Männer. Die Schwerter scheinen in Ordnung zu sein, aber die Lederrüstungen sind porös und ungepflegt. Nun gut, ich bin gespannt, was uns noch erwartet."

Akono griff als Erster nach seinem Dreizack und inspizierte hinterher akribisch das Netz. Dann begutachteten die anderen ihre Schwerter, die dort auf einem Tisch lagen und keiner war von der Schärfe der Schwerter begeistert, aber sie akzeptierten es dennoch. Stephaton zog darauf seine Rüstung an, die teils aus dickem Leder bestand und nur wenige Teile aus Metall besaß. Als er seinen Helm näher begutachtete, meinte er laut: „Was ist denn das für ein Scheiß? Der ist ja viel zu klein! Mir gefällt es nicht, Männer. Schüttelt im Kampf alles von euch ab, was euch irgendwie behindert, aber daraus gehen müssen wir damit erstmal."

Alle anderen wurden nachdenklich und wenig später war jeder von ihnen ausgerüstet und setzte sich zu Stephaton auf die lange Steinbank. Sie unterhielten sich kaum und warteten dabei voller Spannung, während Longinus und die anderen den Ludus erreichten. Tullia öffnete das Tor und alle folgten ihr direkt hoch zu Aquila, die von der Terrasse aus ihr Kommen beobachtete. Die anderen Gladiatoren versuchten alleine ihre Übungen zu machen, jedoch waren sie zu sehr in Gedanken versunken, um es vernünftig hinzubekommen. Einer der Wachsoldaten lief aufgeregt im Atrium auf und ab, von einer Ecke zu der anderen und beobachtete nur sporadisch die Gladiatoren. Longinus und die anderen kamen nun bei Aquila auf der Terrasse an und nachdem sich erst die Frauen herzlich begrüßt haben, meinte Longinus zu Aquila: „Ich grüße dich, Aquila. Es ist also soweit. Ich, Mauritius und Cassius haben noch eine Bitte an dich."

Aquila ganz gespannt: „Was denn?"

Longinus erwiderte: „Könntest du diese tausend Goldstücke für uns auf deine Männer setzen?"

Aquila lächelte, als Longinus den Geldsack auf den Tisch legte und entgegnete: „Wieso setzt ihr nicht selber?"

Longinus erwiderte: „Aquila, wir müssen nicht unbedingt auffallen, du verstehst?"

Aquila weiterhin lächelnd: „Natürlich, aber ich setze zweitausend und den Gewinn teilen wir dann entsprechend auf, wenn sie gewinnen."

Longinus: „Sie werden gewinnen, da bin ich mir sicher."

Aquila: „Natürlich. Geht schon mal vor, ich komme gleich herunter. Mauritius, bleibst du und hilfst mir eben?"

Mauritius nickte und folgte Aquila in ihr Gemach. Dort holte sie zwei Säcke voller Münzen aus einer Truhe, übergab sie Mauritius und fragte: „Wärst du so nett und würdest das für mich tragen?"

Mauritius lächelte und erwiderte: „Eins davon kann ich bis zum Circus tragen, aber das andere gebe ich Cassius."

Aquila nickte lächelnd und beide gingen nach unten zu den anderen, die bereits vor dem Ausgang auf sie warteten. Longinus hatte bereits Cassius den Sack mit deren Gold gegeben, daher drückte Mauritius Longinus den zweiten Sack von Aquila in die Hand und meinte grinsend: „Das nenne ich Arbeitsverteilung. Die Dinger sind wirklich ziemlich schwer."

Longinus nickte etwas unzufrieden, aber übernahm den Sack von Mauritius und sie verließen alle den Ludus. Auf dem Weg zum Circus unterhielten sich vor allem die Frauen und die Männer tauschten hin und wieder die Hände, in denen sie die schweren Säcke trugen, einmal in der linken Hand, dann wieder in der rechten. Aquila betrachtete beim Laufen etwas länger Marina und sagte irgendwann plötzlich: „Sag mal, meine Liebe, ist das nicht das Kleid, welches ich dir letztens geschenkt habe?"

Marina erwiderte lächelnd: „Ja, das ist es und ich liebe es."

Als Mauritius das hörte, drehte er seinen Kopf, lächelte ebenfalls und Aquila meinte darauf zu Marina: „Es steht dir wirklich gut. Kaum zu glauben, dass ich auch mal reinpasste. Nun ja, man wird nicht jünger, meine Liebe, also genieße dein Leben, solange du jung und hübsch bist."

Marina erwiderte: „Ich muss gestehen, ich liebe meinen Vater und genoss unsere Abenteuer auf unseren Reisen, aber jetzt fühle ich mich noch glücklicher, an der Seite von Mauritius und an eurer. Außerdem freue ich mich auf..."

Marina verstummte verschämt und Aquila hackte sofort hartnäckig nach: „Worauf freust du dich? Nun sag schon."

Marina lächelnd: „Rate doch mal."

Marina streifte mit ihrer rechten Hand über ihren Bauch und Aquila schrie darauf auf: „Du bist schwanger?!"

All stoppten und schauten überrascht abwechselnd auf Marina und auf Mauritius. Longinus und Cassius schauten hauptsächlich Mauritius an und dann einander. Sie lächelten breit von einem Ohr zu dem anderen und Longinus schrie: „Glückwunsch ihr beiden! Dann können wir nachher ja zwei Dinge feiern!"

Die Frauen umarmten die schüchtern gewordene Marina eine Weile und dann setzten alle fröhlich ihren Weg fort. Aquila hielt den ganzen restlichen Weg Marinas rechte Hand und Akatia die linke, bis sie bald in der Arena ankamen. Den Weg zu den Wettstuben kannten ja schon einige und Longinus steuerte wieder die letzte Stube an. Er hielt vor dieser Stube an und ließ Aquila den Vortritt, nachdem er ihr die Tür öffnete und ihr mit seinen Männern hineinfolgte. Die anderen Frauen warteten draußen und jede von ihnen fasste ständig Marina am Bauch, um zu untersuchen, wie weit die Schwangerschaft schon fortgeschritten war. Sie kicherten dabei herum und dachten nicht mal mehr an die bevorstehenden Spiele. Nachdem die Wette nun offiziell abgegeben wurde, kamen Aquila und die Drei aus der Wettstube und Aquila sagte etwas ernst zu allen: „So, meine Lieben, jetzt geht es los. Verhaltet euch vornehm, wenn wir Tiberius gegenüberstehen. Mich kennt er bereits, aber euch noch nicht, also denkt stets daran, immer schön die Nase hochzuhalten, wie es sich für Patrizier gehört. Kommt und folgt mir."

Alle folgten Aquila eine Treppe hinauf, die sich am Ende der Gasse befand, wo die Wettstuben waren und sie betraten eine Ebene, auf der sich die ersten Eingänge zu den Tribünen befanden. Sie wurden streng von Wachsoldaten bewacht und die Korridore waren hier hell erleuchtet und nur Senatoren und hochrangige Soldaten hatten hier Zugang. Dann führten mehrere Treppen noch höher, die gerade in diesem Moment die normale, aber auch die wohlhabende Bevölkerung nutzte. Aquila steuerte aber einen bestimmten Eingang an, der von mindestens zwanzig Prätorianern bewacht wurde. Es war der Eingang zu einem Raum, der wiederrum zur Loge von Tiberius führte. Nun standen sie davor und der Hauptmann der Prätorianer blickte auf Aquila und fragte: „Wie ist euer Name?"

Aquila erwiderte ganz gelassen: „Ich bin Aquila von Maius. Kaiser Tiberius erwartet mich und meine Begleitung bereits."

Der Prätorianer: „Gut, geht hinein."

Als Nächstes durchsuchte der Elitesoldat jeden mit seinen scharfen Blicken nach Waffen, vor allem die Männer und öffnete die schwer gepanzerte Tür und ließ alle durchgehen. Alle versuchten sich vornehm zu verhalten, als sie zu der Loge gingen, doch keiner konnte sich die neugierigen Blicke auf die prunkvollen Verzierungen auf den Wänden verkneifen und die Statuen, die im Vorraum der Loge standen, faszinierten sie besonders. Unter einer besonders glänzenden Marmorbüste stand: Gaius Iulius Caesar und Longinus betrachtete sie mit den Männern länger. Nun standen sie vor einem knallroten Vorhang und zwei Bedienstete zogen ihn auseinander. Aquila und die anderen erblickten den zur Arena schauenden Tiberius und neben ihm saßen noch zwei weitere Personen. Es waren Frauen. Eine saß links von ihm, die andere rechts. Aquila sagte dann etwas lauter, da die Menschenmenge in der Arena bereits einen enormen Lärm produzierte: „Kaiser Tiberius, ich grüße euch! Das ist meine Begleitung!"

Tiberius drehte sich um, schaute alle an und stand von seinem Thron sogar auf. Er begrüßte erst Aquila, blickte die anderen an, wie sie sich leicht vor ihm beugten und ging auf Marina zu und fragte: „Wie ist dein Name, hübsches Kind?"

Marina blickte Tiberius verschämt in seine Augen und erwiderte: „Ich heiße Marina, Tochter von Artyom, mein Kaiser."

Tiberius dachte kurz nach und meinte: „Artyom? Ich kenne einen Artyom. Ein Armenier, der Rom mit den besten Stoffen beliefert."

Marina erwiderte weiterhin verschämt: „Das ist mein Vater, mein Kaiser."

Tiberius entgegnete lächelnd: „Sieh einer an. Schön, seine Tochter kennenzulernen. Er ist ein ehrbarer Mann und ich mag ihn. Setzt euch alle. Ich möchte gleich beginnen."

Die Männer waren irgendwo froh, dass Tiberius Marina ausfragte und nicht auf sie einging und alle setzten sich auf die Sitzbänke, die an den Seiten der Loge platziert waren und warteten auf das kommende Geschehen. Eines war für Longinus schon ungewöhnlich und zwar, dass kein Sprecher anwesend war und daher folgerte er, dass es wahrscheinlich nur einen Kampf geben wird. Tiberius trank in aller Ruhe seinen Wein, unterhielt sich aber mit niemandem und seine Bediensteten brachten ohne Anweisung noch mehr Wein, diverse kleine Köstlichkeiten und viele Schüsseln mit Weintrauben. Die Gäste von Aquila bedienten sich zögernd an den Sachen, bis Tiberius erneut von seinem Thron aufstand, alle anschaute, seinen Krug erhob und sagte: „Trinken wir auf diesen glorreichen Schaukampf! Aquila, nimm es mir nicht persönlich, aber hier geht es nur ums Geschäft. Das verstehst du doch sicher, oder?"

Aquila schaute Tiberius an und erwiderte: „Dreht sich nicht alles ums Geschäft?"

Tiberius lächelte kurz, stellte seinen goldenen Krug ab, ging zum Geländer der Loge, erhob seine Hände und die gewohnten Trompeten ertönten und leiteten die Spiele ein. Eines der drei großen Tore ging auf und drei Streitwagen fuhren in die Arena hinaus. Jedes war mit hunderten von Broten beladen und die Mitfahrer schmissen die Brote mit Freude in die Menge. Die Menschen versuchten belustigt die Gaben von Tiberius zu fangen und der Jubel währenddessen war riesig und dauerte eine ganze Weile. Währenddessen ging Tiberius auf die Männer in seiner Loge zu und fragte Longinus: „Wie ist euer Name?"

Longinus erwiderte ohne zu zögern: „Mein Name ist Aaron, mein Herr."

Tiberius schaute ihn kurz an und meinte: „Irgendwie kommst du mir bekannt vor."

Longinus entgegnete ganz entspannt: „Das kann gut sein, dass ihr mich kennt, mein Herr. Ich war immer der Schlepper von Artyom und jetzt soll ich hier die Geschäftsbeziehungen pflegen, bis er wiederkehrt. Natürlich sollen wir auch seine Tochter behüten, denn sie ist schwanger, nicht wahr, Jakobus?"

Longinus blickte auf Mauritius und lächelte ihn an, worauf Tiberius ebenfalls Mauritius und Marina anlächelte und darauf sagte: „Meinen Glückwunsch! Ich hoffe, er wird ebenso ein guter Händler werden wie sein Großvater. Nun lasst uns beginnen, denn ich will zusehen, wie dieser Verräter endlich stirbt."

Als Tiberius dies sagte und sich wieder zum Geländer begab, überkam Longinus eine Art Wut und er vermittelte es dementsprechend auch den anderen. Aquila fühlte ähnlich, aber verkniff sich ebenfalls jegliche Äußerungen, worauf Tiberius wieder seine Hände erhob und die Trompeten erneut ertönten. Ein Tor ging auf und der Held und Favorit des Pöbels betrat mit seinen vier Kumpanen den Sand der Arena, worauf die Menge derart laut jubelte, dass man kein gesprochenes Wort hätte hören können. Tiberius lehnte sich am Geländer und war über diesen Jubel eigentlich erzürnt, aber er beruhigte sich innerlich, indem er fest glaubte, dass die Fünf diesen Kämpf nicht überstehen werden. Als alle fünf in der Mitte der Arena waren und den Pöbel anschauten, erhob Tiberius hektisch erneut seine Hände nach oben, was ein Zeichen für den Anfang des Kampfes war. Trompeten ertönten erneut und es öffnete sich ein weiteres Tor und die Menge wurde schlagartig still, als daraus zehn römische Elitesöldner herauskamen. Sie hatten pralle Muskeln, glänzende Rüstungen und ihre Schwerter glänzten ebenfalls. Tiberius hatte scheinbar veranlasst, dass die Gegner von Stephaton und seinen Männern sich von ihnen deutlich unterscheiden sollten. Die Söldner gingen ganz entspannt auf Stephaton und seine Männer zu und als sie in Wurfreichweite von Akonos Dreizack waren, wagte er seine Waffe zu schleudern. Sein Wurf war perfekt und er erwischte einen der

Männer an der Kehle und mit dem mittleren Zacken seine Pulsschlagader. Der Söldner war innerhalb kürzester Zeit verblutet und tot. Die anderen von ihnen stoppten, schauten auf ihren toten Kumpanen herunter und es sah für alle danach aus, als wären sie im ersten Moment erschrocken, doch dann schauten sie wieder auf Stephaton und seine Leute und rannten nun auf sie zu. Der Schwertkampf begann, worauf die Menge jubelte und alle in der Loge vor Spannung erstarren ließ. Irgendwann drehte sich Tiberius zu seinen Gästen und meinte: „Wartet nur ab. Es gibt in der Arena zwölf Tore und alle gehen nach und nach auf. Das wird Stephatons Ende sein."

Longinus schaute erst etwas erschrocken auf seine Männer, aber dann beruhigte er sich und schaute weiter zu, wie Stephaton und seine Männer die Söldner niedermetzelten. Akono zog währenddessen seinen Dreizack aus dem Hals seines Opfers und plötzlich ging ohne Vorwarnung ein weiteres Tor hinter ihnen auf. Die fünf Gegner, die daraus kamen, schienen aber anders zu sein. Es waren scheinbar keine Krieger des römischen Reiches und hatten merkwürdige Schwerter, die nicht gerade, sondern leicht gebogen waren. Stephaton kämpfte noch mit dem letzten der Söldner und als er ihn erledigt hatte, schrie er zu seinen Männern: „Schmeißt die scheiß Helme weg! Los! Wir sollten uns nur auf einen Punkt konzentrieren! Los! Schmeißt sie weg!"

Die Männer von Stephaton folgten seiner Anweisung umgehend und wandten sich darauf den weiteren fünf Kriegern zu. Akono war wieder der Erste, der reagierte und schmiss mit seinem Netz auf die Angreifer, die sich ziemlich eng zusammenhielten. Er zielte gut und sein Netz umschloss sie alle, aber drei von ihnen befreiten sich schnell, wurden jedoch von Stephaton und den anderen rasch umzingelt. Das Gemetzel dauerte nicht lange, bis sich ein weiteres Tor auftat. Die weiteren Schlachten waren für Stephaton und seine Männer ebenfalls erfolgreich, doch als das elfte Tor aufging, erlebten alle eine Überraschung. Es waren fünf mit Langschwertern ausgestattete Reitsoldaten und die Menge und alle in der Loge hielten ihren Atem an. Tiberius hingegen lächelte und rieb sich siegessicher seine Hände, während er stolz auf seine Reiter schaute. Als er seine rechte Hand erhob, ritten die Pferde wie wild auf die Fünf los, die sich erneut in der Mitte versammelt hatten und Stephaton schrie laut: „Männer, wir müssen auseinandergehen! Lauft einfach!"

Die Männer hörten auf ihn und rannten in verschiedene Richtungen los. Stephaton wurde als Erster von einem der Reiter erreicht und als er sich ihm näherte, drehte sich Stephaton dynamisch um und warf sein Schwert mit aller Wucht in seine Richtung. Er traf das glänzendbraune Pferd in seine Brust und sein Gladius bohrte sich tief in das Pferd hinein. Er traf wohl das Herz, da das schöne Tier innerhalb von Augenblicken tot war und den Reiter zur Hälfte unter sich begraben hatte, wodurch er sich nicht mehr wehren konnte. Als Stephaton lächelnd vor ihm stand, fing er mit voller Wut an in sein Gesicht zu schlagen und nach ungefähr fünfzehn Schlägen rührte sich sein Gegner noch kaum. Die Menge jubelte nun und Tiberius verging das Lächeln, während Longinus und seine Männer schmunzelten und sich das Jubeln verkniffen. Die anderen hatten es mit den Reitern etwas schwerer, aber bald erledigten sie auch einen von ihnen und Akono erledigte den Dritten mit seinem Dreizack als Wurfspeer. Der vorletzte Reiter galoppierte nun auf ihn zu und Akono bereitete sich schon auf den Wurf seines Dreizacks vor, doch im Augenwinkel sah er, wie der andere Reiter auf Pogoria zuritt, der ihm gerade mit dem Rücken zugewandt war. Anstatt, dass Akono seinen Angreifer mit dem Dreizack bewarf, schleuderte er ihn mit aller Kraft auf den Reiter, der Pogoria angreifen wollte. Dieser Wurf war perfekt und er hatte Pogoria gerettet, aber sein Angreifer erwischte ihn kurz darauf mit seinem Schwert am Hals und traf wohl seine Hauptschlagader, worauf Akono niederging und auf dem Rücken liegend verblutete. Als die anderen das mitansehen mussten, rannten sie schreiend auf den letzten Reiter zu und nun musste er vor ihnen weg, aber die Flucht brachte ihm nichts. Sie umzingelten ihn bald und als sie sein Pferd dazu brachten, ihn von sich runter zu werfen, richteten sie ein Massaker an. Sie stachen nicht auf ihn ein, sondern schlugen seinen Kopf einfach kollektiv zu Brei. Die Menge jubelte erneut und das letzte Tor ging auf, aber als doch niemand herauskam, verstummten wirklich alle. Tiberius wurde sichtbar wütend und erst nach einiger Zeit kamen die fünf letzten Männer heraus. Jeder konnte sehen, dass sie mutlos und verängstigt waren und Stephaton überlegte, wie er diese Sklaven verschonen konnte, doch es fiel ihm nicht viel ein. Würden sie den Kampf mit Stephaton und seinen Männern nicht aufnehmen, wären sie sowieso mit dem Tode bestraft worden, also wurde Stephaton klar, dass ihnen nichts anderes übrigblieb, als sie kurz und schmerzlos zu erledigen. Stephaton schaute auf seine Männer und nickte mit einer ernsten Mine und sie verstanden, was er damit sagen wollte und machten es kurz, worauf die Menge wild jubelte und schrie: „Stephaton! Stephaton! Stephaton!"

Das ließ die Vier jedoch keinen Stolz empfinden und alle gingen zu dem getöteten Akono, hoben seinen Körper nach oben und trugen ihn zu viert in die Richtung eines Tores. Als sie sich dem Tor näherten, öffnete es sich und die Menge jubelte unaufhörlich, während sich in Tiberius immer mehr Wut zusammenstaute. Er blickte Aquila und ihre Gäste nicht einmal an, da die Menge bereits entschieden hatte, wer der klare Gewinner war. Tiberius wagte sich sogar nicht mehr wie üblich, ein Urteil über das Leben von Stephaton und seiner Männer zu fällen und tobte deshalb innerlich. Irgendwann drehte er sich aber zu Aquila und sagte ganz gelassen, was sichtbar vorgespielt war: „Nun gut, Aquila, vielleicht der Kerl tatsächlich unbesiegbar. Wenn du den Ludus behalten willst, lieferst du mir innerhalb eines Monats sieben Gladiatorinnen. Geh zum Carcer Tullianus und suche dir dort welche aus. Ich leite alles in die Wege."

Tiberius verließ unzufrieden und wütend die Loge und wurde weiter von seinen Prätorianern aus dem Circus geleitet. Aquila und die anderen wurden einfach in der Loge sitzen gelassen und irgendwann meinte Aquila zu allen: „Was sollen wir nun machen?"

Longinus: „Bleib ganz gelassen. Erst holen wir den Gewinn und dann gehen wir zum Ludus. Morgen gehe ich und Mauritius mit dir zu diesem Kerker, den Tiberius erwähnte. Der Kerker ist nahezu fünfhundert Jahre alt, aber Tiberius hatte ihn kürzlich ausbauen lassen, hörte ich. Ich weiß, wo er sich befindet."

Aquila entgegnete unsicher: „Was ist jetzt mit Stephaton und den anderen?"

Longinus erwiderte mit einer beruhigenden Stimme: „Sie werden sie alle wieder zurück zum Ludus bringen, da bin ich mir sicher. Aber was mit Akonos Leiche passiert, da haben wir keinen Einfluss. Für die toten Kämpfer endet alles in der Arena und dann meistens in einem Massengrab. Tut mir leid, aber so ist es nun mal, außer, man ist ein berühmter Gladiator."

Aquila blickte nachdenklich auf den Boden und entgegnete: „Dann lasst uns hier wieder verschwinden, kommt."

Aquila stand auf, die anderen ebenso und folgten ihr aus der Loge. Darauf begaben sich alle direkt zu der Wettstube, holten ihren sechsfachen Gewinn ab und eilten damit zum Ludus. Als sie dort ankamen, schaute sich Aquila hektisch um, konnte Stephaton aber nicht entdecken und fragte einen Wächter: „Wo sind meine Männer? Hat man sie noch nicht zurückgebracht?"

Der Wachmann antwortete ganz gelassen: „Nein, ihr seid die Ersten. Wie war es denn? Wie waren die Kämpfe?"

Aquila entgegnete, während sie auf Longinus blickte: „Wir haben Akono verloren."

Darauf gingen alle hinter Aquila die Treppe hinauf und die Frauen folgten ihr zu ihrem Gemach und die Männer begaben sich auf die Terrasse. Als sie sich dort hinsetzten, sagte Cassius zu den anderen: „So viel Blutvergießen nur aus Rache. Rechnet mal, zwölf mal fünf sind sechzig. So viele Männer und Akono mussten sterben. Wann endet dieser Wahnsinn?"

Longinus: „Vergiss das arme Pferd nicht. Ich habe die Befürchtung, dass das niemals enden wird."

Mauritius: „Das befürchte ich auch. Diese verdammten Tyrannen! Aber es war immer so gewesen und wir werden nichts daran ändern können."

Cassius: „Wartet ab, wir sollen der römischen Schlange den Kopf abschlagen. Vielleicht beenden wir das Ganze damit? Lasst uns doch auf das Zeichen warten."

Longinus erwiderte: „Wie lange sollen die Menschen noch sinnlos sterben? Du siehst doch die Armut in der Stadt. Sie hungern, in den Gassen stinkt es und keiner schert sich um den anderen, aber die Reichen leben im Paradies, was für die Armen zugleich die Hölle ist."

Mauritius: „So war es doch immer. Wir können nicht plötzlich alles verändern, nur, weil wir unverwundbar sind."

Cassius entgegnete selbstsicher: „Doch, können wir und Stephaton hat gerade damit begonnen. Spürt ihr unsere Vorsehung denn nicht? Wartet doch geduldig ab."

Longinus erwiderte: „Vielleicht hast du Recht, aber meine Geduld nähert sich langsam ihrem Ende zu."

In diesem Augenblick kamen die Frauen auf die Terrasse und Aquila fragte ungeduldig: „Wann kommen sie endlich?"

Longinus erwiderte: „Sie kommen sicherlich gleich, mach dir keine Sorgen. Sie werden entrüstet, dann müssen sie sich waschen und das dauert nun mal seine Zeit. Sei beruhigt."

Aquila: „Gut, dann warten wir halt noch."

Alle setzten sich hin und schlürften langsam den Wein, den Tullia ihnen brachte und sogar Akatia trank dieses Mal mit und teilte ihren Becher mit ihrer Tochter. Als sie sich über den Kampf unterhielten und alles nochmals zusammenfassten, hämmerte es endlich am Tor. Ein Wachsoldat öffnete es von innen und herein kamen die sehnlichst erwarteten und siegreichen vier Gladiatoren. Sie kamen mit Stolz und einem Lächelnd zurück, blickten hoch zur Terrasse und wurden von allen jubelnd empfangen. Darauf kamen alle anderen Gladiatoren zum Atrium hereingestürmt und bejubelten die Vier noch lauter. Aquila war glücklich, die Vier endlich zu sehen und meinte zu Longinus: „Bleibt doch noch hier und wir feiern diesen Sieg."

Longinus erwiderte lächelnd: „Ich dachte schon, du fragst nie. Natürlich bleiben wir gerne."

Die Anderen stimmten ebenfalls fröhlich zu und Tullia begab sich darauf blitzartig zu der Culina und Marina, Akatia und Celina begleiteten sie. Aquila saß nur da und konnte sich an dem Anblick der Wiederkehrer nicht genug erfreuen, wodurch der Verlust von Akono vorerst in den Hintergrund geriet. Auch die anderen Gladiatoren unten bekamen etwas Wein und ordentlich etwas zum Beißen. Stephaton feierte vorerst unten mit den Männern und war Pogoria, Raton und Gaius an diesem Abend besonders nahe. Irgendwann, als die Sonne unterging und es stockdüster wurde, sagte Longinus zu Aquila und zu den anderen: „Aquila, wir sollten nun alle unsere Betten wärmen. Ich komme morgen mit Mauritius und dann gehen wir zu diesem Carcer."

Aquila erwiderte schon leicht angetrunken: „So machen wir es. Schickt mein geliebtes Zugpferd hier hoch, wenn ihr euch von ihm verabschiedet habt, ja?"

Longinus nickte lächelnd und zustimmend, gab Aquila einen Kuss auf ihre rechte Hand und verließ mit den anderen die Terrasse, nachdem auch sie sich von ihr verabschiedeten. Der Weg zu der Villa war lustig und die Frauen hielten sich an den Händen, während die Männer noch immer von dem siegesreichen Kampf schwärmten und Longinus irgendwann zu seinen Männern meinte: „Habt ihr gemerkt, wie Stephaton die anderen auf Vordermann gebracht hat? Sie kämpften unerschrocken und stark wie Bullen."

Mauritius entgegnete: „Da hast du recht. Der alte Stephaton ist in seiner neuen Rolle wirklich aufgeblüht. Was meinst du Longinus, was hat Tiberius mit den Gladiatorinnen in der Arena vor?"

Longinus: „Darüber dachte ich auch schon nach. Ich denke, er will Stephaton nicht zu noch mehr Ruhm verhelfen und will daher die Frauen im Circus. Sowas gab es schon lange nicht mehr und die Leute werden begeistert und gespannt auf die Spiele sein."

Mauritius: „Stimmt, da könntest du Recht haben. Dadurch wird er Stephaton hoffentlich in Ruhe lassen."

Longinus: „Ich denke, fürs Erste ja."

Sie beendeten das Gespräch, als sie endlich vor ihrer Villa standen. Die Männer besetzten darauf die Steinbänke und die Frauen verschwanden in der Culina. Die Männer unterhielten sich hier weiter, bis Marina mit einem Weinkrug auf sie zukam und zu Mauritius sagte: „Das ist für euch. Genießt es und nachher sehe ich dich in der Stube, Mauritius. Wollt ihr noch etwas speisen?"

Die Männer schüttelten den Kopf und Marina ging darauf wieder zu den anderen Frauen. Nach einer Weile wurden alle schon recht müde und nachdem der Weinkrug leer war, ging jeder seines Weges. Die Nacht verging ruhig und entspannt, sowohl in der Villa, als auch in dem Ludus. Als der nächste Morgen anbrach, wurde er vor allem für Aquila ganz hektisch. Sie lief in ihrem Gemach unruhig umher, kleidete sich an, parfümierte sie sich und wechselte wieder ihre Kleider, weil diese ihr doch nicht zusagten und so verging eine ganze Weile. Als sie irgendwann endlich mit ihrem Aussehen zufrieden war, rief sie nach Tullia und als sie nach wenigen Augenblicken hereinkam, fragte Aquila: „Du kommst wohl mit, oder?"

Tullia erwiderte: „Wenn du es möchtest, dann ja."

Aquila lächelte darauf wieder entspannt und beide verließen kurz darauf den Ludus und eilten zu der Villa, wo bereits Longinus und Mauritius auf sie warteten. Die beiden Männer hatten sich ebenfalls wohlgekleidet und waren darauf vorbereitet, Aquila bei der Wahl der Gladiatorinnen im Carcer Tullianus zu unterstützen. Nachdem Aquila und Tullia in der Villa ankamen, begrüßten sich alle erstmal herzlich und Longinus kam sofort zum Punkt: „Eines sage ich euch jetzt schon. Es wird schwer sein, die Frauen zu zähmen und wir sollten wirklich achtsam sein, welche wir auswählen. Sie sollten zwar wild sein und stark, jedoch müssen sie sich auch unterwerfen können."

Aquila: „Das denke ich auch, aber zur Sicherheit helft ihr mir bei der richtigen Auswahl, oder?"

Longinus nickte und erwiderte lächelnd: „Wir werden uns selbstverständlich die größte Mühe geben, Aquila, also lasst uns losgehen und dem Schicksal ins Auge blicken."

Sie verließen die Villa zu viert, nachdem sie sich von den anderen kurz verabschiedeten und schwiegen auf dem Weg zum Carcer Tullianus, während sie nur das rege Treiben um sie herum beobachten. Als sie in der Nähe des Verlieses waren, bemerkten sie immer mehr bewaffnete Wachen in den Gassen, was nicht weiter verwunderlich war, denn der Carcer Tullianus war eines der größten Verliese in Rom und voller gefährlicher Gefangener. Seine Gemäuer waren in Räume für Mörder, Diebe, Verräter und Kriegsgefangene unterteilt und weitere Unterteilungen gab es für Frauen und Männer. Es gab weniger Frauen unter den Mördern, aber unter den Kriegsgefangenen gab es von ihnen ziemlich viele. Sie stammten aus den diversesten Teilen der Welt her und saßen schon lange ein, während man sich über ihre weitere Verwendung geduldig Gedanken machte. Nun fand Tiberius am Vortag eine Verwendung zumindest für sieben von ihnen und Aquila sollte sie auswählen. Irgendwann stand sie und die anderen vor dem riesigen Tor des Kerkers und Longinus hämmerte darauf, worauf sich ein kleines Fenster im Tor öffnete und ein Wachmann hindurch unfreundlich fragte: „Wer seid ihr und was wollt ihr!?"

Aquila erwiderte ebenso unfreundlich: „Ich bin Aquila von Maius und komme auf Anordnung von Kaiser Tiberius hierher!"

Das kleine Fenster schloss sich wieder und kurz darauf öffnete sich die rechte Torhälfte. Der Wachsoldat, der kurz zuvor mit Aquila redete, meinte nun: „Ihr seid es, Herrin. Wir wurden von eurer Ankunft gewarnt. Geht mit Viktor, er wird euch rumführen."

Der Wachsoldat schaute sich auf dem Gelände um, suchte nach Viktor und rief: „Viktor! Geleite diese Herrschaften zu den Verliesen der Amazonen und der anderen Frauen!"

Viktor kam näher und sagte freundlich zu Aquila: „Kommt mit mir, Herrin, und lasst euch von den anderen Gefangenen unterwegs nicht ablenken. Sie werden euch darum anbetteln, dass ihr sie freikauft, aber deshalb seid ihr ja nicht hier."

Aquila erwiderte, während sie schon auf dem Weg waren: „Nein, wir sind wegen sieben Kämpferinnen hier. Vielleicht kannst du uns welche empfehlen?"

Viktor entgegnete: „Oh, Herrin, als wir gestern die Nachricht bekamen, dass ihr kommen würdet und sieben von ihnen zum Ludus nehmt, habe ich mir sofort Gedanken darüber gemacht, welche mir die meisten Probleme bereiten. Zenobia aus dem Norden Africas beispielsweise ist eine sehr gute Kriegerin. Sie wird euch viel in der Arena taugen, doch sie ist wild wie eine Löwin und ihr müsst vorsichtig mit ihr sein. Kommt, ich zeige euch noch andere interessante Kriegerinnen."

Auf der Wanderschaft durch das riesige Verlies sammelte Viktor immer mehr Wachsoldaten ein. Er hatte geplant, die Ausgewählten später zusammenzuketten und Aquila zu übergeben und er wusste, dass dafür viele Männer nötig waren. Als Erstes kamen sie an der Zelle von Zenobia an und Viktor meinte zu Aquila: „Da, Herrin, die mit der Glatze ist Zenobia. Sie ist eine Aufständische aus der Provinz Africa Proconsularis. Die dort, neben ihr, würde ich euch auch empfehlen, Xanthia. Sie versuchte in dieser Provinz ebenfalls Aufruhr zu stiften. Normalerweise erwartet beide der Tod, aber wenn ihr sie haben wollt... Sollen wir weiter?"

Longinus und Mauritius begutachteten beide Frauen durch das Gitter und nickten leicht, was von Aquila erwartet und bemerkt wurde, worauf sie zu Viktor sagte: „Gut, gut, gehen wir weiter."

Viktor lächelte stolz, als er merkte, dass allen seine Wahl gefallen hat und alle folgten ihm weiter, bis er zwei Zellen entfernt stoppte und meinte: „Hier, Thesalis. Ebenfalls eine Aufständische und ebenso wild und gerissen. Sie tötete zehn unserer Soldaten in Makedonien. Auch sie dürft ihr gerne haben. Als ich ihr mal Essen brachte, hat sie mich in den Arm gebissen. Ein verdammtes Biest, wenn ihr mich fragt. Kommt weiter, es wird noch spannender."

Alle folgten Viktor weiter, bis er drei Zellen später wieder Halt machte, sich zu Aquila und den anderen drehte und meinte: „Hier haben wir drei weitere Aufständische aus dem Mittelmeerraum. In der Stadt Katane haben sie sich in der Nacht in eines unserer Lager dort eingeschlichen, einen Zenturio und viele weitere Soldaten ermordet und keiner hat sie kommen hören. Ich sage euch, richtige Bestien sind das. Kommt weiter, eine ist noch übrig."

Alle folgten ihm wieder und kamen bald an einer Zelle an, die nur von einer einzigen Frau besetzt war. Viktor blickte auf alle, dann auf die Frau in der Zelle und meinte: „Das ist Herone, eine Keltin. Sie befehligte eine ganze Bande Keltinnen, die eine Kohorte unserer Soldaten angriff. Sowas Dummes... oder auch Mutiges. Nun, jedenfalls wurde ihre Bande ausgelöscht und man nahm sie gefangen. Also, was meint ihr?"

Aquila blickte erst Longinus an, dann Mauritius und beide nickten zustimmend, worauf Aquila Viktor antwortete: „Gut, bereitet alles vor. Wir warten vor dem Carcer."

Viktor entgegnete: „Gewiss, Herrin. Wir machen sie sofort transportbereit. Wartet einfach vor den Toren."

Aquila und die anderen verließen den Carcer auf dem gleichen Weg, den sie gekommen waren, achteten nicht weiter auf die anderen schreienden Gefangenen, stellten sich einfach vor das Tor und warteten. Nach einer Weile war es soweit und zwei Soldaten führten die zusammengeketteten Gefangenen aus dem Carcer heraus. Die Sieben schauten etwas verwirrt und vom Tageslicht geblendet in der Gegend herum, worauf Longinus die Kette von einem der Wachsoldaten übernahm und zu den Frauen sagte: „Folgt mir und habt keine Furcht."

Die Sieben folgten Longinus friedlich, an dessen Seite Mauritius war, während Aquila und Tullia ganz hinten mitliefen und die Kriegerinnen aus sicherer Entfernung begutachteten. Aquila beobachtete insbesondere Zenobia, die besonders kräftig und gefährlich aussah und am Anfang den Eindruck machte, als könnte und wollte sie jemanden totbeißen, doch sie beruhigte sich irgendwann auf dem Weg zum Ludus. Aquila war den ganzen Weg über angespannt und hoffte sich zu beruhigen, wenn sie in dem sicheren Ludus eintreffen. Es war Aquila klar, dass die Frauen Gefangene der Römer waren und bis zu ihrer Hinrichtung im Kerker sitzen mussten und daher nicht von den Römern gerade begeistert waren. Einige Zeit später war es soweit, als sie den Ludus betraten und die Kämpferinnen sehr überrascht waren, dass Stephaton und seine Männer ihre Ankunft bereits mit Freude erwarteten. Noch während Longinus die Frauen vor den anderen Gladiatoren aufstellte, ertönte ein gemeinsamer Gruß: „Wir grüßen euch, unsere Schwestern! Kämpft mit uns um die Freiheit!"

Das war genau das, worauf Aquila gehofft hatte und Stephaton hatte sich scheinbar wohlüberlegt, wie er schon beim Empfang das Vertrauen der Neuankömmlinge gewinnen könnte. Darauf begutachtete er die Kriegerinnen kurz, lächelte sie an und sagte laut: „Legt ihnen die Ketten ab und gebt ihnen ordentlich etwas zu essen!"

Die Gladiatoren rührten sich nicht und überließen die Aufgabe symbolisch den Wachsoldaten. Als die Befreiung von den Ketten vollendet war, ging Stephaton auf die Frauen zu und verkündete: „Ihr seid nicht zum Sterben hier, das verspreche ich euch! Ganz im Gegenteil! Ihr könnt sogar eure Freiheit wiedergewinnen, wenn ihr als Gladiatorinnen erfolgreich seid! Schaut dort, das ist unsere Herrin, Aquila. Sie sorgt für uns, kümmert sich um unser Wohl und neben ihr steht Tullia, die euch gleich mit frischem Essen versorgt. Wenn ihr etwas braucht, fragt einfach mich oder Tullia. Bitte, geht erstmal zum Badehaus und kommt dann ins Atrium."

Einer der Wachsoldaten des Ludus geleitete die Frauen ins Badehaus, öffnete ihnen sogar die Tür und die Sieben betraten den Raum.

Tullia begab sich ohne nachzufragen zur Culina und fing an zu kochen. Nun entspannte sich jeder im Ludus, besonders Aquila, die irgendwann zu Stephaton lächelnd meinte: „Ich habe es mir schwieriger vorgestellt."

Stephaton zurücklächelnd: „Ich weiß schon, wie ich sie behandeln muss. Du erlebst gerade, wie diese Familie wächst."

Aquila lächelte und als Nächstes wandte sich Stephaton an die Gladiatoren: „Und ihr Männer zügelt euch in jeder Hinsicht, sonst führe ich persönlich eure Kastration durch!"

Die Gladiatoren erwiderten belustigt im Chor: „Jawohl!"

Während die Frauen im Badehaus ein ausgiebiges Bad nahmen, begaben sich Aquila, Stephaton, Longinus und Mauritius nach oben zu der Terrasse und während die Frauen badeten, meinte Zenobia irgendwann zu allen: „Wisst ihr was, ich denke, unser Schicksal nimmt hier eine Wendung. Habt ihr die glücklichen Männer ohne Ketten gesehen? Ich lasse mich auf das Spielchen hier ein. Was meint ihr?"

Xanthia erwiderte als Erste: „Ich denke, du hast recht. Ich habe mich seit einem Monat nicht mehr gewaschen und nun ein Bad?"

Darauf meinte Antiope, die vorher ein paar Zellen weiter von Zenobia einsaß: „Es sind doch alles nur dreckige Römer, die sich einen Dreck um uns scheren!"

Zenobia widersprach lächelnd: „Nun warte doch erstmal ab. Wenigstens ist dein Todesurteil vorerst aufgehoben und du stinkst nach diesem Bad nicht mehr so."

Antiope erwiderte: „Wie immer hast du wahrscheinlich Recht, doch ich traue dieser Scheiße nicht."

Zenobia: „Warten wir einfach ab."

Die Frauen wuschen sich eine ganze Weile, bis das Wasser kalt wurde und sie sich abtrockneten. Trockentücher lagen dort schon bereit, sowie frische Kleidung und sogar Duftöle. Während sich die

Frauen abtrockneten, fragte Aquila ihren Stephaton oben auf der Terrasse: „Stephaton, wie willst du weiter vorgehen? Ich habe nämlich keine Idee."

Stephaton: „Sie sollen sich hier erstmal sicher und wohlfühlen und ich denke, dass sie das jetzt schon größtenteils tun. Wir lassen sie sich erstmal sattessen und dann geleite ich sie mit Pogoria zu ihren Quartieren. Ich habe nämlich einige Männer zusammengelegt und damit zwei freie Quartiere geschaffen und wir lassen die Frauen selbst entscheiden, wer mit wem leben möchte. Nur mit den Kampfübungen wird es etwas schwieriger und wir werden das Atrium erstmal abwechselnd nutzen müssen. Pogoria sagte mir zu, dass er mich bei allem unterstützen wird, also denke ich, dass wir alles gut hinbekommen."

Aquila erwiderte lächelnd: „Nun gut, dann lege ich alles offiziell in deine Hände, mein Lieber."

Stephaton schlürfte noch etwas Wein und entgegnete: „Also gut, dann mache ich mich jetzt an die Arbeit."

Er stand auf, verließ die Gesellschaft auf der Terrasse und ging zum Atrium, wo die Männer noch eigenständig einige Übungen durchführten. Als er unten bei den Männern ankam, meinte Pogoria diskret: „Stephaton, die Glatzköpfige ist heiß, findest du nicht?"

Stephaton erwiderte ernst: „Jetzt haltet alle mal die Füße still und sabbert nicht herum. Wir müssen uns auf unsere Aufgaben konzentrieren und wenn das Schicksal so will, kommt noch die Zeit für andere Dinge."

Pogoria nickte zustimmend, als die Frauen gerade das weiterentfernte Badehaus verließen und beide begaben sich dorthin. Als Stephaton und Pogoria vor den sieben Frauen standen, sagte Stephaton zu ihnen: „Folgt uns bitte. Wir zeigen wir euch eure Quartiere, danach bringen wir euch etwas zu essen und dann könnt ihr euch bis morgen früh ausruhen."

Alle sieben nickten zustimmend und Aquila und ihre Gäste oben wunderten sich nur, in welcher kurzen Zeit Stephaton die barbarischen Kämpferinnen gezügelt hatte. Longinus schaute darauf lächelnd Aquila an und meinte: „Ich dachte erst, sie springen mir an die Kehle und nun sind sie zahm wie Kaninchen. Wie es scheint, ist Stephaton ein wirklich fähiger Lanista."

Aquila lächelte darauf stolz und fragte anschließend: „Kommt ihr morgen auch hierher? Ich meine, ihr alle? Tiberius gab mir nur einen Monat, um die Frauen für die Kämpfe vorzubereiten, daher vermute ich, dass Stephaton schon morgen richtig loslegen wird."

Longinus lächelnd: „Natürlich kommen wir gerne, aber vorher gehen wir zum Markt, bringen einiges mit und Mauritius tobt sich in deiner Culina mit Marina so richtig aus. Was haltet ihr davon?"

Mauritius erwiderte: „An mir soll es nicht scheitern, aber um euch alle satt zu bekommen, werden wir noch einige helfende Hände brauchen."

Aquila nickte lächelnd und Longinus meinte: „Gut, Aquila, wir brechen jetzt wieder auf. Bestell Stephaton noch einen Gruß von uns und sag ihm, dass wir morgen auch kommen."

Aquila bestätigte lächelnd, worauf Longinus und Mauritius den Ludus verließen. Aquila blieb oben auf der Terrasse und beobachtete weiter ihre Gladiatoren, wie sie in der Mittagssonne übten und dabei schwitzten. Kurz darauf schlossen sich ihnen auch Stephaton und Pogoria an und die Übungen intensivierten sich. Die Gitter der Quartiere der Frauen blieben offen und sie konnten sich jederzeit und überall auf dem Gelände frei bewegen, aber sie waren noch immer skeptisch und verließen ihre Quartiere nicht. Kurz darauf kam Tullia mit weiteren Helferinnen des riesigen Haushaltes zu ihnen und brachte einen Brotkorb, eine Olivenölkaraffe und einen Korb mit frischen Oliven und Früchten. Sie übergaben ihnen alles ohne Worte, aber lächelten die Sieben Neuankömmlinge stets freundlich an. Zenobia nahm Tullia den Brotkorb ab, Xanthia den Früchtekorb und Herone die Karaffe. Sie bedankten sich freundlich und Tullia verließ mit ihren Helferinnen in aller Ruhe den Quartierflur, worauf die Sieben die Mahlzeit sehr genossen, auch wenn es nur einfache Speisen waren. Irgendwann meinte Zenobia zu allen, die sich in einem ihrer Quartiere zum Speisen versammelt hatten: „Langsam gefällt es mir hier. Besonders der eine Typ, der uns die Quartiere gezeigte."

Antiope wollte es präziser wissen: „Welcher denn? Der Alte etwa?"

Zenobia erwiderte: „Nein, der Jüngere natürlich! Habt ihr nicht seine Muskeln gesehen und sein nettes Lächeln?"

Antiope erwiderte entschieden: „Für mich sind das alles nur dreckige Römer!"

Zenobia widersprach: „Hier unten sind keine Römer, bis auf die Wachen, Antiope. Sie sind wie wir und oben auf der Terrasse sitzen die Römer."

Antiope schaute Zenobia skeptisch an und biss wieder in ihr Stück Brot, welches sie vorher ins Olivenöl getunkt hatte. Alle Sieben speisten schweigend weiter, bis nach einiger Zeit Stephaton zu ihnen kam und freundlich fragte: „Gefallen euch eure Quartiere? Benötigt ihr noch etwas?"

Zenobia erwiderte: „Etwas Wasser wäre nicht schlecht, Schlaukopf."

Stephaton blickte sie an, lächelte leicht und erwiderte: „Aber natürlich, ich leite gleich den Tiber zu euch um, oder reicht vorerst eine Wasserkaraffe?"

Zenobia lächelte wegen seines Witzes kurz und Stephaton verließ darauf ebenfalls belustigt den Quartierflur. Kurze Zeit später tauchten bei den Frauen zwei der Gladiatoren mit einer großen Amphore frischen Wassers auf und darunter war wieder Pogoria, der lächelnd verkündete: „Frisches Wasser für die Weiber, wie vom Schlaukopf Angeordnet!"

Zenobia erwiderte lachend: „Richte dem Schlaukopf unseren Dank aus und sag ihm, dass uns die Quartiere gefallen."

Pogoria lächelte ebenfalls und verließ mit Raton wieder das Quartier, das die Frauen wählten, um dort gemeinsam zu speisen. Die Gladiatoren übten im Atrium noch bis zur Dämmerung und die Frauen verließen ihre Quartiere bis dahin noch immer nicht. Stattdessen belegten sie für die kühle Nacht ihre Pritschen und ruhten sich einfach mit vollen Bäuchen aus. Zwischenzeitlich hatte ihnen Tullia nämlich noch mehr Speisen bringen lassen, sodass jede von ihnen mehr als nur satt werden konnte. Die Nacht brach langsam an und als es wirklich dunkel wurde, tauchte Tullia mit den anderen Gladiatoren in den Quartiergemäuern auf. Sie waren sehr leise, um die Neuankömmlinge in ihren neuen Quartieren nicht zu stören und Tullia füllte vorsichtig die Leuchten mit neuem Öl für die Nacht und Pogoria half ihr dabei. Die Männer lachten leise und alberten noch ein wenig herum, legten sich jedoch bald hin und schliefen rasch erschöpft ein. Die Quartiere sahen schon wie Zellen aus, jedoch verloren sie ihren Charakter, als sie nicht mehr verschlossen wurden. Dennoch, als nun auch die Männer ihre Pritschen besetzten und schliefen, verriegelten die Frauen die Gitter ihrer Quartiere selbst. Pogoria beobachtete dies im Halbschlaf, dachte sich aber schon, dass sowas passieren würde. In dieser Zeit spielte sich in Aquilas Gemach eine heftige Diskussion ab und Stephaton versuchte Aquila stur zu überzeugen, wie der nächste Morgen für alle aussehen sollte: „Speisen sollten sie zusammen, glaub mir, aber ich bin vorerst entschieden gegen gemeinsame Übungen."

Aquila erwiderte etwas verärgert: „Sie könnten schon in einem Monat in Circus gegen Männer antreten und du bekommst es doch hin, dass sie zusammen üben."

Stephaton überzeugend: „Bedenke doch, dass die Männer eigentlich in Gefangenschaft lebten und seitdem keine Frauen hatten. Wenn sie jetzt mit den Frauen zusammen üben, werden sie ihnen nur imponieren wollen und der eigentliche Unterricht bleibt auf der Strecke."

Aquila: „Jaaa, wahrscheinlich hast du wieder Recht. Ich lege alles in deine fähigen Hände. Nun lass uns den Abend mit etwas Schönem ausklingen, in Ordnung?"

Stephaton nicke lächelnd, legte sich sanft auf Aquila und begann ihren ganzen Körper, beginnend mit ihren Lippen zu küssen. Ihr Liebesspiel dauerte eine ganze Weile, während in der Villa Longinus Cassius von allem erzählte, was an diesem Tag geschehen war und auch Akatia und die anderen Frauen hörten gespannt zu. Als Longinus schon so ziemlich alles erzählt hatte, fragte Cassius: „Eine Glatzköpfige? Für mich muss eine Frau schöne, lange Haare haben."

Longinus erwiderte: „Aber sie ist hübsch und ihre prallen Muskeln sind wirklich imposant, wogegen du wie ein Frosch wirkst."

Cassius erwiderte mürrisch: „Ich bin auch ein guter Kämpfer, also mach mich jetzt nicht so nieder."

Longinus: „Ich meine ja nur. Du musst auch nicht direkt beleidigt sein. Jedenfalls wird das Geschehen im Ludus jetzt sehr interessant werden und wir sollten Aquila und Stephaton dabei unterstützen. Übrigens habe ich Aquila versprochen, dass wir morgen alle wiederkommen. Hat jemand etwas dagegen?"

Marina und die anderen verneinten es mit einem Kopfschütteln und Longinus fügte hinzu: „Vorerst gehen wir aber zum Markt und machen noch einige Besorgungen. Akatia, magst du dich darum kümmern, etwas richtig Gutes für die kräftigen Männer und Frauen auszuwählen? Wir schleppen natürlich freiwillig."

Akatia erwiderte lächelnd: „Aber gerne. Fleisch wird sie starkmachen und ich bereite es auch gerne zu, schön knusprig an der Oberfläche und innen schön saftig."

Cassius plötzlich: „Jetzt habt ihr es geschafft, jetzt bekomme ich Hunger."

Alle lachten und Akatia erwiderte: „Warte ab, morgen wirst du mehr als nur satt, dafür sorge ich."

Celina: „Ich helfe dir dabei gern, Mutter. Wir wissen ja, wie gut du Fleisch zubereiten kannst und wofür Vater dich geliebt hat."

Marina brachte sich auch ein und verkündete fröhlich: „Ich helfe euch natürlich auch. Für über fünfzig Mann zu kochen ist nicht gerade einfach."

Akatia: „Nun ja, aber ob Aquila damit einverstanden sein wird, dass wir ihre Gladiatoren so verwöhnen?"

Longinus entgegnete: „Den Wachen könnte es nicht gefallen, aber wenn sie nicht schlechter essen als die Gladiatoren, wird es sie wohl nicht weiter stören, denke ich."

Alle stimmten Longinus einheitlich zu und schlossen dieses Thema vorerst. Hinterher unterhielten sie sich noch etwas über andere Dinge und gingen später heiter in ihre Stuben für die Nachtruhe. Nur Cassius und Celina blieben noch im Atrium, saßen ganz nah beieinander und redeten noch lange, bis es schon wirklich kalt wurde. Celina verabschiedete sich von Cassius mit einem intensiven Kuss und ging zu ihrer Stube, die sie mit ihrer Mutter bewohnte. Cassius verweilte noch etwas im Atrium, aber kurz darauf übermannte auch ihn die Müdigkeit und die Kälte des Abends und drang ihn ebenfalls in seine Stube. Am nächsten Tag wurde Tullia drüben im Ludus schon sehr früh wach, weckte drei andere Bedienstete und bat sie zur Culina. Sie entfachte dort das Feuer und die anderen wuschen sämtliches Geschirr, auch das, was nicht mal dreckig war. All das dauerte eine Weile, in der fast alle in der Villa aufwachten. Als sie langsam zu sich kamen und im Atrium versammelten, fragte sie Longinus: „Seid ihr alle bereit, können wir los?"

Mauritius erwiderte: „Wir sind schon längst bereit. Von mir aus können wir los."

Longinus drehte sich zufrieden um und ging in Richtung des Tores und die anderen folgten ihm. Währenddessen hielt Mauritius Marina an der Hand und als Cassius es sah, griff er nach Celinas Hand und sie lächelten sich ganz verliebt an. Der Kuss am letzten Abend hatte ihnen beiden wahrscheinlich zu denken gegeben und Cassius wurde bewusst, dass die Zeit in der Villa noch lange andauern könnte und dass er sein altes Leben nun verdrängen musste. Sie gingen alle vorerst zum Markt und Longinus verfügte an diesem Tag über die Geldbörse, jedoch bestimmte nicht er, was an diesem Tag gekauft wurde. Es tat auch keiner der anderen, sondern nur Akatia alleine und alle folgten nun ihr und erwarteten ihre Anweisungen. Was sie fröhlich kaufte und was Longinus bezahlte, drückte sie einfach in die Hände der anderen und es war wirklich nicht gerade wenig, was sie tragen mussten. Darunter befanden sich sicherlich schon zwanzig Pfund Fleisch und Akatia war noch nicht fertig. Celina und Marina hatten es leichter, denn Akatia gab ihnen nur Gewürze und einen Korb mit frischem Brot zu tragen und die Männer waren mittlerweile vollbepackt mit Fleisch. Als alle drei nur noch mit Mühe die Leinentücher tragen konnten, fragte Akatia auch noch zynisch: „Meint ihr, das reicht?"

Cassius erwiderte etwas ungeduldig: „Ich denke, sie essen das Ganze sowieso nicht auf. Nun kommt, lasst uns zum Ludus, sonst bin ich wieder gezwungen einen Esel zu kaufen."

Akatia lachte mit den anderen über die Bemerkung von Cassius und ging endlich in Richtung des Ludus voran. Die Schlepperei dauerte eine ganze Weile und erst als die Männer die Fracht in der Culina des Ludus abgeladen haben, begrüßten sie mit einer einfachen Geste alle, die im Atrium anwesend waren. Darauf begaben sich alle nach oben zu der Terrasse, trafen dort aber niemanden an, setzten sich dennoch einfach hin und beobachteten, wie sich die Gladiatoren nach und nach im Atrium zum Üben versammelten. Von Stephaton, Aquila und Tullia gab es keine Spur und die Amazonen waren ebenfalls nicht anwesend. Erst nach einer Weile kam Aquila auf die Terrasse, schaute überrascht ihre Gäste an und meinte: „Ihr seid schon hier? Da haben wir aber lange geschlafen."

Longinus erwiderte lächelnd: „Tja, wenn man in der Nacht nicht schläft, schläft man halt in den Tag hinein."

Alle lachten kurz und Akatia meinte darauf: „Nun werde erstmal wach und wir bereiten alles vor. Kommt, meine Mädchen."

Celina und Marina folgten Akatia und auf der Terrasse blieben noch Aquila, Longinus und seine Männer. Von Stephaton fehlte noch immer jede Spur und erst nach einer Weile erblickten ihn die Vier endlich von der Terrasse aus, wie er auf die verschwitzten Gladiatoren zuging und schrie: „Guten Morgen, Männer! Heute sehen wir nur zu! Pogoria, komm mit mir und ihr benehmt euch anständig!"

Pogoria folgte Stephaton zu den Quartieren auf Schritt und Tritt und als sie bei den Quartieren der Frauen ankamen, öffnete Stephaton das erste Gitter und meinte: „Ich hoffe, ihr hattet eine erholsame Nacht?"

Zenobia erwiderte lächelnd für alle: „Eigentlich ja, obwohl es oben ganz schön laut zuging."

Stephaton lächelte, ließ sich mit der scheinbaren Anführerin der Frauengruppe aber nicht auf weitre Gespräche ein. Er wusste natürlich, dass Zenobia den lauten Sex mit Aquila meinte und verschwieg das Thema lächelnd. Er erkannte langsam den Charakter von Zenobia und er war sich sicher, dass genau so eine Frau für seine Zwecke notwendig war. Er lächelte einfach nur weiter und sagte zu den Amazonen: „Nun kommt an die frische Luft und zeigt, was ihr draufhabt und danach wird ordentlich gespeist."

Stephaton und Pogoria entfernten sich einfach und die Sieben folgten ihnen langsam. Stephaton war ganz aufmerksam, analysierte jeden einzelnen, hörbaren Schritt der Frauen und war entspannt, als er einen ruhigen Gang heraushörte. Im Atrium angekommen, sagte er zu den Frauen: „Pogoria bringt euch jetzt einige Übungsschwerter, aber eure Rüstungen muss ich noch anfertigen lassen. Also, wenn ihr Wünsche habt, sagt einfach Bescheid."

Pogoria begab sich also zur Waffenkammer und brachte Trainingsausrüstung mit, die aus Holzschwertern und Schilden bestand und Stephaton meinte darauf zu den Kämpferinnen: „Nutz die Holzpfähle dort und zeigt mir, was ihr draufhabt."

Die Frauen wählten ihre Ausrüstung und begaben sich tatsächlich ohne Widerworte zu den Holzpfählen. Einige von ihnen hatten ein Schwert und ein Schild, wogegen Zenobia und Polydora ein zweites Schwert nahmen und somit ihre Kampftechnik wählten. Die Geschichte von Spartacus war Stephaton wohlbekannt und er wusste, dass diese Kampfart interessant und erfolgreich war und er selbst in vielen Schlachten ein zweites Schwert nutzte, was ihm sogar oft das Leben rettete. Die anderen Gladiatoren stellten sich an die östliche Mauer des Atriums in den Schatten und beobachteten alles gespannt. Natürlich tauschten sie untereinander leise ihre Meinungen über die eine oder die andere Frau aus, aber Zenobia beobachtete ihre Zuschauer ebenfalls. Sie stellte klar, dass sie das Alphatier im Rudel der Frauen war und demonstrierte ihre Kräfte am Holzpfahl. Sie schlug so fest und so schnell mit ihren Schwertern darauf, dass Holzsplitter und Staub von dem Pfahl fielen. Sie imponierte den Gladiatoren wirklich und sie betrachteten sie nicht mehr einfach nur wie eine hübsche Frau, mit der man sich im Bett vergnügen konnte, sondern als eine ebenbürtige Kriegerin. Auch ihre Laute, die sie von sich gab, als sie den Holzpfahl bearbeitete, waren beeindruckend und ließen Vermutungen über ihren Kampfgeist anstellen. Stephaton beobachtete sie mit besonderer Spannung und streichelte nachdenklich sein Kinn und war sich nach einer ganzen Weile der Präsentation vollkommen sicher, dass sie die richtige Wahl war. Zenobia war eindeutig ein Zugpferd und sie hatte noch sichtlichen Spaß an dem Ganzen und sogar Belathor beobachtete alles von seiner Ecke aus. Kurz vor dem Mittag war das Essen fertig und jeder konnte das zubereitete Fleisch bereits schon riechen, als Tullia und Akatia mit einem riesigen Tablett aus der Culina kamen. Es war vollbepackt mit Fleisch und Gemüse und Celina folgte ihnen mit einer großen Wasserkaraffe. Alles sah knusprig und ziemlich appetitlich aus und das Gemüse als Beilage, welches Akatia leicht angedünstet und mit gewürztem Olivenöl übergossen hatte, sah ebenfalls interessant aus. Die meisten hatten solch ein Mahl noch nie gesehen und

Akatia wusste, dass sie an diesem Tag mit ihrem Können glänzen würde. Sie dachte dabei besonders an die Neuankömmlinge, die ja kurz zuvor Gefangene waren und sicherlich nur mit Culinaabfällen am Leben erhalten wurden. Akatia erinnerte sich noch genau an die Zeit, als sie vor dem Dienst bei dem Senator in einem Kerker gefangen war und dort mit ihrer Tochter Celina behandelt wurde. Erst bei dem Senator, der die beiden als Sklavinnen aufkaufte, konnte sie wieder ihre Kochkünste aufleben lassen und wurde mit ihrer Tochter wieder richtig satt. Tullia rief alle in den Speisesaal zusammen, indem sie sich vor den Eingang stellte und laut rief: „Jeder, der Hunger hat, kann kommen! In der Culina wartet noch mehr, also braucht sich niemand zurückzuhalten!"

Die Gladiatoren gingen als Erste hinein, dann folgten die Amazonen und Tullia, Akatia und Celina verteilten mit großer Freude die Teller und steckten mit ihrer Freundlichkeit auch alle Anwesenden an. Plötzlich betrat Aquila mit Longinus und den anderen den Speisesaal und sie setzten sich einfach an einen der benachbarten Tische dazu. Zenobia schaute Aquila erst skeptisch an, da sie wusste, dass sie an diesem Ort das Sagen hatte, aber als Tullia ihren Teller füllte, befasste sie sich ausschließlich nur noch mit ihrer Mahlzeit. Alle speisten und die Gladiatoren alberten beim Essen zusätzlich herum, um die Neuankömmlinge wahrscheinlich zu beeindrucken. Pogoria konnte es nicht lassen, Zenobia ständig zu beobachten und anzulächeln, aber sie blickte nur grimmig zurück. Erst nach einiger Zeit, als schon fast alle mit dem Essen fertig waren, lächelte sie Pogoria wenigstens kurz an. Als Erster war Stephaton mit dem Essen fertig, worauf er aufstand und sich schweigend ins Atrium begab. Die Mittagsonne war unerträglich, aber Stephaton wollte an diesem Tag dennoch alle Kämpfer ausreizen. Als die anderen noch im Speisesaal saßen, schleppte er aus der Culina zwei große Karaffen mit Wasser ins Atrium und wartete entspannt. Er wartete, bis nach und nach die ersten Männer aus dem Speisesaal kamen und zuletzt die Amazonen. Es waren nicht wirklich alle Amazonen, die früher in den sarmatischen Regionen kämpften, jedoch gab es für Stephaton keinen Unterschied zwischen ihnen. Er kannte die Amazonen, weil er früher zwei Mal gegen sie kämpfte und wusste, was sie draufhatten. Zenobia passte beispielsweise nicht in dieses Bild, weil sie sehr dunkelhäutig war und höchstwahrscheinlich von einer kriegerischen Rasse aus dem Norden Africas abstammt, die sich einst heftig gegen die Römer wehrte. Stephaton begutachtete alle Kämpfer des Ludus und als alle auf ihn aufmerksam wurden, stellten sie sich selbständig in Reihen auf. Als er die Ordnung aller Kämpfer bemerkte, schrie er: „Vinitius, ihr lauft erstmal eine Weile und die anderen nehmen ihre Waffen und bilden Zweiergruppen. Es ist mir gleich, ob Mann oder Frau, es wird nach einer Weile sowieso gewechselt, verstanden?!"

Alle Kämpfer erwiderten gleichzeitig, bis auf die Frauen: „Jawohl, Lanista!"

Aquila und die anderen waren bereits wieder auf der Terrasse und verfolgten gespannt die Übungen, die gerade anfingen. Jeder Gladiator hatte seinen Übungspartner und Pogoria wählte Zenobia. Sie umkreisten sich zunächst eine Zeitlang und dann schlug Zenobia mit aller Härte zu, wie vor dem Mittagessen auf den Pfahl. Pogoria konnte nur mit Mühe ihre Schläge abwehren, was Zenobia währenddessen nur belustigte und ihr weitere Antriebskraft gab. Stephaton beobachtete alles und lächelte nur, worauf er den trainierenden Haufen schwitzender Gladiatoren verließ und zu den anderen hinauf zur Terrasse ging. Dort angekommen, sagte er zu Aquila: „Diese Zenobia ist reif, das sage ich dir. Sie ist gerissen und mutig zugleich und macht selbst mir Angst."

Longinus lächelte darauf und meinte: „Wundert mich nicht. Du bist ja auch ein alter Mann und es ist verständlich, dass du Angst bekommst."

Stephaton erwiderte: „Mann, ich meinte es doch nur bildlich. Schau sie dir doch an. Sie ist verdammt gut!"

Longinus: „Du hast ja Recht, ich kann es auch sehen."

Die Übungen verliefen, wie Stephaton es sich erhofft hatte und es gab mehrere Pausen für die Kämpfer, in denen sie reichlich Wasser zu sich nehmen konnten. Sie wechselten oft ihre Übungspartner und so wurde es nie langweilig, doch bald wurde es dunkel und Stephaton beendete zufrieden die Übungen für heute mit lautem Klatschen. Alle erhoben ihre Schwerter in die Höhe und schrien vor Stolz. Es war ein wirklich erfolgreicher Übungstag, alle fühlten sich wie eine Familie, die Neuankömmlinge nicht mehr wie Sklaven und mittlerweile hatte jeder erkannt, dass seine Freiheit in dem Ludus Anfänge nimmt. Die Atmosphäre war wirklich familiär geworden, jegliche Spannung war fort und die Frauen freundeten sich sogar schon mit den Gladiatoren an, die sie von Anfang an respektvoll behandelten. Oben auf der Terrasse war die Stimmung ebenfalls gut. Belathor, der vorher von Tullia auch mit Fleisch versorgt wurde, beobachtete die Übungen die ganze Zeit über von seiner Ecke aus. Als Stephaton alle mit einem erneuten Klatschen entließ, verließen die Kämpfer das Atrium, begaben sich in ihre Quartiere, jedoch blieben die Frauen von den Männern getrennt. Es schien, als würde Zenobia wirklich alles leiten, obwohl niemand ihre Geschichte kannte, dennoch hatte sie jeder als eine Führungspersönlichkeit anerkannt, sogar Pogoria. Er bemerkte, dass sie zum Wohle aller handelte und nicht nur an sich selbst dachte. Sowas war den meisten Menschen fremd geworden, die als Sklaven lebten und keiner versuchte, wieder wohltätig zu handeln. Als es richtig dunkel wurde, verabschiedeten sich Longinus und die anderen von Aquila und Stephaton, der an diesem Abend mit ihnen einige Weinkrüge auf der Terrasse leerte und begaben sich zu ihrer Villa, wo alles seinen gewohnten Lauf nahm. Mauritius ging mit Marina in deren Stube, Longinus in seine und Cassius setzte sich mit Celina wiedermal ins Atrium und beobachtete mit ihr die Sterne. Auf ähnliche Weise vergingen auch die kommenden Tage. Zenobia und Pogoria fanden während der Übungen immer wieder zueinander, aber die Trennung zwischen den Männern und den Frauen wollte sie aufrechterhalten. Sie empfand scheinbar weiterhin das Bedürfnisses, für die sechs anderen Frauen Sorge tragen zu müssen. Celinas Bauch wurde nun ebenfalls größer und jeder freute sich zu erfahren, dass jetzt auch sie schwanger war und Cassius Vater wird. Marinas Bauch wuchs ebenfalls und Mauritius sorgte gut für ihre Ernährung. Es waren mittlerweile neunundzwanzig Tage vergangen und der Wein, den Marina mit den anderen aus ihren eigenen Vitis Vinifera hergestellt hatten, war schon fast verbraucht. Marina brachte mit Celina einen Teil davon sogar zu Tiberius, um ein wenig Tribut zu zollen und um die Tradition ihres Vaters aufrechtzuerhalten. Eines Tages war es soweit und es hämmerte an den Toren des Ludus. Es war ein Botschafter von Tiberius, der Aquila die schriftliche Aufforderung übergab, dass die sieben Amazonen am nächsten Montag für einen Auftritt in der Arena bereit seinen sollen. Nachdem Aquila die Schriftrolle auf der Terrasse in Ruhe gelesen hatte, ging sie persönlich herunter und übermittelte auch Stephaton die Nachricht. Er sollte es schonend an die Sieben weitergeben und ging auch sanft an die Aufgabe heran. Er leitete eine gewöhnliche Pause ein und ließ alle erstmal verschnaufen. Als sich die Amazonen in ihrer Gruppe versammelten, blickte er auf Zenobia und sagte: „Wäre ich nicht sicher, dass ihr alle schon soweit seid, würde ich euch nicht so gelassen berichten, dass Tiberius euch fordert.“

Zenobia erwiderte lachend: „Wir warteten schon sehnlichst darauf. Ich kann es nicht mehr erwarten, den Römern endlich in den Arsch zu treten!“

Stephaton entgegnete lächelnd: „Das ist die richtige Einstellung, das gefällt mir. Am Montag ist es soweit und ihr könnt zeigen, was ihr draufhabt.“

Alle sieben Frauen jubelten mit einer Wut auf, die selbst die Männer erschaudern ließ. Es war ein Kampfgeschrei, das zeigte, dass die Frauen wirklich kampfbereit waren. Vinitius und die anderen drei, die ihr Fett bei den Runden im Ludus loswerden sollten, blieben ebenfalls stehen und schauten überrascht zu. Stephatons Stolz strahlte den ganzen restlichen Tag über und es konnte keiner übersehen. Als die Übungen zu Ende waren und er am Ende des Tages bei Aquila im Bett lag, lud er alles ab. Er befriedigte sie die halbe Nacht und als beide schon richtig müde wurden, legte er sich nach seinem letzten Orgasmus neben sie, schlief ein und seine Säfte flossen Aquilas Schenkel herunter, doch sie ignorierte es, legte ihre rechte Hand auf seine Brust und schlief ebenfalls ein. Der nächste Tag war der Samstag und bis zum Auftritt der Amazonen in der Arena blieben noch zwei Tage. Es fing ganz gelassen an, worauf die Übungen wieder intensiv wurden, aber die eigentliche Anspannung noch nicht zu spüren war. Der Sonntag verlief ähnlich und erst am Montagmorgen wirkten alle nervös und als Longinus mit seiner Truppe im Ludus ankam, wurde die Spannung für die Kämpfer noch größer. Longinus und die anderen begrüßten alle und als Letzten den stolzen Lanista. Longinus spürte die Spannung in der Luft und wollte ihr sofort entgegenwirken, als er im Beisein von Stephaton zu Aquila meinte: „Ich wette, alleine die Africanerin beißt ihre Gegner zu Tode."

Stephaton ernst: „Ganz bestimmt sogar, aber wollen wir hoffen, dass der Kampf seitens Tiberius fair abläuft."

Longinus darauf: „Das hoffen wir alle. Cassius hat mich wiedermal zu einer Wette überredet, Aquila. Machst du da mit? Ich meine, du hast das Recht, auf deine Kämpfer zu wetten."

Aquila erwiderte lächelnd: „Natürlich werde ich wetten, aber nicht des Geldes wegen, sondern nur für den Ruhm."

Cassius entgegnete: „Dein Ludus hat ohnehin schon einen enormen Ruhm erreicht und wenn deine Amazonen gewinnen, werden alle vor deinen Toren stehen, das sage ich dir."

Stephaton nickte zustimmend und begab sich zu seinen Kämpfern, die inzwischen auf ihn warteten. Alle schätzten Stephaton sehr und respektierten ihn, auch wenn er ein Römer war. Vielleicht aufgrund seines Alters und seiner Erfahrungen, die er ihnen ständig vermittelte, dachte sich Longinus. Auch die Wachen waren nun immer freundlich zu ihm und zeigen Respekt. Nach einer Weile hämmerte es am Tor und es war tatsächlich soweit. Schwer bewaffnete Prätorianer standen vor dem Tor und es waren nicht gerade wenige. Der Kommandeur der Einheit, die sicherlich dreißig Mann stark war, klopfte erneut und Aquila öffnete das Tor und die Prätorianer bildeten automatisch eine Gasse und erwarteten die Amazonen. Stephaton blickte auf Zenobia und sie wusste sofort, dass sie mit den anderen sechs ausrücken musste. Sowohl die Gladiatoren, als auch Stephaton mussten leider im Ludus bleiben, aber Aquila, Longinus und seine Gefolgschaft gingen der Kolonne der Prätorianer hinterher. Der Weg in die Arena war einerseits imposant, jedoch wurden die Amazonen eher ausgelacht. Dies wird sich ändern, dachte sich Zenobia und verlor ihren stolzen Blick keinen Wimpernschlag lang. Schließlich standen sie vor dem Circus und die Kämpferinnen wurden sofort von speziellen Wachsoldaten abgeführt und zu den Verliesen heruntergebracht. Aquila und die anderen eilten darauf zum Wettbüro und hinterher zur Loge des Kaisers. Sie hatten diesmal nicht viel gesetzt, aber es war dennoch genug, da alle Wetten gegen die Amazonen waren und sie bei dem geringen Einsatz dennoch enorm viel abräumen würden. Longinus war sich des Sieges sicher, aber Tiberius war überzeugter, dass die Amazonen nicht einmal eine Runde überleben werden. Er plante eine Schlacht nachzustellen, die vor mehr als siebzig Jahren stattfand und zwar die Schlacht am Nil, in der Rom Ägypten besiegte. Es war eine schreckliche Schlacht, jedoch nicht für den damaligen Kaiser Claudius. Tiberius erhoffte sich bei dem Spektakel eine Niederlage der Amazonen und beschloss bewährte Gladiatoren aus einem anderen Ludus die Aufgabe erledigen zu lassen. Nach einer knappen Einleitung begann der Schaukampf mit dem Herauszwingen der Amazonen in die Arena. Nach einem kurzen Augenblick betraten die Gladiatoren des anderen Ludus die Arena, die als römische Soldaten verkleidet und ausgerüstet waren und stürmten auf die Kriegerinnen zu. Die Amazonen bildeten sofort einen Ring, unterstützten sich so gegenseitig und kein Gegner kam ihnen zu nahe, da sie gemeinsam jeden ausschalteten. Den Letzten nahm sich Zenobia vor, brach aus der Kreisformation aus und trat mit voller Wucht vor seine Brust. Er landete auf dem Sandboden, worauf Zenobia auf ihn sprang und wie ein wildes Tier schreiend immer wieder in seinen Bauch stach. Sie hörte auch nicht auf, als er schon tot war und die Menge jubelte, wie bei Stephatons Siegen zuvor. So hatte sich Tiberius das Ganze nicht vorgestellt, dennoch fand er irgendwie Gefallen daran und es reichte ihm, dass wenigstens der Verräter Stephaton nicht mehr von dem Pöbel verherrlicht wurde. Noch als die Amazonen kämpften und ihrem Sieg sichtlich näherkamen, schmiedete er bereits weitere Pläne für sie und der Jubel der Menschenmenge überzeugte ihn. Er drehte sich nach dem Kampf zu Aquila, die hinter ihm saß, blickte sie an, lächelte und meinte: „Da hast du dir ja ein gutes Kampfgeschwader aus den Carcer Tullianus geholt, ich bin beeindruckt. Ich freue mich jetzt schon auf das nächste Mal. Wie möchtest du für deine heutigen Dienste entlohnt werden?"

Aquila blickte ihn überrascht an und erwiderte: „Nett, dass du fragst, mein Kaiser, aber meine Wette bringt mir genug ein."

Tiberius schaute darauf tief in ihre Augen und entgegnete: „Du bist eine schlaue Frau, Aquila, das bewundere ich. Ich lasse von mir hören. Nun verabschiede ich mich von euch und danke für euer Kommen."

Alle in der Loge standen auf, auch Longinus mit seinem Anhang und auch die anderen Gäste, die Tiberius eingeladen hatte und verbeugten sich leicht, als der Kaiser sie verließ. Darauf sagte Aquila zu Longinus und zu den anderen: „Ich hätte nicht gedacht, dass der Kampf so gut verläuft. Ist das Schicksal uns nicht wohlgesonnen?"

Longinus erwiderte: „Es fällt mir einiges ein, wenn du von Schicksal redest, aber über den Ausgang des Kampfes entschied wohl nur das Können deiner Amazonen. Ich denke, wir holen jetzt unseren Gewinn ab und dann deine Kämpferinnen."

Aquila entgegnete ganz fröhlich: „So machen wir es."

Alle verließen darauf die Loge, bis auf die unbekannten Gäste von Tiberius. Auf dem Weg zu der Wettstube alberten sie herum, waren einfach gut drauf und erst, als sie ihre Kämpferinnen abholten, wurden sie ernst. Sie liefen mit ihnen unter strenger Bewachung der Prätorianer durch die Gassen Roms und beobachteten stolz den Jubel der Menschen, die von dem Ruhm der Amazonen in der Arena bereits erfahren haben. Nicht jeder Römer konnte das Spektakel sehen, daher sprach sich alles schnell herum. Die Menschen kannten die Namen der Amazonen noch nicht, daher riefen sie laut Aquilas Namen, denn jeder Römer wusste mittlerweile, dass der erfolgreichste Ludus von Rom ihr gehörte. Es gab sogar einige, die ihnen bis zum Ludus folgten und jubelten und Aquila war sich nun sicher, dass ihre Strategie erfolgreich war und dass der Kaiser sie lobte, bestätigte nur alles. Als sie im Ludus ankamen, begrüßte Stephaton glücklich mit den anderen Gladiatoren die jubelnden Gewinner und sogar Titus, einer der Wachsoldaten, klatschte in seine Hände. Der restliche Tag wurde üppig mit einer riesigen Feier gestaltet, die bis spät in die Nacht andauerte. Die Villenbewohner verließen den Ludus ziemlich vollgefressen und erschöpft und jeder, bis auf Cassius, hatte eine besonders gute Laune. Er war hin und wieder auf eine seltsame Art und Weise bedrückt, da ihn ständig Gedanken über die ungewisse Zukunft plagten und jetzt kamen noch seltsamen Träume hinzu. In dieser Nacht träumte er sogar von einer riesigen Schlange, die durch die Straßen von Rom schlich und Menschen auffraß. Er wachte in der Nacht mehrere Male auf, schlief wieder ein und träumte den gleichen Traum erneut. Als der Morgen anbrach und jeder der Villenbewohner seinen üblichen Tagesablauf begann, saß Cassius einfach nur nachdenklich auf der Steinbank im Atrium und trat mit niemandem, nicht einmal mit Celina in Kontakt, obwohl er alle in Sichtweite hatte. Ihr fiel auf, dass er irgendwie abwesend wirkte, ging auf ihn zu und fragte: „Cassius, was ist mit dir? Was hast du?“

Cassius blickte sie mit seinen müden Augen an und erwiderte: „Es ist nichts, meine Kleine. Mich plagen in der letzten Zeit komische Träume, die ich nicht deuten kann, also denkt bitte nicht, dass ich euch alle abweise. Es sind bloß die blöden Träume."

Celina kam ihm näher und streichelte seine blonden, kurzkrausen Haare, worauf er im Gegenzug kurz und sanft ihren Schwangerschaftsbauch streichelte. Nach weiteren Zärtlichkeiten ließ sie ihn auf der Bank weitergrübeln, während Longinus und Mauritius mit einem Karren die Villa verließen, um einige Besorgungen auf dem Markt zu machen. Dieser Tag verging still, aber harmonisch und ähnlich gestalteten sich auch die kommenden Tage. Hin und wieder besuchten sie Aquila im Ludus und beobachteten die Übungen der Kämpfer und der Kämpferinnen, bis eines Tages wieder ein Bote von Tiberius am Tor klopfte und nach über einem Monat wieder die Amazonen verlangte. Er erwähnte in seinem Schreiben nicht, was er für sie plante, aber seine Aufforderung war deutlich, dass die Amazonen am nächsten Sonntag wieder in der Arena antreten sollen. Bis dahin blieben noch genau sieben Tage und Stephaton nutzte jeden, um die Amazonen täglich bis spät in den Abend auf alle Eventualitäten vorzubereiten. Am frühen Abend vor dem Kampf machten sich Aquila und Tullia zu der Villa auf, wo sie herzlich empfangen wurden. Nach den Umarmungen und den Küssen auf die Wangen fragte Aquila alle: „Ihr Lieben begleitet uns doch morgen, oder?"

Longinus erwiderte rasch: „Natürlich machen wir das, aber ich denke, dass wir Cassius dieses Mal hierlassen. Er sitzt ständig im Atrium, grübelt mürrisch herum und ich habe wirklich keine Lust auf diese Launen."

Celina verteidigte ihn sofort: „Nun lass ihn doch, er schläft in der letzten Zeit noch kaum. Gebt ihm einfach die nötige Zeit."

Longinus: „Natürlich. Also, wir kommen morgen früh, aber wie sieht es denn mit einem Frühstück aus?"

Tullia lächelte und erwiderte: „Ich bereite schon etwas Leckeres vor."

Longinus: „Sehr gut, denn Tiberius kann mit seinen Trauben gestohlen bleiben. Immer nur Trauben, Trauben, nichts außer Trauben."

Alle lachten und machten es sich in der Villa gemütlich, bis es irgendwann dunkel wurde und Aquila und Tullia das Haus verließen und im Mondschein zum Ludus zurückgingen. Am nächsten Morgen war es soweit. Longinus und die anderen kamen recht früh und genossen mit Aquila erstmal das von Tullia versprochene Frühstück, bis es irgendwann an den Toren des Ludus klopfte. Jeder wusste, dass das das Geleit für die Amazonen war, die darauf bereits auf dem Sand des Atriums sitzend warteten. Als sie die Prätorianer erblickten, rissen sie sich vom Boden auf und Zenobia stellte sich allen voran. Sie schlug dabei mit ihrer rechten Faust mehrmals auf die Fläche ihrer linken Hand und machte dazu noch ein gefährliches Gesicht. Sie ließ sich noch am Vorabend ihre kurzen Haarstoppel wegrasieren, um ihre Glatze für das Publikum als Erkennungszeichen noch glänzender und deutlicher zu machen und zusätzlich hatte sie sich an diesem Morgen noch jeweils zwei Striche aus Asche quer über ihre beiden Wangen gemalt. Dies mit ihrer gefährlichen Miene zusammen, ließ sie wie ein furchteinflößendes Raubtier erscheinen. Einer der Prätorianer setzte die Kolonne darauf mit einer herabwürdigenden Handbewegung in Bewegung und Titus, der Hauptwachmann der Gladiatorenschule, öffnete das Tor breit und die Kolonne verließ das Gelände. Aquila und die anderen folgten ihrer strengbewachten Amazonen, die draußen erwartet und erneut bejubelt wurden. Zenobia blickte die Schaulustigen wieder mit ihrer gefährlichen Miene an und merkte, dass das den Leuten gefiel. Für sie war alles eine grandiose Vorstellung, im Gegensatz zu den langweiligen Tagen im Carcer Tullianus und Aquila stolzierte ihnen hinterher und lächelte unaufhörlich. Irgendwann fragte sie Longinus, der an ihrer Seite lief: „Was denkst du, was hat Tiberius sich diesmal ausgedacht?"

Longinus erwiderte: „Ich habe keinen Schimmer, aber ich denke nicht, dass er wieder eine Schlacht nachstellen wollen wird. Jedenfalls ist sicher, dass alles noch imposanter sein muss als das letzte Mal. Mach dir aber keine Sorgen, wir haben ja alle gesehen, was die Sieben draufhaben."

Aquila beruhigte sich ein wenig und es ging weiter, bis der Circus endlich in Sichtweite war und Longinus plötzlich zu Aquila sagte: „Verdammt, wir haben diesmal nicht an eine Wette gedacht."

Aquila erwiderte, als sie das Haupttor ansteuerten: „Ist nicht weiter schlimm. Ich denke, wir bekommen noch genügend Gelegenheiten, meinst du nicht?"

Longinus: „Bestimmt. Also laufen wir direkt zur Tiberius."

Aquila nickte und alle begaben sich direkt zu der Loge. Marina folgte ihnen dicht mit Mauritius und hinter ihnen liefen Tullia und Akatia. Die Prätorianer nahmen mit den Amazonen schon vorher einen ganz anderen Weg und begaben sich wohl zu den Verliesen. Als Aquila und ihre Freunde endlich vor den Vorhängen der Loge standen und die Menschen bereits jubeln hörten, drehte sich Aquila plötzlich zu den anderen um, schaute sie erschrocken an und sagte: „Wir haben Celina verloren, wo ist sie!?"

Akatia beruhigte sie sofort: „Nein, das haben wir nicht, Aquila. Wir haben sie mit Cassius daheim gelassen, weil er derzeit irgendwie neben sich steht. Ich dachte mir, vielleicht ändert die Zweisamkeit etwas an seiner Stimmung."

Aquila atmete auf und entgegnete: „Den Göttern sein Dank. Ich habe mich sowas von erschrocken. Nun kommt, Tiberius wartet schon sicher auf uns."

In dem Moment, als Aquila den Vorhang der Loge zur Seite schieben wollte, rief ihr jemand hinterher: „Aquila, wartet!"

Alle drehten sich um und erblickten Tiberius mit zwei seiner Leibwächter. Der Kaiser näherte sich darauf gemütlich der Gruppe und sagte zu Aquila: „Ich habe für dich eine Überraschung, meine

Freundin. Werden deine Amazonen heute siegreich sein, bekommt eine von ihnen ihre Freiheit. Was hältst du davon?“

Aquila erwiderte lächelnd: „Das wäre sicherlich wunderbar, aber die Frage ist doch, durch welche Hölle sie dafür gehen müssen?“

Tiberius lächelte lässig und entgegnete: „Verliere doch nicht so schnell den Optimismus, Aquila. Bei dem Schauspiel, welchen sie uns letztens geboten haben, wäre ich viel zuversichtlicher. Nun kommt in die Loge. Ich war gestern auf Hasenjagd und einige davon werden gerade für euch zubereitet, kommt.“

Longinus fast flüsternd: „Zu schade, dass wir bereits reichlich gefrühstückt haben.“

Dabei blickte er lächelnd Tullia an und Tiberius fragte: „Und dein Name war...?“

Longinus verbeugte sich leicht und erwiderte: „Aaron, mein Kaiser.“

Tiberius: „Ach ja, Aaron. Ich bestehe aber darauf, dass ihr meine grandiosen Köche bewundert und nicht meine Jagdfähigkeiten. Nun kommt, der herrliche, römische Pöbel erwartet uns!“

Alle folgten Tiberius in die großräumige Loge und besetzten ihre üblichen Plätze. Als der Kaiser sich dem Publikum am Geländer zeigte, schrie die Menge auf und Tiberius erhob darauf stolz seine Hände, worauf Trompeten ertönten und sich vier Tore öffneten, aus denen mit Brot vollbepackte Wagen herausfuhren. Die Wagen machten wieder ihre Runden nahe den Tribünen und schmissen den Zuschauern Unmengen an Brot zu. Währenddessen brachten die Bediensteten von Tiberius Wein, frische Trauben, diverses Gemüse und Longinus grinste dabei wieder Tullia an und sie wusste, was er damit meinte und lächelte zurück. Bald war das Brot komplett verteilt und die Wagen verließen wieder die Arena. Kurz darauf betrat ein Sprecher die Loge, den Tiberius für heute bestellte und begrüßte erst den Kaiser, wie es sich gehörte und darauf erst all seine Gäste. Danach stellte er sich vor das Geländer und begrüßte alle Römer, indem er seine Hände erhob, worauf erneut Trompeten ertönten und sich zehn Tore öffneten, aus denen zehn Reiter herausstürmten. Sie rasten in der gesamten Arena eine ganze Weile wild hin und her, um die Menge wahrscheinlich noch weiter aufzuheizen, bis der Sprecher irgendwann seine Hände wieder erhob und erneut Trompeten ertönten. Für die Reiter war das das Zeichen und sie reihten sich an einem Ende der Arena in einer geraden Linie auf und warteten, während am gegenüberliegenden Ende eine Ziellinie aus schwarzer Asche gezogen wurde. Nun war jedem Zuschauer klar, dass gleich ein Rennen stattfinden würde und der Sprecher schrie darauf mit einer ziemlich tiefen Stimme: „Meine geliebten Römer! Unser geschätzter Senator Marius Gaius Purpurus ist vor zwei Tagen von uns gegangen und es ist ein schmerzhafter Verlust für uns alle! Er hatte keine Nachkommen, daher wird sein Hab und Gut laut seinem Willen an den ehrenhaften Sieger dieses Rennens gehen! Unsere Teilnehmer sind alle Kriegsveteranen und jeder von ihnen ist dieses Gewinns würdig! Mein Kaiser, gebt uns das Zeichen!“

Tiberius schritt zum Geländer, schaute sich in Ruhe die Reiter an und klatschte mit voller Wucht dreimal in seine Hände, worauf die Reiter losrasten. Hinter ihnen konnte man nur noch den aufgewirbelten, feinen Sand der Arena sehen, der sich wie eine Wasserwelle über die Arena ausbreitete. Das Rennen war gerissen, verlief aber ziemlich fair und irgendwann gewann einer der Reiter die Oberhand und ließ die anderen weit hinter sich. Tiberius identifizierte ihn und sein Pferd bald als seinen besten Boten, der vor nicht allzu langer Zeit für eine schnelle Überbringung von Befehlen an die Statthalter der Provinzen zuständig war. Tiberius freute es, dass gerade er dem Sieg entgegenritt und klatschte ihm jubelnd zu. Aquila und die anderen schauten ebenfalls gespannt zu und die Menschenmenge jubelte wie verrückt, als sich der ehemalige Bote von Tiberius etwa hundert Fuß vor der Ziellinie befand und die anderen deutlich hinter ihm ließ. Nach wenigen Augenblicken war alles entschieden und Gnaeus hatte mit seinem schwarzen Hengst das Rennen gewonnen.

Der laute Jubel der Menge vermischte sich zusätzlich mit ihrem Geklatsche und ertönte sicherlich in ganz Rom ziemlich imposant, worauf Gnaeus stolz seine geballten Fäuste in die Höhe erhob und aufschrie. Die anderen Reiter, von denen viele seine Kameraden waren und ihn bereits gut kannten, gratulierten ihm darauf der Reihe nach ehrenvoll. Nun erhob der Sprecher seine Hände in die Höhe, worauf wieder Trompeten ertönten und als sie abklangen, rief er laut zu der Menge: „Tiberius gratuliert Gnaeus und wünscht ihm Glück in seinem Ruhestand! Applaus!"

Alle klatschten erneut und Tiberius lächelte, worauf der Sprecher sich zurückzog und erstmal wenig geschah, bis Tiberius aufstand, auf Aquila und Longinus zuging und sie fragte: „Könnt ihr es schon riechen?"

Aquila: „Was meinst du, mein Kaiser?"

Tiberius: „Na, die Kaninchen. Ich denke, sie sind schon ganz nahe. Ich habe extra nicht gefrühstückt, um sie noch mehr zu genießen. Kommt, speist doch bitte mit mir am Tisch."

Tiberius zeigte darauf mit seinem Finger auf einen riesigen Tisch, der die üblichen, kleineren Tische ablöste, auf denen sonst die Trauben und der Wein aufgetischt wurden. Darauf schaute er seinen Sprecher an, gab ihm ein Handzeichen und der Sprecher machte weiter nach Plant. Als Nächstes blickte Tiberius seine Bediensteten an und sie wussten sofort, was zu tun war. Sie brachten rasch die Stühle, die bereits im Vorraum der Loge bereitstanden und stellten sie um den Tisch herum auf. Als das erledigt war, schaute Tiberius alle an und meinte: „Moment mal, wo sind eure anderen zwei Freunde?"

Aquila erwiderte: „Jakob geht es momentan nicht so gut und Celina blieb bei ihm."

Tiberius entgegnete: „Schade, ich hatte gehofft, dass sie mit uns die Kaninchen probieren. Hör zu, Aquila, ich wollte nicht nur mit euch speisen. Ich wollte vor allem über deinen Ludus reden."

Aquila ganz erschrocken: „Was ist denn mit meinem Ludus?"

Tiberius erwiderte freundlich: „Er genießt mittlerweile einen glorreichen Ruf im Imperium. Es heißt sogar, dass er der beste Ludus aller Zeiten ist und der Name Aquila von Maius nun im ganzen Reich bekannt ist. Wusstest du das nicht?"

Aquila: „Mir ist schon aufgefallen, dass uns Menschen außerhalb der Mauern ständig zujubeln, aber dass unser Ruf so weitreichend ist, wusste ich wirklich nicht."

Während der Unterhaltung machte der Sprecher sein Ding und rief ein weiteres Turnier aus. Es war wiedermal ein Turnier von Elitebogenschützen, aber Tiberius und die anderen interessierte es nicht, da sich das Gespräch über den Ludus inzwischen immer mehr vertiefte. Als Nächster meinte Tiberius zu Aquila: „Ich möchte, dass du diesen Standard aufrechterhältst, denn alle Gladiatorenschulen aus dem ganzen Reich wollen sich mit dir messen und es beginnt hier und jetzt. Ich hatte keine andere Wahl, als der Teilnahme der anderen Schulen einfach zuzustimmen. Deine Amazonen werden heute jeweils gegen sieben Kämpferinnen von fünf anderen Schulen kämpfen müssen und ich hoffe innig, dass sie es schaffen."

Aquila erwiderte etwas empört: „Das sind ja fünfunddreißig Gegner, wie sollen sie das schaffen?"

Tiberius: „Mach dir keine Sorgen, ich habe Erholungspausen zwischen den Kämpfen angeordnet und sie bekommen genügend Zeit, um sich auf die Folgekämpfe vorzubereiten."

Longinus drang sich vorsichtig zwischen das Gespräch und meinte: „Ich denke, es ist machbar, Aquila, und dass sie es tatsächlich schaffen werden. Du weißt doch, wie hart Stephaton mit ihnen geübt hat."

Tiberius: „Ach ja, wo du schon den Lanista und Verräter erwähnst, muss noch etwas geklärt werden. Wenn deine Amazonen siegreich sind, werde ich Stephaton trotz seines Verrates begnadigen, aber er muss weiterhin in seiner Position als Lanista bleiben."

Aquila erfreut: „Also wird er kein Sklave mehr sein?"

Tiberius: „Nein, aber er bleibt weiterhin Lanista im Ludus."

Aquila nickte lächelnd: „Das hört sich wirklich gut an, Kaiser Tiberius. Danke für das Angebot, was ich hiermit gerne annehme."

Tiberius nickte und schaute plötzlich an Aquila vorbei, als er bemerkte, dass eine Schar seiner Bediensteten die Speisen zur Loge brachte. Auf den ersten Blick waren die Hasen tatsächlich schmackhaft zubereitet worden und das Gemüse, welches um die Hasen herumlag, sah appetitlich frisch aus und dampfte noch. Tiberius visierte darauf einen der Hasen an und meinte lächelnd: „Dann lasst uns mit diesem Mahl unsere Vereinbarung besiegeln, meine Freunde, und greift zu."

Während das Turnier unten in der Arena weiter stattfand, aßen alle mit großem Appetit und obwohl Longinus schon satt war, schmeckte ihm der Hase vorzüglich. Irgendwann schaute er Tiberius an und sagte: „Sowas Geschmacksvolles habe ich schon lange nicht mehr gegessen, mein Kaiser, Lob an deine Köche. Was sind das überhaupt für exotische Gewürze?"

Tiberius lachte auf und entgegnete: „Frag doch deine Freundin Marina, Tochter von Artyom, das sind nämlich seine Gewürze. Ach übrigens, Marina, wann kommt dein Vater eigentlich zurück?"

Marina erwiderte: „Ich rechne noch mit drei bis vier Monaten, mein Kaiser, wenn auf seiner Reise nichts schiefgeht."

Tiberius: „Dann wollen wir hoffen, dass nichts schiefgeht. Nun lasst uns zu Ende essen und dann feuern wir deine Kämpferinnen gekräftigt an, Aquila. Die Leute warten sicher schon ganz gespannt auf die Kämpfe."

Alle speisten noch ein Weilchen und jeder, bis auf einige Ausnahmen, spülte seine Kehle mit Wein. Darauf wusch sich jeder in einer speziellen Wasserschüssel die Hände, in der Rosenblätter herumschwammen und einen dezenten Duft auf den Händen hinterließen. Darauf ging Tiberius zum Geländer, wo sein Sprecher bereits seit dem Ende des Schießturniers wartete und der Kaiser und die anderen hatten es nicht einmal mitbekommen. Als Tiberius am Geländer stand und sich das Ende der Aufräumarbeiten nach dem Turnier anschaute, drehte er sich zu den anderen um und sagte: „Kommt, meine Freunde, schauen wir uns Aquilas gefürchtete Amazonen an!"

Als alle zum Geländer kamen, gab Tiberius seinem Sprecher ein Zeichen, dieser fuhr mit seiner Arbeit fort und es folgten Handzeichen, worauf kurz Trompeten ertönten und seine laute Ansprache begann: „Meine Römer! Euer Kaiser präsentiert euch wieder die furchtlosen Amazonen aus der Gladiatorenschule von Aquila von Maius! Begrüßen wir sie mit einem Applaus!"

Darauf öffnete sich eines der großen Tore und die Sieben kamen in einer Pfeilformation ganz langsam heraus. An der Spitze stand erwartungsgemäß Zenobia und sie steuerten die Mitte der Arena an und schauten stolz in die Menge, die plötzlich relativ still wurde. Als sie in der Mitte der Arena ankamen, bildeten sie eine Reihe und blickten in Richtung der Loge. Anstatt des üblichen Gladiatorengrußes erhoben sie bloß ihre Schwerter in die Höhe und schrien einfach nur kämpferisch auf. Es erinnerte eher an einen Aufschrei, den die Leute erst nach einem Sieg hörten, aber nicht bereits vor einem Kampf. Dieses Verhalten imponierte nicht nur Tiberius, sondern auch der ganzen Menge, die anfing, übermächtig laut zu applaudieren. Tiberius nickte lächelnd, schaute Aquila an und meinte überzeugt: „Die hören sich ziemlich bereit an, meinst du nicht?"

Aquila erwiderte: „Ich bete zu den Göttern, dass es so ist."

Tiberius lies die Menge noch einige Augenblicke jubeln, bis er seinen Sprecher irgendwann ein Zeichen gab und dieser hinausschrie: „Dies sind die ersten Gegnerinnen der Amazonen! Die erste Angriffswelle bilden sieben Gladiatorinnen aus dem berühmten Ludus von Capua!"

Der Sprecher erhob seine Hand und es öffnete sich ein Tor, aus dem sieben glänzend ausgerüstete Gladiatorinnen langsam herausrannten. Sie liefen geradewegs auf die Amazonen zu, die wieder ihre berüchtigte Kreisformation bildeten. Longinus lächelte, weil er wusste, dass die Amazonen damit von vornherein im Vorteil waren. Diese Formation war einfach perfekt, egal ob man sie umkreiste oder an irgendeinem Punkt angriff. Der Kampf begann und der Pöbel jubelte. Als Antiope den ersten Angriff abwehrte und blitzartig mit ihrem Schwert antwortete und ihrer Gegnerin die Kehle aufschlitzte, wurde der Jubel noch lauter. Weiter war es für die Amazonen ein leichtes Spiel, denn nach ihrer erledigten Aufgabe, konnte Antiope nun einer ihrer Freundinnen helfen. Zwei gegen Eine war noch leichter und bald standen Drei gegen Eine und so weiter. Sie dezimierten ihre Gegnerinnen innerhalb von Augenblicken und als nur noch eine übrigblieb, entschied Zenobia sie nicht sofort zu töten und sagte zu den anderen: „Mädchen, ruht euch aus und treibt sie einfach langsam in die Enge."

Alle Sieben gingen langsam in ihre Richtung und sie schritt langsam rückwärts zurück, bis sie schließlich ihr Schwert zu Boden fallen ließ und zwei Finger in die Höhe streckte. Damit hatte sie aufgegeben, worüber der Pöbel laut zu lachen anfing. Auch Tiberius fand es einfach nur lustig und der Ludus von Capua würde sich von dieser Peinlichkeit bestimmt nicht so schnell wieder erholen, dachte er sich und schaute fröhlich Aquila an. Sie war ebenfalls glücklich und stellte sich Stephaton schon als einen freien Mann vor. Die Amazonen ließen von ihrer Gegnerin ab und begaben sich wieder zu der Mitte der Arena. Sie bildeten wieder ihre Kreisformation, hocken sich jedoch hin und warteten. Nach einigen Augenblicken erhob der Sprecher erneut seine Hände, worauf Trompeten ertönten und die zweite Angriffswelle begann. Ein Tor öffnete sich und heraus rannten wieder sieben Gladiatorinnen auf Zenobia und die anderen zu. Die Amazonen standen darauf in aller Ruhe von dem Sand auf und warteten, bis die Gegnerinnen sich ihnen näherten. Zenobia kalkulierte aufmerksam, was gleich passieren könnte und welche Strategie ihre Gegnerinnen wählen könnten. Sie hatte mit allem gerechnet und hatte diverse Szenarien durchdacht und im Ludus durchgespielt und Stephaton und Pogoria waren ihr dabei immer sehr hilfreich. Nun erkannte sie die wahrscheinlichste Angriffstaktik, die darin bestand, zwischen die Amazonen einfach einen Keil zu treiben, doch

Zenobia und die anderen reagierten blitzartig, indem sie den Keil kreisförmig umzingelten und seine Flanken angriffen. Ihre Gegnerinnen waren chancenlos, da sie kaum Bewegungsfreiheit für einen Schwerthieb hatten, geschweige denn für eine effiziente Abwehr und Zenobia schrei: „Zieht die Schlinge zusammen!"

Die Kreisformation wurde darauf immer enger. Vier von den Gegnerinnen waren schnell tot und die drei Verbliebenen waren schwer verwundet, worauf Zenobia ihre linke Faust erhob und ihre Amazonen den Angriff sofort einstellten. Zenobia schaute darauf zur Tiberius und erwartete einen Befehl und der Kaiser streckte seinen rechten Arm mit einer geballten Faust hinaus und dem Daumen nach links zeigend und wartete auf das Urteil des Pöbels. Dieser ließ nicht lange auf sich warten, denn aus der Menge hörte man ein eindeutiges: „Töten, Töten, Töten..."

Der Daumen von Tiberius wanderte nach unten und die Menge schrie, was für Zenobia und die anderen das Zeichen war, diesen Kampf zu beenden. Zenobia war darauf betrübt und erzürnt, denn ihre Gegnerinnen waren ebenso Sklavinnen wie sie, aber sie gab den Befehl dennoch: „Los, tut es schnell."

Sie schaute dabei nicht zu, sondern starrte wütend nach oben zur Loge, wo Tiberius, Aquila und die anderen zusahen und von ihrem Gesicht ablesen konnten, dass sie mit der Abschlachtung definitiv nicht einverstanden war. Als dann wieder Trompeten ertönten und die Leichen fortgeschafft wurden, versammelten sich die Amazonen wieder in der Mitte der Arena, hockten sich in der Kreisformation hin und Zenobia sagte: „Lasst uns von Anfang an alles kurz und schmerzlos machen. Ihr seht ja, wir können sie sowieso nicht verschonen, also geben wir ihnen wenigstens einen kurzen und schnellen Tod."

Alle bestätigten und warteten in Gedanken versunken, während der Pöbel auf den Tribünen tobte und sie ihn nicht mal mehr wahrnahmen. Sie blickten tatsächlich nur noch auf den Sand der Arena und irgendwann traf Zenobias Blick auf eine Blutlache, die von dem

Sand aufgesogen worden war, worauf sie nach sauberem Sand griff und damit die Lache symbolisch überstreute. Kurz darauf ertönten Trompeten und die Häupter der stolzen Amazonen erhoben sich, worauf sie umherschauten und nach dem Tor suchten, welches als Nächstes aufgehen würde. Es war das östliche, der Loge gegenüberliegende Tor und Zenobia befahl deutlich: „Verstreut euch diesmal! Nimmt euch jeweils eine der Gegnerinnen vor und macht es kurz und schmerzlos!"

Die Amazonen standen darauf auf und verließen rasend ihre Kreisformation. Wie Zenobia es gehofft hatte, verteilten sich ihre Gegnerinnen und jede von ihnen suchte sich eine Kämpferin aus den Amazonen aus. Die Erste, die angegriffen wurde, war Palmyra und ihre Gegnerin machte es ihr nicht allzu schwer. Sie griff Palmyra ständig nur mittelmäßig an und diese wehrte jeden der Schwerthiebe mit Leichtigkeit ab. Nach einer Weile erkannte ihre Gegnerin, dass sie der Amazone nichts entgegenbringen konnte und ihr Mut, ihre Kraft und ihre Hoffnung verließen sie und Palmyra machte es schnell. Nach dem letzten Schwerthieb ihrer Gegnerin, der von oben kam, ließ sich Palmyra auf das rechte Knie fallen und bohrte ihr Schwert von unten nach oben in den Bauch ihrer Gegnerin. Sie musste das Herz getroffen haben, da ihre Gegnerin innerhalb von Augenblicken tot war. Palmyra zog das Schwert wieder heraus und der leblose Körper ihrer Gegnerin fiel zu Boden. Währenddessen hatten auch fünf andere Amazonen ihre Gegnerinnen getötet, bis auf Zenobia. Sie wehrte noch immer die Angriffe ihrer Gegnerin ab und schaute zu, wie sie immer schwächer wurde. Irgendwann wurde der Weiterkampf sinnlos und Zenobia schrie: „Sei nicht dumm und heb endlich die Finger hoch! Mach schon!"

Ihre Gegnerin gab jedoch weiterhin nicht auf und griff Zenobia erneut an, worauf die Amazone ihre Ansage wiederholte. Als das wieder nichts brachte, beendete Zenobia mit nur einem Schwerthieb den Kampf, der ihre erschöpfte Gegnerin den Kopf kostete und die blutrünstige Menge aufjubeln ließ. Zenobia und ihre Amazonen waren körperlich kaum erschöpft, aber mental waren sie wütend, gelangweilt und des Blutvergießens für die Römer schon leid. Sie begaben sich wieder zu der Mitte und hocken sich wieder hin, während die Leichen aus der Arena fortgeschafft wurden. Die vierte Angriffswelle wurde von den Amazonen ebenfalls rasch niedergeschlagen und die letzte Herausforderung sollte bald folgen, aber der Sprecher wartete noch auf den Befehl von Tiberius. Der Kaiser signalisierte jedoch nichts, sondern sagte zu seinen Gästen: „Entschuldigt mich. Ich bin sofort wieder hier."

Tiberius stand darauf auf und ging hinaus. Nach einer Weile kam er wieder und brachte in seiner linken Hand ein Holzschwert, in der Rechten eine Schriftrolle und legte beide Sachen einfach nur ab. Darauf ging er zum Geländer der Loge, blickte seinen Sprecher an und gab ihm das Zeichen, worauf der fünfte und letzte Teil der Kämpfe begann. Als Trompeten ertönten und ein Tor aufging, schrie Zenobia zu den anderen: „Kommt, meine Mädchen, genug des Mitleids! Nehmen wir etwas Ruhm mit nach Hause!"

Zenobia und ihren Amazonen rannten darauf schreiend auf ihre Gegnerinnen zu und es folgte ein kurzes Gemetzel, worauf der Pöbel praktisch ausrastete und den Amazonen unaufhörlich zujubelte. Die Amazonen begaben sich darauf zu der Mitte der Arena, bildeten dort eine Reihe, blickten mit erhobenen Schwertern umher und schrien wie am Anfang der Spiele auf. Währenddessen stand Tiberius grinsend am Geländer und klatschte, worauf sich ein Tor öffnete, aus dem Prätorianer herauskamen und eine Gasse bildeten, die die Amazonen herausführen sollte. Die Amazonen begingen stolz diesen Weg und wurden von der Menge bis zu ihrem Verschwinden in den Gemäuern des Circus bejubelt. Als dieser Tag der Spiele damit zu Ende war, schaute Tiberius Aquila an und meinte: „Glückwunsch, Aquila! So ein Spektakel hat Rom schon lange nicht mehr erlebt und kein Ludus irgendeiner Provinz kann deinem römischen Ludus das Wasser reichen. Einst erzählte man, in Capua findet man die besten

Gladiatoren des Reiches, doch jetzt hat sich das grundlegend geändert. Bitte, setzt euch noch und trinkt Wein mit mir, denn ich hatte etwas versprochen, was ich gedenke einzuhalten."

Alle besetzten wieder den Tisch, an dem sie zuvor die Hasen verspeisten und wurden von den Bediensteten sofort mit Wein bewirtet. Irgendwann meinte Tiberius, nachdem er einen tiefen Weinschluck nahm: „Wie versprochen, sind dies die Dokumente für Stephaton. Er ist nun ein freier Mann und dieser Rudis soll mein persönliches Geschenk an ihn sein. Welche von deinen Amazonen ihre Freiheit bekommt wirst du selbst entscheiden. Gib mir dann Bescheid, damit ich auch das Dokument ausstellen kann. Vielleicht ist es zur Abwechslung mal eine gute Tat, Stephaton zu begnadigen, bevor ich endgültig nach Capri ziehe, andererseits hat er sich das redlich verdient."

Er legte die Schriftrolle vor Aquila einfach auf den Tisch, als wäre sie irgendein unbedeutender Gegenstand, aber das Rudis übergab er ihr fast schon zeremoniell, indem er ihn mit beiden Händen etwas in die Höhe hielt. Sie nahm ihn entgegen, bedankte sich lächelnd und verbeugte sich leicht, wonach Tiberius verdeutlichte: „Das ist ein Rudis und das Symbol von Freiheit. Nicht viele Gladiatoren erlangten diesen Ruhm und das ist sogar das Erste, das ich vergebe."

Die Worte verklangen mit Stolz in den Ohren von Aquila und ihrer Freunde. Darauf tranken sie noch eine ganze Weile genüsslich ihren Wein, während sich die Tribünen langsam leerten. Sie unterhielten sich über alles Mögliche, bis Tiberius irgendwann betrunken aufstand und meinte: „So, meine Zeit ist gekommen, Freunde. Ich beglückwünsche dich nochmals zu dem ruhmreichen Sieg, Aquila. Ich verlasse euch nun, aber ihr könnt in der Loge bleiben, solange ihr wollt. Meine Dienerin bleibt ebenfalls, falls ihr noch Wünsche habt."

Aquila und die anderen standen ebenfalls auf und verbeugten sich leicht zum Abschied, worauf Tiberius gutgelaunt die Loge verließ. Nun saßen sie da, schlürften weiter ihren Wein und unterhielten sich ungestört, bis Longinus irgendwann meinte: „Stephaton wird Augen machen, meint ihr nicht? Schade, dass Cassius nicht mitgekommen ist."

Mauritius erwiderte: „Ich bin auch gespannt, wie er reagieren wird. Kommt, lasst uns zurück. Ich kann es kaum abwarten."

Aquila: „Dann kommt. Was ist aber mit den Amazonen?"

Longinus: „Mach dir über sie keine Gedanken. Sie werden schon zum Ludus gebracht, wenn nicht sogar schon geschehen."

Alle sammelten sich langsam auf, verließen die Loge und begaben sich zum Ausgang des Circus. Die Durchgänge des Circus waren wie leergefegt und auch die Gassen vor der Arena waren relativ menschenleer. Als sie sich dem Ludus näherten, trafen sie aber auf immer mehr Menschen. Es schien, als würden Tausende vor dem Ludus stehen und jubeln, worauf Longinus lächelte, weil er mit sowas schon gerechnet hatte. Es stellte sich heraus, dass es hauptsächlich Männer waren, die von den Amazonen einfach nur angetan waren. Aquila und die anderen mussten sich regelrecht durch den Tumult durchquetschen, um zu den Toren des Ludus zu gelangen und als sie dann vor ihnen standen, hämmerte Longinus mit aller Kraft darauf und schrie: „Macht auf, Aquila ist zurück!"

Die Wachsoldaten öffneten einen Spaltbreit das Tor, sichteten Aquila, ließen sie schnell hinein und Longinus und die anderen folgten ihr zügig, worauf das Tor vor dem Pöbel schnell wieder verschlossen und verriegelt wurde. Die Amazonen waren tatsächlich schon daheim und wurden gerade von den anderen Gladiatoren über die Kämpfe ausgefragt und Cassius und Celina waren überraschenderweise auch hier und hörten ihnen mit Stephaton gespannt zu. Während Zenobia alles noch bildlich und lebhaft nachstellte, lächelte der Lanista stolz, worauf Aquila auf ihn zuging und meinte: „Komm mit, mein Lanista, wir haben eine Überraschung für dich."

Stephaton entgegnete: „Aber ich will zuhören."

Aquila zehre dennoch an seiner rechten Hand und erwiderte lächelnd: „Komm jetzt und keine Wiederrede! Sie werden wahrscheinlich noch öfter darüber berichten."

Longinus und Mauritius folgten den beiden und Akatia begab sich mit Celina und Marina zu der Culina. Auf der Terrasse angekommen, holte Longinus das Rudis heraus und sagte zu Stephaton: „Hier, ein Geschenk von Tiberius."

Longinus übergab ihm das Holzschwert ebenso zeremoniell, wie Tiberius es vorhin getan hat und meinte: „Dies ist nur ein hübsches Symbol, aber Aquila hat das Wichtigere."

Aquila holte darauf die schriftliche Urkunde heraus, übergab sie Stephaton und sagte fröhlich: „Du bist nun ein freier Mann und Tiberius bescheinigt es hiermit sogar persönlich. Ist das nicht wunderbar?"

Stephaton sah sich die beiden Dinge an, die er nun in seinen Händen hielt, blickte lächelnd die anderen an und entgegnete: „Eigentlich fühlte ich mich nicht als Sklave, aber gut, jetzt ist es offiziell."

Alle lachten und Aquila umarmte Stephaton überglücklich und ließ lange nicht von ihm ab. Sie setzten sich darauf gemütlich hin und nach einigen Augenblicken erschienen nun auch Cassius, Akatia und Celina, die einen riesigen Weinkrug mitbrachten. Cassius sah sich die fröhlichen Gesichter von allen an und fragte: „Na, feiert ihr schon den Sieg?"

Aquila erwiderte: „Nein, nicht nur den Sieg. Tiberius hat Stephaton seine Freiheit geschenkt."

Cassius schaute auf den Rudis und auf die Schriftrolle, die auf dem Tisch vor Stephaton lagen und meinte: „Wäre ich damals in der Wüste weggerannt..."

Longinus und Mauritius lachten auf, aber Aquila schaute unwissend und fragte: „Was meinst du?"

Cassius erwiderte: „Das ist eine lange Geschichte, daher stellen wir sie jetzt besser in den Hintergrund. Jedenfalls freue ich mich ziemlich für dich, mein Freund."

Cassius reichte Stephaton die Hand, drückte sie ganz fest und meinte zu den anderen: „Nun erzählt schon von den Kämpfen."

Longinus: „Du kannst bereuen, dass du mit Celina nicht mitgekommen bist. Ihre Gegnerinnen hatten keine Chance, sogar die Gladiatorinnen aus Capua nicht, stell dir vor!"

Cassius: „Capua? Ist das nicht eine der besten Gladiatorenschulen im Reich? Gegen sie habe die Amazonen wirklich gekämpft?"

Longinus: „In der Tat. Das war einst die beste Schule im Reich und die Betonung liegt hier auf WAR! Somit schwindet sogar der Ruhm des Spartakus, der dem Ludus entstammte. Nun ist Aquilas Ludus der beste und so schnell wird sich das sicher nicht ändern, denke ich."

Aquila entgegnete: „Tiberius hat mich aber gewarnt, dass sicherlich noch weitere Schulen auf das Recht bestehen werden, sich mit meinem Ludus in der Arena zu messen, also ist der letzte Stein noch nicht gefallen."

Longinus: „Aquila, der Hund, der am lautesten bellte, war sicherlich der Ludus von Capua. Die anderen werden sich bestimmt mehrmals überlegen, ob sie dich herausfordern. Glaub mir das einfach."

Aquila: „Wahrscheinlich hast du wieder Recht."

Sie redeten und spekulierten über die Zukunft des Ludus noch tief in den Abend, während die Gladiatorinnen und Gladiatoren unten im Atrium gepflegt den Sieg feierten. Sie wussten noch nichts von der Begnadigung Stephatons, der alle schon länger von oben aus beobachtete. Er schaute sich den Haufen stolzer und fröhlicher Krieger an und war zufrieden, wie gut für jeden momentan alles verläuft. Er wusste, dass sie sich in dem Ludus tatsächlich frei und sicher fühlten, genau wie er es geplant und sich erhofft hatte. Als Mauritius und Longinus später irgendwann anfingen zu gähnen, sagte Marina in die Runde: „Oh, ich glaube für die beiden ist es wohl Zeit."

Longinus weitergähnend: „Ja, das stimmt wohl. Ich bin nach diesem inhaltsvollen Tag wirklich schon müde. Wir überlassen den Rest des Abends besser euch, Aquila."

Die anderen nickten zustimmend und standen nach einem kurzen Augenblick auf, worauf sie sich von Aquila, Tullia und Stephaton verabschiedeten und langsam und gemütlich den Ludus verließen. Aquila und Stephaton blieben auf der Terrasse und umarmten einander glücklich, während sie zusahen, wie die Gladiatoren und die Amazonen nach und nach in ihren Quartieren verschwanden. Als das Atrium leer und die Nacht schon dunkel war, erblickte Aquila zwei ihrer Wachsoldaten in einer der Ecken schlafend und meinte leicht empört zu Stephaton: „Schau dir das mal an, das kann doch nicht wahr sein. Ich bezahle sie doch nicht fürs Schlafen."

Stephaton ganz gelassen: „Ach, lass sie. Besser das, als wenn sie uns in die Quere kommen."

Aquila: „Wahrscheinlich hast du Recht. Da wäre noch etwas, worüber wir reden müssen. Tiberius hat einer der Amazonen im Falle eines Sieges ebenfalls die Freiheit versprochen und ich soll ihm mitteilen, welche das sein wird."

Stephaton überrascht: „Willst du eine auswählen?"

Aquila: „Natürlich nicht! Für mich sind alle gleichbedeutend, aber sie sollten es erfahren und es vielleicht unter sich entscheiden."

Stephaton erwiderte: „Das denke ich auch. Ich werde sie morgen darüber in Kenntnis setzen, denn für heute hatten sie genug Aufregung."

Aquila: „Gut, mach das. Jetzt lass uns aber ins Warme, denn hier draußen wird es langsam zu kühl."

Beide begaben sich darauf in Aquilas Gemach und schliefen einfach nur ein. In der Villa schliefen auch schon alle tief und fest und standen am nächsten Tag relativ spät und zwanglos auf. Im Ludus dagegen wachte Stephaton schon sehr früh auf und nahm sich vor, den Amazonen die frohe Kunde so schnell wie möglich zu überbringen. Er war ziemlich auf ihre Reaktion gespannt und wartete auf die

Frauen ungeduldig im Atrium. Es war Antiope, die als Erste verschlafen aus den Quartieren kam, zur Culina ging und dort wahrscheinlich etwas Kühles trank. Nach dem Herausgehen blickte sie Stephaton an und er rief sie zu sich: „Antiope, können wir reden?"

Antiope trank ihren Wasserbecher darauf rasch leer, ging fröhlich auf Stephaton zu und fragte: „Was ist denn, Lanista?"

Stephaton erwiderte ernst: „Ich muss mit euch reden und zwar mit euch allen. Holl bitte die anderen, es ist wichtig."

Antiope nickte leicht verunsichert, drehte sich um und folgte Stephatons Anweisung. Kurz darauf kamen alle Sieben aus dem Hauptquartiereingang heraus und gingen direkt auf den Lanista zu. Als sie vor ihm standen, fragte Zenobia ungewöhnlich freundlich: „Du wolltest uns sprechen?"

Stephaton erwiderte: „In der Tat. Tiberius will euch für den Sieg belohnen und einer von euch die Freiheit schenken. Aquila möchte über eure Schicksale natürlich nicht entscheiden und meinte gestern, dass ihr es unter euch ausmachen sollt."

Kurz herrschte Stille und Zenobia blickte die anderen an, dann schauten sie einander an und nach einem kurzen Augenblick meinte die Africanerin: „Scheinbar reißt sich hier keine darum, sehe ich das richtig?"

Die anderen sechs Amazonen bestätigten es mit einem Nicken und Zenobia fuhr lächelnd fort: „Da siehst du es, Lanista, wir lehnen alle dankend ab. Wir wollen wohl zusammenbleiben oder zusammengehen, schätze ich."

Stephaton lächelte und entgegnete: „Das kann ich wirklich gut verstehen, aber für Tiberius wird es sicherlich verwunderlich sein. Wie auch immer, heute lassen wir die Kampfübungen, denn ich habe vor den Ludus zu erweitern und etwas gemütlicher zu machen. Wenn ihr wollt, könnt ihr euch auch Gedanken machen, wie euer neues Quartier aussehen soll oder was euch fehlt. Ich hatte zum Beispiel an ein zusätzliches Badehaus für euch alleine gedacht, was meint ihr?"

Zenobia erwiderte erfreut: „Das wäre nicht schlecht. Gemütlichere Pritschen wären uns auch willkommen."

Stephaton euphorisch: „Ja, nichts ist schöner, als ein weiches und warmes Nest. Wir bauen einfach neue Pritschen. Ich bespreche alles mit Aquila und ihr macht euch weiter Gedanken, ja?"

Zenobia nickte lächelnd und verschwand mit ihren Amazonen im Badehaus. Währenddessen ging Stephaton hoch zu Aquila, die höchstwahrscheinlich noch schlummerte und als er die Tür des Gemachs öffnete, öffnete sie ihre verschlafenen Augen, lächelte liebevoll und fragte: „Wo warst du?"

Stephaton erwiderte lächelnd: „Gunten Morgen, Schlafmütze. Ich habe mit den Amazonen gesprochen und stell dir vor, sie lehnten ab und wollen hier zusammenbleiben."

Aquila überrascht: „Wirklich? Keine von ihnen will hier weg und frei sein? Gab es denn jemals schon so einen Fall, dass ein Sklave ablehnte?"

Stephaton lächelnd: „So lange ich zurückdenken kann, habe ich es nicht erlebt."

Aquila ebenfalls belustigt: „Na, da wird Tiberius aber Augen machen."

Stephaton: „Ganz meiner Meinung, aber lass uns erstmal frühstücken. Ich hole etwas aus der Culina und dann machen wie es uns auf der Terrasse gemütlich."

Aquila schälmisch lächelnd: „Nein, komm erstmal ins Bett."

Stephaton überlegte kurz grinsend und erwiderte: „Zu Befehl, Herrin!"

Aquila belustigt: „Hör auf mit diesem Blödsinn und komm endlich. Danach kannst du meinetwegen zur Culina."

Stephaton legte sich darauf zu Aquila und beide genossen eine ganze Weile leidenschaftlich ihre Zweisamkeit. Auch in der Villa fing der Tag ohne Zwänge an. Erst bereiteten sich Marina und Mauritius in der Culina etwas zu Essen zu und dann Cassius und Celina. Akatia machte das Frühstück für sich und für Longinus bedeutend später, da beide vorher im Atrium die Morgensonne genossen. Nachdem die Pärchen gemütlich in Zweisamkeit fertiggefrühstückt hatten, setzten sich alle im Atrium zusammen und genossen den schönen Morgen. Irgendwann gegen Mittag stellte Celina eine Frage, die den weiteren Tagesverlauf bestimmen sollte. Sie streichelte dabei ihren Bauch und sagte in die Runde: „Sollten wir nicht langsam Vorbereitungen für den kleinen Cassius treffen?"

Alle verstummten plötzlich und schauten Celina nachdenklich an, worauf Cassius fragte: „Wieso denkst du, dass es ein Junge wird?"

Akatia gab ihm die Antwort: „Dafür gibt es viele Hinweise, mein Sohn, und allein ihr Speiseplan sagt schon viel aus."

Celina: „Vor allem fühle ich aber innerlich, dass es ein Junge wird. Also, was haltet ihr davon, schon mal Bettchen für die beiden zu bauen?"

Cassius schaute Mauritius an und entgegnete ziemlich enthusiastisch: „Wieso eigentlich nicht? Auf dem Marktplatz habe ich einen Stand gesehen, der edle Hölzer verkauft. Mit einem guten Hammer und einigen Nägeln kriegen wir es sicherlich hin. Was meinst du, Mauritius?"

Mauritius erwiderte lächelnd: „Also, ich kriege das bestimmt hin, aber sehen wir mal, wer von uns beiden das schönere Bettchen baut."

Cassius zurücklachend: „Na dann ab zum Marktplatz. Brauchen wir noch etwas an sonstigen Vorräten?"

Akatia dachte kurz nach und entgegnete: „Eigentlich haben wir noch genug, aber Früchte und Fleisch könntet ihr noch bringen."

Cassius nickte fröhlich, holte darauf Geld aus der Stube und bereitete den Karren vor, den er plante mitzunehmen und als Mauritius auch bereit war, verließen beide gutgelaunt die Villa. Auf ihrem Weg trafen sie auf den Wasserträger, der sie mit einem breiten Grinsen begrüßte: „Guuten Taaag, die Heeeerren!"

Cassius nickte zur Begrüßung und Mauritius erwiderte: „Guten Tag! Heute etwas spät dran?"

Der Wasserträger: „Taaaatsächlich, mein Heeeerr, Veeeerzeihhht. Ich muuuste waaarten, bis ich aaaan deer Reeeeihe war, Heeerr, veeeerzeiht."

Mauritius: „Schon gut. Hier, für deine Mühen."

Mauritius gab dem Wasserträger eine Silbermünze, worauf beide weitergingen und Cassius kurz darauf fragte: „Wieviel hast du ihm gegeben?"

Mauritius: „Na, eine große Silbermünze. Der arme Kerl, sieh ihn dir doch an."

Cassius drehte sich nach dem Wasserträger um und stoppte plötzlich als er sah, dass der Wasserträger die Münze tatsächlich von allen Seiten und Kanten betrachtete und scheinbar nicht glauben konnte, dass er sowas in seinen Händen hielt. Der Anblick wirkte wohl auf Cassius und er schaute darauf zu Mauritius und meinte: „Warte hier."

Er ging zu dem Wasserträger, holte aus seiner Tasche noch zwei weitere Münzen, gab sie ihm und meinte: „Hier hast du noch zwei. Verstau sie gut und geh weiter, bevor dich jemand noch beklaut."

Der Wasserträger: „Ohhh, Heeeerr, ich daaaanke euch! Mööööngen eeeeuch dieee Göööötter reeeeich mit geeeesunden Kiiindeeern beeeescheeenken!"

Cassius lächelnd: „Gern geschehen. Nun geh weiter, bevor einer noch verdurstet."

Der Wasserträger verstaute alle Münzen überglücklich in seiner Tasche und ging weiter seiner Aufgabe nach. Als Cassius wieder zum Karren und Mauritius zurückkehrte, fragte ihn Mauritius sofort interessiert: „Hast du ihm noch mehr gegeben?"

Cassius: „Ja, noch zwei Münzen dazu. Soll er doch heute mal ordentlich speisen."

Mauritius: „Klar, warum nicht, aber denke daran, dich bedeckt zu halten."

Das kam bei Cassius an und er nickte, worauf sie weitergingen. Nach wenigen Augenblicken betraten sie den heute besonders menschenüberfüllten Markt, wo eine Orientierung kaum noch möglich war. Sie stellten den Karren irgendwo am Rande ab und versuchten sich erstmal zurechtzufinden. Das Gedränge zwischen den verschwitzten Leuten war für beide unangenehm und kein Stand, zu dem sie sich durchkämpften, besaß für sie etwas Brauchbares. Für üblich konnten sie durch den Markt mit ihrem Karren spazieren gehen, aber an diesem Tag war das kaum möglich. So ging die schwierige Suche weiter, bis sie an einem Stand mit Körben ankamen und Cassius die großartige Idee hatte, zwei große Körbe zu kaufen, um die Einkäufe nicht in den Händen schleppen zu müssen. Einen übergab er an Mauritius, krallte sich den anderen und weiter ging es. Der Lärmpegel war nervig und unerträglich, daher unternahmen die beiden keine Verständigungsversuche und quetschten sich einfach durch die Menge durch. Wenige Augenblicke später fanden sie endlich den Stand mit den Früchten, kauften davon reichlich, verteilten es gleichmäßig in ihren Körben und weiter ging es. Nach längerer Zeit fanden sie verschwitzt den Stand mit den Werkzeugen, nachdem sie hauptsächlich suchten. Sie schauten sich dort die Waren genauer an und betrachteten gleichzeitig einen massiven Hammer. Es war keine billige Holzausführung, sondern eine mit Eisenkopf und einem griffigen Holzstiel. Cassius zeigte mit seinem rechten Zeigefinger darauf, schaute dabei den Verkäufer an und schrie, um lauter als die Umgebung zu sein: „Ich will diesen Hammer!"

Der Verkäufer hörte seinen Wunsch und hob nur zwei Finger hoch. Cassius wusste nicht recht, ob er Kupfermünzen meinte oder Silber, aber Gold würde natürlich jeder Idiot bei einem Hammer ausschließen, daher gab er ihm einfach drei Silberlinge, griff nach dem Hammer und schrie erneut: „Gib mir noch sechzig Nägel dazu, etwa so groß!"

Er zeigte dem Verkäufer mit seinem Zeigefinger und seinem Daumen die gewünschte Größe der Nägel, worauf dieser die Nägel in einen Stoffbeutel abpackte und Cassius übergab. Der Verkäufer bedanke sich nicht einmal, da er sich sofort einem anderen schreienden Kunden widmete. Die beiden quetschten sich weiter durch das Getümmel und ganz in der Ecke des Marktes, wo das Fleisch vor der Wärme der Sonne im Schatten geschützt war, fanden sie ihren nächsten Stand. Dort war es relativ ruhig und wahrscheinlich nur deshalb, weil sich nicht jeder Römer einfach so Fleisch leisten konnte, oder zumindest nicht jeden Tag. Mauritius schaute direkt auf ein großes Stück Fleisch, welches die Verkäuferin gerade mit frischem Wasser übergoss und fragte sie ganz interessiert: „Ist das Rind, was ich da sehe?"

Die Verkäuferin: „Ja, mein Herr, das ist die Hüfte und noch ganz frisch. Das Tier wurde heute bei Sonnenaufgang geschlachtet und ich kann es bezeugen. Mein Mann züchtet die besten Rinder in Rom und sie grasen von morgens bis abends außerhalb der Stadtgrenzen in aller Ruhe. Bessere Qualität bekommt ihr nirgends."

Mauritius: „Das nehmen wir. Was bekommst du?"

Die Verkäuferin erwiderte: „Zwei Silberlinge."

Mauritius gab ihr ohne zu zögern das Geld und lächelte dabei wie ein kleiner Junge. Die Verkäuferin wickelte darauf das nahezu acht Pfund schwere Stück in ein sauberes Leinetuch und übergab es Mauritius, der das prächtige Fleischstück stolz in seinen Korb packte und darauf fragte: „Sag mal, wo finden wir Holzbretter?"

Die Verkäuferin erwiderte recht freundlich: „Geht von mir aus links gesehen die Mauern, beziehungsweise die Stände entlang, dann trefft ihr schon auf den Holzstand."

Mauritius bedanke sich nickend und beide gingen in die beschriebene Richtung und fanden nach wenigen Augenblicken tatsächlich den Stand. Er war groß, hatte scheinbar ein riesiges Angebot und die Qualität der Waren steigerte sich von links nach rechts. Links lagen die einfachen Latten, von denen die meisten gebraucht waren und weiter rechts befanden sich die frischgeschlagenen Bretter, jedoch von geringer Qualität und mit abstehenden Splittern übersäht.

Noch weiter rechts wurde es qualitativ immer besser, dennoch gingen die beiden weiter nach rechts, wo sie an polierten, hellrötlichen Brettern haltmachten. Der Verkäufer wurde sofort auf die beiden aufmerksam und sprach sie erfreut an: „Ich grüße euch, meine Herren! Sucht ihr etwas Bestimmtes?"

Cassius erwiderte lächelnd: „Ja, das Beste suchen wir! Wir suchen Holz, welches das Reich überdauert und Kinderbettchen sollen daraus entstehen."

Der Verkäufer ganz stolz: „Ihr steht direkt davor, mein Herr. Das ist africanisches Holz, an das man sehr schwer drankommt und ich verkaufe es normalerweise nicht hier. Das bestellen bei mir nur die reichen Patrizier oder Senatoren und Normalsterbliche könnten sich das nicht leisten. Es ist eigentlich ein Überschuss, nur daher liegt es hier. Ich hatte nicht die Hoffnung, es hier zu verkaufen, aber vielleicht ist heute mein Glückstag?"

Cassius erwiderte grinsend: „Das könnte es werden, wenn wir uns über einige Details einig werden, denkst du nicht, Jakobus?"

Mauritius nickte lächelnd, schaute dem Verkäufer in die Augen und meinte: „Wir brauchen zwanzig dreieinhalb fußlange Bretter mit Lieferung. Kriegst du das hin?"

Der Verkäufer: „Aber natürlich! Auch die Lieferung wäre kein Problem. Aber bevor ihr nach dem Preis fragt und umfallt, bedenkt, dass dieses Holz von höchster Qualität ist. Da gehen Holzwürmer nicht dran, das versichere ich euch. Ich bin mir nicht sicher, ob dieses Holz das Reich überdauert, aber uns drei bestimmt."

Mauritius erwiderte lächelnd und etwas leise: „Da wäre ich mir nicht so sicher."

Der Verkäufer: „Wie bitte?"

Mauritius: „Nichts, schon gut. Was verlangst du?"

Der Verkäufer: „Zehn kleine Goldlinge für das Holz und einen Obolus für meinen Lieferjungen."

Mauritius überrascht: „Ist es nicht etwas zu teuer?"

Der Verkäufer: „Nein, glaubt mir. Das ist ohnehin ein gutes Angebot, weil dies die Reste sind. Nun gut, ich gebe euch noch Spezialnägel dazu, einverstanden?"

Mauritius: „Nägel haben wir schon, schau."

Mauritius holte einen Nagel aus dem Stoffbeutel und zeigte ihn dem Verkäufer, der sofort anfing zu lachen: „Das ist einfacher Eisen, mein Freund, und ihr braucht Nägel aus gehärtetem Eisen. Bei diesem Holz werden sich eure Nägel nur verbiegen, glaubt mir."

Der Verkäufer zeigte den beiden einen seiner Nägel und lächelte stolz, als das Teil gerade schön in der Sonne glänzte. Er griff darauf mehrmals in seine Kiste, füllte einen weiteren Beutel mit mehr als sechzig Nägeln, legte ihn vor die beiden hin und fragte: „Nun, ist heute mein Glückstag?"

Mauritius lächelnd: „Ja, ist es. Hier, dein Geld. Nutzt unseren Karren, den wir vorne am Eingang zum Markt abgestellt haben. Er ist mit Leinentüchern ausgelegt und kaum zu übersehen. Danke schon mal im Voraus."

Der Verkäufer: „Ich habe euch zu danken. Ich schicke den Jungen sofort los, sobald ich den Zuschnitt gemacht habe. Gebt mir Zeit bis Nachmittag und seid bei dem Jungen bitte nicht so geizig. Um seine Familie zu ernähren schuftet der Arme wo er nur kann, denn sein Vater ist nicht ganz auf der Höhe, wenn ihr versteht, was ich meine. Er ist ein armer Wasserträger, der dazu noch stottert."

Cassius: „Ja, den kennen wir sogar, welch ein Zufall. Mach dir keine Sorgen, wir werden den Jungen mehr als nur anständig bezahlen. Wir danken dir nochmals."

Der Verkäufer nickte freundlich und ließ sich von Cassius noch den Lieferort erklären. Scheinbar kannte er sich in der Villengegend gut aus und wusste sogar genau, um welche Residenz es sich handelte. Die beiden hatten nun alles, was sie planten zu kaufen und eilten mit gefüllten Körben wieder zu der Villa zurück. Während sie zur Villa gingen, machte sich jeder von ihnen darüber Gedanken, wie das Bettchen auszusehen hat und Cassius fragte irgendwann:

„Mauritius, das Bettchen soll doch dreieinhalb Fuß lang sein aber nicht so breit, oder?"

Mauritius: „Genau das schoss mir jetzt auch durch den Kopf. Und nun?"

Cassius: „Ich hoffe, wir finden in der Villa eine Säge, ansonsten müssten wir morgen eine besorgen."

Mauritius: „Das hoffe ich auch. Ich freue mich nämlich schon wirklich darauf, das Ding zu bauen."

Cassius nickte zustimmend und wenig später kamen sie in der Villa an und als sie sie betraten, erblickten sie die anderen Villabewohner im Atrium, die einfach nur in der Gruppe auf einer Decke in der Sonne lagen und faulenzten. Mauritius rief ihnen direkt zu: „Genug gefaulenzt! Schaut, was wir bekommen haben, eine Rinderhüfte! Marina, komm, mein Schatz, machen wir sie schön knusprig."

Marina ließ nicht lange auf sich warten und folgte Mauritius fröhlich in die Culina, der unterwegs noch den Korb von Cassius übernahm. Cassius begab sich dagegen zu den anderen und wollte sich setzen, doch bevor sein Hinterteil die Decke berührte, fragte ihn Longinus: „Wo bleibt denn das Holz für die Bettchen? Habt ihr nichts finden können?"

Cassius: „Doooch, es wird gleich alles geliefert. Wir kauften das Beste, was man in Rom bekommen kann. Angeblich soll es ein Menschenleben überdauern und Holzwürmer gehen da nicht einmal dran."

Longinus: „Ja, von so einem Holz habe ich schon gehört. Es soll von weit herkommen und schweineteuer sein."

Cassius: „Ach, zehn kleine Goldlinge war es uns wert. Zudem ist das Holz sowieso nur der obersten Schicht zugänglich und wir hatten nur Glück, dass wir es überhaupt auf den Markt als Reste und Überschüsse ergattern konnten."

Longinus: „Nun, gut, ich bin gespannt, was ihr daraus macht."

Cassius: „Ach ja, haben wir eine Säge hier?"

Longinus: „Das weiß ich nicht. Schau mal in der Kammer neben der Culina nach, dort habe ich einige Werkzeuge gesehen."

Cassius stand darauf auf, begab sich zu der Kammer und nach mehreren Augenblicken hörte man von dort nur ein lautes Fluchen und Geschrei. Cassius kam darauf enttäuscht aus der Kammer, stellte sich vor den Eingang und meinte: „Keine Säge, verdammt!"

Longinus richtete einen beruhigenden Ruf an ihn: „Ist doch nicht tragisch, wenn ihr die Betten morgen baut. Holt doch morgen eine Säge und macht es halt dann."

Cassius: „Ja, uns bleibt wohl nichts anderes übrig. Ich gehe heute sicher nicht noch einmal in den Tumult rein. Es war heute wirklich die Hölle."

Darauf begab sich Cassius zu der Culina, wo im Moment Marina und Mauritius herrschten. Einerseits wollte er Mauritius über die fehlende Säge informieren, andererseits lockte ihn der Duft des leckeren Fleisches dorthin. Als Marina und Mauritius in der Culina zugange waren, wurde die Culina zu ihrem persönlichen Reich und keiner hatte dort etwas zu melden. Daher trank Cassius beobachtend nur etwas Wasser und erlaubte sich bloß zu bemerken: „Also, das riecht ja wiedermal lecker."

Mauritius erwiderte: „Ja, das tut es. Du kannst draußen schon mal alles vorbereiten, indem du die Teller und den Rest rausbringst. Alles liegt auf dem Tisch am Fenster schon bereit."

Cassius schaute sich kurz um, nahm die Sachen und brachte sie zum Atrium. Als er dabei war, die Sachen auf dem Tisch dort zu verteilen, hörten alle ein schwaches Klopfen am Tor. Cassius blickte auf Longinus, überlegte kurz und meinte: „Das ist bestimmt das Holz. Longinus, hilfst du mir kurz?"

Longinus riss sich auf und begleitete Cassius. Sie machten das Tor auf und erblicken einen Jungen, der ihren Karren hinter sich herzog. Cassius schätzte sein Alter auf zehn, maximal auf zwölf Jahre, streichelte den Jungen zu Begrüßung lächelnd am Kopf und meinte: „Du musst der Lieferjunge des Schreiners sein?"

Der Junge erwiderte: „Ja, Herr, ich bin Lucas. Der Schreiner lässt euch ausrichten, Herr, dass er euch die zwanzig gekauften Bretter gibt und zusätzlich noch den Rest des Holzes, welches beim Zuschnitt übriggeblieben ist. Er meinte, vielleicht habt ihr dafür Verwendung."

Cassius ging auf die Ladung zu, untersuchte sie und schrie plötzlich: „Leute, wir brauchen doch keine Säge mehr! Schaut, die Reste sind scheinbar genauso lang, wie wir sie brauchen, also wird heute doch noch gehämmert!"

Er ging erfreut wieder auf den Jungen zu, holte aus seiner Tasche drei Goldlinge heraus, beugte sich vor Lucas, drückte ihm das Geld in seine rechte Hand und meinte: „Hier, mein junger Freund, verstaue es gut und lauf damit rasch nach Hause zu deinem Vater und lass dich von nichts und niemandem aufhalten."

Lucas überglücklich: „Ich danke euch, Herr! Danke!"

Lucas verstaute die Goldmünzen irgendwo in seiner Kleidung und rannte los. Longinus schaute sich das Ganze an und fragte Cassius grinsend: „Hast du ihm etwa Goldmünzen gegeben?"

Cassius: „Ja, habe ich. Stell dir vor, das ist der Sohn von unserem Wasserträger. Die beiden schlagen sich hier nur durch und wieso sollten wir ihnen nicht das Leben etwas erleichtern? Wir haben sowieso genug Geld."

Longinus verschränkte seine Hände, zog seine Schulter hoch und erwiderte: „Ich sagte doch nichts dagegen, alles gut."

Cassius: „Gut, dann lass uns das Zeug zu den Steinbänken karren und abladen und ich hole das Werkzeug."

Gesagt, getan. Danach, als der Karren abgeladen war und Cassius ihn wieder an seinem Platz abgestellt hatte, begab er sich zu der Culina, wo Marina und Mauritius gerade das zubereitete Fleisch auf ein riesiges Tablett packten und berichtete: „Mauritius, stell dir vor, der Schreiner hat uns die Reste des Zuschnittes auch mitgegeben und diese Bretter sind genau um die Hälfte kürzer, als die bestellten."

Mauritius: „Das bedeutet, wir können mit dem Bauen gleich doch noch beginnen?"

Cassius lächelnd: „Exakt!"

Marina: „Gleich werdet ihr essen und danach macht, was ihr wollt. Ist das klar?"

Mauritius beglückt: „Natürlich, mein Sonnenschein."

Mauritius und Cassius packten das schwere Tablett mit dem Fleisch, brachten es hinaus und Marina folgte ihnen mit einem kleineren Tablett, welches mit knackigem Schmorgemüse nahezu überladen war. Sie stellten alles auf den Tisch, wo Cassius zuvor die Teller verteilte und Marina rief alle auf: „Das Essen ist fertig! Kommt und lasst es nicht kalt werden!"

Longinus, Celina und Akatia, die sich noch auf der Decke sitzend unterhielten, rafften sich sofort auf und gingen zum Tisch. Die Speisen waren noch richtig heiß und dampften schön lecker, als sich alle hinsetzten und ihre Teller reichlich füllten. Alle genossen das zarte Fleisch und das knackige Gemüse, während man hier und da ein dickes Lob an das Kochpärchen hörte. Als Cassius noch mit seiner ersten Portion beschäftigt war, griff Celina wieder zum Tablett und packte sich diesmal ein noch größeres Fleischstück auf den Teller und fühlte sich dabei kaum geniert. Sie bemerkte, dass Cassius sie dabei beobachtete und teilte ihm lächelnd mit: „Schau nicht so. Ich muss für deinen Sohn schließlich mitessen, wie du weißt."

Cassius und die anderen lachten über ihre Bemerkung und aßen amüsiert weiter. Die Männer wurden langsam satt und irgendwann meinte Longinus: „Ich danke euch für die leckere Mahlzeit. Sie war wie immer köstlich. Kommt, Männer, widmen wir uns euren Brettern zu."

Cassius: „Ich bedanke mich ebenfalls und hole den Hammer und die Nägel. Sie müssten noch in der Culina liegen."

Die Drei standen darauf auf und ließen die Frauen am Tisch gemütlich weiterspeisen. Mit dem Fleisch war Celina zwar schon fertig, aber jetzt fasste sie das Gemüse ins Auge. Vom Tisch aus konnten die Frauen alles gut beobachten, was die Männer bei den Steinbänken trieben und als Cassius den Hammer und die Nägel mitbrachte und sie neben die Bretter legte, fragte er: „Und, wie machen wir es?"

Mauritius erwiderte lächelnd: „Ich mache meins und du mach deins, so hatten wir es doch geplant."

Die beiden standen bei dem Gespräch neben dem Bretterhaufen und grübelten und grübelten, während Longinus sie beobachtete und auf eine entschiedene Handlung vergeblich wartete. Sie schauten bloß weiter auf ihre Bretter und überlegten, bis Marina vor Lachen ausbrach und zu den beiden rief: „Von Draufschauen ist noch kein Bettchen entstanden, glaube ich."

Mauritius reagierte auf die Bemerkung leicht verärgert: „Nun wartet doch mal geduldig! Es sollte richtig überlegt werden, wenn es doch schön werden soll, oder? Außerdem mag ich es nicht, wenn man mir bei der Arbeit zusieht und mich dabei dekonzentriert."

Die Frauen kicherten untereinander leise und widmeten sich wieder dem Gemüse und ihren Gesprächen. Nach einer Weile griff Cassius als Erster nach dem Hammer, nahm einige der gehärteten Nägel, zwei längere Bretter, nagelte sie der Länge nach rechtwinklig zusammen und wiederholte er es mit zwei weiteren Brettern. Damit hat er den Boden des Bettchens und die zwei Wände fertig und musste sie nur noch fest verbinden. Er hatte scheinbar schon eine Idee, wie er weitermacht und grinste selbstzufrieden, worauf Mauritius ihm den Hammer aus der Hand entriss und meinte: „Ich fange auch schon mal an, während du weiterüberlegst, ja?"

Longinus saß nur daneben, beobachtete die beiden und grinste ständig. Mauritius nahm ebenfalls zwei der längeren Bretter und nagelte das eine Brett an die Hochkante des anderen und machte von diesem Gestell gleich noch ein weiteres. Nun hatte jeder von ihnen zwei Teile aus jeweils zwei Brettern vor sich liegen. Mauritius griff darauf nach zwei weiteren Brettern und nagelte jeweils eines auf die entgegenliegende Hochkante seiner Gestelle und hatte damit die Standfüße und die Bettwände fertig. Jetzt fehlte ihm nur noch der

Boden des Bettchens und er schaute Cassius an und übergab ihm lächelnd den Hammer. Cassius riss ihm den Hammer praktisch aus der Hand und legte ihn neben seine Gestelle. Er nahm gleich vier von den langen Brettern an sich und griff nach den Nägeln. Er nagelte ein Brett erst an der einen Hochkante der Bettwand fest, dann an eine Hochkante des Bodens und das gleiche tat er an der gegenüberliegenden Seite auch. Das zweite Gestell konstruierte er gleich hinterher. Danach übergab er selbstzufrieden den Hammer an Mauritius, wobei Longinus vor Lachen platzte und meinte: „Ihr Narren baut das gleiche, seht ihr das nicht? Ihr habt nur anders angefangen."

Die Frauen lachten ebenfalls und Cassius entgegnete dem Gelächter: „Jetzt weiß ich, wieso wir nur dreieinhalb fußlange Bretter bestellt haben. Wir hatten wohl von Anfang an das gleiche im Kopf."

Mauritius: „Das glaube auch, aber egal, beide werden schön, wie es aussieht. Nun bringe es zu Ende und dann beende ich meins."

Cassius stellte seine beiden Gestelle hochkantig auf und verband die zwei Teile mit einem weiteren Brett, welches er überlagernd auf die beiden Standfüße auflegte und festnagelte. Darauf war Mauritius mit dem Boden dran und am Ende machte er das gleiche, was Cassius eben gemacht hatte und beide Bettchen waren fertig, worauf die Männer stolz in Richtung der Frauen strahlten. Nun kam die Zeit, sich die Produkte der beiden näher anzuschauen und die Frauen kamen lächelnd zu den Steinbänken, wo das ganze Spektakel stattfand. Celina begutachtete das Bettchen von Cassius, strich mit ihrer Hand über das hellrote, glänzende Holz und lächelte. Das gleiche tat auch Marina mit dem Bettchen für ihr Ungeborenes und schien auch sichtlich stolz zu sein, worauf Celina meinte: „Beide sind schön, wirklich. Es fehlen natürlich noch die Deckchen, aber darum kümmern wir Frauen uns gleich morgen früh selbst."

Celina griff nach dem Bettchen und wollte es zum Abtransport anheben, unterschätzte aber das Gewicht des Holzes vollkommen, stöhnte kurz auf und meinte: „Neee, das schaffe ich nicht. Cassius, wärst du so nett und bringst es in unsere Stube?"

Cassius griff stolz nach dem Bettchen und brachte es fort. Auch Mauritius brachte sein Werk in die Stube, um es nicht länger der Sonnenhitze auszusetzen. Danach versammelten sich alle wieder im Atrium um den Tisch herum, genossen fröhlich den restlichen Tag und später den Abend. Im Ludus verlief ebenfalls alles harmonisch und während Aquila und Stephaton die ganze Terrasse für sich alleine hatten, alberten die Männer im Atrium herum, versuchten den Amazonen ständig zu imponieren und alle hatten dabei ihren Spaß. Zenobia und Pogoria hatten sich aber ihr eigenes Spielchen ausgedacht, das die anderen ebenfalls belustigte. Sie fanden nämlich einen Stock, warfen ihn einander zu und das Ziel war, Belathor nach dem Stock jagen zu lassen. Das Lustigste daran aber war, dass Belathor den Stock nicht aus seiner Sicht ließ, als Zenobia ihn zu Pogoria warf, der sich hinter den Männern versteckte und einfach alle umrannte, die auf seinem Weg standen. Der ganze Spaß dauerte bis zum Einbruch der Dunkelheit und darauf verschwanden alle in ihren Quartieren, wie auch Aquila und Stephaton in ihrem Gemach. Am nächsten Morgen war Longinus derjenige, der als Erster aufstehen musste, denn er hatte das Pech, auch als Erster das Hämmern auf das Tor wahrzunehmen. Er raffte sich mit Mühe auf, ging genervt in Richtung des Tores, entriegelte dort hektisch das Schloss und riss wütend das Tor auf. Er erblickte den etwas erschrockenen Wasserträger, atmete auf und sagte: „Ach, du bist es, Wasserträger. Und ich wollte schon schimpfen. Komm herein und lass uns beide leise bleiben, weil die anderen noch schlafen."

Der Wasserträger: „Veeeerzeiht mir, Heeerr, faaaalls ich zu früüüh bin. Ich koooonnte eees nicht eeeerwarten, eeeeuch zu danken, meeein Heeerr. Iiihr haaabt meeeinen Sooohn Luuucas geeestern reeeich beeeschenkt, daaafür wooolte ich eeeuch peerrsööönlich daaanken."

Longinus erwiderte freundlich lächelnd: „Nicht der Rede wert, der Junge hat's verdient. Ich wollte mit dir sowieso noch über etwas anderes reden. Sag mal, wäre es für dich in Ordnung, wenn du uns mit Wasser belieferst und wir bezahlen dich monatlich mit zehn Goldlingen? Wie ist dein Name überhaupt?"

Der Wasserträger entgegnete fassungslos: „Aaaber, Heeerr, niiiicht eeeinmal, eeeinmaaal eeein Steeeuereeeeintreeeiber veeerdieeent beeestimmmt soo viiiel! Iiich weeerde eeeuch beeeliefern, jaaa, naaatürlich! Mein Heeerr, aber iiihr müüüsst miiich weeeiterhin Waaasserträger nennen, daaa iich meeeinen Naaamen niiicht keeenne."

Longinus schaute ganz entsetzt und fragte: „Wieso kennst du deinen Namen nicht?"

Der Wasserträger erzählte los und Longinus versuchte ihm mit Mühe zu folgen: „Eeeines Taaages waaachte iiich miiit fuuurchtbaaaren Kooopfschmmmerzen uuund blllutüüüberströöömt auf. Eeein klllleeeiner Juuunge kniiiete neeeben mir und weeeinte. Eeer rieeef: Vaaater, Vaaater, waaaach auf! Siiie haaaben Maaama mitgeeenommen! Was geeescheehen iiist, weeeiß iich nicht. Aaalso heeeiße ich Waaasserträger, ooder Vaaater."

Longinus erwiderte mit Mitleid: „Also hat man dich Ärmsten in deinem Haus überfallen, ausgeraubt und sogar dein Weib entführt? Hast du das Verbrechen gemeldet?"

Der Wasserträger: „Jaaa, Heeer. Iiich giiing mit Luuucas zuuum Maaagistrat. Eer saaaagte, eeer kann niiichts tun. Iiich soll siiie seeelbst suuuchen. Iiiich saaaagte iiihm, iiich eeeerinnere miiich niiicht aaan sieee, uuund eer saaagte, daann kaaann eer miiiir aaauch nicht helfen."

Longinus: „Das sind Bastarde. Er hätte wenigstens Ermittlungen in die Wege leiten und ein paar mutmaßliche Zeugen deiner Nachbarschaft befragen können. Erinnert sich dein Sohn an seine Mutter?"

Der Wasserträger: „Jaaa, Heeeer, eeer maaalt siiie seeehr geeerne."

Longinus: „Ausgezeichnet. Schick ihn bitte mit den Zeichnungen zu uns. Vielleicht wird es dabei helfen, sie wiederzufinden. Stell die

Amphoren einfach hier ab, ich bringe sie nachher schon zur Culina. Nun geh zu deinem Sohn, mein Freund, und pass auf dich auf."

Der Wasserträger schaute Longinus dankend an und verbeugte sich vor ihm noch leicht, bevor er ging. Longinus verriegelte darauf hinter ihm das Tor, griff nach einer Amphore, brachte sie zur Culina und schon auf dem Weg dorthin machte er sich Gedanken darüber, wie sie dem armen Kerl und seinem Sohn helfen könnten. Als er noch die zweite Amphore holte, hatte er bereits einen Plan. Ihm war klar, dass in Rom keine Sklaven gefangen werden durften und legal nur auf den Sklavenmärkten erworben werden konnten. Es kam also nur in Frage, dass seine Frau von Verbrechern in irgendeinem Freudenhaus gefangen gehalten wurde und davon gab es in Rom eine ganze Menge. Er überlegte weiter, nachdem er die zweite Amphore in der Culina abstellte und sich zum Atrium auf eine Steinbank begab. Er wartete ungeduldig darauf, dass die anderen endlich aufwachen und er mit ihnen darüber reden kann und hoffte, dass sie ähnlich wie er reagieren. Es dauerte eine ganze Weile, bis der Lärm von außerhalb der Mauern auch die anderen weckte. Mauritius war der Nächste, der seine Stube verließ, sich erstmal streckte und ganz laut gähnte. Danach erblickte er Longinus und stellte seinen grimmigen Blick fest. Mauritius runzelte darauf fragend seine Stirn, ging auf Longinus zu und fragte: „Was für eine Laune ist das denn?"

Longinus erwiderte ernst: „Ich muss mit euch reden. Mach unseren Schneckenfreund doch bitte mal wach. Ihr werdet es nicht glauben."

Mauritius: „Ja, mache ich, aber was ist los?"

Longinus: „Nun mach, ich will es nicht doppelt erzählen müssen."

Mauritius ging nachdenklich zu der Stube von Cassius und Celina und klopfte drei Mal. Als nach einigen Augenblicken noch immer keine Reaktion zu sehen oder zu hören war, klopfte er erneut und erst dann antwortete Cassius: „Ja, was ist denn?!"

Mauritius: „Komm raus, du Schlafmütze! Longinus will mit uns irgendwie dringlich reden, komm!“

Cassius hinter der verschlossenen Tür: „Jaaaa! Ich komme ja gleich!“

Danach begab sich Mauritius wieder zu Longinus und beide warteten auf ihren Freund. Nach kurzer Zeit ging die Tür der Stube auf und Cassius verließ mit Celina gemeinsam den Raum. Celina begrüßte die anderen von Weitem mit einem Lächeln und einem Handzeichen und begab sich direkt zu Marina. Als Cassius endlich vor den anderen beiden stand, fragte er ungeduldig: „Jetzt erzählt, was ist so dringend?“

Longinus berichtete los: „Ich habe etwas mit unserem Wasserträger geplaudert und er dank uns sehr für das Geld. Das ist aber nicht das, worüber ich mit euch eigentlich reden wollte. Stellt euch vor, der arme Kerl wurde einst in seiner Hütte überfallen, niedergeschlagen, ausgeraubt und am Ende entführte man noch seine Frau. Er kann sich seitdem an nichts erinnern, nicht einmal an seinen Namen.“

Mauritius: „Hat er das denn gemeldet?“

Longinus fast wütend: „Ja, aber weil er sich an nichts erinnert, auch nicht an seine Frau, könne man ihm angeblich sowieso nicht helfen.“

Mauritius nun auch verärgert: „Dieses Dreckspack von korrupten Magistraten! Erst wenn genug Geld auf den Tisch legst, wird dir geholfen. Was können wir denn tun?“

Cassius: „Ist doch ganz klar, sie wurde bestimmt entführt, um als Liebessklavin zu arbeiten. Ich hörte davon, dass die Verbrecher hübschen Frauen in den Armenvierteln auflauern, sie entführen und sie hinterher an illegale Freudenhäuser verkaufen.“

Longinus: „Was meint ihr, sollen wir nach ihr suchen? Etwas Abwechslung in unserem Alltag würde uns sicher nicht schaden und eine gute Tat wäre es obendrein.“

Mauritius entschlossen: „Ich bin dabei, nur, wie willst du sie finden?“

Longinus: „Die Freudenhäuser finden wir leicht und heute Abend kommt noch sein Sohn Lucas hierher, der wohl viele Zeichnungen von seiner Mutter angefertigt hat und bringt sie mit. Vielleicht stehen die Chancen gut, sie anhand der Bilder zu finden."

Cassius: „Klingt gut, ich bin dabei, keine Frage."

Longinus erfreut: „Wunderbar, dann sind wir uns einig. Cassius, geh und erzähl es den Frauen. Sie gingen gerade in die Culina hinein, glaube ich. Sie werden hoffentlich gutheißen, was wir da vorhaben."

Cassius nickte, begab sich rasch zu der Culina und kehrte nach einer Weile mit einem Bericht zurück: „Ja, sie fänden die Tat nobel und heroisch, aber wenn uns dabei etwas zustößt, bekommen wir mit dem Kochlöffel eins über die Rüben gezogen, soll ich euch von Marina ausrichten. Ach ja, sie gehen gleich wegen den Stoffen für die Bettchen zu dritt zum Markt und das Essen steht fertig in der Culina und wartet auf uns."

Mauritius war wohl der Hungrigste, da er sich sofort aufraffte, zur Culina beinahe rannte und gleich danach folgten ihm die anderen. Nun standen alle sechs in der Culina und jeder packte seinen Teller nach seinem Bedürfnis voll. Alle speisten zusammen am Tisch im Atrium und als sie nach einiger Zeit fertig waren, meinte Celina: „Gut, wir machen uns nun auf zum Markt. Cassius, gibst du uns etwas Geld mit?"

Cassius erwiderte: „In der Stube in dem kleinen Kästchen sind einige Säckchen davon. Nimm ruhig eines davon mit, es sollte genügen."

Celina stand auf, lächelte Cassius an, gab ihm einen Kuss auf die Wange und ging kurz zu ihrer Stube. Gleiches tat Marina bei ihrem Partner, worauf die Frauen die Villa in Richtung des Marktes verließen. Es war den Männern natürlich klar, dass die Frauen vom Markt nicht so schnell wiederkommen würden und gestalteten den frühen Mittag in aller Ruhe individuell für sich. Cassius zog es beispielsweise vor, sich mit seinem vollen Magen auf die Steinbank zu legen und etwas zu schlafen, während die anderen überlegten, welcher allgemeinnützlichen Tätigkeit sie nachgehen könnten. Mauritius fing also an, in der Culina etwas Ordnung zu schaffen, während Longinus noch überlegte. Währenddessen wurde im Ludus bereits seit sehr früh geübt und lediglich Aquila war diejenige, die an diesem Tag zu nichts Lust hatte und ihr Bett nicht verließ. Ihr Plan war heute einfach auszuschlafen und Stephaton war darüber unterrichtet. Sie wachte tatsächlich sehr spät auf, raffte sich mit Mühe hoch, machte sich vor dem Spiegel aus poliertem Metall zurecht und begab sich zur Terrasse. Als sie herunterblickte, suchte sie akribisch nach Stephaton und als sie ihn entdeckte, winke sie ihm zu und er winkte lächelnd zurück, worauf sie laut fragte: „Hast du Tullia gesehen?"

Stephaton rief zurück: „Nein, Domina, wir sind hier beschäftigt, aber, wenn ich sie sehe, sage ich ihr, dass du sie suchst."

Stephaton schickte Aquila noch einen Kuss und drillte seine Männer und seine Amazonen weiter, die an diesem Tag alle gemeinsam übten. Zenobia übte beispielsweise mit Pogoria, Antiope mit einem anderen und so weiter. Der gestrige, lustige Abend hatte wirklich alle Hemmschwellen überwunden und die Kämpfer betrachteten sich gleichwertig und begegneten einander mit Respekt, wie es sich für Gladiatoren gehörte. Aquila verließ nach einer Weile die Terrasse und suchte in den oberen Räumen nach Tullia selbst. Sie rief nach ihr, bis sie sie schließlich in einem Korridor traf und fragte: „Was machst du, wo warst du?"

Tullia erwiderte lächelnd: „Das Übliche. Ich habe die Fackeln schon aufgefüllt, dir vor geraumer Zeit das Frühstück zubereitet und so weiter."

Aquila überrascht: „Vor geraumer Zeit? Habe ich wirklich so lange geschlafen?"

Tullia lächelnd: „Ich fürchte ja."

Aquila: „Oh, nun gut. Sag mal, hatten die Männer denn schon Pause?"

Tullia: „Noch nicht, Aquila, wieso? Das Essen für die Männer ist aber auch schon fertig."

Aquila: „Gut. Bitte schick Stephaton zu mir, sobald er zur Pause läutet, ja?"

Tullia nickend: „Ja, mache ich, Aquila. Brauchst du vielleicht irgendwas?"

Aquila: „Nein, danke, aber sag ihm, ich möchte mit ihm speisen, ja?"

Tullia nickte, verschloss den kleinen Ölbehälter der letzten Ölleuchte, entzündete sie wieder und ging herunter zum Atrium, um die Ölkaraffe wieder in der Kammer abzustellen, die als Lager diente. Als dies getan war, begab sie sich zur Culina, nahm dort eine ziemlich große Schüssel und füllte sie mit diversen Fleischstückchen. Das war wohl die Mahlzeit für Belathor und als sie sie dem Hund bringen wollte, musste Stephaton wohl zur Pause aufgerufen haben, da alle Kämpfer gerade ihre Übungswaffen ablegten. Stephaton wollte scheinbar mit den Männern und Frauen speisen, doch Tullia unterbrach ihn dabei: „Stephaton, Aquila verlangt nach deiner Gesellschaft und möchte mit dir speisen."

Stephaton: „Gut, dann gehe ich doch mal hoch. Sag mal, hast du so etwas wie eine Leine gesehen? Ich denke, ich gehe heute mal mit Belathor etwas spazieren. Vielleicht besuche ich dabei meine Freunde."

Tullia lächelnd: „Eine gute Idee, dann kommt ihr beide Mal etwas raus."

Stephaton lächelte ebenfalls, begab sich darauf zu Aquila und Tullia machte sich auf die Suche nach einer geeigneten Leine. Wie es der Zufall so wollte, stellte sie die Ölkaraffe vorhin neben ein Leinenbündel, der möglicherweise in Frage käme. Als Stephaton die obere Etage nach Aquila absuchte, fand er sie seltsamerweise nicht und nur noch die Terrasse blieb als letztmöglicher Aufenthaltsort über. Stephaton betrat sie, erblickte dort lächelnd seine Domina, begrüßte sie mit einem intensiven Kuss und setzte sich zu ihr hin. Kurz darauf kam Tullia mit diversen Speisen und einem kleinen Wasserkrug und als sie alles auf dem Tisch abgelegt hatte und den beiden einen guten Appetit wünschte, verschwand sie wieder. Sie kam jedoch bald zurück, hielt lächelnd eine Leine in der Hand, zeigte sie fröhlich Stephaton und fragte: „Meinst du, sie wird reichen, Stephaton?"

Stephaton nahm die Leine, begutachtete sie lächelnd und erwiderte: „Sieht perfekt aus. Lang genug ist sie und fest scheint sie auch zu sein. Danke dir!"

Tullia erwiderte zufrieden, geholfen zu haben: „Aber gerne. Lasst es euch schmecken."

Tullia verließ wieder die beiden und Aquila schenkte sich als Erstes das frische und kühle Wasser ein, schaute Stephaton an, der als Erstes zum Brot und zum Olivenöl griff und fragte ihn: „Was hast du mit der Leine überhaupt vor?"

Stephaton erwiderte: „Ich dachte mir, ich besuche meine Freunde in der Villa und gehe gleichzeitig mit Belathor etwas raus."

Aquila erwiderte fröhlich: „Das ist eine gute Idee! Da kommt ihr beide mal wieder etwas raus."

Stephaton lächelte und entgegnete: „Seltsam, genauso drückte es Tullia auch aus. Möchtest du mich vielleicht begleiten? Ich lasse Pogoria und Zenobia die Übungen weiterführen."

Aquila: „Nein, geh du nur und genieße den Tag mit deinen Freunden. Aber abends gehörst du mir, verstanden?"

Stephaton lächelnd: „Aber natürlich, Herzchen. Ich bin dann weg."

Er stand darauf auf, gab Aquila einen Kuss auf die Stirn und eilte herunter zu Belathor, der in seiner Ecke ebenfalls gerade seine Mahlzeit beendete und sich das Maul ableckte. Er begrüßte Stephaton mit einem heftig wedelnden Schwanz und etwas Gebell, während Stephaton lächelnd auf ihn zuging und sagte: „Na, mein Großer, gehen wir spazieren?"

Belathor bellte wie verrückt, als er plötzlich die Leine in der Hand von Stephaton erblickte und Aquila und Tullia amüsierten sich darüber von der Terrasse aus sehr. Belathor kannte dies wohl noch von früher und freute sich auf den Spaziergang scheinbar schon. Stephaton befestigte darauf die Leine um Belathors Hals und sagte: „Komm, mein Großer, auf geht's!"

Belathor folgte Stephaton auf Schritt und Tritt bis zum Tor und darüber hinaus. Aquila und Tullia beobachteten die beiden und lächelten unaufhörlich und nun konnte man erkennen, dass die beiden wirklich dicke Freunde waren. Aquila hatte es vorher nie so deutlich sehen können, da die ständigen Übungen so viel Zeit verschlungen hatten. Nun waren sie fort und Stephaton ging das erste Mal seit längerer Zeit wieder als freier Mann durch die Straßen. Er freute sich schon innerlich auf den Blick der anderen, wenn sie ihn gleich vor dem Tor stehen sehen. Er befand sich scheinbar gerade in der Marktnähe, da es ziemlich laut wurde und er viele Menschen mit den verschiedensten Waren sah, also konnte die Villa nicht mehr weit sein. Belathor wedelte weiterhin mit dem Schwanz und schaute sich andauernd nach den Menschen um, die die beiden passierten. Nach einer Weile kamen sie an und Stephaton hämmerte auf das Tor, wartete kurz und hörte bald, wie das Schloss entriegelt wurde. Vor ihm stand Longinus, der seine Augen überrascht aufriss und schrie: „Stephaton?! Das gibt es doch nicht. Komm doch herein!"

Stephaton betrat erfreut die Villa und Longinus rief ganz laut zu den anderen: „Kommt alle her, wir haben hohen Besuch!"

Alle versammelten sich um Stephaton herum, auch die Frauen, die inzwischen vom Markt wiedergekommen waren. Jeder einzelne drückte Stephaton zur Begrüßung ganz herzlich und streichelte danach noch kurz Belathor, der sich unglaublich darüber freute. Longinus legte seinen rechten Arm um Stephaton, führte ihn ins Atrium und sagte: „Komm, mein Freund, setzen wir uns erstmal hin."

Die Frauen begaben sich darauf rasch zu der Culina, um ihren Gast mit Speis und Trank gebührend zu empfangen, während die

Männer sich an den Tisch setzten. Stephaton schaute sich erstmal um und meinte: „Ihr habt es aber schön hier und vor allem schön ruhig."

Longinus: „Wir können nicht klagen, das stimmt. Dir geht es hoffentlich auch ganz gut?"

Stephaton kam gleich zur Sache: „Ja, natürlich. Unsere Schicksale haben seit Jerusalem eine enorme Wende genommen und ich frage mich täglich, wie es wohl weitergeht?"

Cassius wie immer: „Wir können nur warten und dabei das Leben genießen. Läuft doch alles ganz gut, finde ich?"

Stephaton: „Ja, aber der Ludus ist mir mit seiner Monotonie auch schon mühselig geworden. Ich habe noch nicht mit Aquila darüber geredet, aber ich werde es bald. Ich würde ganz gerne weg von den Fängen von Tiberius und am liebsten sogar raus aus Rom."

Cassius: „Aber der Bote sagte doch, wir sollen hier in Rom warten."

Stephaton verträumt: „Ich dachte da an Sizilien oder so. Wenn dieser Engelsbote uns in der Wüste gefunden hat, findet er uns sicherlich auch dort. Meint ihr nicht?"

Longinus entschlossen: „Also, ich bin offen für alles und ich denke, dass Stephaton Recht hat. Nur, bis wir hier wegkönnen, müssen wir auf die Rückkehr von Artyom warten, das steht fest."

Mauritius: „Ja, das stimmt. Ich habe ihm versprochen, für Marina zu sorgen und wir können ihm nicht einfach nur einen Brief hinterlassen."

Longinus: „Natürlich nicht. Gut, wir besprechen alles mit den anderen und sehen dann weiter. Ihr müsst mit Aquila natürlich eine Lösung für den Ludus finden. Ich denke, es wird nicht schwer werden ihn zu verkaufen."

Stephaton: „Komisch, den Gedanken hatte ich auch. Aber genug vom Ludus. Erzählt mir, ihr werdenden Väter, wie schlagt ihr euch?"

Cassius erzählte ganz gerissen als Erster: „Also, Celina meint, es wird ein Junge. Wir haben sogar schon Bettchen für sie gebaut. Willst du sie sehen? Die Frauen schmücken sie noch mit Decken und Stoffen aus, falls nicht schon geschehen."

Stephaton erwiderte lächelnd: „Natürlich, das lasse ich mir sicher nicht entgehen."

Die Männer lachten und Longinus erzählte amüsiert, wie die beiden gestern die Bettchen überhaupt gebaut haben, während die Frauen den Tisch nach und nach deckten. Die Männer waren erheitert und unterhielten sich über diverse Dinge, bis Longinus Stephaton eine diskrete Frage stellte: „Was ist eigentlich mit dir und Aquila? Versucht ihr nicht, einen kleinen Stephaton zu kreieren?"

Stephaton: „Glaubt mir, meine Freunde, wir versuchen es sogar oft, aber ich glaube, dass Aquilas Zeit, Mutter zu werden, einfach schon vorbei ist. Vielleicht ist das auch besser so. Wie soll ein Kind in einem Ludus überhaupt aufwachsen?"

Cassius: „Vielleicht klappt es ja auf Sizilien?"

Alle lachten erneut und unterhielten sich noch eine lange Zeit, bis ein stumpfes Klopfen am Tor die Runde unterbrach und Stephaton nachfragte: „Erwartet ihr noch Besuch?"

Mauritius: „Eigentlich nicht."

Longinus: „Doch, doch, den Sohn des Wasserträgers."

Longinus stand darauf auf, begab sich zum Tor und als er es öffnete, stand im Eingang tatsächlich der Junge des Wasserträgers. Longinus bat ihn hinein, verriegelte hinter ihm das Tor und meinte: „Folg mir einfach, Lucas."

Lucas folgte Longinus zum Tisch, verbeugte sich dort höfflich vor allen Anwesenden und sagte: „Ich grüße die Herren."

Danach setzte er sich etwas schüchtern neben Stephaton, lächelte alle abwechselnd an und kurz darauf fragte er Longinus ungeduldig: „Mein Vater meinte, ihr könnt vielleicht meine Mutter finden, stimmt das? Ich habe sie seit ihrem Verschwinden gemalt, um sie niemals zu vergessen."

Longinus erwiderte: „Das hast du gut gemacht, mein Junge. Wir werden uns Mühe geben, das verspreche ich. Nun zeig mir bitte die Zeichnungen."

Der Junge übergab Longinus gleich einen Stapel von Zeichnungen auf Pergament und dieser schaute sich jede einzelne genauestens an. Lucas hatte Talent entwickelt und die anderen konnten es sogar von Weitem sehen. Aus den Zeichnungen suchte Longinus die beste heraus, die proportionsmäßig einfach perfekt erschien und fragte den Jungen: „Also, so sieht deine Mutter aus? Wie lange ist es denn her, als sie euch geraubt wurde?"

Lucas erwiderte traurig: „Ja, das ist meine Mutter und es passierte vor etwa vier Jahren. Herr, wenn ihr sie findet, werde ich für ewig in eurer Schuld stehen!"

Longinus: „Lucas, diese Zeichnung werde ich benötigen und gebe sie dir danach zurück, in Ordnung? Nun geh zu deinem Vater, verliert nicht die Hoffnung und kommt morgen Abend zusammen hierher, hörst du?"

Lucas nickte leicht verheult, stand auf und rannte aus der Villa, worauf Stephaton Longinus anschaute und fragte: „Wer ist der Junge?"

Longinus erzählte Stephaton die ganze Geschichte des Wasserträgers und was sie vorhatten zu tun, um den beiden zu helfen, worauf Stephaton kurz nachdachte und entschieden meinte: „Sie zu retten wäre eine noble Geste und ich helfe euch dabei gern."

Longinus lächelnd: „Und wir nehmen deine Hilfe gern entgegen, mein Freund. Komm morgen am frühen Mittag mit deinem Dolch hierher, dann machen wir uns auf die Suche nach Freudenhäusern und bringen einem Jungen hoffentlich seine Mutter wieder zurück."

Stephaton erhob darauf seinen Weinbecher und rief: „Auf den Erfolg!"

Die anderen erhoben ebenfalls ihre Becher und wiederholten gemeinsam den Trinkspruch, worauf sie sich noch bis zur Dämmerung unterhielten und im Atrium genüsslich Wein tranken. Währenddessen bastelten die Frauen belustigt an den Deckchen in Marinas Stube und wurden dabei von Belathor akribisch beobachtet, bis Stephaton irgendwann seinen Freund rief und meinte: „Es wird langsam Zeit für mich, meine Freunde, und ich sollte im Ludus nach dem Rechten sehen. Geht morgen bloß nicht ohne mich los, verstanden?"

Longinus bestätigte und die Männer verabschiedeten Stephaton mit dem üblichen römischen Händedruck und begleiteten ihn und Belathor zum Tor. Zum Abschied erlaubte sich Stephaton noch einen Witz: „Denkt morgen an eure Dolche. Ich bin schon gespannt, wer den längeren hat."

Alle lachten, verabschiedeten sich nochmals und Longinus verriegelte hinter Stephaton das Tor, worauf es für alle in die Stube von Mauritius ging, wo die Frauen noch am Werkeln waren. Unterwegs wurden sich die Männer darüber einig, über ihre Pläne für morgen nicht zu reden, um die Frauen nicht unnötig zu beunruhigen. Als die Männer in der Stube eintraten, präsentierten die Frauen den Kerlen stolz ihre Deckchen, die sie bereits in die Betten gelegt hatten. Die Männer begutachteten ihre kunstvollen Arbeiten, lobten sie hoch und Cassius konnte kaum glauben, dass beide Decken so kuschelweich waren, aber das Geheimnis über die Beschaffenheit verrieten die Frauen nicht. Kurz darauf fragte Akatia überrascht: „Wo ist überhaupt Stephaton?"

Longinus: „Der ist schon weg, aber er kommt morgen wieder."

Akatia nickte, verabschiedete sich von Celina und Marina mit einem Kuss, dann von den Männern und ging für die Abendruhe in ihre Stube und kurz darauf folgte ihr Longinus. Danach verschwanden Cassius und Celina, nachdem sie sich von Marina und Mauritius verabschiedet hatten und der erfüllte Abend war damit offiziell zu Ende, wie auch für Stephaton und Aquila. Die Nacht verging rasch und am nächsten Morgen war es soweit. Stephaton wurde vor Aquila wach und bekleidete sich das erste Mal wie ein wahrer Patrizier. Er steckte einen schönen, langen Dolch ein, der an seiner linken Hüfte kaum zu übersehen war, begab sich zu den Kämpfern, die er aus dem Badehaus wahrnahm und begrüßte sie: „Guten Morgen, Männer! Alle ausgeruht? Pogoria, kommst du bitte?"

Pogoria nickte freundlich, begleitete Stephaton nach draußen und fragte: „Du seht gut aus. Gehst du irgendwohin?"

Stephaton: „Ja, aber gegen Mittag bin ich wieder da. Übernimmst du den Übungsplan für heute?"

Pogoria erfreut: „Mit Vergnügen. Hat gestern auch schon ganz gut geklappt."

Stephaton lächelnd: „Gut, aber konzentriere dich heute auf Vinitius und die anderen Drei. Ich will wissen, wie kräftig sie inzwischen sind."

Pogoria weiterlächelnd: „Wird ausgeführt!"

Stephaton verließ den Haufen kräftiger Männer und suchte darauf nach Tullia. Als er sie nirgends entdecken konnte, entschied er als Nächstes die Culina zu besuchen. Dort trank er etwas Wasser, nahm mehrere Stücke Brot zu sich und verließ den Raum wieder rasch. Auf seinem Weg begegnete er Tullia dann doch, was ihm die weitere Suche nach ihr ersparte. Sie blieb überrascht stehen, betrachtete ihn von unten bis oben und fragte: „Wohin willst du, Stephaton?"

Stephaton erwiderte: „Ich gehe eben zu den anderen in die Villa, weil sie heute meine Hilfe brauchen. Gegen Mittag bin ich aber wieder da, schätze ich. Bitte sag Aquila Bescheid, ja? Sie schlief so friedlich und ich wollte sie nicht wecken."

Tullia lächelnd: „Gewiss, ich richte es ihr aus."

Stephaton nickte lächelnd, verließ den Ludus und nach einem kurzen Spaziergang erreichte er die Villa. Die anderen Drei waren auch schon bereit und warteten nur noch auf ihn. Die Frauen waren nirgends zu sehen und Stephaton dachte sich, dass auch sie noch schlafen, da es ja noch recht früh war. Direkt nach der Begrüßung fragte Longinus leise: „Was meint ihr, wie fangen wir überhaupt an?"

Cassius hatte einen Einfall: „Ich finde, wir sollten in einem Schankhaus nachfragen, wer ein solches Freudenhaus kennt. Das nötige Kleingeld habe ich mitgenommen, falls wir uns die Informationen erkaufen müssen."

Stephaton: „Sehr gut. Nun, sollen wir die Dolche vergleichen?"

Longinus ernst: „Lassen wir den Quatsch erstmal sein, bevor wir noch die anderen wecken und in Erklärungsnot geraten. Kommt, gehen wir besser los."

Sie gingen also hinaus und Longinus verschloss leise das Tor. Er hatte gehofft, dass sie nicht lange brauchen würden und noch bevor die Frauen erwachen, wiederkämen. Sie gingen durch die Gassen und versuchten eher in den ärmeren Vierteln etwas zu finden, was nach einem Schankhaus aussah und schon bald standen sie vor einem. Sie betraten es, schauten sich um und entdeckten nur zwei Gäste, die tatsächlich auf ihren Tischen schliefen. Es waren sicherlich noch Weinleichen von gestern und als Cassius einen von ihnen versuchte zu wecken, murmelte dieser nur etwas herum, was überhaupt nicht zu verstehen war. Den Zweiten versuchte er gar nicht erst zu wecken und auch der Gastwirt schlummerte in einer Ecke. Das erste Schankhaus war also reine Zeitverschwendung und sie suchten weiter nach dem Nächsten. Nach einer Weile standen sie vor dem Zweiten und hörten von dort Geschrei und lautes Gelächter, war ein gutes Zeichen war. Sie betraten die Bude ohne weiter nachzudenken, schauten sich die Leute dort an und Stephaton meinte lächelnd: „Herrlich, alle sieben Kerle zwar total besoffen, aber immerhin wach. Lasst uns den ganz rechts dort mal fragen."

Alle begrüßten von Weitem den Gastwirt, der noch ganz klar zu sein schien, gingen auf den Kerl ganz rechts am Tresen zu und Cassius übernahm das Ausfragen: „Hallo, mein Freund. Kannst du uns vielleicht helfen?"

Der Betrunkene schaute sich Cassius und die anderen an, konzentrierte sich erstmal, stützte sich zur Standsicherheit mit einer

Hand am Tresen ab und murmelte: „Wie kööönnte ich euch eeedlem Heeerren schon helfen?“

Cassius erwiderte: „Wir suchen ein Freudenhaus. Kennst du eines?“

Der Betrunkene ganz laut: „Freudenhausss?! Daaa sollte ich eigentlich jetzt seinnn! Aber alllles ging für den verfluchten Wein draufff!“

Seine Saufkameraden platzten plötzlich vor Lachen und anstatt, dass es gleich verklingt, wurde es immer schlimmer und selbst Cassius und seine Freunde mussten nun mitlachen. Zum Glück unterbrach alle der Wirt: „Hej, ihr Helden der Nacht, seid nicht so laut! Ihr weckt wider die ganze Nachbarschaft auf! Soll ich euch wieder rausschmeißen?“

Der befragte Betrunkene: „Jaaa, ich meine nein, entschuldige! Jaaa, alllso... das Freudenhaus. Es ist nicht weit von hier, das Freudenhaus.“

Cassius schmunzelnd: „Zeigst du es uns?“

Der Betrunkene: „Der Wein zeigt euch den Weg, jaaa, der Weiiin! Alllso, ich meine... ich zeige euch den Weg, für einen Krug Wein, einen grooooßen Krug Wein, ja? Auf zum Freudenhaus?“

Cassius weiterlächelnd: „Gut, ich hole dir den Wein und du zeigst uns den Weg.“

Cassius ging zu dem Wirt, gab ihm einfach einige Münzen und sagte: „Gebt mir eine kleine Karaffe und den restlichen Männern auch noch etwas, ja?“

Der Wirt: „Aber gewiss, Herr.“

Cassius nahm die Karaffe entgegen, packte den Betrunkenen unter dem Arm und sagte: „Der Wein führt uns. Komm, mein neuer Freund, auf zu dem Freudenhaus!“

Der Besoffene: „Jaaa, Freudenhaus… und ich sehe Lucila wieder!“

Longinus und die anderen schmunzelten, als sie merken, dass Cassius gerade voll in seiner Rolle aufging und bei dem Spielchen mitmachte. Sie verließen die Schenke mit ihrem wackeligen Wegweiser und als sie wieder auf der Straße waren, fragte Cassius den Mann: „Nun, wo entlang, mein Freund?"

Der Besoffene schüttelte sich etwas von Cassius frei, zeigte mit seiner rechten Hand nach rechts und sagte: „Daaa runter! Dahin müssen wir den Wein... Ach, wo ist der Wein?!"

Cassius lächelnd: „Hier ist der Wein, mein Freund!"

Cassius öffnete die Karaffe und gab sie dem Mann. Er riss sie hoch und fing daran an zu saugen, als wäre er kurz vorm Verdursten, aber Cassius entriss sie ihm wieder und meinte: „Hej, mein Freund, wir wollen doch nicht ersaufen, oder? Also, da runter?"

Der Mann leicht enttäuscht: „Ja, Jaaa… Der Wein ist sich sicher, dort ist es! Kommt!"

Sie schafften nach einer Weile einen Weg, für den sie für gewöhnlich einen Wimpernschlag bräuchten, aber es war nicht weiter schlimm und die Männer blieben mit dem Betrunkenen geduldig. Für sie war die Peinlichkeit viel schlimmer, von den Menschen mit dem Besoffenen gesehen zu werden, aber Cassius hatte da schon eine Idee. Er schaute die Menschen einfach nur lächelnd an, die sie komisch ansahen und meinte: „Mein Freund ist Vater geworden, ist das nicht schön?!"

Meistens lachten die Leute dann doch und einige entgegneten sogar: „Glückwunsch!"

Sie liefen weiter, zwar ziemlich langsam, aber sie liefen. Irgendwann kam Longinus auf die Idee, dem Besoffenen die Zeichnung von Lucas zu zeigen. Er holte sie heraus, stoppte den Trupp, zeigte dem Mann die Zeichnung und fragte: „Kennst du vielleicht diese Frau, mein Freund?"

Der Besoffene konzentrierte seinen Blick auf die Zeichnung, strengte seine Augen an und erwiderte: „Die Linke kommt mir bekannt vor, ja, aber die Rechte... noch nie gesehen! Neee!"

Longinus schaute Cassius an und fragte: „Was meint er?"

Cassius verdeutlichte es ohne Worte und zeigte mit den Fingern seiner rechten Hand auf seine Augen, verdrehte sie hin und her und erwiderte lachend: „Was hast du erwartet, du Genie? Lasst uns besser weitergehen."

Stephaton und Mauritius fingen belustigt an zu schmunzeln und es ging weiter. Irgendwann später blieb Vinum plötzlich stehen, denn so hatten ihn die Männer mittlerweile genannt und verkündete: „Hier! Hier rechts runter, dort ist der Wein! Das große Haus in der Mitte!"

Cassius: „Du meinst wohl das Freudenhaus?"

Vinum: „Ja, Freudenhaus... Aber auch der Wein! Jaaa!"

Cassius gab ihm lächelnd den restlichen Wein und meinte: „Hier, mein Freund, dein Wein. Wir finden schon selbst weiter und du pass gut auf dich auf! Kommt, Männer!"

Die Vier lächelten Vinum beim Weitergehen noch an und er winkte ihnen sogar zum Abschied, als sie die Gasse runtergingen und sich dem Freudenhaus näherten. Stephaton betrat es als Erster und die anderen folgten. Als sie im Eingangsflur standen, wurden sie sofort von dem Besitzer begrüßt: „Guten Morgen, die Herren! Was führt euch in diese Gegend?"

Longinus zögerte nicht lange, holte die Zeichnung heraus und zeigte sie dem scheinbaren Besitzer: „Kennst du diese Frau?"

Der Besitzer des Freudenhauses nahm die Zeichnung in seine Hände, überlegte kurz und erwiderte: „Ja, ich kenne sie. Das ist eine von Sixtus' Weibern. Wir tauschen gelegentlich die Ware, um unseren Kunden eine Abwechslung zu bieten und sie war auch schon mehrmals hier. Hat sie Ärger? Hat Sixtus Ärger?"

Longinus: „Wenn er sie legal erworben hat, dann nicht. Wo finden wir ihn?"

Der Besitzer: „Wenn ihr hier rausgeht und eine Weile lang rechts runter lauft, fragt einfach nach Sixtus. Jeder kennt ihn dort. Aber bitte, die Informationen habt ihr nicht von mir, ja? Ich will keinen Ärger."

Longinus: „Versprochen."

Sie verließen das Freudenhaus und gingen den eben beschriebenen Weg, während Stephaton irgendwann meinte: „Jetzt werde ich reden. Longinus, gib mir bitte die Zeichnung."

Longinus gab sie ihm und es ging weiter. Irgendwie redete keiner, also entschloss sich Cassius ein Gespräch anzufangen: „Also, ich finde diesen Tag jetzt schon schön. Wir haben aus einem Säufer einen Vater gemacht und dabei viel gelacht."

Longinus erwiderte etwas ernster: „Ja, aber der Tag wird noch schöner werden, wenn wir die Frau des Wasserträgers finden."

Stephaton: „Was meint ihr, ist es noch weit? Wie lange laufen wir eigentlich schon?"

Mauritius: „Wir laufen schon ein Weilchen. Ich frage gleich besser jemanden nach dem Weg."

Nach einem kurzen Augenblick trafen sie auf zwei Männer, wahrscheinlich Ackerfeldarbeiter und Mauritius sprach sie an: „Entschuldigt, Männer. Wir suchen nach dem Freudenhaus von Sixtus. Wisst ihr, wo wir es finden?"

Einer der Männer erwiderte: „Wollt ihr wirklich dorthin? Die beste Wahl ist es jedenfalls nicht, wenn ihr mich fragt. Aber lauft einfach weiter runter, fern ist es nicht mehr."

Mauritius nickte als Dank und es ging weiter. Es dauerte tatsächlich nicht mehr lange, bis sie vor einem großen Haus stoppten, das von gewöhnlichen Frauen großräumig umgangen wurde und aus dem allerlei typische Laute zu vernehmen waren. Eine Saufstube war es schon mal auf jedem Fall und ebenso ein Freudenhaus. Stephaton öffnete darauf die Tür, betrat das Gebäude als Erster und auch hier wurden sie direkt von dem Besitzer empfangen, aber Stephaton unterbrach, noch bevor er die Vier begrüßen konnte: „Bist du Sixtus?"

Der Besitzer ganz überrascht: „Ja, wieso?"

Stephaton holte die Zeichnung heraus, zeigte sie dem Typen und fragte: „Kennst du diese Frau?"

Sixtus schaute auf das Bild, dann begutachtete er die Vier genauer an und erwiderte: „Wieso ausgerechnet sie? Ich kann euch weitaus hübschere Frauen anbieten."

Stephaton lauter und deutlicher: „KENNST DU SIE?!"

Sixtus erschrocken: „Wer seid ihr und was wollt ihr?!"

Stephaton: „Mein Name ist Stephaton und das sind meine Freunde."

Sixtus wie festgemauert: „Du bist Stephaton, der Gladiator!?"

Stephaton entgegnete: „Ganz genau. Hol sie jetzt her, sofort!"

Sixtus sagte nichts weiter und eile panisch nach oben, wo sich wohl die Stuben der Huren befanden. Nach kurzer Zeit kam er mit der Frau vom Bild herunter, stellte sie brav vor die Vier, machte selbst zwei Schritte zurück und meinte: „Ich versichere euch, dass ich sie legal erworben habe! Ich habe nichts Unrechtes getan!"

Stephaton knallhart: „Blödsinn! Sie wurde vor vier Jahren entführt! Sei glücklich, dass ich dich nicht aufschlitze!"

Longinus beruhigte währenddessen die zittrige Frau: „Hab keine Angst, Lucas schickt uns. Komm mit, wir bringen dich Heim."

Die Frau erwiderte erfreut, als sie den Namen ihres Sohnes hörte: „Lucas?! Wie geht es ihm?"

Longinus freundlich beruhigend: „Er ist wohl auf und wartet auf dich. Kommt, lasst uns hier weg."

Cassius ging als Erster vor und Longinus zeigte der Frau den Weg hinaus. Stephaton und Mauritius folgten, aber Stephaton drehte sich zu Sixtus nochmal um und sagte: „Sollte ich nochmal hierhinkommen müssen, brenne ich alles nieder, verstanden?"

Sixtus nickte hektisch und flüchtete darauf in einen der Räume hinter ihm und man hörte sogar, wie er die Tür hinter sich verriegelte. Irgendwo war seine Angst verständlich, wenn man bedenkt, dass er von dem besten Gladiator aller Zeiten bedroht wurde, dachte sich Cassius und die Männer verließen mit der Frau das Haus. Innerlich freuten sie sich über ihren Erfolg ziemlich und Cassius zog darauf seinen Umhang aus, bedeckte damit die Frau und fragte: „Wie ist dein Name?“

Die noch etwas zittrige Frau erwiderte: „Mein Name ist Victoria. Bitte, erzählt mir von meinem Sohn.“

Cassius fing an: „Dein Sohn Lucas ist ein sehr fleißiger Bursche und hilft seinem Vater, wo er nur kann. Deinem Mann geht es aber nicht so gut. Soweit wir wissen, wurde er am Kopf verletzt, als man dich ihnen wegnahm und der Ärmste erinnert sich nicht einmal an seinen Namen. Er gibt sich aber nicht auf und schuftet sehr schwer.“

Victoria: „Er erinnert sich nicht an seinen Namen? Er heißt Re...“

Cassius unterbrach: „Nein, sag ihn nicht! Er sollte ihn als Erster hören. Wir bringen dich erstmal zu uns, dann kümmern sich unsere Frauen um dich. Früh am Abend kommen dein Mann und dein Sohn zu uns, dann werdet ihr wieder vereint sein.“

Sie liefen noch eine Zeitlang durch die Gassen, bis sie endlich die Villa erreichten. Longinus hämmerte auf das Tor und Akatia öffnete es, worauf Cassius als Erster mit Victoria hereinging und sie erst zu der Culina führte. Dort gab er ihr frisches Wasser und rief die Frauen zusammen. Die Männer blieben im Atrium und warteten, bis Cassius seine Aufgabe erledigte, die darin bestand, Victoria in die freundlichen Hände der Frauen zu übergeben: „Das ist Victoria. Sie ist die Frau von unserem Wasserträger, die ihm und seinem Sohn Lucas vor vier Jahren gewaltsam entrissen wurde. Ihr wisst schon, der Junge, der die Bretter geliefert hat. Er erzählte uns ihre traurige Geschichte und wir entschlossen uns zu handeln und haben sie gefunden und befreit. Der Wasserträger und sein Sohn kommen heute Abend und holen sie ab. Bitte, kümmert euch um sie. Gebt ihr zu essen, badet und kleidet sie.“

Akatia begann die Aufgabe als Erste: „Komm, meine Liebe, Nimm einen Happen zu dir und dann bringen wir dich ins Badehaus. Celina, bring bitte frische Tücher und Bekleidung dorthin und denke an den Kamm. Wir kommen gleich nach.“

Celina verschwendete keine Zeit und begab sich sofort auf die Suche nach den notwendigen Dingen. Als sie alles zusammen hatte, eilte sie zu dem bescheidenen Badehaus der Villa, wo Marina bereits das Wasser für das Bad in einem riesigen Tongefäß erwärmte. Celina legte die Sachen dort auf die Holzbank ab und schmiss einige wohlriechende Dinge ins Wasser dazu. Sie sahen irgendwie wie Gewürzknollen aus und irgendwelche getrockneten Blumenblätter waren auch dabei. Nach einiger Zeit roch das ganze Badehaus wie eine Blumenwiese und erheiterte somit die Gemüter der Frauen. Als das Wasser schon richtig dampfte, meinte Celina: „So, Marina. Hol bitte zwei Männer hierher, damit sie das Wasser nun in den großen Badebehälter kippen und sag meiner Mutter, dass alles bereit ist."

Marina folgte den Anweisungen und rief Cassius und Mauritius herbei. Longinus und Stephaton blieben auf einer der Steinbänke sitzen und Longinus meinte: „Ich bin froh, dass wir den Dreien helfen konnten, wirklich. Ich meine, wieso werden die Armen immer ausgebeutet und gezwungen auszubluten?"

Stephaton: „Ich weiß, was du meinst, aber das war schon immer so und wird sich nie ändern. Du kannst nicht jeden retten, unmöglich. Es sind einfach zu viele."

Longinus: „Ich weiß das, aber ich werde Gelegenheiten wie diese immer ausnutzen, wenn ich jemandem helfen kann."

Stephaton: „Und ich werde dir immer behilflich sein, mein Freund."

Nun war das Bad bereit und Cassius kehrte mit Mauritius zu den anderen auf die Steinbank zurück. Celina und Marina gingen währenddessen zu der Culina und berichten dort nochmals, dass im Badehaus alles bereit sei. Akatia verließ mit Victoria darauf die Culina und führte sie zum Badehaus. Celina und Marina zogen es vor, sich zu den Männern zu gesellen und als beide zu ihnen liefen, klopfte es plötzlich am Tor, worauf Marina hinlief und es öffnete. Die Männer waren in Sorge, dass das verfrüht der Wasserträger mit seinem Sohn sein könnte, atmeten aber durch, als sie Aquila und Tullia im

Eingang erblickten. Marina bat sie hinein und sie gingen zu dritt zu den Männern und als Aquila vor Stephaton stand, meinte sie ein wenig schmollend: „Wieso gehst du los und sagst mir nicht Bescheid?"

Stephaton erwiderte: „Ich sagte doch Tullia Bescheid und dich wollte ich einfach friedlich weiterschlaffen lassen."

Aquila: „Trotzdem, weck mich das nächste Mal auf. Was habt ihr überhaupt getrieben?"

Cassius erzählte ihr die ganze Geschichte des Wasserträgers und die anderen Frauen hörten ebenfalls gespannt zu und als er fertig war, meinte Aquila: „Das war eine gute Tat. Es ist eine traurige Geschichte, aber dank euch mit einem fröhlichen Ende. Ich habe auch etwas zu berichten, was im Ludus vorgefallen ist und dir sicherlich nicht gefallen wird, Stephaton."

Stephaton schaute sie fragend an und sie fuhr fort: „Tiberius hat unsere alten Wachen durch sechs neue ersetzt. Stell dir vor, sie tragen Peitschen mit sich herum und der Anführer wollte Pogoria schon mit einer zurechtweisen, aber ich habe es von der Terrasse aus gesehen und konnte es rechtzeitig verhindern. Ich sagte ihm, dass meine Ware nicht beschädigt werden darf und falls, dass er mich entschädigen müsste und darauf hielt er sich noch zurück. Ich mache mir Sorgen, Stephaton, und wir sollten möglichst bald zum Ludus zurück."

Stephaton empört: „Ich sagte ja, es ist höchste Zeit, Rom zu verlassen."

Aquila überrascht: „Was meinst du damit?"

Stephaton: „Ich meine raus aus Rom und weg von alldem hier. Besprechen wir es aber bitte nicht jetzt. Wir müssen sowieso auf die Wiederkehr von Artyom warten."

Aquila: „Nun gut, aber..."

Ein erneutes Klopften am Tor unterbrach sie und diesmal musste es der Wasserträger sein. Longinus stand auf, begab sich zum Eingang und als er das Tor öffnete, erblickte er den Wasserträger und seinen Sohn, die sich seitlich umarmten. Beide lächelten freundlich und sagten nahezu gleichzeitig: „Guten Abend, Herr!"

Als Longinus dieses Bild sah, stellte er sich schon innerlich vor, wie sie reagieren werden, wenn sie gleich Victoria sehen und erwiderte lächelnd: „Ich grüße euch, kommt herein. Wir warteten schon alle auf euch, also kommt zu uns und setzt euch einfach."

Die beiden folgten Longinus zu den anderen und als sie vor ihnen standen, bekam der Wasserträger kaum ein Wort heraus: „Guuuu... Guuut..."

Lucas unterbrach und beendete den Satz für seinen Vater: „Guten Abend, die Herrschaften. Ich und mein Vater sind euch sehr dankbar, dass ihr uns eingeladen habt. Konntet ihr etwas über meine Mutter in Erfahrung bringen?"

Longinus: „Nun, setzt euch erstmal zu uns und trinkt einen Schluck Wasser, dann reden wir über deine Mutter, Lucas."

Beide setzten sich neben Longinus, aber der Wasserträger ließ seinen Sohn nicht los und tat es erst, als Marina ihm und Lukas einen Wasserbecher reichte. Sie tranken einige Schlucke und Lucas meinte darauf: „Ihr habt es sehr schön hier, nicht wahr, Vater?"

Der Wasserträger nickend: „Jaaaa! Grüüüüne Wiiiese, wie vooor deeer Stadt! Seeeehr Schööön!"

Alle lächelten die beiden an, bis plötzlich die Tür des Badhauses aufging und das Geräusch der sich öffnenden Tür die Aufmerksamkeit des Jungen unterbrach. Er erblickte darauf Akatia und neben ihr seine Mutter, riss sich auf, ließ den Becher zu Boden fallen und rannte los. Als er auf Victoria zu rannte, schrie er: „Mutter! Mutter!"

Sie ging in die Hocke und er rannte direkt in ihre Arme und drückte sie so fest, dass sie kaum noch Luft bekam. Das störte sie jetzt aber kaum und sie drückte ihn ebenfalls fest an sich und beide brachen in Tränen aus. Der Wasserträger verdeckte mit seinen beiden Händen plötzlich seinen Mund und seine Nase und aus seinen Augen kamen ebenfalls Tränen, die ihm über die Hände runterflossen. Alle anderen bekamen bei diesem Anblick ebenfalls feuchte Augen und lächelten dabei vor Glück, sogar die Männer. Der Wasserträger stand darauf auf und ging auf die beiden zu, worauf Lucas kurz von seiner Mutter abließ, damit sie auch ihren Mann begrüßt. Sie umarmte also den Wasserträger und sagte: „Remo, ich freue mich unendlich, euch beide wohlauf zu sehen! Ich hatte mich bereits damit abgefunden, euch beide nie wieder zu sehen, doch dann kamen deine Freunde!"

Lucas klammerte sich nun an alle beide und ließ sie nicht los, bis Victoria ihren Druck lockerte und zu Remo sagte: „Ich bin deine Frau, Victoria. Ich weiß, du erinnerst dich nicht an mich, aber es ist wahr!"

Sie drückten sich noch eine Weile, küssten einander und gingen darauf beglückt zu den anderen ins Atrium, worauf Cassius lächelnd und sichtlich gerührt meinte: „Wir freuen uns sehr für euch und ihr seid uns jederzeit herzlich willkommen, aber jetzt bringen wir euch besser Heim, bevor es noch dunkel wird."

Longinus und die anderen nickten zustimmend, aber Stephaton hatte einen anderen Vorschlag: „Wir bringen sie unterwegs schon nach Hause, macht euch keinen Kopf. Wir müssen ja ohnehin schon aufbrechen."

Longinus und die anderen waren einverstanden und Stephaton fuhr fort: „Kommt aber Morgen zum Ludus, denn wir müssen darüber reden, wie es für die Drei weitergehen soll. Es ist doch vollkommen klar, dass sie nicht mehr in dem Viertel bleiben dürfen, wo sie einst so schmerzhaft beraubt wurden."

Longinus und die anderen stimmten hier auch nickend zu und verabschiedeten darauf einander herzlich. Die wiederzusammengeführte Familie ging voraus, verließ gefolgt von Stephaton, Aquila und Tullia die Villa und verschwand bald aus der Sicht der anderen. Auf dem Weg beobachteten Stephaton und die anderen das schöne Bild der wiedervereinten Familie, als die Elternteile ihren Sohn in der

Mitte an den Händen hielten, sich ständig anlächelten und den Jungen glücklich nach Hause führten. Aquila und die anderen konnten sich daher gut vorstellen, wie lange sie sich zu Hause noch austauschen und freuen würden. Es war für alle ein sehr schöner Abend, aber vor allem für die Familie. Als sie irgendwann vor der Hütte des Wasserträgers standen, verabschiedete sich Stephaton erst von Viktoria, dann von dem Jungen und als Letztes mit einem festen Händedruck von dem Wasserträger. Aquila und Tullia wählten die gleiche Reihenfolge, aber die letzten Worte gehörten Stephaton: „Remo, sei vorsichtig und verriegle gut die Tür. Wir sehen uns bald wieder. Habt alle einen schönen Abend und eine ruhige Nacht."

Remo verbeugte sich dankend vor den Dreien und meinte: „Iich bin euch seeehr dankbar. Mögen eeeuch die Göötter schützen!"

Stephaton nickte dankend, begab sich mit den Frauen direkt zum Ludus und irgendwann auf dem Weg dorthin meinte er zu Aquila: „Ich bin gespannt, was mich gleich im Ludus erwartet. Soll ich die neuen Wachen hart und direkt einweisen, oder was schlägst du vor?"

Aquila erwiderte: „Ich denke, sie sollten die Vorteile darin erkennen, uns zu gehorchen und nicht ihren direkten Befehlen. Bei den alten Wachen klappte es doch auch ganz gut. Aber nochmal zum Wasserträger. Habt ihr gemerkt, dass er plötzlich kaum noch stotterte?"

Stephaton: „Das stimmt und was die Wachen angeht, bin ich ganz deiner Meinung."

Kurz darauf standen sie vor den Toren des Ludus und Stephaton klopfte an. Das kleine Fenster im rechten Tor öffnete sich und ein neues Gesicht erblickte Stephaton und fragte: „Wer seid ihr und was wollt ihr?!"

Aquila passte die Begrüßung ihres Lanista gar nicht und sie zog Stephaton am Ärmel von dem Fenster weg und schaute selbst durch: „Wir sind es! Nun macht schon auf!"

Das kleine Fenster ging zu und eines der Tore wurde entriegelt und geöffnet und der Hauptmann der Wachen und ein anderer

Wachsoldat standen nun vor den Dreien. Der Hauptmann blickte darauf Stephaton an und meinte überheblich: „Du musst der berüchtigte Stephaton sein, der Verräter?"

Aquila wurde mit dieser Bemerkung definitiv verärgert und erwiderte darauf laut und deutlich: „Er ist nun ein freier Mann und mein Lanista! Ihr sollt ihn behandeln wie mich oder Tullia, verstanden? Ich bin die Besitzerin dieses Ludus und hier herrschen meine Regeln und Stephaton bringt sie euch gleich näher bei. Kaiser Tiberius ist sich bewusst, dass meine Regeln zum Ruhm dieses Ludus geführt haben, also wollt ihr sie sicherlich nicht anzweifeln, oder?"

Der Hauptmann: „Entschuldigung, Herrin. Es ist nur..."

Aquila unterbrach: „Ja?"

Der Hauptmann weiter: „Ich hatte noch nie mit einem Verräter unserer Reihen zu tun."

Aquila: „Er wurde vom Kaiser Tiberius höchstpersönlich begnadigt, also denkt immer daran!"

Der Hauptmann: „Jawohl, Herrin, verzeiht."

Aquila: „Komm, Tullia, wir gehen hoch. Stephaton, würdest du nach den Männern und Frauen sehen? Und zeige unseren neuen Gästen darauf ihre Quartiere, ja?"

Stephaton: „Gewiss, Aquila."

Stephaton blickte dem Hauptmann beim Weggehen noch in die Augen und lächelte freundlich, aber am liebsten hätte er ihm direkt eine runtergehauen. Er begab sich erstmal zu den Männern und stellte sofort fest, dass alle Quartiere wieder zu Zellen geworden waren, indem sie verschlossen wurden. Er schaute auf einen der Wächter, der am Ende des Flures auf einem Stuhl saß und rief ihm zu: „Aufmachen, hier wird keiner eingeschlossen!"

Der Wächter erwiderte ganz frech, als er aufstand und auf Stephaton zuging: „Auf wessen Anordnung hin?"

Stephaton: „Auf die Anordnung des Lanista. Mach schon!"

Der Wächter weiterhin mit einem unfreundlichen Ton: „Dann soll er es mit persönlich sagen."

Stephaton ganz ernst: „Das hat er gerade und jetzt mach alle Gitter auf."

Der Wächter etwas verdutzt: „Ihr seid Stephaton? Verzeiht, ich wusste nicht, dass ihr es seid!"

Der Wächter machte hektisch alle Tore nach und nach auf und lächelte Stephaton dabei hin und wieder künstlich an. Stephaton betrat direkt Pogorias Quartier, winkte ihn zu sich und sagte: „Komm mit mir. Wir werden hier einiges geradebiegen müssen."

Pogoria folgte dem Lanista zu den Quartieren der Amazonen und Stephaton war sich ziemlich sicher, dass er auch dort einen ähnlichen Zustand vorfinden würde. Der Wächter der Gladiatoren ging darauf zu seinem Stuhl zurück, setzte sich hin und beobachtete ängstlich die offenen Gitter. Er hatte befürchtet, dass ihn gleich eine Horde wilder Gladiatoren zerfleischen würde, doch dies passierte auch nach einer Weile natürlich nicht. Es war für ihn eine neue Erfahrung und er entspannte sich erst nach einiger Zeit. Bald betraten Stephaton und Pogoria den Flurabschnitt, in dem die Quartiere der Amazonen waren und trafen tatsächlich die gleiche Organisation an, wie kurz zuvor bei den Gladiatoren. Stephaton blickte auch dort zu dem Wächter und sagte: „Öffne alle Gitter und verschieße sie nie wieder."

Dieser Wächter diskutierte nicht herum und folgte den Anweisungen sofort, wonach Stephaton noch hinzufügte: „Und jetzt hol deine Kameraden und wartet auf uns im Atrium. Wir kommen gleich."

Der etwas junge Wächter nickte und verschwand, wonach Stephaton das Quartier betrat, in dem Zenobia auf ihrer Pritsche lag und meinte: „Zenobia, komm bitte mit. Ich möchte den Wächtern dich und Pogoria als meine Vertretung vorstellen. Bleibt einfach gelassen. Sie werden schnell begreifen, dass es vorteilhafter für sie ist, sich uns nicht im Weg zu stellen. Kommt."

Als die Drei zum Atrium gingen, erblickten sie alle sechs Wachsoldaten, die dort schon auf sie warteten. Als Stephaton und seine

Begleitung vor ihnen standen, verkündete Stephaton: „Die Eindrucksvolle zu meiner Linken heißt Zenobia und ist eine der besten Kämpferinnen, die ich jemals gesehen habe. Dies ist Pogoria, ebenfalls einer der Besten und sie vertreten mich, falls ich anderweitig beschäftigt bin. Sie machen ihre Arbeit sehr gut und ich möchte, dass das so bleibt, also behindert uns bloß nicht. Und noch etwas zu den Gittern: Sie bleiben immer offen! Alle Türen hier bleiben offen, bis auf das Haupttor und die Gemächer der Domina oben. Ich vertraue meinen Amazonen und meinen Gladiatoren und solange ihr das respektiert, könnt ihr ihnen auch vertrauen, dafür gebe ich euch mein Wort. Möchte einer von euch etwas zu essen oder zu trinken, wendet euch an Tullia. Sie gibt euch alles was ihr benötigt. Nun geht und sucht euch eine Beschäftigung."

Der Hauptmann musste das Geflüster seiner Männer unterbinden und sagte: „Wir sollen aber hin und wieder Bericht erstatten. Was sollen wir berichten?"

Stephaton stolz: „Wenn ihr eine Weile mit uns lebt, werdet ihr schon wissen, was ihr zu berichten habt. Vor allem werdet ihr schnell feststellen, dass hier eine friedliche Harmonie herrscht und dass hier schwer gearbeitet wird, damit die Römer bei den Spielen nicht enttäuscht werden. Nun, gute Nacht, Männer. Wir sehen uns morgen früh. Pogoria, zeig dem Hauptmann noch bitte ihre Quartiere."

Stephaton verließ alle und begab sich zu Aquila, die von der Terrasse aus alles beobachtete und als er bei ihr ankam, meinte sie lächelnd: „Du hast ja wie ein Anführer gewirkt, fast wie ein Feldherr. Wirklich imponierend, mein Lieber."

Stephaton stolz: „Danke für die Beurteilung. Habe ich nun einen Becher Wein verdient, oder was?"

Aquila lächelnd: „Nicht nur einen."

Die beiden verbrachten noch eine lange Zeit auf der Terrasse und genossen den ungewöhnlich warmen Abend. Für die Wachen begann fast ein neuer Lebensabschnitt, als sie sich daran gewöhnen mussten, dass die Sklaven hier die Freiheit hatten, einfach mitten in der Nach auf die Latrine gehen zu dürfen, wenn es notwendig war. Auch in der Villa verklang der Abend ruhig und geborgen und es folgte eine ruhige Nacht. Am nächsten Morgen standen alle mit vollem Tatendrang auf und Longinus machte sich mit seinen Männern fertig, um bald zum Ludus aufzubrechen. Dabei bat er Cassius, etwas mehr Geld mitzunehmen, falls es für die Umsiedlung von Remo und seiner Familie notwendig werden sollte, während die Frauen ihre eigenen Dinge machten und den Männern nicht in die Quere kamen. Stephaton wiederum fing schon früh mit den Übungen an, da er wusste, dass Longinus und die anderen bald kommen würden. Er wollte den neuen Wachsoldaten noch etwas imponieren, befahl halbernste Zweierkämpfe und die Wachen schauten gespannt zu. Sie bejubelten hin und wieder einen Kämpfer, aber am meisten jubelten sie Zenobia zu. Sie beeindruckte jeden mit ihren Kampfstilen und als sie mit Pogoria dran war, wurde der Kampf nahezu zu einem Kampftanz. Nun klatschten alle um sie herum, auch die neuen Wachen, denen es scheinbar Spaß machte zuzusehen. Die Übungen wurden plötzlich durch ein lautes Klopfen am Tor unterbrochen und einer der Wächter begab sich rasch dorthin, öffnete das Sichtfenster und erblickte Longinus und seine Leute. Der Wächter schaute sich alle an und noch bevor er etwas fragen konnte, meinte Longinus: „Wir wollten zu Stephaton."

Der Wächter entgegnete: „Er ist gerade mit den Übungen beschäftigt. Wen darf ich ankündigen?"

Longinus erwiderte: „Seine engsten Freunde."

Der Wächter machte auf, drehte sich um und rief: „Lanista Stephaton! Edler Besuch für euch!"

Stephaton begrüßte von Weitem Longinus und die anderen mit einem Handzeichen und schrie ihnen zu: „Geht schon mal hoch zu Aquila! Ich ziehe mich gleich um und komme zu euch!"

Sie nickten und gingen hinauf, worauf Stephaton stolz seine Horde anschaute, die auf weitere Anweisungen wartete und sagte:

„Zenobia und Pogoria übernehmen ab hier, weil ich draußen etwas zu erledigen habe. Macht später Ausdauer oder Kraftübungen und heute Abend planen wir alle gemeinsam den Ausbau des Ludus. Viel Erfolg, Leute!"

Die Kämpfer verabschiedeten sich von ihrem Lanista mit einem vereinten Kampfschrei und hoben dabei, bis auf Adisa, stolz ihre Holzschwerter in die Höhe, denn bei Adisa war es ja der Dreizack. Stephaton begab sich darauf nach oben zu seinem persönlichen Raum, wo seine Ausrüstung, sowie seine Kleidung lagerte. Keiner außer ihm betrat jemals diesen Raum, bis auf Tullia, die dort hin und wieder nach der Ordnung schaute. Sie brachte auch frische Wäsche und frische Tücher, sowie frisches Wasser zur Körperpflege dorthin, aber an Stephatons Kamprüstung aus Leder, die er bei den Übungen trug, ging sie niemals dran. Er zog es vor, sie immer selbst zu reinigen und zu pflegen. Eben diese zog er jetzt aus und legte sie auf dem Rüstungsständer ab, wusch danach den Schweiß von seinem Körper ab, verwandelte sich rasch in einen vornehm gekleideten Patrizier und begab sich zu den anderen auf die Terrasse. Dort angekommen, begrüßte er seine Freunde nun herzlicher, setzte sich zu ihnen hin, trank erstmal etwas Wasser und meinte: „Also, meine Freunde, habt ihr eine Idee, wo wir überhaupt nach einer besseren Behausung für die Familie von Remo suchen sollen? Ich nämlich nicht."

Aquila brachte sich ein: „Versucht es doch in der Nähe des Zentrums. Je weiter von Zentrum entfernt, desto ärmer und unsicherer wird die Gegend und die Menschen."

Longinus: „Klingt erstmal logisch. Doch wie finden wir ein freies Haus und wie kaufen wir es?"

Cassius: „Wir fragen einfach die Menschen dort. Sicherlich wird jemand wissen, welches Haus freisteht."

Stephaton: „Versuchen wir es einfach. Falls das nicht klappt, haben wir wenigstens einen Spaziergang gemacht. Kommt, brechen wir auf."

Longinus und die anderen standen auf und wollten gerade gehen, doch Aquila hielt sie auf: „Stephaton, wo du gerade den Umbau erwähnst, was haltet ihr davon, wenn Remo uns bei den Umbauten hier hilft? Victoria könnte dann auch Tullia zu Hand gehen und natürlich entlohnen wir sie gut für ihre Arbeit. Vor allem kennt sich Remo sicherlich besser aus als ihr, wenn es um Baumaterialien geht."

Stephaton: „Das ist eine prima Idee, aber eins nach dem anderen, meine Liebe. Wünsche uns erstmal, dass wir eine passende Bleibe für die Drei finden."

Aquila nickte und schickte Stephaton noch einen Kuss, worauf die Vier heruntergingen und nicht weiter auf die beschäftigten Amazonen und Gladiatoren achtend den Ludus verließen. Sie steuerten sofort das Zentrum von Rom an, das durch die riesigen und imposanten Bauwerke nicht zu übersehen war und selbst das Forum Romanum strahlte aus der Ferne. Ein Ludus stand für gewöhnlich eher in ärmeren Vierteln, aber dies war schon immer so gewesen. Man betrachtete einen Ludus nicht anders als beispielsweise eine Metzgerei oder eine Schmiede, denn es war ebenfalls einfach nur ein Betrieb, der Gladiatoren für die spätere Belustigung der Römer kreierte. Im Falle des Ludus von Aquila war es aber anders. Er war bereits derart bekannt und berüchtigt, dass sich die Gegend um ihn herum langsam steigerte und ihre Bewohner immer vornehmer wurden. Noch tiefer ins Zentrum hinein wurde es immer gehobener, bis Longinus irgendwann meinte: „Sollen wir anfangen die Leute hier zu befragen, oder wollt ihr direkt zum Senat?"

Cassius erwiderte lächelnd: „Ja, aber verteilen wir uns dafür am besten."

Sie gingen etwas auseinander und jeder von ihnen nahm sich einen anderen Bürger vor. Cassius traf auf eine wohlbekleidete Frau, die mit einem kleinen Jungen unterwegs war und fragte sie direkt: „Entschuldigt, Herrin. Wisst ihr, wo hier ein Haus freisteht?"

Die Frau erwiderte, während sich der Kleine verschämt hinter ihr versteckte: „Da solltet ihr den Verwalter fragen. Wenn ihr in diese Richtung geht, kommt bald ein großes Verwaltungsgebäude, welches von zwei Soldaten bewacht wird und ihr werdet es bestimmt nicht übersehen."

Cassius leicht beugend: „Ich danke euch für diese Information. Habt noch einen schönen Tag."

Cassius suchte sofort nach den anderen, um die Information mit ihnen zu teilen und erblickte sie nicht weit entfernt, jedoch war das Schreien nach ihnen in dieser Gegend eher nicht angebracht. So lief er erst zu Longinus, der ihm am nähersten war und erzählte: „Wir sollten zum Verwalter, sagte mir jemand."

Longinus: „Nun gut, dann sammeln wir die anderen ein und versuchen es halt dort."

Als Nächstes holten sie Stephaton ein und erzählten ihm sofort, was sie erfahren haben und eilten dann zu Mauritius, der bloß ein Dutzend Schritte weiter rechts stand. Als sie bei ihm ankamen, teilte ihnen Mauritius seine gewonnenen Informationen als Erster mit: „Wir müssen in diese Richtung zum Verwaltungsgebäude."

Cassius: „Genau, das wollten wir dir auch mitteilen. Kommt."

Alle eilten in die besagte Richtung und nach einer Weile standen sie vor einem gepflegten Regierungsgebäude, welches tatsächlich von zwei Soldaten bewacht wurde, worauf Stephaton die beiden anblickte und fragte: „Wir möchten zum Verwalter. Ist es möglich, jetzt mit ihm zu sprechen?"

Einer der Soldaten erwiderte: „Wartet, ich schaue nach, ob er jetzt verfügbar ist."

Der Soldat öffnete zur Hälfte die prunkvoll verzierte Holztür und verschwand für einen Augenblick im Gebäude. Als er wiederkam, hielt er nun gänzlich für Stephaton und seine Männer die Tür offen und meinte: „Der Verwalter empfängt euch. Geht am Ende des Flurs in seine Stube, wo er auf euch schon wartet."

Sie gingen durch die Tür hindurch, dann den langen Flur entlang und am Ende machte Stephaton die Tür der Verwalterstube auf. Dort trafen sie auf den pummeligen Verwalter, der hinter seinem wirklich riesigen Schreibtisch saß und grinste, worauf Stephaton ihn ansprach: „Wir grüßen dich, Verwalter. Wir suchen ein freistehendes Häuschen in dieser Gegend. Wir sind doch bei dir richtig, oder?"

Der Verwalter freundlich: „In der Tat. Ich bin für die Vergabe der Wohngelegenheiten hier zuständig, ja. Doch ich sage euch jetzt schon, Herrschaften, die Häuser hier sind nicht billig. Zudem entsteht hier bald ein kleines Theater, was die Einkaufspreise enorm in die Höhe treiben ließ."

Stephaton freundlich: „Wir haben nicht nach dem Preis gefragt. Dieser ist eher sekundär von Bedeutung. Ist hier in der Gegend überhaupt etwas frei?"

Der Verwalter euphorisch: „Jaaa, sogar drei schicke Häuschen! Wartet kurz, ich zeige sie euch gleich auf der Karte."

Der Verwalter holte eine dicke Rolle aus seiner Schublade heraus, entfaltete sie auf seinem langen Schreibtisch und jetzt wussten die Männer, wieso er so riesig war. Es war ein detaillierter Plan von Rom, der die Gebäude des Zentrums und der umliegenden, wohlhabenden Regionen zeigte. Die ärmeren Gegenden hingegen, wie etwa die, in der sich der Ludus befand, waren hier nicht verzeichnet. Der Verwalter stellte auf einer Seite der Karte seinen Weinbecher ab und am anderen Ende die Weinkaraffe, damit sich die Karte nicht wieder einrollte und suchte darauf akribisch nach den freien Häuser, die er vorhin meinte. Zwei fand er sofort und legte jeweils ein kleines Steinchen auf sie und sie lagen wirklich dicht beieinander. Bei dem dritten Haus brauchte er etwas länger und als er ihn fand, platzierte er auch hier einen kleinen Stein und meinte erleichtert: „So, das ist das, was ich euch anbieten kann. Die Häuser stehen seit mehr als zwei Wochen frei zum Verkauf, aber bisher hat sie noch keiner besichtigt. Geht einfach hin, schaut sie euch an und wenn eines davon euch gefällt, kommt einfach wieder."

Noch während der Verwalter redete, schaute sich Cassius die Karte genauer an und versuchte sich zurechtzufinden. Er orientierte sich an einem rot bemalten Haus und fragte: „Wir befinden uns doch hier, oder?“

Der Verwalter erwiderte: „Richtig, junger Mann, das ist die Verwaltung.“

Stephaton: „Kannst du uns nicht dorthin führen? Wir kennen uns hier wirklich nicht aus.“

Cassius: „Lass nur, Stephaton, ich finde es schon. Ich kenne mich gut mit Karten aus.“

Der Verwalter verstummte, wirkte plötzlich überrascht und meinte: „Stephaton? Es gibt einen berühmten Gladiator, der so heißt.“

Stephaton etwas grinsend: „Ja, gibt es und er steht gerade vor dir.“

Der Verwalter verschloss mit seiner rechten Hand plötzlich seinen Mund für einen Moment, riss seine Augen auf und sagte laut durch seine Finger: „Heilige Furzzwiebel! Das bist du? Das wird mir kein Mensch glauben! Lasst mich deine Hand drücken, Stephaton. Ich war bei jedem deiner Kämpfe dabei und es freut mich riesig, dass du deine Freiheit gewonnen hast. Es ist mir wirklich eine Ehre!“

Der Verwalter riss sich auf, eilte zur Stephaton, drückte ganz fest seine Hand und schüttelte sie, ohne loslassen zu wollen und sagte total erfreut: „Kommt, Freunde, ich zeige euch mit Vergnügen die Häuser!“

Der Verwalter ließ alles stehen und liegen, ging den Männern voraus und sie folgten. Als sie das Gebäude verließen, sagte der Verwalter zu einem der Soldaten, die das Gebäude bewachten: „Ich gehe auf eine Besichtigung mit Stephaton und seinen Freunden und bin bald wieder da.“

Der Wachmann: „Herr?“

Der Verwalter: „Stephaton, der Gladiator, noch nie von ihm gehört? Verfluchte Furzzwiebel! Ich komme bald wieder und ihr haltet hier einfach die Stellung, ja?“

Der Wachmann lächelnd: „Aber natürlich, Verwalter Ixos.“

Der pummelige Verwalter führte die Vier an und machte dabei lustige und schnelle Schrittchen mit seinen dicken und kurzen Beinchen und sagte irgendwann: „Die Häuser sind nicht weit entfernt, meine Freunde, und wir sehen uns am besten erstmal die zwei an, die praktisch benachbart sind. Wann wollt ihr eigentlich hierherziehen?“

Stephaton: „Nein, nein, nicht wir. Wir kaufen das Haus für einen guten Freund und seine Familie.“

Ixos etwas enttäuscht: „Schade. Es wäre wirklich schön gewesen, euch als Nachbarn gehabt zu haben. Da, das ist das erste Haus! Kommt, sehen wir es uns von innen an. Beachtet auch, wie sauber die Straße hier ist.“

Der Verwalter öffnete die provisorisch verriegelte Haustür, ging hindurch und meinte: „Kommt ruhig herein und schaut euch alles in Ruhe an. Nicht allzu groß, dafür aber ziemlich gemütlich, finde ich. Oh, was sich wohl hinter der weiteren Tür befindet?“

Ixos ging zu der gegenüberliegenden Tür, öffnete sie und alle erblickten einen kleinen, süßen Garten, der aber doppelt so groß wie die Wohnfläche war. Alle betraten ihn und entdeckten in seiner linken Ecke sofort die offene Culina, die am Haus angebaut war und von einem passenden Vordach geschützt wurde. Mauritius begutachtete sie genauer und meinte lächelnd: „Die Culina wäre für mich, Marina und die Sommertage einfach perfekt. Für eine kleine Familie mit einem Kind genau passend, wenn ihr mich fragt.“

Die Männer bestätigten und der Verwalter hetzte leicht weiter: „Kommt, drei Häuser weiter ist das andere.“

Alle verließen wieder das Häuschen und folgten Ixos nach links. Das zweite Haus war wirklich einen Steinwurf entfernt und hatte einen großen und umzäunten Vorgarten, wo aber nur vertrocknete

Sträucher standen. Als sie dieses Häuschen betraten, stellten sie schnell fest, dass es schlicht gestaltet war und seine winzige Culina in einer der Hausecken verbaut war. Außerdem gab es hier nur ein Bett, einen Tisch und zwei Stühle, worauf Ixos meinte: „Nun ja, hier wohnte wohl nur eine Person. Unspektakulär, würde ich sagen. Sehen wir uns das Dritte an?"

Stephaton erwiderte freundlich: „Na klar, wir folgen dir."

Ixos verließ das Grundstück, ging nach rechts und die andern folgten. Sie passierten das erste Häuschen und mussten ein Weilchen laufen, bis sie das Dritte erreichten. Irgendwann stoppte Ixos, blickte nach links auf das dritte Haus, schüttelte seinen Kopf und meinte: „Ich könnt es wohl selbst sehen. Total verwahrlost, oder?"

Stephaton: „Ja, um eine gründliche Renovierung käme man nicht herum, denke ich. Ich will erst gar nicht wissen, wie es drinnen aussieht, ihr etwa?"

Mauritius: „Nein, das können wir uns schenken. Also, ich sage euch, das Erste ist perfekt."

Longinus: „Der Meinung bin ich auch."

Stephaton: „Ixos, wir nehmen definitiv das Erste und jetzt zu der Bezahlung."

Ixos: „Meine Freunde, ich mache euch garantiert einen Spitzenpreis! Lasst uns zurück zu der Verwaltung, dann können wir in Ruhe alles ausrechnen, ja?"

Der Verwalter watschelte wieder vor sich hin und die anderen folgten. In seiner Stube angekommen, setzte sich Ixos erstmal hin, schob das Steinchen von dem gewünschten Häuschen auf der Karte weg und notierte dessen Bezeichnung XXXI-AB auf einen kleinen Pergamentfetzen, was die Registrierungsnummer des Gebäudes sein musste. Danach rollte er die Karte wieder ein, verstaute sie und suchte nach etwas Anderem, was er aber nicht sofort fand und deswegen leise vor sich hin fluchte. Nach einigen Augenblicken schien er endlich erleichtert und sagte zu den Männern: „Wartet, ich glaube ich weiß jetzt, wo ich es hingetan habe."

Stephaton und die anderen wussten nicht recht, was er überhaupt suchte und warteten einfach, bis Ixos einige Schriftstücke aus der untersten Schublade seines Schreibtisches herauskramte und meinte: „Das sind die Kaufverträge für die Häuser. Wie schon gesagt, meine Freunde, mache ich euch einen fairen Preis. Ich muss nur wissen, wieviel die Häuser gekostet haben, rechne nach Vorgaben den Gewinn hinzu und dann kennen wir den Preis. Normalerweise rechne ich noch meine Provision dazu, aber für euch lasse ich diesen Teil einfach aus. So, das Haus mit der Nummer XXXI-AB, wo haben wir es? Ach ja, da ist es. Wir kauften es für genau neunundvierzig kleine Goldmünzen auf und jetzt rechnen wir dreißig Prozent Verkaufsgebühren für unser geliebtes Rom dazu und wären dann bei..."

Ixos rechnete, rechnete und sagte: „Dreiundsechzig Komma sieben, richtig?"

Die Männer rechneten nach und stimmten kurz darauf zu, worauf Longinus Cassius anschaute und meinte: „Cassius, gib ihm das Geld."

Dieser übergab Ixos den Geldbeutel, ohne den Inhalt vorher gezählt zu haben, worauf Ixos den Beutel öffnete, das ganze Geld auf den Tisch ausschüttelte und anfing zu zählen. Es dauerte etwas, bis Ixos bei der Münze vierundsechzig die Zählung unterbrach und meinte: „Das ist genug. Rom dankt euch."

Longinus: „Behalte ruhig den Rest, Ixos. Könnte ich dich dafür aber noch um etwas bitten?"

Ixos erfreut: „Aber natürlich! Um was geht es denn?"

Longinus: „Bitte, lass die Wachen in den Nächten dort öfter mal entlanglaufen, ja?"

Ixos lächelnd: „Aber natürlich! Wir werden uns um euren Freund und seine Familie gut kümmern, das verspreche ich euch. Nun, wie ist sein Name? Ich mache die Urkunden gleich fertig, die seinen neuen Besitz bestätigen."

Stephaton: „Er heißt Remo, seine Frau heißt Victoria und sein Sohn Lucas, aber lass dir Zeit mit den Urkunden. Wir können sie auch morgen abholen."

Ixos: „Stephaton, ich kann sie euch auch bringen, wenn ihr wollt?"

Stephaton lächelnd: „Wieso eigentlich nicht? Aber ich wohne mit gefährlichen Wilden und Barbaren in einem Ludus."

Ixos zurücklächelnd: „Das macht mir nichts aus. Ich weiß sogar, wo euer Ludus steht."

Stephaton weiterlächelnd: „Tatsächlich? Nun gut, dann sehen wir uns morgen, Ixos."

Alle verabschiedeten sich von dem fröhlichen Ixos und verließen darauf die Verwaltung. Auf dem Rückweg zum Ludus meinte Cassius irgendwann: „Das ging ja alles glatt. Schaut euch an, welchen Ruhm Stephaton überall genießt. Ich sagte ja, wäre ich damals doch in der Wüste weggerannt."

Alle lachten über den leichten Neid von Cassius und gingen belustigt weiter, bis Stephaton irgendwann meinte: „Ich gehe wieder zum Ludus zurück und schlage vor, dass ihr Remo und seine Familie schon heute auf den Umzug morgen vorbereitet. Ixos bringt die Dokumente zu mir, also treffen wir uns morgen um etwa Mittag im Ludus? Was meint ihr?"

Longinus: „Klingt gut, aber wir wissen nicht, wo Remo wohnt."

Mauritius darauf: „Wir könnten doch den Schreiner fragen, er wird es sicher wissen. Vielleicht ackert Lucas wieder gerade bei ihm."

Cassius überzeugt: „Stimmt. Dann lasst uns erstmal zum Markt."
Stephaton: „Gut. Ich muss dann hier entlang und ihr dorthin, also bis morgen, Männer."

Es folgte ein kurzer Abschied und die Drei bogen in Richtung des Lärms ab. Am Markt angekommen, steuerten sie sofort den Schreiner rechts an, der mit seinem großen Stand kaum zu übersehen war. Sie waren kaum überrascht, als sie dort Lucas entdecken, der gerade einige Bretter sortierte und Longinus rief ihn: „Lucas!"

Lucas drehte sich um, entdeckte die Drei in der Menge und in seinem Gesicht erstrahlte sofort ein Lächeln. Er ließ die Bretter fallen, rannte auf die Drei zu, umarmte sie und sagte: „Ich bin so glücklich euch zu sehen! Wollt ihr Holz?"

Longinus lächelnd: „Nein, mein Kleiner, wir sind nicht deshalb hier. Wir müssen mit deinen Eltern reden. Wäre das möglich?"

Lucas: „Natürlich. Mein Vater ist mit Mutter daheim. Ich sortiere noch kurz zu Ende, dann bringe ich euch zu ihnen, ja?"

Longinus: „Ja, mach das. Wir schauen uns noch etwas um und kommen gleich zurück."

Lucas erfreut: „Gut, ich beeile mich."

Longinus lächelte und als Lucas sich wieder dem Sortierten zuwandte, meinte er zu den anderen: „Kommt, lasst uns ihnen einen Früchtekorb mitbringen oder so."

Mauritius zustimmend: „Eine gute Idee."

Sie begaben sich also zu dem Früchtestand, füllten dort einen Korb randvoll mit diversen Früchten und als sie fertig waren, war Lucas auch soweit und wartete. Als sie ihn wieder bei seinem Stand aufsuchten, packte Lucas Cassius an der Hand und sagte: „Kommt, es ist nicht weit."

Sie verließen den Markt und liefen eine ganze Weile die Gassen entlang und die Männer stellten rasch fest, dass die Gegend immer schäbiger wurde. Die Gassen waren verdreckt, hier und da eine Pfütze neben Culinaabfällen und überall war Matsch. Longinus und die anderen mussten wirklich sorgfältig darauf aufpassen, wo sie hintraten und irgendwann meinte Stephaton zu seinen Freunden: „Männer, ich bin wirklich froh, dass wir sie hier wegholen."

Plötzlich stoppte Lucas vor einer einfachen Hütte und meinte: „Hier ist es, hier wohnen wir."

Sie stoppten vor einer kleinen Hütte, deren Tür einfach nur aus einigen Brettern zusammengenagelt war, die stark an die Bretter erinnerten, die der Schreiner auf seinem Stand ganz links anbot. Longinus betrat die Hütte erstmal alleine und erblickte Victoria und Remo, wie sie an einem kleinen Tisch saßen und sich unterhielten. Als Remo Longinus erblickte, stand er auf und rief: „Longinus! Daas ist ja eeine Überraschung! Wiie habt ihr hergefunden?"

Auch Victoria stand auf und begrüßte Longinus mit einer leichten Beugung ihres Körpers, worauf Longinus erwiderte: „Euer fleißiger Sohn hat uns hergeführt."

Remo: „Euuch, Herr? Siiind die aaanderen auch hier? Bitte, koommt doch alle herein. Wir können euch nicht viel anbieten, aaber möchtet ihr frisches Waasser?"

Longinus drehte sich zu Tür, winkte die anderen herein und erwiderte: „Nein, vielen Dank. Wir kommen eigentlich wegen etwas Anderem. Wir haben eine andere Bleibe für euch gefunden und wo wir jetzt diese Gegend hier gesehen haben, bestehen wir sogar darauf, dass ihr hier wegzieht."

Remo: „Aber Herr, für einen Umzug habe ich kein Geld."

Longinus: „Verdammt, Remo, wir reden hier nicht über Geld. Es geht um eure Sicherheit, also betrachtet es einfach als ein Geschenk. Kommt morgen früh einfach zu uns in die Villa, dann geht es zum Ludus und danach zu eurem neuen Heim und nehmt bloß all eure Habseligkeiten mit, denn in diese schäbige Gegend lassen wir euch nie wieder zurückkehren."

Stephaton: „Genau, und keine Widerworte. Im Ludus warten wir dann auf den Verwalter, der alle nötigen Papiere bringt. Also, dann sehen wir uns morgen?"

Remo: „Ja, Herr. Aaber ich muss doch morgen Wasser auslieefern."

Longinus: „Sie werden alle einen Tag ohne Wasser schon überleben, Remo. Uns lieferst du auch immer mehr, als wir benötigen."

Remo: „Nuun, gut, aaber, wie sollen wiir euch bloß daanken? Ihr haabt schoon so viiel für uns geeetan."

Longinus: „Das haben wir gern getan. Also, habt noch einen schönen Tag und bis morgen. Victoria..."

Longinus verbeugte sich leicht vor ihr und die anderen machten es ihm nach. Lucas packte darauf Longinus an der Hand und sagte noch zu Remo: „Vater, ich muss wieder zum Markt."

Remo: „Ja, geh nur, mein Juunge, uund pass auf dich auf. Wir wüünschen euch auch einen schöönen Tag."

Die Vier verließen die Hütte und gingen mit Lucas fort. Nach einiger Zeit meinte Lucas, der Longinus immer noch festhielt: „Ihr könntet auch hierlanggehen, dann kommt ihr sogar schneller bei der Villa an."

Stephaton: „Du kennst dich hier wohl gut aus, kleiner Mann. Morgen zeige ich dir meine Gladiatoren. Was hältst du davon?"

Lucas erstrahlte: „Jaaa! Ich habe noch nie einen Gladiator gesehen! Ich habe nur von ihnen gehört."

Stephaton: „Schön, dann ist morgen für uns beide ein großer Tag. Bis morgen, Lucas."

Lucas lief lächelnd davon und die Vier gingen in die Richtung, die ihnen Lucas aufzeigte. Es dauerte tatsächlich nicht lange, bis sie bei der Villa ankamen und als sie vor ihr standen, meinte Stephaton zu allen: „Männer, ich gehe lieber zum Ludus. Ihr wisst schon, die neuen Wachen machen mir noch Sorgen."

Longinus: „Gut, dann sehen wir uns morgen. Übermittle Aquila und Tullia einen schönen Gruß."

Stephaton nickte, ging fort und die Drei betraten die Villa. Cassius und Longinus besetzten als Erstes die Steinbank und Mauritius eilte zu den Frauen, um ihnen von den Neuigkeiten zu berichten. Er erzählte alles derart euphorisch, sodass die Frauen mit Freude und Spannung zuhörten und nachdem er alles erzählt hatte, meinte Celina: „Ich würde mir gerne die Culina näher ansehen. Draußen im Freien zu kochen muss einfach schön sein."

Mauritius: „Es ist wirklich ein schönes Plätzchen. Ich könnte mir sogar vorstellen, dort selbst zu wohnen. Aber ihr werdet es morgen selbst bestaunen können."

Eine Weile unterhielt sich Mauritius noch mit den Frauen, bis er sich später zu den Männern auf der Steinbank gesellte. Im Ludus war Stephaton auch schon angekommen und sogar der Hauptmann öffnete ihm das Tor und sagte: „Ich grüße euch, Stephaton. Hattet ihr Erfolgt bei dem, was immer ihr getan habt?"

Stephaton lächelnd: „Ja, Hauptmann, in der Tat. Sag, wie ist überhaupt dein Name?"

Der Hauptmann erwiderte freundlich: „Ich heiße Titus Lucius Atvinus, Herr. Die Männer haben vor kurzem mit den Übungen aufgehört, gingen darauf ins Badehaus und jetzt sind sie in ihren Quartieren. Das gleiche taten die Frauen vor ihnen."

Stephaton darauf: „Sonst keine Vorkommnisse?"

Titus berichtete lächelnd: „Nein, Herr. Bis auf die spannenden Kampfübungen war alles ganz ruhig."

Stephaton: „Siehst du? Ich sagte dir doch, dass hier Harmonie herrscht. Eure Aufgabe wird hier leicht und entspannt sein."

Titus nickend: „Es scheint so, Herr. Wir haben wirklich mit Wilden gerechnet, die eine Peitsche zu Züchtigung brauchen."

Stephaton: „Nein, nichts dergleichen, Titus. Sie sollen sich nicht wie Sklaven fühlen, sondern wie geachtete Kämpfer und darauf kommt es an. Ich war Gladiator und jahrelang ein römischer Soldat und weiß, worauf es ankommt. Komm nun zur Abendruhe und gönn dir und deinen Männern doch etwas Wein. Er steht in der Culina. Nur behaltet das Maß im Auge, Soldat."

Titus erwiderte diszipliniert: „Natürlich, Lanista. Vielen Dank."

Stephaton nickte zum Abschied und ging rauf zu Aquila. Als er sie in ihrem Gemach antraf, berichtete er als Erstes über das neue Häuschen für Remo und seine Familie. Danach erzählte er von dem Verwalter Ixos, der ganz wild darauf war, die Urkunden für den Grundbesitz morgen selbst zum Ludus zu bringen und wie sehr er

Stephaton als Gladiator bewunderte. Aquila lächelte nur und meinte: „Siehst du? Dich kennt und bewundert jeder in Rom und mich wird man als eine alte Kuh in Erinnerung haben, die Stephaton für sich selbst behalten hat."

Stephaton kam ihr näher, streichelte ihr Haar und erwiderte: „Sag nicht sowas, Domina. Jeder kennt doch Aquila von Maius und ihren berühmten Ludus. Jung und Alt kennen ihre furchtlosen Amazonen und ihre ungeschlagenen Gladiatoren. Vorher war dieser Ludus einfach einer von vielen und heute strahlt er heller als der Senat oder Tiberius selbst. Schau dir doch an, wie viele Menschen immer einen Blick durch das Tor erhaschen wollen, sobald es nur aufgeht. Und du willst mir weiß machen, dass du nicht stolz darauf bist, was du erschaffen hast?"

Aquila: „Aber ohne dich hätte ich es nie so weit gebracht."

Stephaton: „Ohne dich wäre ich unbedeutend geblieben oder vielleicht sogar schon tot. Du hast dich um mich gekümmert, Aquila, und nun lass uns das Thema abschließen und etwas Wein genießen."

Aquila nickte nachdenklich und Stephaton holte den Wein. Sie verbrachten noch einige Zeit in Gemütlichkeit, bis die Nachtruhe einbrach. Am nächsten Morgen bereiteten sich alle auf das Kommende vor, aber Tullia und Stephaton erledigten noch weitere Aufgaben, die nichts mit der bevorstehenden Hausübergabe zu tun hatten. Stephaton instruierte beispielsweise seine Kämpferinnen und Kämpfer und regte alle nochmals dazu an, für die Erweiterung des Ludus Ideen zu sammeln. Er wandte sich sogar an Titus und seine Männer, unterrichtete sie über die bevorstehenden Umbauten und bot auch ihnen an, dabei mitwirken zu können. Tullia erledigte derweilen andere Aufgaben, die täglich im Ludus anfielen und zum Schluss breitete sie mit weiterem Personal das Essen in der Culina zu. Danach begaben sich beide nach oben zu Aquila, die bereits ausgehfertig auf der Terrasse weilte und jetzt warteten alle drei gemeinsam auf die Ankunft der anderen. Die Villenbewohner waren auch schon so weit, warteten aber wiederum auf Remo und seine

Familie und die Spannung stieg mit jedem Augenblick, bis es endlich am Tor der Villa klopfte. Longinus rannte hin, öffnete es und erblickte Remo und seine Familie. Alle lächelten ihn am und er lächelte zurück, doch dann bemerkte er zwei große Wasserbehälter, die Remo in seinen Händen hielt und Victoria, die einen Stoffsack trug. Es war scheinbar die Ausstattung ihrer Culina, wenn man den großen, herausragenden Holzlöffel betrachtete. Lucas hingegen hielt in seinen Händen einige Holzfigürchen, die sein Spielzeug zu sein schienen. Longinus fasste sich darauf an die Stirn und meinte zu Remo: „Das mit dem Wasser war doch nicht nötig, mein Freund."

Remo: „Longinus, Herr, ihr seid die letzten. Ich war sehr früh wach und habe meinen Gang bereits beeendet und alle beeeliefert. Ich habe mich von allen veeerabschiedet und habe ihnen gesagt, dass ich eeerstmal nicht komme."

Longinus: „Tatsächlich? Ich finde es gut, dass du die Leute nicht einfach im Stich gelassen hast. Nun kommt erstmal herein und ich bringe das Wasser eben zur Culina."

Remo, Viktoria und Lucas gingen darauf ins Atrium, wo die anderen schon auf sie warteten und sie herzlich begrüßten. Als Longinus aus der Culina wiederkam, packte er Lucas an der Hand und meinte: „Dann gehen wir nun zum Ludus, würde ich sagen?"

Alle nickten erfreut und folgten den beiden hinaus, die nun sichtlich die Führung übernommen haben. Sie liefen einige Schritte vor der Gruppe, alberten auf dem Weg herum und es war kaum zu übersehen, dass der Kleine amüsiert war. Nach einiger Zeit waren sie angekommen, Longinus klopfte an und Titus öffnete. Der Wachmann war ziemlich überrascht, als er den zahlreichern Besuch erblickte und ließ alle herein. Stephaton war rasch auf dem Weg herunter, als er das Öffnen des Tores hörte und nahm die Gäste sofort in Empfang: „Ich heiße euch alle willkommen! Auf der Terrasse finden wohl kaum alle Platz, daher sehe ich mit Lucas den Gladiatoren von hier unten zu."

Lucas nickte aufgeregt, packte Stephatons Hand und zog ihn hinter sich her, worauf Longinus lächelnd die anderen anschaute und meinte: „Akatia, geht ihr schon mal hoch und wir Männer schauen von hieraus zu.“

Akatia nickte, packte Victoria an der Hand und begab sich mit den anderen Frauen zu Aquila und Tullia. Ohne die Übungen zu stören, stellten sich die Männer an die westliche Wandseite gegenüber der Culina und beobachteten das ganze Geschehen. Der Kleine schaute besonders gespannt zu und als ein Kämpfer attackierte, drückte er Stephatons Hand immer fester. Als sie eine Weile dort standen, näherte sich ihnen irgendwann Titus, stellte sich praktisch zu ihnen, versuchte mitzujubeln und schaute hin und wieder einem der Gäste lächelnd in die Augen. Irgendwann ging er zu Stephaton, stellte sich neben ihn und fragte leise: „Es gefällt dem Jungen, oder?“

Stephaton grinsend: „Das kann man wohl sagen. Meine Hand ist schon taub, so fest wie er zudrückt.“

Titus: „Gib ihm doch ein Holzschwert, es wird ihm gefallen. Es war bei meinem Sohn nicht anders.“

Stephaton nachdenklich: „Stimmt, ich kann mich auch noch daran erinnern, als ich das Holzschwert geschwungen habe. Holst du eins? Ich rufe derweilen Pogoria her.“

Titus nickte und lief rasch zur Waffenkammer, wo die Übungsausrüstung lagerte. Als er wieder bei Stephaton ankam, wartete bereits der instruierte Pogoria und die Übungen wurden pausiert. Titus übergab das Schwert an Lucas und die verbliebenen Gladiatoren fingen an, dem Jungen zuzujubeln. Er füllte sich großartig, stark und strahlte vor Freude, während Pogoria zu dem Jungen herunterblickte und meinte: „Komm, kleiner Gladiator, zeig mir was du draufhast!“

Alle schmunzelten und fanden es lustig, doch keiner wollte dem Kleinen seinen Spaß nehmen. Die Gladiatoren machten in der Mitte sogar Platz für den Schaukampf und Pogoria ging als Erster in Kampfstellung, worauf der Kleine sich ihn gegenüberstellte, das Schwert erhob und kampfschreiend zuschlug. Pogoria sah den Schwerthieb natürlich kommen, doch mit dieser Schlagkraft hatte er wirklich nicht gerechnet und auch die anderen wurden überrascht, als Lucas ihm das Schwert aus der Hand schlug. Alle lachten auf, auch Pogoria selbst, denn keiner hatte eine Ahnung, wie kräftig der Junge tatsächlich war. Es wusste ja auch keiner, dass Lucas tagtäglich mit dem Schleppen von schwerem Holz beschäftigt war und dadurch einfach sehr stark geworden war. Remo freute sich besonders und klatschte laut in seine Hände und war natürlich nicht der einzige. Pogoria hob sein Schwert auf und packte es diesmal richtig, worauf Lucas wieder angriff. Diesmal währte es Pogoria selbstverständlich ab, aber dennoch jubelten alle weiterhin dem Jungen zu. Victoria und die anderen Frauen schauten auch belustigt von der Terrasse aus zu, doch Victoria konnte man zusätzlich noch den Stolz ansehen. Nach einigen Angriffen unterbrach Stephaton den Kampf und klatschte mit erhobenen Händen dem Jungen zu und alle anderen machten es ihm nach, auch Pogoria. Er beugte sich darauf zu Lucas, streichelte sein Haar und sagte laut: „Du wirst einmal ein großer Kämpfer werden, mein Junge."

Danach griff Pogoria nach Lucas Hand, die noch das Schwert hielt, riss sie in die Höhe und gab ein Kampfgeschrei von sich. Dies erschien wie eine Siegerehrung und wirklich alle jubelten, worauf Lucas zu seinem Vater lief und ihn vor Glück umarmte. Remo drückte ihn auch ganz fest und Stephaton bedankte sich lächelnd bei Pogoria und ließ ihn wieder seiner Aufgabe nachgehen. Titus kam darauf erneut auf Stephaton zu und meinte lächelnd: „Herrlich, nicht wahr? Das wird der Junge niemals vergessen."

Stephaton zurücklächelnd: „Bestimmt nicht. Es war eine sehr gute Idee von dir, Titus, und ich danke dir."

Stephaton drückte zur Überraschung des Hauptmanns seine Hand und beide lächelten sich an. Stephaton erkannte nun, dass Titus kein ignorantes, römisches Arschloch war, sondern eher ein herzlicher Mitmensch. Das könnte viele Vorteile bringen, sowohl für ihn selbst, als auch für den Ludus. Als die weiteren Übungen die Männer wieder in ihren Bann zogen, hörte keiner von ihnen, dass es am Tor klopfte, bis auf die Frauen auf der Terrasse. Aquila stand daher auf und rief ganz laut zu Stephaton: „Stephaton, das Tor! Es klopft jemand!"

Das musste Ixos sein und Stephaton eilte hin und machte ihm auf. Es war tatsächlich der Verwalter, doch er kam nicht alleine, sondern mit einer hübschen, jungen Frau. Ixos verbeugte sich leicht vor Stephaton und sagte: „Sei gegrüßt, Stephaton! Erlaub mir vorzustellen: Meine Frau Cornelia."

Stephaton schaute sie lächelnd an, verbeugte sich leicht, griff nach ihrer Hand, küsste sie und sagte: „Cornelia... Ein sehr schöner Name. Komm, ich bringe dich zu den anderen Frauen auf die Terrasse. Ixos, geht du schon mal zu meinen Freunden und schau dir die Übungen an und ich komme gleich nach."

Ixos nickte und Stephaton geleitete Cornelia nach oben, wo er sie freundlich den anderen Frauen vorstellte. Darauf begab er sich wieder nach unten zu den Männern und als er bei ihnen angekommen war, meinte er: „Ich würde euch gerne etwas Wein anbieten, aber leider haben wir noch etwas zu erledigen, nicht wahr?"

Ixos entgegnete freundlich: „Natürlich, mein Freund! Alles ist besiegelt und ich habe alle Dokumente mitgebracht. Wer ist denn überhaupt der neue Hausbesitzer?"

Stephaton zeigte auf Remo, der mit seinem Sohn etwas weiter entfernt stand und den Kämpfern zujubelte, worauf Ixos überrascht auf ihn zuging und fragte: „Wasserträger?! Ja, du bist es tatsächlich! Stephaton, das ist mein Wasserträger! Welch ein Zufall!?"

Remo verbeugte sich lächelnd vor Ixos und erwiderte: „Herr Verwalter, es freut mich sehr, euch hier zu sehen."

Ixos zurücklächelnd: „Mein lieber Wasserträger, ich wusste nicht, dass du solche berühmten Freunde hast. Wie klein Rom doch sein kann, oder? Stephaton, lasst mich etwas durchatmen und zusehen, dann gehen wir gleich zu dem Haus, in Ordnung?"

Stephaton nickte, klopfte Ixos auf die Schulter und ließ ihn etwas zu Ruhe kommen. Ixos stellte sich darauf neben Remo und jubelte mit ihm und Lucas den Kämpfern weiter zu und als Pogoria und die anderen das wachsende Publikum bemerkten, wurden die Übungen noch intensiver. Stephaton beobachtete es und machte sich seine Gedanken, denn seine Männer hatten schon lange keine rumreichen Kämpfe mehr und vielleicht wäre es dafür mal wieder an der Zeit. Er verdrängte die Gedanken jedoch vorerst, als ihm dann doch der geplante Umbau des Ludus einfiel, denn beides gleichzeitig ging nicht. Nach einer Weile beendete Pogoria die Übungen und das gesamte Publikum klatschte den Gladiatorinnen und Gladiatoren zu. Als alle Kämpfer sich entrüstet haben und darauf teilweise im Badehaus verschwanden, winkte Stephaton Aquila und die anderen herunter und sagte enthusiastisch in die Männerrunde: „Ich würde sagen, jetzt bringen wir Remo und seine Familie endlich in ihr neues Zuhause."

Alle entgegneten mit gleicher Vorfreude und warteten bloß noch auf die Frauen. Als diese nach einiger Zeit langsam die Treppe herunterkamen und Stephaton insgesamt acht von ihnen zählte, lächelte er und Ixos führte die Gruppe aus dem Ludus stolz an. Während sich die Frauen hinten in der Kolonne über den gewöhnlichen Frauenkram unterhielten, hörten die Männer den Erzählungen von Ixos zu. Er gab damit an, den Ludus und seinen vorherigen Besitzer gekannt zu haben und machte Aquila gleichzeitig Komplimente, dass der Ludus unter ihrer Führung erst jetzt in aller Munde sei und prahlte danach über seine Stellung in der Gesellschaft als Verwalter. Danach drückte er noch seine Freude aus, dass er nun auch Stephaton kennt und dass es ihn sehr stolz macht. Die anderen hörten ihm eher beiläufig zu und besonders seine Frau Cornelia. Nach einer Weile betraten sie die Gasse, an der sich das Häuschen befand und Ixos verkündete: „So, meine Lieben. Gleich dürften wir es erblicken."

Ausnahmslos alle waren von der Gegend hier begeistert, aber vor allem Remo, seine Frau und Lucas. Die Gehwege waren hier bepflastert, überall war es sauber und alle Häuser waren sandig hell, als wären sie kürzlich erst erbaut worden. Remo kannte diese vornehme Gegend bereits, aber dass hier sein neues Zuhause stehen würde, hätte er nie gedacht. Nach kurzer Zeit standen endlich alle vor dem Häuschen und Ixos stellte sich demonstrativ vor den Eingang und sagte laut: „Remo, das ist euer neues Zuhause."

Ixos entriegelte darauf mit einem Schlüssel die Tür, machte sie breit auf und bat Remo und seine Familie mit einer Geste herein. Cornelia bewunderte die Räumlichkeit besonders und Remo folgte ihr mit Lucas. Der erste Raum war sehr guter Standard, aber die Tür zu dem riesigen Garten war märchenhaft und trennte den Wohnraum von dem wunderschönen Garten, wo die einzigartige Culina stand. Alle betraten die Räume nach den neuen Besitzern und freuten sich mit ihnen mit. Victoria weinte plötzlich vor Glück und ebenfalls den anderen kullerten einige Tränen herunter, aber besonders den Frauen. Es gab niemanden, der in diesem Augenblick nicht gerührt war und lediglich für Ixos war alles Routine. Nach einigen Augenblicken ließ Remo seine Lieben los, ging auf Stephaton und die anderen zu, drückte ihre Hände nacheinander ganz fest und sagte: „Ich danke euch von ganzem Herzen. Ich weiß nicht, wie ich es gebührend machen soll, aber ich danke euch sehr. Ihr habt mich schon längst zum glücklichsten Mann aller Zeiten gemacht und jetzt noch das Haus."

Stephaton erwiderte lächelnd: „Das haben wir wirklich gern getan, Remo. Vergiss das Unrecht, das dir und deiner Familie widerfahren ist und genießt euer neues Leben. Falls ihr etwas braucht, stehen euch unsere Tore immer weit offen und deine Tatkraft bleibt immer erwünscht."

Remo erfreut: „Meine Tatkraft? Sehr gerne."

Inzwischen kam auch Victoria zu den anderen und drückte wirklich alle nacheinander. Sie bedanke sich sehr herzlich bei allen und brach noch mehrmals in Tränen aus, worauf Lucas sich auch bei jedem Einzelnen bedankte und besonders bei Longinus, der ihn ganz fest umarmte und ihm zuflüsterte: „Pass gut auf deine Eltern auf, mein Großer."

Als sich die ganze Gruppe im Garten befand und die Gefühle langsam abklangen, meinte Stephaton irgendwann: „So, meine Lieben. Ich denke, wir sollten die Familie nun alleine lassen."

Die anderen bestätigten und verabschiedeten sich nach und nach von Remo und seiner Familie. Als sie sich hinausbegaben, stupste Ixos Stephaton noch an und fragte: „Hättet ihr Lust, mich in meinen Anwesen zu besuchen?"

Stephaton erwiderte lächelnd: „Recht gern, runder Freund, aber momentan ist die Zeit etwas knapp. Wir planen im Ludus einen Umbau und danach kommen wieder die Spiele im Circus."

Ixos ganz aufgeregt: „Spiele? Wann?"

Stephaton: „Das wissen wir noch nicht, aber sobald Aquila mit Tiberius etwas ausgemacht hat, lasse ich es dich gerne wissen."

Ixos: „Das würde mich sehr freuen, Stephaton, danke."

Stephaton nun an alle gerichtet, die sich vor dem Haus versammelt haben: „So, für uns wäre es jetzt an der Zeit, sich hier zu verabschieden und zum Ludus zurückzukehren."

Longinus entgegnete: „Wir gehen erstmal mit euch mit und laufen dann durch den Markt heim."

Akatia darauf: „Schade, dass wir die Speisekammer nicht vorher geprüft haben und nicht direkt einkaufen können, aber lasst uns dennoch einfach so durch den Markt zurück."

Die Villaner nickten und alle setzten sich in Bewegung, wobei Ixos und seine Frau in ihre eigene Richtung gingen, nachdem sie sich verabschiedet haben und die vier Männer führten die Kolonne in Richtung des Ludus nun an. Auf dem Weg dorthin unterhielten sie sich natürlich noch weiter über Remo und sein neues Familienglück und vor allem Celina und Marina schwärmten davon, wie schön sie es fänden, die Drei bald endgültig glücklich zu sehen. Akatia beobachtete die beiden und erkannte, dass sie sich schon mental auf die Mutterrolle vorbereiteten und das machte wiederum sie glücklich. In der Nähe des Ludus folgte der nächste Abschied und Stephaton fragte seine Freunde: „Meint ihr, wir haben heute etwas Gutes vollbracht?“

Longinus lächelte: „Bis auf das, dass Cassius jetzt Wasser holen muss, ist alles perfekt.“

Alle lachten auf und Cassius erwiderte grimmig: „Wieso denn immer ich? Das werden wir gefälligst abwechselnd tun.“

Longinus weiterlachend: „Ist doch nur Spaß, Mensch. Wir bestellen einfach einen anderen Wasserträger auf dem Markt. Kommt, Leute, ziehen wir weiter. Aquila, Tullia, euch wünschen wir ebenfalls einen schönen Tag.“

Longinus und die anderen verabschiedeten sich von den Dreien und machten auf ihrem Weg den Abstecher zum Markt. Dort kauften sie einen Sack voller Knabbereien in Form von Nüssen und getrockneten Früchten und gingen damit in Richtung der Villa. Dort angekommen, pflanzten sich die Männer direkt auf die Steinbank im Atrium und griffen in den Sack. Die Frauen untersuchten derweilen das Inventar der Culina nun genauer und stellten fest, dass kaum noch Brot vorhanden war und jede fragte sich, wer es wohl verschlungen hat. Auch der Wein fehlte gänzlich und als die Frauen sich über die Einkaufliste einig waren, verließen sie die Culina und Marina rief zu Mauritius: „Wir sollten lieber den Karren mitnehmen und einer von euch muss ihn ziehen!“

Longinus und Mauritius lächelten beide Cassius an und dieser protestierte sofort: „Was, schon wieder ich?! Nur, weil ich der Jüngste bin?“

Longinus lächelnd: „Nein, weil immer du die Vorräte plünderst, mein Freund.“

Cassius raffte sich leicht verärgert auf und folgte letztendlich den Frauen mit dem Karren hinaus. Der ganze Einkauf dauerte eine ganze Weile und als sie die Sachen zur Villa brachten und danach einsortierten, begann für die Frauen die eigentliche Arbeit in der Culina und die Männer faulenzten währenddessen im Atrium herum.

Einer von ihnen war jedoch ziemlich neugierig darauf, was bald aus der Culina so lecker roch und suchte sie auf. Es war natürlich Cassius, der unter dem Vorwand, einen Kräuteraufguss trinken zu wollen, die Culina sehr leise betrat und darauf die Kräutersammlung von Akatia durchstöberte. Sie hatte ihn ziemlich gut im Augenwinkel und beobachtete, wie er an den verschiedensten Kräutern roch und einige dann in einen Becher warf. Als er meinte, genug Kräuter für ein Gebräu angehäuft zu haben, steckte er nochmals seine Nase in den Becher, roch daran und begab sich zu einem Behälter mit Wasser. Als er kurz davor war, das Ganze mit dem lauwarmen Wasser zu übergießen, hielt ihn Akatia davon ab: „Halt! Mach das nicht!"

Cassius total erschrocken: „Wieso? Ich wollte mir bloß einen Kräuteraufguss machen."

Akatia ernst: „Komm, gib her den Becher."

Cassius übergab ihr fragend den Becher und beobachtete darauf gespannt, was nun folgte. Akatia fuchtelte mit ihren Fingern darin herum, holte erstmal eine mittelkleine Knolle heraus, legte sie auf den Tisch und meinte: „Davon, mein Junge, würdest du garantiert drei Tage lang auf der Latrine verbringen. Es ist dazu da, den Körper gänzlich zu entleeren."

Dann ging es mit einer anderen Knolle weiter: „Davon, mein Freund, würdest du überall Gespenster sehen und jeder Mensch wäre dir plötzlich ein Feind und alle erklären dich sofort für verrückt. Ganz gefährlich, wenn du mich fragst."

Darauf folgte eine weitere Knolle: „Diese Wurzel würde dich einschlafen lassen und bei dieser Menge hier würdest du nie wieder aufwachen und wärst gestorben. Geh nie wieder selber an meine Kräuter, verstanden? Frag lieber mich oder Celina."

Cassius total verdutzt: „Das sind ja gefährliche Dinge und du solltest sie später vor den Kindern besser fernhalten. Wofür brauchst du das alles?"

Akatia: „Keine Sorge, ich habe schon daran gedacht, alles Gefährliche hier unter Verschluss zu halten und wofür ich es brauche ist einfach erklärt. Wenn du etwas Schlechtes gegessen hast und dein Bauch weh tut, trink einen Aufguss aus der ersten Knolle und alles verlässt dich wieder unten rum. Nun geh, ich mache dir schon einen leckeren und wohltuenden Aufguss."

Cassius lächelte, verließ um einige Erfahrungen reicher die Culina und als er wieder bei den anderen ankam, fragte ihn Mauritius: „Und, ist das Essen bald fertig?"

Cassius überlegte und erwiderte: „Weiß ich jetzt gar nicht, habe nicht darauf geachtet."

Mauritius verwundert: „Du warst doch da und hättest mal schauen oder fragen können. Ich habe schon einen Mordshunger."

Cassius entgegnete: „Wollte ich erst, aber vorher wollte ich mir einen Kräuteraufguss machen und Akatia hielt mich davon ab, weil ich die Kräuter angeblich in tödlichen Mengen verwenden wollte."

Longinus: „Ja, Akatia kennt sich mit solchen Dingen aus, sagte sie mir, aber auch Celina. Für die einen sind es tödliche Gifte, aber wenn man sie richtig einsetzt, kann man damit sogar heilen und Leben retten."

Als Longinus seine Freunde etwas erleuchtet hatte und sie diese Unterhaltung beendeten, kamen die Frauen mit vielen Leckereien aus der Culina und steuerten den Tisch im Atrium an. Die Männer ließen nicht lange auf sich warten, verließen die Steinbank und setzten sich vorfreudig an den Tisch dazu, worauf alle gemütlich und lange speisten. Auch im Ludus aß man etwas später zu Mittag und nach der Mahlzeit beschloss Stephaton mit allen anderen über die Ausbauvorschläge konkreter zu diskutieren, aber Aquila und Tullia hielten sich dort irgendwie gänzlich heraus. Stephaton und seine Leute diskutierten ziemlich lange und sogar die Wünsche und Vorschläge von Titus und seinen Leuten wurden angehört. Als jemand etwas vorschlug, ging er zu der besagten Stelle auf dem Gelände hin und stellte alles bildlich vor. Titus beispielsweise stellte allen eine Sitzbank vor dem Tor vor. Dort sollte immer ein Wachsoldat sitzen und gemütlich Wache halten, denn bisher waren die Wächter dazu gezwungen, dort ihre ganze Schicht erbarmungslos herumzustehen. Die Bank würde vieles erleichtern, meinte er. Zenobia schlug ein zusätzliches Badehaus vor und stellte es sich gegenüber dem anderen vor. Pogoria und die anderen Männer waren sich darüber einig, dass ein Gemeinschaftsraum nicht nötig wäre. Er meinte, man könne jederzeit den Speisesaal zweckentfremden. Er schlug aber vor, dass die Gitterwände durch feste Mauern ersetzt werden und die Gittertüren durch Holztüren, damit man mehr Privatsphäre hat. Stephaton kalkulierte währenddessen bereits die Materialmenge, die ungefähr benötigt werden würde und dachte sofort an Remo und Lucas, wenn es um Baumaterialien ging. Es vergingen drei Tage des üblichen Alltags für die Villenbewohner, wie auch für die Leute im Ludus. Inzwischen waren sich Stephaton und Aquila darüber einig, dass sich die Männer Kämpfe in der Arena indirekt wünschten, also setzte Aquila eine dementsprechende Anfrage an Tiberius auf und ließ sie ihm durch Tullia zukommen. In dieser Zeit ließ sich auch Remo mal wieder in der Villa und im Ludus blicken und Stephaton unterrichtete ihn über den geplanten Ausbau. Er teilte ihm mit, was alles benötigt wird und schlug ihm vor, mit Lucas daran mitwirken zu könnten, worauf Remo sofort zustimmte, ohne erst nach dem Lohn zu fragen und sich sogar sehr freute, dass er sich nun endlich für alles erkenntlich zeigen konnte. Alles war nun geplant und man wartete nur noch auf die Antwort von Tiberius. Auch die Gladiatoren, die inzwischen von der Anfrage erfahren hatten, erwarteten die Antwort sehnlichst. Nach genau sieben Tagen klopfte endlich jemand unerwartetes am Tor und es musste der Bote von Tiberius sein, dachte sich Stephaton und lief schnell zum Tor. Er machte es auf und darin stand tatsächlich jemand, der wie ein typischer Bote aussah und sagte: „Eine Nachricht von Kaiser Tiberius. Übergebt sie bitte an Aquila von Maius persönlich."

Stephaton freundlich: „Aber gewiss, Herr Bote, habt Dank."

Der Bote nickte und ging fort, während Stephaton das Tor wieder verriegelte und mit der Schriftrolle zu Aquila eilte, weil es plötzlich anfing zu regnen. Der Himmel war nur etwas bewölkt und alle Kämpfer machten ungestört weiter, aber als Pogoria am Himmel hinter den Männern einen Regenbogen entdeckte, brach er die Übungen ab und zeigte mit seiner Hand in die Höhe. Alle drehten sich um und bewunderten die kraftvollen Farben, denn sowas haben die meisten nur selten oder sogar noch nie gesehen. Zenobia sagte als Erste etwas, was für die anderen nicht zu überhören war: „Ist er nicht wunderschön?"

Pogoria stimmte zu: „Ja, das ist ein Zeichen der Götter. Sie sind uns wohlgesonnen."

Alle Männer und Frauen starrten den Regenbogen noch eine Weile lang an und sogar Titus und seine Männer kamen hinzu. Auch Aquila und Tullia bewunderten das Phänomen von der Terrasse aus, bis Stephaton sie unterbrach: „Aquila, eine Nachricht von Tiberius."

Er überreichte ihr die Schriftrolle und sie brach hektisch das kaiserliche Siegel, worauf sie das Schriftstück entfaltete und zu lesen anfing. Erst las sie leise, dann fing sie wieder von Neuem an und las nun laut: „Liebe Aquila, es freut mich sehr, dass deine Gladiatoren und deine Amazonen sich nach einem Kampf wiedersehnen. Ich denke, die Römer tun es ebenso wie ich und deine Kämpfer. Wie wäre es, wenn wir gemeinsam die Spiele planen? Besuche mich doch einfach mit Stephaton in meinen Räumen. Bevor ich nächste Woche nach Ostia aufbreche, heiße ich euch jederzeit herzlich willkommen. Tiberius Iulius Caesar Augustus"

Stephaton kommentierte die Nachricht als Erster: „Schade, nichts Konkretes, aber großzügig von ihm, dass wir mitplanen dürfen. Auf jeden Fall müssen wir den Ausbau berücksichtigen."

Aquila erwiderte: „Kann das denn nicht warten?"

Stephaton: „Sizilien rückt näher, meine Liebe. Ich würde mich besser fühlen, wenn wir noch vor den Spielen alles fertig hätten. Es wäre auch für die Moral der Kämpfer besser, wenn sie erst bei dem Ausbau mitwirken, denke ich."

Aquila: „Gut, einverstanden. Deine Zensur darüber hat ohnehin das meiste Gewicht. Verkünde es bitte allen und noch heute Abend gehen wir mit Titus zu Tiberius, ja?"

Stephaton nickte und begab sich darauf zum Atrium. Die Männer und Frauen übten fleißig weiter, da der Regenbogen leider wieder weg war und nun unterbrach Stephaton das Geschehen, indem er alle zu sich rief und auch Titus zu sich winke. Als sich alle vor ihm versammelt haben, verkündete er: „Es ist bald wieder soweit, meine Freunde. Es geht bald wieder in die Arena."

Alle schrien auf und signalisierten damit gleichzeitig ihre Freude und Bereitschaft. Stephaton beruhigte alle, indem er seine Hände nach oben hielt und fortfuhr: „Es sind noch keine Einzelheiten bekannt, aber heute Abend wissen wir mehr. Diesmal sollen wir mit dem Kaiser den Ablauf planen, was eigentlich unüblich ist. Ich bin dafür, dass nicht um Leben oder Tod gekämpft wird. Vielmehr möchte ich, dass man eure wunderschöne Kampfkunst bewundert und nicht das vergossene Blut eurer Gegner. Was meint ihr?"

Alle schrien begeistert auf und hielten dabei ihre Waffen in die Höhe und Stephaton fuhr fort: „Sehr gut. Ich und eure Domina gehen gleich zu Tiberius und sobald wir zurückkehren, werde ich euch berichten. Titus, begleite uns bitte."

Titus erwiderte: „Aber natürlich, Herr."

Stephaton bedanke sich für die Aufmerksamkeit nickend und ging wieder herauf zu Aquila, die sich bereits für den Besuch bei Tiberius zurechtmachte. Stephaton strahlte nun Zufriedenheit aus und nicht etwa, weil er sich freute, sondern weil die Gladiatoren und die Amazonen glücklich wirkten. Er wusste auch, dass der bevorstehende Umbau des Ludus die Männer und Frauen noch mehr zusammenbringen würde, als ohnehin schon geschehen. Es war mittlerweile keine Horde von Gladiatoren und Amazonen mehr, sondern eine riesige Familie und Stephaton und Aquila waren die geschätzten Eltern. Am späten Nachmittag war es soweit und Aquila kam mit Stephaton herunter, um zu Tiberius aufzubrechen. Als die Männer sie sahen, hörten sie mit ihren Tätigkeiten auf und riefen gleichzeitig: „STEPHATON, STEPHATON, STEPHATON!“

Er erhob seine rechte Hand und ballte sie zu einer Faust zusammen und diese einfache Geste symbolisierte in diesem Augenblick eine Menge. Sie symbolisierte Kraft, Mut und Ehre und strahlte in dem Moment aus jedem heraus. Als Titus sich ebenfalls lächelnd zu den beiden nach vorne gesellte, meinte Stephaton stolz: „Kommt, lasst uns Geschichte schreiben.“

Sie verließen zu dritt den Ludus und passierten auf dem Weg zu Tiberius erst die ärmeren Stadtviertel, dann folgte das Viertel, das nun Remo mit seiner Familie bewohnte. Stephaton schaute währenddessen kurz Aquila an und meinte: „Wir sollten bei der Gelegenheit Remo kurz besuchen. Es geht um die Baumaterialien.“

Aquila: „Wenn es nicht lange dauert, wieso nicht.“

Gesagt getan. Sie brauchten nur einen Rechtsbogen zu machen und schon waren sie da. Die Straße war unverkennbar, da sie wohl kürzlich neu bepflastert wurde und dadurch deutlich heller als die anderen in diesem Viertel wirkte und so hatte sich Stephaton den Weg dorthin überhaupt gemerkt. Kurze Zeit später kamen sie an, Aquila klopfte an und alle warteten kurz. Victoria war es, die die Tür öffnete und als sie die Drei erblickte, strahlte sie sofort auf und rief ins Haus: „Lucas, komm und schau, wer hier ist!“

Lucas rannte auf Stephaton los und schubste ihn beinahe um, als er ihn mit Anlauf in seine Arme schloss. Stephaton freute sich ebenso, streichelte seinen Kopf und fragte lächelnd: „Na, mein kleiner Gladiator? Wie geht es euch, meine Lieben? Wo ist Remo?“

Victoria erwiderte: „Er ist zum Markt und sollte eigentlich gleich wieder hier sein. Kommt doch herein.“

Aquila entgegnete freundlich: „Das würden wir sehr gerne tun, aber wir müssen leider weiter.“

Stephaton: „Das stimmt. Bitte richte Remo aus, dass ich mit ihm reden muss. Er möge doch bitte morgen zu mir kommen, wenn er Zeit hat. Es geht nämlich um den Umbau des Ludus.“

Victoria lächelnd: „Aber natürlich. Ich informiere ihn sofort, sobald er wiederkommt."

Stephaton weiter: „Wie fühlt ihr euch in eurem neuen Heim eigentlich?"

Victoria erwiderte fröhlich: „Wir sind hier überglücklich und Remo stottert seltsamerweise kaum noch. Alles ist wie ein wunderschöner Traum und wie ein neues Leben für uns alle."

Stephaton: „Das ist schön zu hören. Bleibt alle gesund. Wir müssen nun leider weiter."

Stephaton streichelte den Kopf des lächelnden Jungen diesmal zum Abschied und die Drei gingen weiter. Nach kurzer Zeit waren sie im Regierungsviertel angekommen, wo kaum noch einfache Bewohner zu sehen waren. Stattdessen streiften hier Senatoren mit ihren Dienern umher und Soldaten von hohem Rang. Als sie vor dem Palast des Kaisers standen, versperrten ihnen zwei Prätorianer den Eingang und einer von ihnen fragte sofort: „Wer seid ihr und was wollt ihr hier?"

Aquila erwiderte stolz: „Ich bin Aquila von Maius und Kaiser Tiberius erwartet mich."

Der Prätorianer nickte, verließ seinen Posten und begab sich in den Palast. Kurz darauf kam er mit einem Diener zurück und sagte: „Aquila und Stephaton, folgt diesem Mann, der euch zum Kaiser geleitet, aber der Soldat musst hier warten."

Titus blickte darauf zu Stephaton und entgegnete kaum enttäuscht: „Geht nur, ich warte hier in der Nähe."

Titus ließ es sich nicht ansehen, aber er hatte sich eigentlich darauf gefreut, dem Kaiser so nahe zu kommen. Aquila und Stephaton folgten dem Diener eine ganze Weile, bis sie das riesige Gemach von Tiberius erreichten. Sie betraten es nun ohne den Diener und gingen auf den Kaiser zu, der ihr Ankommen bereits bemerkte. Er stand von seinem riesigen, runden Tisch auf, ging geradewegs auf Aquila zu und sagte währenddessen: „Aquila und Stephaton! So schnell hätte ich euch nicht erwartet. Aber kommt und setzt euch zu mir."

Beide steuerte die Stühle gegenüber von Tiberius an, doch der Kaiser stoppte sie schnell: „Nein, setzt euch neben mich."

Aquila erwiderte dankend: „Sehr gerne, mein Kaiser."

Aquila setzte sich zu seiner linken und Stephaton direkt neben sie. Darauf schaute Tiberius kurz Stephaton an und fragte grinsend: „Und, wie fühlt man sich als freier Mann?"

Stephaton lächelnd: „Nun, mein Kaiser, was soll ich sagen? Man fühlt sich nicht mehr so eingeengt und die Arbeit im Ludus bereitet jetzt besonders viel Freude."

Tiberius lachend: „Schaut, wir landen direkt beim Thema. Nun gut. Es freut mich, dass ihr an weiteren Kämpfen interessiert seid. Nun, was schlagt ihr vor?"

Aquila: „Verzeiht, Kaiser Tiberius, aber ich ziehe es vor, Stephaton seine Pläne vorstellen zu lassen. Sein Fachwissen übersteigt meines um einiges."

Tiberius lächelnd: „Aber natürlich. Ich höre gespannt zu."

Stephaton: „Mein Kaiser, Blut wurde schon genug vergossen, denke ich. Ich bin mir sogar ziemlich sicher, dass die Menschen von den Kampfkünsten meiner Kämpfer allein schon sehr begeistert wären."

Tiberius: „Das wage ich nicht zu bezweifeln, doch was wäre, wenn es andere Gladiatoren nach Blut dürstet? Was passiert dann? Ich meine, eure Gegner könnten der Meinung sein, eure Kämpfer nur zu besiegen, wenn sie sie töten. Was machen wir dann?"

Stephaton lächelnd: „Ich denke, soweit wird es nicht kommen und diese Gelegenheit wird sich ihnen nicht bieten. Wenn ihr nur zulasst, mein Kaiser, dass meine Kämpfer ihren Gegnern am Ende gnädig sein dürfen?"

Tiberius: „Wenn das euer einziger Wunsch ist? Bewerben wir die Spiele einfach als Spiele der Kampfkünste und nicht als Spiele des Blutes. Keiner muss sterben, da sind wir uns einig und ich werde auch keine Befehle zum Töten geben, darauf gebe ich euch mein Wort. Kommen wir nun zum Ablauf und zu der Wahl der Gegner. Um die Gegner muss ich mich kümmern, da die Liste der Willigen mittlerweile ziemlich lang geworden ist, aber den Ablauf lasse ich gänzlich euch festlegen."

Aquila: „Ich dachte an Unmengen von Brot für das Publikum, gefolgt von irgendeinem sportlichen Wettkämpf. Vielleicht ein spannendes Pferderennen, das das Blut in den Adern gefrieren lässt?"

Stephaton nickte zustimmend, sagte jedoch nichts, worauf Tiberius entschlossen erwiderte: „Klingt gut, einverstanden. Ich lasse sowas in der Richtung arrangieren. Ich habe insgesamt sechzehn Gladiatorenschulen, die euch mittlerweile herausfordern wollen. Es sind eher kleine Provinzschulen, aber sicher ist, dass wir die Spiele auf mehrere Tage verteilen müssen. Die schlechtesten sechs Schulen am ersten Spieltag, dann fünf am nächsten und dann am dritten Spieltag die fünf besten Schulen. Was meint ihr?"

Stephaton nickend: „Das hört sich gut an."

Tiberius in die Hände klatschend: „Gut! Dann haben wir alles geklärt. Eure Gladiatoren können für die Dauer der Spiele in den Verliesen des Circus verweilen und werden dort mindestens so gut behandelt, wie in eurem Ludus. Das verspreche ich euch."

Stephaton: „Vielen Dank, mein Kaiser."

Tiberius fügte noch hinzu, als er von seinem Stuhl aufstand: „Da ich ja bald verreise und nicht genau sagen kann, wann ich zurückkehre, setzten wir die Spiele für Anfang September an."

Aquila lächelnd: „Perfekter Zeitpunkt, zudem da noch ein Umbau im Ludus bevorsteht."

Tiberius überrascht: „Ein Umbau? Interessant. Vielleicht schaue ich ihn mir irgendwann an, euren Ludus. Gut, ich lasse alle Schulen benachrichtigen und die Quartiere für alle vorbereiten. Es wird zwar ganz schön eng werden, aber ich denke, es liegt im Rahmen des Machbaren. Den geplanten Ablauf lasse ich von meinen Dienern vorbereiten. Euch und eure Freunde lade ich selbstverständlich zur Loge ein."

Stephaton: „Aber mein Kaiser, unser Freundeskreis ist etwas gewachsen."

Tiberius lächelnd: „Nun, solange es nicht mehr werden als zwanzig, sehe ich keine Hindernisse."

Aquila erwiderte erfreut: „Wunderbar. Wir freuen uns jetzt schon auf alles und danken dir, mein Kaiser."

Tiberius lächelnd: „Die Freude ist auf meiner Seite, entzückende Aquila. Nun entschuldigt mich. Auch den Kaiser ereilen Bedürfnisse."

Aquila und Stephaton standen ebenfalls auf und verabschiedeten sich achtungsvoll von Tiberius, der sich danach entfernte und die beiden in seinem Gemach alleine ließ. Als der Kaiser weg war, schaute Aquila Stephaton an und fragte: „Welche neuen Freunde meintest du?"

Stephaton: „Ich dachte, vielleicht nehmen wir Remo und Victoria mit, sowie den Verwalter Ixos mit seiner Frau?"

Aquila: „Nun ja, wieso eigentlich nicht."

Stephaton lächelnd: „Das wird bestimmt Spaß machen. Komm, unterwegs besuchen wir Ixos und schauen dann nach, ob Remo wieder da ist."

Beide folgten darauf händchenhaltend dem Weg, den sie gekommen waren, aber diesmal war er ohne einen Führer bedeutend schwieriger und das Zurechtzufinden in den endlosen Gängen und Verzweigungen war wirklich mühselig. Als sie endlich bei der Haupttreppe ankamen, die herunter zu der großen Eingangshalle führte, waren sie erleichtert und verließen den Palast. Titus stand etwas weiter entfernt und spazierte einfach hin und her. Beide gingen lächelnd auf ihn zu und Stephaton sagte: „Komm, Titus, alles ist erledigt. Anfang September gibt es die Spiele auf drei Tage verteilt, was unsere Leute bestimmt erfreuen wird. Wir besuchen auf dem Rückweg noch einige Freunde und informieren sie ebenfalls."

Titus freute sich mit Stephaton und Aquila und folgte den beiden einfach. Stephaton steuerte als Erstes die Verwaltung an und die Wachen dort erkannten ihn wieder und ließen ihn und seine Begleitung passieren. Sie folgten Stephaton den Flur entlang und er klopfte an der Tür des Verwalters, die sich am Ende befand, worauf man aus der Stube von Ixos Geschrei vernahm: „Hereeein!"

Stephaton öffnete und begrüßte den überraschten Ixos: „Hallöchen! Viel zu tun?"

Ixos mit aufgerissenen Augen: „Stephaton? Was macht ihr denn hier? Ist an dem Haus etwas nicht in Ordnung?"

Stephaton lächelnd: „Alles gut, alles prima. Wir waren hier in der Nähe und dachten, wir schauen mal rein. Sag mal, was machst du Anfang September?"

Ixos: „Ich schätze das gleiche, was ich jetzt gerade tue. Wieso?"

Stephaton: „Gut, dann nimm dir drei Tage frei. Es finden nämlich Spiele statt und du kannst gerne mit uns mitkommen."

Ixos fragend: „Ich bin eigentlich immer bestens informiert, also wieso weiß ich nichts von den Spielen?"

Stephaton weiterlächelnd: „Wahrscheinlich deshalb, weil wir es mit Kaiser Tiberius gerade erst beschlossen haben."

Ixos: „Du willst mich auf den Arm nehmen, oder? Du hast mit Kaiser Tiberius gesprochen?"

Stephaton grinsend: „Das sagte ich doch eben. Also, pack dich und deine Frau hübsch ein und wartet am ersten Spieltag vor dem Eingang zur Loge auf uns."

Ixos: „Warte mal... Sagtest du Loge, die kaiserliche Loge!?"

Stephaton lächelnd: „Ja, Ixos, genau diese. Wir sollen unsere Freunde mitbringen, also kommst du?"

Ixos überglücklich: „Und ob ich mitkomme! Oh, ihr Götter, ich glaube, ich träume! Cornelia wird mir das niemals glauben!"

Stephaton weiterlächelnd: „Jetzt krieg dich wieder ein. Du verbrauchst noch die ganze Luft in diesem Raum."

Selbst Titus und Aquila mussten bei dem Anblickt des fröhlichen Ixos lächeln, bis Stephaton erheitert fortfuhr: „Gut, wir müssen nun weiter. Bis demnächst, lustiger Verwalter."

Ixos lächelte durch diesen wohl zufälligen Reim noch breiter. Stephaton und die anderen drehten sich darauf lächelnd um, verließen das Verwaltungsgebäude und suchten die Straße mit den hellen Pflastersteinen. Als sie auf ihr waren, bogen sie irgendwann links ab und irgendwo hier befand sich das Haus von Remo. Dort angekommen, klopften sie an der Tür und diesmal machte Remo selbst lächelnd auf und begrüßte alle fröhlich: „Ich grüße euch. Victoria berichtete mir bereits, dass ihr hier wart."

Stephaton freundlich: „Ja, aber über den Umbau würde ich mit dir lieber morgen im Ludus reden. Jetzt etwas anderes. Hättet ihr Lust, Anfang September mit uns zu den Spielen zu gehen?"

Remo erwiderte wenig begeistert: „Ich weiß nicht, Stephaton. Vielen Dank für die Einladung, aber für mich ist es nichts. Ich weiß auch nicht, ob Victoria wollen würde. Ich rede jedoch mit ihr und lasse es dich wissen."

Stephaton: „Wie du meinst. Überlegt es euch einfach. Wir müssen nun weiter, da wir schon seit dem Vormittag unterwegs sind und ich noch den Umbau anfangen möchte zu planen. Sehen wir uns dann morgen? Wir werden viel Baumaterial brauchen, das steht schon mal fest."

Remo: „Geeewiss, Stephaton. Ich komme und helfe gerne."

Stephaton drückte ihn darauf an der Schulter und verabschiedete sich: „Dann bis morgen."

Sie ließen die ruhige Gegend bald hinter sich und waren eine Weile später wieder im Ludus angekommen. Die Kampfübungen dauerten noch an, daher unterbrach sie Stephaton vorerst und während Aquila nach oben ging, unterrichtete er die Gladiatorinnen und Gladiatoren sofort über die neuen Pläne. Ausnahmslos alle jubelten über die Kunde glücklich auf und als sie sich nach einer Weile wieder beruhigten und wieder zu ihren Übungswaffen greifen wollten, meinte Stephaton: „Nein, lasst es für heute gut sein. Morgen und die kommenden Tage kümmern wir uns erstmal um den Umbau und danach fangen wir wieder intensiv mit den Übungen an. Esst nun etwas und morgen geht es los."

Alle brüllten beinahe gleichzeitig auf: „Jawohl, Lanista!"

Darauf begaben sich alle zum Speisesaal, gefolgt von Titus und seinen Männern und Tullia bewirtete alle rasch. Heute hatte sie Hilfe von Vinitius und Kean mit Athikus schleppten eine riesige Karaffe mit Wasser an. Mittlerweile musste Tullia nicht lange nach etwas Hilfe suchen und es reichte nur, dass sie jemanden nur kurz vor dem Essen anlächelte und schon war es demjenigen klar, dass sie ihn um Hilfe bat. Der Abend verging fröhlich und jeder hatte eine ziemlich gute Laune. Alle freuten sich innerlich schon sehr auf das, was bald kommen würde und daher entschloss sich Stephaton das Ganze mit etwas Wein zu feiern. Auch Titus und seine Männer bekamen etwas Wein eingeschenkt und waren mit allen fröhlich. In der Villa passierte an diesem Abend nichts Sonderliches mehr und auch am nächsten Morgen passierte hier nicht besonders viel. Im Ludus hingegen ging es schon recht früh zur Sache. Stephaton kam mit einem leeren Pergamentblatt und einer Schreibfeder herunter und betrat als Erstes die Flure der Quartiere. Hier schätzte er mit Pogoria erstmal die ungefähre Menge an Steinen und Mörtel, die sie benötigen würden und auch die Anzahl der Bretter für die Türen wurde notiert. Natürlich schrieb er immer etwas mehr von Allem auf, damit hinterher bloß nichts fehlt. Danach begaben sie sich zu der Stelle, wo Zenobia sich das neue Frauenbadehaus vorstellte. Zenobia beobachtete die Tätigkeit von Stephaton und Pogoria bei ihren morgendlichen Dehnübungen und kam irgendwann ungerufen zu den beiden dazu. Für Stephaton kam sie wohl gerade richtig, da er sie sofort fragte: „Zenobia, wie groß soll es denn werden?"

Zenobia betrachtete nochmals die Fläche, die sie irgendwann zuvor meinte und zeigte Stephaton erneut mit Schritten die Länge der Mauern. Für das Bauvorhaben waren eigentlich nur zwei Wände notwendig, da Zenobia sich das Ganze in der linken Ecke des Ludus vorstellte, ganz nach dem Vorbild des Männerbadehauses in der gegenüberliegenden rechten Ecke. Stephaton notierte also den Bedarf auch hierfür. Was Zenobia nicht wusste, war, dass Stephaton sich zusätzlich ein ausgeklügeltes Heizsystem für das Warmwasser ausdachte und es während des Ganzen unbemerkt auf die Rückseite des Pergamentblattes skizzierte. Es skizzierte die Badehäuser und außerhalb daneben, zwischen ihnen, einen riesigen Wasserbehälter. Er sollte von unten beheizt werden und durch verschließbare Leitungen mit den Badehäusern verbunden werden. Das Wasser müsste also nicht erst in der Culina beheizt und mit Mühen angeschleppt werden. Danach beschäftigte er sich mit der Sitzbank am Eingang und notierte dazu einfach weitere Bretter auf seinen Einkaufszettel. Nachdem er noch Werkzeuge notierte und Sachen, wie zum Beispiel Nägel, war die Liste eigentlich komplett. Nun wartete er auf die Ankunft von Remo, der sich ja bestens auf dem Markt auskannte und die Besorgungen im Nu erledigen könnte. Während er wartete, suchte er nach Titus und fand ihn schließlich in der Culina, wo er sich scheinbar schon länger mit Tullia unterhielt. Stephaton wollte das fortentwickelte Gespräch nicht stören, also bediente er sich am Wasser und hörte einfach nur zu. Titus erzählte Tullia von seiner Frau und von seinem Sohn, der ebenfalls in seine Fußstapfen treten wollte und als er mit seiner Erzählung fertig war, fragte er Stephaton: „Und du, Stephaton? Hast du Familie?"

Stephaton erwiderte: „Nein, mein Freund. Ich war seit meinem zwanzigsten Lebensjahr Feldsoldat und da ist kein Platz für eine Familie. Meine Familie waren meine Kameraden."

Titus: „Wie ist es eigentlich dazu gekommen, dass du desertiert bist? Falls ich dir überhaupt die Frage stellen darf?"

Stephaton: „Es waren rein persönliche Gründe. Außerdem war meine Dienstzeit zu Ende ich blieb freiwillig. Ich meine, was hätte ich tun sollen? Zurückkehren nach Rom, wo mich keiner erwartet?

Ich habe mich für den weiteren Dienst dort entschieden, dann kam irgendwann etwas Unerwartetes dazwischen und nun bin ich hier."

Titus: „Moment, du hättest den Dienst doch einfach quittieren können und nicht abhauen müssen."

Stephaton: „Normalerweise ja, aber der Präfekt brauchte zu diesem Zeitpunkt jeden Mann und hätte mich niemals gehenlassen, daher blieb mir nur die Flucht. Aber jetzt ist das alles Vergangenheit und nun zu etwas Anderem. Begleitest du mich, Remo und ein paar von den Männern zum Markt? Wir könnten schon heute einige Dinge besorgen, oder zumindest bestellen."

Titus erfreut: „Ja, wieso nicht. Wir könnten auch Brutus mitnehmen, für den die Sitzbank eigentlich gedacht war. Das ist der Pummelige, der immer so gerne das Tor bewacht."

Titus grinste über seine Bemerkung und begab sich auf die Suche nach Brutus, den er seit gestern Abend nicht mehr gesehen hatte. Während er suchte, klopfte es am Tor und Stephaton eilte hin und öffnete es. Es war natürlich der erwartete Remo, der auch seinen Sohn mitbrachte und beide begrüßten Stephaton herzlich und erfuhren kurz darauf, was heute anstand. Stephaton holte dazu seinen Pergamentzettel heraus und fing an zu erzählen: „So, Männer. Wir brauchen Unmengen an Holz, Steinen und Mörtel und dafür besorge ich jetzt erstmal einige tatkräftige Helfer. Wartet einfach in der Culina, bis alle bereit sind und lasst euch von Tullia einen ihrer leckeren Kräuteraufgüsse machen und verlangt dazu unbedingt nach etwas Honig."

Beide nickten lächelnd und gingen zu Tullia, die das ganze Geschehen vom Culinaeingang aus beobachtete, die beiden herzlich begrüßte und hereinbat. Währenddessen machte sich Stephaton auf die Suche nach Freiwilligen und brauchte nicht lange, bis sich sofort mehr als zehn Mann meldeten. Die, die sich nicht meldeten, bat Stephaton eine Stelle auf dem Gelände vorzubereiten, wo die Materialien abgelegt werden konnten und hinterher niemanden behindern. Inzwischen hatte Titus auch Brutus finden können und wartete mit ihm bereits vor dem Tor. Als Stephaton mit seinen kräftigen Helfern zu ihnen stieß, rief er nach Remo und Lucas und als sie vollzählig waren, konnten sie zum Markt. Alle gingen voraus und Stephaton war der Letzte im Glied und bevor er als Letzter den Ludus verließ, blickte er hinauf zu Terrasse und schickte Aquila noch einen Kuss, die die ganze Zeit über alles im Blick hatte. Die Zeit verstrich und es war nicht einfach, alle Materialien auf dem Markt zu finden und ohne die Hilfe von Remo, wäre es sicherlich noch schwieriger gewesen. Er kannte tatsächlich die ganzen Händler dort, denn er belieferte auch sie mit Wasser, während sie den ganzen Tag lang in der prallen Sonne ausharren mussten. Inzwischen kümmerten sich aber schon andere Wasserträger um die Aufgabe, da Remo es sich leisten konnte, den stressigen Markt zu meiden. Jetzt aber war das Schwierigste, geeignete Karren für die Materialien zu finden und sie fanden nur sechs von ihnen, die zum Verkauf standen, was bedeutete, dass sie nochmals kommen müssen. Als die Materialien im Ludus spät am Mittag vollständig angesammelt waren, begann das Bauen und sie fingen mit dem Badehaus an. Jeder wollte mitmachen und so trat einer dem anderen ständig auf die Füße. Stephaton bemerkte, dass es zu viele Helfer waren und bat Titus, mit einigen Männern schon mal Wasser für den Mörtel einzusammeln. Für den Mörtel nutzten sie selbstverständlich das verunreinigte Wasser von dem alten Badehaus und aus der Culina. Tullia nahm sich dann zur Aufgabe, das komplette Schmutzwasser vom gesamten Ludus einzusammeln und den Männern für den Bau zu stellen und Lucas war dabei ständig an ihrer Seite und half mit. Aquila beobachtete alles von der Terrasse aus und wollte sich auch gerne einbringen, jedoch wusste sie nicht recht, wo sie überhaupt anfangen könnte und entschied sich daher irgendwann, in der Culina etwas Nützliches zu tun. Sie hatte mit Kochen eigentlich kaum Erfahrung, daher stand sie erstmal nur ratlos herum. Sie untersuchte darauf die Speisekammer und fand etwas, was ihrer Meinung nach wie Kichererbsen aussahen und ziemlich oft auf dem Speiseplan standen. Sie schleppte den riesigen Erbsensack zum Ofen, stellte ihn ab und suchte darauf nach einem geeigneten Topf. Sie fand tatsächlich bald einen und bevor sie ihn auf dem Ofen platzierte, gab sie noch einige Holzstücke ins Feuer dazu und stellte den Topf erst dann darauf. Sie füllte ihn als Nächstes halbvoll mit Wasser und schmiss nach und nach die Erbsen hinein. Als sie dies tat, betrat gerade Tullia mit Lucas die Culina und Tullia schaute erst nach, was Aquila überhaupt machte und meinte: „Die Reihenfolge ist schon mal richtig und danach bereiten wir das Fleisch zu. Hast du schon Gewürze, Salz und Kräuter hinzugegeben?"

Aquila lächelnd: „Nein, noch nicht, aber das hätte ich als Nächstes getan. Aber, mach du lieber weiter und sag mir, wo ich dir helfen kann."

Tullia zurücklächelnd: „Gut. Dann können wir ja gleich das Fleisch in kleine Stücke schneiden und danach braten wir es auf Kräuterolivenöl. Aber bis die Erbsen gekocht sind, dauert es noch eine Weile und wenn es soweit ist, zerstampfen wir sie und lassen sie einfach stehen, bis das Fleisch fertig ist."

Aquila: „Wie? Und das war dann alles?"

Tullia: „Ja, das war es. Nun ja, danach muss das Essen noch verteilt werden, aber das geht schnell. Noch schneller würde es gehen, wenn jeder Hungrige mit seinem Teller hierherkommt."

Aquila fröhlich: „Gut, dann bereite ich die Teller hier auf dem Tisch schon mal vor und du schneidest gekonnt das Fleisch."

Aquila stapelte die Teller also auf dem Tisch der Culina auf, legte daneben einen Haufen Besteck und übrig blieb nur abzuwarten, bis die Erbsen fertiggekocht waren, denn das Fleisch brutzelte bereits. In der Zwischenzeit entschloss sich Aquila nun doch, den Baufortschritt zu begutachten und begab sich zu der neu entstehenden Badehausmauer, stellte sich daneben und beobachtete Pogoria, wie er mit Raton die Mauer rasch wachsen ließ. Es stellte sich bald heraus, dass die beiden auch noch geübte Mauerer waren und die Tätigkeit ihnen sichtlichen Spaß machte. Als Aquila jedoch ein Loch in der

Mauer entdeckte, ging sie zu Stephaton, der unweit von der Mauer an etwas bastelte, was wie ein Rohr aussah und meinte: „Stephaton, da ist ein Loch in der Mauer."

Stephaton: „Ganz recht, meine Liebe, und das wird das Rohr sein, wodurch das warme Wasser ins Bad fließen wird und das gleiche machen wir auch gegenüber. Das Heizsystem wird einiges erleichtern und vor allem muss man das heiße Wasser nicht mehr aus der Culina anschleppen. Zusätzlich kann das Regenwasser in den Behältern eingefangen werden, das später beheizt wird, fällt mir jetzt eben auf."

Aquila begeistert: „Eine wirklich gute Idee."

Stephaton lächelnd: „Ich weiß, sie stammt ja auch von mir."

Aquila zurücklächelnd: „Oh, da ist aber einer ganz stolz auf sich. Aber du darfst es ruhig sein, mein Liebster."

Aquila ließ Stephaton fröhlich sein Rohr weiterformen und ging wieder zur Culina, um Tullia Gesellschaft zu leisten und eventuell etwas auszuhelfen. Tullia unterhielt sich dort gerade mit Lucas und Titus, die sie wieder einmal in der Culina besuchten. Als Titus Aquila erblickte, stand er diszipliniert vom Stuhl auf und sagte: „Seid gegrüßt, Herrin."

Aquila erwiderte: „Hallo und danke für eure Hilfe. Alles nimmt wirklich Gestalt an, meint ihr nicht? Ich hätte wirklich nie gedacht, dass das so gut klappt."

Titus: „In der Tat. Das Wichtigste ist, etwas beschließen zu tun und es dann auch wirklich durchzuziehen. Euer Stephaton ist ein besonderer Mann, Herrin, und viele bewundern ihn. Nicht etwa, weil er ein grandioser Kämpfer ist, sondern weil er etwas auf die Beine stellen kann."

Aquila beglückt: „Ich weiß, Titus, ich weiß."

Aquila begab sich darauf lächelnd zu dem riesigen Topf, in dem die Erbsen noch immer kochten und die Tullia hin und wieder umrührte und als Aquila das Rühren irgendwann übernahm, meinte Titus: „Herrin Aquila, ich gehe mit Lucas nachschauen, was die anderen so treiben und falls ihr uns braucht, ruft uns einfach."

Aquila nickte lächelnd, worauf die beiden die Culina wieder verließen und als Erstes zu Stephaton gingen, der mit einem der Rohre bereits fertig war. Er hatte es auf ein Brett gelegt, damit es in der prallen Sonne trocknet und drehte es hin und wieder um, damit es seine runde Form nicht verliert. Darauf fing er mit dem zweiten Rohr an, wofür er wieder frischgekauften Ton verwende. Die beiden Rohre sollten den Durchmesser eines Apfels haben und am Ende mussten noch beide im Feuer ausgebrannt werden, damit sie richtig hart bleiben. Dazu brauchte er gleich noch ein Feuer und Titus und Lucas kamen ihm gerade recht. Sie beobachteten Stephaton schon eine Weile und er fragte sie lächelnd: „Wollt ihr mir helfen? Ich bräuchte nämlich gleich ein Feuer, damit ich die Rohre darin ausbrennen kann."

Titus: „Natürlich. Wo sollen wir das Feuer denn machen?"

Stephaton: „Am besten wo Platz ist und die Männer nicht behindert. Dort rechts vom Tor, würde ich sagen."

Stephaton zeigte direkt auf die besagte Stelle und Titus folgte mit seinem Blick sofort dorthin. Ohne weitere Fragen zu stellen, begab er sich mit Lucas zur Culina, wo sie etwas Feuerholz entwendeten und damit zu der Stelle gingen, wo das Feuer brennen sollte. Als Titus mit der Vorbereitung fast fertig war, bat er Lucas Stephaton zu fragen, wann es angezündet werden soll und Lucas lief rasch über das Atrium zu Stephaton rüber, holte sich weitere Anweisungen und als er zu Titus zurückkam, meinte er: „Du kannst es jetzt anzünden. Stephaton sagte noch, dass die Feuerstelle circa drei Fuß mal drei Fuß haben soll, damit er die Bretter darauflegen kann."

Titus: „Ach, verstehe. Dann holen wir noch etwas Holz dazu und dann zünden wir es an. Komm."

Lucas folgte Titus total erfreut zur Culina und holte mit ihm nochmals so viel Holz wie vorhin. Als alles verteilt war, ging Titus alleine zur Culina, holte sich dort ein brennendes Stück Holz und einen Becher Olivenöl. Danach entfachten sie das Feuer und Titus goss langsam das Öl nach. Lucas hatte viel Spaß dabei und freute sich die ganze Zeit über und als das Feuer schon ein Weilchen brannte, rief Stephaton die beiden vom anderen Ende des Ludus zu sich, weil er nun beide Rohre fertighatte. Sie eilten zu Stephaton, der auf sie wartete und darauf zu Titus meinte: „Titus, du musst mir dabei helfen, das Brett mit den Rohren darauf zu tragen und wenn wir beim Feuer sind, legen wir das Brett einfach quer. Das Brett brennt ebenfalls ab und die Rohre werden richtig hart, aber wir müssen darauf aufpassen, dass sie uns unterwegs nicht runterrollen."

Titus nickte und beide hoben das Brett vorsichtig vom Boden auf und gingen damit langsam zum Feuer. Sie legten es darauf und Stephaton passte dabei auf, dass es auch waagerecht liegen blieb und meinte irgendwann zu Titus: „Was wir jetzt machen müssen, ist einfach nur warten. Sobald alles ausbrennt, sind die Rohre hoffentlich fest genug. Könnt ihr hierbleiben und aufpassen? Ich würde gerne nachsehen, wie weit Pogoria mit den Mauern ist."

Titus: „Natürlich. Wir passen schon auf."

Stephaton bedanke sich nickend, verließ die beiden und als er bei der Baustelle ankam, entstand bereits die zweite Mauer, die die Eingangstür beinhalten sollte. Der Bau schritt wirklich schnell voran. Pogoria und Raton mauerten nur und die Materialien wurden ihnen von den anderen immer gereicht und auch Zenobia und die anderen Amazonen packten selbstverständlich mit an. Während die zweite Mauer nun auch rasch wuchs, begann Stephaton in dem alten Badehaus ein Loch in die Wand zu ritzen und benutzte dafür einen alten, stumpfen Dolch. Das Loch war ungefähr auf gleicher Höhe positioniert, wie das Loch in dem neuen Badehaus und es dauerte ausnahmsweise lange, es durch die Mauer zu ritzen, denn Pogoria und die anderen waren mit der zweiten Wand mittlerweile fertig. Als Pogoria seine Hände abgewaschen hatte, ging er zu Stephaton, um sich weitere Anweisungen zu holen und als Stephaton das Loch gerade noch verfeinerte, meinte Pogoria zu ihm: „Stephaton, die Wände sind fertig. Willst du sie dir mal ansehen?"

Stephaton schaute rüber zu den Wänden und erwiderte: „Sieht doch perfekt aus. Jetzt macht den Behälter für das Wasser einfach genauso, wir ihr ihn in eurem Badehaus habt. Nur passt darauf auf, dass das Wasser hinterher durch das Loch dort leicht hineinfließen kann."

Pogoria überlegte kurz, nickte und begab sich in das Männerbadehaus und begutachtete dort die Badezisterne, in der sie immer badeten. Stephaton hatte das Loch außen ungefähr drei Fuß über dem Boden gesetzt und innen war das Loch etwa ellenlang über der Badezisterne gelegen, wodurch das warme Wasser künftig direkt in die Zisterne fließen sollte. Pogoria schaute sich alles an und am Ende schaute er noch belustigt durch das Loch durch und erblickte das neue Badehaus mit dem Loch in der Wand. Dann sah er unzählige Leute, die gerade zwischen den Badehäusern umherliefen, bis er plötzlich ein Auge sah. Er lachte auf, verließ das Badehaus und erblickte Stephaton, der ihn anlächelte und fragte: „Und, alles klar?"

Pogoria nickte lächelnd und erwiderte: „Ja, Stephaton, alles im Lot. Wir brauchen jetzt viele glatte und möglichst große Steinplatten für den Boden und für die Badezisterne."

Stephaton: „Stimmt, und sobald das alles fertig ist, kümmern wir uns gemeinsam um das Dach. Die Zisterne für das Warmwasser kaufen wir besser auf dem Markt, denke ich."

Pogoria nickte zustimmend und begab sich zu den anderen, die die fertigen Mauern gerade staunend begutachteten. Als Nächstes wies Pogoria Raton und die anderen an, jetzt möglichst viele große und glatte Steinplatten auszusuchen, um damit erstmal den Boden in dem neuen Raum zu belegen. Jeder half kräftig mit und Gaius und Adisa bereiteten in der Zeit den neuen Mörtel zu. Sobald alles vorbereitet war, konnten sie mit der Bepflasterung des Bodens anfangen und die Arbeit schritt ebenso schnell voran, wie vorhin. Sie fingen erst hinten in dem Raum an und setzten die erste Steinplatte praktisch in die linke Ecke des Ludus. Dann folgten Platten rechts von der Ersten, entlang der einen Ludusmauer entlang und darauf folgte die zweite Reihe. Natürlich passten sie die Platten so an, dass möglichst keine Lücken entstanden und falls doch, wurden sie sofort mit Mörtel aufgefüllt und direkt sorgfältig glattgestrichen. Stephaton beobachtete den Baufortschrift von der Seite aus und hatte nichts zu beanstanden, da der Boden wirklich einheitlich glatt und eben aussah. Darauf begab er sich zu Titus und Lucas, die bei der Feuerstelle hockten. Das Feuer war bereits erloschen und nur noch etwas Qualm stieg nach empor. Bei den beiden angekommen, meinte Stephaton zu Titus erfreut: „Das sieht ja gut aus. Kannst du mir kurz dein Schwert geben, Titus?"

Titus stand ohne zu überlegen auf, zog sein Schwert und übergab es Stephaton. Stephaton nahm es und klopfte damit erst leicht auf eines der Rohre und als es sich fest anhörte und anfühlte, klopfte er etwas fester darauf und meinte erfreut: „Genauso, wie ich es mir erhofft habe. Das haben wir gut hinbekommen, Männer. Jetzt reinigen wir die Dinger von Asche und dann sind wir fertig. Bis wir die Rohre aber anbringen, sollten wir sie sicher in der Culina verstauen."

Lucas war sichtlich erfreut und fragte: „Stephaton, wozu sind die Rohre gut?"

Stephaton erklärte: „Wir werden damit die Badehäuser mit einer riesigen Heizzisterne verbinden und leiten dadurch dann warmes Wasser in die Bäder. So muss keiner mehr das heiße Wasser aus der Culina anschleppen."

Lucas: „Ich verstehe. In der Nähe unseres neuen Hauses, wo ich und meine Mutter immer baden, ist das Wasser auch immer heiß und da gibt es keine Rohre."

Stephaton: „Nun, es kann sein, dass das Badehaus von unten direkt beheizt wird. Das bedeutet, es hat eine Art Keller, in dem die Decke beheizt wird."

Lucas: „Heißt es etwa, dass wenn ich Bade, dass unter mir ein Feuer brennt?“

Lucas wirke überrascht und erschrocken zugleich, aber Stephaton beruhigte ihn sofort: „Ja, aber keine Angst. Die Decke ist so hart und fest, dass sie nie einstürzen wird. Du müsstest mal die riesigen Thermen des Agrippa auf dem Marsfeld sehen. Dort wird ebenso geheizt und da stürzt auch nichts ein, obwohl manchmal hundert Leute zugleich baden.“

Lucas entspannte sich wieder und Stephaton fragte darauf die beiden: „Sollen wir nachsehen, wieweit die anderen mit dem Boden sind?“

Beide nickten und folgten Stephaton zum anderen Ende des Ludus, wo das Frauenbadehaus entstand. Pogoria war mit dem Boden tatsächlich schon fertig, aber ließ ihn von niemanden betreten, damit der Mörtel richtig fest werden konnte und läutete nun eine Zwangspause ein. Er unterwies jedoch einige Männer, nach der Pause Bretter für den Bau des Daches und Steine für die Zisterne vorzubereiten. Danach begaben sich alle zum Speiseraum und hofften auf eine Mahlzeit und Stephaton und die anderen begleiteten sie. Während sie gemeinsam dorthin gingen, trafen sie in der Menge auf Remo und dieser fragte seinen Sohn, den er seit dem Vormittag nicht mehr gesehen hatte: „Lucas, wo seid ihr gewesen?“

Lucas erwiderte fröhlich: „Wir haben Stephaton geholfen, Vater, und haben Rohre für das warme Wasser gemacht.“

Remo lächelnd: „Ich hoffe, du hattest Spaß?“

Lucas: „Ja, Vater. Titus erzählte mir von seinem Sohn, der nur etwas älter als ich ist.“

Remo erfreut: „Schön. Vielleicht könntet ihr Freunde werden?“

Titus: „Wenn Stephaton es erlaubt, bringe ich ihn morgen mit.“

Stephaton: „Solange der Ausbau andauert, habe ich nichts dagegen. Ich denke, wir werden noch einige Tage dafür brauchen, aber danach müssen wir kräftig und konzentriert für die kommenden Spiele üben.“

Nach und nach wurde der Speiseraum voll und Tullia bediente alle erst mit Wasser und dann mit den Speisen. Zenobia und zwei weitere Amazonen halfen ihr dabei und nach einer Weile waren alle gesättigt und unterhielten sich noch eine Zeitlang, bis Stephaton aufstand, in die Mitte ging und deutlich zu allen sagte: „So, Leute. Ich wollte euch allen für eure heutige Arbeit herzlich danken. Ich denke, heute lassen wir es gut sein und morgen machen wir weiter."

Er blickte die Fleißigsten nochmals an, nickte ihnen dankend zu und begab sich wieder zum Tisch, wo er zuvor mit Titus, zwei seiner Männer, Remo und Lucas saß. Darauf setzte er sich hin und fragte lächelnd den Jungen: „Lucas, ich hoffe, du magst uns auch morgen Gesellschaft leisten?"

Lucas ganz erfreut: „Natürlich, Stephaton, ich bin gerne hier! Darf Lucius auch kommen?"

Stephaton: „Wer war nochmal Lucius?"

Titus: „Das ist mein Sohn, Herr."

Stephaton: „Ach so. Selbstverständlich darf er kommen."

Stephaton richtete seine nächsten Worte nun an alle am Tisch: „Nun, meine Freunde, ich verabschiede mich jetzt dankend von euch und gehe herauf zu unserer Domina und lobe euch alle. Wenn etwas ist, ruft einfach nach mir."

Stephaton verließ den Speisesaal, eilte zu Aquila und unterrichtete sie über den Baufortschritt. Gleichzeitig brachte er zum Ausdruck, wie zufrieden er mit den Männern war und verbrachte den restlichen Tag mit ihr auf der Terrasse. Sie beobachteten noch das neue Badehaus von oben und sahen ebenfalls Pogoria, wie er sein Werk von allen Seiten von Nahem begutachtete. Stephaton hatte das Gefühl, als würde Pogoria darüber nachdenken, ob er wirklich mit seiner Arbeit zufrieden war und ob er etwas noch besser hätte hinkriegen können, aber er war sich sicher, dass es nichts zu verbessern gab. Der Abend brach nun für alle an, worauf Remo mit seinem Sohn den Ludus verließ und die Männer und die Amazonen sich im Gemeinschaftsraum noch bis spät in den Abend unterhielten und mit

Titus und seinen Männern auch diverse Gespräche teilten. Als es irgendwann wirklich dunkel wurde, verteilte sich die Gesellschaft auf ihre Quartiere und die Nacht brach an. Der nächste Tag begann rasch und Titus hatte seinen Sohn Lucius schon recht früh geholt, der hinterher brav wartete und das Geschehen im Ludus beobachtete. Für heute wurde der Bau der Badezisterne und des Daches der neuen Frauentherme geplant und nach und nach versammelten sich alle um die Baustelle herum. Stephaton war selbstverständlich einer der Ersten dort und kurz darauf klopften wieder Remo und Lucas an, die an diesem Tag Victoria mitbrachten. Stephaton begrüßte alle recht herzlich und bedankte sich dafür, dass sie wiedergekommen waren und bat Lucas, seine Mutter zu Tullia zu bringen, da Aquila für gewöhnlich nicht so früh wach war. Als Erstes besprach Pogoria mit Stephaton die Art und Weise, wie sie das Dach bauen sollten. Sie hatten nämlich nur zwei Wände zur Verfügung, die das Dach stützen konnten. Daher entschieden sie sich, einen Balken in die Ecke des Ludus zu setzten, der genauso hoch sein sollte, wie die neuen Wände und die Last des Daches mittragen konnte. Damit begannen sie auch, nachdem sie stolz den neuen Steinboden betreten haben. Darauf schnitten sie einen recht dicken Balken zurecht und stellten ihn erst in die Ecke. Pogoria veranlasste als Nächstes, dass ihm nun die Steine gebracht wurden, aus denen die Zisterne entstehen sollte. Sobald er genug Steine zur Auswahl hatte und ihm mittlerweile auch der Mörtel zu Verfügung stand, begann er mit dem Bau. Die Wände der Zisterne, in dem hinterher die Frauen baden sollten, mussten auch möglichst glatt werden, so setzte er Stein für Stein entlang der nördlichen Wand nebeneinander und den ersten Stein setzte er natürlich an den Balken. Von außen sah das Badehaus nicht sonderlich groß aus, aber wenn man es von innen betrachtete, war es mehr als groß genug. Der Mittag verging und die Zisterne nahm immer mehr Gestalt an. Der Mörtel, den Pogoria durch Raton zubereiten ließ, war von Anfang an kein einfacher Mörtel. Es beinhaltete Vulkanasche, was später zur mehr Festigkeit und Wasserundurchdringlichkeit führen sollte und zudem noch viel schneller aushärtete. An einen Wasserabfluss, der später mit einem Korken aus weichem Holz verschlossen werden konnte, dachte Pogoria natürlich auch und baute ihn ganz nahe am Eingang zum Badehaus. Ganz ähnlich sah es auch im Badehaus der Männer aus. Früher benutzen alle mehrmals das alte Badewasser und es wurde nur ein Topf mit kochend heißem Wasser dazugegeben. Aber jetzt, wo das einfachere Heizsystem dazukam, konnte das Wasser nach jedem Bad einfach abgelassen werden und auf dem Sand im Atrium verdampften. Wasser war im ganzen Imperium kostenlos und es gab genug für alle, denn viele Aquädukte lieferten unaufhörlich enorme Mengen an frischem Wasser an die unzähligen Brunnen der Hauptstadt. Man musste es sich nur holen oder jemanden für das Bringen bezahlen. Pogorias Zisterne wurde immer höher und als er sicherlich schon zu Hälfte fertig war, klopfte plötzlich ein unerwarteter Besuch am Tor. Titus eile hin und machte es auf. Es waren die Villenbewohner, die den Ludus mal wieder besuchen wollten und als Stephaton sie von Weitem erblickte, begab er sich grinsend zu ihnen und begrüßte mit Küssen erst die Frauen, dann mit einem kräftigen Händedruck seine drei Freunde und meinte: „Kommt, ich zeige euch, wie weit wir mit dem Ausbau sind."

Als sie alle zusammen zu dem Badehaus gehen wollten, rief plötzlich Aquila von der Terrasse aus: „Marina! Kommt ihr bitte hoch?!"

Marina schaute kurz Mauritius an, lächelte und packte die anderen zwei Frauen an der Hand und eilte mit ihnen nach oben zu Aquila. Die Männer störte es nicht weiter und zu viert begaben sie sich zu der Baustelle, wo sie von jedem nach und nach begrüßt wurden. Der kleine Lucas begrüßte sie auch herzlich mit einem Drücken, stellte ihnen den Sohn von Titus vor und beide liefen verspielt wieder weg. Als Nächstes stellte Stephaton das neue Gebäude stolz vor: „Das ist das neue Badehaus der Amazonen, oder besser gesagt, das wird es werden.“

Longinus: „Sieht ganz gut aus. Also, Langeweile habt ihr sicher keine.“

Stephaton: „Das sicherlich nicht, mein Freund und sobald wir hiermit fertig sind, beginnen wir mit dem Training für die kommenden Spiele, die ja Anfang September stattfinden. Danach steht aber auf jeden Fall die intensive Planung für Sizilien an, würde ich sagen, und heute wäre ein guter Zeitpunkt, um damit anzufangen.“

Longinus: „Stimmt. Immerhin sind wir jetzt alle versammelt und vollzählig, also lasst uns nach oben zu den anderen gehen, falls du hier momentan überhaupt entbehrlich bist.“

Stephaton nickte lächelnd und begab sich mit den anderen nach oben. Auf der Terrasse begrüßten die Drei Aquila herzlich. Auch Stephaton begrüßte sie, jedoch mit einem Kuss, denn er hatte sie seit dem Aufstehen noch nicht gesehen. Danach setzten sich alle gemütlich in der Runde hin und Stephaton begann das Gespräch: „Wie ihr seht, kommen wir ganz gut voran und sobald alles fertig ist, werden wir intensiv für die kommenden Spiele üben. Tiberius hat uns zu den Spielen wieder in die Loge eingeladen und wir sollen unsere Freunde mitbringen, also euch. Nun ja, das ist aber nicht das, worüber ich mit euch dringend sprechen wollte. Ich meinte eher das Thema Sizilien.“

Aquila: „Es ist für euch alle wohl schon eine beschlossene Sache?“

Alle nickten zustimmend und Marina fügte hinzu: „Ich muss aber noch auf meinen Vater warten, vorher kann ich hier nicht weg. Ich will einfach nicht, dass mein Kind hier in der Stadt innerhalb der Mauern groß wird und ich denke, Celina stimmt mir da zu.“

Celina nickte, aber Akatia meldete sich schneller zu Wort: „Ich kann mir auch nicht vorstellen, mit meinem Enkel hier in den Gassen spazieren zu gehen.“

Aquila entgegnete spontan: „Panormus, dort müssen wir hin.“

Stephaton: „Meinst du etwa die Hafenstadt?"

Aquila: „Ganz genau. Ich war dort schon mehrmals, weil mein Mann dort oft geschäftlich zu tun hatte und möglicherweise könnten uns seine ehemaligen Geschäftspartner helfen, dort sesshaft zu werden, falls sie sich überhaupt noch an mich erinnern."

Longinus: „Dann sollten wir nach den Spielen erstmal dorthin reisen und uns dort umsehen. Was passiert denn mit dem Ludus? Die Villa müssen wir auf jeden Fall behalten, allein schon wegen Marinas Vater und seinen Leuten."

Aquila entschlossen: „Ich werde den Ludus einfach an Tiberius verkaufen. Wenn unsere Kämpfer erneut siegen, wird er schon auf mein Angebot eingehen. Zudem bin ich nicht mehr die Jüngste und kann den Ludus nicht in alle Ewigkeiten weiterführen und das weiß er auch."

Stephaton: „Gut, dann haben wir einen Plan. Nun erzählt, meine Lieben, was habt ihr so getrieben?"

Longinus: „Nichts Besonderes, das Übliche halt. Mir kommt es so vor, als würden wir ohnehin alle nur auf etwas warten und ehrlich gesagt, bin ich persönlich etwas gelangweilt. Vielleicht ist das mit Sizilien wirklich eine gute Idee."

Cassius: „Ich empfinde genauso und der Alltag frisst mich auch schon langsam auf. Ihr habt hier noch etwas zu tun, aber wir in der Villa wohl kaum. Ich freue mich schon auf den Kleinen. Vielleicht ändern die Kinder unseren Alltag."

Akatia lächelnd: „Gewiss werden sie das. Du wirst sicherlich nicht mehr so gut schlafen, wenn der Kleine euch mehrmals in der Nacht weckt, weil er Hunger bekommt. Glaub mir, davon wirst du schon bald die Nase voll haben und erst, wenn er größer wird, legt sich das wieder und er schläft mit euch durch."

Aquila: „Es ist sicherlich schön, so etwas zu erleben. Leider war es mir nie vergönnt, Mutter zu sein, aber wenigstens kann ich euch bald zur Seite stehen, wenn es so weit ist."

Stephaton lächelnd: „Ja, genau, Tante Aquila und Onkel Stephaton. Ich sehe es schon bildlich vor mir, wie ich die Kleinen auf meinem Schoss sitzen habe und ihnen lustige Geschichten von ihren Vätern erzähle."

Alle lächelten über Stephatons verträumte Ausschweifung und unterhielten sich noch einige Zeit weiter, bis Pogoria irgendwann von unten nach Stephaton rief. Stephaton stand darauf auf, ging zum Geländer und frage: „Ja, Pogoria? Was ist?"

Pogoria: „Ich denke, ich bin so weit, Lanista. Schaust du es dir an?"

Stephaton machte sofort kehrt und war im Begriff hinunterzulaufen, als Longinus ihm hinterherrief: „Warte, wir kommen mit dir."

Stephaton erfreute das Interesse der Männer und er wartete, bis alle Drei aufstanden und ihm folgten. Sie liefen über das Atrium zum Badehaus rüber und stoppten davor. Stephaton betrat es als Einziger, begutachtete die Zisterne, strich mit seiner Hand an mehreren Stellen über die Fläche, drehte sich um und meinte zu Pogoria: „Es ist einfach perfekt und glatt wie ein Kinderarsch."

Alle klatschten darauf für Pogoria, der den Jubel stolz in sich aufnahm. Stephaton begutachtete noch den Balken, prüfte seine Standfestigkeit und sagte noch zu Pogoria: „Ich bin wirklich beeindruckt, mein Lieber. Füllt am Ende noch alle Lücken mit Mörtel, damit sich dort keine Insekten einnisten."

Pogoria nickte und holte noch etwas Mörtel, um die Aufgabe zu vollenden. Darauf ging Stephaton aus dem noch unbedachten Badehaus hinaus und sagte laut zu allen: „So, Leute. Morgen legen wir das Dach und wären dann wir mit dem Badehaus durch. Danach widmen wir uns den Stuben zu und ich schlage vor, dass sich jeder um sein Quartier kümmert. Ihr könnt ja zusehen, wie Pogoria es euch vormacht, dann kann keiner etwas falsch machen. Ich danke euch allen für den heutigen Tag und nun esst etwas und genießt den restlichen Abend."

Alle jubelten kurz klatschend und Stephaton drehte sich darauf glücklich um und ging mit seinen Freunden hoch zu den Frauen und als sie oben waren, sagte er zu Aquila: „Das hat der Sarmatier echt gut hinbekommen. Es ist sogar besser, als das Badehaus der Männer. Ich bin wirklich gespannt, wie er das mit den Quartieren angeht. Die Gitter zu entfernen und dann Mauern zu ziehen wäre unsinnig, daher würde ich die Gitter einfach zumauern. Aber jetzt könnte ich erstmal einen Happen vertragen. Ihr etwa nicht?"

Aquila: „Ja, ich habe auch schon etwas Hunger. Wartet, ich hole etwas nach oben."

Akatia stand rasch auf fügte schnell hinzu: „Warte, ich helfe dir."

Plötzlich sprangen alle Frauen auf und eilten zusammen herunter, was die Männer etwas belustigte. Auf dem Weg nach unten konnten die Männer ihr Gelächter hören und fragten sich, was wohl so lustig ist. Als Cassius die Frauen nun auf dem Hof hörte, beugte er sich über das Geländer vor und fragte Celina: „Was ist denn so lustig?"

Marina erwiderte lächelnd: „Wir lachten, weil Celina meinte, dass sie fast verhungert wäre, wäre nicht Stephatons Vorschlag gekommen."

Nun lachten auch die Männer und Stephaton fragte die Runde, wieso Celina ihren Hunger nicht vorher schon meldete. Schließlich war sie schwanger und hatte das gute Recht dazu. Nach einigen Augenblicken kam das Essen und diesmal hatten die Frauen auch Tullia mitgebracht, die die ganze Zeit über in der Culina beschäftigt war. Sie reichten den Männern die vollen Teller, die nicht zögerten, sofort mit dem Essen anzufangen. Nach dem Essen räumte Mauritius mit Marina die leeren Teller ab und brachte sie zur Culina. Als dies getan war, schauten sie sich noch von Nahem das neue Badehaus an und begaben sich darauf wieder nach oben und genossen dort zusammen den restlichen Abend, wie die Gladiatoren und die Amazonen im Gemeinschaftsraum. Danach folgte wieder der Abschied. Die Villenbewohner gingen heim, Remo, Lucas und Victoria gingen ebenfalls und Titus brachte seinen Sohn wieder zu seiner Mutter. Nach einer Weile kam er wieder und belegte für die Nachtruhe sein Quartier. Die Nacht verging ruhig, war aber ziemlich warm und man schwitzte. Es näherte sich schließlich der Sommer und man bekam es immer mehr mit. Ganz früh am nächsten Morgen war Stephaton der Erste, der wach wurde. Er ging jedoch nicht sofort herunter, wie an den Tagen zuvor, sondern stellte sich auf die Terrasse und machte sich über diverse Dinge Gedanken. Er betrachtete den Ludus von oben und stellte sich vor, wie er sich fühlen wird, wenn er diesen Ort verlassen muss. Mittlerweile fühlte er sich an ihn gebunden und dachte noch kaum daran, was damals in Jerusalem und danach passiert war und lediglich seine Freunde erinnerten ihn noch manchmal daran. Er war sich aber sicher, dass irgendwann der Zeitpunkt kommen würde, an dem ihn alles wieder einholt. Er fühlte sich einerseits frei, aber dennoch irgendwie wie ein Gefangener des Schicksals und das Leben, das er jetzt führte, schien irgendwie wie eine Nebensächlichkeit zu sein. Als er dann endlich Pogoria und ein paar andere Männer im Atrium erblickte, stellte er seine Gedanken beiseite, begab sich zu ihnen und sagte: „Grüßt euch, Männer. Ich hoffe, ihr habt trotz der Hitze gut geschlafen. Kommt, lasst uns nachsehen, ob wir überhaupt genug lange Bretter für das Dach haben."

Alle folgten Stephaton zu den Materialien, die links am Eingang zum Ludus abgelegt waren und suchten nach geeigneten Brettern. Während dieser ziellosten Suche schaute Stephaton irgendwann die Männer an und erklärte bildlich: „Wir bräuchten am besten einen Balken, den wir von der neuen Nebenwand an der Luduswand entlang zu dem Eckbalken legen und dieser dürfte dann das Gewicht der Bretter tragen können, die wir dann der Reihe nach quer auf ihn legen. Ihr wisst, wie ich es meine?"

Pogoria: „Ich denke schon."

Pogoria blickte darauf den einzigen Balken in dem Holzhaufen an, der sich aber unter den Bretterhaufen befand und begann die

Bretter umzustoßen, was einen enormen Lärm verursachte und dazu führte, dass die restlichen Bewohner des Ludus zwangsläufig wach wurden. Nach einiger Zeit war der Balken zugänglich und wurde erstmal zu der Baustelle abtransportiert. Raton und Adisa sammelten in der Zwischenzeit die Nägel zusammen, die für sie geeignet erschienen und holten dann einen Hammer. Als Pogoria und Vinitius dabei waren, den schweren Balken auf den Eckbalken und die Mauer zu hieven, stand Raton schon mit dem Werkzeug hinter ihnen bereit. Jetzt musste Pogoria den Balken nur noch von oben an dem Eckbalken festnageln und hämmerte dazu mit ganzer Kraft darauf. Er haute vier Nägel rein und stand dabei auf der Kante der Zisterne, was zugleich ihre Standfestigkeit bewies. Als der Balken fest war, sprang er von der Kante herunter und meinte: „So, Männer. Jetzt nur noch die Querbretter."

Als die Männer seinen Aufruf hörten, eilten viele von ihnen zu dem Holzhaufen und pickten sich dort einige Bretter heraus. Raton wählte aber sechs längere von ihnen aus, packte sie unter den Arm und meinte: „Bringt Pogoria mehr von solchen Brettern hier. Etwas länger dürfen sie auch sein, aber nicht kürzer."

Er selbst brachte seine Sechs auch dorthin und schmiss sie erstmal auf den Boden vor das Badehaus. Darauf hob er das längste davon wieder auf und gab es Pogoria, der wieder auf die Kante stieg, es mit zwei Nägeln an dem Haltebalken festhämmerte und darauf achtete, dass das Brett gerade mit der Wand verlief. Danach schaute er auf Raton und meinte: „Raton, ich brauche jetzt einen Balken, den ich fürs Hämmern kurz drunter halte, damit die Nägel richtig reingehen. Verstehst du?"

Raton erwiderte: „Ja, ich verstehe, aber Balken haben wir leider keine mehr. Ein Brett wird es tun müssen."

Pogoria schulterzuckend: „Meinetwegen. Es muss jedenfalls von der Zisternenkante bis zu dem Haltebalken lang sein."

Raton maß den Abstand rasch mit einer Schnur, suchte darauf sofort nach der Säge und als er sie fand, machte er sich sofort daran, eines der längsten Bretter zurechtzuschneiden. Als dies getan war, ging er mit dem Brett zu Pogoria, der auf ihn wartend noch vereinzelte Schleifarbeiten an den Mauern verrichtete. Beide platzierten darauf das Brett neben den Eckbalken und Pogoria stieg wieder auf die Zisternenkante und rief: „So, gebt mir jetzt ein weiteres Brett, den Hammer und die Nägel."

Da Raton das Brett unten festhielt, gab Adisa Pogoria das weitere Dachbrett und reichte ihm danach den Hammer und die Nägel und so vervollständigten sie nach und nach das Dach. Gegen Mittag war das neue Badehaus komplett fertig und Pogoria schrie es praktisch hinaus: „Das Badehaus ist fertig!"

Alle kamen, um es sich anzusehen, bis auf Remo, der an diesem Tag nicht anwesend war und ließen den Amazonen den Vortritt ins Innere. Leider war es drinnen ziemlich dunkel, daher suchte Xanthia schnell nach einer Fackel. Als sie kurzerhand eine aus ihrem Quartier entwendete, erblickten sie darauf das Innere des Badehauses und waren schlicht begeistert. Es hatte für die Amazonen sofort einen eigenen Zauber und Zenobia stellte sich und den anderen ihre Gedanken und Gefühle vor: „Stellt euch vor, wie der Wasserdampf empor zur Decke steigt und kühle Tropfen herunter auf unsere Körper prasseln. Das wird unser Reich der Erholung sein! Ist es nicht eine schöne Vorstellung?"

Xanthia überglücklich: „Bald wird sie real, wenn Wasser drinnen ist. Lasst uns den Männern für die tolle Arbeit erstmal danken."

Alle nickten und begaben sich wieder nach draußen und bedankten sich dort mit einem kräftigen Händedruck als Erstes bei Stephaton, dann bei Aquila und dann bei den eigentlichen Baumeistern. Dass alle Amazonen sehr glücklich waren, konnte man kaum übersehen und am Ende meinte Pogoria noch: „Bevor wir den Staub dort hinausfegen, werden wir noch alle Kanten glattschleifen, damit sich bloß keine von euch verletzt und arbeiten in der Zwischenzeit an dem Außentank für das warme Wasser. Ich denke, in spätestens einer Woche könnt ihr euer Badehaus einweihen."

Zenobia nickte lächelnd und brachte ihren Dank nochmals zum Ausdruck. Als sich die Menge dann wieder verstreute, meinte Stephaton zu Pogoria: „Ich muss wirklich sagen, dass es euch sehr gelungen ist. Ich kümmere mich morgen um den Außentank und wenn du bereit bist, überlasse ich dir den Umbau der Quartiere."

Pogoria lächelnd: „Kein Problem. Wir machen eine kurze Pause und begeben uns sofort dorthin. Ich habe nämlich schon einige Pläne im Kopf."

Stephaton zurücklächelnd: „Ich lasse mich gern überraschen und bin sogar sehr gespannt, Baumeister."

Pogoria begab sich mit einigen anderen stolz zur Culina und Stephaton ging mit Aquila zur Terrasse, wo sie die weitere Zeit bis zum frühen Abend verbrachten. Währenddessen beobachtete Stephaton das rege Schaffen unten im Atrium und als es aus der Culina irgendwann nach Essen roch, begab er sich zu den Quartieren, um den Fortaschritt dort zu begutachten. Pogoria war mit einigen anderen noch am Werkeln, als Stephaton bei ihnen ankam und erfreut feststellte: „Perfekt! Genau so habe ich es mir vorgestellt."

Pogoria erwiderte stolz: „Dankeschön. Die Gittertüren ersetzen wir am Ende mit Holztüren."

Stephaton erfreut: „Ich würde sagen, beendet dieses Quartier und macht für heute Schluss. Das Essen wartet nämlich schon."

Pogoria nickte und machte wieder weiter. Stephaton holte aus der Culina darauf einen vollen Teller mit Essen für sich und für Aquila und ging damit hoch. An diesem Tag hatte Tullia leckeres Fleisch zubereitet und es zusammen mit gedünstetem Gemüse mit Olivenöl aufgetischt und dazu gab es noch frisches Brot. Der Abend begann für Stephaton und Aquila in Zweisamkeit und für den Rest der Leute im Gemeinschaftsraum. Am nächsten Tag begann Pogoria ziemlich früh mit der Arbeit und fast jeder packte mit an. Stephaton plante erst auf Remo zu warten, um mit ihm wegen dem großen Wasserbehälter zum Markt zu gehen, doch Remo schien auch an diesem Tag nicht zu kommen. Stephaton machte sich deswegen etwas Sorgen und entschloss sich, ihn selbst aufzusuchen. Dazu verließ er den Ludus, streife gemütlich durch die Gassen und beobachtete dabei die Menschen. Irgendwann war er endlich in dem Viertel angekommen, in dem Remos Haus stand. Die Straße dort war unverkennbar, denn die Steine dort, mit denen sie bepflastert war, waren immer strahlend sauber. Er bog also rechts in diese Straße ab und erblickte in naher Ferne Remo, der die Steine gerade reinigte. Er näherte sich ihm und rief: „Remo! Du bist also für die Reinheit hier verantwortlich?"

Remo erwiderte überrascht: „Stephaton! Sei gegrüßt! Nein, nicht nur ich. Die Bewohner dieser Straße haben sich geeinigt, dass jeder hier abwechselnd saubermacht. Ich habe erst gestern davon erfahren, daher konnte ich nicht zu euch kommen."

Stephaton: „Ach so. Ich wollte dich nämlich fragen, ob du mit mir zum Markt gehst, weil das neue Badehaus schon fertig ist und wir den Wasserbehälter möglichst bald brauchen."

Remo überrascht: „Oh, das ging ja schnell. Natürlich kann ich mit dir gehen. Lass mich nur das Stück hier fertigmachen, dann können wir los. Geh doch schon mal zu mir und ich komme gleich nach."

Stephaton nickte erfreut und ging weiter. An Remos Haus angekommen, klopfte er ganz sanft an, um Victoria nicht zu erschrecken und wartete geduldig. Sie machte rasch auf, begrüßte Stephaton mit einem breiten Lächeln und bat ihn herein, worauf er den Raum betrat, sich umschaute und fragte: „Wo ist der Kleine?"

Victoria: „Der Schreiner hat ihn heute abgeholt, weil er angeblich viel zu tun hat und seine Hilfe dringend braucht. Nun, Remo erzählte mir, dass die beiden sich nahestehen. Der Schreiner hatte auch einen Sohn, der aber an einer Krankheit starb. Vielleicht braucht er einfach den Kontakt zu Lucas, um die Leere in seinem Herzen zu füllen. Möchtest du Wasser?"

Stephaton erwiderte freundlich: „Gerne."

Victoria schenkte ihm das Wasser ein und gab ihm den Becher, worauf er sich bedanke und es trank. Sie erzählte ihm, wie glücklich Lucas vorgestern nach Hause gekommen war und Stephaton berichtete wiederum ihr, wie Lucas mit Lucius an diesem Tag zwischen den Gladiatoren spielte und wieviel Spaß er dabei hatte. Kurz darauf kam Remo mit seinen Putzutensilien zurück, stellte alles in der Ecke ab, trank ebenfalls etwas Wasser und meinte: „Von mir aus können wir losgehen, Stephaton. Vitoria, brauchst du noch etwas vom Markt?"

Victoria: „Nein, lass nur. Lucas bringt schon alles mit, was wir brauchen."

Remo nickte und lächelte sie noch liebevoll an, worauf Stephaton sich darauf höflich vor Victoria verbeugte und beide das Haus verließen. Auf dem Weg zum Markt erzählte Stephaton von dem neuen Badehaus und wieweit Pogoria mit dem Umbau der Quartiere war. Remo erzählte wiederrum von seinen neuen Nachbarn, die irgendwie erfahren haben, dass er Stephaton kannte und ihn jeder nun ausfragte, wie es dazu gekommen war. Remo erzählte ihnen einfach seine ganze Geschichte und die traurigen Kapitel dazu. Jeden erfreute der Ausgang der Geschichte und jeder freute sich am Ende mit ihm mit. Irgendwann betraten sie den Mark, der wieder einmal total überfüllt war. Sie mussten sich regelrecht durch die Menschenmenge durchquetschen, daher entschloss sich Remo Stephaton anzuführen. Er quetschte sich erstmal zu dem Schreiner durch und Stephaton folgte ihm standhaft. Bei dem Schreiner angekommen, begrüßten ihn die beiden erstmal und Remo fragte ganz laut: „Schreiner, sag mir bitte, wo finden wir heute den Stand mit den Töpferwaren?!"

Der Schreiner schrie zurück: „Lauft einfach die Mauer zum südlichen Eingang entlang! Es ist ganz am Ende der letzte Stand!"

Remo: „Gut, danke! Was macht Lucas?!"

Der Schreiner: „Er hilft einem Kunden den Karren zu beladen! Ich weiß nicht, was ich heute ohne ihn getan hätte!"

Remo erfreut: „Schön zu hören, dass er fleißig ist!"

Der Schreiner nickte und wandte sich wieder seinen Kunden zu. Die beiden suchten nun also nach dem besagten Stand und nach einem weiteren Kampf durch die Menschenmassen waren sie endlich angekommen. Nun offenbarte sich ihnen die eigentliche Aufgabe. Der Stand wurde so von Kunden belagert, dass es kaum möglich war, sich mit dem Verkäufer zu unterhalten, geschweige denn etwas zu bestellen. Es gab keine Reihenfolge oder eine sichtliche Schlange, an der man sich hätte anstellen können, daher entschied sich Stephaton zu einer seltsamen Aktion. Er sagte plötzlich ganz laut zu Remo und zwinkerte dabei mit seinem linken Auge: „Remo, hast du das mitbekommen? Am Fleischstand ist Ausverkauf! Alles um die Hälfte billiger! Um die Hälfte, stell dir vor!"

Remo verstand erst gar nicht, was Stephaton meinte, doch dann nach einigen Augenblicken verstand er und machte das Spielchen mit: „Ja! Meine Frau hat es mir gerade auch erzählt! Alles um die Hälfte billiger!"

Die Information verbreitete sich wie ein Lauffeuer und die Menge verlagerte sich rasch in Richtung des Fleischstandes, welcher nördlich gelegen war. Stephaton und Remo grinsten einander nur an und der Verkäufer, der alles mitbekommen hatte, schaute Stephaton grimmig an und meinte verärgert: „Was fällt euch ein, mir die Kundschaft wegzulocken?!"

Stephaton ganz entspannt: „Bleib gelassen und hör mich erstmal an. Einen Verlust wirst du dadurch nicht erleiden, garantiert. Ich brauche nämlich etwas Spezielles und Kostspieliges von dir."

Der Verkäufer entspannte sich wieder etwas und fragte: „Was soll es denn sein?"

Stephaton: „Ich brauche ein riesiges Gefäß aus Ton. Doppelt so hoch wie ich es bin und doppelt so breit wie der Metzger, zu dem sie jetzt alle gerade hinlaufen."

Remo lachte darauf laut auf und konnte sich gar nicht mehr beruhigen. Stephaton schmunzelte ebenfalls und dann sogar auch der Tonwarenverkäufer, bis Stephaton irgendwann die beiden freundlich unterbrach: „Nein, jetzt im Ernst. Kannst du sowas für mich herstellen?“

Der Verkäufer: „Ja, natürlich, aber das wird nicht gerade billig werden. Zudem schuldet ihr mir noch die Einnahmen von den Kunden, die mir gerade weggelaufen sind.“

Stephaton gelassen: „Das macht mir gerade weniger Sorgen. Vielmehr ist es mir wichtig, ob du die Gefäße so hinbekommst, wie ich sie haben möchte.“

Der Verkäufer: „Ich werde sie so herstellen, wie du sie mir beschreibst, also gib dir Mühe.“

Stephaton begann mit der Beschreibung: „Der Behälter soll also doppelt so hoch sein wie ich und doppelt so breit wie der Metzger...“

Remo fing wieder an zu lachen und Stephaton unterbrach: „Remo, nicht wieder lachen, ich möchte zum Punkt kommen.“

Remo stellte grinsend sein erneutes Auflachen ein und Stephaton fuhr fort: „Es soll quadratisch sein, nach oben offen und in zwei sich gegenüberliegenden Wänden soll ziemlich unten am Boden jeweils ein apfelgroßes Loch sein.“

Der Verkäufer: „Jetzt verstehe ich. Ihr wollt dort Wasser erhitzen?“

Stephaton nickend: „Ganz genau. Schaffst du es?“

Der Verkäufer: „Aber natürlich. Baut ihr daheim eine Therme?“

Remo: „Ja, für die Gladiatoren.“

Der Verkäufer verwundert: „Hä, welche Gladiatoren?“

Remo: „Für die Gladiatoren von Aquila von Maius.“

Der Verkäufer ganz interessiert: „Stephaton ist doch einer von ihnen dort, oder?“

Stephaton lächelnd: „Das war ich mal. Heute bin ich dort der Lanista, kein Gladiator mehr.“

Der Verkäufer ganz überrascht: „Herr, wieso sagt ihr das nicht gleich! Ich hätte die Kundschaft selbst verjagt! Ich stelle das Gefäß gerne für euch her. Für wann braucht ihr es?“

Stephaton: „Ich denke, so in zwei Tagen bräuchten wir sie spätestens."

Der Verkäufer: „Das ist überhaupt kein Problem. Ich liefere sie euch sogar persönlich. Geht einfach heim und wartet. Ich werde in genau zwei Tagen da sein. Mögen die Götter mit euch sein."

Stephaton und Remo bedankten sich, entfernten sich von dem Stand und verließen den Markt durch den südlichen Eingang. Irgendwann auf dem Rückweg sagte Stephaton zu Remo: „Das mit dem Ludus hättest du vielleicht nicht erwähnen sollen."

Remo überrascht: „Wieso?"

Stephaton: „Mir ist aufgefallen, dass alle unsere Freunde sein wollen. Was ist aber, wenn wir Rom verlassen?"

Remo ganz überrascht: „Wollt ihr Rom denn verlassen?"

Stephaton: „Wir halten es für besser und sind uns sogar schon einig und haben konkrete Pläne. Aber erzähle es bitte niemandem. Nur wir wissen davon und nun auch du. Sogar die Amazonen und die Gladiatoren wissen es noch nicht."

Remo mit gesenktem Kopf: „Ich behalte es schon für mich, obwohl es mich traurig macht."

Stephaton: „Das muss es nicht, Remo! Du hast noch ein ganzes Leben vor dir. Ihr seid noch jung, Mensch! Zeuge weitere Kinder, werde wieder Vater, dann irgendwann Großvater."

Remo: „Das klingt wirklich schön und all diese Möglichkeiten habt ihr uns gegeben."

Stephaton: „Das haben wir gern gemacht, das weißt du. Nun denke nicht weiter darüber nach und begleite mich zum Ludus."

Remo: „Aber natürlich."

Beide liefen weiter und waren rasch beim Ludus angekommen. Überall war reges Treiben. Einige Männer schleiften mit Steinen am Badehaus herum und einige transportierten Bausteine zu den Quartieren. Stephaton blickte nach oben zur Terrasse, konnte Aquila dort aber nicht entdecken, worauf er sich zu der Baustelle begab und Remo ihm folgte. Dort angekommen stellte er fest, dass schon fast vier Quartiere fertig waren. In diesem Tempo würde es nicht lange dauern, bis alle Quartiere fertig sind, dachte er sich. Jetzt wollte er noch den Feinschliff des Badehauses betrachten und beide verließen wieder die Quartierebene. Auf ihrem Weg trafen sie auf Titus, der sie mit einem breiten Grinsen begrüßte: „Ich grüße die Herren!"

Remo verbeugte sich leicht und Stephaton erwiderte: „Hallo, Titus. Sag mal, wie sieht es denn mit eurer Sitzbank aus?"

Titus: „Genau darüber wollte ich mit dir reden. Wir haben eigentlich gewartet, was an Holz überbleibt, was wir dann verwenden könnten, aber nun hörte ich, dass Pogoria noch Holz für die Türen brauchen wird."

Stephaton: „Macht euch bloß keine Sorgen und nehmt einfach, was ihr braucht. Wenn etwas fehlt, sagt einfach Bescheid. Entweder muss Pogoria auf eine neue Zustellung warten oder ihr. Wir liegen sowieso im Zeitplan und können uns eine kleine Verzögerung ruhig leisten."

Titus: „Nun gut. Dann sage ich meinen Männern, dass sie jetzt anfangen können."

Titus machte hektisch kehrt und suchte mit seinen Blicken nach seinen Männern. Stephaton und Remo lächelten daraufhin einander an, da sie sehen konnten, dass Titus sich auf die Aufgabe freute. Kurze Zeit später versammelte sich Titus mit seinen Männern vor dem Holzstapel und sie schienen sich vor dem Bauvorhaben zu beraten. Danach nahm jeder von ihnen einige Bretter und Titus lief wohl zu den Werkzeugen, die noch vor dem Badehaus lagen. Sie versammelten alle Sachen vor dem Tor und hämmerten erstmal ein Gestell der Sitzbank aus den Brettern zusammen. Stephaton beschäftigte sich nicht weiter mit ihrem Werkeln, verabschiedete sich für den Augenblick von Remo und ging hoch zu Aquila. Als er in ihrem Gemach ankam, begrüßte er Aquila mit einem intensiven Kuss und fragte anschließend: „Und, was hat mein Sonnenschein so getrieben?"

Aquila: „Nichts Aufregendes, mein Liebster. Und du?"

Stephaton: „Ich war mit Remo auf dem Markt und habe den Wassertank bestellt. Er müsste in spätestens zwei Tagen geliefert werden und sobald wir ihn haben, können wir den Umbau der Badehäuser abschließen."

Aquila: „Klappt doch alles prima mit dem Umbau, oder?"

Stephaton: „Ja, ich habe nichts zu beanstanden. Ganz im Gegenteil. Ich hätte nie gedacht, dass Pogoria ein solch guter Baumeister wäre."

Aquila: „Ich frage mich, wie er zu solchen Fähigkeiten gekommen ist. Sicherlich hatte er in der Vergangenheit damit zu tun."

Stephaton: „Ganz sicher sogar. Aber das passt nicht zu einem Sarmatier, weil sie nicht in Häusern aus Stein leben. Das lässt vermuten, dass sein Dorf erobert wurde und er dabei versklavt wurde. Wir fragen aber besser nicht nach. Ich wollte mit dir aber über Sizilien reden. Was meinst du, wann wäre der richtige Zeitpunkt es zu verkünden?"

Aquila: „Ich denke, nach den Spielen wäre der richtige Zeitpunkt und ich werde erst mit Tiberius darüber reden. Wenn er zustimmt, kann es ja jeder erfahren. Ob alle damit glücklich sind, ist eine andere Frage. Das darf uns aber nicht kümmern."

Stephaton: „Eigentlich nicht. Wir hinterlassen ja keine unglücklichen Gemüter."

Aquila: „Das sehe ich auch so. Nun, komm, setz dich neben mich."

Stephaton machte es sich kurz neben Aquila gemütlich, doch sie verbrachten letztendlich eine ganze Weile miteinander. Gelegentlich besuchte sie Tullia, die ihnen frisches Wasser brachte. Früh am Abend wurden sie auf einen komischen Lärm aufmerksam, der aus den Quartieren zu kommen schien. Stephaton sprang sofort auf und eilte herunter um nachzusehen, was dort vor sich ging. Er traute seinen Augen kaum, als er sah, dass alle Quartiere nun Steinmauern hatten und sogar die Quartiere der Wachsoldaten. Den eigentlichen

Lärm verursachten die Männer, indem sie die Gittertüren abmontierten. Zur Hälfte waren sie auch soweit und die Hälfte der abmontierten Gittertüren stand links an den Mauern des Flurs angelehnt. Als Stephaton überrascht dastand, kam Pogoria grinsend auf ihn zu und meinte: „Mit den Mauern wären wir soweit durch. Gleich nur noch der Feinschliff und morgen machen wir die Türen fertig."

Stephaton: „Pogo, ich bin mehr als verblüfft. Großartig! Gute Arbeit!"

Pogoria: „Ich danke dir. Ich fürchte aber, wir brauchen mehr Holz und Scharniere. Ich meine, wir können zum Einhängen der Tür die alten Scharniere der Gitter benutzen, die aus der neuen Mauer herausragen, aber an die Türen müssen neue dran. Ich habe bereits Maß genommen und wir müssen nur noch zum Markt."

Stephaton: „Und das werden wir gleich morgen früh machen. Ich denke, du gehst mit Remo jetzt noch zum Schreiner und gibst die Bestellung auf. Remo weiß sicher, wo er jetzt zu finden ist. Ich frage ihn gleich und lasse Titus euch begleiten."

Pogoria nickte und Stephaton suchte sofort nach Remo. Er entdeckte ihn vorne am Tor, wo die Wache noch an der Sitzbank werkelte und ihr noch den letzten Schliff gab. Er lief dorthin und meinte zu Titus: „Ihr seid ja auch schon fast fertig. Toll! Remo, weißt du wo der Schreiner jetzt zu finden ist?"

Remo: „Natürlich. Ich weiß wo er wohnt. Wieso?"

Stephaton: „Könntest du mit Pogoria hin, damit er die Bestellung für morgen aufgibt? Titus, begleitest du die beiden bitte?"

Titus: „Gar kein Problem. Wir sollten nur schnell dorthin, bevor es dunkel wird."

Stephaton: „Natürlich. Ich hole Pogoria. Kommt schnell wieder, denn gleich gibt es Essen. Remo, du bist natürlich auch eingeladen."

Remo: „Danke, Stephaton, aber Victoria wartet sicher auch schon mit dem Essen daheim."

Stephaton: „Nun gut. Ich danke euch, Männer. Ich hole jetzt eben Pogo."

Stephaton lief rasch zu den Quartieren, wo einige Männer schon die Gittertüren nach draußen brachten. Unter ihnen war auch Pogoria und Stephaton unterrichtete ihn, dass er vorne erwartet wird und er eilte schnell hin. Wenig später war das Essen bereits fertig und alle stellten sämtliche Arbeiten ein. Pogoria und Titus waren kurze Zeit später auch wieder da und diesmal zog es Stephaton vor, mit den Männern und Frauen zu speisen. Tullia hatte wieder viele Helferinnen und Helfer an ihrer Seite und das Essen war rasch verteilt. Alle fingen an zu essen und Stephaton überlegte währenddessen, wie er der Belegschaft heute gebührend danken konnte. Er betrachtete die fröhlichen Leute um sich herum und wartete nur auf den richtigen Augenblick. Als er bemerkte, dass nun fast alle aufgegessen hatten und die Ersten ihre leeren Teller gerade wegbringen wollten, stand er auf und sagte laut: „Leute, hört alle her!"

Jeder wurde still und schaute gespannt auf Stephaton, der kurz wartete und gleich fortfuhr: „Ich bin mit eurer Leistung sehr zufrieden. Ihr habt alle sehr gute Arbeit geleistet! Dennoch möchte ich unseren Pogo erheben, der das Projekt so gut und so schnell vorantreibt! Also... auf unseren Pogo!"

Alle hoben ihre Trinkbecher in die Höhe und schrien: „AUF POGO! AUF POGO! AUF POGO!"

Stephaton: „AUF POGO! Wenn wir mit allem fertig sind, werden wir eine Feier veranstalten, die diese Gegend noch nie gesehen und gehört hat! Das verspreche ich euch!"

Alle jubelten ausnahmslos auf und fingen laut an zu klatschen. Stephaton ließ die Männer und die Amazonen in ihrer Euphorie kurz alleine und begab sich schnell zu Aquila, die den Lärm sicherlich mitbekommen hatte und als er bei ihr ankam, fragte sie auch sofort: „Was ist da unten los?"

Stephaton berichtete: „Du wirst es nicht glauben. Die Quartiere sind schon fertig und morgen noch die Türen und dann ist alles fertig. Ich hatte mit ungefähr einem Monat gerechnet und wir sind jetzt schon fast am Ziel. Ich habe allen eine riesige Feier versprochen, wenn alles fertig wird. Was denkst du darüber?"

Aquila erfreut: „Ja, warum auch nicht? Ich kann mich gern um alles kümmern."

Stephaton: „Ich meinte aber eine richtige Feier, mit Musikanten und Tänzern und das Essen und Trinken lassen wir uns einfach liefern."

Aquila lächelnd: „Das hört sich wirklich aufregend an. Ich gehe gleich morgen früh zur Villa und gebe den anderen Bescheid. Sie könnten mir bei den Vorbereitungen der Feier behilflich sein."

Stephaton: „Das ist eine gute Idee. Ich werde Remo bitten, in unserem Namen auch Ixos einzuladen. Titus und die anderen könnten mit ihren Familien auch kommen."

Aquila: „Ich weiß nicht, in wie weit sie es dürfen, aber Titus wird es schon wissen."

Stephaton erfreut: „Ja, so machen wir es."

Die beiden kuschelten sich wieder aneinander und stellten sich schon jetzt die fröhliche Feier vor. Es wäre nämlich die langersehnte Abwechslung für den eingeschlichenen Alltag und zugleich eine schöne Abschiedsfeier vor der Abreise nach Panormus. Die Nacht nach der Umgestaltung der ehemaligen Zellen war für alle mehr als gemütlich und am nächsten Morgen gingen alle sofort an ihre geplanten Tätigkeiten. Bis zum frühen Mittag waren die noch benötigten Materialien geliefert worden und Pogoria werkelte mit vielen Helfern an den neuen Türen für die Quartiere. Stephaton überlegte in der Zeit, wie er den Wassertank mit den Badehäusern verbindet und hatte für diesen Zweck bereits einen Eimer mit Ton in der Culina deponiert. Ihm blieb jedoch nichts anderes übrig, als auf die Lieferung des riesigen Wassertanks zu warten und zu improvisieren. Aquila hatte mit Tullia den Ludus auch schon recht früh verlassen. Sie unterrichtete die Villabewohner von der geplanten Feier und begab sich mit den anderen Frauen in die Stadt, um all die benötigten Dienste zu ordern. Nach geraumer Zeit der Rumfragerei konnten sie erst eine kleine Gruppe von Musikern anheuern. Darunter waren zwei Trommler, eine Harfenspielerin und zwei junge Männer mit Blasinstrumenten. Zum Glück kannten sie wiederrum Tänzer, die sie bitten würden mitzukommen. Sie waren mit ihnen schon des Öfteren aufgetreten, aber noch nie in einem Ludus. Darauf begab sich Aquila mit ihren Freundinnen zum südlichen Eingang des Basars, wo täglich frisch zubereitetes Essen angeboten wurde. Es waren meistens nur kleine Stände, wo Mahlzeiten für zwischendurch angeboten wurden, aber Aquila suchte einen Betrieb, der Speisen und Getränke für große Feiern lieferte und es blieb ihnen nichts anderes übrig, als wieder herumzufragen. Leider konnte ihnen niemand in dieser Gegend einen brauchbaren Tipp geben, so kam Marina auf die Idee, einfach Ixos zu fragen. Sie kannten ihn zwar nicht so gut, aber hofften bei dem Pummelchen auf mehr Erfolg. Bis sie das Verwaltungsgebäude fanden, klagte Aquila bereits über heftige Beinschmerzen, ließ sich dadurch aber nicht von ihrer Aufgabe abbringen. Sie betraten das Verwaltungsgebäude und schließlich den Raum von Ixos am Ende des Flures. Ixos erblickte die Fünf, stand hektisch von seinem Stuhl auf und schrie: „Aquila! Ich bin erfreut, euch zu sehen! Habt Dank für eure Einladung. Ich werde gleich, nachdem ich zu Hause bin, Cornelia darüber informieren. Ich bin mir sicher, dass sie sich sehr freuen wird."

Aquila lächelnd: „Wie ich sehe, war Remo bereits hier und überbrachte dir unsere Einladung. Wir brauchen aber noch deine Hilfe, Ixos. Wir suchen nach einem Betrieb, der das Essen und guten Wein für die Feier liefert."

Ixos lächelnd: „Oh, da fragt ihr tatsächlich den Richtigen. Ich kenne alle Betriebe, die Essen liefern. Ich meine, schaut mich doch mal an. Meine liebe Cornelia sorgt zwar gut für mich, aber kochen kann sie leider nicht. Kommt, ich stelle euch meinem Bekannten vor. Er beliefert manchmal sogar den Kaiser persönlich, wenn eine Feier ansteht. Kommt!"

Die Frauen schauten einander lächelnd an und folgten dem kleinen Dickerchen und ihre Suche sollte damit beendet sein, dachten sie sich. Während sie Ixos folgten, konnten sie seinen Erzählungen kaum folgen. Er erzählte wirklich ausführlich und ohne Unterbrechung von Speisen, die er sich oft liefern lässt und irgendwann stoppte er plötzlich, drehte sich um, hielt seinen rechten Zeigefinger in die Höhe und berichtete: „Und immer, wenn ich im November meinen Geburtstag feiere, bringt mein Bekannter mir ein geröstetes Ferkel. Schön braun und kross, mit einem Apfel in seinem Mund. Heeerrlich lecker! Kommt, es ist nicht mehr weit."

Die Frauen mussten einfach nur schmunzeln, so lustig, wie er alles erzählte. Zudem sah er mit seinen kurzen Beinchen und seinem großen Umfang einfach nur komisch aus, aber was ihn wirklich ausmachte, war sicherlich sein freundliches Gemüt. Nach einer Weile waren sie angekommen. Es war kein eindeutiges Gebäude zu sehen, in dem Lebensmittel zubereitet wurden, aber dem Geruch nach zu urteilen waren sie da. Ixos steuerte als Nächstes eine riesige Tür an, machte sie auf und gab vor Anstrengung komische Geräusche von sich. Die Frauen mussten erneut schmunzeln, daher entschloss sich Marina ihm beim Öffnen zu helfen. Die massive Tür war wirklich sehr schwer, doch zu zweit schafften sie es rasch. Sie betraten das Gelände und Ixos schaute hektisch umher. Darauf wurden sie von einer Bediensteten empfangen, die als Erstes Ixos begrüßte: „Ich grüße euch, Ixos."

Ixos: „Hallo! Ist Hillion da? Ich habe ein großes Anliegen."

Die Bedienstete nickte freundlich und begab sich wohl auf die Suche. Ixos drehte sich darauf zu den Frauen um und grinste breit, ohne etwas zu sagen. Er grinste weiter und hörte nicht auf, bis Aquila ihn fragte: „Was ist?"

Ixos erwiderte lächelnd: „Was ist, fragst du? Riecht doch mal. Es riecht nach meinem Ferkel."

Die Frauen platzten vor Lachen und Ixos lachte nun laut mit ihnen mit. Darauf drehte es sich wieder grinsend weg und sang leise vor sich hin: „Mein Ferkelchen, mein Ferkelchen... Ach, da ist ja Hillion!"

Als der scheinbare Besitzer des Unternehmens auf die Gruppe zuging, streckte er seine Hände in Richtung Ixos aus und begrüßte ihn: „Ixos, mein Freund! Was führt dich her?"

Ixos erwiderte fröhlich: „Wir brauchen deine Dienste, mein Bester. Das ist Aquila und sie plant eine rieeeeesige Feier."

Aquila: „Ganz recht, eine rieeeesige Feier und Ixos ist auch eingeladen, also fangen wir doch gleich mit seinem Ferkel an."

Alle lachten wieder auf, selbst Hillion und kurz darauf fuhr Aquila fort: „Jetzt aber ehrlich. In zwei Tagen, also am Freitag, brauchen wir Speisen und Trank für fünfzig Leute. Die Kosten sich nebensächlich. Ihr wurdet mir von Ixos empfohlen, also hoffe ich auf Qualität."

Hillion: „Herrin, wir bieten beste Qualität, die sogar eines Kaisers würdig ist, garantiert. Wir haben einen Ruf zu verteidigen. Die besten Speisen und der beste Wein, darauf könnt ihr euch verlassen. Wohin sollen wir alles bringen lassen?"

Aquila: „In meinen Ludus. Ihr habt sicher schon von ihm gehört?"

Hillion überrascht: „Etwa der Ludus von Aquila von Maius? Seid ihr etwa Aquila von Maius?"

Aquila stolz: „Ja, die bin ich."

Hillion beglückt: „Unglaublich eure Bekanntschaft zu machen, Herrin Aquila. Ich war bei jedem Kampf eurer Männer dabei und habe mir keinen entgehen lassen. Beim letzten Kampf habe ich sogar Kaninchen für Kaiser Tiberius zubereitet."

Aquila lächelnd: „Ja, sie schmeckten vorzüglich."

Hillion überrascht: „Ihr wart also seine Gäste? Welch ein Zufall. Also wisst ihr, welche Qualität euch erwartet?"

Aquila: „In der Tat. Ich lasse euch die Speisen auswählen. Nur denkt an das Ferkel für Ixos."

Hillion lächelnd: „Aber natürlich, Herrin, seit unbesorgt. Ich denke, gegen Mittag wäre es euch recht?“

Aquila zurücklächelnd: „Perfekt. Dann erwarten wir euch.“

Aquila steckte Hillion völlig unspektakulär einen kleinen Beutel zu und meinte: „Der Rest ist für euch, Hillion.“

Aquila drehte sich zum Ausgang und die anderen folgten ihr. Ixos verabschiedete sich noch von Hillion und ging den Frauen auch hinterher. Als sie wieder auf der Straße waren, meinte Aquila zu Ixos: „Ixos, ich danke dir für deine Hilfe. Ich freue mich jetzt schon auf den Freitag. Richte deiner Frau einen schönen Gruß von uns aus. Wir gehen nun zum Ludus zurück.“

Ixos erwiderte überglücklich: „Aber gerne doch, Aquila. Grüßt auch die anderen von mir.“

Ixos verließ die Fünf und begab sich fröhlich wieder zu seiner Stube, während die Frauen den Rückweg zum Ludus antraten. Während sie liefen, meinte Aquila irgendwann: „Ich denke, wir haben unsere Aufgabe erfüllt und bin wirklich stolz auf uns.“

Marina: „Stimmt. Wir Frauen können auch etwas auf die Beine stellen, aber leider werden alle das Ergebnis erst am Freitag sehen.“

Aquila: „Ja, leider, meine Liebe.“

Sie liefen eine Zeitlang und amüsierten sich noch lange über Ixos, wobei Celina versuchte ihn nachzumachen, indem sie so lustig wie er mit ihren Beinen strampelte. Der Tag war für alle Fünf besonders erfüllt und es war auch das erste Mal, dass sie etwas ohne die Männer unternommen haben. Dass ihre Beine schon schmerzten, war mittlerweile völlig nebensächlich geworden. Als sie im Ludus ankamen, fiel ihnen als Erstes die neue Sitzbank rechts neben dem Tor auf, auf der Brutus saß und die Fünf mit einem breiten Grinsen begrüßte. Nun hatte er endlich seine Sitzbank und genoss darauf sitzend die Sonne. Um die Quartiere herum war ein reges Treiben zu sehen und außerhalb fertigten einige Männer Türen aus den gelieferten Brettern. Da nur noch wenige Bretter auf dem Stapel lagen, konnte Aquila erahnen, dass die Arbeit schon weit fortgeschritten war. An der nördlichen Mauer bemerkte sie Stephaton und Remo, die zusammen den bereits gelieferten Wassertank begutachteten. Alle fünf Frauen begaben sich zu ihnen und als Stephaton und Remo die Frauen bemerkten, unterbrachen sie ihre Unterhaltung, lächelten die ankommenden Frauen an und Stephaton meinte: „Schaut, der Wassertank ist vorhin schon geliefert worden. Eigentlich habe ich ihn für morgen erwartet, aber der Töpfer war wohl fleißiger, als ich dachte. Und, was habt ihr so erreicht?"

Aquila ganz geheimnisvoll: „Ja, wir haben etwas erreicht, aber wir verraten nichts. Lasst euch doch einfach mal überraschen. Jedenfalls werdet ihr zufrieden sein, das ist sicher."

Stephaton lächelnd: „Wieso auch nicht, ich mag Überraschungen. Stellt euch vor, Pogoria braucht noch drei Türen, dann sind wir dort auch fertig. Morgen werden wir noch den Wassertank anbringen und am Ende noch Feinarbeiten durchführen, dann ist alles endgültig fertig."

Aquila lächelnd: „Perfekt. Und übermorgen wird gefeiert. Wir lassen die Herren nun alleine, kommt meine Lieben."

Aquila begab sich mit den anderen überglücklich zur Terrasse und Stephaton beriet sich weiter mit Remo: „Remo, lass uns schon mal die Steine für das Gestell des Tanks zusammensuchen. Wir bitten dann Raton Mörtel vorzubereiten und mauern es dann zusammen. Wenn morgen alles ausgehärtet ist, können wir den Tank aufsetzen und mit den Badehäusern verbinden."

Remo: „Ja, so machen wir es, aber was die Höhe und die Größe des Gestells angeht, überlasse ich ganz dir."

Stephaton nickte und beide begaben sich zu dem Haufen Steine, die übriggeblieben waren. Sie suchten die passenden heraus, luden sie zwischen den Badehäusern ab und als sie meinten, schon genug davon angesammelt zu haben, begab sich Stephaton auf die Suche nach Raton. Stephaton wusste, dass der schwere Tank einen festen Untergrund brauchte und dass Raton dafür den perfekten Mörtel zubereiten konnte. Nachdem Stephaton ihn gefunden hatte, dauerte es nicht lange, bis Raton die perfekte Mischung fertig hatte. Er entschied sich darauf kurzerhand, den beiden mit dem Gestell zu helfen, da bei den Arbeiten an den Quartieren ohnehin schon zu viele Helfer waren und sogar die Amazonen dort mithalfen. Sie fingen erstmal mit der richtigen Positionierung des Gestells für den Tank an und Stephaton hoffte, dass die Rohre seiner Produktion lang genug waren. Um sicherzugehen, holte er eines der Rohre aus der Culina, setzte es an das Loch in der Wand des Frauenbadehauses an und war sofort beruhigt, worauf sie mit dem Bauen anfingen. Als Erstes verlegten sie dicke Steinplatten auf dem Sandboden, worauf sie die linke und die rechte Wand hochzogen, die zusammen das Gestell für den Tank bilden sollten und zwischen denen später das Feuer brennen sollte, welches das Wasser erhitzt. Noch während sie sie fertigstellten, bekamen sie Zuschauer und als Stephaton ihre Unterhaltungen mitkriegte, drehte er sich um und fragte sie lächelnd: „Habt ihr etwa nichts zu tun?"

Pogoria erwiderte lächelnd: „Nein, Lanista, haben wir nicht."

Stephaton stand darauf aus der Hocke auf und fragte ernst: „Seid ihr etwa schon fertig?"

Pogoria: „Allerdings. Jedes Quartier ist nun mit einer Holztür ausgestattet und jetzt fehlen nur noch die Fackeln, würde ich sagen."

Stephaton: „Stimmt. Ich habe nicht großartig darüber nachgedacht, aber große Standfackeln für jedes Quartier und für die Badehäuser wären nicht schlecht und würden den ganzen Raum erhellen. Geh doch morgen mit Remo zum Markt und besorgt welche. Ich frage nachher Tullia, ob wir ausreichend Öl haben."

Pogoria: „Wird gemacht, Lanista."

Eine Weile stand Pogoria mit einigen anderen noch dort, aber nach und nach zerliefen sie sich auf dem Gelände und Stephaton und Remo machten gemütlich mit dem Gestell weiter. Sobald dieser fertig war, stand Stephaton auf, schüttelte den Restmörtel von seinen

Händen ab und meinte stolz: „So, die Sonne wird jetzt den Rest erledigen und morgen kommt der Tank darauf. Danke für deine Hilfe, Remo. Ich gehe erstmal etwas trinken. Kommst du mit?"

Remo nickte und begleitete Stephaton zur Culina, wo sie auf Tullia trafen, die bereits etwas kochte. Nachdem sie etwas Wasser getrunken haben, verabschiedete sich Remo von Stephaton und Tullia und verließ den Ludus. Kurz darauf schaute Stephaton Tullia an und meinte: „Kaum zu glauben, dass alles erledigt ist, nicht wahr?"

Tullia: „Ja, ich finde es beeindruckend, wie begabt die Männer sind. Ich dachte immer nur, sie könnten nur das Schwert schwingen, doch ich wurde vom Gegenteil überzeugt."

Stephaton lächelnd: „Mich hat es ebenso überrascht wie dich. Sag mal, haben wir genug Öl für die Fackeln? Ich habe nämlich vorgeschlagen, dass wir Standfackeln in den Quartieren aufstellen."

Tullia: „Viel davon ist nicht mehr da und Standfackeln verbrauchen viel."

Stephaton: „Gut, dann lasse ich Pogoria und die anderen welches mitkaufen. Ich gehe nun herauf zu Aquila und zu den anderen. Mal schauen, was sie so treiben."

Er verließ darauf die Culina und begab sich gemütlich nach oben. Dort angekommen hatte er das Gefühl, dass er die Frauen bei irgendetwas störte, da sie plötzlich aufhörten zu reden und fragte sofort: „Störe ich bei irgendetwas?"

Aquila lächelnd: „Nein, es waren bloß harmlose Frauengespräche. Komm, setz dich zu mir. Die Drei müssen uns jetzt sowieso leider verlassen."

Marina: „Ja, das stimmt. Wir haben vollkommen das Zeitgefühl verloren und haben vergessen, dass drei hungrige Kerle auf uns warten."

Stephaton lächelnd: „Ach, sie werden schon nicht verhungern. Ihr solltet lieber selbst etwas essen. Kommt, ich bringe euch zu der Villa. Ich wollte sowieso mit den anderen reden, falls mich Aquila noch für eine Weile entbehren kann. Ich müsste nur noch die Hände waschen und etwas Sauberes anziehen und warte dann unten auf euch."

Aquila nickte lächelnd und Marina erwiderte: „Gut, wir kommen dann gleich."

Stephaton steuerte erstmal seine Stube an, zog sich dort um und ging herunter zur Culina, wo immer ein Behälter mit Wasser stand, indem jeder auf die Schnelle seine Hände abwaschen konnte. Danach ging er nach vorne zu Brutus und wartete dort auf die Frauen. Er unterhielt sich mit dem Wachmann noch eine ganze Weile, bis die Weiber endlich die Treppe herunterkamen. Brutus stand darauf auf, machte allen freundlich lächelnd das Tor auf und sagte: „Auf Wiedersehen."

Die Frauen verabschiedeten sich auch von Brutus recht freundlich und verließen mit Stephaton den Ludus. Auf dem Weg zu der Villa schwiegen irgendwie alle und nicht etwa, weil keiner etwas zu sagen hatte, sondern damit sie die Pläne für den Freitag nicht verraten. Stephaton hielt die Stille jedoch nicht lange aus und stellte bald die erste Frage: „Und, was gibt es am Freitag zu essen?"

Marina: „Ähm... Etwas Leckeres."

Stephaton lächelnd: „Ja, dessen bin ich mir bewusst, aber was genau?"

Marina zurücklächelnd: „Fleisch… Ja, Fleisch und Gemüse."

Stephaton grinsend: „Ich sehe schon, ihr wollt nichts verraten."

Marina: „Nein, Stephaton, das werden wir mit Sicherheit nicht."

Stephaton: „Nun gut. Sagt, wie geht es euch? Ich meine, was eure Schwangerschaften angeht?"

Celina fing an: „Also, mein Bauch stört mich noch nicht und ich fühle mich eigentlich sehr wohl."

Marina fröhlich: „Ich kann mich aber auch nicht beklagen."

Celina lächelnd: „Wenn ich und Cassius abends im Bett liegen, beobachten wir oft, wie der Kleine sich bewegt und es ist immer ganz lustig."

Marina beglückt: „Ja, das mache ich mit Mauritius auch gerne. Wir können es schon nicht erwarten, den kleinen endlich in unseren Händen zu halten."

Stephaton: „Habt Geduld. Wenn wir erstmal in Panormus sind, schaffen wir ein ruhiges Zuhause für die beiden. Rom ist nichts für glückliche Kinder. Hier geht es nur um Geld und Macht."

Marina und die anderen stimmten dem nickend zu und kurz darauf waren sie am Ziel angekommen. Marina machte die Tür auf und alle betraten die Villa. Im Atrium war keiner zu sehen und Marina fragte sich laut: „Wo sind sie nur hin?"

Celina erwiderte: „Eine gute Frage. Ich schaue in der Stube nach."

Während die Frauen die Stuben absuchten, setzte sich Stephaton auf eine der Steinbänke und hörte bald Celinas Stimme: „Steh auf und hör auf herumzulungern. Dein Sohn hat Hunger."

Stephaton lachte leise und ihm war klar, dass die Drei hier in der Villa nur noch gelangweilt sein konnten. Er hatte im Ludus wenigstens jeden Tag Abwechslung und diverse Dinge zu erledigen und entschloss sich kurzerhand, die Villa jetzt etwas aufzumischen: „Steht auf, ihr faulen Säcke und bewirtet euren Gast!"

Es dauerte nicht lange, bis Longinus als Erster ganz verschlafen aus seiner Stube kam. Er streckte sich im Eingang mehrmals und ging darauf lächelnd auf Stephaton zu und als er vor ihm stand, sagte er: „Hallo, Stephaton. Was liegt an?"

Stephaton: „Der Ausbau ist beendet. Morgen müssen wir noch den Wassertank aufstellen und das war's."

Longinus überrascht: „Das ging ja flott."

Stephaton: „Das stimmt. Die Männer haben wirklich gute Arbeit geleistet. Und was habt ihr so getrieben?"

Longinus genervt: „Nichts. Die Langeweile halte ich hier nicht mehr aus und als die Frauen weg waren, wurde es noch schlimmer."

Stephaton: „Wieso seid ihr nicht zu uns gekommen? Bei uns herrscht niemals Langeweile."

Longinus nickend: „Stimmt. Hätten wir vielleicht tun sollen."

Stephaton: „Dann lasst uns doch jetzt zu viert etwas spazieren."

Longinus: „Wieso eigentlich nicht? Warte, ich wasche mir eben das Gesicht ab, dann können wir los."

Stephaton: „Ja, mach das und sag den anderen Bescheid. Ich warte."

Longinus ging erst zu seiner Stube, wusch dort sein verschlafenes Gesicht und ging darauf zur Culina, wo bereits Cassius mit den Frauen zugegen war und meinte: „Stephaton will mit uns eine Runde gehen, Cassius. Kommst du auch?"

Cassius: „Wieso eigentlich nicht?"

Marina überrascht: „Wollt ihr denn nichts essen?"

Cassius: „Also, ich esse später etwas."

Longinus: „Esst ihr mal was und macht es euch gemütlich. Ich habe irgendwie auch keinen Hunger."

Beide verließen die Frauen in der Culina und begaben sich zu Stephaton, der bereits mit Mauritius auf sie wartete. Als Kopf der Bande hatte Stephaton einen Vorschlag: „Leute, lasst uns kurz mal raus aus Rom, wenigstens hinter die Stadtgrenzen."

Longinus: „Warum nicht. Dann mal los."

Alle bewegten sich entschlossen auf den Ausgang zu und Marina rief ihnen noch hinterher: „Wann kommt ihr wieder?"

Mauritius erwiderte: „Wir kommen, bevor es dunkel wird."

Das Holztor ging hinter ihnen zu und ihr langer Spaziergang begann spät am Mittag. Diesmal gingen sie in die entgegengesetzte Richtung wie üblich und anstatt sich in Richtung des Stadtkerns zu bewegen, gingen sie auf die Stadtgrenzen zu. Sie hatten diese Teile der Stadt das letzte Mal gesehen, als sie vor Monaten mit Artyom und seinen Leuten nach Rom kamen. Immer weniger Gebäude prägten hier die Landschaft, dafür gab es aber immer mehr Bäume und Sträucher. Auf den Weiden waren viele Grüppchen von Tieren zu sehen und die Hirten, die sie bewachten. Am Tiber waren diverse Fischerboote unterwegs und bei dem Anblickt meinte Cassius zu allen:

„Lasst uns doch kurz zum Fluss. Ich war schon lange nicht mehr am Wasser gewesen."

Stephaton: „Eine gute Idee, ich ebenso nicht. Kommt."

Als sie sich am Ufer setzten, meinte Mauritius irgendwann: „Ich bin gespannt, was uns in Panormus erwartet."

Stephaton fing an zu erzählen: „Ich selbst war nur kurz mit meiner Legion dort. Es war, noch bevor ich dich traf, Longinus. Ich kann mich kaum noch an die Einzelheiten erinnern, aber Aquila erzählte mir inzwischen eine Menge über die Stadt. Wollt ihr es hören?"

Cassius: „Natürlich, fang an."

Stephaton: „Also, Panormus ist definitiv anders als Rom. Es ist ein Domizil der reichsten Römer. Obwohl keine Bauern in der Stadt zu finden sind, gibt es reichlich frische Nahrung. Selbst die Bediensteten sehen wohlhabend aus, erzählte sie mir. Und die Aussicht soll wirklich phänomenal sein. Man blickt auf das Mittelmeer, wenn man ein Anwesen ganz oben auf den Bergen besitzt. Die Erde ist fruchtbar und alles was man anbaut, wächst und gedeiht."

Longinus: „Das hört sich schön an."

Stephaton verträumt: „Mein Freund, jeden Tag frische Meeresfrüchte, die in der Pfanne noch herumzappeln. Die Frauen werden sich wohlfühlen und eure Kinder werden eine erfüllte Kindheit haben, das sage ich euch. Ich selbst kann es kaum erwarten. Nach den Spielen könnten wir sofort aufbrechen, wenn wir nicht auf Artyom warten müssten, daher hoffe ich, dass sie schon bald zurückkommen."

Mauritius: „Marina meinte, dass es eigentlich an der Zeit wäre, dass sie wiederkommen, daher ist sie voller Sorge, dass etwas passiert sein könnte."

Stephaton: „Habt ihr denn daran gedacht, dass Artyom bereits verspätet war, als wir mit ihm hierherkamen? Rechnet diese Verspätung hinzu. Außerdem hatten sie dieses Mal bewaffnete Beschützer dabei und Titus ist einer der Besten, die ich kenne."

Mauritius: „Das stimmt, daran dachten wir nicht. Ich sage es ihr nachher und vielleicht macht sie sich dann weniger Sorgen. Erzähl mehr über Panormus."

Stephaton fuhr fort: „Bildung und Kultur ist dort auch sehr wichtig. Eure Kinder werden dort gut ausgebildet. Das Lesen und Schreiben ist dort nämlich Pflicht."

Mauritius: „Cassius, was ist eigentlich mit deinen Visionen?"

Cassius erwiderte: „Alles ist normal. Ich hatte schon lange keine mehr und so kann es auch bleiben."

Sie unterhielten sich noch eine ganze Weile und die Sonne schien langsam vom Horizont zu verschwinden, als Stephaton meinte: „Leute, ich glaube, wir sollten langsam wieder zurück."

Longinus: „Ja, obwohl es hier schön beruhigend ist, wird es hier gleich schön dunkel werden."

Sie standen vom Ufer auf und machten sich wieder auf den Weg zurück. Vor der Villa verabschiedeten die Drei Stephaton, der sie nochmals an die Feier am Freitag erinnerte und verschwand. In der Villa saßen die Frauen gemütlich an dem Steintisch im Atrium und die Männer setzten sich dazu und erzählten ihnen alles, was sie von Stephaton über Panormus erfahren haben. Man konnte sehen, dass sie gespannt zuhörten und dann erzählte Mauritius von der Verspätung von Artyom, was Marina sichtlich aufatmen ließ. Sie verbrachten den Restabend bis Einbruch der Dunkelheit im Atrium und als es kühl wurde, verschwanden sie paarweise in ihren Stuben. Es war eine ruhige Nacht, sowohl für die Villenbewohner, als auch für alle im Ludus. Der nächste Tag in der Gladiatorenschule begann als der letzte Arbeitstag. Stephaton inspizierte als Erstes das Gestell für den Wassertank und stellte fest, dass er tatsächlich ziemlich stabil und fest war. Er klopfte sogar mehrmals alle Seiten mit einem Stein ab und überzeugte sich tiefer. Diesen Test hatte das Gestell bestanden und nun sollte der letzte Test folgen. Dazu rief er vier Männer zu sich und bat sie den Wassertank auf das Gestell mit den Löchern in Richtung der Badehäuser zu hieven. Der Abstand der Gestellwände war korrekt und sie hielten dem Gewicht des Tanks stand. Als Nächstes legte er ein Rohr an den Tank und an die Frauenbadehauswand an und stellte fest, dass der Abstand perfekt war. Er bedankte sich darauf bei den Männern und eilte zur Culina, um das andere Rohr und den Eimer mit dem Ton zu holen. Währenddessen inspizierte Pogoria mit seinem Trupp die Arbeiten in den Quartieren. Sie schleiften hier und da noch einige scharfe Ecken weg und ölten darauf die Scharniere der neuen Tür. Es dauerte nicht lange, da hatte Stephaton die Rohre bereits mit Ton befestigt und Pogoria ließ einige Männer noch den Dreck wegfegen. Darauf trafen sich alle in der Mitte des Atriums auf dem Sand, betrachteten stolz die Produkte ihrer Arbeit und Stephaton meinte: „Pogo, sehr gute Arbeit. Ihr habt alle eine sehr gute Arbeit geleistet, meine Freunde."

Pogoria erwiderte dankbar, aber leicht beunruhigt: „Danke dir, Stephaton, aber es fehlen noch die Standfackeln und ich kann Remo nicht sehen."

Stephaton entgegnete sorgenfrei: „Gehen wir halt ohne ihn und nehmen besser ein paar Männer mit, denn ich habe keinen Schimmer, was schwer diese Dinger überhaupt sind."

Pogoria suchte als Erstes nach seinem engsten Freund Raton und die anderen, die er mitnahm, wählte er willkürlich aus. Sie waren mit Stephaton mitgezählt sieben und kaum als sie das Tor ansteuerten, hämmerte es darauf. Es war Remo und Brutus machte ihm das Tor auf, begrüßte ihn und ließ ihn hinein. Remo erblickte die Sieben, die gerade auf dem Weg hinaus waren und fragte: „Ich glaube, ich komme wohl gerade rechtzeitig?"

Stephaton lächelnd: „In der Tat. In wenig später und du wärst zu spät. Wir wollten tatsächlich gerade zum Markt aufbrechen. Sollen wir?"

Remo nickte und nun waren sie insgesamt acht Mann und irgendwann auf dem Weg beriet sich Stephaton mit Pogoria: „Was meinst du, wie viele von den Dingern sollen wir eigentlich kaufen? Hast du das mal durchgezählt?"

Pogoria bestätigte und zählte auf: „Wir sind acht Mann und jeder hat sein Quartier. Das wären schon mal acht Stück. Dann die Amazonen. Zenobia und Xanthia sind zu zweit in einem Quartier, Thesalis hat ihr eigenes, Palmyra, Polydora und Antiope sind zu dritt und Herone hat auch ihr eigenes, also insgesamt vier, zusammen also zwölf. Dann noch zwei für die Badehäuser und eines für Titus und seine Männer, dann wären es fünfzehn."

Stephaton: „Ganz genau. Für die Tore dachte ich, holen wir noch vier dazu. Zwei an jeder Seite, links und rechts von innen und außen. Das wären insgesamt neunzehn und wir dürfen das Öl nicht vergessen."

Pogoria: „Richtig. Hoffentlich finden wir das Passende und ausreichend davon."

Stephaton: „Das sehen wir dann gleich. Was meinst du, Remo?"

Remo: „Das sind keine Dinge, die extra auf Bestellung gefertigt werden und ich denke, dass man sie vorrätig haben wird. Ich frage gleich den Steinmetz."

Die Männer näherten sich gespannt dem Markt und dort angekommen, bemerkten sie etwas Merkwürdiges. Fast alle Menschen waren an einer Stelle versammelt und schrien scheinbar jemanden an, der im Zentrum der Menge stand. Als Nächstes bemerkte Remo seinen Sohn am Stand des Schreiners und beide standen nur da und beobachteten alles von dort aus. Auch alle anderen Stände waren leer und nur die jeweiligen Besitzer standen davor. Remo und die anderen gingen darauf zu den beiden und Stephaton frage: „Was ist denn hier los?"

Der Schreiner erwiderte: „Da hat ein junger Mann einem Patrizier seine Geldbörse gestohlen und alle warten wohl auf die Wachen."

Remo: „Oh, das wird nicht gut für ihn ausgehen, das sage ich euch."

Der Schreiner: „Das stimmt, seine Hand ist er wohl los, wenn nicht schlimmer."

Remo: „Lucas, bleib hier. Wir suchen erstmal nach Fackeln und naher du kommst lieber mit uns, wenn es dem Schreiner nichts ausmacht?"

Der Schreiner: „Nein, ist in Ordnung. Ich komme schon klar."

Remo führte die anderen darauf weiter zum Stand mit den Fackeln, aber der Verkäufer dort war mehr an dem Geschehen im Zentrum interessiert, als an seiner Kundschaft, daher machte sich Stephaton etwas lauter bemerkbar: „Entschuldige! Meinst du, ich komme mit so vielen Männern, um nur eine Fackel zu kaufen?!"

Der Fackelverkäufer: „Oh, verzeiht! Es ist nur so, dass es hier schon lange keinen Diebstahl mehr gegeben hat. Was kann ich für euch tun, Herrschaften?"

Stephaton: „Wir brauchen zwanzig etwa gürtelhohe Standfackeln und zwei Fässer Öl."

Der Verkäufer noch etwas abgelenkt: „Ähm, ja. Schaut dort in der Mitte meines Standes. Wären die quadratischen Fackeln etwas für euch?"

Stephaton und Pogoria gingen hin, schauten sich die Fackeln an und schienen beide mit dem Produkt zufrieden zu sein. Darauf gingen sie wieder auf den Verkäufer zu und Stephaton meinte: „Du hast aber nur vier dort stehen und wir brauchen zwanzig."

Der Verkäufer: „Nun, wenn ihr kurz wartet und ich meinen Laufburschen finde, könnt ihr die restlichen mit ihm aus meinem Lager holen. Könntet ihr dazu vier eurer Männer erübrigen?"

Stephaton fragte Pogoria: „Pogo, kannst du das erledigen?"

Pogoria: „Aber klar."

Darauf der Verkäufer schreiend: „Ireneus! Irrreeennneeeuuus!"

Kurze Zeit später schrie er nochmal und noch lauter, bis kurz darauf ein dürrer, junger Mann angerannt kam und den Verkäufer fragte: „Ja, mein Herr?"

Der Verkäufer: „Geh mit den Männern nach Hause, belade zwei Karren mit zwanzig der quadratischen Stehfackeln und bringt sie her. Aber denke diesmal daran, alles zu befestigen. Hast du verstanden?"

Der junge Mann: „Ja, Herr!"

Pogoria folgte dem Jungen mit Raton und noch zwei anderen und während sie fort waren, beobachteten die anderen das weitere Geschehen auf dem Markt. Nach einer Weile betraten vier Soldaten den Markt und die Menge machte ihnen Platz, um sie zu dem Dieb durchzulassen. Er wurde von zwei kräftigen Männern festgehalten und der beklaute Patrizier stand daneben. Einer der Soldaten frage den Patrizier erst einmal, was geschehen war und der Patrizier berichtete, aber Stephaton und die anderen konnten aus der Entfernung nichts Genaueres hören. Darauf drehte sich der Soldat zu der Menge und fragte sie laut: „Wer kann das bezeugen?"

Einige Menschen aus der Menge schrien das gleiche: „Ich! Ich habe es gesehen!"

Der Soldat schaute seine Leute an und meinte zu ihnen: „Nehmt ihn fest. Der Beklaute und die Zeugen kommen mit. Wir werden alles noch schriftlich festhalten müssen. Kommt!"

Als sie den Marktplatz verließen, schrie die restliche Menge dem Dieb noch üble Worte hinterher und kurz danach widmete sich jeder wieder seinen Interessen. Einen Augenblick später kam Pogoria mit dem Jungen zurück, der dem Verkäufer sofort Bericht erstattete: „Wir haben die zwanzig Fackeln aufgeladen, wie ihr wolltet, Herr, und die Karren stehen nun vor dem Markt."

Der Verkäufer nickte und sagte zu Stephaton: „Edler Herr, wegen dem Tumult haben wir über den Preis noch gar nicht gesprochen."

Stephaton entspannt: „Müssen wir nicht. Was bekommst du?"

Der Verkäufer: „Dreißig Denare, mein Herr."

Stephaton kramte in seiner Tasche, holte blind etwas Geld heraus und übergab es dem Verkäufer. Er schaute nicht nach, ob es Gold, Silber oder Denare waren und meinte: „Teile den Rest mit dem Jungen."

Der Verkäufer zählte, sein Grinsen wurde immer breiter und er erwiderte erfreut: „Vielen Dank, Herr! Ireneus, komm her, Junge."

Stephaton und Remo folgen darauf Pogoria, der ja wusste, wo die anderen mit den Karren auf sie warteten und Lucas hatten sie jetzt an ihrer Seite. Die Fackeln sahen gut aus. Sie waren wohl kürzlich erst hergestellt worden, da die Steine und der Mörtel noch ziemlich hell waren. Wurden Steine frisch gehauen, sahen sie genauso aus. Nun stand es an, die Karren zum Ludus zu ziehen und jeder half mit, sogar Lucas. Bei dem Anblick hörte Stephaton auf mitzuziehen, blieb kurz stehen und rief nach dem Jungen: „Lucas, kommst du bitte?"

Lucas ließ die Holzlatte des Karrens los, an der er mitgezogen hatte, ging auf Stephaton zu und fragte: „Ja, Stephaton?"

Stephaton holte einen dicken Geldbeutel heraus, steckte ihn dem Jungen zu und meinte: „Das ist für eure Hilfe im Ludus. Gib es zu Hause deinem Vater, ja?"

Lucas: „Ja, mache ich."

Lucas verstaute den Beutel und schnürte ihn noch irgendwo zusätzlich in seinen Gewändern fest. Nach einer Weile kamen sie an und alles wurde erst vor dem Ludus abgeladen. Stephaton stellte zwei Fackeln sofort links und rechts neben dem Eingang zum Ludus und zwei weitere auf der anderen Seite. Darauf wurden die restlichen sechzehn Fackeln zum Eingang zu den Quartieren geschleppt und dann auf die einzelnen Räume verteilt. Vier Fackeln blieben am Ende noch übrig und Stephaton stellte jeweils eine in die Badehäuser und die restlichen zwei einfach an die Wand links und rechts neben dem Eingang zur Culina. Zum Schluss deponierte man noch die Ölfässer in der Kammer daneben. Aquila und Tullia standen daneben und bewunderten das neue Aussehen des Ludus. Aquila machte einen überraschten Eindruck, als sie feststellte, dass nach dem Ausbau sogar alles perfekt aufgeräumt war. Sie näherte sich darauf Stephaton, der unweit mit Pogoria und Remo stand, umarmte ihn und meinte: „Das sieht alles so toll aus. Ich freue mich jetzt schon auf die Feier."

Stephaton: „Ja, das ist wahr. Kommst du mit mir in die Culina?"

Aquila nickte und ging mit ihm Hand in Hand in den Raum und als sie dort waren, fragte er sie: „Was hältst du davon, wenn ich die Leute mit etwas Geld entlohne?"

Aquila: „Mach es doch. Ich bin sogar dafür."

Stephaton erfreut: „Dann ist gut. Ich lasse die zwei Karren zurückbringen und kümmere mich sofort darum."

Beide verließen die Culina und Stephaton winke Brutus zu sich, der sich gerade mit Remo unterhielt und als er kam, fragte er den Soldaten: „Wärst du so nett und bringst mit Remo dem Verkäufer die Karren zurück?"

Brutus: „Natürlich, Stephaton."

Stephaton bedanke sich nickend und suchte darauf mit seinen Blicken nach Tullia. Er hatte vor sie zu bitten, die neuen Fackeln mit Öl zu befüllen, aber sie kam ihm bereits zuvor. Sie hatte schon die Fackeln an der Culina gefüllt und war nun mit einigen Helferinnen mit Ölkaraffen in Richtung der Quartiere unterwegs. Darauf eilte er hoch zu seiner Stube und fing mit dem Abpacken von Geld für die Leute an. Dafür zerriss er ein großes Leinentuch in zwanzig quadratische Teile, griff darauf in die Geldtruhe, schnappte ungezählt eine Handvoll Geld und legte es auf eines der Tücher. Darauf band er es mit etwas Schnur zu und schon wurde ein Beutel daraus. Diesen Vorgang wiederholte er noch neunzehn Mal und verstaute die zwanzig Geldbeutel in einer großen Tasche und begab sich damit nach unten. Pogoria war der Erste, den er traf und winkte ihn zu sich, worauf sie zusammen in der Culina verschwanden. Als sie dort ungestört waren, griff Stephaton in die große Tasche, holte eines der Beutelchen heraus, drückte es Pogoria in die Hand und meinte: „Hier, für dich. Halte es fest für schlechtere Zeiten. Nun ruf mir bitte den nächsten, Titus zum Beispiel."

Pogoria schaute überrascht auf den Beutel, stellte jedoch keine weiteren Fragen, ging hinaus und rief nach Titus, der kurz darauf in der Culina erschien. Auch bei ihm sagte Stephaton das gleiche: „Hier, für dich. Halte es fest für schlechtere Zeiten. Nun ruf mir bitte den nächsten."

Nach einiger Zeit war es für die Weiteren, die die Culina betraten, kein Geheimnis mehr, was sie erwartet. Schließlich kam jeder mit einem Beutelchen heraus und verschwand erst einmal in seinem Quartier. Jeder war über die Gabe überrascht, aber erst in ihren Quartieren, als sie die Beutel öffneten, wurden sie sprachlos. Dann war Remo an der Reihe, der inzwischen mit Brutus wieder zurück war und Stephaton sagte zu ihm: „Remo, mein Freund, ich danke dir für deine Hilfe. Ich habe Lucas vorhin etwas für euch zugesteckt. Dennoch, wenn du etwas brauchst, sag es mir einfach."

Remo: „Danke dir, Stephaton, für alles."

Stephaton: „Sehr gern geschehen, mein Freund. Nun ruf die restlichen Drei, bitte."

Remo nickte nochmals dankend und verließ die Culina. Die letzten Drei waren die drei Amazonen, die gemeinsam ein Quartier belegten und die Culina mit einem Lächeln betraten. Stephaton gab jeder einen Beutel und wiederholte seinen Spruch zurücklächelnd: „Hier, für euch. Haltet es fest für schlechtere Zeiten."

Sie bedanken sich alle einzeln und verließen Stephaton. Nachdem er noch neugierig in die Töpfe schaute und einen Schluck Wasser nahm, ging er aus der Culina raus und traf überrascht alle im Atrium versammelt an. Alle wollten sich bei ihm nochmals bedanken und so geschah es auch. Jeder einzelne kam auf ihn zu, drückte seine Hand und sagte: „Danke, Stephaton."

Es war ihm etwas unangenehm, dass jeder ihm so dankbar anschaute, daher beschloss er, die Situation etwas zu lockern: „Dankt mir nicht. Schließlich habt ihr ALLE eine sehr gute Arbeit geleistet. Nicht nur ich bin der Ludus, das seid ihr alle zusammen! Auf unseren Ludus!"

Alle erhoben darauf ihre Hände und riefen laut: „Auf den Ludus! Auf den Ludus! Auf den Ludus!"

Sogar Titus und seine Männer jubelten mit und Stephaton hoffte, dass es nicht nur wegen des Geldes war. Er bemerkte, dass sie schon seit einigen Tagen ohne ihre römischen Schwerter unterwegs waren und das machte ihn froh. Lediglich Brutus am Eingang hatte noch vorschriftsmäßig sein Schwert neben sich liegen. Stephaton betrachtete noch eine Weile die glücklichen Leute, die das neue Badehaus beschäftigte und lächelte über Adisa, der sich einen Spaß daraus machte, die Leute im Badehaus durch das Loch durch zu beobachten. Stephaton ging darauf zufrieden hoch zu Aquila, die ihn mit einem Lächeln empfing und meinte: „Ich habe gesehen, wie dankbar sie waren, aber deutlicher war, dass sie wegen etwas Anderem stolz sind."

Stephaton: „Ja, das war deutlich. Sie sind stolz darauf, dass sie zu diesem Ludus gehören und was sie geschaffen haben. Ich weiß, wir hatten schon mal eine ähnliche Unterhaltung, aber es war deine Idee, diesen Ludus voranzutreiben. Dir gebührt in erster Linie der Dank, meine Liebe."

Aquila: „Ja, aber du hast ihn so weit gebracht."

Stephaton: „Siehst du? Jetzt reden wir wieder im Kreis herum und wechseln daher lieber das Thema. Ich war gestern mit Longinus und den anderen spazieren und habe ihnen von Panormus erzählt. Sie freuen sich schon sehr darauf."

Aquila: „Panormus ist es wirklich wert, diesen Ludus hinter sich zu lassen. Aber ich sorge mich mehr um dich, weil dir die Männer näher sind als mir."

Stephaton: „Ich bin ein Soldat, Aquila, und musste meine Kameraden schon oft verlassen und werde es auch dieses Mal durchstehen. Außerdem haben wir weiterhin Freunde an unserer Seite und die Gladiatorinnen und Gladiatoren sind bestens situiert."

Aquila nickte dazu mit Verständnis und sie unterhielten sich noch eine Zeitlang weiter, während unten bereits gespeist wurde.

Irgendwann kam Tullia zu ihnen hoch und fragte: „Wollt ihr auch etwas essen?"

Stephaton erwiderte: „Ja, ich könnte etwas vertragen."

Tullia fröhlich: „Gut, dann hole ich euch etwas hoch."

Aquila entgegnete freundlich: „Warte, ich komme mit dir."

Beide begaben sich fröhlich nach unten und als sie nach einigen Augenblicken wieder mit den Speisen hochkamen, hatte Aquila zwei Teller in ihren Händen und Tullia einen und in der anderen Hand eine Weinkaraffe. Sie verbrachten den freudigen Abend zu dritt und unterhielten sich gemütlich, während die Leute unten den Erfolg ebenfalls feierten. Der Abend verlief absolut fröhlich und glücklich und jeder legte sich später auf den morgigen Tag gespannt ins Bett. Stephaton verschwand als Erster im Bett, aber Aquila und Tullia waren noch länger wach und quatschten noch eine ganze Weile auf der Terrasse. Sie stellten sich vor, wie die Feier ablaufen würde und ob sie überhaupt gelingen wird. Gleich erging es den Frauen in der Villa. Auch hier schliefen die Männer bereits, während die Frauen in ihren Betten vor lauter Gedanken nicht einschlafen konnten. Der Tag der Feier brach für alle recht früh an und es war noch recht kühl gewesen. Im Ludus war Tullia diejenige, die erstmal alles für die Feier herrichtete und hatte natürlich schnell genug Helfer an ihrer Seite und währenddessen begaben sich die Villenbewohner auf den Weg dorthin. Unter Anleitung von Tullia hatten die Männer die Tische und die Sitzbänke aus dem Gemeinschaftsraum vor den Badehäusern in einer Reihe aufgestellt. Der Sandige Boden des Ludus hatte den Vorteil, dass die Standfüße des Mobiliars in den Sand gedrückt werden konnten und dass damit alle Tische gleichhoch standen. In Rom war es schwer, in einem Haus einen ebenen Boden zu finden, es sei denn, er war mit großen Steinplatten, oder halt mit Marmor bepflastert, wie es in allen Regierungsgebäuden der Fall war. Das Mobiliar, das der Ludus besaß, war natürlich nicht das edelste, daher entschloss sich Tullia, alles nochmal gründlich abzuwischen und zu schmücken. Dies tat sie auch gleich mit Hilfe der

Amazonen und sie schruppten es wirklich sehr gründlich ab. Währenddessen machte sich Tullia weitere Gedanken darüber, wie sie das Ganze noch veredeln konnte und bemerkte dabei nicht das Kommen der Villenbewohner. Marina registrierte, dass Tullia ihr Ankommen nicht mitkriegte und entschloss sich, ihr einen kleinen Streich zu spielen. Sie alleine näherte sich ihr von hinten, packte sie an der Hüfte und schrie ganz laut: „Achtung!"

Tullia sprang erschrocken hoch und drehte sich sofort um und ihr erschrockener Gesichtsausdruck änderte sich sofort in ein Lächeln um, als sie die Sechs erblickte. Sie waren allesamt sehr schön gekleidet und brachten scheinbar eine gute Laune mit, wie es sich auch für eine gute Feier gehörte. Ihre Kleidung war ziemlich bunt und die drei Männer brüsteten sich jeweils noch mit einem prachtvoll verzierten Dolch. Alle begrüßten sich recht herzlich und Tullia meinte darauf zu den Frauen: „Gut, dass ihr gerade kommt, mein Lieben. Ich dachte mir eben, die Tische und Bänke noch mit bunten Stoffen vom Markt zu verzierten. Was meint ihr?"

Marina erwiderte enthusiastisch: „Unbedingt. Lasst uns einfach losgehen."

Alle Frauen wurden noch fröhlicher, als sie es schon waren und Tullia eilte darauf zu ihrer Stube, um sich noch schnell umzuziehen, während die anderen Frauen auf sie warteten. Nach wenigen Augenblicken kam sie wieder, denn ihre Stube war die Erste auf dem Obergeschoss, also hatte sie es nicht weit. Als die Frauen nun vollzählig waren, meinte Tullia: „Aquila möchte mit uns zum Markt und kommt auch sofort herunter. Wir sollen nur kurz geduldig sein, meinte sie."

Dem war auch so und Aquila kam wenige Augenblicke später in Begleitung von Stephaton herunter. Beide waren ebenfalls wohlgekleidet und lächelten alle an und nach der Begrüßung meinte Aquila: „Gut, dann lasst uns zum Markt. Ich denke, wir haben noch genügend Zeit, bis die ersten Gäste anklopfen."

Die Frauen nickten und folgten ihr einfach, während die Männer die Bänke besetzten und ihre Unterhaltung starteten, die Cassius begann: „Ihr könnt euch nicht vorstellen, welchen Hunger ich mitgebracht habe. Ich habe gestern kaum etwas gegessen."

Stephaton lächelnd: „Ich bin auch schon gespannt, welche Überraschung die Frauen für uns vorbereitet haben. Jedenfalls hat Aquila nichts verraten wollen."

Während sich Stephaton und die anderen wartend unterhielten, hörte man aus den Quartieren der Gladiatoren ein lautes Getöse. Wenig darauf holten die Männer mehrmals frisches Wasser aus der Culina und nach und nach alle Lederrüstungen aus der Waffenkammer. Als Pogoria noch eine Karaffe mit Öl aus der Culina mitnahm und es zu den Quartieren brachte, war sich Stephaton sicher, was alle treiben würden. Es verging eine Weile, bis jeder von ihnen in seiner ölpolierten und glänzenden Lederrüstung herauskam. Die Gladiatoren selbst waren auch sauber und alle frisch rasiert. Darauf kam Pogoria auf Stephaton und die anderen zu und fragte: „Sind wir gut anzuschauen? Was meinst du, Stephaton?"

Stephaton erwiderte stolz: „Sehr imposant, mein Freund, und ich denke, dass auch unsere Gäste begeistert sein werden. Aber jetzt setzt euch endlich zu uns."

Pogoria: „Das machen wir gleich bestimmt, Stephaton. Ich schaue nur nach, ob die Quartiere schön rein sind."

Stephaton nickte, worauf Pogoria zu den Quartieren ging und nach wenigen Augenblicken verdreckte Putztücher und die leere Ölkanne hinaus zur Culina brachte. Darauf nahm er neben Stephaton Platz, lächelte freundlich in die Runde und kurze Zeit später klopfte es am Tor. Es waren die Frauen, die Unmengen an Stoffen in den verschiedensten Farben mitbrachten und dafür sogar einen Karren ausleihen mussten und nicht etwa, weil die Stoffe so schwer waren, sondern weil es so viele waren. Zu fünft zogen sie den Karren kichernd durch den Sand bis zur Mitte des Atriums und dort angekommen, blieben sie stehen, worauf Aquila den Gladiatoren und den

Amazonen zurief, die sich mittlerweile nun auch alle zurechtgemacht haben: „Kommt bitte alle her! Wir haben euch etwas mitgebracht!"

Als Erster traute sich Pogoria auf Aquila zuzugehen und als er vor ihr stand, lächelte er sie an und sie ihn. Dann nahm sie ein längeres Stück Stoff vom Stapel und hängte es Pogoria auf der linken Schulter um. Es war hellbraun, hatte einen mustervollen Rotstich und hatte fast die Farbe der Lederrüstungen. Während Aquila den Stoff noch richtig auf seiner Schulter positionierte, befasste sich Tullia damit, einen Knoten in dem Stoff an seiner Hüfte zu machen. Pogoria betrachtete erst sich selbst, drehte sich dann zu seinen Männern und lächelte. Jeder war begeistert und Aquila winke schon den nächsten zu sich. Marina machte es Aquila gleich und Celina machte darauf die Knoten. Die Gladiatoren und die Amazonen waren rasch verschönert worden und nach ihnen folgten die Tische und Bänke. Auch sie wurden mit den Stoffen verziert und jeder war stolz und lächelte einfach beglückt. Für sie hatte die Feier eigentlich schon damit angefangen, obwohl noch keine Gäste und keine Speisen eingetroffen waren. Es verging eine Weile, bis endlich jemand anklopfte. Es war Remo mit seiner Familie und es folgte eine herzliche Begrüßung. Kurz darauf klopfte es erneut und es waren Ixos und seine hübsche Frau Cornelia. Ixos begrüßte Aquila und die anderen nur flüchtig und konzentrierte sich sofort auf die prächtigen Gladiatoren. Cornelia schloss sich dagegen der Gruppe von Aquila an, der sich mittlerweile auch Victoria angeschlossen hatte. Eine weitere Weile verging und alle unterhielten sich prächtig, lachten miteinander und waren einfach nur fröhlich, worauf es erneut klopfte. Brutus machte erst die eine Torhälfte auf, stellte dann jedoch fest, dass er auch die andere aufmachen musste, denn es war notwendig, um die große Gruppe von Musikanten und Tänzern hereinzulassen. Insgesamt waren sie zu siebt gekommen und Aquila ging auf sie zu, begrüßte sie und zeigte ihnen die Stelle im Ludus, an der sie sich austoben durften. Es war ein großer Halbkreis an der westlichen Mauer des Ludus und kurze Zeit später begangen sie mit ihrer dezenten Musik und die Tänzer mit ihrer Tätigkeit. Unbemerkt hatte Tullia mit Marina in der Zwischenzeit alle Trinkbecher aus der Culina auf dem Tisch verteilt, gefolgt von zwei riesigen Weinamphoren und Ixos war der Erste, der sich daran bediente. Mittlerweile mischte sich auch Titus mit seinen Männern unter die Leute und griff dann auch zu etwas Wein. Kurze Zeit später hatte fast jeder einen Becher in der Hand, bis auf einige Frauen. Die Unterhaltungen wurden immer lauter und somit musste es auch die Musik werden, bis irgendwann Ixos plötzlich aufschrie, während er sich mit Pogoria und Stephaton unterhielt: „Könnt ihr es riechen!? Das Essen kommt!"

Jeder wurde still und untersuchte mit seiner Nase die Luft, doch keiner konnte etwas riechen und plötzlich klopfte es tatsächlich am Tor. Es konnte nur das bestellte Essen sein, denn sonst waren alle Gäste schon anwesend. Brutus machte wieder beide Tore auf, als er die unzähligen Bediensteten von Hillion erblickte. Es waren nahezu dreißig Leute, von denen jeder etwas in seinen Händen trug. Brutus ließ sie natürlich passieren und begutachtete lächelnd jedes einzelne Tablett, das an ihm vorbeizog. Es roch und sah so frisch und köstlich aus, dass er nicht einmal die Leute betrachtete, die die Tabletts trugen. Allen voran ging Hillion, der selbst eine riesige Weinamphore trug. Als die Kolonne den Eingang passierte und Brutus die Tore schließen wollte, bemerkte er nebenbei draußen die neugierigen Blicke der Anwohner. Hillion begrüßte Aquila höflich und als Nächstes Ixos und seine Frau: „Seid alle gegrüßt. Gleich werden noch sechs weitere Amphoren geliefert, aber wenn ihr wollt, lasse ich mehr herbringen"

Aquila: „Ich denke, es wird reichen. Danke für alles."

Hillion ganz höflich: „Immer zu euren Diensten, Aquila."

Hillion machte darauf kehrt und verließ mit seinen Bediensteten wieder den Ludus. Tullia verteilte als Nächstes all die Speisen auf den Tischen und das Ferkel mit dem Apfel in seinem Mund platzierte sie ziemlich mittig. Hinter ihr stand schon Ixos mit seinem Teller, der lächelnd schon darauf wartete, Zugang zu dem Ferkel zu bekommen und als Tullia zur Seite ging, stürzte er sich praktisch mit seinem Messer darauf. Er schnitt ein großes Stück aus der Keule heraus und platzierte es auf seinem Teller. Grinsend verließ er die Stelle und suchte sich ein ruhiges Plätzchen ganz abseits. Nun bedienten sich auch alle anderen an den Speisen. Die Männer bevorzugten Fleisch, die Frauen hingegen Gemüse und Früchte. Alle speisten gleichzeitig und tranken immer mehr Wein dazu. Währenddessen versammelten sich seltsamerweise immer mehr Leute um Ixos herum. Der Erste war Remo, der bemerkte, dass Ixos beim Essen anfing, wirklich interessante Geschichten zu erzählen und danach bemerkten es auch die anderen. Er erzählte beispielsweise von den Sonderaufträgen, die er von Tiberius persönlich bekam. Er musste den Erzählungen nach oft in eroberte Provinzen reisen und dort Bestandsaufnahmen der Gebäude und der Häuser machen und es war sehr gefährlich, was er jedes Mal betonte. Jeder hörte ihm gespannt zu und sogar die Musiker spielten leiser und bei jedem Nachschlag, den er nahm, folgte eine andere interessante Geschichte. Als Nächstes war eine knusprige Hähnchenkeule dran. Er biss hinein und fing wieder eine neue Geschichte an: „Einst beauftragte mich Kaiser Tiberius mit dem Verkauf einer riesigen Badanlage auf Sizilien, die keiner haben wollte. Ich musste hinüber segeln zu der Stadt Panormus, was ich gar nicht mochte und sollte dafür einen Käufer finden. Panormus durfte nicht verwahrlosen und jedes Gebäude muss immer gepflegt bleiben, meinte er."

Während er weiter von Panormus erzählte, schauten sich Stephaton und die anderen lächelnd an und hörten weiter gespannt zu: „Die Badeanlage war nicht in Betrieb, also beauftragte ich meine Helfer, die ich aus Rom mitbrachte, den Betrieb wiederaufzunehmen. Als das Wasser wieder floss, machte ich mir als Nächstes Gedanken darüber, wie ich diesen Ort attraktiv machen konnte. Es fiel mir niiiiichts ein, doch dann eines Tages beschloss ich die Arena aufzusuchen, die unweit entfernt war. Gerade an diesem Tag gab es eine besondere Vorstellung. Es sollten sieben Kriegsgefangene aus Gallien gegen sieben gefangene Thraker antreten und jeder Bürger jubelte den Galliern zu und fragt mich nicht wieso. Erst wollte ich wetten, aber ich hatte nur die Gelder der Stadtkasse bei mir und das war wahrscheinlich mein Glück. Wie auch immer. Die Gallier hatten tatsächlich gesiegt und die Mengen umjubelten sie wie verrückt. Kurzerhand kam ich auf die Idee, die Sieger zum Baden einzuladen, aber ihre Aufpasser waren dagegen, bis eine kleine Bestechung folgte. Unter Aufsicht badeten die Sieben in der besagten Badanlage darauf mehrere Tage hintereinander und dann ließ ich das Gerücht in Umlauf bringen, dass die Anlage zum Verkauf steht. Was meint ihr, wie viele Interessenten es plötzlich gab? Nun konnte ich sogar den Preis bestimmen und habe die Badeanlage schließlich für das dreifache verkauft, was der Kaiser gefordert hatte. Wegen der Verkaufsprovision kam ich als reicher Mann wieder nach Rom und Kaiser Tiberius lobte mich sogar öffentlich."

Stephaton entgegnete lächelnd in die Menge: „Dann bist du wohl nicht nur ein hungriger Geschichtenerzähler?"

Ixos erwiderte grinsend: „Ganz offensichtlich nicht, mein Freund."

Alle waren belustigt und amüsiert, doch das war nicht alles, was Ixos noch zu erzählen hatte und ein weiterer Happen und eine weitere spannende Geschichte folgten. Nach einer Weile war Ixos auch mit dieser Erzählung fertig und meinte: „Ich glaube, ich bin nun satt, meine Freunde."

Darauf Pogoria, der mit seinen Männern mittlerweile vor Ixos auf dem Sand saß: „Nein, du hast ja nicht einmal den knusprigen Braten dort probiert."

Ixos lächelte und erwiderte: „Wirklich Leute, ich platze gleich und das wollt ihr sicher nicht, oder?"

Alle schrien: „Nein!"

Ixos lächelnd: „Aber etwas Wein könnte ich noch vertragen."

In Windeseile reichte ihm Tullia einen vollen Krug und setzte sich wieder unweit von ihm entfernt. Alle warteten gespannt auf die nächste Geschichte, die auch schnell folgte, nachdem Ixos einen tiefen Schluck genommen hatte. An diesem Abend entpuppte sich Ixos als ein Unterhalter, den jeder ohnehin schon wegen seiner lustigen Art mochte, doch jetzt mochten ihn wegen seinen Geschichten alle noch mehr. Alle konzentrierten sich ausnahmslos nur noch auf ihn und erst, als er sich zu der Latrine begab, kümmerte sich jeder wieder um seinen eigenen Bauch. Die Feier war wirklich gelungen und noch lange nicht zu Ende und es folgte ein gemütlicher Abend. Die Frauen stellten sich in die Nähe der Musikanten und unterhielten sich mit den Amazonen, während alle Männer zusammen eine Gruppe bildeten. Hin und wieder platzte aus Ixos noch eine spannende Geschichte heraus, aber allmählich überwogen versaute Witze von den betrunkenen Männern. Auch wenn der eine oder andere schon richtig einen sitzen hatte, verhielten sich alle recht anständig. Mittlerweile war es schon recht spät geworden und Aquila schickte die Musikanten und die Tänzer heim, nachdem sie sie bezahlte. Darauf gesellten sich die Frauen zu den Männern an den Tisch und gerade in diesem Moment, als sie zu ihnen gestoßen sind, erzählte Ixos eine andere Art von Geschichte. Es war eine Gruselgeschichte, die geradezu zu der Düsterheit am Himmel und der Stille der Umgebung passte: „Ich erzähle euch etwas, was mir einmal zugestoßen ist, als ich ein junger und schlanker Mann war. Ja, das war ich tatsächlich mal, Adisa, und brauchst gar nicht so zu grinsen."

Cornelia kicherte leise, nickte aber leicht und die anderen schmunzelten mit, worauf Ixos fortfuhr: „Es geschah, nachdem mein älterer Bruder sich das Leben genommen hatte, nachdem er von seiner Frau betrogen und verlassen wurde. Er hatte sich ganz in der Nähe von unserem Elternhaus erhängt. Als man ihn am nächsten Tag fand, waren unsere Eltern und ich sehr bestürzt. Die erste Nacht war für meine Eltern und mich sehr schwer. Ich konnte nicht schlafen und schaute die ganze Zeit nur aus dem Fenster auf unseren wenig beleuchteten Hof. Auf einmal erblickte ich eine grell leuchtende Gestalt, die über den Hof wanderte und meinem Bruder sehr ähnlich sah. Ich war so erschrocken, dass ich rüber zu meinen Eltern rannte und zum Glück ließen sie mich in ihrem Bett mitschlafen. Ich war damals ungefähr acht und sprach mit meinen Eltern nie darüber, weil ich mich einfach nicht traute. Am nächsten Tag redete wegen der Trauer sowieso niemand miteinander und dann folgte der nächste Abend und ich lag in meinem Bett und versuchte zu schlafen. Eine Art Neugierde drang mich jedoch dazu, erneut aus dem Fenster zu schauen und ich versuchte dem Drang zu wiederstehen, aber hielt es nicht lange durch. Ich schaute also aus meinem Fenster und erblickte die Gestalt wieder. Diesmal verkroch ich mich aus Angst unter meine Decke und versuchte mich wieder zu beruhigen und schlief wohl irgendwann ein. Es ging noch fünf Nächte so weiter, bis meine Mutter sagte, dass ich ständig unausgeschlafen und blass aussehe, dann hörte der Spuck auf."

Stephaton nach einer Weile: „Ich habe sowas auch schon mal erlebt, Ixos, und es war nach einer Schlacht in der darauffolgenden Nacht. Ich wachte auf und wollte einfach nur pinkeln, als ich eine leuchtende Gestalt gesehen habe. Sie ging auf mich zu und machte den Anschein, nach mir zu greifen und ich pinkelte, meine Freunde, aber bevor ich noch meinen Freund da unten rausholte. Ich war schnell wieder im Zelt, das könnt ihr nicht glauben."

Kurz darauf erzählte Titus eine ähnliche Geschichte und der kleine Lucas klebte mittlerweile vor Angst an Victoria, aber Titus fuhr fort: „Ich sah jedoch keine Gestalt an sich, sondern hörte schreckliche Geräusche und Geheule, als würden sie von einer Frau und einem Kind stammen. Alles habe ich in einem Verlies vernommen, wo ich einen ganzen Monat lang Nachtwache schieben sollte und hörte jeden Abend das gleiche. Hinterher konnte ich das Verlies nur noch betrunken betreten. Ich war aber nicht der Einzige, denn die Insassen dort hörten es auch. Es hatte sie aber schon scheinbar verrückt gemacht, weil sie darüber einfach nur lachten, wenn sie es hörten."

Stephaton: „Ja, es gibt unerklärliche Dinge, meine Freunde, das sage ich euch."

Aquila: „Ich glaube, es sind die Seelen der Menschen, die nach dem Tod umherwandern."

Stephaton nickte und meinte: „Das denke ich auch. Ich kann mir bloß nicht erklären, wieso nur einige Geister nach einer Schlacht herumwandern, wo tausende Soldaten gestorben sind."

Mauritius: „Vielleicht wollen sie einfach nicht ins Jenseits und bleiben hier?"

Stephaton: „Schon möglich, oder es gibt kein Platz für sie im Jenseits."

Aquila: „Jetzt lasst uns lieber das Thema wechseln. Der Junge ist schon ganz zitterig."

Stephaton: „Ja, du hast recht. Remo, ihr könnt heute Abend in meiner Stube schlafen, wenn ihr wollt. Ihr müsst nicht durch die Dunkelheit heim."

Ixos darauf: „Mich fragt wohl hier keiner, ob ich Angst im Dunkeln hab?"

Stephaton lächelnd: „Du könntest die Geister einfach totquatschen, schätze ich. Dir passiert schon nichts."

Alle lachten auf und Mauritius schlug darauf vor: „Kommt doch alle mit zu uns, wir haben noch einige freie Stuben."

Ixos: „Nein, ist in Ordnung. Wir kommen schon klar."

Alle wechselten das Thema und tranken noch etwas Wein. Die Villenbewohner verabschiedeten sich bald und verließen den Ludus mit Ixos und Cornelia. Remo blieb mit seiner Familie für die Nacht da, was dem Kleinen sehr freute. Stephaton geleitete sie kurz darauf zu seiner Stube, ließ sie dort zur Ruhe kommen und ging wieder nach unten. Die Kämpfer waren auch bereits in ihren Stuben und nur noch Aquila und Tullia warteten auf Stephaton im Schein der schwächer werdenden Flammen der neuen Fackeln. Nachdem alle für die Abendruhe fertig waren, gingen auch sie ins Bett. Der Abend war für alle ein schönes und erfülltes Erlebnis gewesen und die

Nacht war ruhig und erholsam. Am nächsten Morgen fing aber ein neues Kapitel für den Ludus an und nun stand nahezu ein Monat für die intensiven Vorbereitungen für die kommenden Spiele an. Stephaton, der als Erster wach wurde, hatte schon längst einen Plan für die Kampfübungen. Für den Anfang bekleidete er sich wie ein typischer Lanista, obwohl er schon länger seine Lederrüstung nicht mehr anhatte, aber sie dennoch stets pflegte. So stand er da in der Mitte des Atriums und wartete geduldig, bis die Kämpferinnen und Kämpfer wach wurden. Als er nach einer ganzen Weile immer noch keinen Mucks aus den Quartieren vernommen hatte, beschloss er die Leute zu wecken. Er begab sich dazu zum Eingang zu den Quartieren und schrie laut: „AUFGEWACHT!"

Darauf ging er wieder zu der Mitte und kurze Zeit später kam der verschlafene Titus zu ihm und fragte: „Willst du wirklich schon so früh anfangen?"

Stephaton lächelnd: „Denkst du, ich lasse sie bis zum Mittag herumlungern? Bitte sag allen, dass ich sie schleunigst in voller Montur vor mir stehen sehen möchte. Die Waffen brauchen sie vorerst nicht."

Titus bestätigend: „Werde ich machen, Stephaton."

Titus begab sich also zu den Quartieren, verkündete den Gladiatoren den Befehl und kam kurze Zeit später wieder zu Stephaton und meinte: „Sie sind gleich soweit. Sie rafften sich sogar ohne zu meckern sofort auf. Ich löse jetzt mal Brutus von der Wache ab."

Stephaton nickte und schaute erwartungsvoll in die Richtung der Quartiere. Kurz darauf kamen die ersten Gladiatoren heraus, stellten sich vor Stephaton und warteten mit ihm auf den Rest. Seit der Order vergingen einige Augenblicke und als Letzte gesellte sich Zenobia zu den anderen. Als nun alle vollständig waren, begann Stephaton mit folgenden Worten den Tag: „Guten Morgen, Männer und Frauen! Seid ihr die besten Gladiatoren?!"

Alle erwiderten gleichzeitig und gleichlaut: „Jawohl, Lanista!"

Stephaton blickte danach jedem einzelnen in die Augen, betrachtete seine Montur und entgegnete spöttisch: „Dann zeigt es mir doch!“

Er zeigte mit seiner rechten Hand auf Raton, der sofort auf Stephaton zuging und der Lanista forderte ihn darauf auf: „Greif mich an! Du musst auch nicht schonend mit mir umgehen!“

Raton holte aus und zielte tatsächlich mit seiner rechten Faust auf Stephatons Gesicht. Dieser aber zog seinen Kopf schnell nach hinten, sodass Ratons Faust ihn verfehlte. Noch als seine Faust vor Stephatons Gesicht vorbeizog, schnappte Stephaton sie und zog Raton kräftig zu sich. Dabei machte er einen großen Schritt zurück und Raton verlor das Gleichgewicht und stürze auf Stephaton, der ihm mit seinem rechten Knie einen Schlag in seinen Bauch verpasste. Raton fiel zu Boden und packte mit beiden Händen den schmerzenden Bauch, worauf Stephaton schrie: „Bist du etwa noch nicht wach? Los! Alle laufen jetzt einige Runden um den Ludus herum! Titus! Mach die Tore auf!“

Titus wartete nicht lange und machte die Tore breit auf, wonach alle Kämpfer anfingen zu laufen und den Ludus rechtsherum verließen. In der Zeit kam Tullia herunter und winkte Stephaton zur Begrüßung zu. Darauf kam er auf sie zu und fragte: „Sag mal, wo ist eigentlich Belathor?“

Tullia schulterzuckend: „Seit dem Umbau habe ich ihn nicht mehr gesehen. Er muss sich irgendwo verkrochen haben. Seine Essensschale ist jedenfalls immer leergefressen. Vielleicht schläft er in den Quartieren?“

Stephaton: „Nein, das hätten sie sicherlich berichtet. Nun gut. Könntest du nach ihm Ausschau halten? Könnte sein, dass ich ihn heute oder die Tage brauchen werde.“

Tullia: „Gerne. Übrigens, Hillion hat sein Geschirr schon recht früh abholen lassen und wie ich sehe, habt ihr schon mit den Übungen angefangen?“

Stephaton erwiderte: „Ganz recht. Könntest du bitte für genug Wasser sorgen? Ich werde sie heute den Wein richtig ausschwitzen lassen, dann sehen wir weiter. Ganz wichtig ist Fleisch und auch, dass sie sich nicht vollessen."

Tullia nickte lächelnd und verschwand in der Culina. Danach begab sich Stephaton zu Titus, der den offenen Eingang bewachte und auf die Männer und Frauen wartete, bis sie die nächste Runde an ihm vorbeilaufen. Sie hatten bereits fünf Runden hinter sich und nun stand Stephaton mit Titus in dem Eingang und wartete ebenfalls. Als Zenobia mit drei anderen Amazonen an ihnen vorbeizogen und alle anderen weit hinter sich ließen, rief Stephaton: „Bleibt zusammen! Verlasst NIEMALS eure Kameraden!"

Zenobia schrie zurück, als sie die beiden passierte: „Jawohl, Lanista!"

Kurz drauf wurde sie und die anderen etwas langsamer und die anderen holten langsam auf. Nach drei weiteren Runden schwitzten schon fast alle und das war es auch, was Stephaton mitunter erreichen wollte. Er wollte auch unbedingt sehen, wer immer hinterherhinkte und leider waren es seine vier Sorgenkinder, Vinitius, Kean, Antonius und Athikus. Er hatte sie schon mal in eine gute Form gebracht, jedoch fehlte wohl noch der Feinschliff. Als alle ihre Runden drehten, holte er aus der Culina einen großen Wasserkrug und einen Becher, dann stellte er sich wartend an den Eingang und blickte nach links. Irgendwann sah er Pogoria als Ersten und alle anderen hinter ihm und stoppte sie: „HALT! Hier, trinkt etwas. Jeder nur einen kleinen Becher. Im Kampf wird es auch keine Trinkpausen geben!"

Er gab Pogoria den ersten Becher und füllte ihn erneut für den, der hinter ihm stand. Mittlerweile sammelten sich immer mehr Schaulustige aus der Umgebung an, jedoch schauten sie nur still zu und bewunderten die prächtigen Gladiatoren. Stephaton machte es sich zunutze, indem er wiederum sie beobachtete. Er wollte herausfinden, welchen Kämpfer sie am meisten beobachteten und damit bewunderten. Nach einiger Zeit war es ganz klar Zenobia, gefolgt von Pogoria. Ihre verschwitzte Glatze glänzte in der frühen Mittagsonne und die prallen Muskeln von Pogoria wiederum imponierten jedem. Nun hatte jeder seinen Becher mit Wasser bekommen und Stephaton winkte alle mit seiner linken Hand wieder in die nächsten Runden. Alle fünf Runden gönnte er ihnen einen Becher Wasser und irgendwann gegen Mittag beendete er den Lauf. Fast alle, bis auf Zenobia, stützten ihre Hände erschöpft an ihren Knien ab und atmeten durch, wogegen Zenobia einfach nur dastand und fast ganz normal weiteratmete. Stephaton blickte stolz auf sie und richtete einen Aufruf an alle: „Schaut euch Zenobia an! Ich verspreche euch, in zwei Wochen werdet ihr alle ihre Ausdauer haben! Nun macht eine Pause, dann stemmen wir Gewichte."

Alle gingen wieder zum Atrium, aber steuerten erstmal die Culina an. Nacheinander tranken sie dort Wasser und versammelten sich nach und nach wieder auf dem Sand. Als Letzter trank Stephaton etwas und inspizierte darauf den Wasservorrat, worauf er sich ebenfalls zur Mitte des Atriums begab und schon bald seine nächste Order folgte: „Jeder nimmt nun aus der Waffenkammer Gewichte an sich und legt los! Wer möchte, nimmt die Balken, wer die Steingewichte will, nimmt diese!"

Alle begaben sich zur Waffenkammer und wählten ihre Gewichte. Die Frauen bevorzugten eher die kleinen Steingewichte, die Männer hingegen griffen zu den schweren Holzbalken. Nun war jeder ausgestattet und begann seine Gewichte in der prallen Sonne zu stemmen. Der Schweiß von jedem tropfte auf den Sand herunter und Stephaton beobachtete akribisch alle Einzelnen. Jeder wechselte seine Stellung regelmäßig ab und trainierte so immer andere Muskelpartien. Alles gefiel Stephaton scheinbar, da er niemanden weiter instruierte. Er kümmerte sich daher um etwas anderes und suchte dazu in aller Ruhe nach Tullia. Unten war sie nirgends zu finden, also ging er herauf. In ihrer Stube fand er sie auch nicht, daher schaute er auf der Terrasse nach und auch hier Fehlanzeige. Sie konnte nur noch bei Aquila sein, weil er das Tor ständig im Blick hatte und niemanden rausgehen sah. Als er Aquilas Gemach betrat, fand er sie tatsächlich dort an und Aquila sprach gerade mit ihr: „Ich habe ihn öfter rechts in der Ecke vom Tor sitzen sehen. Dort, wo wir manchmal die Karren abstellen."

Tullia: „Dort habe ich noch nicht nachgesehen. Ich schaue mir die Ecke gleich mal an."

Tullia ließ die beiden alleine und eilte wieder herunter, während Aquila zu Stephaton sagte: „Hallo, mein Schatz. Tullia kann Belathor nicht finden, stell dir vor."

Stephaton: „Der kann doch nicht verschwunden sein. Außerdem frisst er immer sein Essen auf, also muss er hier irgendwo sein."

Aquila lächelnd: „Oder einer klaut es ihm. Nein, jetzt im Ernst. Wo kann er nur sein? Ich meine, er ist nicht gerade eine kleine Maus."

Stephaton ratlos: „Ich weiß es nicht. Ich suche besser mal mit."

Stephaton eilte nun auch herunter. Er war ziemlich in Hektik und beachtete die Übungen nicht weiter, als er zur Tullia lief, die sich bückend bei der besagten Ecke befand. Als er bei ihr ankam, meinte sie: „Schau dir das mal an. Ich habe den Karren bei Seite geschoben und habe das Loch entdeckt. Er ist wohl unter der Mauer durch. Wer frisst also sein Essen?"

Stephaton lächelte erleichtert und erwiderte: „Dann kommt er wohl zum Fressen nach Hause und alles andere, was er so braucht, holt er sich wohl draußen."

Tullia: „Was meinst du?"

Stephaton: „Na was denn wohl, ein Weibchen."

Tullia: „Meinst du?"

Stephaton: „Ja, bestimmt. Nachts kommt er wohl hierher zurück. Nicht schlimm, lass ihn sein Leben genießen. Nur lass ihm immer etwas zu futtern da, dann kommt er auch immer wieder zurück. Mal was anderes, Tullia. Könntest du doch einen Wasserträger beauftragen? Ich glaube, es wäre besser so. Er soll das Wasser täglich direkt zur Culina bringen. Ich meine, wir haben Sommer und die Hitze ist enorm und er könnte auch die neuen Tanks schon mal befüllen."

Tullia nickend: „Das denke ich auch. Ich gehe gleich zum Markt und suche nach einem Wasserträger beim Brunnen."

Stephaton: „Klingt gut. Sag Titus Bescheid. Sie sollen sich nicht wundern, wenn nun täglich morgens jemand anklopft."

Tullia nickte und verließ den Ludus rasch in Richtung Markt, während alle weiter fleißig ihre Gewichte stemmten. Es schien den meisten einen großen Spaß zu machen und keiner von ihnen sah irgendwie erschöpft aus. Stephaton ließ sie also weitermachen und begab sich wieder zu Aquila. Er erzählte ihr von Belathors Ausbruch und beide lachten gemeinsam darüber. Nach einer Weile beschloss er, den Männern und Frauen eine längere Pause zu gönnen und nach der Pause ging es sofort wieder los. In der Zwischenzeit bereitete Tullia mit ihren Küchengehilfinnen schon das Mahl vor und wie Stephaton es anordnete, bereiteten sie viel Fleisch zu. Der Abend näherte sich und Stephaton stellte sich vor die Gladiatoren und beobachtete sie akribisch. Als er Tullia bemerkte, wie sie im Eingang zur Culina stand, dachte er sich, dass das Essen nun fertig war und brach die Übungen für heute ab: „Leute, für heute reicht es! Als letztes bitte ich euch, die Tische und die Bänke wieder zu dem Gemeinschaftsraum zu bringen und danach das Essen zu genießen."

Alle folgten seiner Anweisung, nachdem die Gewichte in der Waffenkammer verstaut waren und als der Gemeinschaftsraum wieder als Speisesaal nutzbar war, rief Tullia alle zu der Culina. Sie drängten sich natürlich nicht alle gleichzeitig dorthin, sondern holten nach und nach ihre Portionen ab. Sie hatten einen solchen Hunger, dass jeder sofort anfing zu essen, ohne dem anderen einen guten Appetit zu wünschen. Doch das wunderte niemanden, denn jeder hatte nach solchen Anstrengungen die Nahrung nötig. Nach der Mahlzeit erholte sich jeder erstmal auf seine Weise und Stephaton verbrachte den restlichen Tag oben mit Aquila. Als es schon dunkel wurde und keiner mehr im Atrium herumlief, stand er hin und wieder auf und beobachtete die Ecke, wo Belathor das Loch unter dem Mauerwerk gegraben hatte und setzte sich später so auf die Terrasse, dass er die Ecke ständig im Blick hatte. Irgendwann entdeckte er plötzlich den Flüchtigen, dessen erstes Ziel natürlich die Culina war. Der Hund gab kein Murks von sich und als er in die Culina hineinging, schaute er noch kurz nach Brutus, der gemütlich auf seiner neuen Bank schlief und leicht schnarchte. Nicht verwunderlich, dass Belathor niemand sehen konnte, dachte sich Stephaton. Er beschloss daraufhin, Belathor bei seiner Mahlzeit zu stören und begab sich leise nach unten und hörte nur noch Schmatzen, als er sich der Culina näherte. Er erblickte den Hund in dem schwachen Licht der kleinen Wandfackel der Culina und meinte: „Hallo, Belathor. Lange nicht mehr gesehen, mein Freund."

Belathor drehte sich um und fing sofort mit seinem Schwanz zu wedeln an und als er Stephaton erblickte, könnte man fast meinen, der Hund würde ihn anlächeln. Stephaton lächelte darauf und meinte: „Iss nur weiter, mein Freund, und lass dich nicht stören."

Stephaton entfernte sich wieder und machte einige Schritte auf dem Atriumsand, während er den Sternenhimmel betrachtete. Nach einigen Augenblicken kam Belathor gesättigt aus der Culina heraus und suchte nach seinem Herrchen. Als er ihn in der Nähe des Tores entdeckte, ging er mit wedelndem Schwanz auf ihn zu und erbat sich Streicheleinheiten, indem er die rechte Hand von Stephaton ableckte. Darauf setzte sich Stephaton neben den schnarchenden Brutus auf die Bank und fing an, den Hund lächelnd und ausgiebig zu streicheln. Es tat den beiden scheinbar gut, sich mal wieder zu sehen. Sie genossen es eine Weile lang, bis sie sogar Brutus aufweckten, der beide anschaute und ganz gelassen meinte: „Hallo Hündchen! Na, hast du wieder Hunger?"

Stephaton: „Sag mal, wundert es dich nicht, dass der Hund wieder da ist?"

Brutus verblüfft: „Wann war er denn weg?"

Stephaton: „Na, die ganze Zeit schon."

Brutus: „Nein, der läuft doch jeden Abend hoch zu euch und schläft dort."

Stephaton: „Das tut er nicht, das wüsste ich."

Brutus etwas belustigt: „Doch! Er kommt jeden Abend durch das Loch in der Ecke durch, isst etwas und geht herauf zu euch und schläft. Wusstet ihr das nicht?"

Stephaton lachend: „Nein, ehrlich nicht. Wir haben ihn schon länger nicht gesichtet. Nun, dann komm, Belathor, gehen wir jetzt schlafen."

Stephaton stand auf, machte einige Schritte und Belathor folgte ihm. Beide Männer lachten noch einen Augenblick und Stephaton meinte zum Schluss: „Gute Nacht, Brutus."

Brutus erwiderte und zog seine Decke wieder hoch. Stephaton wunderte sich sowieso schon immer, wieso Brutus es vorzog, ständig freiwillig draußen zu schlafen. Nun nahm er sich vor, ihn einmal darauf anzusprechen. Er ging weiter die Treppe hoch und Belathor folgte ihm noch immer. Darauf öffnete er die Tür zu Aquilas Gemach und sie erblickte überrascht die beiden und obwohl sie schon im Bett lag, stand sie auf und fragte: „Wo hast du ihn gefunden?"

Stephaton lächelnd: „Laut Brutus schläft er immer hier oben bei uns."

Stephaton machte einige Schritte in den Raum hinein, während Belathor sich einfach vor den Eingang zum Schlafen hinlegte. Aquila schaute darauf Stephaton ganz verdutzt an und fragte: „Jetzt sag nicht, dass er die ganze Zeit über vor unserer Tür geschlafen hat."

Stephaton belustigt: „Muss wohl so gewesen sein. Ist das nicht amüsant?"

Aquila lächelnd: „Doch schon, aber ich schlafe lieber bei geschlossener Tür."

Stephaton: „Natürlich. Guten Nacht, mein Freund."

Stephaton schloss die Tür, legte sich mit Aquila hin und beide schliefen rasch ein. Die Nacht verlief ruhig und am nächsten Morgen, als Stephaton als Erster aufwachte, war seine erste Tat schon geplant. Er machte die Tür auf und Belathor war wieder weg. Darauf eilte er runter zu Brutus, der bereits wach war und fragte ihn: „Ist Belathor schon weg?"

Brutus: „Ja, seit einer Weile schon. Mach dir keine Sorgen, er kommt ja immer wieder."

Stephaton: „Ganz offensichtlich. Du, sag mal, wieso schläfst du eigentlich immer hier draußen? Wir haben doch noch ein freies Bett hier. In den Quartieren der Wachleute sind immer zwei Betten drin."

Brutus: „Ich schätze, es ist eine Art Angewohnheit. Ich kann einfach nicht einschlafen, wenn ich die Sterne über mir nicht sehen kann. Es macht mir wirklich nichts aus."

Stephaton nickte, holte sich darauf etwas Wasser und startete darauf den nächsten Tag der Intensivübungen. Einige Kämpfer standen dafür schon im Atrium bereit, also wartete er, bis noch die restlichen antanzten. Ein Weilchen später waren sie vollzählig und Stephaton stellte sich vor ihnen auf und rief laut: „Guten Morgen, Leute! Wie fühlt ihr euch?"

Alle erwiderten laut zurück: „Gut, Lanista!"

Es folgten noch einige vereinzelte Kampfschreie, die Stephaton jedoch unterbrach: „Sehr gut! Dann wiederholt alles von gestern! Brutus, die Tore bitte!"

Brutus riss beide Tore auf, die Gladiatoren strömten wieder aus dem Ludus heraus und fingen mit ihren Runden an. In der Zeit holte Stephaton aus der Culina wieder Wasser und einige Trinkbecher. Der neue Wasserträger muss bereits da gewesen sein, denn es war reichlich Wasser vorrätig. So verging der ganze Vormittag und die Gladiatoren hatten heute ein noch zahlreicheres Publikum angezogen, als am Vortag. Irgendwann unterbrach Stephaton den Lauf und als sich alle wieder im Atrium versammelt haben und die Tore geschlossen wurden, rief Stephaton: „Jetzt holt erstmal Luft und nach einer Pause geht's weiter mit den Gewichten!"

Gesagt, getan. Jeder holte sich seine Gewichte und nach einer kurzen Pause fingen sie wieder mit den Kraftübungen an. So vergingen auch die nächsten Tage und nach circa einen halben Monat intensiver Kraft- und Ausdauerübungen, steigerten die Kämpferinnen und Kämpfer ihre Fähigkeiten. Es kostete sie viel Anstrengung, jedoch sorgte Tullia dafür, dass sie ordentlich zu essen kriegten und schön kräftig blieben. Auch die weniger guten Kämpfer, wie beispielsweise Vinitius, waren nun reif für die Arena, doch das war nicht das Ende der Gesamtübungen. Nach fünfzehn Tagen begannen die Übungskämpfe und jeder konnte mehrmals gegen einen anderen antreten. Hin und wieder wurde der Ludus von den Villenbewohnern besucht, die immer ganz gespannt zugesehen haben und auch Remo und Ixos ließen sich oft blicken. Der Tag in der Arena rückte immer näher und Stephaton war sich sicher, dass seine Truppe mittlerweile jedem Gegner gegenübertreten konnte. Stephaton lehrte alle mitunter, ihre Gegner nicht zu töten, sondern sie schonend unschädlich zu machen, denn darauf haben sie sich ja mit Tiberius geeinigt. Den letzten Übungstag vor den Spielen hatte Stephaton etwas leichter gestaltet und am Ende, als sich alle zum Speisen im Gemeinschaftsraum versammelt haben, sagte er zu allen: „Meine Freunde, ich bin stolz auch euch alle! Ihr habt hart gearbeitet und nun speist und bereitet euch auf morgen vor!“

Alle standen nach und nach von ihren Sitzbänken auf, hielten gemeinsam ihre Trinkbecher in die Höhe und jubelten Stephaton zu: „STEPHATON, STEPHATON, STEPHATON!“

Stephaton ballte seine rechte Faust zusammen, erhob sie und schaute sich jeden der Krieger einzeln an. Er war innerlich stolz auf sie alle und auf das, was er aus ihnen gemacht hat. Darauf verließ er sie und ging hinauf zu Aquila, die er auf der Terrasse antraf, wo sie schon die ganzen Tage verbrachte. Sie unterhielten sich noch eine Weile, klärten noch organisatorische Dinge ab und begaben sich darauf ins Bett. Am nächsten Morgen ging Stephaton mit Aquila nicht so zimperlich um, wie an den Tagen zuvor und weckte sie schon recht früh: „Liebling, aufstehen! Der Ruhm erwartet uns!"

Diese Worte bewirkten nicht allzu viel, worauf Stephaton deutlicher wurde: „Aquila, die Gäste werden jeden Moment kommen! Werde lieber wach!"

Aquila raffte sich verschlafen auf und erwiderte: „Ist ja gut. Ich bin ja wach!"

Stephaton lächelnd: „Genau, mit geschlossenen Augen. Ich mache mich eben zurecht und warte unten auf dich."

Darauf begab er sich zu seiner Stube nebenan, zog sich dort nobel an, packe nur Goldmünzen für die Wette ein und begab sich nach unten. Dort empfingen ihn schon die Kämpfer und wie es üblich war, waren sie nur notdürftig bekleidet, denn ihre Rüstungen und ihre Waffen für den Kampf würden sie kurz davor im Circus bekommen. Nach einer kurzen Begrüßung klopfte es bereits schon am Tor. Stephaton eilte hin, um die ersten Gäste selbst zu begrüßen, aber Brutus war schneller und ließ sie hinein. Es waren die Villenbewohner und Longinus war der Erste, der den Ludus betrat. Er packte kräftig Stephatons Hand, drückte sie ganz fest und meinte: „Wie ich sehe, sind wir die Ersten?"

Stephaton lächelnd: „In der Tat, mein Freund, das seid ihr. Kommt alle herein. Aquila dürfte gleich fertig sein."

Während er das Tor schließen wollte, sah er in der Ferne aber schon Remo mit seiner Familie kommen, also ließ er das Tor offen und begab sich rasch nach oben. Er passierte auf seinem Weg Tullia, die nun ebenfalls bereit und auch sehr hübsch angezogen war. Sie leistete dann den Gästen Gesellschaft, während Stephaton nachschaute, wie weit Aquila war. In ihrem Gemach angekommen, stellte er jedoch fest, dass sie noch weit davon entfernt war, fertig zu sein. Sie saß noch vor ihrem riesigen Spiegel, der aus einer großen, polierten Metallplatte bestand und machte erst ihre Haare zurecht. Stephaton blickte sie etwas enttäuscht an, schaute dann auf das Bett, wo ein vorbereitetes Kleid lag und meinte: „Toll, dass du schon ein Kleid ausgesucht hast, weil die Gäste schon da sind."

Aquila erwiderte: „Nun hetz mich nicht so. Es dauert nicht mehr lange."

Stephaton: „Bitte, beeil dich einfach. Die Spannung steigt und wir warten nur noch auf Ixos und dich."

Er ging schnell wieder herunter und stellte dort fest, dass Ixos mit seiner Frau nun auch schon gekommen war. Jetzt waren wirklich schon alle vollzählig und es fehlte nur noch Aquila. Stephaton begrüßte alle ganz herzlich, die Frauen sogar mit einem Handkuss und meinte: „Es freut mich, dass wir wieder zusammengekommen sind, meine Freunde. Ich hoffe, am Ende dieses Tages haben wir noch mehr Gründe zum Feiern."

Longinus etwas ernster: „Das hoffen wir doch alle."

Stephaton: „Ich bin schon auf die Gegner gespannt. Entschuldigt mich, Titus und Brutus sollen uns zum Circus begleiten, aber ich sehe Titus nicht."

Stephaton verließ kurz seine Gäste und begab sich auf die Suche nach ihm. Titus war nirgends zu finden und der letzte Ort, an dem er noch nicht nachgesehen hatte, war ausgerechnet die Latrine. Stephaton fand ihn tatsächlich dort und als Titus schwerbeschäftigt dasaß, störte ihn Stephaton: „Sag mal Titus, brauchst du noch lange? Wir wollten eigentlich aufbrechen."

Titus: „Nein, ich glaube, es ist vollbracht."

Stephaton: „Alles klar, ich sage Brutus Bescheid."

Als Stephaton auf Brutus zuging, war Aquila endlich auch unter ihnen und Titus war nun der Letzte, auf den man noch warten musste. Wenig später kam er aber auch und als nun alle vor Stephaton versammelt standen, verkündete er: „So, Leute, es geht los. Der Erste öffnet die Tore und der Letzte schließt sie wieder. Kommt."

Brutus machte als Erster beide Tore auf und führte die Kolonne an. Nachdem Titus die Tore hinter allen schließen musste, lief er nach vorne zu Brutus und zu zweit gingen sie voran. Sie waren als

Einzige bewaffnet und als Wachsoldaten war es sogar ihre Pflicht. Ihnen folgten als Nächste Stephaton und Aquila, dann Longinus mit Akatia und so weiter. Die Kämpferinnen und Kämpfer und damit die Eigentliche Attraktion, folgte allen zum Schluss. Als sie durch die Gassen in Richtung des Circus gingen, wurden sie von den Bewohnern laut umjubelt. Was wirklich alle verwunderte war, dass darunter auch einige Patrizier waren, die aus der Masse herausstachen und der Kolone scheinbar bis zu dem Circus folgen wollten. Titus drehte sich daher viele Male besorgt um, um nachzuschauen, ob alles ruhig verlief. Nach einer Weile war der Circus endlich in Sichtweite und war von tausenden von Menschen regelrecht umzingelt, worauf Titus etwas besorgt erst zu Brutus und dann zu Stephaton schaute. Stephaton blieb jedoch gelassen und versuchte Titus mit seiner Miene zu beruhigen. Kurz vor dem riesigen Circuskomplex bildete die Menschenmenge einen Durchgang zum Circuseingang, womit der Pöbel der Kolonne scheinbar Platz machte. Als der Eingang zum Circus zu sehen war, gingen seine schweren Tore auf und heraus kamen viele Wachsoldaten, die den Durchgang sicherstellen sollten und die Kolonne passieren ließen. Der enorm laute Jubel der Menschenmenge verstummte leicht, als sie im Gebäude waren und die Tore wieder geschlossen wurden. Vor die Kolonne trat der Hauptman der Prätorianer, der auf die Gladiatoren blickend sagte: „Das werden wohl die Amazonen und die Gladiatoren von Aquila von Maius sein. Folgt mir einfach."

Stephaton schaute nickend zu Pogoria, der die Gladiatoren und Amazonen anführte und ihm wurde klar, dass sie nun dem Prätorianer folgten sollten. Der Prätorianer geleitete sie eine Treppe hinunter, die wahrscheinlich in das Gewölbe des Circus führte, wo sich bestimmt die Waffenkammer und die Räume der Gladiatoren befanden. Nun stand Stephaton mit seinen Freunden alleine da und erst nach einigen Augenblicken wurden sie von einem schmächtigen, kurzhaarigen Untertanen begrüßt: „Ihr seid sicher Aquila? Ich bin Pesus und soll euch zu Kaiser Tiberius bringen. Bitte folgt mir."

Stephaton entgegnete: „Unterwegs sollten wir aber unbedingt einen Abstecher zu den Wettbüros machen."

Pesos erwiderte lächelnd: „Natürlich. Sie liegen auf unserem Weg. Folgt mir einfach."

Der junge Mann führte alle gezielt durch die Gänge des Theaters und als sie bei den Wettbüros ankamen, betrat Stephaton eines als Erster. Als er vor dem Buchmacher stand, holte er aus seiner Seitentasche, die er unter seinen Gewändern versteckte, einen dicken Sack voller Münzen heraus, legte ihn auf den Tisch und sagte: „Ich möchte alles auf den Sieg der Gladiatoren von Aquila setzen."

Der Buchmacher zählte eine Weile das Geld, aber zum Glück waren es alles einheitliche Goldmünzen und alles ging schnell. Darauf stellte er ein bestätigendes Dokument aus und verabschiedete Stephaton. Dieser verließ das Wettbüro und nach ihm betrat es Ixos. Er trampelte hektisch herein und machte hinter verschlossener Tür seine eigene Wette. Remo wollte nicht wetten und darauf führte Pesos alle eine Treppe nach oben, wo sich die Etage mit der kaiserlichen Loge befand. Ab hier kannte Aquila den Weg, folgte Pesus aber einfach weiter. Als Pesus in Sichtweite der anderen Bediensteten und weiterer Prätorianer war, machten diese erst eine riesige Tür auf und Pesus konnte mit seiner Begleitung durch, bis alle vor dem verschlossenen Vorhang der Loge stoppten. Der laute Jubel des Publikums war intensiv zu hören und nur noch dieser Vorhang versperrte allen die Sicht auf die Arena. Schließlich wurde dieser nach Zustimmung von zwei Prätorianern von zwei weiblichen Bediensteten geöffnet und alle erblicken Tiberius auf seinem Thron sitzend von hinten. Sie konnten nur seine rechte Hand sehen, die regelmäßig nach den Trauben griff und darauf ging Pesus zum Kaiser und unterrichtete ihn über das Kommen seiner Gäste, worauf Titus und Brutus von den Prätorianern leider fort gewunken wurden. Tiberius stand darauf erfreut auf, drehte sich schnell um, streckte seine Hände nach Aquila und rief: „Aquila und ihre Gäste, seid willkommen! Es freut mich, dass ihr so zahlreich erschienen seid! Nehmt Platz!"

Nachdem sich alle bis auf Aquila und Stephaton hinsetzten, ging Tiberius auf beide zu und meinte: „Ich bin voller Spannung, was uns deine Gladiatoren heute bieten werden, liebe Aquila."

Aquila lächelnd: „Das sind wir alle, mein Kaiser. Bleibt alles wie geplant?"

Tiberius: „Ja, natürlich. Es bleibt bei drei Spieltagen, obwohl sich insgesamt drei Schulen zurückziehen wollten, stellt euch vor. Nehmt Platz, ich habe den lautesten Sprecher Roms engagiert. Sollen wir mit dem Brot für die Mengen beginnen?"

Aquila erwiderte lächelnd: „Ja, wir sind bereit."

Tiberius: „Möchtest du vielleicht die Posaunen befehligen?"

Aquila lächelnd: „Sehr gerne, aber wie mache ich das?"

Tiberius zurücklächelnd: „Das werde ich dir sofort erklären, meine Liebe. Eigentlich sollte es der Sprecher tun, aber lassen wir ihn doch lieber nur sprechen."

Tiberius übergab Aquila einen kleinen, vergoldeten Lorbeerstrauch und erklärte: „Der Ablauf ist fest eingeplant und recht einfach. Halte den Strauch nach oben und gib den Posaunen damit den Befehl, worauf die Bediensteten unten auf sie reagieren. Los, probiere es einfach aus und schau, was geschieht."

Aquila lächelte leicht, schaute als Erstes Stephaton und dann flüchtig die anderen an. Darauf erhob sie den Strauch in die Höhe und die Posaunen ertönten. Kurz danach gingen unten sechs Tore auf und die Menschenmenge fing an zu jubeln, als aus jedem ein Pferdegespann herauskam. Die Bediensteten auf den Karren fingen darauf an, mit voller Wucht Brotleibe in die Menge zu schmeißen und hin und wieder wurden erneut Lehmkugeln zu den Leuten geworfen, die tolle Überraschungen in sich verbargen. Cassius musste plötzlich lächeln, als er sich daran erinnerte, von so einer Kugel am Kopf getroffen worden zu sein und schaute dabei kurz Celina an, denn auf diese Weise kamen sie und ihre Mutter ja als Sklavinnen zu ihnen. Das Verteilen des Brotes dauerte eine ganze Weile, worauf die Tore aufgingen und die Karren wieder verschwanden. Darauf folgte eine Weile relativer Stille, in der die Menschen auf den Tribünen mit dem Brot und Unterhaltungen beschäftigt waren. Währenddessen redeten in der Loge alle diskret und keiner wagte sich, den Kaiser anzusprechen. Irgendwann stand aber Ixos plötzlich von seinem Platz auf, ging auf Tiberius zu und fragte mutig: „Mein Kaiser, könnt ihr euch an mich erinnern?"

Tiberius schaute ihn an, lächelte leicht und erwiderte: „Ja, natürlich. Du bist der pummelige Held, der die Badeanlage in Panormus verkauft bekommen hat. Du bist dadurch sogar ziemlich reich geworden, wenn ich mich recht entsinne?"

Ixos strahlend: „Ja, in der Tat, mein Kaiser, und das habe ich euch zu verdanken."

Tiberius: „Wieso? Es war doch dein Verdienst, oder täusche ich mich? Was treibst du momentan?"

Ixos ganz stolz: „Ich bin immer noch der Verwalter im Süden, mein Kaiser."

Tiberius erfreut: „Ausgezeichnet. Dann bist du noch immer im Geschäft? Panormus plagen nämlich wieder viele leerstehende Villen und wenn du dich der Aufgabe widmen könntest, wäre Rom dir sehr dankbar."

Ixos ganz aus dem Häuschen: „Es wäre mir eine Ehre, mein Kaiser."

Tiberius: „Sehr schön. Ich entsende in den nächsten Tagen meinen Diener zu dir, der dir alles erläutert."

Ixos verbeugte sich mehrmals lächelnd vor Tiberius und flüchtete rückwärts zu seinem Platz. Dort packte er fest Cornelias Hand und brachte damit seine riesige Freude zum Ausdruck. Stephaton und die anderen beobachteten und hörten alles und lächelten ebenfalls erfreut, bis Tiberius irgendwann nach Pesus rief, der in Windeseile neben ihm stand und fragte: „Ja, mein Kaiser?"

Tiberius: „Hole nun den Sprecher, Pesus. Er soll die nächste Vorstellung jetzt ansagen."

Pesus lief kurz heraus und kam rasch mit dem Sprecher zurück. Der Sprecher war ein dicker, üppig gekleideter Mann, dessen Glatze wie ein Spiegel in der Sonne glänzte und Stephaton fragte sich schon, ob sie nicht extra dafür mit Olivenöl eingeschmiert war. Jedenfalls sah es wirklich danach aus. In seiner Hand trug der Sprecher eine Art Zepter und stellte sich in der Mitte der Loge ans Geländer und fing mit seiner Ansprache an: „Geliebte Römer! An diesem wunderschönen Tag der Zusammenkunft möchte euch euer Kaiser erstmal seine absolute Elitebogenschützeneinheit vorstellen! Ihr habt sie im Circus schon mal gesehen, doch heute wird einer von ihnen sehr glücklich werden! Wer von ihnen einen Apfel aus einer Entfernung von hundertfünfzig Fuß trifft, bekommt eine riesige Villa in Panormus geschenkt und dazu noch hundertfünfzig Sklaven! Euer Kaiser präsentiert euch nun: Die Eliteeinheit!“

Tiberius rief schnell zu Aquila: „Aquila, jetzt!“

Sie riss ihre Hand nach oben, in der sie noch immer den Strauch hielt, worauf wieder Posaunen ertönten. Als darauf ein Tor aufging und fünfzig Bogenschützen herausrannten, jubelte der ganze Pöbel auf. Zwei weitere Soldaten folgten den Schützen am Ende, die ein komisches Gestell trugen und es dann in der besagten Entfernung zu den Schützen aufstellten. Auf dem Gestell baumelte ein Apfel, den einer der Soldaten beruhigte und sich danach mit dem anderen Soldaten entfernte. Leider war die Scene nicht für alle in der Loge sichtbar, was Tiberius feststellte, als einige ihren Hals nach oben streckten, worauf er alle zu sich winkte: „Los, kommt einfach alle ans Geländer!“

Ausnahmslos jeder stellte sich davor, wie Tiberius selbst, der kurz darauf zu dem Sprecher sagte: „Lass sie beginnen!“

Der Sprecher zögerte nicht lange und schrie: „Nacheinander... BEGINNT!“

Der erste Schütze schoss seinen Pfeil ab, der den Apfel klar verfehlte. Jedem war natürlich klar, dass die Aufgabe nicht einfach war und das wusste das Publikum, die Schützen und selbstverständlich auch der Kaiser. Dann war der zweite Schütze dran und auch er verfehlte den Apfel und ärgerte sich danach sichtlich. Nacheinander verfehlte jeder der weiteren achtundvierzig Schützen das Ziel und die zweite Runde begann. Nun wurden die Spannung und die Erwartung immer größer. Zweiundzwanzig Schützen hatten ihre nächste Chance wieder verspielt und der Nächste war dran. Es war ein schmächtiger, kleiner Soldat, dem sein Helm bedeutend zu groß war. Bevor er wieder zum Schuss ansetzen konnte, musste er seinen Helm zurechtrücken, spannte darauf seinen Bogen, zielte in aller Ruhe auf den Apfel und entließ endlich den Pfeil. Jeder war total gespannt und beobachtete den Flug des Pfeils genau und als der Pfeil die rote Frucht passierte, baumelte sie plötzlich. Im Publikum ertönte leises Gerede und jeder fragte sich, ob er den Apfel getroffen hatte, oder ob er ihn nur streifte. Auch in der Loge stellte man sich laut die Frage und ein Schiedsrichter musste her. So liefen zwei andere Schützen hin und schauten sich den Apfel näher an. Der Kerl hatte tatsächlich getroffen und schlitze den Apfel seitlich auf. Damit stand der Sieger fest und die Schiedsrichter signalisierten es mit einem Daumen nach oben. Der Jubel der Menge war enorm und in der Loge freute man sich ebenso. Ixos war sogar so frei, dem Kaiser vor Freude auf die Schulter zu klopfen, worauf Tiberius Ixos überrascht anschaute, aber dennoch einfach mitjubelte. Darauf schaute er Stephaton an, der alles mitbekam und dann lachten sie gemeinsam weiter. Das Publikum klatschte ebenfalls eine ganze Weile, aber irgendwann unterbrach der Sprecher: „Wir haben einen Gewinner! Er bekommt die Villa und auch den Apfel darf er behalten!"

Das Publikum lachte nun amüsiert, worauf der Sprecher auf Tiberius blickte und auf weitere Anweisungen wartete. Ale nahmen wieder Platz, aber der kichernde Ixos war vor Freude kaum noch zu bändigen und jubelte weiter. Darauf drehte sich Tiberius zu ihm und sagte laut: „Siehst du, Ixos? Ich muss die Villen schon verschenken, damit sie nicht verwahrlosen, also denk darüber nach. Aquila, wärest du wieder so nett?"

Ixos beruhigte sich ein wenig und Aquila erhob erneut den Strauch, worauf Posaunen ertönten und der Sprecher wieder aktiv wurde: „Meine lieben Freunde! Jetzt kommen wir zum Höhepunkt, auf den wir alle gewartet haben! Kaiser Tiberius präsentiert euch nun: Die Gladiatoren von Aquila von Maaaiiiuuus!"

Ein Tor ging auf und Stephatons Kämpfer betraten die Arena. Allen voran waren Pogoria und Raton und die anderen folgten ihnen paarweise. Man hatte sie wundervoll ausgerüstet und ihre Metallrüstungen glänzten in der Mittagssonne und die Menschenmenge jubelte so laut wie noch niemals zuvor. Tiberius lächelte stolz, blicke dabei zu Aquila und Stephaton, die ebenfalls von Stolz erfüllt wirkten und der Sprecher fuhr fort: „Ihre ersten Herausforderer sind: Die Gladiatoren aus Bononiaaa!"

Tiberius rief zu Aquila erneut: „Jetzt, Aquila, nicht einschlafen!"

Aquila erhob ihre Hand wieder und abermals ertönten Posaunen, worauf das gegenüberliegende Tor aufging. Heraus kamen zehn kräftige Männer, die die Menge sofort einheitlich ausbuhte. Auf Anweisung von Tiberius unterbrach sie der Sprecher aber mit seiner durchdringlichen Stimme sofort: „Macht euch nun bereit! Es kämpfen zwei gegen zwei und die anderen gehen auf ihre Stellungen!"

Jeder Ludus bildete darauf eine eigene Reihe und jeder Kämpfer setzte sich in dieser auf dem Sand hin. Die zwei Reihen saßen sich im Endeffekt in einer Entfernung von circa hundert Fuß gegenüber und in der Mitte sollte wohl gekämpft werden. Die zwei ersten Kämpfer aus dem Ludus aus Bononia gingen zur Mitte und warteten auf ihre Gegner. Pogoria und Raton ließen es sich nicht nehmen, die Ersten zu sein, also gingen sie gemeinsam zur Mitte, stellten sich ihren Gegnern und kurz darauf schrie der Sprecher mit seiner tiefen Stimme: „BEGINNT!"

Die bononianischen Kämpfer griffen sofort an, aber Pogoria und Raton wehrten Angriff für Angriff mit Leichtigkeit ab. Irgendwann entschied Pogoria, selbst die Schwerthiebe auszuteilen und holte mit seinem Schwert von oben aus. Sein Gegner wehrte es jedoch ab, aber blitzartig darauf folgte Pogorias Hieb mit seinem Schutzschild von rechts. Das scharfkantige Schild schlitzte das Gesicht seines Gegners breit auf und vor allem seine Stirn blutete derart stark, dass er wegen dem strömenden Blut kaum noch etwas sehen konnte. Er versuchte sich das Blut aus den Augen zu wischen, jedoch floss es immer wieder nach, worauf Pogoria in die Höhe sprang und mit seinem Schwertgriff von oben auf seinen Helm knallte. Ganz benommen fiel der Gladiator zu Boden und blieb einfach liegen. Während Raton mit seinem Gegner auch ganz gut zurecht kam, näherte sich Pogoria seinem Gegner, der auf dem Boden lag und meinte zu ihm: „Es ist vorbei, also gib einfach auf."

Dieser zögerte nicht lange, ließ sein Schwert los, erhob zwei Finger seiner rechten Hand und signalisierte somit seine Aufgebe. Die Menge jubelte auf und Raton machte es dann schnell. Während er einen Schwerthieb von oben abwehrte, schnellte er nach vorne und schnitt die Flanke seines Gegners an der Stelle auf, die nicht durch seine Rüstung geschützt war. Der Schnitt war nicht tief, jedoch breit genug, um die Sicht auf die Rippen des Gegners freizugeben. Der Gegner ließ vor Schmerzen sofort sein Schwert fallen und damit war der Kampf vorbei. Pogoria und Raton erhoben zum Zeichen ihres Sieges die Schwerter und reihten sich danach wieder ein. Die Menge jubelte, während die besiegten Gegner weggebracht wurden und dann folgte der nächste Kampf. Während die zwei weiteren Kämpfer aus Bononia zur Mitte kamen, sagte Zenobia deutlich zu allen: „Überlasst sie mir und Xanthia, hört ihr?!"

Sie stand darauf ruckartig auf und schmiss ihren Schild demonstrativ beiseite. Mit nur ihrem Schwert bewaffnet, begab sie sich mit Xanthia zur Mitte und beide blickten hoch zur Loge und warteten nur noch auf das Startsignal, während Zenobia leise zur Xanthia sagte: „Der Rechte gehört mir."

Irgendwann erhob der Sprecher seine Hände und gab damit endlich das Startzeichen. Zenobia rannte sofort wie ein wildes Tier los und rannte so schnell, dass ihr Gegner nicht einmal damit rechnen konnte, was gleich geschehen würde. Sie täuschte erst eine Bewegung nach rechts vor und dann schnellte sie sofort nach links, worauf ihr Gegner einen Schwerthieb von rechts nach links machte, dem sie duckend auswich, nach vorne schnellte und plötzlich hinter ihm stand. Noch bevor er sich umdrehen konnte, setzte sie ihr Schwert an seiner Kehle an, zog es ganz fest zu sich und schnitt ihm dadurch beinahe den Kopf ab, wäre nicht eines seiner Wirbel im Weg gewesen. Er fiel mit seinem gesamten Gewicht sofort zu Boden und sein Blut spritze pulsierend aus ihm heraus. Es folgte ein erschreckendes Kampfgeschrei aus ihr, der sogar Xanthia und ihren Gegner erstarren ließ. Darauf blickte sie Xanthias Gegner mit einem mordlustigen Gesichtsausdruck an, worauf er sofort die Flucht ergriff. Sie setzte zum Wurf an und schleuderte ihr Schwert mit voller Wucht auf ihn, der seinen rechten Schenkel von hinten durchbohrte und er schreiend zu Boden fiel. Xanthia stoppte ihre Mordlust, indem sie das Schwert von Zenobia aus dem Schenkel ihres Gegners herauszog und in die Höhe erhob, worauf das Publikum eher etwas stumpf aufjubelte. Keiner hatte mit so einer Brutalität gerechnet und als Zenobia wieder Platz nahm, stellte Pogoria sie sofort zur Rede: „Sollten wir sie nicht verschonen?"

Zenobia erwiderte, sodass sie jeder hören konnte: „Dieser hat es verdient, glaubt mir!"

Sie beobachtete mit Hass und Freude, wie die Leiche ihres Gegners fortgeschliffen wurde, während Tiberius in der Loge Stephaton ebenfalls eine ähnliche Frage stellte: „War das etwa so geplant?"

Stephaton erwiderte rasch: „Nein, mein Kaiser, ganz und gar nicht. Ich kann mir auch nicht erklären, was in sie gefahren ist."

Tiberius nicht lächelnd: „Nun gut. Ich hoffe, wir erleben solche Überraschungen nicht nochmal."

Darauf folgten zwei weitere Gegner und dieses Mal stellten sich ihnen Adisa und Gaius. Adisa ging auf seinen Gegner mutig zu, bewarf ihn gekonnt mit seinem Netz und dieser verfing sich darin perfekt, sodass Adisa ein leichtes Spiel hatte. Anstatt ihn jedoch mit seinem Dreizack zu stechen und damit unschädlich zu machen, haute er den Bononier damit ständig mit halber Wucht auf den Kopf, um ihn wohl eher zu ärgern: „Bleibst du jetzt ruhig? Bleibst du jetzt endlich ruhig!?“

Irgendwann hörte er auf sich zu wehren und gab auf. Der Gegner von Gaius hatte dann auch endlich genug, als Gaius jeden seiner Angriffe abwehrte und ihn irgendwann gelangweilt mit voller Wucht in die Eier trat. Mit einem einzigen Angriff schlug ihm Gaius sein Schwert aus der Hand und dann war auch das vorbei, worauf die Menge jubelte und zugleich lachte. Die Gegner verschwanden verschämt schnell von der Bühne, nachdem der eine dem anderen aus dem Netz half und es blieben nur noch vier der bononianischen Gladiatoren übrig. Den nächsten zwei stellten sich Vinitius und Kean und dieser Kampf dauerte etwas länger. Nicht etwa, weil die Gegner schwer zu besiegen waren, sondern weil Vinitius und Kean Vergnügen an dem Kampf fanden und das Ganze eher wie eine Übung betrachteten. Doch dann machten die beiden ernst und schlugen ihre Gegner endlich zu Boden, worauf diese aufgaben und das Feld rasch räumten. Die Menschenmenge jubelte erneut und kurz darauf waren die Letzten dran. Als sie aufstanden und zur Mitte gingen, schauten die Gladiatorinnen und Gladiatoren von Aquila einander an und es sah so aus, als würde jeder dem anderen den Vortritt lassen wollen, doch dem war nicht so. Als einige Augenblicke vergingen, rafften sich plötzlich gleich fünf von ihnen auf und es waren Antonius, Athikus und drei der Amazonen, worauf Zenobia zu den Gladiatoren laut schrie: „Lasst den Weibern doch den Vortritt!“

Die beiden Männer schritten darauf zurück und nahmen wieder Platz und von den Amazonen setzte sich Herone wieder hin und übrig blieben Polydora und Palmyra. Dies war das letzte Gefecht mit den bononianischen Gladiatoren und als der Kampf begann, jubelte das Publikum nochmals kurz auf und wurde sofort wieder still, als jeder der Kämpfer in Stellung ging. Palmyra und Polydora standen ganz dicht nebeneinander. Die eine hielt ihr Schwert in der linken Hand und die andere ihres in ihrer rechten. Palmyra griff als Erste an und es folgte sofort ein Angriff von Polydora. Beide Angriffe wurden abgewehrt und dann schlugen die Gegner zurück. Die beiden Frauen wehrten sich mit Leichtigkeit, jedoch wurden ihre Angriffe umso schneller. Es ging Schlag auf Schlag, bis Polydora einem Hieb auswich und sofort mit einem Gegenhieb konterte. Dabei schlitzte sie ihrem Gegner den Unterarm auf, worauf er sein Schwert fallen ließ und damit kampfunfähig war. Vor Schmerzen schreiend, machte er einige Schritte zurück und bereitete so das Ende des Kampfes vor. Nun stand der verbliebene Kämpfer den beiden Amazonen gegenüber, die ihn kampfeslustig angrinsten. Er schnappte sich rasch das auf dem Sand liegende Schwert seines Kollegen und wartete ängstlich auf einen Angriff. Es ging wieder Schlag auf Schlag, bis er nur noch versuchte auszuweichen. Einem Schwerthieb auszuweichen gelang ihm jedoch nicht, wodurch Palmyra ihm zwei Finger der rechten Hand regelrecht abschnitt und den Kampf damit beendete. Die Besiegten liefen blutend davon und die Menge jubelte, worauf die Kämpfer von Aquila ebenfalls aufstanden und aufjubelten. Triumphierend schrien sie in die Menge und hielten dabei ihre Waffen in die Höhe und in der Loge jubelten ebenfalls alle. Danach gab Tiberius Aquila lächelnd das Zeichen, worauf sie wieder den Strauch in die Höhe streckte und die Trompeten ertönten. Daraufhin öffnete sich sofort das Tor, aus dem alle Kämpfer Aquilas zuvor herauskamen und verließen dadurch unaufhörlich jubelnd wieder die Arena. Das Jubeln des Publikums ging noch lange weiter. In der Loge läutete Tiberius eine kurze Pause ein, ließ seinen Gästen reichlich Wein einschenken und sorgte für genug leckere Häppchen, denen sich hauptsächlich Ixos widmete. Während sich alle über die Kämpfe unterhielten, war Ixos mit Leckereien wie Nüssen wie Mandeln und getrockneten Früchten beschäftigt, was sicherlich ein Weilchen dauerte. Ixos schien gerade mit einer Geschichte rausplatzen zu wollen, als Tiberius Aquila erneut ein Zeichen gab, worauf wieder die Posaunen ertönten und das westliche Tor sich öffnete. Heraus kamen wieder zehn Kämpfer, die sich zur Mitte der Arena bewegten. Sie versuchten von Anfang an das Publikum zu animieren, doch es gelang ihnen kaum. Als sie in der Mitte ankamen, ertönten erneut Trompeten, worauf das gegenüberliegende Tor aufging und die Sieger von vorhin die Arena wieder betraten. Der Jubel der Menge wurde sofort intensiv und erneut standen sich in der Mitte zwei Gruppen auf dem Sand gegenüber. Der Sprecher wartete einen Augenblick und fing wieder dramatisch an: „Bürger von Rom! Euer Kaiser präsentiert euch nun die nächsten Herausforderer von Aquilas Gladiatoren! Die Gladiatoren aus Adria, einer wichtigen Hafenstadt! Wünschen wir ihnen Glück!"

Alle Gladiatoren, bis auf zwei Kämpfer aus Adria, gingen wieder in die geplante Stellung und setzten sich in zwei gegenüberliegenden Reihen auf den Sand. Die zwei muskulösen Riesen gingen direkt zur Mitte und machten lächelnd ihre überhebliche Vorstellung. Darauf stand Pogoria als Erster auf und hinter ihm sofort Zenobia. Beide lächelten einander an und begaben sich zur Mitte zu ihren Gegnern. Alle Vier gingen in Kampfstellung über und warteten auf das Startsignal des Sprechers, das kurz darauf folgte: „BEGINNT!"

Der Kampf begann mit dem Angriff eines Gegners, aber Pogoria und Zenobia konnten sich spielend wehren. Sie griffen auch nicht an, sondern ließen sich immer wieder angreifen. Das Abwehren sah fast wie ein geplantes Schauspiel aus und alle Bewegungen waren perfekt koordiniert. Nach dem andauernden Spektakel gingen Pogoria und Zenobia bald in Angriff über. Ihren Gegnern fiel das Abwehren jedoch nicht so leicht und der Kampf endete rasch, als die beiden Gegner wegen den vielen Schnittverletzungen einfach aufgaben. Die Menge jubelte erneut auf und Zenobia und Pogoria nahmen triumphierend in ihrer Reihe wieder Platz. Dann folgten die nächsten Kämpfe und obwohl die Gladiatoren von Aquila immer wieder siegten, wurde der Jubel der Menge immer leiser. Tiberius hatte dies bemerkt und beschloss etwas dagegen zu unternehmen. Ohne Aquila darüber zu unterrichten, rief er einen seiner Diener zu sich und flüsterte ihm seine Order ins Ohr. Daraufhin begab sich der Diener hinaus und eilte irgendwohin. Als das letzte Gladiatorenpaar aus Adria besiegt wurde, wurde wieder eine Pause eingeläutet und alle Kämpfer von Aquila verließen darauf die Arena. In der Loge griff jeder erneut zum Wein, der gerade frisch gebracht worden war und Tiberius stand auf, schenkte sich diesmal selbst etwas ein und ging mit seinem edlen Becher auf Aquila zu. Als er neben ihr stand und sie bei der Unterhaltung mit Marina und den anderen Frauen störte, fragte er sie diskret: „Aquila, könnte ich dich sprechen?"

Aquila erwiderte: „Selbstverständlich, mein Kaiser."

Beide gingen etwas zur Seite und Tiberius fragte flüsternd: „Ich hoffe, es macht dir nichts aus, dass ich gerade etwas mehr Blut von deinen Kämpfern gefordert habe?"

Aquila erschrocken: „Wie meint ihr das, mein Kaiser?"

Tiberius: „Deine Kämpfer sind fantastisch, außer Frage. Aber der Pöbel scheint sich daran schon gewöhnt zu haben. Ich habe angeordnet, dass sie etwas mehr Blut fließen lassen und hin und wieder mal eine Hand abhacken oder sowas. Doch umbringen sollen sie niemanden."

Aquila: „Nun, es ist eure Arena, mein Kaiser."

Tiberius: „Wunderbar. Wenn du das Zeichen geben könntest?"

Aquila erhob erneut den vergoldeten Strauch und die Posaunen ertönten aufs Neue. Wieder betraten neue zehn Kämpfer eines weiteren Ludus den Sand der Arena und der Sprecher stellte sie dem Publikum vor: „Meine lieben Mitbürger! Dies sind die Gladiatoren aus Gnathia! Wie sie sich schlagen werden, bekommen wir gleich zu sehen! Fangt an, Gladiatoren!"

Zwei der Gladiatoren aus Gnathia kamen zur Mitte und warteten auf ihre zwei Gegner und Athikus und Antonius stellten sich ihnen. Der Kampf begann, Schlag auf Schlag. Athikus war gnadenlos mit seinem Gegner und ließ ihn nicht einmal zum Angriff kommen. Als er seinem Gegner mit voller Wucht das Schwert aus den Händen geschlagen hatte, schlug er von links mit seinem Schild zu. Mit der Kante des Schildes schnitt er dem Gegner das Gesicht ab dem rechten Ohr, über die Nase durch, bis zu der Stirn auf. Es klaffte eine tiefe Wunde auf und das Blut floss in Strömen herunter. Der Gladiator ließ sein Schild fallen und hielt sich die Wunde mit beiden Händen zu und erst dann ließ Athikus von ihm ab. Darauf rannte der Kampfpartner des verstümmelten Gladiators erbost auf Athikus zu und versuchte ihn anzugriefen. Athikus wich jedoch aus und trennte mit voller Wucht seinen angreifenden Arm von seinem Körper. Der Arm fiel mit dem Schwert zu Boden und eine Menge Blut spritzte auf den Sand. Die Menge rastete vor Jubel aus und Tiberius grinste oben erfreut vor sich hin. Aquila und die anderen klatschten zwar auch, jedoch war ihnen nicht zu Lachen zumute. Der Einzige, der klatsche und lachte war Ixos. Stephaton beobachtete es unzufrieden, nahm es ihm aber nicht übel. Für Römer war es einfach Normalität, sich an so viel Blut und Schmerz anderer zu erfreuen. Die beiden geschlagenen Gladiatoren wurden sofort von zwei Bediensteten vom Feld geräumt und ein dritter holte den abgeschnittenen Arm und das Schwert, was das Publikum noch eiskalt zusätzlich amüsierte. Ohne weitere Ankündigung traten die nächsten Gladiatoren zur Mitte und Gaius und Adisa stellten sich ihnen. Adisa machte es kurz. Er schleuderte seinen Dreizack auf einen der Gegner zu und traf ihn in seinen Bauch. Es durchbohrte die scheinbar dünne Lederrüstung des Gegners, worauf er sofort zu Boden ging. Adisa kam auf ihn zu, stellte seinen rechten Fuß auf den blutenden Bauch und zog den Dreizack wieder heraus. Dem Publikum gefiel die Kaltblütigkeit scheinbar, denn es schrie und jubelte wie verrückt. Der Schwerverletzte krümmte sich vor Schmerzen auf dem Boden zusammen und drückte mit seinen Händen auf die Wunde, während Adisa danebenstand und ihm ausdrucklos in die Augen schaute. Einerseits tat er ihm leid, aber Befehl war Befehl. Er wusste, dass dem Mann nur geholfen würde, wenn sein Partner auch besiegt war. Adisa schleuderte also sein Netz auf den anderen, der sich immer noch gegen Gaius wehrte und machte ihn so unschädlich. Im Netz verfangen, verpasste ihm Gaius einen heftigen Tritt, der ihn umstürzte. Darauf ließ Gaius seine Waffen fallen, setzte sich auf den Gegner drauf und schlug mit seinen Fäusten zu, Schlag auf Schlag, bis Blut spritzte. Als die Kräfte den Gegner verließen und er aufhörte sich zu wehren, ließ Gaius von ihm ab und es war endlich vorbei. Ein Tor ging auf und vier Diener eilten zum Abtransport der Schwerverletzten herbei. Adisa atmete auf und reihte sich wieder bei den anderen ein. Danach folgten noch drei weitere Kämpfe, die fast genauso blutig endeten. Die Römer auf den Bühnen schienen wieder belustigt zu sein, denn der Jubel hörte nicht auf und es folgte eine weitere Pause und in der Loge belustigte man sich wieder mit Wein. Tiberius ging währenddessen auf Stephaton zu, der gerade auf die Arena blickte und fing ein Gespräch an: „Wie du siehst, Stephaton, kann nur Blut die Leute im Circus belustigen. Es sind bloß dumme Tiere und halten nichts von der Kampfkunst an sich. Du als Soldat weißt es besser, dass vergossenes Blut einer höheren Sache dienen sollte, als nur der Belustigung."

Stephaton freundlich: „Allerdings, mein Kaiser. Stünden sie nur einmal auf dem Schlachtfeld, würden sie es verstehen."

Tiberius: „Was dich angeht, Stephaton, bin ich froh über meine Entscheidung. Der unfähige Pontius Pilatus ist sowieso ein Stümper und ich bin nicht überrascht, dass ihm die Untergebenen weglaufen. Ich hätte einfach jemanden anderen schicken sollen."

Stephaton: „Dem stimme ich zu, mein Herr. Er hat nicht für Rom gehandelt, sondern auf das Drängen der einheimischen Priester hin. Mit der Hinrichtung des Juden, der sehr viele Anhänger hatte, machte sich Rom bloß neue Feinde."

Tiberius: „Das stimmt. Er handelte in Namen Roms, aber nicht in Roms Interesse. Zumindest hätte ich anders gehandelt."

Stephaton: „Ich war einer der Soldaten, die die Kreuzigung durchgeführt haben und kann bestätigen, dass hunderte uns angefleht haben, den Juden zu verschonen."

Tiberius, vollkommen überrascht: „Tatsächlich? Dann weißt du ja am besten, dass es eine falsche Entscheidung war."

Stephaton: „Allerdings, mein Kaiser."

Tiberius: „Nun, geschehen ist geschehen und wir können es nicht mehr ändern. Ich lasse Pilatus einfach von jemandem ablösen, mehr kann ich nicht tun. Wie würdest du dich in der Rolle eines Stadthalters sehen, Stephaton?"

Stephaton, ziemlich überrascht: „Es ist mir eine Ehre, dass ihr mich in Erwägung zieht, mein Kaiser, doch leider muss ich ablehnen. Politik ist einfach nicht meine Welt."

Tiberius lächelnd: „Willst du etwa innerhalb der Mauern des Ludus versauern?"

Stephaton: „Nein, mein Herr. Uns zieht es alle nach Panormus. Marina und Celina sind schwanger und Aquila sehnt sich nach einem gemütlichen Lebensabend mit mir, den ich ihr auch schenken möchte."

Tiberius nachdenklich nickend: „Dann ist Panormus der richtige Ort für euch, wahrhaftig. Nun, ich muss es wohl akzeptieren und der Ludus hat seinen Vertrag mehr als erfüllt. Wann wollt ihr Rom verlassen?"

Stephaton: „Schon bald. Wir warten nur auf die Ankunft von Marinas Vater."

Tiberius: „Du meinst Artyom?"

Stephaton: „Ja, mein Kaiser."

Tiberius: „Und was passiert dann mit dem Ludus?"

Stephaton: „Ich würde es vorziehen, wenn wir gemeinsam mit Aquila in Ruhe darüber reden, mein Kaiser."

Tiberius lächelnd: „Natürlich, du hast Recht. Genießen wir doch erst die Siege deiner Männer."

Stephaton nickte, verbeugte sich und nahm wieder neben Aquila Platz, die auch bereits wieder auf ihrem Stuhl saß und kurz darauf interessiert fragte: „Worüber habt ihr gesprochen?"

Stephaton flüsternd: „Über Panormus, über Judäa und was sonst dort noch geschehen ist."

Aquila leicht verunsichert: „Über Panormus? Wollten wir nicht gemeinsam mit ihm darüber sprechen?"

Stephaton: „Er bat mich, der Statthalter von Judäa zu werden, was hätte ich denn sagen sollen? Ich unterrichtete ihn dann halt von unseren Plänen."

Aquila: „Und, wie hat er reagiert?"

Stephaton: „Er hat scheinbar nichts dagegen."

Aquila erleichtert: „Das ist gut. Ich hatte mir nämlich schon Sorgen gemacht, er würde uns nicht gehen lassen."

Stephaton: „Ich sagte ihm aber, dass wir noch in Ruhe über den Ludus reden müssen."

Während die beiden das Gespräch führten, beobachtete sie Tiberius lächelnd und rief irgendwann Aquila zu, die nicht weit von ihm entfernt saß: „Aquila, das Zeichen?!"

Aquila suchte sofort hektisch nach dem Strauch, den sie irgendwo liegengelassen hatte und als sie ihn rechts neben ihrem Podex auf ihrem Stuhl fand, nahm sie ihn, lächelte Tiberius kurz an und erhob ihn in die Höhe und läutete damit die nächsten Kämpfe ein. Wieder geschah alles in der geplanten Reihenfolge: die Posaunen ertönten, ein Tor ging auf, zehn neue Kämpfer kamen heraus, die sich in der Mitte versammelten und der Sprecher präsentierte sie: „Meine geliebten Römer! Nun präsentiert euch euer Kaiser die gefürchteten Gladiatoren des wunderschönen Herculaneum! Und hier ihre Gegner!"

Aus einem anderen Tor kamen wieder die Gladiatoren von Aquila heraus und das Publikum begrüßte sie viel lauter als die anderen. Als sich wieder zwei Reihen bildeten, die sich gegenüberstanden und kurz darauf auf dem Sand setzten, blieben zwei Gladiatoren aus Herculaneum stehen. Sie kamen darauf zur Mitte und warteten auf die Gegner von Aquila. Diesmal waren es Herone und Thesalis, die heute noch nicht gekämpft haben. Mit Freude stellten sie sich vor die beiden Männer aus Herculaneum und warteten auf das Startsignal, das der Sprecher kurz darauf gab: „Beginnt jetzt!"

Herone, die mit zwei Schwertern ausgestattet war, schlug als Erste zu und es ging wieder systematisch Schlag auf Schlag. Ihr Gegner war ein Gladiator, der mit einem Schwert und einem riesigen, ovalen Schild ausgestattet war und irgendwann täuschte Herone einen Schlag von oben auf seinen Kopf vor und er ging hinter dem Schild in Deckung. Doch als sie überraschend links an ihm vorbeischoss und ihm die linke Wade aufschlitzte, schnitt sie wohl tief in seinen Muskel, da er nicht mehr in der Lage war, auf seinen Beinen zu stehen und vor Schmerzen aufschrie. Er ließ das schwere Schild fallen, humpelte zurück und Herone folgte ihm langsam, bis er das Gleichgewicht verlor und nach hinten fiel. Als er am Boden lag, machte sie weiter, bis sie seinen rechten Arm verletzte, mit dem er sich noch wehrte, worauf er zwei Finger der linken Hand in die Höhe erhob und damit um Gnade bettelte. Sie war gnädig, ließ von ihm ab und erhob ihre beiden Schwerter zum Zeichen des Sieges, worauf sie den noch andauernden Kampf von Thesalis beobachtete, die sich ebenfalls tapfer schlug. Auch sie war mit zwei Schwertern ausgestattet, genauso wie Herone und ihr Gegner aus Herculaneum. Es folgte ein Hieb auf den anderen und eine Abwehr auf die andere. Man könnte meinen, beide wären gleich gut, doch dann machte ihr Gegner einen riesigen Fehler. Thesalis ließ ihre Hände und ihre Schwerter kurz hängen, worauf ihr Gegner eine Chance sah sie zu besiegen und beide Schwerter in Richtung ihres Halses schwang, aber Thesalis zuckte nach unten und bohrte blitzschnell ihre beiden Schwerter tief in seinen Bauch. Sie ließ ihre Schwerter in ihm stecken, während sie zwei Schritte nach hinten machte, worauf der Verletzte seine Schwerter zu Boden fallen ließ, seine Wunden betrachtete, noch kurz Thesalis anblickte und umfiel. Auf dem Boden liegend, zog er die Schwerter aus seinem Torso heraus und hielt sich die aufklaffende Wunde zu, aber konnte seine Gedärme dennoch nicht davon abbringen, aus seiner Bauchhülle zu dringen. Das Publikum jubelte wieder laut auf, als Thesalis sich ihre blutigen Schwerter wiederholte. Danach ging ein Tor auf und heraus kamen vier Mann mit zwei Liegen zum Abtransportieren der Verlierer, während Herone und Thesalis wieder Platz nahmen. Als die Arena geräumt wurde, wurde das Publikum etwas leiser und es ging mit den zwei letzten Kämpfern aus Herculaneum weiter und Antonius und Athikus stellten sich ihnen. Dieser Kampf war weniger blutig, jedoch schnell von Antonius und Athikus gewonnen. Nachdem nun alle Gladiatoren aus Herculaneum besiegt waren, folgten die nächsten zehn Mann aus Antium. Um diese Gladiatoren kümmerten sich ausschließlich die Amazonen. Die letzten Gegner dieses Tages standen nun vor Zenobia und Xanthia. Zenobia hat gewusst, dass die letzte Schlacht besonders sein musste und beschloss daher, sie besonders spannend zu gestallten. Als der Sprecher zum Beginn aufrief, umzingelten die beiden Amazonen ihre männlichen Gegner. Alle vier waren mit einem Schwert und einem kleinen, runden Schild ausgestattet. Die Amazonen bildeten einen Ring um die beiden, bewegten sich seitwärts und warteten auf einen Angriff. Irgendwann versuchte einer sein Glück und griff Zenobia mit einem kräftigen Hieb von der Seite an. Als er dies tat, griff Xanthia gleichzeitig den anderen an und so ging es immer wieder und es sah so aus, als würde immer die eine kontern, wenn die andere angegriffen wurde. Das verwirrte ihre Gegner und machte das Ganze für das Publikum ziemlich spannend. Die Angriffe wurden immer häufiger und immer stärker, doch dann änderten die Amazonen plötzlich ihre Taktik und griffen auf einmal gemeinsam an. Sie machten ernst und auf einen abgeblocken Angriff folgte sofort der nächste. Die Amazonen waren einfach zu schnell für die beiden, die nach zahlreichen Schnittwunden ihre Waffen einfach fallen ließen und damit aufgaben. Das Publikum buhte die Männer einfach aus und sie verließen auf den Sand schauend die Arena. Zenobia und Xanthia triumphierten und begaben sich zu ihren Leuten, die ebenfalls aufstanden und mit ihnen jubelten. Tiberius stellte sich klatschend ans Geländer der Loge und die anderen stellten sich neben ihn, worauf er zu Aquila schaute und sie zu sich winke. Als sie zu ihm kam, packte er sie an der Hand, in der sie den Lorbeerstrauch hielt und zog sie nach oben. Die Posaunen ertönten auf das Lorbeersignal nun auf eine andere Weise wie zuvor und der Sprecher bat mit erhobenen Händen um Aufmerksamkeit: „Römer, vor euch stehen die Gewinner des heutigen Tages! Ehrt sie!"

In dem Moment gingen alle Tore des Circus auf und aus jedem fuhr ein Pferdegespann heraus. Auf den Karren waren glückliche Bedienstete, die in jede Richtung Rosenblätter warfen und im Kreis fuhren, der immer enger um die Gladiatoren von Aquila wurde. Als sie den Gladiatoren ziemlich nahe waren, bewarfen sie nun sie mit den restlichen Blättern, worauf riesiger Jubel ausbrach und die Sieger wie Helden gefeiert wurden. Tiberius strahlte ebenfalls eine Art Stolz aus, da es schließlich die Gladiatoren der Hauptstadt waren. Er klatschte also weiter, drehte sich irgendwann zu Aquila und Stephaton, klatschte dann den beiden zu und sagte: „Glückwunsch! Ihr habt uns heute die besten Gladiatoren des gesamten Reiches präsentiert und ich bin mir absolut sicher, dass sie auch morgen siegreich sein werden. Lasst eure Kämpfer ruhig hier in den Quartieren und ich verspreche euch, dass sie hier ebenso gut behandelt werden, wie bei euch daheim."

Tiberius bedankte sich mit einer dezenten Verbeugung nochmals und verließ gutgelaunt die Loge. Alle anderen jubelten noch weiter, aber Ixos war wohl der Lauteste. Irgendwann umarmte Stephaton Aquila seitlich und meinte: „Ein Drittel haben wir hinter uns und ich werde noch glücklicher sein, wenn übermorgen alles vorbei ist."

Aquila nickend: „Mir geht es genauso, mein Liebster."

Nachdem die Karren in den Toren wieder verschwanden, bewegten sich auch die Gladiatorinnen und Gladiatoren in Richtung des Tores, aus dem sie gekommen waren und bald begannen sich auch die Tribünen zu lichten. Ixos, schon ziemlich angetrunken, jubelte noch immer weiter und irgendwann meinte Stephaton an alle gerichtet: „Nun, meine Lieben, verschwinden wir auch?"

Alle nickten nacheinander und begaben sich ebenfalls aus der Loge. Die Prätorianer gingen wohl mit Tiberius fort, denn nur noch die Bediensteten waren zugegen. Sie hielten lächelnd die Vorhänge auf und verabschiedeten freundlich die Gäste. Irgendwann auf ihrem Weg durch die Gänge blickte Stephaton nach hinten und meinte zu dem Verwalter: „Ixos, vergiss bloß nicht den Gewinn abzuholen."

Ixos voller Vorfreude: „Das werde ich mit Sicherheit nicht."

Nachdem sie als Nächstes das Wettbüro regelrecht geplündert haben, gingen sie noch fröhlicher zum Ausgang. Davor warteten schon Titus und Brutus auf sie und der Hauptmann begrüßte laut die gesamte Gruppe: „Das war ja wohl eine Glanzleistung!"

Stephaton erwiderte lächelnd: „Du sagst es, Titus."

Darauf drehte sich Stephaton zu der Gruppe um und meinte: „Wir verschwinden nun. Treffen wir uns alle morgen früh hier, oder kommt ihr wieder zum Ludus?"

Longinus erwiderte: „Wir kommen erstmal zum Ludus."

Ixos: „Und wir werden mit Remo morgen hier auf euch warten, stimmt's, Remo?"

Remo bestätigte und Stephaton fuhr fort: „Nun gut, dann wünschen wir euch einen schönen Abend."

Longinus: „Das wünsche ich euch allen auch. Wir laufen noch ein Stück mit euch, Stephaton, wartet."

Ixos und Remo gingen darauf mit ihren Frauen nach rechts, nachdem sich alle Weiber auf ihre Weise voneinander verabschiedet haben und Stephaton führte darauf allen anderen nach links. Nach einiger Zeit kamen sie als Erstes zusammen am Ludus an und nach einem Abschied gingen die Villenbewohner weiter und waren kurz darauf nun auch daheim angekommen. Ohne großartig noch über die Kämpfe zu fiebern, verbachten alle den warmen Abend zusammen im Atrium. In den Gewölben der Arena hingegen, unterhielten sich die Amazonen und die Gladiatoren über die Kämpfe. Als Erstes stellte Pogoria Zenobia eine ernste Frage: „Zenobia, wieso hast du diesen Kerl am Anfang so gnadenlos abgeschlachtet? Wir sollten das doch nicht tun.“

Zenobia erwiderte entschieden und laut: „Er war ein dreckiges, römisches Arschloch und führte den Angriff auf meine Heimatstadt Saldae an! Nur, weil mein Volk keine Untertanen der Römer sein wollten und sich wehrten, ließ er fast jeden abschlachten! ER führte das Schwert, das meine Mutter und meine Geschwister getötet hat! Ich musste dabei zusehen und werde sein Gesicht nie vergessen. Den Rest meines Volkes nahm man gefangen und ich war eine von ihnen. Ihr seht also, er hat es verdient!“

Pogoria dachte kurz nach und kommentierte: „Ich denke, jetzt können wir alle dein Handeln versehen und ich glaube, auch Aquila, Stephaton und die anderen werden es tun.“

Alle anderen stimmten entweder laut zu oder nicken einfach. Danach endeten die Gespräche und jeder widmete sich seiner Körperpflege, da es wirklich eine Menge vertrocknetes Blut abzuwaschen gab. Danach brachte man ihnen reichlich zu essen und für jeden sogar etwas Wein. Ihre Schlafpritschen wurden nebenan in einem anderen Raum für sie vorbereitet. Nachdem sie alles aufgegessen haben und mit dem Wein nachspülten, legten sich alle erschöpft ins Bett. Die Nacht verging für alle besonders schnell und im Ludus klopften die Villenbewohner schon recht früh an. Da Stephaton und Aquila bereits auf sie warteten, gingen sie gemeinsam sofort los. Diesmal war die Gegenwart von Titus und Brutus nicht erforderlich. Die Sonne war schon recht früh unerträglich und es könnte an diesem wolkenfreien Tag noch wärmer werden. Dieser Gang durch die Gassen war anders als am Tag zuvor, denn kaum jemand interessierte sich für Aquila und ihre Begleiter, die ohne die Kämpfer kaum aus der Masse herausragten und die Hälfte der Menschen eilte sowieso mit ihnen in die gleiche Richtung. Vor dem Circus konzentrierte sich wieder die Menschenmenge, da jeder so schnell wie möglich zu seinem Platz in der Arena wollte. Als der weitere Durchgang kaum mehr möglich war, stoppte Stephaton plötzlich und schrie laut, um den Pöbel zu übertönen: „Wie wollen wir nur Remo und Ixos finden?!"

Longinus erwiderte ratlos: „Wir sollten einfach rein und dort auf sie warten."

So taten sie es auch und quetschen sich regelrecht durch die Masse in Richtung des größten Tores durch, welches nur für Bürger der oberen Schicht gedacht war. Mauritius und Cassius achteten besonders auf ihre schwangeren Frauen und Cassius musste sogar mehrmals die Leute wegschubsen, die unachtsam und rücksichtlos waren. Bald passierten sie endlich das Tor und man konnte wieder durchatmen. Als sie im Gebäude haltmachten, um sich umzusehen, bemerkte Cassius in naher Ferne den winkenden Ixos. Neben ihm stand seine Frau, Victoria und Remo und sie warteten zusammen mit Pesos, dem Diener von Tiberius. Als die Gruppe nun komplett war, begrüßten sich alle recht herzlich und ließen sich wieder von Pesos führen. Auf dem Weg besuchten sie natürlich wieder das Wettbüro und dieses Mal traute sich auch Remo zu wetten. Auch wenn der Gewinn nicht riesig sein dürfte, da mittlerweile nun jeder auf Aquilas Gladiatoren setzte, konnte man nicht verlieren. Der geringe Gewinn ergab sich überhaupt daraus, dass der Gerüchteofen über die Herausforderer brodelte. Selbst am heutigen Tag verbreitete einer der Buchmacher das Gerücht, dass ein unbesiegbarer Riese aus Naxos das Zeug zu gewinnen hätte. Es war auch Gang und Gebe, dass vor den Wettbüros immer angeheuerte Männer standen, die solche Gerüchte laut verbreiteten. Im Vorbeigehen hörte Stephaton sogar deutlich die Geschichte von einem Kannibalen aus Solunt, der mindestens einen Gegner töten musste, um überhaupt etwas zu essen zu bekommen. All dies drängte immer einige Schwachköpfe dazu, ihr

Geld zu verwetten, dachte er sich. Nach dem Wetten ging es weiter durch die Gänge des Circus und kurz darauf standen sie wieder vor der Kaiserloge und wurden wieder herzlich von Tiberius in Empfang genommen. Alle unterhielten sich noch eine ganze Weile, bis Tiberius von seinem Thron aufstand und mit dem vergoldeten Lorbeerstrauch auf Ixos zuging. Dieser schaute total überrascht erst den Kaiser an, dann den Strauch und dann immer wieder abwechselnd und man könnte fast meinen, Ixos würde gerade etwas bejahen. Endlich stellte ihm der lächelnde Kaiser die Frage, die schon jeder erahnen konnte: „Möchtest du es heute übernehmen, Ixos?"

Ixos grinste sofort auf, schaute Tiberius in die Augen und sagte: „Aber natürlich, mein Kaiser! Sehr gerne!"

Tiberius übergab ihm den Strauch und setzte sich belustigt wieder hin. Ixos schaute breit grinsend auf den Strauch, den er in seiner rechten Hand hielt und hörte lange nicht damit auf, bis Tiberius ihn irgendwann unterbrach: „Ixos, jetzt! Nach oben damit!"

Ixos riss den Strauch nach oben, stand dafür sogar von seinem Stuhl auf und fing damit hektisch an zu wedeln. Als die Posaunen schon ertönten, machte er dennoch weiter, bis Cornelia ihn auf seinen Platz herunterzupfte und ihm zuflüsterte: „Das reicht doch schon, Ixos."

Erst dann hörte er auf zu wedeln, ließ den Strauch aber nicht aus seinen Händen. Die Vorspiele begangen und endeten bald, worauf die Kämpfe anfingen, die nicht weniger blutig waren als die von gestern. Die Gegner waren den Gladiatorinnen und Gladiatoren von Aquila kaum ebenbürtig und der Kannibale aus Solunt entpuppte sich als ein Berserker, der einfach nur wahnsinnig wirkte und die Arena leider ohne seine rechte Hand verlassen musste. Auch der Riese aus Naxos offenbarte sich in der dritten Runde ganz anders, denn er war nur ein kräftiger Fettwanst, für den man keine geeignete Rüstung fand. Raton schnitt seinen freien Bauch so oft leicht auf, dass es fast schon langweilig wurde, bis er schließlich aufgab. Alle weiteren Gegner waren kaum nennenswert und der zweite Spieltag war wieder für die Gladiatoren von Aquila entschieden. Bei diesem Siegeszug winken die Gladiatoren Aquila nach oben zur Loge und jeder war scheinbar froh, dass an diesem Tag niemand sterben musste. Tiberius und Ixos standen eine Zeit lang sogar nebeneinander und klatschten gemeinsam. Tiberius freute sich eher dezent, aber Ixos freute sich wieder wie ein kleiner Junge. Tiberius verabschiedete sich einige Zeit später von allen und verließ sie kurz darauf und nachdem ihre Weinbecher leer waren, gingen auch sie. Wie am Vortag holten sie sich den Wettgewinn und verabredeten sich für den nächsten Spieltag, worauf Aquila und die anderen fortgingen. Alle hatten eine ausgesprochen gute Laune und vor dem Ludus schlug Aquila etwas vor: „Wollt ihr nicht noch zu uns reinkommen? Ich glaube, wir haben noch etwas Wein da."

Marina erwiderte: „Ich würde es liebend gern, Aquila, doch der kleine Mauritius braucht etwas Ruhe, glaube ich. Er tritt mich schon die ganze Zeit über."

Aquila lächelnd: „Natürlich, ich verstehe."

Darauf verabschiedeten sich die Villenbewohner von den beiden und liefen weiter heim. Kurz darauf trauten sie ihren Augen kaum, als sie diverse Kamele vor der Villa erblickten und Marina aufschrie: „Sie sind zurück! Mein Vater ist zurück!"

Die Schritte von allen wurden immer schneller, doch die schnellste von ihnen war natürlich Marina. Sie sehnte sich schon lange nach diesem Tag und riss praktisch das Tor der Villa auf. Sie erblickten mindestens zwanzig Leute im Atrium, aber Marina suchte untern ihnen vergebens nach ihrem Vater. Sie lief hektisch umher, schaute und suchte in jeder Stube nach ihm, bis er überraschend aus der Culina kam und praktisch erstarrte, als er sie erblickte. Er schaute ihr in die Augen, dann auf ihren Bauch und dann rannten beide aufeinander zu. Sie umarmten sich und fingen beide an zu weinen und bei allen anderen, die dabei zusahen, rollten ebenfalls die Tränen. Nach einer Weile blickte Artyom seine Tochter an, wischte ihr die

Tränen von den Wangen und sagte: „Marina, meine geliebte Tochter, ich bin so glücklich, dich wohlauf zu sehen."

Sie lockerten ihre Umarmung, schauten einander lächelnd in die Augen, dann schaute Artyom wieder auf ihren Bauch und sagte: „Auch darüber bin ich überglücklich, mein Kind. Ich hätte mir nie träumen lassen, dass ich das noch erlebe. Wo sind die anderen?"

Marina trat beiseite und gab damit Artyom die Sicht auf die anderen frei. Artyom schaute jeden einzelnen von ihnen lächelnd an und meinte: „Wie ich sehe, habt ihr das Schicksal fest im Griff."

Darauf schaute er auf Mauritius, der ihn auch überglücklich anlächelte und meinte: „Komm näher, Vater meines Enkels und lass dich drücken. Lasst euch überhaupt alle von mir drücken."

Artyom griff als Erstes nach Mauritius und begrüßte ihn mit aller Kraft. Danach drückte er Celina und Akatia, die sich ihm erst danach vorstellten und direkt hinter ihnen waren Longinus und Cassius dran. Die Glücksgefühle waren überwältigend und darauf sagte Artyom: „Kommt, setzen wir uns alle hin. Ihr habt sicher viel zu erzählen. Bringt uns allen bitte zu essen und zu trinken."

Einige Frauen der Karawane eilten sofort zur Culina und kümmerten sich um alles. Was noch keiner wusste war, dass die Culina mittlerweile voller Vorräte war, die Artyom und seine Leute mitbrachten. Artyom stellte als Erster seine Fragen, als sie es sich im Atrium gemütlich gemacht haben: „Erzählt mir bitte als Erstes, wie geht es eurem Freund Stephaton?"

Diese Frage beantwortete Longinus fröhlich: „Du wirst es kaum glauben. Während wir uns mit falschen Identitäten durchschlugen, ist er mittlerweile ein freier Mann. Tiberius gab ihm die Freiheit und jetzt ist er sogar Lanista einer Gladiatorenschule."

Artyom positiv überrascht: „Tatsächlich? Das freut mich, dass er ebenfalls wohlauf ist."

Marina: „Ich würde sogar sagen, dass sein Leben aufregender ist als das unsere in der Villa."

Longinus nickend: „Das ist wohl wahr. Im Ludus ist wenigstens immer etwas los. Wir haben nur auf deine Ankunft gewartet, Artyom. Wir ziehen es nämlich vor, Rom bald zu verlassen."

Marina zustimmend: „Ja, alleine dem Nachwuchs wegen. Ich möchte nicht, dass mein Kind in Rom aufwächst. Nicht, dass es uns hier schlecht geht, aber es gibt sicherlich noch schönere Orte für ein Kind und wir haben an Panormus gedacht."

Artyom: „Ja, Panormus ist eine wunderschöne Stadt, hörte ich. Leider ist uns der Seeweg allein wegen unserer Kamele nicht möglich. Das bedeutet aber nicht, dass ich euch dort nicht besuchen kann, meine Lieben."

Longinus lächelnd: „Und du wirst uns immer willkommen sein, alter Freund. Nun erzähl schon, wie war eure Reise?"

Artyom lächelnd: „Oh, wo soll ich nur anfangen? Ich erwähne erstmal das Wichtigste. Wie jedes Mal zogen wir von Stadt zu Stadt, um die besten Waren zu bekommen, doch dieses Mal folgten wir einer Information über eine Schnecke, aus der man einen Purpurfarbstoff gewinnt. Es ist unheimlich schwer, den Farbstoff aus ihnen zu gewinnen und man braucht tausende dieser Schnecken, um nur einen Umhang zu färben, stellt euch vor. Tiberius wird aus dem Häuschen sein, wenn ich es ihm bringe. Ich habe die Hälfte unseres Geldes für nur einen Behälter dieses Farbstoffs ausgegeben, aber es wird sich mindestens vervierfachen. Die Gewürze und die getrockneten Früchte, die wir mitbrachten, sind also eher eine nebensächliche Einkommensquelle geworden."

Cassius: „Das hört sich alles sehr spannend an und du kannst es Tiberius gleich morgen erzählen, wenn wir wieder bei ihm sind."

Artyom überrascht: „Was macht ihr morgen bei ihm?"

Longinus: „Morgen ist der dritte und letzte Spieltag für die Gladiatoren von Aquila und Stephaton und du kannst bestimmt mit uns mitkommen."

Artyom: „Ich hatte sowieso vor, morgen zu ihm zu gehen. Er wartet sicherlich schon ungeduldig auf meine Waren."

Cassius lächelnd: „Das kann gut sein. Er erwähnte bereits die berüchtigten Gewürze von Artyom, als er uns damit zubereitete Hasen servieren ließ."

Alle lachten und griffen zu den Speisen, die nach und nach den Tisch füllten. Artyom erzählte noch viel über ihre Reise, stellte aber auch viele Fragen. Irgendwann am Abend schnitten sie das Thema der Kinder an und Marina ließ es sich nicht nehmen, über das Bettchen zu reden, welches Mauritius gebaut hatte. Sie begleitete darauf ihren Vater zu ihrer Stube, zeigte es ihm und als sie in der Stube ungestört waren, fragte er sie: „Marina? Ist dir Mauritius ein guter Mann?"

Marina erwiderte ohne zu zögern: „Ja, Vater, das ist er. Ich wünschte, du müsstest nicht wieder weg. Wir sind mittlerweile alle eine Familie geworden und Celina und ihre Mutter Akatia sind liebe Freundinnen für mich. Komm doch einfach mit nach Panormus."

Artyom: „Ich bin schon alt, mein Kind, und möchte dein junges und glückliches Leben nicht betrüben."

Marina leicht erzürnt: „Wie kannst du sowas sagen? Du bist einer der wichtigsten Menschen in meinem Herzen! Kann niemand deinen Platz in der Karawane einnehmen? Ich weiß, du bist eine Art Vater für alle und sie werden immer für dich sorgen, aber wäre es nicht schöner, wenn mein Sohn einen Großvater hat, der ihm von seinen Reisen erzählt?"

Artyom überlegte kurz und erwiderte: „Diese Vorstellung ist wirklich schön, meine Tochter, und ich verspreche dir, dass ich gründlich darüber nachdenken werde, mein Kind."

Marina schloss ihren Vater in ihre Arme und brach erneut in Tränen aus. Artyom umarmte sie ebenfalls und ließ tatsächlich kurz den Gedanken zu, sein Nomadenleben aufzugeben. Ihre Tränen kullerten über das gräuliche Haar von Artyom herunter und dann lockerten sie ihre Umarmungen. Artyom wischte ihr die Tränen mit seinen Daumen ab und gab ihr einen Kuss auf die Stirn. Darauf nahm er sie an die Hand und beide verließen die Stube. Mittlerweile gesellten sich auch einige der Nomaden zu ihnen an den Tisch und Longinus unterhielt sich mit einigen von ihnen, die er noch gut von damals kannte. Auch sein alter Freund Titus, den er für die Reise von Artyom anheuerte, war mit seinem Anhang noch immer dabei. Er lebte auf den Reisen scheinbar auf, denn er wirkte positiv verändert und fröhlich. Die Frauen der Nomaden beschäftigten sich währenddessen mit der Pflege ihrer Kinder, von denen es sieben in der Gruppe gab und alle waren Jungen. Marina beobachtete sie und lächelte bei dem Anblick, als die Mütter manchmal verärgert waren, dass ihre Söhne nicht auf sie hören wollten. Langsam wurde es Abend und beide Seiten hatten bereits Unmengen an Geschichten untereinander ausgetauscht, aber Artyom erzählte noch weiter und lobte noch mehrmals Titus und seine Männer, die des Öfteren zum Schutz der Karawane eingreifen mussten. Schließlich übermannte die Müdigkeit die Reisenden und die Frauen bereiteten die Schlafstellen in der Villa vor. Sie taten es wie damals und Artyom belegte seine persönliche Stube, die seither auch niemals von den Villenbewohnern genutzt wurde und die anderen breiteten ihre Schlafdecken einfach im Atrium aus. Titus zog es vor, mit seinen Männern wieder mal ein Schankhaus zu besuchen, um sich volllaufen zu lassen und so verließen sie die Villa. Alle anderen verabschiedeten sich für die Nacht und schliefen rasch ein. Der dritte Tag der Spiele brach an und als Longinus und die anderen sich auf die Spiele vorbereiteten, gingen die Nomaden ihren geplanten Aufgaben nach. Sie verpflegten erst sich selbst notdürftig und widmeten sie sich darauf ihren Kamelen, die vor der Villa angebunden waren und zum Schluss wurden die Waren für den Verkauf vorbereitet. Artyom instruierte die Leute, was als Erstes verkauft werden sollte und er selbst suchte nach seinem wertvollen Purpurfarbstoff, den er in Pulverform in eine große Karaffe gefüllt hatte. Als er mit der Karaffe im Atrium auf die anderen wartete, um zum Circus aufzubrechen, kam Marina auf ihn zu, schaute sich fragend seinen Aufzug an, der kaum zu der Loge und der Gesellschaft des Kaisers passte und meinte lächelnd: „Vater, so kannst du nicht in der Loge auftreten. Mauritius hat sicher etwas Buntes für dich. Komm, wir schauen gleich nach."

Sie packte ihren Vater an der Hand und zehrte ihn hinter sich zu ihrer Stube, wo Mauritius mit seiner Bekleidung noch zugange war. Marina schilderte das Problem und Mauritius erwiderte lächelnd: „Bediene dich einfach, Artyom. Hauptsache, wir sind alle schön bunt."

Artyom stand einfach nur da, während Marina in den Anziehsachen von Mauritius herumkramte. Sie kannte ja alle Kleider und als sie rasch etwas Passendes fand, legte sie es an Artyom an und meinte: „Ich finde, dieses steht dir. Probiere das doch mal an."

Artyom stellte darauf die Karaffe etwas unwillig auf den Boden ab, zog sein gräuliches Gewand aus, ließ es auf den Boden fallen und zog das Bunte an. Er selbst schaute sich nicht an, aber beobachtete Marinas Gesichtsausdruck genau. Sie lächelte nämlich und meinte: „Jetzt siehst du wie ein Patrizier aus, jetzt können wir los."

Sie verließen die Stube zu dritt, da Mauritius mittlerweile nun auch fertig war. Im Atrium warteten auch schon die anderen und waren ebenfalls schön bunt gekleidet. Longinus und Cassius trugen zusätzlich einen dicken Beutel bei sich und Artyom ahnte schon, dass das wieder eine Menge Geld für die Wette war. Darauf verließen sie die Villa in Richtung des Ludus und irgendwann auf ihrem Weg sagte Longinus zu Artyom: „Gleich sind wir da und du wirst Aquila kennen lernen. Sie ist eigentlich die Domina von Stephaton, aber eher seine Geliebte. Sie ist sehr nett, obwohl sie eine aus der obersten Schicht der Römer ist."

Artyom lächelte nickend und wechselte wieder die Hand, in der er die Karaffe trug, die nicht gerade leicht zu sein schien. Nach einer Weile war es soweit und der Ludus war endlich in Sichtweite. Sie gingen auf den Eingang zu und als Longinus kurz davor war anzuklopfen, blickte er die anderen an und meinte: „Ich bin schon ziemlich auf die Reaktion von Stephaton gespannt."

Darauf klopfte er ganz laut, damit es bloß keiner im Ludus überhört und Brutus öffnete und grinste begrüßend. Sie betraten den Ludus und Longinus rief ganz laut: „Stephaton! Schau, wer da ist!"

Es dauerte etwas, bis Stephaton sich auf der Terrasse blicken ließ und als er die Sieben unten stehen sah, erstarrte er kurz und verschwand wieder. In Windeseile ist er die Treppe runter gerannt, lief hocherfreut geradewegs auf Artyom zu, packte ziemlich kräftig seine Hand und sagte: „Das ist aber eine Überraschung! Artyom, alter Freund! Willkommen!"

Als die beiden sich kräftig die Hände schüttelten, kam Aquila hinzu und Stephaton stellte sie sofort vor: „Artyom, das ist Aquila, meine bessere Hälfte."

Artyom griff nach ihrer Hand, küsste sie und sagte: „Ich fühle mich geehrt, Aquila. Ich bin Artyom, der Vater von Marina."

Aquila lächelnd: „Ich bin erfreut, dich kennen zu lernen, Artyom. Zugleich möchte ich dir ein Kompliment machen, welch eine wundervolle Tochter du hast."

Artyom erwiderte höflich: „Ich danke dir herzlich, Aquila."

Alle lächelten und genossen diesen schönen Moment des Wiedersehens, bis Stephaton leider unterbrach: „Es ist leider an der Zeit, meine Lieben, und wir sollten besser aufbrechen. Titus und Brutus müssen uns dieses Mal begleiten."

Sie verließen darauf mit insgesamt zehn Mann den Ludus, Titus und Brutus nicht mit einberechnet und sollte Artyom zustimmen, mit nach Panormus zu gehen, würden sie genauso zahlreich Rom bald verlassen, dachte sich Marina. Sie liefen durch die Gassen Roms und unterhielten sich prächtig. Nach einiger Zeit waren die Männer in einer Gruppe ganz vorne, die Frauen folgten ihnen und am Ende liefen Titus und Brutus und spielten die Aufpasser. Als sich alle dem Circus näherten, eilten die beiden Soldaten nach vorne, da die Menschenmassen es wieder kaum möglichmachten durchzukommen. Sie schafften es schließlich mit etwas Mühe und betraten endlich das große Tor. Wie am Tag zuvor wartete Pesos mit Ixos und Remo auf die anderen und Marina stellte allen ihren Vater vor, den jeder recht herzlich begrüßte. Als Remo an der Reihe war, sich und seine Frau vorzustellen, meinte Artyom ganz überrascht: „Bist du nicht unser Wasserträger? Welch ein Wandel?“

Remo lächelnd: „Ja, mein Herr, das war ich mal. Den Wandel habe ich deinen Freunden zu verdanken und scheinbar haben sie dir meine Geschichte noch nicht erzählt?“

Artyom zurücklächelnd: „Nein, aber ich höre sie mir sehr gerne an, sobald wir Ruhe dazu haben, mein Freund.“

Stephaton: „Genau. Hiernach werden wir noch genug Zeit dafür haben. Außerdem müssen wir mit dir ohnehin reden, Remo. Nun lasst uns das Geld bei dem Buchmacher abgeben und dann geht es nach oben.“

Pesos kannte bereits den Weg, den sie die zwei Tage zuvor gegangen waren, ging voran und alle machten wieder ihre Wetten. Auch an diesem Tag wurden Gerüchte laut, dass es den einen oder den anderen Gladiator gab, der es ruhig mit Aquilas Kämpfern aufnehmen konnte. Doch am lautesten redete man über einen unmenschlich starken Gladiator namens Phyrros, der in dem größten Amphitheater in Katane auf Sizilien bis heute als unbesiegbar galt. Nach dem Abschluss der Wetten ging es wieder hinauf zur Loge, wo Tiberius bereits auf seine Gäste wartete. Er begrüßte jeden wieder herzlich und als er Artyom erblickte, schaute er völlig überrascht und sagte: „Artyom, schön dich wiederzusehen! Ich hoffe doch, du kommst nicht wegen deinen Gewürzen hierher?“

Artyom etwas unsicher: „Nein, mein Kaiser. Ich bin in Begleitung meiner Tochter und ihrer Freunde hier, wenn ihr gestattet.“

Tiberius: „Aber selbstverständlich! Gesell dich zu uns und verrate mir, wieso du Wein mitbringst. Davon haben wir doch genug hier.“

Artyom: „Das ist kein Wein, mein Kaiser. Das ist etwas sehr Besonderes.“

Artyom kramte ein Stück Stoff unter seiner Kleidung hervor und übergab es Tiberius. Tiberius betrachtete konzentriert das kleine Stück purpurfarbenen Stoffes, schaute mit einer ernsten Miene auf Artyom und fragte: „Woher hast du das?"

Artyom: „Ich habe es selbst zur Probe gefärbt, mein Kaiser. Gefällt es euch?"

Tiberius: „Diese Farbe ist sehr exklusiv. Woher hast du sie?"

Artyom: „Ich kaufte den Farbstoff für euch, mein Kaiser. Ich habe mehrere Wochen dafür gebraucht, diese Menge davon anzuhäufen."

Artyom stellte die Karaffe neben den Kaiser, der mit riesigen Augen darauf schaute und Artyom fragte: „Ist die Karaffe damit etwa voll?"

Tiberius klatschte mehrmals in seine Hände und hörte erst auf, als sein Bediensteter auftauchte und Tiberius ganz laut zu ihm sagte, um den herrschenden Geräuschpegel zu übertreffen: „Schaffe diese Karaffe sicher fort und lasse sie bewachen, Verstanden?!"

Der Bedienstete packte die Karaffe sehr vorsichtig an und ging damit genauso vorsichtig heraus. Als einer der Prätorianer das ganze beobachtete, winkte ihn Tiberius mit und der Soldat folgte der Karaffe und ließ sie nicht aus der Sicht. Danach lächelte Tiberius Artyom noch an und sagte: „Ich danke dir, alter Freund. Ich wusste schon immer, dass du kein einfacher Händler bist. Artyom, man wird Geschichten über deine Verkaufserfolge schreiben und nun setz dich zu uns. Pesos wird dich nachher deinen Wünschen entsprechend entlohnen und jetzt möchten wir beglückt mit den Spielen beginnen."

Marina hatte ihrem Vater neben sich einen Platz freigehalten, indem sie Mauritius vorerst freundlich verbannte. Er nahm es ihr natürlich nicht übel, sondern freute sich sogar für sie und nun konzentrierten sich alle auf das Geschehen in der Arena. Den vergoldeten Lorbeerstrauch behielt Tiberius heute für sich. Stolz, der neue Besitzer des Farbstoffes zu sein, erhob er den Stauch in die Höhe und ließ damit die Spiele beginnen. Er stellte sich schon bildlich vor, wie er bald in seinen neugefärbten Gewändern im Senat vorsprechen würde und alle von seiner geplanten Abreise nach Capri informiert. Der dritte und letzte Spieltag begann wie gehabt. Nach dem Austeilen des Brotes und der Lehmkugeln stand aber überraschenderweise noch etwas anderes an, denn Tiberius hatte exotische Tiere aus dem ganzen Reich zur Vorführung in der Arena holen lassen. Nachdem ein Tor aufging, traten diverse Tiere nacheinander heraus. Als Erstes kamen vier Elefanten, die langsam von schwarzhäutigen Amazonen geritten wurden. Die Elefanten machten einen riesigen Lärm und wurden an Ketten von sehr vielen Bediensteten geführt und als eines der Tiere drohte aus der Formation auszubrechen, hielt das Publikum den Atem an, doch die Amazone, die es ritt, konnte es mit ihrer Stimme und einigen Streicheleinheiten besänftigen. Danach folgten vier gefährliche Nashörner, hinter ihnen zehn Zebras, danach zwanzig nervöse Antilopen und vier neugierige Giraffen. Alle Tiere umkreisten mindestens fünf Mal den Rand der Arena, bis sie wieder durch das gleiche Tor weggeführt wurden. Nach einer Weile ging ein weiteres Tor auf und man konnte deutlich das Gebrüll eines Raubtieres hören. Dem Tier voraus kamen sechs Mann, die jeweils zur dritt eine Kette hielten. Darauf konnte man deutlich das Aufgehen von einem Gitter hören, das sich scheinbar noch zusätzlich hinter dem Tor befand. Heraus kam ein riesiger Löwe, der die Männer vor sich, die ihn an den Ketten hielten, jagen wollte, doch die weiteren sechs hinter dem Tier ließen ihn nicht zum Angriff kommen. Sie positionierten das Tier langsam in der Mitte der Arena und dann passierte etwas, was das Publikum erstarren lassen sollte. Aus einem anderen Tor kam ein komisch gekleideter Mann heraus, der in seiner rechten Hand eine Art Peitsche hielt und sich dem Tier näherte, das langsam nur auf ihn aufmerksam wurde. Nebenbei animierte er das Publikum zu noch mehr Jubel, als er das Tier mit seiner Peitsche reizte. Er umkreiste den Löwen über die Ketten steigend und kam dem Tier immer näher. Irgendwann schrie er den Löwen sogar an, wodurch er nur aggressiver wurde. Die Menschen jubelten ziemlich laut, als die beiden noch mindestens fünf Fuß trennten und Tiberius das Spektakel beenden ließ. Der Animator wartete, bis das Tier wieder aus der Arena gezerrt wurde und verabschiedete sich zum Schluss tiefbeugend von dem Publikum. Nun sollten die Kämpfe beginnen und Tiberius gab das Startzeichen, die Posaunen ertönten erneut und der Sprecher wurde tätig: „Meine lieben Mitbürger! Euer Kaiser präsentiert euch nun die sechs letzten Gladiatorenschulen, die Aquilas Kämpferinnen und Kämpfer herausfordern! Begrüßen wir als Erste: Die Amazonen und Gladiatoren von Aquila von Maiuuus!"

Das Publikum schrie regelrecht auf, als ein Tor aufging und Aquilas Kämpfer dort herauskamen. Auf ihrem Weg zur Mitte winkten sie dem Publikum zu und die Menschen rasteten praktisch aus. Sie jubelten wohl besonders laut, da heute der letzte Tag der Spiele war und als die Kämpfer ihre bekannten Positionen eingenommen hatten, rief der Sprecher erneut ganz laut: „Hier ihre ersten zehn Gegner! Die Gladiatoren von Oplontiiis!"

Aus dem gegenüberliegenden Toren kamen darauf die besagten Zehn heraus. Sie waren allesamt sehr kräftig und ziemlich groß. Man könnte fast meinen, sie stellten wirklich eine Gefahr für Aquilas Kämpfer dar, doch schon nach dem ersten Kampf kam die Ernüchterung. Die Gegner präsentierten sich zwar prachtvoll, aber kämpferisch waren sie unreif und verloren schnell jedem Kampf. Dann waren die nächsten Zehn an der Reihe und der Sprecher stellte sie vor: „Nun, meine lieben Bürger, begrüßen wir die Gladiatoren aus Kataneee!"

Die nächsten Zehn formierten sich vor Aquilas Leuten, wie die vorherigen Zehn zuvor und die Ersten Beiden von ihnen traten gegen Adisa und Vinitius an. Es war ein schöner Kampf und obwohl Adisa mit Vinitius nur selten ein Paar bildeten, konnten sie ihre Gegner mit Leichtigkeit besiegen. Darauf traten die nächsten zwei gegen Antonius und Athikus an. Einer ihrer Gegner war tatsächlich ein Riese, der ziemlich kraftvoll aussah, wogegen der andere eher schmächtig, aber gut gebaut war. Er kämpfte mit zwei kurzen Schwertern und man konnte sehen, dass er gut mit ihnen umgehen konnte. Der Riese hatte dagegen ein großes Schild und ein etwas längeres Schwert, das irgendwie länger wirkte, als alle Schwerter, die man bisher in der Arena sah. Als der Kampf begann, übernahm Athikus den Kerl mit den zwei Schwertern und Antonius traute sich an den Riesen heran. Athikus kam gut zurecht und konnte jedem Schwerthieb entweder ausweichen oder ihn abwehren, aber Antonius hatte es schwerer. Einerseits waren die Schwerthiebe des Riesen sehr kraftvoll und es war schwer ihnen auszuweichen, andererseits machten die langen Arme und das lange Schwert des Riesen einen Angriff schier unmöglich. Antonius konnte eigentlich nur nach hinten ausweichen und auf eine gute Gelegenheit warten und versuchte zwischen den Angriffen des Riesen einen Treffer zu landen. Als er gerade nach vorne schnellen wollte und sein Schwert von rechts schwang, war der Riese mit seinem Angriff schneller und enthauptete Antonius mit Leichtigkeit. Das Publikum verstummte plötzlich und in der Loge hielt jeder seinen Atem an. Aquila hielt sich mit ihrer rechten Hand den geöffneten Mund zu und mit der linken Hand packte sie Stephaton ganz fest. Alle anderen waren ebenfalls fassungslos und selbst Tiberius konnte es kaum glauben. Noch während Athikus den Kopf seines Gefährten rollen sah, brach er in Rage aus, streckte seinen Gegner gleich mit mehreren Bauchstichen nieder, griff nach einem seiner Schwerter und rannte auf den Riesen zu. Während er rannte, schleuderte er das Schwert auf den Kerl, der es jedoch von seinem Schild einfach abprallen ließ und mit seinem Schwert ausholte, um seinen erfolgreichen Hieb von vorhin zu wiederholen, doch Athikus viel vor ihm auf seine Knie und bohrte mit beiden Händen das andere Schwert von unten in den Brustkorb des Riesen. Er ließ sein Langschwert und das Schild fallen und ging selbst leblos auf seine Knie. Athikus stand sofort auf, ließ sein Schwert jedoch stecken und während der Riese mühevoll nach Luft schnappte, hob Athikus sein

Schwert auf und holte mit aller Kraft von rechts aus. Doch er enthauptete den Riesen nicht, sondern halbierte seinen Kopf in Ohrenhöhe. Der Riese machte keinen Atemzug mehr, seine Augen erstarrten und kurz darauf fiel sein regungsloser Körper zu Boden. Athikus ließ das blutige Schwert fallen und ging zu dem leblosen Körper von Antonius, hob ihn auf und trug ihn auf seinem Rücken fort. Keiner traute sich, sich um den Kopf von Antonius zu kümmern, daher übernahm es sofort einer der Bediensteten, der darauf Athikus folgte. Die beiden anderen Leichen wurden ebenso rasch fortgeschafft und verschwanden in den entgegengesetzten Toren. Als die Arena von den Überresten des Kampfes bereinigt wurde und das Blut auf dem Sand mit neuem überstreut wurde, ging es weiter. Es blieben noch sechs Gladiatoren aus Katane über und die nächsten zwei mussten direkt sterben und dafür sorgte Pogoria und Raton. Die Stimmung auf den Tribünen wurde wieder heiter und alle forderten laut weitere Tote. Zenobia und Xanthia hielten es jedoch für amüsanter, ihre nächsten Gegner nur zu verstümmeln. Danach ging es nicht weniger blutig weiter, bis alle dieser Gladiatorenschule besiegt waren. Alle jubelten vor Zufriedenheit, doch Aquila und Stephaton konnten sich wegen dem Verlust noch nicht freuen. Die Gegner der nächsten Gladiatorenschule waren auch schnell erledigt, doch dabei floss etwas weniger Blut. Die Kämpfe dauerten an diesem Tag ziemlich lange und die Endsiegesfeier am Ende wurde trotz des Verlustes von Antonius nicht betrübt. Während der Siegeszug in der Arena andauerte, gratulierte jeder einzeln Aquila und Stephaton und als Letzter kam Tiberius auf die beiden zu und sagte: „Aquila, euer Verlust tut mir wirklich leid. Dennoch bewiesen deine Kämpfer, dass es nun niemanden mehr gibt, der sich ihnen stellen kann und dafür spreche ich dir meine Glückwünsche aus. Ich verspreche dir, dass der Körper von Antonius in allen Ehren in der öffentlichen Nekropole bestattet wird und dass ich vor dem Circus ein Denkmal für ihn errichten lasse.“

Aquila verbeugte sich leicht und erwiderte: „Ich danke dir, mein Kaiser, und bitte dich zugleich um eine Audienz in drei Tagen. Ich möchte mit dir über die Zukunft des Ludus sprechen."

Tiberius leicht betrübt: „Ach ja, eure Reise nach Panormus. Ich werde euch gern empfangen und nun entschuldigt mich."

Tiberius nahm von niemanden sonst Abschied, sondern entfernte sich unbemerkt, während die anderen noch jubelten. Ixos war der Nächste, der Aquila seine Glückwünsche, aber auch sein Beileid aussprach. Als in der Loge noch weiter gejubelt und gefeiert wurde und dabei die letzte Weinkaraffe draufging, kam Pesos auf Aquila zu und informierte sie: „Dies ist eine Mitgift vom Kaiser Tiberius an euch. Eure Gladiatoren sind nun für den Heimweg bereit, Herrin Aquila, und warten vor dem Eingang auf euch."

Pesos übergab Stephaton eine mittelgroße Truhe, die er gerade noch halten konnte und ging fort, nachdem er noch fünf schwäre Säcke an Artyom übergeben ließ. Auch er konnte das Gewicht kaum halten und reichte jeweils zwei der Säcke an Cassius und Mauritius und darauf richtete Stephaton einen Aufruf an alle: „Hört zu, Leute! Begleitet uns doch alle zum Ludus. Wir sollten den Kämpfern die Ehre erweisen und zum Gedenken an Antonius etwas mit ihnen verweilen."

Alle stimmten dem zu und folgten darauf Stephaton und Aquila. Nachdem sie ihre Gewinne vom Wettbüro abgeholt haben, begaben sie sich sofort zum Ausgang, wo die Kämpfer mit Titus und Brutus bereits warteten. Aquila reichte jedem von ihnen die Hand und brachte erstmal ihre Trauer zum Ausdruck und nach ihr taten es ebenso die anderen. Die Glückwünsche zum Sieg kamen nur beiläufig zur Geltung, als Stephaton den Kämpfern die Truhe von Tiberius übergab. Vor dem Circus jubelten die Menschenmassen den Siegern ziemlich laut zu, ließen die Kämpfer aber zum Glück ziehen, ohne wirklich aufdringlich zu werden. Im Ludus angekommen, verteilten sich die Kämpfer erst auf ihre Quartiere und die restlichen Gäste besetzten den Gemeinschaftsraum. Tullia hatte schon zuvor dafür gesorgt, dass auf alle genug Wein und eine kleine Mahlzeit wartete. Jeder versuchte den Abend eher still zu gestalten und alle unterhielten sich gepflegt miteinander und nur Athikus kämpfte in der Stille ziemlich mit dem Verlust seines engsten Freundes. Seine anderen Gefährten spürten es deutlich und leisteten ihm die ganze Zeit Gesellschaft, wo sie nur konnten. Als die Sonne schon langsam vom Firmament zu verschwinden drohte, kam Stephaton auf Aquila zu, die sich gerade mit Marina und Artyom unterhielt und fragte: „Aquila, sollen wir es jetzt verkünden?"

Aquila erwiderte: „Ich finde, wir sollten es in einer etwas festlicheren Stimmung tun, meint ihr nicht?"

Marina darauf: „Ich denke nicht. Ich finde, dafür ist jetzt der richtige Zeitpunkt. Sie sind ohnehin schon alle sehr traurig, also wieso sollten wir sie später erneut traurig machen."

Stephaton nickte zustimmend, packte Aquila an der Hand und richtete seinen Blick auf alle Leute, die gerade im Gemeinschaftsraum versammelt waren und sich unterhielten. Als er sich sicher war, dass wirklich alle anwesend waren, die diese Botschaft hören sollten, fing er mit seiner Ansprache an: „Meine Lieben, kommt bitte alle zusammen. Wir möchten euch allen etwas mitteilen."

Ausnahmslos alle richteten ihren Blick nun auf Stephaton, der jeden Einzelnen, bis auf Mauritius, Cassius und Longinus anblickte und begann: „Ich möchte euch alle erstmal beglückwünschen. Ihr habt bewiesen, dass ihr die besten Kämpferinnen und Kämpfer in ganzem Reich seid. Wir trauern alle um Antonius, aber er starb in Ehre in einem ungleichen Kampf und das dürfen wir ihm nicht nehmen! Meine Aufgabe ist hiermit vollbracht und ich werde mit Aquila und den Villenbewohnern Rom in Kürze verlassen."

Alle Unwissenden blickten sich überrascht an und Pogoria protestierte sofort: „Aber das könnt ihr nicht tun! Was wird aus dem Ludus und uns?"

Stephaton beruhigend: „Seid alle unbesorgt. Pogoria, ich ernenne dich zu meinem Nachfolger und ab jetzt bist du der Lanista des Ludus. In drei Tagen werden wir mit Tiberius das Beste für euch aushandeln und ich verspreche jedem Einzelnen von euch, dass damit eure Freiheit in greifbare Nähe rückt."

Pogoria weiterhin unzufrieden: „Wann wollt ihr aufbrechen und wohin?"

Aquila brachte sich zur Beruhigung der Gemüter nun auch ein: „Wir einigten uns auf Panormus auf Sizilien und Ixos wird uns bei der Suche nach einer geeigneten Bleibe dort helfen, hoffe ich."

Ixos bestätigte: „Das werde ich natürlich gern tun. Tiberius hat ja vor, mich dorthin geschäftlich zu entsenden und höchstwahrscheinlich können wir sogar gemeinsam dorthin reisen."

Aquila: „Das wäre sicherlich vom Vorteil. Natürlich ist dort jeder von euch herzlich willkommen und kann uns jederzeit besuchen, wenn es ihm möglich ist."

Stephaton stimmte nickend zu und fuhr fort: „Ich denke, in einer Woche haben wir alles geklärt und geplant und können dann Rom verlassen. Ich bitte euch alle, sich zum Abschied hier zu einzufinden."

Remo entgegnete ziemlich traurig: „Wir werden hier sein, Stephaton, um euch schweren Herzens gehen zu lassen."

Alle anderen stimmten auch betrübt zu und als Nächstes beglückwünschten sie Pogoria zu seiner neuen Position und freuten sich für ihn sehr. Als es schon wirklich dunkel wurde, verabschiedeten sich als Erste Remo und Victoria. Sie ließen Lucas den ganzen Tag allein zu Haus und hofften, dass er schon schlafen würde, denn sie wollten ihm heute Abend nur ungerne die traurige Nachricht überbringen, dass Stephaton bald fortgeht. Als Nächstes verließen Ixos und Cornelia den Ludus, aber bevor Ixos ging, bat ihn Stephaton noch, an dem Treffen mit Tiberius teilzunehmen. Zuletzt verabschiedeten sich die Villenbewohner von allen und gingen zurück zu ihrer Villa. Stephaton und Aquila verabschiedeten sich darauf von den Amazonen und den Gladiatoren und gingen die Treppe hinauf in ihr Domizil. Als die Gladiatoren noch alle zusammen an den Tischen versammelt waren, fragte Pogoria alle ganz leise: „Und, was haltet ihr davon, dass sie uns verlassen?“

Zenobia erwiderte: „Wir können sie doch nicht aufhalten, Pogo. Aber wenn sie uns schon ihr Wort gegeben haben, dass sie das Beste für uns mit Tiberius aushandeln, dann vertraue ich ihnen.“

Pogoria: „Das tue ich natürlich auch, aber ich finde es schade, dass sie gehen wollen.“

Alle anderen stimmten ebenfalls zu und Pogoria fuhr fort: „Was haltet ihr davon, wenn wir von einem Teil unseres Gewinns ein Abschiedsgeschenk für sie kaufen?“

Raton: „Woran denkst du?“

Pogoria: „Ich dachte an ein prächtiges Schwert für Stephaton und was wir Aquila und Tullia schenken, überlassen wir besser den Frauen.“

Darauf Zenobia: „Ich denke, besonderer Schmuck wäre für beide Frauen sicherlich passend. Für Aquila vielleicht ein kleines Schwert als Anhänger? Es würde ja von Gladiatoren kommen und zwar von ihren Gladiatoren.“

Pogoria: „Das hört sich gut an. Ich werde Titus darum bitten, alles zu organisieren.“

Zenobia und Xanthia entgegneten beinahe gleichzeitig: „Gute Idee.“

Auch die anderen stimmten erfreut zu und verschwanden nach und nach in ihren Quartieren. Seltsamerweise interessierte sich keiner für die Mitgift von Tiberius so richtig und sie blieb bis zum nächsten Tag unberührt und stand einfach in Pogorias und Ratons Stube herum. Erst am nächsten Morgen, als die beiden aufwachten, machten sie die Truhe auf. Sie legten sie dazu erst auf Ratons Bett, öffneten sie vorsichtig und trauten ihren Augen kaum, als sie die ganzen Goldmünzen, Edelsteine und Schmuck darin erblickten. Eine wunderschöne Kette passte zu Tullia und sie legten sie sofort zur Seite und dann schrie Pogoria ganz laut auf: „Leute, kommt alle schnell her! Macht schon!“

Alle eilten schnell zu den beiden in die Stube und erblickten ebenso fassungslos den Inhalt, wie Pogoria und Raton zuvor. Nachdem alle Vierzehn einen Blick auf den Schatz geworfen haben, fasste jeder von ihnen einmal das Gold an und Zenobia kommentierte: „Ich schätze, es ist eine Menge Geld.“

Pogoria darauf: „Das ist ein kleines Vermögen, schätze ich. Los, macht die Truhe zu und lasst euch nichts anmerken.“

Raton lächelte: „Wieso? Meinst du, jemand nimmt es uns weg?“

Pogoria nachdenklich: „Das sicher nicht, aber... Ich weiß nicht, macht sie einfach zu. Ich rede erstmal mit Titus, wie geplant.“

Pogoria verließ seine Stube, eilte darauf zur Culina, wo er herzlich Tullia begrüßte, seinen Durst stillte und sich hinterher auf die Suche nach Titus begab. Er fand den Hauptmann schnell, da er zusammen mit Brutus gerade die morgendliche Sonne auf der Sitzbank genoss. Pogoria begrüßte erstmal beide und meinte weiter zu Titus: „Titus, kann ich dich einen Augenblick sprechen?“

Titus: „Sicher doch. Was liegt an?“

Pogoria: „Würdest du etwas für uns tun? Es muss aber unter uns bleiben, da es ein Abschiedsgeschenk für Stephaton und Aquila werden soll.“

Titus: „Ein Abschiedsgeschenk würde sie sicher freuen, aber wie könnte ich euch dabei helfen?“

Pogoria: „Du müsstest einen Schmied für uns suchen und einen Schmuckmacher. Wir wollen für Stephaton ein Schwert schmieden lassen und zwar ein wirklich besonderes: Scharf wie die Klinge des Mars persönlich und mit einem goldverzerrten Griff mit der Aufschrift: -In Ewiger Dankbarkeit-“

Titus: „Hört sich jetzt schon besonders an. Und für Aquila?“

Pogoria: „Ein kleines Schwert aus reinem Gold als Anhänger für eine Kette mit der gleichen Aufschrift und es muss in der Sonne glänzen.“

Titus lächelnd: „Nun ja, für eine Frau ein ungewöhnlicher Anhänger, aber welche Frau besitzt schon einen Ludus, nicht wahr?“

Pogoria zurücklächelnd: „Es soll sie auch auszeichnen, das ist der Gedanke dahinter."

Titus: „Viel Zeit haben wir aber nicht, wenn man bedenkt, dass sie bald abreisen. Ich sollte lieber sofort los und sicherer wäre, wenn ich mit einer Anzahlung die Arbeit des Schmiedes beschleunige."

Pogoria nickend: „Aber natürlich. Warte kurz."

Pogoria eilte in sein Quartier und brachte rasch eine Handvoll Goldmünzen mit, worauf Titus sie einsteckte und zu Pogoria und Brutus sagte: „Wenn einer nach mir fragt, sagt einfach, ich bin eben nach Hause zu meinem Sohn und komme gleich wieder."

Titus öffnete das Tor und wollte gerade hinaus, als vor ihm der neue Wasserträger stand und er ihn erstmal mit dem Karren eintreten ließ. Als Tullia die unverkennbar hohe Stimme des Wasserträgers hörte, eilte sie aus der Culina, lief winkend in Richtung des Wassertanks und rief laut: „Bitte hierher mit dem Wasser!"

Der Wasserträger zog den Karren also weiter an der Culina vorbei und stellte ihn vor dem Wassertank ab. Was keiner wusste war, dass Tullia bereits seit dem Beginn der Spiele das nicht benötigte Wasser in die Tanks füllen ließ. Der Wasserträger füllte den Tank also noch mit vier der insgesamt sechs Karaffen und brachte die zwei verbliebenen zur Culina. Nachdem er die sechs leeren Karaffen auflud, verließ er wieder den Ludus und Brutus schloss hinter ihm das Tor und beobachtete Tullia bei der weiteren Arbeit. Sie häufte nämlich fleißig immer mehr Holz unter dem Tank an und holte danach Öl, um die Standfackeln in den Badehäusern zu füllen. Darauf verschwand sie in der Culina und wartete, bis alle aus ihren Löchern kamen. Nach und nach holte sich jeder etwas Wasser aus der Culina und setzte sich im Gemeinschaftsraum hin. Erst kurze Zeit später, als alle Vierzehn schon versammelt waren, kam Stephaton hinunter und besuchte zunächst ebenfalls die Culina. Dort begrüßte er Tullia mit einem Lächeln und sie begann das Gespräch: „Ich habe alles für ein ausgiebiges Bad für die Leute vorbereitet, Stephaton. Es fehlen nur noch die Badekräuter und das Feuer. Es wird das erste Mal sein, dass wir die Badehäuser endlich nutzen."

Stephaton lächelnd: „Das ist schön und sie werden sich sicher alle freuen. Das Feuer kann ich entzünden, doch von Kräutern habe ich kaum Ahnung, meine Liebe."

Tullia lächelnd: „Um die werde ich mich schon kümmern."

Stephaton: „Gut, dann entfache ich jetzt das Feuer, aber als Erstes warne ich alle vor."

Stephaton suchte in der Feuerstelle der Culina darauf nach einem geeigneten Holzstück, mit dem er das Holz unter dem Tank anzünden konnte und ging damit hinaus. Auf seinem Weg, mit dem brennendem Holzstück in der Hand, begab er sich erstmal zu dem Gemeinschaftsraum und begrüßte lächelnd den Haufen: „Guten Morgen zusammen! Ich hoffe, keiner von euch hat etwas gegen ein warmes Bad?"

Alle wurden sofort aufmerksam und erwiderten gleichlaut: „Nein!"

Alle sprangen sofort auf, doch Stephaton stoppte sie: „Wartet, wartet, das Wasser muss noch erst warm werden, aber vorbereiten könnt ihr euch schon."

Alle setzten sich wieder etwas enttäuscht hin, doch kurz darauf lächelten sie wieder, worauf Stephaton sie verließ und sich zu dem Tank begab. Er entzündete die Feuerstelle und beobachtete, wie das Feuer langsam anfing den Tank von unten zu kitzeln. Währenddessen kam auch Titus wieder und bei dem Anblick des Feuers kam er ebenfalls zu Stephaton, betrachtete das Brennen mit und meinte: „Sie werden heute endlich eingeweiht, die Badehäuser?"

Stephaton: „Ja, leider ohne Antonius. Aber ich hoffe dennoch, dass sie es genießen werden."

Titus beruhigend: „Ich denke schon. Sag mal, Stephaton, was geschieht mit mir und meinen Männern, wenn ihr fortgeht?"

Stephaton: „Das hängt ganz von euch ab. Möchtet ihr hierbleiben?"

Titus: „Also ich schon und die anderen sicher auch. Mit Brutus habe ich bereits gesprochen und er möchte bleiben, aber er ist darüber betrübt, dass ihr fortgeht."

Stephaton: „Ich werde Tiberius darum bitten, dass er euch hier als Wachen behalten soll, ganz gleich, wer den Ludus übernimmt. Ich hoffe aber, dass er den Ludus selbst übernimmt, denn es wäre strategisch unklug, ihn in aus den Händen zu lassen."

Titus: „Da hast du Recht. Bei dem Ruhm, den dieser Ludus genießt, wäre es wahrlich nicht klug."

Stephaton: „Allerdings. Schau, das Wasser dampft bereits. Es dauert sicherlich nicht mehr lange, bis es heiß ist."

Stephaton entfernte sich kurz und eilte nach oben zu Aquila, um zu berichten, dass die Badeheuser gleich das erste Mal benutzt werden. Als er in ihrem Gemach ankam, stellte er aber fest, dass sie noch immer schlief, also rüttelte er sie sanft wach und sagte ganz leise: „Wach auf, mein Sonnenschein. Die Badehäuser gehen gleich in Betrieb. Willst du das etwa verpassen?"

Aquila ganz verschlafen: „Was? Nein... Ich, ich stehe ja auf."

Er wartete kurz und beobachtete, ob sie nun wirklich wach wurde und als sie sich tatsächlich wachrüttelte, begab er sich zur Terrasse und wartete dort auf sie. Nach einer Weile kam sie zu ihm und beide beobachteten die qualmende Feuerstelle, die unter dem Tank brannte. Vor dem Tank stand Tullia und tastete ihn vorsichtig ab und prüfte scheinbar, ob das Wasser nun die richtige Badetemperatur hatte. Als sie irgendwann der Meinung war, dass dies der Fall war, ging sie zum Gemeinschaftsraum und rief alle auf, sich zu den Badehäusern zu begeben. Ganz schnell stürmten alle nacheinander heraus und verteilten sich auf die jeweiligen Badehäuser. Sie lösten selbständig die Holzstöpsel in der Wand und befreiten so das Wasser. Bei den Männern war es Raton und bei den Frauen Zenobia. Stephaton und Aquila schmunzelten, als sie das fröhliche Lachen aus beiden Badehäusern vernahmen. Aus dem Badehaus der Männer hörte man des Öfteren Klagen, dass das Wasser zu heiß sei, aber dennoch kam keiner der Kerle unzufrieden heraus und der Badespaß dauerte noch eine ganze Weile. Tullia brachte währenddessen in beide Badehäuser ungeniert jeweils sieben trockene Tücher zum Abtrocknen und als sie das Männerbadehaus verließ, lächelte sie bloß etwas verschämt. Als Aquila es bemerkte, konnte sie sich schon denken, weshalb Tullia lächelte und grinste darauf Stephaton ebenfalls an und er lächelte zurück und meinte: „Na ja, wenigstens haben sie Spaß. Ich werde mal kurz zu der Villa gehen. Vielleicht können wir schon einige Dinge für die Reise abstimmen. Möchtest du mit mir kommen?"

Aquila: „Nein, geh du ruhig alleine. Ich könnte ja mit Tullia hier einiges planen."

Stephaton drückte ihr darauf einen Kuss auf die Stirn und verließ sie. Unten angekommen, unterhielt er sich noch kurz mit Brutus über Belathor, denn ihm war klar, dass er seinen Hund nicht mitnehmen durfte und bat Brutus für ihn zu sorgen, wenn sie fortgehen. Brutus willigte sofort ein und diese eine Sache hätte Stephaton schon mal geklärt gehabt und verließ den Ludus in Richtung der Villa. Als er dort ankam, erkannte er die Villa nicht wieder. Sie war von den Nomaden regelrecht belagert worden und die abgestellten Kamele vor ihr ließen die Villa in einem ganz anderen Licht erscheinen. Vorher war die Villa eher ein stiller Ort gewesen, doch jetzt schien sie von den vielen Menschen belebt worden zu sein. Stephaton drängelte sich im Atrium regelrecht durch, um zu Longinus durchzukommen und auf seinem Weg begrüßte er jeden herzlich lächelnd. Longinus schien mit Titus gerade etwas Ernstes zu besprechen, als er die beiden am Tisch störte: „Ich grüße euch, Männer. Hier ist aber was los."

Longinus stand erfreut auf, gab seinem Freund die Hand und erwiderte: „Ja, allerdings. Wir besprechen gerade dieses und jenes. Und was liegt bei euch an?"

Stephaton: „Also, ich persönlich plane schon für die Reise, aber die Pläne in Taten umsetzen können wir erst, nachdem wir mit Tiberius gesprochen haben, denke ich."

Longinus: „Das stimmt. Mit dem Packen werden wir keine Probleme haben. Ich mache mir eher wegen der Überfahrt Gedanken."

Stephaton: „Nun, wenn wir mit Ixos fahren dürfen, wird Tiberius sicher alles organisieren und wir werden ein Teil der Kaiserlichen Delegation sein. Ixos wird sicherlich nicht ganz ohne Geleitschutz reisen, also wären Sorgen unbegründet. Nun ja, wir werden übermorgen alles erfahren. Ich begrüße erstmal die anderen, falls ich sie hier überhaupt irgendwo finden kann."

Stephaton verließ die beiden und schaute erstmal in der Culina der Villa nach. Dort wimmelte es vor lauter Frauen und die Düfte dort hypnotisierten ihn praktisch. An der Feuerstelle traf er auf Marina und Celina, die fröhlich vor sich hin kochten. Es gab an diesem Tag eindeutig Fleisch, was Stephaton sichtlich erfreute. Er begrüßte die beiden Frauen herzlich und schaute dabei dezent in die Töpfe. Sie wechselten einige Worte miteinander und Stephaton suchte darauf nach Cassius und Mauritius. Als er sie nicht finden konnte, ging er wieder zu Longinus und fragte nach: „Wo sind denn die beiden anderen denn? Ich finde sie nirgends."

Longinus: „Die beiden sind mit Artyom und einigen anderen zum Markt gegangen und das sogar recht früh. Es wundert mich, dass sie noch nicht wieder zurück sind."

Stephaton nickte und setzte sich zu Longinus und Titus dazu. Er störte die beiden bei ihrer Unterhaltung nicht, sondern beobachtete viel lieber die Menschen in der Villa und ihm fiel auf, dass hier wirklich jeder etwas Sinnvolles zu tun hatte. Die Einen sortierten in der Ecke irgendwelche Sachen in Säcken, die Anderen wuschen scheinbar Kleidung und einige Männer waren allein für die Kamele zuständig und beschäftigten sich mit ihnen außerhalb der Villa. Als Stephaton vorhin an ihnen vorbeiging, reinigten sie sie gerade gründlich mit Stroh. Irgendwann gegen Mittag war es soweit und der Tisch wurde von einigen Frauen für das Essen vorbereitet und Stephaton, sowie alle anderen Männer, die am Tisch saßen, wurden kurzerhand weggeschickt. Sie sollten die Frauen beim Auftischen der Speisen und des Bestecks scheinbar nicht stören. Als der gesamte Tisch schon mit allem bestückt war, kamen die Speisen auf den Tisch und jeder ließ alles stehen und liegen und eilte dorthin. Stephaton ließ allen anderen natürlich den Vortritt, obwohl sein Magen auch schon ordentlich knurrte. Marina entdeckte ihn jedoch Abseits stehend und rief beinahe befehlend: „Stephaton, setz dich zu uns! Na los!“

Stephaton lächelte sie an und quetschte sich darauf ihr gegenüber zwischen einen Jungen und eine Frau, die seine Mutter zu sein schien. Er kannte sie nicht von damals oder erinnerte sich einfach nicht mehr an sie, also stellte er sich den beiden freundlich vor und alle begangen zu speisen. Jeder aß reichlich und als sie fast fertig waren, kamen gerade die anderen vom Markt. Es waren insgesamt elf Mann und als sie sich den Speisenden am Tisch näherten, meinte Artyom gut gelaunt zu allen: „Ich sehe, wir kommen gerade rechtzeitig?“

Marina erwiderte lächelnd: „Ja. Kommt, setzt euch hin. In der Culina wartet noch mehr auf euch.“

Sie räumte sofort ihren Platz und Stephaton und einige andere taten es ihr nach, aber Artyom stoppte sie schnell: „Bleibt ruhig sitzen, Kinder. Ich esse auch gerne im Stehen.“

Stephaton ließ sich jedoch nicht von Artyom aufhalten und räumte lächelnd seinen Platz, wonach er seinen Teller und das Besteck zur Culina brachte. Als er wieder zu den anderen zum Tisch kam, war Cassius mit den anderen bereits schon am Speisen. Cassius saß neben Artyom und dieser neben Mauritius. Er packte Cassius darauf freundschaftlich von hinten an der Schulter und fragte: „Und, wie war euer Tag auf dem Markt?“

Artyom erwiderte zufrieden: „Sehr erfolgreich. Die Kaufbereitschaft der Leute war phänomenal und sie kauften uns alles weg wie verrückt. Ach ja, ich brachte Tiberius heute seine Gewürze und er lässt euch alle schön grüßen.“

Stephaton: „Hat er noch etwas gesagt?“

Artyom nickend: „Ja, dass ihr das Treffen übermorgen nicht vergessen sollt und dann hat er sich noch mehrfach für den Farbstoff bedankt."

Stephaton nahm die Information lächelnd auf, blickte darauf auf seine Freunde und meinte: „Nun gut, meine Lieben. Ich schaue mal nach, was im Ludus los ist. Wir sehen uns also spätestens übermorgen."

Longinus: „Exakt. Richte allen einen Gruß von uns aus."

Stephaton schaute alle noch einmal fröhlich an, drehte sich darauf um und verließ die Villa. Er fühlte sich wohl und lächelte seinen ganzen Weg über. Er spürte, dass die Leute in der Villa auch alle glücklich waren und Marina wirkte im Beisein von ihrem Vater noch fröhlicher, als sie es ohnehin schon war. Die fröhlichen Gemüter und zusätzlich das neue Abenteuer, würden zusammen für alle ein unvergessliches Erlebnis ergeben, dachte er sich, und wenn bald noch der Nachwuchs kommt, wird das Leben für alle ziemlich bunt und erfüllt sein. Mit einer unglaublich guten Laune betrat er schließlich den Ludus. Auch hier war jeder gut gelaunt und die Gladiatoren vergnügten sich mit einem seltsamen Spiel. Sie warfen sich einen runden Gegenstand zu und wenn jemand ihn nicht fing, wurde er von den anderen bis zu der nächsten Runde verbannt und ordentlich ausgelacht. Stephaton stellte sich dabei zu Brutus und schaute mit ihm einfach zu. Pogoria war ein guter Werfer, denn kaum einer, bis auf Zenobia, konnte seine Würfe fangen. Aquila und Tullia jubelten ihnen auch zu und als Aquila Stephaton unten bemerkte, winkte sie ihm lächelnd kurz zu und widmete sich wieder dem Spiel. Nach einer Weile entschloss sich auch Titus mitzuspielen und legte dazu den größten Teil seiner Ausrüstung einfach ab. Alle feuerten ihn an und ließen ihm den ersten Wurf. Er zielte auf Raton und warf ziemlich kräftig. Raton fing das Ding jedoch, lachte laut auf und warf es ganz weit zu Stephaton. Alle lachten auf und jubelten noch lauter, als Stephaton es fing und darauf grinste. Er hielt den Ball fest und suchte nach jemandem, dem er den Ball zuspielen konnte, doch dann warf er ihn überraschenderweise auf die Terrasse und jeder hielt den Atem an. Aquila versuchte erst gar nicht den Ball zu fangen, Tullia hingegen schon. Sie fing den Ball auch, den Stephaton nur leicht hochgeworfen hatte und jubelte auf, indem sie den gefangenen Ball erfreut in die Höhe hielt. Alle jubelten ihr zu und sie warf ihn darauf blind in die Menge. Sie spielten noch ziemlich lange, sogar noch als Stephaton später zu Aquila und Tullia hochging. Es wurde langsam dunkel und plötzlich kam ein neuer Spieler unerwartet hinzu. Alle lachten laut auf, als Belathor aus dem Nichts kam und sich den Ball einfach wegschnappte. Doch so leicht wollte er ihn nicht wieder hergeben und jeder versuchte ihm den Ball wieder zu entreißen. Alle hatten wirklich Spaß an diesem Tag und keiner dachte an den Verlust von Antonius, nicht einmal Athikus. Der Tag endete im Ludus für alle einfach schön und auch in der Villa war der Abend erfüllt. Der nächste Tag fing im Ludus total zwangslos an, aber in der Villa drehte sich wieder alles um den Verkauf der Waren. Dieses Mal wurde Artyom und sein Verkaufstrupp von Longinus, Cassius und Mauritius zum Markt begleitet und an diesem Tag sollten getrocknete Früchte und Nüsse für Aufsehen sorgen. Man konnte zwar schon immer getrocknete Früchte auf dem Markt bekommen, aber solche Früchte und Nüsse, die Artyom und seine Leute von ihrer Reise mitbrachten, kannte man mit Sicherheit noch nicht. Die gelben Paradiesfeigen aus dem tiefsten Asien beispielsweise, die in Scheiben geschnitten und dann getrocknet wurden, kannte man noch nicht. Artyom bereitete auf ihrem Stand extra nur für diese Frucht eine riesige Schale vor und forderte die Leute laut zum Probieren auf. Wie er es vermutet hatte, wechselten die ungefähr fünf Pfund schweren Säcke rasch die Besitzer. Das Beste war aber, dass Artyom als einziger Verkäufer dieser exotischen Frucht den Preis bestimmen konnte. Ein Sack dieser Frucht war somit nicht gerade billig, aber gegen Mittag waren alle Säcke dennoch verkauft. Der weitere Verkauf der Nüsse und der anderen Früchte ging eher schleppend voran, aber spät am Nachmittag wurden sie dennoch alle Waren los und kehrten gutgelaunt zur Villa zurück. Ihre gute Laune resultierte nicht nur aus dem erfolgreichen Verkaufstag, sondern auch daher, dass sie noch viel von diesem Zeug für mindestens vier weitere Verkaufstage besaßen. Was Artyom noch mehr freute war, dass sie bereits ihre Unkosten mit dem Verkauf des Purpurfarbstoffes mehr als nur gedeckt haben und alles, was sie nun einnahmen, reiner Gewinn war. Sie stellten ihre leeren Karren in der Villa also beiseite und widmeten sich fröhlich dem Speisen. Unter der Führung von Marina bereiteten die Frauen an diesem Tag wieder einmal eine besonders leckere Mahlzeit zu und speisten wieder gemeinsam an einem Tisch. Jeder war glücklich und der Abend war für jeden sorgenfrei. Irgendwann klopfte es am Tor und Stephaton betrat die Villa. Er ging lächelnd auf seine Freunde zu, die nach der Mahlzeit noch immer am Tisch saßen, begrüßte alle einheitlich und fragte: „Und, wie war euer Verkaufstag heute?"

Artyom berichtete beglückt: „Er war grandios, mein Freund, und unsere Paradiesfeige verkauft sich bestens. Ich denke, sofern sie nicht irgendwo unweit von hier angefangen wird kultiviert zu werden, werden wir die Einzigen sein, die sie verkaufen. Wo sie aber genau herkommt, muss natürlich unser Geheimnis bleiben."

Stephaton lächelte und meinte: „Du bist wirklich ein schlauer Kopf, Artyom, und deine Strategie hinter allem gefällt mir."

Artyom erfreut: „Danke dir. Komm, setzt dich doch zu uns."

Stephaton: „Vielen Dank, mein Freund, aber ich muss noch Ixos erwischen. Ich komme bloß wegen dem morgigen Treffen mit Tiberius hierher."

Artyom: „Solltest du nicht alleine mit Aquila und Ixos dorthin?"

Stephaton: „Nun ja, nicht nur ich und Aquila verlassen Rom. Ich wollte Marina bitten, morgen mit uns zu Tiberius zu gehen."

Marina nickte leicht und Artyom fragte: „Nun, ich könnte sie begleiten, wenn es dir recht ist?"

Stephaton: „Selbstverständlich. Longinus, ihr bleibt besser hier und Marina wird euch alles über die Pläne der Überfahrt berichten. Ich denke, wir sollten morgen früh am Nachmittag aufbrechen."

Artyom: „Gut, dann kommen wir zu euch und brechen dann gemeinsam auf."

Stephaton: „Sehr gut. Dann genießt weiter euren Abend, meine Freunde. Ich muss Ixos noch unbedingt nüchtern erwischen."

Longinus: „Euch allen ebenfalls einen schönen Abend. Richte noch viele Grüße von uns an Aquila, Ixos und die anderen aus."

Stephaton nickte, lächelte noch in die Runde und ging fort. Als Nächstes besuchte er noch kurz Remo. Der Hausherr selbst war nicht daheim, aber Victoria und Lucas. Als sich Stephaton hinsetzte, kam Lucas angelaufen, schloss ihn sofort in seine Arme und fragte ganz traurig: „Ist das wahr, Stephaton, dass ihr Rom verlassen wollt?"

Stephaton: „Ja, mein Kleiner, das ist es."

Lucas senkte traurig seinen Kopf, als er mittlerweile auf dem Schoss von Stephaton saß, aber Stephaton versuchte ihn sofort aufzuheitern: „Doch das bedeutet nicht, junger Mann, dass wir uns nicht wiedersehen. Ganz im Gegenteil. Ihr könnt uns jederzeit besuchen, wann es euch beliebt, mein kleiner Freund."

Lucas lächelte wieder auf und fragte: „Dürfen wir mit euch kommen?"

Stephaton: „Wir müssen erst ein geeignetes Zuhause in Panormus finden, danach könnt ihr jederzeit kommen. Ixos wird euch sagen, wo genau ihr uns finden könnt, weil er nämlich im Auftrag vom Kaiser Tiberius mit uns kommt."

Lucas lächelte Stephaton erleichtert an und Stephaton fügte noch hinzu: „Genau daher muss ich gleich mit Ixos noch einige Dinge klären, ihr Lieben. Bestellt Remo einen Gruß von mir."

Stephaton setzte Lucas von seinem Schoss ab, streichelte lächelnd über seine Haare und ging wieder fort. Mit Ixos verabredete er sich für den kommenden Tag und vereinbarte mit ihm, dass er mit Aquila und den anderen morgen erst zu ihm kommt und dass sie dann gemeinsam zu Tiberius gehen und als das geklärt war, ging er wieder zum Ludus. Der Gemeinschaftsraum war wieder voll und auch Titus und seine Männer waren dort und spielten mit den Gladiatoren irgendwelche Würfelspiele. Stephaton war heute nicht nach Gesellschaft, daher ging er direkt hoch zu Aquila, unterrichtete sie über die Planung für morgen und verbrachte den restlichen Abend mit ihr alleine. Am nächsten Morgen weckte er sie ganz sanft auf, ließ sie jedoch noch etwas schlummern, machte sich in seiner Stube fertig und nahm sich dabei Zeit, genauso wie Aquila. Die Sonne brannte an diesem Morgen schon recht intensiv, was vom Anfang des Septembers auch zu erwarten war. Dementsprechend bekleideten sich auch alle ziemlich luftig und als Aquila und Stephaton für die kaiserliche Audienz fertig waren, begaben sich beide zur Culina und erfrischten sich erstmal mit Wasser, welches kurz zuvor geliefert worden war. In der Culina trafen sie auf Tullia, die die beiden mit einem Lächeln begrüßte, doch bevor sie eine Unterhaltung beginnen konnten, klopfte es bereits am Tor. Es mussten Artyom und Marina sein und Stephaton eile hin, um die beiden in Empfang zu nehmen. Er machte das Tor auf und erblickte neben dem lächelnden Artyom die besonders strahlende Marina. Hinter diesem Lächeln musste ein besonderer Grund stecken und nachdem er die beiden lächelnd in den Ludus gelassen hatte und das Tor hinter ihnen schloss, platzte es einfach aus Marina heraus: „Stephaton, mein Vater hat sich soeben entschieden, dass er mit uns nach Panormus geht! Ist das nicht wundervoll?!"

Stephaton aufstrahlend: „Das ist wundervoll und ich freue mich riesig!"

Artyom entgegnete verträumt und beglückt: „Glaubt mir, nichts wäre wertvoller, als meinen Enkel in den Händen zu halten."

Allen dreien fiel es nicht auf, aber außer Brutus hörte alles auch Aquila, die gerade eben heruntergekommen war. Sie schaute von Weitem Marina an, breitete ihre Arme aus und ging auf sie zu. Marina lief ihr entgegen und beide umarmten sich freundschaftlich und

Aquila flüsterte ihr zu: „Ich freue mich riesig für dich, meine Freundin, mit ganzem Herzen."

Danach drückte ihr Aquila noch einen Kuss auf die Stirn, packte sie an der Hand und ließ nicht wieder los, worauf Stephaton die beiden anlächelte, auf Artyom schaute und meinte: „Dann lasst uns aufbrechen. Ich hoffe, dass Tiberius nicht darüber verärgert sein wird, dass er seinen besten Lieferanten verliert."

Artyom erwiderte lächelnd: „Ich werde dafür sorgen, dass er kontinuierlich beliefert wird, also wird es nicht an meiner Abwesenheit scheitern. Außerdem ist er sicherlich an den Waren interessiert und nicht an mir."

Stephaton zurücklächelnd und zustimmend: „Da magst du wohl Recht haben. Nun kommt."

Sie verließen den Ludus und eilten zum Verwaltungsgebäude, wo Ixos arbeitete und sicherlich schon auf sie wartete. In dem Viertel angekommen, standen sie bald vor dem Eingang, wurden darauf von den zwei Wachsoldaten hereingelassen und schritten durch den Flur zur Ixos' Schreibstube, wo Stephaton die Tür aufmachte und alle vier den Raum betraten. Ixos war an diesem Tag auch besonders gut gelaunt, raffte sich bei dem Anblick der Vier blitzartig auf und rief: „Ich grüße euch alle zusammen! Schön, dass ihr schon da seid. Dann lasst uns den Weg für unser neues Abenteuer beschreiten."

Stephaton entgegnete lächelnd: „Wir sind bereit, wenn du es bist."

Ixos kramte in einer Schublade hektisch nach etwas, rückte danach seinen Stuhl an den Tisch und meinte: „Gut, dann schließe ich die Stube ab und komme sofort nach. Geht ihr schon mal voraus."

Ixos verschloss mit einem recht großen Schlüssel die Tür hinter sich, hänge sich diesen um den Hals und eilte danach den anderen hinterher, die das Gebäude schon fast wieder verlassen haben. Der riesige Schlüssel um seinen Hals wirkte wirklich komisch und stach einem sofort ins Auge. Stephaton schaute erst auf Ixos, dann auf den Schlüssel und fragte: „Was hat es mit dem Schlüssel auf sich?"

Ixos grinste ganz stolz und erwiderte: „Das ist eher symbolisch. Es ist eine Art Tradition unter den Verwaltern und momentan signalisiert es, dass ich im Dienst bin."

Stephaton leicht ironisch lächelnd: „Aha, verstehe."

Ixos lächelte zurück und setzte sich in Bewegung. Irgendwie wirkte er stolz, die Vier zum Kaiser zu führten und nach einem Weilchen standen sie schon vor dem kaiserlichen Verwaltungsgebäude. Sie betraten das Haupttor, das von zwei Prätorianern bewacht wurde und hinter dem Tor standen ebenfalls zwei von ihnen. In den Gängen liefen ebenfalls unzählige Prätorianer herum und waren immer paarweise unterwegs. Seltsamerweise beachteten die Wachen die fünf Besucher kaum, was Stephaton doch ziemlich verwunderte und er Ixos einfach fragen musste: „Du, sag mal, wieso werden wir nicht kontrolliert oder sowas?"

Ixos ganz entspannt: „Nun siehst du, wozu der Schlüssel noch gut ist, aber sie kennen mich ohnehin schon fast alle. Kommt, es ist nicht mehr weit."

Sie schritten weiter durch die langen Korridore und begegneten auf ihrem Weg schon mindestens zwanzig bis an die Zähne bewaffneten Prätorianern. Irgendwann standen sie vor einer recht prunkvoll verzierten Tür, die nicht besonders breit, dafür aber ziemlich hoch war. Die Decken des Gebäudes waren mindestens doppelt so hoch wie die Tür, die auch von Prätorianern bewacht wurde. Einer von ihnen blickte Ixos an, nickte und sagte: „Ixos..."

Darauf öffnete dieser die Tür, ließ alle fünf hineingehen und schloss sie hinter ihnen wieder zu. Sie erblickten Tiberius, der an einem riesigen, runden Tisch saß, sich die schönsten Trauben von einem riesigen Teller pickte und bereits zu warten schien. Als die Fünf Tiberius näherkamen, stand er auf und sagte erfreut zu allen: „Schön, dass ihr da seid. Bitte, setzt euch."

Alle setzten sich vor Tiberius hin und er selbst nahm auch wieder Platz. Er drehte sich zu seinen Bediensteten, die etwas weiter entfernt am Fenster standen und machte eine winkende Geste. Kurz darauf brachte einer der Männer fünf weitere Becher zum Tisch und stellte jeweils einen vor jede Person, worauf ein anderer die Weinkaraffe brachte und jeden der Becher mit Wein füllte. Als die Bediensteten wieder zu ihrem ursprünglichen Platz gingen, begann Tiberius das Gespräch: „Nun, dann beginnen wir unsere Vereinbarungen zu treffen. Aquila, was soll mit deinem Ludus geschehen? Nun, es steht dir natürlich zu, ihn an den Meistbietenden zu verkaufen. Hast du denn schon einen Käufer in Sicht?"

Aquila erwiderte rasch: „Nein, ich habe noch keinen und es geht mir auch nicht um das Geld. Ich will den Ludus an jemanden übergeben, der ihn nicht verändert. Alles soll genauso bleiben, wie es jetzt ist."

Tiberius nickend: „Interessant, doch nicht verwunderlich. Du hast den Ludus weit gebracht und das wissen alle. Ich kaufe ihn dir für drei volle Truhen ab und nenne ihn Ludus Victrix Aquilae. Was sagst du?"

Aquila leicht verlegen: „Das würdet ihr tun? Wenn du mir versprichst, dass alles so bleibt wie es ist, gehört er hiermit dir, mein Kaiser."

Tiberius klatsche dreimal in seine Hände, einer der Bediensteten eilte darauf sofort aus dem Raum und Tiberius fuhr fort: „Notiert mir die Ordnung, was die Strukturen im Ludus angeht und sie werden stets beachtet. Übrigens, wer wird der Lanista sein, wenn du fort bist, Stephaton?"

Stephaton erwiderte rasch: „Pogoria ist der richtige Mann, mein Kaiser, ohne Zweifel. Ich habe ihn bereits zum Lanista ernannt und jeder war mit meiner Wahl zufrieden und akzeptierte sie mit Freunde."

Tiberius nickend: „Nun gut. Dann lasst uns über eure Überfahrt reden. Ich könnte euch bei dieser ebenfalls behilflich sein, denn wie ihr wisst, habe ich vor, Ixos nach Panormus zu entsenden. Ich habe bereits die Reisevorkehrungen getroffen und in fünf Tagen steht bei

Sonnenaufgang ein Schiff samt Mannschaft im Hafen von Alsium bereit. Kurz vor dem Mittag wird es ablegen und ihr braucht es bis dahin nur noch zu besteigen. Sorgt also dafür, dass ihr all eure Habseligkeiten bis dahin dorthin schafft. Ixos, sechs Wachsoldaten und mein vertrauter Kassenwart Peson werden dich auf dem Weg nach Alsium begleiten. Ich meine nicht Pesos, meinen vertrauten Diener, sondern Peson. Du dürftest ihn noch von früher kennen, Herr Verwalter. Brecht am besten bei Sonnenaufgang von Rom auf und meinetwegen könnt ihr alle zusammen nach Alsium aufbrechen."

Jeder im Raum verarbeitete die Informationen eine Weile und es dauerte etwas, bis Stephaton erwiderte: „Es kling alles vollkommen und wir nehmen deine Hilfe dankend an, mein Kaiser, doch da ist noch etwas... Artyom?"

Stephaton schaute auf Artyom, der notgedrungen dem Kaiser verkündete: „Ahm, ja, mein Kaiser... Ich möchte mit meiner Tochter und den anderen mitgehen."

Tiberius lächelte und erwiderte ironisch: „Hmm, das kommt aber etwas unerwartet. Was mache ich bloß ohne deine Lieferungen?"

Artyom erwiderte entschlossen: „Ihr werdet beliefert wie gewohnt, mein Kaiser, dafür sorge ich und gebe euch darauf mein Wort."

Tiberius: „Nun gut, darauf vertraue ich vollkommen."

Tiberius stand darauf auf und die Fünf ebenfalls. Als Nächstes ging Tiberius auf Aquila zu, griff nach ihrer Hand und küsste ihre Wange. Danach reichte er jedem der Männer noch die Hand und sagte zum Abschied: „Lebt wohl, meine Freunde. Ihr seid in Rom jederzeit willkommen, vergesst das nicht."

Er ließ die Fünf in dem riesigen Raum alleine und verschwand in der Tür. Einen Moment später, nachdem sie ihren Wein ausgetrunken haben, gingen auch sie. In dem langen Gang warteten bereits die drei besagten Truhen auf Aquila und zusätzlich standen sechs Bedienstete daneben, die Tiberius scheinbar für den Abtransport beordert hatte. Als Aquila und die anderen sich den Truhen näherten, griffen jeweils zwei der Träger eine Truhe und warteten auf den Weitergang. Als sie das Gebäude verließen, stellten sich ihnen plötzlich zwei Prätorianer in den Weg und einer von ihnen sagte: „Wir sollen euch nach Hause begleiten, Herrin Aquila, Order des Kaisers."

Aquila nickte zustimmend und Ixos führte sie aus dem Regierungsviertel wieder heraus. Auf dem Weg setzte er sich vor seinem Verwaltungsgebäude ab und verabschiedete sich lächelnd von allen. Vorher hatte er sich aber mit Stephaton für den kommenden Tag verabredet, um Einzelheiten für den Reiseantritt zu besprechen. Als sie bald beim Ludus ankamen, klopfte Stephaton kräftig am Tor, Brutus öffnete sie und ließ allesamt herein, auch die Prätorianer. Als die Träger mit den Truhen im Atrium stoppten, instruierte Stephaton sie weiter: „Bringt zwei der Truhen bitte nach oben und stellt die dritte vor die Culina."

Als dies getan war, verließen die Träger und die Prätorianer schweigend wieder den Ludus und kurz darauf kamen nach und nach alle zusammen, versammelten sich vor Aquila und Stephaton und Pogoria stellte ihnen wohl die wichtigste Frage des Tages: „Und, wie war das Treffen?"

Aquila fröhlich: „Sogar besser, als wir es uns erhofft haben. Der Ludus bleibt in der Obhut von Tiberius und er wird sich nicht in seine bisherigen Strukturen und Ordnungen einmischen, darauf gab er mir sein Wort. Teilt den Inhalt der Truhe unter euch allen auf und versteckt ihn gut. Titus, damit meine ich auch euch."

Alle dankten Aquila und Stephaton, doch sie interessierten sich nicht für die Truhe und Zenobia stellte eine weitere Frage: „Wie geht es für euch nun weiter und wann geht ihr fort?"

Stephaton erklärte: „Wir werden in fünf Tagen bei Sonnenaufgang nach Alsium aufbrechen und dort wird ein Schiff im Hafen auf uns warten."

Zenobia sichtlich betrübt: „In fünf Tagen schon?"

Nun übermannte jeden ein Hauch von Betrübtheit und jeder verdaute die traurige Information erstmal, bevor er sich wieder zum Gemeinschaftsraum begab. Keiner kümmerte sich um die Truhe, daher schleppte sie Stephaton vorerst in die Culina. Artyom und Marina verabschiedeten sich darauf herzlich und verließen den Ludus in Richtung der Villa. Stephaton wagte es nicht, den Männern und Frauen in den Gemeinschaftsraum zu folgen und suchte sich daher auf dem Gelände leichte Tätigkeiten, wie beispielsweise das jäten von Unkraut an den Mauerrändern. Auch wenn der Raum voll war, herrschte dort eine ungewohnte Stille. Später begab sich Stephaton nach oben zu Aquila und setzte sich traurig neben sie auf der Terrasse. Der restliche Tag, sowie der Abend waren ungewohnt still und in der Villa verlief alles ähnlich. Kaum hatte Artyom seinen Leuten von seinem Vorhaben erzählt, verbreitete sich eine ungewohnte Traurigkeit unter allen. Artyom ahnte aber schon, dass das der Preis für seinen Entschluss sein wird und tröstete sich innerlich, dass das Leben für die Nomaden auch ohne ihn weitergehen würde. Ähnliche Gedanken hatten aber auch Aquila und Stephaton. Sie redeten sogar in Zweisamkeit darüber und trösteten sich damit ebenfalls gegenseitig. Am nächsten Morgen war Stephaton schon sehr früh wach und eilte als Erstes sofort zu Ixos, um die Details der Reise zu besprechen. Sie vereinbarten, dass sie im Ludus ihre Sachen einfach auf Karren packen und auf Ixos bei Sonnenaufgang warten und die Leute in der Villa sollten das Gleiche tun. Zusätzlich bot Ixos ihm an, dass er für alle die notwendigen Karren samt Zugtieren und Trägern anheuern würde und nach reiflicher Überlegung einigten sie sich auf insgesamt sechs Karren. Drei von ihnen sollten für das Hab und Gut der Villenbewohner bereitstehen, zwei für das Inventar von Stephaton, Aquila und Tullia und der sechste Karren sollte den Frauen hauptsächlich als Carruca dienen. Die Karren sollten ihnen bereits am Vortag zur Verfügung gestellt werden und die erholten Zugtiere erst bei Abreise. Laut Ixos war Alsium ungefähr dreißig Meilen auf der Via Aurelia entfernt und auf diesen Weg hätten sie genug Zeit, um das

Schiff pünktlich zu erreichen. Nach Panormus sollten es dreihundert bis dreihundertfünfzig Meilen auf dem Seeweg werden, je nachdem wie die Windverhältnisse sein würden, daher könnte die Seereise mehrere Tage dauern, betonte Ixos. Stephaton sollte also an genug Nahrung und Wasser denken, meinte der Verwalter lächelnd, besonders aber als er die Nahrung erwähnte. Er wusste nicht recht, welches Schiff sie erwartet, aber beide hofften, dass Tiberius an dieser Stelle nicht gespart hat. Als alles bis ins kleinste Detail besprochen wurde, verabschiedete sich Stephaton von Ixos und ging als Nächstes zu Remo. Er unterrichtete auch ihn über alle Details und Remo schlug vor, mit seiner Frau und seinem Sohn alle nochmals aufzusuchen, um sich noch in Ruhe von ihnen zu verabschieden. Darauf begab sich Stephaton zurück, um auch Aquila und Tullia über alles zu informieren. Für Tullia war es wie ein Weckruf, da sie sofort mit der Planung ihrerseits anfing. Sie lief dazu in der oberen Etage des Ludus umher und schaute, was jetzt schon nicht mehr vonnöten war und eingepackt werden konnte. Darüber belustigt, begab sich Stephaton als Nächstes zur Villa und informierte auch dort die anderen. Artyom war als einziger Betroffener nicht anwesend und Marina teilte Stephaton mit, dass ihr Vater heute und am nächsten Tag am Verkauf teilnimmt. Sie erzählte auch erleichtert, dass ihr Vater niemanden großartig instruieren musste, damit das Leben für die Nomaden wie gewohnt weitergeht. Er musste auch keinen Nachfolger ernennen, denn dieser würde sich nach einiger Zeit von selbst herauskristallisieren. So verging der vierte Tag vor der Abreise und die Reisevorbereitungen verliefen alle noch grob. Am dritten Tag intensivierten sie sich aber, doch in der Villa waren vorerst nur zwei Gegenstände von größter Wichtigkeit, und zwar die Kinderbettchen. Als sie aus den Stuben gebracht wurden, wurden sie nochmals von allen bewundert. Artyom selbst prüfte sie nochmals auf ihre solide Bauweise und nickte zum Schluss lächelnd, als hätten sie seine Prüfung bestanden. Des Weiteren kümmerten sich die Frauen um die Bekleidung, sowohl in der Villa, als auch im Ludus. Alles Noble und

Edle wurde ordentlich gefaltet und zusammengepackt, aber für die Reise selbst wurden eher schlichte Kleidungsstücke gewählt. Darauf brach der zweite und letzte Tag vor der Reise an und Remo schaute mit seiner Familie erst im Ludus vorbei. Dort nahmen sie einen tränenreichen Abschied von allen und am Ende konnte der Kleine sich kaum noch von Stephaton lösen. Victoria versuchte sie sanft zu trennen, schaffte es jedoch nicht. Darauf beugte sich Stephaton zu dem Kleinen vor und flüsterte ihm zu: „Lucas, versprich mir, dass du mich bald besuchst. Versprichst du das?"

Lucas erwiderte weinend: „Das werde ich, Stephaton, versprochen."

Erst dann ließ ihn Lucas los und Stephaton fuhr fort: „Nun lauf mit deiner Familie und verabschiede dich von den anderen in der Villa. Sie werden den kleinen Lucas sicher auch vermissen."

Lucas nickte und Tränen rollten weiterhin seine Wangen herunter. Victoria umarmte den Kleinen darauf seitlich, begab sich mit ihm in Richtung des Tores und dann war Remo an der Reihe. Er stellte sich vor Stephaton, schaute tief in seine Augen und sagte voller Überzeugung: „Ihr Leute seid mein Wunder. Ich werde euch allen auf ewig dankbar sein für das, was ihr für uns getan habt. Komm gut Heim, mein Freund."

Beide drückten sich mit aller Kraft freundschaftlich die Hand, worauf Remo seiner Frau und seinem Sohn hinausfolgte und sich zur Villa begab. Auch hier ist der Abschied ziemlich schwergefallen. Auf dem Markt endete gerade der Verkaufstag, an dem Artyom nicht mehr teilnahm. Stattdessen half er in der Villa intensiv mit, alles sorgfältig einzupacken. Er traute seinen Augen kaum, als er die Geldmenge erblickte, die die Männer inzwischen angehäuft haben. Im Ludus geschah im Verborgenen etwas anderes, wovon Stephaton und Aquila nichts mitkriegen sollten. Pogoria nahm Titus nämlich beiseite und fragte ihn: „Titus, was ist mit den Abschiedsgeschenken für Stephaton und Aquila? Wir müssen sie ihnen doch morgen vor der Abreise geben."

Titus ganz gelassen und flüsternd: „Pst, nicht so laut. Die Domina beobachtet uns gerade von der Terrasse aus und ich kann Stephaton nicht sehen. Als du heute früh noch am Schlummern warst, habe ich alles bereits abgeholt. Geh zu meinem Quartier und hebe einfach die Decke nach oben. Nur staune nicht so lange wie ich und verstecke es wieder schnell."

Pogoria versuchte sich nichts anmerken zu lassen und ging flott zu den Quartieren. Als er dort war, schaute er nochmals umher und vergewisserte sich, dass niemand in Sicht war. Er betrat das Quartier von Titus und Brutus und überlegte als Nächstes, welches Bett wohl von Titus war. Er hob also erst die Decke des linken Bettes hoch, fand darunter jedoch nichts, aber als er die andere Decke anhob, traute er seinen Augen kaum, als er das prachtvolle Schwert für Stephaton erblickte. Es glitzerte wunderschön im Schein der Fackel und er nahm es in seine beiden Hände, schaute es sich genau von der Spitze bis zum Griff an und schüttelte fassungslos den Kopf. Er hätte sich nie träumen lassen, so ein Schwert einmal zu sehen, geschweige denn in den Händen zu halten. Er legte es ganz vorsichtig wieder hin und widmete sich dem Anhänger für Aquila. Er nahm ihn auf, legte ihn mit seiner rechten Hand auf die Fläche seiner linken Hand, richtete es gegen das Licht der Fackel und staunte erneut. Das Miniaturschwert war ungefähr so lang wie sein Zeigefinger und schien eine perfekte Kopie des großen Schwertes zu sein und glitzerte genauso. Zu seiner Verwunderung stellte er sogar fest, dass auch dort die Worte -In Ewiger Dankbarkeit- eingraviert waren. Er konnte es kaum fassen, dass es jemanden gab, der sowas überhaupt herstellen konnte. Er schnappte sich blitzartig eine saubere Tunica von Titus, die am Fußende des Bettes lag, wickelte das große Schwert vorsichtig darin ein, nahm den Anhänger wieder auf und brachte beide Sachen rasch in sein Quartier. Danach eilte er überglücklich zu den anderen, versammelte alle heimlich um sich und erzählte ihnen stolz von den Sachen. Zu viele von ihnen wollten sie selbst betrachten, daher ließ Pogoria dies gar nicht erst zu, um die Überraschung für morgen bloß nicht zu gefährden. Alle mussten leider bis morgen früh warten, bis die Abschiedsgeschenke vor der Abreise an Stephaton und Aquila von allen gemeinsam überreicht werden. Gegen Abend war das Packen der Sachen erledigt, sowohl im Ludus, als auch in der Villa und ganz spät am Abend widmete man sich dem Packen der Lebensmittel für den langen Seeweg. Artyom strahlte stolz, als er einen riesigen Sack mit den getrockneten Früchten zuschnürte. Marina hingegen packte reichlich getrocknetes Fleisch in einen mittelgroßen Leinensack ein, denn sie wusste, dass sie damit ihre und die Bedürfnisse von Celina decken würde. Dabei dachte sie nicht an die anderen oder an sich, sondern ausschließlich nur an den Nachwuchs. Des Weiteren packte sie eine ziemlich große Menge der Samen der Vitis Vinifera ein, weil sie überhaupt nicht vorhatte, sich von ihrer Lieblingstraube zu trennen und möglicherweise würde sie auf Panormus noch besser gedeihen, meinte sie. Der letzte Abend in der Villa wurde für die Abreisenden zum Abschied hergerichtet und es war ein wirklich großes Festmahl. Dieses Mal legte Marina oder Akatia nicht Hand an, weil alles allein von den Frauen der Nomaden zubereitet wurde. Der Abend wurde nicht sonderlich laut gefeiert und jeder versuchte so lange es ging an der Seite von Artyom zu bleiben. Es war allen klar, dass sie Artyom wohl niemals wiedersehen würden, aber keiner sprach es aus. Im Ludus richtete Tullia das Abschiedsmahl an und hier wurde ebenfalls üppig gespeist, jedoch gab es hier noch Wein dazu. Die notwendige Nachtruhe brach an beiden Orten recht früh ein, noch bevor die Sonne ganz verschwunden war. Es war nicht gerade viel Schlaf, den alle bekamen, als die Hähne kurz vor dem Aufgang der Sonne Krach machten und Stephaton im Ludus und Artyom in der Villa als Erste aufweckten. Als Stephaton aus Aquilas Gemach herauskam, traf er auf seinen behaarten Freund Belathor, der wohl noch keine Gelegenheit dazu hatte auszubrechen, knuddelte ihn ausgiebig und nahm damit wohl Abschied. An beiden Orten wurden die Tore breit geöffnet und man wartete auf die Ankunft der Bediensteten und der Zugtiere, während die Karren schon nach draußen gezogen wurden und bereitstanden. Kurz danach, als die Sonne schon sichtbar war, war es soweit. Die Bediensteten mit den Zugtieren trafen erst im Ludus ein und einige von ihnen gingen direkt weiter zur Villa. Die meisten Zugtiere waren Esel, aber vier von ihnen waren Pferde. Die Bediensteten selbst sorgten dafür, dass die Tiere an den Karren festgemacht wurden und die Pferde sollten die Carruca der Reisenden ziehen, während die Esel für die Lastenkarren gedacht waren. Jetzt wartete man nur noch auf Ixos und seine Kolonne und erst nach einer Weile konnte man sie irgendwann kommen sehen. Es waren eine große und eine kleine Carruca, die ebenfalls von Pferden gezogen wurden. Stephaton beobachtete mit Titus und Pogoria gespannt, wie sie näherkamen und die Männer rieten belustigt, in welcher wohl Ixos sitzen würde. Bald kamen die Karren vor dem Ludus zum stehen und Ixos stieg, wie von allen vorhergesagt, aus dem größeren aus, was für die Wartenden schon mal ein Grund zum Schmunzeln war. Ixos betrachtete direkt die Karren der anderen und ging auf Stephaton zu. Stephaton staunte nicht schlecht, als er Ixos das erste Mal in einer Lederrüstung erblickte. Ixos fiel auf, dass er sich über seinen Aufzug wunderte und klärte sofort auf: „Ja, ich weiß, ungewohnt, aber wahr. Das ziehe ich immer auf Reisen an. Seid ihr für das Abenteuer bereit?“

Stephaton: „Ich rufe alle zusammen, damit wir uns verabschieden und dann können aufbrechen.“

Stephaton ging wieder in den Ludus hinein und winkte alle zusammen. Titus und seine Männer waren bereits versammelt und warteten, während Aquila und Tullia gerade aus der Culina kamen. Kurz darauf verließen die Kämpfer und die Amazonen ihre Quartiere und stellten sich vor Stephaton auf. Pogoria und Zenobia waren ganz vorne und hielten etwas in ihren Händen, was in Tücher eingewickelt war und Zenobia übernahm das Reden: „Das sind unsere Abschiedsgeschenke an euch, Herrin Aquila, Stephaton und Tullia.“

Aquila stellte sich überrascht noch näher an Stephaton und wartete kurz, worauf Zenobia ihr als Ersten das im Tuch eingewickelte

Geschenk überreichte und Tullia übergab sie das aus ihrer anderen Hand. Gleichzeitig übergab Pogoria Stephaton sein Geschenk. Alle drei wickelten die Tücher vorsichtig auf und die Geschenke kamen zum Vorschein. Stephaton traute seinen Augen nicht. Er begutachtete das wundervolle Schwert ziemlich lange, danach schaute er jedem der Kämpfer in die Augen und sagte: „Ich danke euch sehr. Ich werde euch alle niemals vergessen. Ich wünsche jedem einzelnen von euch, dass er auch ein Schwert bekommt. Es soll aber aus Holz sein und euch vom Kaiser überreicht werden. Bleibt, wie ihr seid!"

Danach war Aquila dran. Sie wickelte ihr Geschenk noch sanfter aus und als sie den Anhänger erblickte, öffnete sie leicht ihren Mund, hielt sofort ihre freie Hand davor und es floss die erste Träne. Sie schaute darauf auf ihre Kämpfer und sagte: „Ich danke euch. Auch wenn es niemals zum Vorschein kam, fing mein Leben eigentlich erst mit euch und diesem Ludus an. Ich werde keinen von euch jemals vergessen."

Zenobias Wangen kullerten nun ebenfalls mehrere Tränen herunter und sie schloss Aquila in ihre Arme. Sie drückte sie ganz fest und zum Schluss küsste sie noch ihre Hand. Danach folgten die anderen Amazonen, dann die Gladiatoren und am Ende etwas formeller die Wächter. Tullia machte es etwas schlichter und packte ihr Geschenk lieber etwas abseits aus. Dennoch verabschiedete sie sich hinterher ebenfalls gerührt von jedem und bedankte sich herzlich für die wunderschöne Kette. Stephaton verabschiedete sich von jedem Kämpfer wie von einem guten Freund. Er drückte alle ganz fest an sich und danach folgte ein ganz fester Händedruck. Genauso nahm er auch von Titus und seinen Männern Abschied, nachdem er ihm den Schlüssel zum Ludus übergab. Zum Schluss verabschiedeten sich alle Wächter ebenfalls herzlich von Tullia und es kam die Zeit, die Carruca zu besteigen. Ein letztes Mal blicken alle drei noch auf die Gladiatoren, Amazonen und Wachmänner, die vor dem Ludus standen und verschwanden im Innern der Carruca. Sofort darauf setzte sich alles in Richtung der Villa in Bewegung. Als die Kolonne dort angekommen war, schien der Abschied dort bereits erfolgt zu sein, denn auf der Carruca saßen schon Artyom, Marina, Akatia und Celina. Longinus und die anderen zogen es erstmal vor nebenherzulaufen. Stephaton stieg darauf ab, verabschiedete sich von seinem Veteranenfreund Titus und einigen anderen, die er etwas besser kannte und stellte sich neben Longinus und seine anderen Freunde. Die gesamte Kolonne setzte sich das letzte Mal in Bewegung. Sie sollte entweder erst in Alsium haltmachen, oder bei einem kurzen Zwischenstopp irgendwo auf der Reise. Nach einer ganzen Weile verließen sie die Außenbezirke Roms, nachdem sie den Tiber in Richtung Westen überquert haben. Die prachtvolle Landschaft und die Stadt inmitten erstrahlte in der riesigen Morgensonne und einige der Reisenden übermannte plötzlich das Gefühl der Freiheit. Die Luft war herrlich blumig und Aquila nahm richtig tiefe Atemzüge davon auf und erst jetzt wurde der Gestank der Stadt allen bewusst. So durchstreifte die Kolonne gemütlich die Landschaft nach Westen in Richtung des Hafens von Alsium. Zirka auf der Hälfte des Weges machten sie bei diesem herrlichen Wetter die einzige Pause. Auch wenn die Sonne kräftig brannte, kühlte die leichte Brise angenehm ihre Häupter. Ixos war der einzige, dem es wirklich schon zu heiß war. Er schwitzte recht stark, woraufhin sein Begleiter Peson ihm öfter mal das Trinkgefäß reichen musste. Eine ganze Weile nach der Pause und der Weiterreise, änderte sich plötzlich der Duft der Luft. Artyom merkte die Veränderung als Erster und meinte zu Akatia, die neben ihm saß: „Wir nähern uns der See. Kannst du das riechen?"

Celina nahm hinter ihnen einen Atemzug auf, analysierte und meinte: „Tatsächlich. Die Luft scheint nicht mehr so trocken zu sein und hat einen Beigeschmack."

Artyom: „Ganz genau. Ich schätze, es dauert nicht mehr lange, bis wir die See erblicken."

Alle, die diese Unterhaltung hörten, richteten ihren Blick nun starr in Fahrtrichtung. Jeder war schon auf die See gespannt und eine Weile später war es soweit. Celina hatte wohl den schärfsten Blick und schrie auf, als sie die See als Erste sichtete: „Schaut! Die See liegt vor uns!“

Ixos hörte den lauten Aufschrei von Celina und schrie von seiner Carruca aus zurück: „Ja, mein Kind. Das ist das Mare Tyrrhenicum.“

Artyom versuchte es erst gar nicht die See zu sehen, da sein Sehvermögen nicht mehr das beste war. Schließlich war er der Älteste auf dieser Reise. Er lächelte aber, als er sah, dass alle anderen sich freuten. Die Kolonne fuhr weiter und die See rücke immer näher. Alsium war nicht gerade groß, aber die Stadt war nun auch in Sichtweite und nach einer Weile kamen sie endlich dort an. Die Kolonne zog durch die Stadt und der Gesang der Möwen wurde immer intensiver, je mehr sie sich dem Hafen näherten. Zum Hafen führte eine ziemlich breite Straße und da der Hafen kaum bebaut war, konnte man alle Schiffe gut sehen, die vor Anker lagen. Es waren insgesamt drei an der Zahl und noch wusste keiner, welches der Schiffe auf sie wartete. Als sie ihnen aber näherkamen, konnte man sehen, dass zwei von ihnen gerade beladen wurden. Ausgerechnet das größte Schiff wartete noch auf seine Ladung und fast alle kamen gleichzeitig zu dem Schluss, dass das ihr Schiff sein musste. Ixos rieb sich bereits die Hände, freute sich ziemlich laut und rief zu den anderen: „Das ist es! Das muss es sein! Stopp!“

Die Kolonne wurde angehalten und alle sprangen voller Spannung von ihren Carrucae ab. Ixos eilte mit Peson zu jemandem, der scheinbar vor dem Schiff wartete und klärte mit ihm wohl endgültig, ob dies ihr Schiff nach Panormus war. Als Ixos in seine Hände klatschte und die anderen Reisenden grinsend anschaute, bestätigte es sich und die Träger fingen sofort mit der Beladung an. Sie positionierten alle Karren erst entlang des Schiffes und warteten, bis der Steg vom Schiff heruntergelassen wurde. In der Zeit eilte Ixos zu den anderen, die sich mittlerweile in einer Gruppe versammelt haben und meinte: „Das wird jetzt ein Weilchen dauern, denke ich. Vielleicht hat jemand von euch Hunger? Ich rate euch jetzt zu der letzten warmen Mahlzeit, denn auf dem Schiff wir es keine mehr davon geben. Kommt, wir suchen einen Essensstand."

Entlang des Hafens gab es tatsächlich diverse Verkaufsstände, wo Essen gekocht wurde und während die Frauen es vorzogen, eine warme Suppe zu sich zu nehmen, vergnügten sich die Männer eher mit etwas Bissfestem und ein Stand hatte es ihnen besonders angetan. Ein älterer Herr verkaufte dort riesige Krabben direkt vom Feuer und Ixos verputzte mindestens fünf Portionen hintereinander, während die anderen schon nach der dritten vollkommen satt waren. Artyom kannte die Würze gut und fragte sich nur, wie das Ingwer wohl hierher gelangen konnte. Als Longinus den Mann bezahlen wollte, griff Peson nach seinem Geldbeutel, schob Longinus dezent beiseite und meinte lächelnd: „Das geht auf die Spesenrechnung, mein Freund."

Longinus lächelte zurück und erwiderte: „Danke schön, mein Freund."

Peson nickte freundlich und bezahlte den älteren Mann großzügig. Kurz darauf notierte er den ausgezahlten Betrag auf einen Zettel und ging fröhlich zu dem Stand, an dem die Frauen ihre Süppchen aus Meeresfrüchten schlürften. Longinus schaute darauf belustigt seine Freunde an und fragte: „Wer hat jetzt noch Lust auf eine Krabbensuppe?"

Stephaton grinste und bestätigte: „Ich bin auf jeden Fall dabei."

Cassius und Mauritius nickten auch entschlossen und alle Kerle gingen darauf zu dem Stand mit der Suppe. Jeder bestellte eine Portion, die ihm auch kurz drauf der Reihe nach ausgegeben wurde und Peson bestellte als Letzter. Nachdem alle aufgegessen und die Teller und das Besteck an die Verkäuferin zurückgegeben haben, schaute jeder leicht lächelnd auf Peson. Dieser schaute lächelnd auf alle zurück und fragte: „Ist das nicht schön, soviel Freunde zu haben?"

Stephaton erwiderte grinsend: „Ja, mein Freund, das ist es."

Peson nahm es natürlich humorvoll auf und bezahlte die freundliche Verkäuferin. Er lächelte innerlich aber noch mehr, denn keiner außer ihm wusste, welch ein großzügiges Limit Tiberius ihm für die Spesen gab. Während das Schiff von der Besatzung noch beladen wurde, war die Anspannung vor dem Betreten des Schiffes besonders bei den Frauen enorm. Ixos versuchte sie ihnen aber irgendwie zu nehmen und meinte: „Ihr solltet alle nochmal eine Latrine aufsuchen, bevor wir an Bord gehen."

Da erwiderte Marina: „Gut, dass du das ansprichst. Wie machen wir das eigentlich auf dem Schiff?"

Ixos lächelnd: „Normalerweise gibt es nur einen Eimer, aber hoffentlich wird dieses Schiff besser ausgestattet sein."

Aquila ganz ernst: „Wehe, ich muss mich auf einen Eimer setzten!"

Peson beruhigte alle sofort: „Macht euch keine Sorgen. Kaiser Tiberius hat vor allem an euch Frauen gedacht. Dennoch hat Ixos recht und wir sollten uns alle nochmal an Land erleichtern."

Nach dieser Aussage wirkte Aquila bedeutend ruhiger und Ixos verließ die Gruppe, um den Weg zu der Latrine zu erfragen. Danach drehte er sich zu seinen Freunden und winkte: „Kommt mir nach!"

Bis auf Peson und Artyom folgten sie alle und die restlichen beiden gingen näher zum Schiff und beobachteten die Umladung der restlichen Sachen. Als Letztes kamen die schweren Truhen mit den Reichtümern dran. Peson achtete besonders gut darauf, denn die Wachsoldaten kümmerten sich nicht sonderlich darum. Nach einem Weilchen kamen die anderen schon wieder zurück und das Schiff war bis dahin mit allem, was sie aus Rom mitbrachten, bereits beladen. Der Mann, der ganz am Anfang vor dem Schiff wartete, kam wieder den Steg herunter, schaute alle Reisenden an und meinte: „Ihr könnt jetzt alle an Bord gehen, aber seid vorsichtig, da der Wellengang heute beachtlich ist."

Vor allem die Frauen wirkten wegen dieser Ansage etwas verunsichert und schauten nun besorgt auf das Wasser. Erst jetzt, wo sie dem Schiff so nahekamen, konnten sie feststellen, dass die Wellen tatsächlich etwas heftig gegen die Steine der Anlegestelle schlugen.

Alle betraten vorsichtig den Steg und gingen meistens paarweise langsam hoch. Das erste Pärchen waren Aquila und Stephaton, gefolgt von Mauritius, Marina und Artyom und Peson war nach einer Weile der Letzte, der seine Füße auf das Deck setzte. Die ganze Gruppe zentrierte sich mittig auf dem Deck und wartete auf weitere Anweisungen. Der Mann, der sie kurz zuvor wegen dem Wellengang warnte, stellte sich vor allen auf und verkündete: „Ich begrüße euch an Bord der Gracia! Ich bin euer Schiffskapitän Paparius. Wir werden miteinander mindestens die sieben kommenden Tage an Bord dieses wunderschönen Schiffes verbringen. Am Heck der Gracia findet ihr genug weiche Sitzmöglichkeiten und das wäre das Hinterteil des Schiffes. Unter Deck ganz hinten im Schiff könnt ihr schlafen, speisen und alles andere tun, was ihr gerade müsst oder wollt. Kümmert euch nicht um die Seemänner am Bord, sie unterstehen mir und haben ihre festgelegten Aufgaben. Wenn ihr etwas auf dem Herzen habt, scheut keine Fragen und sucht mich. Ich bin jederzeit für euch da. Nun, der Wind steht gerade günstig und wer jetzt noch einen Rückzieher machen möchte, möge er es jetzt tun, andererseits muss er gleich zurück schwimmen."

Jeder schaute lächelnd seinen Nächsten an und einen kurzen Augenblick später schrie Paparius: „Alles klar, Männer! Setzt die Segel!"

Darauf ließen zwei Seemänner langsam jeweils eine Leine los, wodurch das riesige, längs weiß-rot gestreifte Hauptsegel heruntergelassen wurde. Gleichzeitig wurde ganz vorne am Bug des Schiffes das Steuersegel von zwei anderen Seemännern hochgezogen. Kurz darauf knallte schon die erste Windböe von hinten gegen das Hauptsegel und setzte das Schiff ruckartig in Bewegung, worauf das Steuersegel sofort nach rechts gerissen wurde und das Schiff sich langsam von der Anlegestelle entfernte. Es war für alle Reisenden ein spannendes Gefühl und die Frauen hielten sogar kurz den Atem an. Der Wind blies weiterhin kräftig in die Segel und das Schiff wurde immer schneller. Artyom lächelte währenddessen vergnügt und meine irgendwann: „Ja, das ist Schiffsfahrt wie ich sie mir vorstelle."

Die insgesamt zwanzig Ruderer unter Deck waren momentan abkömmlich und waren darüber ziemlich froh. Einige von den Reisenden hatten eine Schiffsfahrt noch nie erlebt und waren davon sichtlich begeistert. Zusätzlich belustigten Marina und die anderen Frauen noch all den Möwen, die das Schiff zu verfolgen schienen. Das Wetter war wirklich angenehm und jeder hoffte, dass das die nächsten Tage so bleibt. Das Schiff fuhr noch eine ganze Weile die Küste entlang und entfernte sich nur langsam von ihr. Unter Deck bewachten die sechs Wachsoldaten schon von Anfang an alle Güter, sowohl die von Ixos und Peson, als auch die von den anderen. Irgendwann gegen Abend war das Land kaum noch zu sehen und ausgerechnet Ixos war derjenige, der allen eine Mahlzeit vorschlug. Als die anderen auch einen leichten Hunger verspürten, kümmerte er sich mit Hilfe von Cassius, Akatia und Celina um alles. Sie aßen darauf gemütlich an Deck und unterhielten sich über alles Mögliche. Natürlich war Ixos derjenige, der wieder am meisten zu erzählen hatte und Artyom amüsierte es sehr. Er mochte den Kerl von Anfang an und man konnte es sehen. Der Sternenhimmel war phänomenal, als die Sonne schon untergegangen war und nur noch die wenigen, kleinen Öllampen an Deck noch etwas Licht spendeten. Nachdem Mauritius noch einige Decken holte, wurde der kühle Abend noch gemütlicher und jetzt erzählte Artyom seine Geschichten. Die letzte Geschichte spät in der Nacht sollte aber die spannendste werden. Sie handelte nämlich von Stephaton und sogar der Kapitän und einige der Besatzungsmitglieder hörten mit zu. Er wusste natürlich, dass er die anderen Drei nicht erwähnen durfte und verschwieg sie in der Erzählung einfach. Artyom erzählte die Geschichte und beschrieb die Sandkörner darin so spannend und lebhaft, dass man die Wüste sogar geistig riechen konnte. Am Ende schaute Ixos ganz verblüfft abwechselnd auf Stephaton und Artyom und meinte: „So habt ihr euch also kennengelernt? Du hast also vorher Fahnenflucht begangen und wurdest so zum Gladiator?"

Stephaton erwiderte mit einem Lächeln: „Ganz genau, so hat es sich abgespielt."

Ixos gefiel die Geschichte scheinbar sehr, denn er wirkte ziemlich nachdenklich und stolz darüber, dass Stephaton sein Freund war. Nachdem die Ersten schon kräftig gähnten, kam die Zeit die Kojen zu besetzen und alle ließen den Schwangeren bei der Auswahl ihrer Nester natürlich den Vortritt. Vor allem Marina gefiel der Vergleich zwischen Nest und Schiffsbett, denn es bestand eine gewisse Ähnlichkeit, denn Doppelbetten gab es hier nicht und die Einzelbetten waren notgedrungen schmalgehalten. Die Räumlichkeiten der Reisenden waren ziemlich gut geplant und von den Quartieren der Mannschaft gut abgeschottet. Das Schiff schaukelte alle wirklich sehr schnell in den Schlaf, doch bevor Aquila einschlief, teilte sie Stephaton noch kurz zufrieden mit, dass sie sich die ganze Schiffsfahrt viel schlimmer vorgestellt hätte. Als am nächsten Tag alle der Lärm der Seemänner gleichzeitig aufweckte, war kurz darauf der Andrang zur der Schiffslatrine groß. Während die Frauen Schlange standen, zogen die Männer es vor, sich ihrer Blaseninhalte im Meerwasser zu entledigen. Etwas später folgte ein ausgiebiges Frühstück, bestehend aus Trockenfrüchten und etwas getrocknetem Fleisch. Ungefähr nach der Hälfte des Tages, als die Reisenden wieder gemütlich am Heck des Schiffes die Mittagssonne genossen, schlug Paparius plötzlich Alarm: „Alle Mann ans Deck! Los, los!"

Die Reisenden wurden sofort aufmerksam und schauten in Richtung des Bugs des Schiffs, wo Paparius stand und konzentriert auf einen Punkt auf der See starte. Bis auf die Ruderer kamen alle aufs Deck, sogar die sechs Wachsoldaten von Peson und alle warteten auf weitere Anweisungen. Die Reisenden fingen ebenfalls an, den kleinen Punkt am Meereshorizont zu beobachten, aber besonders Stephaton. Es verging eine Weile, bis das Objekt endlich erkennbar war und Paparius laut Entwarnung gab: „Alles in Ordnung. Es ist eines unserer Handelsschiffe. Geht alle zurück an eure Posten."

Alle, die kurz zuvor aufs Deck kamen, gingen wieder herunter und Paparius ging zu den Reisenden, um sie endgültig zu beruhigen und aufzuklären: „Es ist scheinbar ein Handelsschiff aus Ägypten und sicher mit Getreide beladen. Für gewöhnlich reisen sie in Gruppen, daher die Irritation meinerseits. Wahrscheinlich hat sie ein Unwetter getrennt oder sowas. Eigentlich droht uns in diesen Gewässern nichts, aber Vorsicht ist immer besser als Nachsicht, oder?"

Stephaton erwiderte: „Natürlich. Welche Bewaffnung haben wir überhaupt?"

Paparius entgegnete: „Keine, nur unsere Schwerter. Im Falle eines Angriffs würden wir sowieso geentert werden und es käme zu einem Nahkampf."

Ixos grinsend: „Zum Glück haben wir Stephaton am Bord und brauchen uns nicht zu fürchten. Stimmt's, mein Freund?"

Stephaton erwiderte lächelnd: „Ja, Ixos, bleib unbesorgt."

Alle lachten auf und Paparius begab sich wieder lächelnd nach vorne. Darauf blickte Ixos auf die Spitze des Mastes, wo eine kleine Fahne wehte und meinte: „Ich mache mir sowieso keine Sorgen. Wenn uns unter diesem Banner jemand angreifen würde, müsste entweder ganz verrückt, oder ganz mutig sein."

Stephaton: „Das stimmt, mein Freund. Was bedeutet dieses Banner eigentlich genau?"

Ixos erwiderte stolz: „Dass wir in kaiserlich-diplomatischer Mission unterwegs sind. Das bedeutet freies Passieren und Vorrang überallhin. Du wirst es merken, wie man uns im Hafen empfangen wird. Ich habe es bereits mehrmals mitgemacht."

Stephaton: „Interessant. Ich war bisher nur zweimal auf Schiffen unterwegs und uns begegnete man auch mit großem Respekt."

Ixos: „Ja, du warst sicher auf Kriegsschiffen unterwegs, dann wundert mich das auch nicht."

Stephaton lächelnd: „Allerdings."

Den ganzen Rest des Tages quetschte Ixos aus Stephaton sämtliche Kriegsgeschichten heraus. Jeder andere hörte aber auch bis zum Einbruch der Dunkelheit gespannt zu und irgendwann brach für alle die zweite Nacht auf der Gracia an. Darauf folgte der dritte Reisetag, der ebenso ruhig verlief. Auch der vierte und fünfte Reisetag war recht angenehm, verlief ohne Zwischenfälle und das Wetter spielte die ganze Zeit über mit. Der sechste Tag fing auch erst schön an, doch dann kurz nach dem Mittag verdunkelte sich der gesamte Himmel. Paparius beobachtete die Wolken ganz genau, die sich dem Schiff näherten. Es schien erst so, als würden sie an dem Schiff vorbeiziehen, doch dann änderten sie bedrohlich ihre Richtung. Paparius rechnete erfahrungsgemäß mit einem kleineren Sturm, bat aber alle Reisenden dennoch lieber unter Deck zu bleiben. Die Wellen wurden bald deutlich spürbarer und das Schiff schaukelte stark hin und her, worauf es noch heftig anfing zu regnen. Es donnerte auch etwas, aber das Gewitter schien noch weit entfernt zu sein. Nach einer ganzen Weile entfernte sich die Gracia von der größten Wolke wieder und der Himmel klarte partiell wieder auf, worauf auch die See sich beruhigte. Der Wind verlor aber nicht an seiner Kraft, was für die Reise jedoch von Vorteil war, denn er blies das Schiff in die richtige Richtung. Nach dem kleinen Sturm folgte das Mittagessen und später ein ruhiger Abend und dieses Mal erzählte Artyom bis Einbruch der Dunkelheit spannende Geschichten. Am nächsten Morgen wurden alle recht früh von Paparius geweckt: „Alle aufgewacht! Land in Sicht!"

Alle eilten sofort ans Deck und strengten ihre Augen an, um die Sichtung für sich zu bestätigen. Es war tatsächlich Land in Sicht, doch was die Reisenden eher interessierte war, dass so viele Schiffe auf einmal in Sicht waren und fast alle eine Richtung ansteuerten. Paparius ging darauf zu den Reisenden und informierte sie: „Ich grüße euch alle. Wie ihr sehen könnt, ist Sizilien schon in Sicht. Alles verläuft nach Zeitplan und gegen frühen Abend sollten wir in Panormus ankommen."

Jeder bekam ein Lächeln im Gesicht und schaute auf das Land, dass immer näher zu kommen schien. Wenn man sich umsah, konnte man sicherlich mehr als zehn Schiffe ausmachen, die ganz Kleinen in der Ferne nicht mitgezählt. Eine ganze Weile später war vor dem Schiff fast nur noch Land zu sehen, von links nach rechts. Ein weiteres Weilchen später war nur noch Land vor ihnen und hinter ihnen das offene Meer. Langsam wurden Details in der Landschaft sichtbar und kurz darauf eine Menge ankernder Schiffe. Dies musste der Hafen von Panormus sein, dachten sich alle. Als Erste stand Marina auf, eilte nach vorne und die anderen folgten ihr, doch Paparius hielt sie auf: „Leute, setzt euch alle noch lieber hin. Wir müssen das Schiff erst in den Hafen manövrieren und das ist keine leichte Aufgabe."

Alle gingen zum Heck und setzten sich leicht enttäuscht wieder hin. Kurz darauf gab Paparius seiner Mannschaft die erste Anweisung: „Die Segel einziehen! Ruderer, macht euch bereit!"

Das Schiff driftete nun in Richtung des Hafens und als Paparius eine ausreichend große Lücke im Hafen ausmachte, fixierte er sie mit seinem Blick und gab den Steuerruderern am Heck des Schiffes den Befehl: „Jetzt leicht nach rechts!"

Das rechte Steuerruder wurde sofort im Wasser versenkt und von dem Ruderer in Position gebracht. Das Schiff schwenkte leicht nach rechts und der nächste Befehl folgte: „Links leicht gegensteuern und Richtung halten!"

Nun positionierte der linke Steuerruderer das Ruder und das Schiff driftete geradeaus in die Lücke. Etwa hundert Fuß von der Lücke entfernt schrie Paparius erneut auf: „Ruderer! Halt!"

Die Ruderer versenkten darauf alle zusammen die Seitenruder im Wasser und brachten so das Schiff langsam zum Stehen, dann folgte der nächste Befehl: „Nach links drehen!"

Nun zogen die Ruderer an der rechten Seite die Ruder aus dem Wasser und die linken Ruderer ruderten los. Darauf drehte sich das

Schiff langsam um seine Achse nach links und Paparius schrie erneut: „Haaalt! So ist es gut! Jetzt langsam seitwärts, rechts aufgepasst!"

Die Reisenden beobachteten jede Bewegung der Ruder und es war für viele wirklich interessant, wie ein solch großes Schiff so präzise in den Hafen manövrieren werden konnte. Was jedoch unten passierte, konnten sie nur erahnen. Die Ruderer an der linken Seite ließen die Ruder komplett im Wasser, bewegten sie nur leicht nach vorne und zurück und das Schiff bewegte sich somit seitwärts in die Lücke hinein. Die Ruderer an der rechten Seite sollten einen harten Aufprall wohl verhindern, denn als das Schiff gerade mal zehn Fuß vor der Anlegestelle entfernt war, benutzten sie die Ruder, um das Schiff möglichst komplett abzubremsen, indem sie das Schiff von der Anlegestelle mit den Rudern abstießen. Die Landung war perfekt und das Schiff prallte nur ganz leicht gegen die Mauer der Anlegestelle. Nach dem kleinen Aufprall wurden sofort mehre Leinen von der Besatzung des Schiffes zu den Bediensteten des Hafens geworfen, die diese sofort an den Pfählen des Hafens festbanden. Paparius stellte sich stolz vor die Reisenden, klatschte einmal in seine Hände und sagte: „So! Wir sind angekommen. Gleich lassen wir den Steg herunter und ihr könnt wieder an Land."

Alle Reisenden standen blitzartig auf und warteten voller Vorfreude auf die besagte Möglichkeit, um das Schiff so schnell wie möglich zu verlassen. Als es soweit war, packte jeder seine Partnerin an der Hand und alle stiegen nacheinander von dem Schiff. Als alle schon an Land waren, blickte jeder von ihnen erfreut umher und betrachtete den Hafen, der wirklich lebhaft wirkte. Der Hafen in Alsium war im Vergleich zu diesem wohl eher ein Dorfhafen, zumindest hatten nun alle den Eindruck. Hier lagen momentan mindestens fünfzehn Schiffe vor Anker und keines war unbedingt kleiner als ihres. Die Meisten von ihnen waren riesige Handelsschiffe, die gerade entweder beladen oder entladen wurden. Die Menge an Menschen dort war groß und jeder hatte etwas zu tun, bloß die Neuankömmlinge standen erstmal wie verirrt herum. Kurz nachdem sie sich an den Tumult gewöhnt hatten, stellte Marina eine berechtigte Frage: „Nun, was machen wir jetzt als Nächstes?"

Ixos erwiderte: „Ich suche erstmal den Hafenmeister und besorge uns einige Karren. Solange nicht alles abgeladen wurde, werden wir wohl noch hierbleiben müssen."

Marina: „Ich meinte vielmehr, wo sollen wir als Nächstes hin? Wir brauchen doch ein Dach über dem Kopf."

Ixos beruhigte alle: „Habt bitte noch etwas Geduld. Macht euch keine Sorgen und lasst euch einfach mal überraschen."

Marina drehte sich aber doch mit seiner Antwort unzufrieden zu Celina und machte einen leicht genervten Gesichtsausdruck. Die erschöpfte Celina sah ebenfalls nicht zufrieden aus, jedoch blieb ihnen nichts anderes übrig als zu warten. Es bot sich in der Sichtweite nicht mal eine Sitzgelegenheit, was zumindest für die schwangeren und Artyom gerade nötig wäre. Sie warteten eine ganze Weile, bis Ixos und Peson wiederkamen und Ixos sich vor alle stellte und verkündete: „Gleich wird sich um alles gekümmert, meine Lieben, und wir sollen euch von dem Hafenmeister herzliche Grüße aussprechen."

Kurz darauf kam tatsächlich ein ganzer Trupp von Helfern, die gleich zehn Karren hinter sich herzogen. Die Zugtiere der Karren waren zudem ungewöhnlich verziert, was jeden wunderte. Die Entladung der Sachen vom Schiff ging schnell voran und die Beladung auf die Karren ebenfalls. Nach einer Weile war alles erledigt und es folgte der Abschied von dem Kapitän und seiner Mannschaft. Ixos führte die Kolonne an und keiner wusste wohin es ging. Der Weg führte eine Anhöhe hinauf und alle betrachteten während ihres Marsches das wunderschöne Panormus. Die Landschaften waren unvergleichbar prächtig und der Weg führte an wunderschönen Villen vorbei, von denen jede schöner als die andere war. Die Villen zeichneten sich aber noch durch etwas anderes aus. Vor und hinter jeder Villa erstreckten sich wunderschöne Gärten voller Blumenwiesen und zahlreicher Fruchtbäume und in jedem zweiten Garten tollten

Kinder umher, was Marina und Celina lächeln ließ. Ihr Weg endete vor dem letzten, hellstrahlenden Domizil. Hinter dem niedrigen Tor aus Eisengittern erstreckte sich ein schmaler Weg, der ganz nach oben zu der Villa führte. Sie war auf der gesamten Anhöhe das höhst gelegene Objekt, wenn nicht sogar auf ganz Panormus. Ixos schloss mit einem passenden Schlüssel das Tor auf, machte darauf beide Torhälften weit auf, richtete sein Blick auf alle Leute hinter ihm und sagte: „Ich begrüße euch in der Villa Augustae! Das ist eines der fünf Objekte, die ich für Tiberius unter die Leute bringen soll und das ist wohl das schönste von ihnen. Kommt, sehen wir es uns aus der Nähe an."

Alle folgten Ixos den schmalen Weg entlang und bewunderten die Gärten links und rechts. Bis zu der Villa waren es sicherlich fünfhundert Fuß und ebenso lang ersteckten sich auch die Gärten an den Seiten. Sie sahen zwar nicht gerade gepflegt aus, da die Villa bereits schon länger verlassen war, aber dies könnte sich bald ändern. Schließlich standen sie vor dem Gebäude und staunten nicht schlecht, als sie die Baudetails aus kurzer Distanz erblickten. Es war keine einfache Bauweise, das stand jedenfalls fest. Die Villa war in einem sehr exklusiven Stil gebaut worden und Stephaton konnte sich mit seiner Frage nicht mehr zurückhalten: „Sag mal, Ixos, wer hat hier gewohnt?"

Ixos: „Liegt das nicht auf der Hand? Das ist einst die Sommerresidenz von Kaiser Augustus gewesen."

Stephaton überrascht: „Tatsächlich? Wieso steht sowas überhaupt leer?"

Ixos schulterzuckend: „Ich weiß es nicht. Womöglich lag es am Preis. Jedenfalls dürfen wir eines der fünf leeren Objekte derweilen bewohnen und führen die kaiserliche Order hiermit aus. Vielleicht kauft ihr ja die Villa?"

Stephaton erwiderte lächelnd: „Vielleicht, aber heute machen wir sicherlich keine Geschäfte."

Ixos aus seinem Element gerissen: „Aber natürlich nicht. Schaut euch die Räumlichkeiten schon ruhig mal an und wählt welche. Ich kümmere mich um die Entladung und bestelle gleich die Lieferanten für Wasser und Nahrung. Oder wollt ihr lieber selbst zum Markt?"

Stephaton: „Erstmal nicht. Bestell ruhig du alles Nötige."

Ixos nickte, entriegelte das Schloss der Villentür und ließ alle eintreten. Die Frauen betrachteten jeden Raum ziemlich genau und die Männergruppe tat dies auch, jedoch von den Frauen völlig getrennt und unabhängig. Die Villa besaß dreißig Räume und dazu kam noch eine riesige Therme in einer großen Halle im Untergeschoss. Die Culina war ebenfalls riesig und hier verbrachten die Frauen die meiste Zeit ihrer Inspektion der Villa und untersuchten vor allem die Feuerstelle ziemlich genau. Die Männer inspizierten währenddessen das Obergeschoss und staunten nicht schlecht, als sie nach dem Treppenaufgang auf einer riesigen, halboffenen Terrasse standen. Aber hier gab es noch etwas, was ihnen richtig den Atem raubte. Alle Männer standen in einer Reihe wie angewurzelt da und Artyom kommentierte als Erster, was er sah: „Schaut euch das an. Sowas Schönes haben meine Augen ihr ganzes Leben lang nicht gesehen."

Alle blickten wie hypnotisiert auf das gesamte Panormus herunter. Erst kamen die wunderschönen Villen zur Geltung, weiter runter die etwas dichter bebauten Teile der Stadt, dann der langgestreckte Hafen und letztendlich das offene Meer mit lauter kleinen Schiffchen darauf. Es vergingen einige Augenblicke, bis jemand überhaupt wieder fähig war etwas zu sagen. Mauritius gelang es irgendwann und er rief ganz laut: „Marina, kommt alle schnell her! Schnell!"

Kurz darauf kamen auch sie die Treppe herauf und stauten mindestens wie die Männer, wenn nicht sogar mehr. Auch ihnen nahm die Aussicht für einige Zeit den Atem und kurz darauf sagte Aquila ziemlich deutlich: „Wir bleiben hier. Ich will diesen Ort nie wieder verlassen. Hast du verstanden, Stephaton?"

Stephaton lächelnd: „An mir soll es nicht scheitern."

Mauritius: „Ich teile deine Meinung, Aquila. Und ihr?"

Jeder andere bejahte es sofort und stand noch eine ganze Weile dort oben, bis die leeren Karren wieder fortfuhren und alle sozusagen wieder aufweckten. Jeder blieb überglücklich und als sie schweren Herzens wieder hinuntergingen, begegneten sie im Erdgeschoss dem lächelnden Ixos, der alle anschaute und fragte: „Wunderschön, oder?“

Aquila: „Das ist noch harmlos ausgedrückt. Das Gefühl, dort oben zu stehen, ist einfach unbeschreiblich.“

Ixos weiterhin lächelnd: „Jetzt wisst ihr, wieso ich euch diese Villa unbedingt andrehen wollte.“

Stephaton: „Schade, dass Remo mit seiner Familie nicht hier ist.“

Ixos nickend: „Platz genug wäre hier auch für sie, oder?“

Stephaton: „Gewiss. Bei dieser Anzahl von Räumen bestimmt.“

Ixos: „Soll ich das Remo so ausrichten? Das kann ich gerne machen, wenn ich wieder in Rom zurück bin.“

Stephaton: „Ich bitte dich sogar darum.“

Ixos: „Wird erledigt. Nun lasst uns erstmal alles auf die Stuben verteilen, bevor der Abend einbricht. Gleich bekommen wir auch noch die Lieferung vom Markt. Ich hoffe, keiner hat heute Abend etwas gegen Wein?“

Cassius ganz entschieden: „Mit Sicherheit nicht, mein Freund.“

Jeder strahlte unaufhörlich seine Glücksgefühle aus, selbst während der Schlepperei der Sachen ins Haus. Akatia nahm sich einfach das Recht, als Erste die Culina in Betrieb zu nehmen. Sie entfachte dort das Feuer und reinigte alles erstmal grob. Unter den dreißig Räumen war auch ein ziemlich großer Saal, der vorher wahrscheinlich als Speisesaal oder als Versammlungsaal diente. Für einen gemütlichen Abend müsste er aber wieder mühevoll hergerichtet werden, da sich hier wohl Fledermäuse breitgemacht und ziemlich viel Dreck hinterlassen haben. Daher entschieden sich die Männer wenigstens die massiven Holzstühle, die rings um den runden Tisch standen, für eine gemütliche Sitzrunde nach draußen vor den Villeneingang zu bringen. Ein Stuhl war einzigartig. Seine Lehne war doppelt so hoch, wie die der anderen und er war besonders verziert. In das Holz wurden Bilder von Schlachten genschnitzt und hinterher wahrscheinlich mit Blattgold überzogen. Man hatte wirklich erst den Eindruck, dass der Stuhl aus Gold war, doch beim Transport dieses Stuhls nach Draußen enttäuschte sein Gewicht. Stephaton war derjenige, der sich um den Stuhl kümmerte und ihn hinausbrachte und danach wurden noch siebzehn weitere Stühle hinausgetragen. Man dachte dabei auch an die sechs Wachsoldaten, die sich irgendwie aus allem heraushielten. Sie hatten zwar hin und wieder hier und dort angepackt, aber sich sonst nicht an irgendwelchen konstruktiven Gesprächen beteiligt und streiften viel lieber paarweise das komplette Gelände durch. Stephaton und die anderen reinigten darauf die Stühle, die in einem Kreis vor dem Eingang aufgestellt wurden und in der Culina ging es ebenfalls zur Sache, wo jede Frau sich einer anderen Aufgabe widmete. Tullias Lieblingsaufgabe war es bekanntlich für die Beleuchtung zu sorgen und dieser Aufgabe ging sie auch wieder nach, als sie mit einer großen Ölkaraffe durch die Villa rannte und jede Lampe randvoll mit Öl füllte. Die letzten Öllampen, die sie zu füllen hatte, befanden sich außerhalb der Villa auf dem Gelände und selbst am Tor gab es zwei große Standlampen, die ihrer Größe nach zu urteilen sehr hell brannten und künftig bestimmt jeden Tag nachgefüllt werden mussten. Nachdem sie das ganze Öl verbraucht hatte, wurde ihr bewusst, welche Unmengen an Brennstoff künftig benötigt werden würden und ging darauf zu der Culina, um ein brennendes Stück Holz zu holen, um gleich jede der Lampen anzuzünden. Brennöl war für sie also die erste Sache, die sie auf die Liste des täglichen Bedarfs setzte. Sie begann diese Liste auch zu führen und legte sie hinterher auf den Tisch in der Culina. Sie informierte darauf die anderen Frauen darüber und Akatia trug sofort die zweite bis fünfte Sache ein, was Wasser, Brot, Speiseolivenöl und Feuerholz waren. Akatia wusste zwar, dass noch Unmengen an Wasser für die längst ausgetrocknete Therme benötigt wurden, aber diese Aufgabe überließ sie gänzlich den Männern. In der Zwischenzeit zauberten Marina und Celina aus den übrig gebliebenen Vorräten von der Reise ein üppiges Mahl. Es gab noch viel von dem getrockneten Fleisch und noch viel mehr von der getrockneten Paradiesfeige, die zusammengepanscht, aufgekocht und schmackhaft gewürzt ein interessantes Mahl ergaben. Brot gab es dazu leider nicht. Als die Frauen das Essen mit genügend Schüsseln nach draußen brachten, begeisterten sich die Männer dafür ziemlich und griffen während der Unterhaltung oft in den riesigen Kochtopf, den Akatia prioritätsmäßig aus Rom mitbrachte. Noch sehnlicher erwarteten die Männer wohl nur den Wein, den Ixos versprochen hatte. Kurz bevor die Sonne hinter der Villa unterging, kam die Lieferung auch endlich an und Panormus selbst war bereits im Schatten der Anhöhe. Es kamen gleich zwei Karren voller Vorräte an und darunter waren mehrere große Behälter. Eines davon war voller Wein, zwei voller Brennöl und der Rest waren Nahrungsmittel. Leider war heute kein Fleisch mehr zu bekommen, aber Hauptsache Brot und Gemüse waren dabei. Mauritius und Cassius brachten die Weinkrüge, nachdem sie mit Longinus alles abgeladen und zur Culina gebracht haben. Außer den Krügen brachten sie noch die Einkaufsliste aus der Culina mit, die Tullia mit Akatia noch vervollständigt haben und ihnen übergaben. Peson bezahlte die Lieferung und drücke einem der Lieferanten den Einkaufzettel in die Hand, der für morgen und die kommenden Tage vorerst gelten sollte. Im Schein der unzähligen Ölfackeln folgte der erste gemütliche Abend in der Villa. Jeder war von der Reise ziemlich erschöpft, daher dauerte der Abend für jeden nicht allzu lang. Sie verteilten sich auf die zuvor besetzten Stuben und schliefen rasch ein. Die Wachsoldaten verspürten den Drang, das Anwesen in der Nacht abwechselnd zu bewachen und keiner hinderte sie daran. Stephaton wachte am frühen Morgen als Erster auf und begab sich nach dem Latrinengang schleichend auf die Terrasse, um bloß niemanden so früh zu wecken. Dort streckte er sich in der Morgendämmerung und der Morgenstille mehrmals und hörte bis auf einige Vögel und das leise Rauschen des Meeres nichts. Plötzlich schaute hinter dem Horizont die Sonne hervor, was für Stephaton eigentlich kein unbekannter Anblick war, doch dann, als die ganze Sonnenscheibe über dem Horizont stand, passierte etwas Besonderes und Stephaton wurde davon Zeuge. Als Panormus unterhalb nämlich noch im Dunkeln lag, wurde die schneeweiße Villa als Erstes von dem Sonnenschein erfasst, erstrahlte plötzlich in alle Richtungen und Stephaton schrie darauf ziemlich laut: „Wacht auf! Kommt alle schnell hoch! Los, macht schon!"

Er wartete nicht lange und rief das gleiche wieder, nur dieses Mal bedeutend lauter. Drauf kamen Mauritius und Marina angerannt und auch den beiden bot sich der gleiche, atemberaubende Anblick wie Stephaton. Nun standen alle drei auf der Terrasse und beobachteten, wie die Sonnenstrahlen langsam das gesamte Panormus erreichten. Erst als die Sonne letztendlich nun auch den Hafen beleuchtete, meinte Marina, die von Mauritius ganz fest umarmt wurde: „Das ist mit Abstand der schönste Sonnenaufgang, den ich je gesehen habe."

Stephaton nickend: „Ich habe sowas schönes ebenfalls noch nie gesehen. Schade, dass die anderen es verpasst haben."

Mauritius darauf: „Also, ich könnte keine Worte finden, um es ihnen zu beschreiben. Ihr etwa?"

Stephaton: „Nein, das muss man selbst erlebt haben. Ich bin dafür, dass wir die Stühle auf unbestimmte Zeit hierherbringen. Meint ihr nicht?"

Mauritius: „Unbedingt."

Stephaton lächelte beglückt, verließ die beiden und begab sich zur Culina. Dort traf er auf die verschlafene Tullia und erzählte ihr nur grob, was einen dort oben beim Sonnenaufgang erwartet, doch sie zeigte nur wenig Interesse und versprach es sich morgen in der Frühe mitanzuschauen. Danach schaute er nach Aquila und seine Vermutung, dass sie noch immer schlief, bestätigte sich, worauf er sich zu einem Rundgang um das Gelände entschloss. Als er die Villa gerade verlassen wollte, rief ihn Artyom, der aus der Richtung der

Latrine zu kommen schien. Sie befand sich ganz hinten in der linken Ecke auf dem Gelände und konnte sogar von sechs Leuten gleichzeitig genutzt werden. Von außen sah das kleine Häuschen kaum wie eine Latrine aus, denn dafür war es einfach zu exklusiv. Nur wenn man wusste, dass hier einst ein Kaiser residierte, hätte man es erahnen können. In der anderen Ecke des Anwesens stand noch ein weiteres kleines Häuschen, welches wohl den Bediensteten als Unterkunft diente und momentan natürlich leer stand. Artyom bot Stephaton an, das Gelände mit ihm zu erkunden und das taten die beiden auch. Sie durchstreiften also die halb ausgetrockneten Gärten und begutachteten die noch verbliebene Flora. Artyom war zwar ein Nomade, aber er hatte viel Ahnung vom Anbau und riet Stephaton dazu, sofort Wein anzubauen, da die Sonne unaufhörlich auf die Anhöhe strahlte. Sie fragten sich beide, wie die Gärten des Anwesens bisher bewässert wurden und kamen zu dem Schluss, dass es sicherlich schwer gewesen sein muss, das ganze Wasser tagtäglich die Anhöhe hochzuziehen. Ohne zahlreiche Gehilfen wäre die Instandhaltung des Anwesens sicherlich nicht zu bewältigen, da war sich Stephaton sicher und es wurde ihm klar, dass der Unterhalt der Villa auf Dauer viel verschlingen würde. Noch hatten sie zusammen genug Geld für die kommenden Jahre, aber er plante schon im Voraus und nahm sich vor, Ixos nach etwaigen Verdienstmöglichkeiten in Panormus zu fragen. Als Erstes dachte er natürlich an eine Arena, aber weit und breit war keine in Sichtweite. Darauf begaben sie sich zu der Front des Anwesens, liefen die südliche Steinmauer entlang, dann weiter die östliche bis zu dem Tor und als sie dort ankamen, war die erste reguläre Tageslieferung aus der Stadt schon in Sichtweite. Sie bestand aus drei von Eseln gezogenen Karren, von denen der Erste nur mit Wasserbehältern beladen war. Auf dem in der Mitte waren noch zwei Wasserbehälter, zwei große Weinkaraffen und Lebensmitteln und auf dem letzten waren wohl nur Lebensmittel. Für jeden Karren war ein Schlepper eingeteilt und Stephaton grübelte bereits darüber nach, welche Kosten auf sie zukamen. Die beiden öffneten den Lieferanten das Tor, ließen sie freundlich hinein und folgten ihnen bis zu der Villa. Als die anderen die herannahenden Karren hörten und sahen, eilten sie von der Terrasse herunter, um bei der Entladung behilflich zu sein. Ixos und die Schwangeren blieben als Einzige noch oben, als die anderen kräftig bei der Entladung mithalfen. Die Männer kümmerten sich natürlich um die schweren Behälter und die Karaffen, wogegen die Frauen nur bei den Lebensmitteln anpackten. Als alles abgeladen war, stand Tullia jedoch etwas enttäuscht vor den Karren und meinte zu einem der Schlepper: „Heute Nacht wird es wohl etwas schwierig werden ohne Licht, da ich hier nämlich noch Öl für die Fackeln und Lampen vermisse."

Der Schlepper entgegnete freundlich: „War es denn auf eurer Liste, Herrin?"

Tullia ganz entschlossen: „Mit Sicherheit und sogar ganz oben."

Der Schlepper: „Ich werde sofort einen Karren mit Öl hochschicken, Herrin, verzeiht."

Tullia bedanke sich lächelnd und ging zur Culina, wo die Frauen bereits die Lebensmittel zur Lagerung verteilten. Einiges, was nachher auf den Tellern landen sollte, blieb jedoch direkt auf dem Tisch. Die Männer waren mittlerweile wieder alle oben auf der Terrasse, saßen in ihren Stühlen und machten einfach mal Nichts, bis Stephaton irgendwann ein für ihn wichtiges Gespräch mit Ixos anfing: „Ixos, wir würden diese Villa schon gerne bewohnen, aber die Kosten für die Instandhaltung werden sicher nicht niedrig sein. Ehrlich gesagt weiß ich nicht, für wie lange unser Geld eigentlich reicht."

Ixos überrascht: „Welche Kosten für Instandhaltung meinst du?"

Stephaton: „Na, für die ganzen Lieferungen."

Ixos: „Ihr bezahlt nur das, was ihr verbraucht. Ich meine das Essen, den Wein, die Wasserlieferungen und so weiter. Hast du etwa vor, mehr zu essen als in Rom, oder wie meinst du das?"

Stephaton: „Ich meine die Männer, die das ganze hier hochschleppen. Sie müssen doch bezahlt werden."

Ixos: „Ihr bezahlt einfach den Händler für die Waren und der Rest sollte euch eigentlich nicht kümmern. Ist doch nicht anders als in Rom, oder irre ich mich?"

Stephaton: „Das stimmt, aber wie könnten wir hier dennoch etwas Geld verdienen?"

Da drängte sich Artyom ins Gespräch: „Baut doch Wein an. Marina kennt sich da bestens aus, das wisst ihr doch."

Darauf Mauritius: „Das stimmt. In der Villa in Rom klappte es doch auch und wenn man bedenkt, wie viel Anbaufläche wir hier hätten, könnten wir es wirklich in Erwägung ziehen."

Stephaton: „Gibt es denn hier keine Arena, Ixos?"

Ixos: „Ja, ganz im Süden der Stadt. Sie ist aber unspektakulär und wird kaum besucht. Wieso fragst du? Willst du etwa wieder mit dem Schwert dein Geld verdienen?"

Stephaton: „Vielleicht. Das ist aber nur ein ferner Gedanke. Ich will einfach sicher sein, dass wir finanziell abgesichert sind, sonst nichts."

Ixos: „Verstehe. Ich habe gehört, dass du schon den Sonnenaufgang erlebt hast. Und, wie war er?"

Stephaton lächelnd: „Wunderschön. Sowas habe ich noch nie gesehen und ich wette, auch Artyom noch nicht, obwohl er sicherlich schon die ganze Welt bereist hat."

Artyom lachte auf: „Ich habe die schönsten Sonnenaufgänge bereits schon gesehen, als du noch nackig auf dem Hof rumgerannt bist und herumgefurzt hast, mein Freund."

Alle lachten auf, bis auf Stephaton, der sofort widersprach: „So einen noch nicht, glaub mir. Morgen früh wirst du dich überzeugen."

Artyom lächelnd: „Nun, das werden wir sehen."

Die Männer machten sich einen wirklich lustigen und lauen Tag, während sich die Frauen in der Culina so richtig austobten. Nach dem gemeinsamen Essen auf der Terrasse fehlte es nicht an Wein und Humor und als der Abend anbrach, fiel jedem sofort ein weiteres Phänomen an dieser Villa auf. Sie warf ihren Schatten nämlich auf die Stadt, da hinter ihr gerade die Sonne langsam unterging. Alle brauchten ihre Stühle gleich nur noch umzudrehen, um den Sonnenuntergang in vollen Zügen zu genießen. Jeder war wirklich glücklich und sogar Artyom gönnte sich dieses Mal einen weiteren Weinbecher, worauf er irgendwann am Abend aufstand und zu allen sagte, bevor er zu seiner Stube ging: „Dieser Wein ist zwar gut, aber Marinas Wein wird sehr viel besser werden, das sage ich euch."

Marina lächelnd: „Wenn ich dafür genug Helfer finde, könnten wir sogar bald mit der Aussaat beginnen. Ich denke, ich habe mehr als genug der Vitis Vinifera Samen mitgebracht."

Artyom noch, als er die Treppe herunterging und Marinas Rede hörte: „Ich habe es dir gesagt, Stephaton. Hör auf meinen Rat."

Marina schaute auf Stephaton, er lächelte sie an und meinte: „Ich helfe dir gern. Sag mir dann einfach, was ich machen soll. Aber auf den Trauben herumtrampeln werde niemals, das sage ich dir jetzt schon."

Alle lachten auf und begaben sich ein Weilchen später auch langsam in ihre Stuben. Auf der Terrasse blieben noch Stephaton und Aquila und genossen noch einige Augenblicke die abkühlenden Windbrisen, bevor auch sie in ihrer Stube verschwanden. Die Wachen, die weiterhin unter sich blieben, schoben wieder abwechselnd Wache und Stephaton fragte sich, wieso sie es eigentlich taten und nahm sich vor, Ixos danach zu fragen. Als die ruhige Nacht verging und es draußen schon dämmerte, weckte Stephaton alle nacheinander auf. Die meisten standen schnell auf und folgten Stephaton rasch auf die Terrasse. Letztendlich fanden sich alle rechtzeitig für das Spektakel auf der Terrasse ein und als es losging, konnten die, die es am Vortag nicht erlebt haben, nicht fassen. Jeder Versuch der Beschreibung wäre dem tatsächlichen Anblick nicht gerecht geworden und selbst Artyom erstarrte, schwieg und meinte erst, nachdem die Sonne schon das gesamte Panormus bestrahlte: „Ich dachte, ich hätte schon die schönsten Sonnenaufgänge gesehen, aber das ist eindeutig der Schönste."

Die anderen waren auch für eine ganze Weile verstummt und erst Ixos unterbrach ganz lässig die Stille: „Kommt, morgen wird es wieder einen Sonnenaufgang geben. Übermorgen auch, Überübermorgen auch und so weiter."

Darauf ging er zur Culina, trank dort etwas Wasser und es dauerte noch ziemlich lange, bis auch die anderen herunterkamen. Der Sonnenaufgang schien alle irgendwie verzaubert zu haben, denn alle wirkten überglücklich und später verwandelte sich diese Stimmung in Lebenslust und Tatendrang. Jeder war voller positiver Energie und nach einem ausgiebigen Frühstück begannen die Aufräumarbeiten auf den zukünftigen Anbauflächen der Vitis Vinifera. Nur die halbwegs lebendigen Fruchtbäume wurden verschont, aber alles andere aus der Erde gerissen und auf einen Haufen auf dem linken Feld geworfen, der später einfach verbrannt werden sollte. In dem Häuschen der Bediensteten fand man genug Werkzeuge, um den knochentrockenen Boden zu lockern und für die Aussaht vorzubereiten. Als die Tageslieferung kam, trug Marina den Schleppern auf, künftig bedeutend mehr Wasser zu bringen und sogar heute noch zusätzlich das Dreifache dazu. Als die Männer eine Pause einlegten und sich zu dem schwerbeschäftigten Ixos und Peson auf der Terrasse setzten, begann Marina mit Hilfe der anderen Frauen die Traubensamen auszusähen. Sie setzte gleich drei Samen in ein kleines Loch, verschüttete es mit lockerer Erde und stampfte sie fest. Ein weiteres Loch befand sich zirka drei Fuß weiter, wurde ebenfalls mit Samen besetzt, zugeschüttet und zum Schluss auch etwas bewässert. Der Verwalter bereitete sich gerade wohl auf seine Aufgabe vor und war mit Peson mit irgendwelchen Schriftstücken schwer beschäftigt. Auch Karten der Stadt waren zu sehen und irgendwelche Dokumente mit Siegeln. Inzwischen traf auch die zusätzliche Wasserlieferung ein und in bestimmten Zeitabständen wurde alles immer wieder leicht bewässert. In der Zwischenzeit hatten die Frauen aber genug Zeit, um eine Mahlzeit auf der gigantischen Craticula dieser Culina vorzubereiten. Es gab wirklich köstlich zubereitetes Fleisch mit reichlich Gemüse und Ixos konnte sich kaum sattessen und wiederholte fast nach jedem Bissen, wie lecker er es fand: „Heilige Furzzwiebel! Das ist ja mal knusprig und lecker."

An diesem besonderen Abend gönnten sich alle wieder etwas Wein und blickten dabei von der Terrasse stolz auf die künftigen Weinfelder, die kurz zuvor noch ausgiebig bei der untergehenden Sonne bewässert wurden. Es erwartete alle noch ziemlich viel harter Arbeit, aber die Vorstellung, wie alles bald aussehen würde, ließ niemanden an die bevorstehenden Anstrengungen denken. Der Haufen vorne war schon längst ausgebrannt, als die Sonne komplett vom Horizont verschwunden war. Der nächste wundervolle Sonnenaufgang folgte, den wieder einige von ihnen genossen und Stephaton und Artyom waren wieder die Ersten, die sich auf der Terrasse einfanden. Dieser Tag sollte für Ixos endlich ein Arbeitstag werden. Sein erstes Geschäft schloss er bereits nach dem Frühstück mit Stephaton ab, als er ihm die Villa Augustae für einen wirklich fairen Preis verkaufte und nun waren Stephaton und seine Freunde die stolzen Besitzer des Anwesens. Als Nächstes übergab ihm Ixos symbolisch alle Schlüssel und begab sich mit Peson zum Stadtkern. In der dortigen Verwaltung ließ er sofort Stephaton als den neuen Eigentümer der Villa Augustae eintragen und ging zur Besichtigung der anderen vier Objekte, die er noch unter die Leute bringen sollte. Er hatte keine leichte Aufgabe, wie es sich später herausstellen sollte. In der Villa kümmerte man sich hauptsächlich um das Beseitigen von Unkraut auf den Feldern, das Bewässern und später wieder um das Essen. Zwischendurch wurde in der Villa hier und da gründlicher aufgeräumt, aber die Männer kümmerten sich überwiegend um die Reinigung der Therme im Untergeschoss. Hier war überall heller Marmor, der erst nach ordentlichem Schrubben wieder richtig glänzte, daher musste der Marmorboden im Erdgeschoss noch auf seine gründliche Behandlung warten. Hier glänzten lediglich die Bereiche, die von den Bewohnern bereits genutzt wurden. Der Terrassenboden war mit einem anderen Material belegt und es schienen die gleichen hellweißen Bausteine zu sein, aus denen die Villa gebaut war. Erst gegen Abend nach dem letzten Bewässern kamen Ixos und Peson wieder. Ixos dachte seltsamerweise nicht an ein Abendessen, sondern ging direkt auf die Terrasse, pflanzte sich sofort auf einen der freien Stühle und atmete erstmal erleichtert durch, worauf ihn Mauritius betrachtete und fragte: „Du siehst wirklich erschöpft aus, mein Lieber, was ist los?"

Ixos seufzend: „Ach, Mauritius, wo soll ich bloß anfangen. Die erste Villa im Süden hängt mir jetzt schon zum Hals raus. Sie ist so heruntergekommen, dass das einfach nur schockierend war. Wir mussten zehn Männer anheuern, die dort alles erstmal gründlich reinigen und sie werden sicherlich noch mehre Tage dafür brauchen. Ich wette, die Villa stand länger als fünf Jahre verlassen. In einigen Räumen fanden wir unzählige Katzenknochen und überhaupt war das Gelände voller Katzen und Katzendreck. Was haben wir also getan? Wir kauften erstmal zwei riesige Hunde, um das Katzenproblem zu beseitigen und das war erst die erste Villa. Der Stadthalter sollte sich wirklich schämen. Wenn er uns bei der weiteren Arbeit nicht unterstützt, wird es böse Folgen für ihn haben, nicht wahr, Peson?"

Peson erwiderte entschieden: „Auf jeden Fall. Er ist eine Schande für Panormus."

Mittlerweile waren die anderen ebenfalls oben angekommen und hörten dem Gespräch zu und irgendwann meinte Mauritius zu Ixos: „Ich würde dir gern bei allem helfen, Ixos, aber wir haben hier noch einiges vor uns."

Ixos lächelte und erwiderte: „Vielen Dank, ich weiß dein Angebot zu schätzen, aber das ist meine ehrenvolle Aufgabe und ich teile den Ruhm hinterher nur ungern. Ich hätte aber keine Einwände, wenn du Wein hochbringst."

Dabei schaute Ixos Mauritius grinsend an, worauf dieser zurücklächelte und entgegnete: „Aber gerne doch, Ixos. Wein könnte ich auch vertragen. Schau dir nachher wenigstens noch die Therme an. Jetzt fehlt eigentlich nur noch das Wasser."

Mauritius stand auf und begab sich zur Culina. Nach einer kurzen Überlegung meinte Ixos irgendwann zu Stephaton, der links neben Artyom saß: „Wenn ihr wollt, werde ich morgen für Wasser sorgen. Es geht dann gemütlich auf die Spesenrechnung, nicht wahr, Peson?"

Peson nickte lächelnd und Stephaton erwiderte: „Ich hätte nichts dagegen. Ich bräuchte auch mal wieder ein Bad."

Ixos: „Wird erledigt. Haltet morgen nur die Tore offen."

Kurz darauf kam Mauritius mit dem Wein und Gemütlichkeit machte sich wieder breit. Der ruhige Abend entspannte allesamt wieder von den Strapazen des Tages und es folgte eine ruhige Nacht. Der nächste Tag war für alle wieder sehr produktiv und zusätzlich wurde noch das Wasser für die Therme geliefert. Stephaton hörte nach dem dreißigsten Wasserbehälter auf zu zählen, der in der Therme entleert wurde, aber nach grobem Augenmaß waren noch mindestens zweimal so viele Behälter notwendig, um das Becken vollständig zu füllen. Irgendwann, als Akatia zwischen ihren Aufgaben etwas Zeit fand, kam sie runter zu Stephaton zu den Thermen und fragte: „Schönes, klares Wasser, nicht wahr?"

Stephaton erwiderte: „Stimmt, noch ist es das, aber bald wird es grünlich und das Badevergnügen ist dahin."

Akatia: „Genau, aber es muss nicht unbedingt soweit kommen. Kennst du Zitronen?"

Stephaton bestätigte und Akatia fuhr fort: „Allerdings bräuchten wir sehr viele davon, mindestens drei große Körbe. Wir drücken alle im Wasser aus und es bleibt sauber und duftend."

Stephaton: „Kling gut. Wenn es funktioniert, machen wir das."

Akatia lächelte und ging wieder hoch. In der Culina fertigte sie darauf eine gesonderte Einkaufliste, die sie bei der nächsten Lieferung der Lebensmittel mitgeben wollte. Gegen Abend war die Therme voll und das Wasser schwappte fast über die Ränder. Zu der

Zeit kamen auch Ixos und Peson mit einer besonders guten Laune wieder zurück und als sie strahlend zu den Männern nach oben kamen, berichtete Ixos: „Na, Männer, wie verlief euer Tag? Bei uns entwickelt sich alles prächtig. Die Katzenvilla ist einigermaßen schon betretbar und es dauert sicherlich nicht lange, bis ich sie potentiellen Käufern präsentieren kann. Die anderen Villen sehen zum Glück nicht so schlimm aus und ich mache mir da auch keine Sorgen. Um die kümmern wir uns, sobald die Erste fertig ist. Der Stadthalter wird sich an allen Kosten freiwillig beteiligen, stellt euch vor."

Stephaton: „Das kling gut. Übrigens ist die Therme mit frischem Wasser voll und ich wollte dir dafür noch danken."

Ixos erfreut: „Ach, nicht der Rede wert. Wieso sitzt ihr eigentlich nicht alle schon in dem Wasser?"

Stephaton erwiderte lächelnd: „Wir wollen es quasi nicht verseuchen. Akatia will das Wasser vorher noch aufbereiten, wodurch es lange sauber und frisch bleiben sollte, meinte sie."

Ixos: „Verstehe. Wer will Wein? Diesmal hole ich ihn."

Einige hoben die Hand hoch und Ixos eilte auf seine Art hinunter, um den Wein zu holen. Artyom trank nun auch täglich mit den anderen mit, auch wenn es nur gesellschaftlichen Zwecken diente und sein Konsum sich auf einen bis maximal zwei Becher beschränkte. Die anderen Männer hingegen hoben abends immer öfter die Becher, doch bis auf Ixos machte keiner den Eindruck, jemals betrunken zu sein. Zum Glück legte sich Ixos immer schlafen, wenn er merkte, nicht mehr der Herr der Lage zu sein. Artyom wurde dagegen irgendwie immer stiller, aber was keiner wusste war, dass er schon mit großer Spannung auf den Tag wartete, an dem er endlich seinen Enkel in den Händen halten würde. Den Kleinen noch später herumlaufen und herumtollen zu sehen, war insgeheim sein letzter großer Wunsch und bis zur Geburt waren es nur noch wenige Monate, höchstens drei, nahm er an. Es war ein schöner Abend, der mit dem Sonnenuntergang für alle endete. Der nächste Tag begann für einige erneut auf der Terrasse und etwas später verließen Ixos und

Peson wieder die Villa. Als die beiden diesmal mit zwei Begleitsoldaten das Gelände verließen, begegneten sie am Tor den Lieferanten und ließen sie gleich herein. Nach dem Abladen und der Bezahlung der Waren stellte Stephaton fest, dass in Panormus alles tatsächlich günstiger als in Rom war. Vor allem gab es hier oft Meeresfrüchte, wie beispielsweise am heutigen Tag, daher nahm sich Marina und Celina vor, eine ähnliche Suppe zu kochen, die sie in Alsium am Hafen gegessen haben und widmeten sich nach der ersten Bewässerung dieser Aufgabe auch sofort. Als jeder gegen Mittag nahezu gleichzeitig Hunger verspürte, war die charakteristisch duftende Suppe bereits fertig. Mit Stolz riefen die beiden alle Leute zur Culina, damit sie sich ihren Teller abholen. Sie hatten bei der Suppe nicht gerade am gesunden Knoblauch gespart und ebenfalls Zwiebeln waren reichlich viele drin. Als alle speisten, vergnügte sich Stephaton hauptsächlich mit den kleinen Krabben, die neben Muscheln und anderen Weichtieren in der Suppe schwammen. Celina und Marina haben die Meeresfrüchte tatsächlich wohl einzeln gesäubert und geschält, bevor sie in den Topf kamen. Eine Menge Pfeffer gab der Suppe eine unheimlich einzigartige Note und das Ingwer machte das Ganze noch exotischer und als Stephaton als Erster seinen Teller leerhatte, meinte er: „Das ist echt lecker. Ich hoffe doch, da ist noch mehr?"

Marina nickte lächelnd, worauf er sofort zur Culina wegen eines Nachschlages eilte, ohne jemanden anderen zu fragen, ob er auch noch möchte. Als er wieder mit einem vollen Teller ankam und sich setzte, meinte er zu den beiden Köchinnen: „Ihr beiden habt die Suppe mehr als nur nachgemacht. Ihr habt sie zusätzlich noch verbessert und verfeinert. Wirklich lecker."

Natürlich schmeckte die Suppe nicht nur Stephaton, sondern auch den anderen. Sie waren ebenfalls begeistert und lobten die beiden ebenfalls sehr. Nach der leckeren Mahlzeit erholten sich alle eine Weile und gingen danach fröhlich ihren Aufgaben nach. Spät am Nachmittag kam Ixos mit Peson und den Wachen wieder und

Ixos strahlte besonders, verriet jedoch noch niemandem den Grund dafür. Sonderbar war die Truhe, die sie anschleppten und ließ schon vermuten, dass sie Geld mitbrachten. Peson verstaute sie in seiner Stube und begab sich mit Ixos erstmal zur Culina. Sie aßen die Suppe fröhlich auf der Terrasse bei den anderen auf und erst als ihre Schüsseln leer waren, verkündete Ixos stolz die Neuigkeit: „Stellt euch vor, die blöde Katzenvilla ist verkauft! Ist das nicht großartig?"

Stephaton als Erster: „Glückwunsch! Wer hat sie gekauft? Hoffentlich kein Katzenliebhaber?"

Ixos: „Nein, ein wohlhabender Händler aus Capua. Ich hoffe, du wirst es mir nicht übelnehmen, dass er erst kaufwillig wurde, als ich ihm erzählt habe, dass der berüchtigte Stephaton kürzlich nach Panormus gezogen ist und diese Villa hier gekauft hat?"

Stephaton ganz verwundert: „Nein, wieso sollte es? Von mir aus kannst du die anderen Villen auch mit diesem Argument verkaufen." Ixos erfreut: „Mit deiner Erlaubnis mache ich das. Wollt ihr wissen, was noch lustig ist?"

Stephaton: „Gewiss. Erzähl schon."

Ixos brach plötzlich in Lachen aus und versuchte zu erzählen: „Stellt euch vor, ganz Panormus beschwert sich irgendwie wegen einer Katzenplage."

Nun lachte auch Peson ganz laut auf, die anderen ebenfalls und Cassius bemerkte dazu grinsend: „Ja, wie kommt das denn so plötzlich? Lasst bloß niemanden wissen, dass es euch zu verdanken ist."

Ixos weiterhin lachend: „Züchtet schnell Hunde! In der nächsten Zeit könntet ihr eine Menge Geld damit verdienen!"

Erneut brach jeder in Lachen aus und diesmal sogar noch lauter. Irgendwann beruhigte sich Ixos etwas und meinte: „Freunde, bitte begießt mit mir diesen Erfolg. Ich hole dazu auch den Wein, ja?"

Jeder nickte zustimmend, worauf sich Ixos erfreut nach unten begab. Als er in der Culina ankam, erweckte der Duft der Suppe wieder seine volle Aufmerksamkeit und bevor er nach der Weinkaraffe griff, füllte er mit der Suppe erst einen Teller und griff an Ort und Stelle zum Löffel und delektierte sich erneut an der Suppe, bis der Teller innerhalb von wenigen Augenblicken leer war. Danach packte er die Karaffe, einige Becher und eilte wieder zu den anderen. Oben angekommen, verteilte er die Gefäße und meinte dabei: „Also, wer auch immer der Frau in Alsium Konkurrenz machen wollte, ist es ihm gelungen. Oder sollte ich besser sagen, es ist ihr gelungen?“

Mauritius erwiderte: „Dieses Mal hatten wir nichts damit zu tun. Es waren Celina und Marina.“

Ixos: „Oh, herrlich, und schön scharf, genau wie ich es mag. Also ehrlich, so eine leckere Suppe habe ich noch nie gegessen. Hätten wir mit Peson nicht Außerhalb schon gegessen, hätte ich mindestens noch zwei weitere Teller verschlungen.“

Marina und Celina lächelten stolz über das erneute Lob, doch Ixos beendete das Thema der Suppe noch nicht: „Verkauft mir das Rezept. Ich gebe es an Hillion weiter und er wird die Suppe für mich und ganz Rom kochen. Ihr kennt Hillion doch noch?“

Marina lächelnd: „Ich schreibe dir nachher alles auf, sogar ganz umsonst. Wünsche Hillion dann gutes Gelingen.“

Ixos nickte freundlich dankend und nahm seinen ersten Schluck Wein. Der Abend war bis zum Sonnenuntergang sehr lustig und gelungen und die beste Laune von allen hatte wohl Ixos und später, als er schon ziemlich viel Wein intus hatte, wurde es noch lustiger. Als es irgendwann aber schon ziemlich kalt wurde, verließen die Ersten die gesellige Runde und als letzter verließ Ixos mit Hilfe von Stephaton taumelnd die Terrasse. Am nächsten Tag begann alles wieder von vorne, als Ixos und Peson fortgingen und die Villenbewohner sich ihren Aufgaben zuwandten. Doch heute widmeten sich mehr die Männer den anfallenden Tätigkeiten, da die Frauen beschlossen, die Therme für sich zu beanspruchen. Irgendwann bei dem Bewässern der Weinreben fielen Stephaton einige Katzen auf, die sich auf das Grundstück wagten. Die Männer machten sich den ganzen Tag einen Spaß daraus, sie immer wieder zu verjagen, aber Sie befürchteten schon, dass die Plage bald nicht aufzuhalten sei und machten sich bereits erste Gedanken darüber, wie sie dem Problem vorbeugen. Stephaton betonte, dass Hunde keine Option wären, da sie nur den Weinanbau erschweren und überall herum buddeln würden. Niemandem fiel etwas ein, nicht einmal dem erfahrenen Artyom. Seine Idee war nur, dass sie Essensreste vor den Mauern des Anwesens deponieren könnten, um so die Eindringlinge draußen zu halten. Zumindest hatte dies immer auf der Wanderschaft seiner Karawane funktioniert, meinte er. Als sie über das Problem später auf der Terrasse weiterredeten, kamen die frischgebadeten Frauen gerade aus der Therme nach oben und die Männer unterrichteten auch sie über das drohende Katzenproblem. Akatia nahm es lässig und meinte: „Da fallen mir sofort zwei gute Methoden ein. Auf die Schnelle würde verstreuter Pfeffer helfen und dauerhaft sicherlich Plectranthus."

Stephaton wurde hellhörig: „Interessant. Kannst du das bitte näher erläutern?"

Akatia: „Das Ausstreuen von Pfeffer vor die Mauern ringsherum wird die Katzen erstmal fernhalten. Es wäre zwar teuer, funktioniert aber sofort. Für eine langzeitige Wirkung würde ich Plectranthus vor die Mauern pflanzen."

Stephaton: „Was ist denn dieses Plectranthus?"

Akatia: „Es wird auch Harfenstrauch genannt. Katzen hassen den starken Geruch dieser Pflanze und bleiben einfach fern."

Stephaton: „Das sind wertvolle Informationen. Dann mal ran an die Aufgabe. Nur, wo fangen wir an?"

Akatia: „Ich hoffe, auf dem Markt wird es genug Pfeffer und Samen des Harfenstrauches geben. Am besten kümmere ich mich morgen darum und schaue selbst nach. Ich muss ohnehin meinen Kräutervorrat auffüllen. Ihr helft mir aber bei der Aussaat?"

Cassius: „Selbstverständlich. Wir könnten uns Panormus sowieso endlich mal in Ruhe ansehen. Seitdem wir hier sind, haben wir das Anwesen nicht verlassen, daher melde ich mich freiwillig als dein Träger."

Stephaton: „Dann steht es fest. Ich würde vorschlagen, dass wir mit Ixos und Peson morgen losgehen und die beiden ein bisschen als Stadtführer ausnutzen."

Alle stimmten dem Plan zu und entspannten sich hinterher bei gelegentlichen Unterhaltungen in der Sonne des Nachmittags. Zwischendurch wurde gespeist und kurz vor dem Abend nochmals bewässert. Ixos und Peson kamen kurz darauf auch zurück und waren wie am Vortag ähnlich gut gelaunt. Es konnte nur bedeuten, dass sie wieder einen Erfolg zu verzeichnen hatten und es bestätigte sich, als Ixos kurz darauf ihren Tagesablauf zusammenfasste. Dieses Mal hatten sie gleich zwei der kleineren Villen verkauft. Sie waren zwar kleiner, als die anderen, jedoch auch sehr gemütlich und schön abseits gelegen. Später erzählte Ixos von einem weiteren Trick, den er für die Verkäufe anwandte. Panormus war ohnehin ein Erholungsort für reiche Römer und täglich trafen unzählige Schiffe von überall aus dem Imperium ein. Man musste einfach nur im Hafen auf sie warten und mit dem richtigen Riecher sprach Ixos immer die richtigen Ankömmlinge an. Übrig blieb noch eine einzige Villa, die Ixos noch verkaufen musste. In der Zwischenzeit wurde auch dieses Anwesen vollkommen gereinigt und instandgesetzt. Als Stephaton Ixos darüber unterrichtete, dass sie sie morgen zur Stadt begleiten wollten, stimmte er mit Freude zu. Der restliche Abend verging entspannt und Cassius, Mauritius und Longinus nutzten den Abend, um die Therme auch für sich zu entdecken. Als sie sie nach geraumer Zeit verließen, war ihre Haut ziemlich verschrumpelt, was besonders Ixos amüsierte. Die Nacht an sich war ruhig, bis auf die streitenden Katzen da draußen. Noch wagten sich die Tiere nicht tiefer auf das Gelände zu gehen, aber es war nur einer Frage der Zeit, bis sie es tun würden. Zusätzlich wurde die Villa noch Tag und Nacht von den sechs Soldaten bewacht, was die Katzen sicherlich abschreckte, aber bei der Abreise von Ixos und Peson würden auch die Soldaten das Anwesen verlassen. Es war also höchste Zeit für die geplanten Gegenmaßnahmen und am nächsten Morgen erfolgte auch der erste Schritt. Alle verließen mit Ixos und Peson die Villa erst, nachdem die Tageslieferung kam und die Weinreben bewässert wurden. Nach einem gemütlichen Spaziergang hinunter zur Stadt erreichten sie erstmal den Marktplatz. Er war vollkommen anders als in Rom, denn hier gab es kein Gedränge und die Leute unterschieden sich deutlich von denen in der Hauptstadt. Sie schienen alle wirklich wohlhabend zu sein, lächelten einen ständig höflich an und begrüßten jeden auf ihrem Weg, der zurücklächelte. Akatia fand bald einen geeigneten Stand, der ihr wirklich alles bieten konnte. Die Samen des Harfenstrauches waren ungewöhnlich teuer, aber es lag sicher daran, dass die Katzenplage inzwischen unerträglich wurde. Scheinbar war Akatia nicht die einzige, die diese Methode mit dem Harfenstrauch kannte. Stephaton kaufte trotz des hohen Preises mehr als genug von den Samen und Akatia kaufte noch Unmengen an Pfeffer und ihre Kräuter. Als sie eine bestimmte Knolle kaufte, blickte sie auf Cassius und meinte: „Erinnerst du dich? Das ist die Knolle, aus der du dir in der Villa in Rom einen Aufguss machen wolltest und es war die, die einen verrückt macht. Die Pflanze nennt sich Stechapfel und alle Teile von ihr sind giftig, von der Wurzel bis hin zu den Blüten, also halt dich davon lieber fern."

Cassius nahm eine dieser Wurzelknollen an sich, betrachtete sie einen Augenblick, warf sie wieder in den Korb zurück und meinte: „Ich weiß bis heute nicht, wieso du sie überhaupt kaufst."

Akatia: „In ganz winzigen Mengen hilft die Knolle einem durch ganz schlechte Tage und wirkt gegen meine Schmerzen in der Brust."

Cassius nickte aufgeklärt und der Einkauf ging weiter. Sie kauften noch einige Gewürze und durchstreiften weiter den Markt, wobei Ixos und Peson sich von ihnen verabschiedeten und sich ihrer eigenen Aufgabe widmeten. Nach dem Einkauf spazierten sie noch etwas den Hafen entlang, da das Wetter herrlich und der leichte Wind ganz angenehm war. Sie hätten gerne noch viel mehr von Panormus gesehen, doch die Einkaufsbeutel und die Körbe würden leider immer schwerer. Sie verschoben den Spaziergang also auf einen anderen Tag und begaben sich wieder zurück zu ihrer Villa. Dort angekommen, brachten die Frauen den Einkauf zur Culina und Akatia verstaute dort ebenfalls sicher ihre Wundermittel. Den Beutel mit den Harfenstrauchsamen brachten sie wieder nach draußen und riefen die Männer zusammen, die sich vorher zur kurzen Erholung auf die Terrasse begaben. Akatia verteilte die Aufgaben gerecht, wobei einer die kleinen Löcher graben, ein anderer die Samen hineinschmeißen, ein anderer wieder zuschütten und der Letzte die Stellen begießen sollte. Eigentlich war alles keine schwere Aufgabe, aber das gleich um die ganzen Mauern herum zu tun war schon etwas mühsam. Artyoms Hilfe war nicht erforderlich, daher schaute er den Männern die ganze Zeit gespannt zu und zwischendurch machten sie einige Pausen, um ihre Knochen wieder zu strecken. Erst gegen Abend waren sie fertig und die Frauen entlohnten sie dafür mit einer wohlverdienten Mahlzeit. Ixos hatte heute keinen Erfolg zu verzeichnen, dennoch gesellte er sich mit Peson zu den anderen und überraschte mit einer guten Laune. Es folgte wieder ein lustiger Abend mit Überfluss an Wein und am nächsten Tag zog Ixos wieder in der Hoffnung los, die letzte Villa endlich zu verkaufen. Für die anderen stand hauptsächlich das Bewässern auf dem Plan und als Marina dabei noch die ersten Weinsprossen entdeckte, war die Freude für alle sehr groß. Das Klima und die Unmengen an Wasser hatten es den Samen gutgetan und jetzt überlegte Marina noch zusätzlich Dünger zu besorgen. Am Abend kehrten Ixos und Peson wieder heim um ihren Grinsen nach zu urteilen, waren sie dieses Mal erfolgreich. Als er sich mit Peson und einer großen Weinkaraffe direkt nach oben zu den anderen begab, war alles klar. Beide strahlten jeden an und als sie sich hinsetzten, berichtete Ixos stolz: „So, meine Lieben, alle Villen sind nun verkauft. Ich würde sogar sagen, der letzte Verkaufspreis war mein absoluter Rekord und darauf trinken wir heute.“

Jeder beglückwünschte die beiden und Cassius hob als Erster seinen Becher in die Höhe. Als alle ihre ersten Schlucke nahmen, wurde Ixos etwas weniger euphorisch und meinte: „Doch leider sind wir hier nicht im Urlaub und die Order von Tiberius war eindeutig, dass wir sofort nach Rom zurückkehren, sobald alle Villen verkauft sind. Leider mussten wir heute schon der nächstmöglichen Überfahrt zusagen und das Schiff legt morgen schon ab. Wann die nächste Überfahrt ist, wusste man noch nicht, also, meine Freunde, ist heute leider unser letzter Abend."

Stephaton bedrückt: „Schade. Ich denke, nicht nur ich habe mich an deine fröhliche Gesellschaft gewöhnt."

Jeder wurde etwas traurig, aber Ixos ließ sich von den Tatsachen nicht die Laune verderben und versuchte den Abend mit den anderen humorvoll zu gestallten. Das Schiff sollte am frühen Nachmittag ablegen und bis dahin sollte sich Ixos mit allen Reisenden und ihren Habseligkeiten am Hafen einfinden. Während des gemütlichen Abends brachte Marina Ixos irgendwann das aufgeschriebene Rezept für die Suppe, wie sie es versprochen hatte und Ixos behandelte den Zettel wie ein rohes Ei und verstaute ihn sogar in seinem Geldbeutel. Der Abend verlief wirklich humorvoll und jeder konzentrierte sich verstärkt auf Ixos. Stephaton erinnerte ihn irgendwann nochmals daran, dass er ihre Einladung nach Panormus an Remo und seine Familie weiterleiten soll. Mit einem Hauch Traurigkeit belegte später jeder sein Bett und verspürte schon jetzt eine Lücke. Der nächste Morgen begann also traurig, besonders, als die anderen zusahen, wie Ixos und Peson ihre Sachen vor der Villa aufhäuften. Kurz darauf traf die Tageslieferung ein und Marina bereitete mit den anderen Frauen einige Häppchen für die Reisenden vor und sie dachten auch an die Wachsoldaten, die in den ganzen Nächten so tapfer die Katzen abgewehrt haben und Stephaton übermittelte dem Hauptmann tatsächlich mit ähnlichen Worten humorvoll seinen Dank. Für einen kleinen Silberling halfen die Lieferanten beim Transport der Sachen zum Hafen und alle verabschiedeten sich herzlich von Ixos und Peson. Der Verwalter umarmte alle Frauen recht herzlich nacheinander und küsste als letztes ihre Hand. Darauf setzten sie sich in Bewegung und die Kolonne ging langsam den langen Weg herunter zum Tor. Ixos öffnete es, ließ die Kolone passieren, blickte noch das letzte Mal auf seine Freunde, winkte nochmals zum Abschied und schloss das Tor hinter allen zu. Die Villenbewohner standen noch da, als alle aus ihrer Sicht verschwunden waren und Stephaton meinte darauf betrübt: „Und weg sind sie. Ich bewässere mal den Wein. Wer macht mit?“

Einige folgten Stephaton zu den Wasserbehältern und die anderen widmeten sich anderen Aufgaben in dem riesigen Haushalt. Artyom zog es vor, etwas auf den Feldern spazieren zu gehen und die Weinsprossen zu begutachten. Der Tag verging etwas stiller als gewohnt und die folgenden Tage waren auch ohne Besonderheiten. Hin und wieder besuchten alle gemeinsam den Markt und eines Tages unternahmen sie sogar eine ausgiebige Erkundung der Stadt. Sie fanden tatsächlich auch die Arena und besuchten sie, während dort gerade langweilige Sportspiele stattfanden. Mittlerweile kannte sie fast jeder in der Stadt und wusste sogar Bescheid, wer Stephaton war, obwohl er sich niemals jemandem großartig vorgestellt hat. Überhaupt wurden sie alle irgendwie mit einem besonderen Respekt behandelt und Stephaton schob einfach alles auf die Kaiservilla. So verging der komplette erste Monat auf Panormus und der November begann. Die beiden Schwangeren fingen schon langsam an sich zu schonen, aber viel mehr passierte es auf das Drängen der künftigen Väter hin. Die Weinbüsche erreichten mittlerweile schon Schulterhöhe und die Männer hatten viel Arbeit damit, jeden einzelnen Busch mit einem Stutzstock auszustatten. Die Harfensträucher waren ebenfalls gut gewachsen und man konnte auf dem Gelände nicht eine einzige Katze sehen. Ende November blühten schon die ersten Weinstauden und weil die Sträucher noch sehr jung waren, besaßen sie noch wenige Stauden. Als die ersten Weintrauben Mitte Dezember reif waren, wurden sie erstmal nur für den Verzehr gepflückt.

Marina und Artyom wussten, dass nur die Trauben, die in der Sommersonne reiften, für einen leckeren Wein etwas taugten. Es folgte der Januar. Marina und Celina fiel es mittlerweile schwer, sich einfach so durch die Gegend zu bewegen und sie bereiteten sich schon langsam auf die Geburten vor. Ende Januar war es für Celina soweit und Akatia empfing die Geburt Celinas und Cassius' gesunden Sohnes nachts in ihrer Stube. Alle Männer, die von den Schreien Celinas geweckt wurden, eilten schnell zu ihr, doch Akatia bat alle Kerle hinaus und lediglich die Frauen durften dabei sein. Nach einer mittellangen Geburt hörte Cassius endlich das Weinen seines Kindes und kurz darauf öffnete Aquila die Tür zu der Stube und ließ ihn als Ersten herein. Als er seinen Sohn erblickte, wurden seine Augen feucht und er streichelte den Winzling vorsichtig am Kopf, während das schwache Licht der Fackel das süße Gesicht des Kleinen beschien. Jeder wollte ihn nun sehen und sie drängelten sich, um einen längeren Blick auf den Kleinen zu erhaschen, doch Cassius ließ es nur flüchtig zu. Dabei vergaßen alle gänzlich die erschöpfte Celina, die das Geschehen unterbrach: „Wie willst du ihn nennen?"

Cassius nahm vorsichtig den mit Leinentüchern umwickelten Kleinen in seine Hände, setzte sich ans Bett zu Celina und sagte: „Wir nennen ihn Trojan."

Nach einigen Augenblicken legte er den Kleinen wieder vorsichtig in Celinas Arme, worauf sie Cassius liebevoll anschaute und erwiderte: „Es ist ein schöner Name, mein Liebester."

Jeder näherte sich den beiden, doch keiner drängelte mehr. Um das Bett herum gab es nun genug Platz für jeden und alle lächelten vor Freude und beobachteten, wie die frischgebackenen Eltern mit dem Kleinen interagierten, der mittlerweile ganz still war und umherschaute. Erst nach einer ganzen Weile verabschiedete sich jeder von den dreien, die Frauen gaben Celina zum Abschied einen Kuss und die Männer drückten Cassius' Schultern. Akatia verließ sie als letzte und meinte: „Ruft mich laut, wenn ihr mich braucht."

Die wundervolle Nacht verging und am nächsten Morgen besuchte jeder nach dem Aufwachen erstmal den kleinen Trojan. An diesem Tag drehte sich sowieso alles um den Kleinen und irgendwie wollte jede der Frauen behilflich sein. Gezwungenermaßen mussten sich nun die Männer um die Bewässerung und sogar um die Mahlzeiten kümmern und so war es auch am nächsten Tag und dem Tag darauf. Als Trojan drei Tage alt war, wurden alle wieder nachts von Geschrei geweckt und dieses Mal war es Marina. Artyom eilte noch halb nackt in ihre Stube, doch Akatia stand Marina bereits bei, bat Artyom höfflich heraus und rief Tullia herbei, die saubere Tücher und warmes Wasser holen sollte. Die Geburt dauerte viel länger, als die von Trojan und als die Tür zu der Stube aufging, wurde wieder der Vater als Erster hereingebeten und kurz darauf der Großvater und der Rest. Mauritius näherte sich dem Kleinen, den wieder Akatia präsentierte und sagte: „Nestor. Du wirst unser kleiner Nestor sein."

Er nahm seinen Sohn von Akatia entgegen und ging zu Marina ans Bett. Sie blickte den Vater und ihren Sohn weinend an und erwiderte überglücklich: „Nestor klingt schön. Kommt beide zu mir."

Mauritius legte den Kleinen neben Marina und ließ nun Artyom den Vortritt. Der Großvater beugte sich lächelnd über den Kleinen, gab ihm ganz sanft einen Kuss auf die winzige Stirn und sagte: „Seht her, mein Enkel."

Seine Tränen konnte und wollte er nicht aufhalten. Er streichelte noch Marinas Wange, lächelte sie liebevoll an und ließ Mauritius wieder zu den beiden und nachdem jeder Nestor begutachtet hatte, verließen sie die Drei wieder. Am nächsten Tag prahlte Cassius damit herum, dass sein Sohn schon in seinem Bettchen schlief, aber einige Tage später nutzte auch Nestor sein Bettchen, welches Mauritius in Rom gebaut hatte. Später wurden die Bettchen tagsüber auf die Terrasse gebracht und in den kommenden Monaten drehte sich alles um die beiden Jungen, aber der Weinanbau wurde dadurch keineswegs vernachlässigt. Als die beiden sechs Monate alt waren, kam die erste wichtige Ernte und ihre Weintrauben, obwohl sie noch einen Monat länger hätten hängen sollen, waren schön reif geworden. Alle jungen Leute kümmerten sich um die Ernte und später um die Verarbeitung, während Artyom der Aufpasser für die Kinder war. Er musste nicht viel tun und seine Hauptaufgabe war einfach nur zu rufen, wenn einer der beiden nach Nahrung schrie. Artyom sagte diese Aufgabe sehr zu und er saß neben den beiden Bettchen und wartete geduldig auf die Zeit, in der die beiden endlich anfangen würden herumzutollen. Sechs Monate später war es auch soweit und die Väter versuchten den beiden das Laufen beizubringen, während die zweite Ernte eingesammelt wurde. Der Wein der ersten Ernte hatte mittlerweile einen sehr guten Ruf in Panormus genossen und fast täglich kam ein Händler vorbei, der mindestens zwei Karaffen abkaufte. Später probierte Akatia eine alte Geheimrezeptur aus und gab eine bestimmte Gewürzknolle in einige Karaffen zu dem Wein dazu und versiegelte sie wieder. Nach einer Woche hatte ihr Gewürzwein eine sanft berauschende und beruhigende Wirkung und es fanden sich einige in Panormus, die den Wein sogar selbst bei ihnen abholten und recht gut dafür zahlten. Zwei Jahre später, als die Jungs schon drei Jahre alt waren, konnte der Unterhalt für alle schon mit dem Weinverkauf allein bestritten werden und sie mussten nicht einmal sparsam leben. Nestor und Trojan wurden gut erzogen und wirkten mit drei Jahren schon besonders schlau und entwickelt. Nicht nur die Väter sorgten für eine gute Erziehung, sondern auch Stephaton, Longinus und der Großvater, der von Anfang an von beiden Jungs so genannt wurde. Hin und wieder unterhielten sich die Vier über die Vergangenheit und die Zukunft, jedoch war Cassius von jeglichen Visionen ganz frei. Mehr konnten sie nicht tun, als auf irgendwelche Zeichen zu warten und einfach weiter das Leben zu genießen. Eines Tages ereilte alle eine traurige Nachricht über den Tod von Tiberius, die überraschenderweise von Remo überbracht wurde. Nach über drei Jahren besuchte er mit seiner Familie tatsächlich Panormus. Lucas war inzwischen ein junger Mann geworden und seine Eltern schienen wirklich glücklich zu sein. Jeder freute sich ungemein, dass die Drei endlich den Mut fanden, die See zu überqueren. Remo erzählte noch, dass jetzt ein Caligula der Kaiser war. Ihr Aufenthalt in der Villa dauerte eine Woche. Nestor und Trojan hatten Lucas sehr liebgewonnen und ließen ihn kaum etwas Ruhe, was ihm aber kaum etwas ausmachte. Nach sieben wundervollen Tagen verabschiedeten sich alle von Remo und seiner Familie mit einer schönen Feier am Vorabend. Nach ihrer Abreise nahm alles wieder seinen gewohnten Lauf und die Zeit rannte einfach weiter. Als die Jungs fünf Jahre alt wurden, wurde Artyom sehr krank. Akatia kümmerte sich intensiv um seinen Gesundheitszustand, sorgte für die richtige Ernährung, für sein körperliches Wohlbefinden und für seine Kraft. Marina war sogar der Meinung, dass Akatia sein Leben schon jetzt deutlich verlängert hatte. Als Nestor und Trojan täglich zur Schreibschule gebracht wurden, erweiterten sich ihre Fähigkeiten enorm. Artyom war überglücklich, als er Nestor das erste Mal lesen hörte und er weinte sogar vor Glück. Marina weinte auch, als sie währenddessen neben Nestor stand und ihren überglücklichen Vater betrachtete. Sie wusste, so weise ihr Vater auch war, zu lesen und zu schreiben hatte er nie gelernt. In der darauffolgenden Nacht verstarb Artyom. Jeder betrauerte seinen Tod zutiefst. Die heftige Traurigkeit wurde nur etwas dadurch gelindert, dass Marina ständig wiederholte, dass all seine Wünsche hier an diesem Ort in Erfüllung gegangen sind. Sie bestatteten Artyom feierlich in Panormus' Nekropole und auf seinem imposanten Grabstein stand: „ARTYOM, Geliebter Vater, Geliebter Großvater, Geliebter Freund."

Das Leben nahm langsam wieder seinen Lauf und bald feierten die Jungs gleichzeitig schon ihren siebten Geburtstag. Die Väter und Nebenväter machten jedem der beiden ein besonderes Geschenk. Es waren sorgfältig geschmiedete römische Schwerter, die nicht sehr scharf waren und Übungszwecken dienen sollten und ein weiteres Geschenk war der Besuch einer Kampfschule. Die Jungs hörten schon viele Geschichten über Stephatons Vergangenheit und spielten gern Gladiatoren mit Holzstöckern. Die Männer erfüllten ihnen damit einen großen Wunsch, auch wenn die Frauen vehement dagegen waren. Neben dem Schwertkampfunterricht besuchten die beiden auch andere Schulen. Trojan war in Mathematik besonders gut, wogegen sich Nestor in handwerklichen Sachen sehr gut machte. Inzwischen hatte Rom auch einen neuen Kaiser, der Claudius hieß. Unter ihm veränderte sich das Leben im Reich nicht sonderlich, aber die beiden Jungs wurden mit der Zeit zu richtigen Männern. Sie waren inzwischen hochgebildet, da die Väter an ihrer Bildung nie gespart haben. Nestor hatte auf seinen Wunsch hin sogar einen griechischen Philosophielehrer bekommen, der ihn tagtäglich in Ruhe hinter der Villa unterrichtete. Trojan hingegen verbrachte viel seiner Freizeit mit den hübschesten Frauen aus ganz Panormus. Die beiden jungen Männer hatten einen sehr athletischen Körper und wirkten auf das andere Geschlecht sehr anziehend. Alles gestaltete sich für jeden prächtig, doch dann starb Akatia, die für beide als geliebte Großmutter galt. Celina war viele Tage untröstlich und selbst nach der ehrenvollen Bestattung konnte man kaum mit ihr sprechen. Keiner konnte in gleichem Maße ihre Trauer mitfühlen, denn Celina war noch nie, nicht einmal einen Tag lang, von ihrer Mutter getrennt gewesen. Das Leben rannte weiter, aber Celina überwindete ihre Trauer erst nach einigen Monaten. Als die Söhne vierundzwanzig wurden, kam es wieder zu einem Trauerfall und es war Aquila, die das Zeitliche segnete. Jeder betrauerte ihr Ableben, aber Stephaton am meisten. Als genau ein Jahr später in Rom ein Neuzehnjähriger zum Kaiser ernannt wurde, wachte Cassius nachts schreiend und schweißgebadet auf und weckte damit Celina, die ihn sofort versuchte zu beruhigen: „Cassius, komm herunter. Es war nur ein Albtraum."

Cassius atmete durch und erwiderte: „Ja, das war es wohl. Schlaf einfach weiter. Ich trinke unten etwas Wasser."

Er verließ die Stube, ging erstmal zur Culina, trank dort einen Schluck und begab sich nach oben zur Terrasse. Auf dem halben Weg machte er jedoch kehrt, ging wieder zur Culina, füllte diesmal einen großen Becher mit Wein und ging damit endgültig hoch. Als er auf der Terrasse ankam, hämmerte sein Herz noch immer unverändert schnell und er konnte sich kaum beruhigen. Nachdem er den Wein ausgetrunken hatte und eine Weile die Sterne betrachtete, klangen die Emotionen in ihn etwas herunter, aber er fragte sich dennoch, ob er nach diesem schrecklichen Albtraum jetzt noch überhaupt einschlafen kann. Er versuchte es, nachdem er seine Blase entleerte und in der Culina noch etwas Wein trank. Er war noch eine ganze Weile wach, bis er die schrecklichen Bilder aus seinem Traum verdrängte und wieder eingeschlafen war. Am nächsten Tag, als sich alle auf der Terrasse eingefunden haben, fragte ihn Celina vor allen Leuten: „Sag mal, Cassius, wovon hast du heute Nacht eigentlich geträumt? Du hast mich wirklich erschreckt."

Cassius schaute sie kurz an, dann Stephaton und die anderen und erwiderte: „Ich träumte von einem gigantischen Feuer."

Celina: „Vom Feuer?"

Cassius leicht genervt: „Ja, vom Feuer."

Darauf stand er auf, verließ die Runde und als er die Treppe runter war, kommentierte Stephaton sein Verhalten: „Na der ist aber nervös. Ich rede mal mit ihm."

Stephaton rappelte sich darauf auf, suchte Cassius erst in seiner Stube, dann in der Culina und als er ihn dort antraf, fragte er ihn sofort: „Sag mal, was ist denn los?"

Cassius erwiderte zittrig mit einem Weinbecher in der Hand: „Es war wieder einer dieser Träume. Ich glaube, es geht wieder los."

Stephaton hellhörig: „Hattest du wieder eine Vision?"

Cassius: „Nein, aber wieder einen dieser furchtbaren Träume, wo ganz Rom brannte. Menschen brannten noch lebendig und schreiend an Pfähle gefesselt und durch die brennenden Gassen schlängelte sich eine riesige Schlange. Kommt dir das noch bekannt vor?"

Stephaton: „Ja, von dem Traum hast du uns schon früher erzählt, vor fast fünfundzwanzig Jahren."

Cassius: „Genau. Das war der gleiche Traum und ich habe den Geruch des verbrannten Fleisches noch immer in meiner Nase. Wir sollten uns ziemlich zeitnah zu viert ungestört unterhalten. Ich spüre, dass da bald mehr folgt."

Stephaton: „Gut, aber jetzt beruhige dich erstmal. Ich wollte mit euch sowieso noch eine andere Dringlichkeit besprechen."

Cassius bestätigte nickend, regte sich etwas ab und beide setzten ein künstliches Lächeln auf, als sie wieder die Terrasse betraten und ihre Sitzliegen wiederbelegten. Irgendwann nach einer Weile stand Stephaton plötzlich auf und meinte gelangweilt: „Ich gehe zum Hafen etwas spazieren. Kommt einer mit?"

Dabei schaute er ausschließlich nur auf Cassius, Longinus und Mauritius, die allesamt zustimmten und Stephaton herunter folgten. Auf dem Weg holte Cassius noch seinen Geldbeutel aus seiner Stube und sie verließen das Anwesen. Als sie sicher waren, außerhalb der Hörreichweite der anderen zu sein, fragte Longinus als Erster: „Was ist los, Cassius? Etwas ist doch los, das spüre ich."

Cassius erzählte allen detailliert den Traum erneut und fügte zum Schluss hinzu: „Ich denke, es ist so weit. Das sind die gleichen Träume wie damals und bald kommen sicher noch die Visionen dazu. Wir konnten schon damals nichts damit anfangen, aber vielleicht kann es mittlerweile einer von euch?"

Stephaton: „Ich habe keinen blassen Schimmer, aber ich spüre, dass etwas in der Luft liegt und uns bald auf die Köpfe fällt. Ich finde aber, wir sollten weitere Zeichen abwarten und uns auf das andere Problem konzentrieren, dass offen auf der Hand liegt. Wir altern nämlich nicht und bald werden sie Fragen stellen. Was machen wir dann?"

Cassius erwiderte: „Bald? Celina fragte mich letztens schon, wieso ich noch immer so jung aussehe, wie am Tag unserer ersten Begegnung. Mir fiel nichts anders ein, als zu behaupten, dass ich täglich zur Venus bete und sie mich daher mit der Jugend segnet."

Stephaton: „In der Tat fällt es an dir am meisten auf, da du der Jüngste von uns bist. Ich finde, wir sollten uns Bärte wachsen lassen, die uns etwas älter aussehen lassen."

Longinus: „Bärte? Dann sehen wir wie ungepflegte Barbaren aus. Oder wir nehmen einfach zu, das lässt einen auch älter aussehen."

Stephaton: „In Griechenland tragen sie auch Bärte und wenn wir uns dazu noch gut bekleiden, dann passt das schon."

Longinus lächelnd: „Nun, gut, dann fangen wir halt mit den Bärten an."

Sie diskutierten weiter, als sie in Richtung des Hafens liefen. Jeder begegnete ihnen mit Freundlichkeit und irgendwann trafen sie sogar den Hauptkäufer ihres Weines, der sie darüber informierte, dass er gleich die nächste Ladung holen wollte. Als sie sich eine Weile später für die Rückkehr zur Villa entschlossen haben, entdeckte Stephaton Trojan, der in Begleitung einer hübschen, jungen Frau war. Stephaton schubste darauf Cassius leicht an und meinte: „Schau mal dort, dein Sohn."

Cassius suchte Trojan in der Menschmenge und machte ihn schnell aus: „Kommt, überraschen wir ihn."

Alle vier verfolgten das Paar eine Weile und beobachteten, was sie so trieben. Die beiden wirkten wirklich verliebt, als sie Hand in Hand an den Blumenständen vorbeiliefen. Trojan hielt sogar bei einem an und kaufte eine einzige Blume, die er sofort der jungen Frau reichte. Die Vier näherten sich den beiden von der Seite und Cassius übernahm die Führung. Als Cassius Trojan in seiner greifbaren Nähe hatte, packte er ihn am Arm und sagte: „Hallo, mein Sohn. Würdest du mir die junge Frau vielleicht vorstellen?"

Trojan drehte seinen Kopf ganz überrascht nach links und erwiderte: „Vater? Was macht ihr denn hier?"

Cassius lächelnd: „Spazieren, wieso auch nicht? Dazu ist es doch ein schöner Tag, oder?"

Trojan immer noch verdutzt: „Ja, das ist es, in der Tat. Ähm, das ist Minerva. Minerva, das ist mein Vater Cassius und meine Onkel Stephaton, Mauritius und Longinus."

Minerva ließ sich von Cassius und den anderen wie eine Patrizierin begrüßen und entgegnete freundlich: „Ihr seht aber eher wie Trojans Bruder aus, nicht wie sein Vater."

Cassius lächelnd: „Ich weiß. Venus gebührt der Dank dafür. Ich opfere der Göttin einmal in der Woche eine Ziege und sie beschenkt mich mit ewiger Jugend."

Stephaton und die anderen lachten, um die Situation etwas ins Lächerliche zu ziehen und es wirkte. Alle fingen an zu lachen und Cassius fuhr fort: „Nein, Spaß beiseite. Einige Gebete an die Göttin der Schönheit können nicht schaden, wie man sieht. Nun, Trojan, wieso kommt ihr nicht mit uns zur Villa? Du könntest Minerva deiner Mutter und deiner Tante vorstellen. Wir waren gerade sowieso auf dem Rückweg, da der Wein gleich abgeholt wird und du könntest dich dabei nützlich machen."

Trojan: „Ich weiß, Vater. Der Käufer ist Minervas Vater und informierte uns bereits vorhin darüber."

Cassius lächelnd: „Ach nein, welch ein Zufall. Nun dann, deine Mutter wird sich sicher freuen. Wir gehen vor."

Die Vier gingen voraus und das Paar folgte ihnen mit einem größeren Abstand und auf dem Weg hinauf zur Villa sagte Cassius zu seinen Freunden leise und diskret: „Seht ihr? Das mit der Venus sind meine Ausreden. Doch wie lange kann ich sie noch anwenden?"

Stephaton: „Ich sagte doch, lasst euch Bärte wachsen und tut so, als ob ihr gebrechlich wärt. Täuscht doch hier und da mal einen Schmerz vor."

Longinus: „Wie meinst du das denn?"

Stephaton lächelnd: „Passt auf und lernt."

Stephaton blieb kurz darauf stehen, packte sich mit der rechten Hand an der Hüfte, mit der linken Hand stützte er sich bei Longinus ab und als das Paar sie einholte, meinte er deutlich: „Wartet kurz, die Hüftschmerzen machen mir wieder zu schaffen."

Trojan: „Soll ich dir helfen, Onkel?"

Stephaton: „Nein, lass nur. Es geht gleich wieder. Geht ruhig schon vor."

Die beiden überholten sie und die Vier grinsten sich darauf gegenseitig an. Als das Paar und die Männer wieder zirka fünfzehn Fuß trennten, meinte Stephaton leise: „Seht ihr, mit etwas Schauspielerei machen wir uns auch etwas älter. Ich würde sogar sagen, dass ich gerade wie ein Opa auf die beiden gewirkt hab."

Cassius: „Stimmt. Jetzt nur noch der Bart und du gehst glatt als ein alter Greis durch."

Alle lachten erneut und Trojan drehte sich dabei etwas fragend um, weil er dachte, sie belächeln vielleicht ihn, aber die Vier beachteten das Paar gerade kaum. Kurz darauf kamen sie bei der Villa an, die Vier gaben Trojan und seiner Freundin den Vortritt und er stellte darauf Minerva seiner Mutter vor: „Mutter, das ist Minerva."

Celina schaute sich Minerva ganz genau an, lächelte und erwiderte: „Minerva, der Name einer Göttin. Schön. Ich bin Trojans Mutter Celina und das ist Marina, meine liebe Freundin und Trojans Tante. Macht es euch auf der Terrasse gemütlich. Wir kommen gleich mit dem Trank nach."

Celina ging mit Marina schnell zur Culina, während Trojan seine Freundin auf die Terrasse führte und in der Culina ging das Gerede sofort los: „Marina, ist sie nicht ein hübsches Ding?"

Marina erwiderte: „Ja, das ist sie. Trojan hat mit ihr einen guten Fang gemacht, würde ich sagen. Nun, komm, lass uns sie näher kennenlernen. Ich brenne schon darauf zu hören, wie ihre Geisteshaltung ist."

Beide eilten zu Trojan und Minerva auf die Terrasse und nahmen Wasser, Wein und eine riesige Schüssel voller Trauben mit. Während die beiden Frauen Minerva regelrecht ausquetschten und schnell erfuhren, dass ihr Vater der Hauptabnehmer ihres Weines ist, enthielten sich die vier Männer der Unterhaltung gänzlich und hörten bloß zu. Hinterher beschäftigten sie sich mit dem Bewässern, was ohnehin schon auf sich warten ließ, aber vorher sabotierte Cassius noch sein Rasiermesser, indem er ihn brach. Als der Vater von Minerva zur Abholung des Weines eintraf, begrüßte ihn nun jeder anders als zuvor. Sie hatten ohnehin schon ein gutes Verhältnis zu ihm, doch jetzt wurde es noch besser. Der Händler, dessen Name Silius war, wurde heute erstmal nach oben gebeten, aber verbrachte wegen des Zeitdrangs nur ein Weilchen auf der Terrasse, bevor er sich dem Wein widmete. Alle Männer halfen Silius bei der Beladung seines Karrens, auch Nestor, der gerade aus der Stadt zurückgekommen war. Nach einer ganzen Weile verabschiedete sich Minerva von allen und wurde von Trojan nach Hause gebracht. Marina stichelte Nestor hinterher, dass seine Zeit, eine Partnerschaft zu schließen, auch gekommen war. Der Abend verlief dennoch fröhlich, auch wenn Nestor eine etwas schlechtere Laune hatte. Nach einer Woche erreichte nun auch Panormus die Kunde, dass Rom seit einer Woche einen neuen Kaiser hatte und es war ungefähr zur gleichen Zeit, als Cassius von dem Albtraum geweckt wurde. Für die Männer war das das eindeutige Zeichen dafür, dass die Visionen von Cassius mit dem neuen Kaiser, der sich Nero nannte, zu tun haben mussten. Dennoch verhielten sie sich still und unternahmen nichts weiter. Stephaton wiederholte immer wieder, dass sie auf eindeutige Zeichen warten sollten und erinnerte an die Erscheinung des Engels damals, der ihnen einen eindeutigen Befehl gab. Inzwischen waren alle vier vollbärtig und die weiteren Monate vergingen ruhig. Inzwischen hatte auch Nestor eine Frau an seiner Seite, die Marcella hieß. Viele weitere Monate später wurde Minerva als Erste schwanger und wohne mittlerweile auch in der Villa. Auch Marcella war mit Nestor in einer festen Beziehung und wohnte mit ihm zusammen. Etwa drei Monate nach Minerva wurde auch sie schwanger und jeder freute sich auf den Nachwuchs der beiden sehr. Celina und Marina, die schon auf die Fünfzig zugingen, kümmerten sich um die Gesundheit der beiden künftigen Mütter sehr. Als Erster wurde Cassius zum Großvater, drei Monate später Mauritius und somit hatte die Villa mittlerweile zwölf Bewohner. Nestor und Trojan hatten jedes Jahr zwischen den beiden Geburtstagen ihrer Söhne ihren eigenen Geburtstag und so entschlossen sich alle, immer eine riesige Feier für alle zusammen zu veranstalten. Jedes Jahr, als die gesamte Familie von Marcella und Minerva zu der Feier kamen, gab es eines der größten Feste in Panormus. Nestor und sein Sohn Gaius standen immer beim Tor und empfingen die Gäste dort, wogegen Trojan mit seinem Sohn Marcellus sie dann vor der Villa empfingen. Viele Jahre vergingen und der gesamten Familie ging es wirklich gut. Nestor und Trojan sorgten ebenso gut für die Bildung ihrer Söhne, wie ihre Väter bei ihnen. Marina und Celina waren mittlerweile schon alt geworden, aber mit fast sechzig Jahren waren sie noch immer bei besten Kräften. Nach mittlerweile zehn Jahren der Regentschaft des Kaisers Nero passierte es dann wieder. Cassius weckte wieder der gleiche Traum von damals, doch dieses Mal war da mehr und er eilte schweißgebadet zur Culina und griff sofort zum Wein. Nach seinem ersten Schluck betrat plötzlich auch Stephaton den Raum und Cassius fragte leicht erschrocken: „Habe ich dich etwa geweckt?"

Stephaton verneinte es kopfschüttelnd und Cassius führ nervös fort: „Ich hatte wieder diesen verfluchten Traum, Mann. Ganz Rom brannte, die Menschen brannten auf den Straßen und schrien voller Qualen in Agonie."

Stephaton: „Nein, du warst es nicht, der mich geweckt hat. Ich hatte ebenfalls diesen Traum und nachdem alles verblasste, sah ich den Hügel, der westlich hinter unserem Anwesen steht."

Cassius: „Du also auch?"

Stephaton: „Ja, und auf dem Hügel stand der Hebräer."

Cassius überrascht: „Wie in meinem Traum."

Plötzlich betrat Mauritius die Culina und kurz darauf auch Longinus. Stephaton blickte beide an und frage: „Habt ihr etwa auch von dem Hügel geträumt?"

Longinus: „Nicht nur davon, Mann. Ich habe noch immer Gänsehaut. Es war schrecklich."

Sie erzählten sich gegenseitig ihre Träume und alle glichen einander haargenau. Jeder von ihnen sah gegen Ende seines Traumes Jesus auf dem Hügel und er winkte sie zu sich. Sie überlegten nicht lange und verließen schleichend die Villa, um niemanden zu wecken. Sie stiegen darauf über die westliche Mauer des Anwesens und gingen auf den Hügel zu, den sie in ihrem Traum gesehen haben. Der Hügel war circa fünfhundert Fuß von den Mauern des Anwesens entfernt und als sie vor ihm standen, passierte nichts. Irgendwann verlor Longinus als Erster die Geduld und meinte: „Vielleicht war es doch nur ein Traum, der nichts zu bedeuten hat. Lasst uns einfach in die warmen Betten zurück."

Stephaton: „Warte! Cassius, hast du nicht noch mehr geträumt? Denk nach."

Cassius: „Es war der gleiche Traum wie viele Male zuvor, doch dieses Mal konnte ich die brennenden Menschen furchtbar schreien hören. Es brannten sogar Kinder und hunderte von ihnen..."

Cassius wollte weitererzählen, doch ein leises Zischen unterbrach plötzlich das Reden und folglich das Zuhören. Es kam von der Spitze des Hügels und ungefähr aus der Richtung, in der ihnen der Hebräer im Traum erschienen war. Alle Vier richteten ihren Blick dorthin und untersuchten konzentriert das Geschehen. Plötzlich schien ein unglaublich greller Schein aus einem ganz winzigen Punkt zu kommen, der etwa fünf Fuß über der Hügelspitze schwebte und immer greller strahlte, so dass alle Vier sich bald die Augen verdecken mussten. Als sie sich langsam an die Helligkeit gewöhnten, schauten sie direkt in das Licht und erkannten bald eine Kontur, die aus dem Licht zu kommen schien. Als die Gestalt die Strahlen verdeckte, erkannten sie den Engel, der ihnen schon damals erschienen war und kurz darauf kamen links und rechts zwei seiner Begleiter aus dem Licht dazu. Als sie einige Augenblicke überrascht auf die drei Engel schauten, sagte der aus der Mitte: „Soldaten, es ist so weit und Gott braucht euch jetzt. Es ist etwas geschehen und Gott verlor die Kontrolle über einen sehr mächtigen Mann. Jetzt reitet ihn der Teufel persönlich und bringt die Hölle auf die Erde, wodurch Tausende leiden und in Flammen sterben. Gott beruft euch hiermit zu eurer Aufgabe, Männer. Begebt euch nach Rom, wartet bis er die Stadt wiedererbaut und beendet sein Leben."

Stephaton fragte vorsichtig: „Wen meint ihr und wieso tut ihr es nicht mit all eurer Macht selbst?"

Michael erwiderte rasch: „Wir können nicht in eurer Sphäre existieren und selbst unser kurzes Erscheinen hier kostet uns fast die gesamte Kraft. Ich und meine Legionen kämpften kürzlich in unseren Sphären gegen unzählige Horden von Dämonen, während ihr ein schönes Leben geführt habt. Also, verlasst in sieben Tagen Panormus und begebt euch nach Rom. Kaiser Nero ist das Übel und das Verderben, bis ihr ihn aufhaltet."

Der Schein verschwand plötzlich und mit ihm die drei Engel, aber in der Luft breitete sich noch immer ein seltsamer Geruch aus. Für Stephaton und Longinus roch es wie nach einer Schlacht, nämlich nach Blut, verderbendem Fleisch und nach Feuer, doch kurz darauf roch die Gegend wieder nach einer Wiese, die von der Sonne beschienen wird. Die Männer schwiegen kurz, ordneten ihre Gedanken und nach einigen Augenblicken meinte Stephaton: „Also, da haben wir unseren eindeutigen Befehl. Ich meine, darauf haben wir doch gewartet, oder?"

Cassius: „Ja, aber sollen wir unsere Lieben jetzt verlassen? Ich will es nicht."

Stephaton ganz ernst: „Wir haben keine andere Wahl, du Narr. Ich sollte schon damals in der Arena sterben und dennoch stehe ich noch vor dir. Du bist noch immer fünfundzwanzig und unverwundbar. Denkst du, dieses Geschenk ist umsonst? Außerdem können wir mit unseren Taten vielleicht tatsächlich Menschenleben retten."

Longinus: „Er hat Recht, Cassius, und unsere Tarnung hält nicht ewig. Wir müssen diesen Ort sowieso verlassen. Wie willst du deinem sterbenden Sohn irgendwann erklären, dass du noch lebst? Wie soll es Mauritius Nestor einmal erklären?"

Mauritius zustimmend: „Alles drängt uns nur in die eine Richtung, Cassius, sie haben recht. Nehmen wir langsam Abschied von unseren Lieben. Sie haben ein gutes Leben und dafür haben wir schließlich von Anfang an gesorgt."

Cassius erwiderte betrübt: „Es wird schwer, sie zu verlassen."

Stephaton: „Ein Abschied kommt immer und für uns ist er sowieso unvermeidbar. Ich hätte von Aquila auch gern Abschied genommen, mein Freund, aber keiner konnte ahnen, wann es passiert. Du wirst deinen Enkeln und Urenkeln noch oft begegnen, das spüre ich."

Cassius: „Ist doch alles Scheiße! Kommt, wir bereden alles morgen auf einem Spaziergang zum Hafen. Jeder sollte sich selbst Gedanken machen, wie er Abschied nimmt. Nur lasst euch kein Drama anmerken. Ich will keine Trauer in ihren Augen sehen. Ich könnte es nicht ertragen, hört ihr?"

Mauritius: „Ich ebenso nicht. Kommt."

Jeder von ihnen schwieg auf dem Weg zu seiner Stube und von Einschlafen war keiner Rede mehr. Am nächsten Morgen waren sie ebenfalls in Gedanken versunken und bevor die traurigen Gemüter den anderen auffallen konnten, begaben sie sich zum Hafen und besprachen auf dem Weg herunter, was sie mitnehmen sollten. Cassius machte sich eher wegen der Überfahrt nach Rom Gedanken und suchte erstmal nach einem Schiff, das bald dorthin reisen würde. Er fand tatsächlich nur eine einzige Galeere, die einem Juwelier gehörte, der noch viel Platz hatte und sich bereiterklärte, die Vier nach

Rom mitzunehmen. Der Juwelier hieß Nerva und neben einer kleinen Bootsmannschaft reisten noch zwei seiner Leibwächter mit. Er unterrichtete Cassius, dass er Panormus in genau sieben Tagen verlassen muss und Cassius stimmte zu. Als Nächstes suchten sie gemeinsam nach einer triftigen Ausrede für die anderen, wieso sie Panormus verlassen würden. Mauritius hatte die Beste und stellte sie den anderen vor: „Wir sagen einfach, dass wir geschäftlich nach Rom wollen. Wir hätten am Hafen jemanden getroffen, der ebenfalls einige lukrative Investitionen in Rom tätigen will. Das Gute daran ist, wir könnten uns ganz gewöhnlich von allen verabschieden."

Cassius: „Für die anderen wird der Abschied gewöhnlich sein, aber nicht für uns, Mann."

Mauritius: „Für uns wird es so oder so schwer sein, du Genie, ob in sieben Tagen oder in Jahren. Also, was meint ihr?"

Stephaton: „Ich finde die Ausrede gut und ich wüsste auch keine bessere."

Longinus: „Nun gut, dann verkünden wir gleich die Neuigkeit und bemühen uns so gut wir können nicht dramatisch und traurig zu wirken. Vorhin ist es mir nämlich gar nicht gelungen."

Stephaton: „Mir fiel es auch sehr schwer. Ich werde versuchen, mich mit dem Grübeln darüber abzulenken, was ich mitnehmen soll. Selbstverständlich steht das Schwert von meinen Gladiatoren an erster Stelle. Ich frage mich, was aus ihnen wohl geworden ist?"

Cassius: „Nun, vielleicht kannst du es ja in Rom in Erfahrung bringen."

Stephaton nickte nachdenklich und die Vier begaben sich auf den Heimweg. Unterwegs erklärte sich Cassius dazu bereit, allen die Neuigkeit zu verkünden, da die anderen ihren schauspielerischen Künsten eher nicht trauten. In der Villa angekommen, trafen sie alle bei ihren gewohnten Beschäftigungen an. Als sich alle gegen Mittag kurz zu einer Pause auf der Terrasse versammelt hatten, fing Cassius an zu erzählen: „Ihr werdet nicht glauben, wen wir heute kennengelernt haben. Einen Typen Namens Nerva, den bekanntesten Juwelier von Panormus. Er segelt in sieben Tagen nach Rom rüber und sagte uns, dass wir unser Geld sehr schnell vervielfachen könnten, wenn wir ihn begleiten. Was haltet ihr davon?"

Celina: „Wie jetzt? Wollt ihr etwa nach Rom?"

Cassius: „Ja, wieso nicht? Ich meine, ihr kommt doch hier mit Allem alleine zurecht, oder?"

Celina etwas gelassen und lächelnd: „Wann warst du mir das letzte Mal behilflich?"

Cassius: „Das meinst du wohl nicht im Ernst?"

Celina: „Nein, natürlich nicht. Jetzt mal im Ernst. Wollt ihr wirklich nach Rom?"

Cassius: „Ja. Wir wären in einem Monat wieder zurück. Ich meine, was spricht dagegen, dass wir etwas Geld verdienen?"

Celina: „Von mir aus macht das, wenn ihr unbedingt wollt."

Marina, die bisher nur zuhörte: „Also, mich fragt keiner mehr, ob ich mitkommen will?"

Mauritius erwiderte: „Willst du dir die Seereise zu dieser Jahreszeit wirklich antun, Liebes?"

Marina: „Wenn ich recht überlege, eher nicht. Aber versprich mir, wenn ihr wiederkommt, dass du mit mir dann nach Katane reist."

Mauritius: „Wenn die Welt nicht untergeht, reisen wir nicht nur nach Katane, meine Liebste."

Marina lächelte und nach dieser Unterhaltung war die Reise eine beschlossene Sache. In den nächsten Tagen trafen die Vier ganz offiziell ihre Reisevorbereitungen und ganz oben auf Stephatons Gepäck lag das Schwert von Pogoria und den anderen Gladiatoren. Marina und Celina sorgten sogar für ihren Proviant für die Überfahrt, als sich der Tag der Abreise näherte. Cassius sprach mit Nerva davor noch die Einzelheiten ab und bat ihn, den Frauen den fiktiven Grund für die Reise zu bestätigen, falls sie danach fragen sollten. Es sollte am Ende nicht daran scheitern, dass die Frauen erfahren, dass nicht

Investitionen in Rom der Reisegrund waren. Schließlich war es soweit. Cassius und die anderen wurden am frühen Morgen von allen zum Hafen begleitet und selbst ihre Enkel waren mit dabei. Als Nerva bereits auf die fehlenden Reisenden wartete, kamen sie an und die Bootsmannschaft kümmerte sich sofort um das Gepäck der Vier. Das Schwerste war wohl die Truhe, in der das Geld für die angeblichen Investitionen steckte und während der Beladung verabschiedeten sich alle voneinander. Es fiel den Männern sehr schwer sich zu verabschieden, denn für sie war es ja ein Abschied für immer. Sie hatten wirklich Mühe, es zu verbergen und übertönten es mit einer falschen guten Laune, als würden sie sich auf die Reise freuen, doch Innerlich weinten sie. Als Nerva zum Aufbruch aufrief, folgten die letzten Küsse. Cassius küsste als Erstes seine Frau, dann seinen Sohn und dann seinen Enkel. Er hätte sie am liebsten nicht losgelassen, doch es war unvermeidbar. Gleich erging es Mauritius, doch beide mussten ihre Tränen unterdrücken. Als sie an Bord kamen und das Schiff sich langsam in Bewegung setzte, schauten und winkten sie ihren Lieben noch eine lange Zeit hinterher. Erst, als sie schon ziemlich weit entfernt waren, ließen sie ihren Tränen endlich freien Lauf. Kurz drauf sagte Cassius zu den anderen, die neben ihm standen und mit dem Schiff schaukelten: „Verzeiht, nach unseren schmerzhaften Lügereien möchte ich jetzt erstmal alleine sein."

Er ging unter Deck und die anderen verteilten sich schweigend auf dem Schiff.

KAPITEL VI
IUSTITIA

Nach neun Tagen war ihre Reise zu Ende und sie lagen im Hafen von Alsium an, von dem sie vor Jahren ablegten. Der Hafen hatte sich deutlich verändert. Er wurde ausgebaut und konnte nun mehr Schiffe gleichzeitig empfangen. Es war schon recht spät und es fand sich keine Weiterreisemöglichkeit nach Rom mehr, daher mussten die Vier in Alsium übernachten. In einem gutbesuchten Gasthaus fanden sie Unterschlupf und beschlossen den Abend erstmal mit reichlich Wein zu beenden, bevor es morgen nach Rom weiterging. Als sie zu viert am Tisch saßen, machten sie sich laut darüber Gedanken, was als Nächstes geschehen sollte, wenn sie in Rom ankommen und Stephaton hatte den ersten Vorschlag: „Ich bin dafür, dass wir in Rom als aller Erstes zur Villa gehen und nur selten dort unsere Köpfe herausstecken. Cassius, hast du überhaupt an den Schlüssel gedacht?"

Cassius erwiderte: „Natürlich, so wie du an das Schwert. Ich hoffe doch, die Nomaden von Artyom bewohnen momentan nicht die Villa, denn sonst gerieten wir in eine ziemliche Erklärungsnot, meine Herren."

Mauritius: „Das hoffe ich auch. Ich bin überhaupt gespannt, wie Rom sich inzwischen verändert hat."

Ein betrunkener Greis, der an einem Nebentisch alleine saß und die Unterhaltung mitbekam, drehte sich plötzlich zu den Vieren um und fragte überrascht: „Habt ihr es nicht mitbekommen? Rom ist fast vollständig verbrannt und es brennt mancherorts noch immer. Man gibt den verdammten Christen zurecht die Schuld, wenn ihr mich fragt! Jetzt wissen wir, was sie bei ihren heimlichen Treffen ausgeheckt haben. Also, ihr könnt von großem Glück reden, wenn eure Villa noch steht."

Stephaton: „Wirklich? Wir kamen heute erst aus Panormus und die Nachricht über einen Brand kam dort nicht an."

Der Fremde belustigt: „Oh, dann segelte sie wohl an euch vorbei, schätze ich. Ich sage euch, ihr werdet Rom in Trümmern und Asche vorfinden, das berichtete mein Bruder. Er ist aus Rom geflüchtet und jetzt habe ich ihn, sein fettes Weib und ihre ungezogenen Bälger am Hals. Was meint ihr, wieso ich hier sitze?!"

Stephaton nickte dem Fremden zu, drehte sich wieder zu seinen Freunden und meinte diskret: „Jetzt sollten wir unsere Träume wohl deuten können. Es waren wohl Warnungen."

Cassius: „Ja, Warnungen und Prophezeiungen, aber was ist mit den brennenden Menschen in den Gassen? Sie sahen eher wie hingerichtet aus und nicht wie die Opfer eines Brandes."

Stephaton: „Ich befürchte, das werden wir bald erfahren. Womöglich hält nicht nur dieser Kerl diese Christen für die Verantwortlichen, sondern auch der Rest der Römer. Wer sind diese Christen überhaupt?"

Cassius drehte sich gewöhnlich zu dem Greis um und fragte: „Mein Freund, wer sind diese Christen überhaupt?"

Der Betrunkene: „Das ist ein Haufen religiöser Eiferer, die einen Gekreuzigten verehren und von ihm behaupten, er wäre tatsächlich der Sohn des einzigwahren Gottes! Versteht ihr? Sie wollen uns allen weismachen, dass es Mars, Jupiter und die anderen Götter nicht gibt! Wie können sie es wagen, wenn sie auf den von Mars blutgetränkten Schlachtfeldern und eroberten Ländern stehen?"

Cassius: „Reg dich nicht auf, mein Freund, es wird alles gut. Morgen machen wir uns in Rom ein eigenes Bild von der Lage."

Sie wussten sofort, dass es um Jesus geht und versanken in ziemlich tiefen Gedanken. Sie waren Beteiligte, kannten die Wahrheit über Gott am besten und hatten mit den Christen scheinbar einiges gemeinsam. Sie schlürften ihren Wein noch spät in den Abend und mussten noch mehrere Versuche des Fremden, sich in ihre Gespräche einzumischen, vereiteln. Am nächsten Tag fanden sie am Hafen gleich mehrere bereitwillige Transporteure, die sie und ihre Sachen nach Rom befördern wollten. Wegen des Brandes schrumpfte wohl die Anfrage nach Transportmöglichkeiten ins Landesinnere und so entschlossen sie sich für die teuerste, die momentan jedoch unglaublich günstig war. Es war eine ziemlich große und geschlossene Carruca und sicherlich kein Gefährt für den einfachen Mann. Es dauerte tatsächlich einen halben Tag lang, bis sie Rom erreichten, da sie auf ihrer Reise unzählige Male die Straße für die Flüchtlinge aus Rom räumen mussten. Es waren oft ganze Familien mit mehreren Generationen und man konnte ihnen ansehen, dass sie unter dem Brand gelitten haben. Kurz vor der Stadtgrenze stoppte die Carruca plötzlich und der Lenker stieg von seinem Platz ab, ging zu den Reisenden hin, machte die kleine Tür der Carruca auf und meinte: „Meine Herren, ich glaube nicht, dass wir dort vorne durchkommen. Ihr könnt nur noch zu Fuß weiter."

Stephaton steckte seinen Kopf aus der Carruca, blickte auf die noch rauchende Stadt und sagte: „Tatsächlich, überall Trümmer. Kommt, Männer, wir laufen den restlichen Weg."

Alle Vier stiegen darauf aus der Carruca aus, nahmen ihr Gepäck an sich und liefen einfach in Richtung der Mitte der Stadt. Vom Zentrum aus könnten sie ihre Villa in diesem Chaos vielleicht noch finden, denn von Orientierung war keine Rede mehr und zusätzlich verdunkelte dichter Rauch den gesamten Himmel. Dort, wo Rom dicht bebaut gewesen war, trafen sie auf immer mehr Trümmer und nur die wenigen Häuser, die komplett aus Stein waren, standen noch relativ unbeschädigt. In diesen Häusern versuchte man die Ordnung noch einigermaßen wiederherzustellen, doch in den Trümmern der Holzhäuser suchten die Menschen nach eventuell brauchbaren Überresten vergebens. Als sie sich dem Zentrum näherten, trafen die Vier auf immer mehr erboste Menschen, die in eine bestimmte Richtung zu laufen schienen. Um herauszufinden, wohin sie gingen und worüber sie erbost waren, folgten ihnen die Vier einfach. Die Hauptstraße, auf der sie liefen, kreuzte bald eine andere Hauptstraße, die nach links zu dem Regierungsviertel führte und dort bogen alle Menschen ab. Ungefähr zweihundert Fuß entfernt erblickten sie auf beiden Seiten der Straße brennende Säulen und um sie herum standen schreiende Menschen. Als sie den Säulen näherkamen, trauten sie ihren Augen und Nasen nicht. Sie erkannten in den Säulen Konturen von menschlichen Körpern, darunter auch kleinen und schmalen, als wären es Kinder und in der Luft erstreckte sich der Geruch von verbranntem Fleisch. Alle Vier blickten einander wütend an und Cassius meinte ganz steif: „Ich sagte euch doch, menschliche Fackeln..."

Stephaton darauf: „Wie können Menschen nur so grausam sein?!"

Ein Mann, der vor einer dieser Fackel stand, schaute Stephaton ganz empört an und sagte unfreundlich: „Die verdammten Christen sollen ALLE brennen! Sie haben Rom angezündet! Tod den Christen! Tod den Christen! Tod den Christen..."

Die anderen Schaulustigen, die diesen Aufruf hörten, schlossen sich ihm ebenfalls an und Stephaton ballte schon seine Fäuste zusammen, doch Cassius hielt ihn zurück: „Lasst uns einfach die Villa suchen. Wir können hier sowieso nichts mehr ausrichten. Kommt schon."

Mit der furchtbaren Erkenntnis, dass nicht die Straße brannte, sondern hunderte von Menschen, warfen sie noch den letzten Blick in die Ferne der feuererhellten Straße, folgten ihr darauf in die entgegengesetzte Richtung und bogen nach einer Weile rechts ab, bis sie irgendwann auf den Ludus trafen. Er war zwar unzerstört, aber dennoch ganz anders, als sie ihn in Erinnerung hatten. Die Tore standen weit offen und das rechte war sogar aus einem Scharnier gebrochen. Im Atrium war der Sand ganz dreckig und in den Ecken wuchs hohes Unkraut. Hier war wohl schon länger niemand mehr anwesend und sie liefen einfach weiter zur Villa. Kurze Zeit später standen sie endlich vor ihr und sie sah vom Feuer soweit unversehrt aus. Cassius kramte sofort nach dem Schlüssel, was immer länger dauerte und seine Laune immer mieser machte. Stephaton hielt es bald nicht mehr aus und platzte vor Wut: „Mann, du hast doch bestätigt, dass du den verfluchten Schlüssel mithast! Was ist denn jetzt!?“

Cassius schaute ihn erstmal ernst an, kramte langsam weiter, lächelte bald und meinte: „Natürlich habe ich ihn. Ich wollte euch bloß etwas ärgern.“

Stephaton erleichtert, jedoch noch immer verärgert: „Du Idiot! Du solltest in solchen Situationen keine blöden Scherze machen!“

Cassius widersprach: „Wolltet ihr etwa den ganzen Abend wütend dasitzen? Es würde sowieso nichts mehr bringen. Wir sind ja hier, um noch mehr davon zu verhindern, also muss uns das reichen, versteht ihr?“

Cassius holte den Schlüssel heraus, benutzte ihn, betrat als Erster die Villa und die anderen folgten ihm. Der komplette Rasen war hier noch grün und das erfreute erstmal alle. Die Weinsträucher hingegen waren halb ausgetrocknet, aber das störte überhaupt niemanden. Cassius verschloss hinter ihnen das Tor und alle, bis auf Stephaton, suchten erstmal ihre alten Stuben auf. Er bewohnte ja vorher unweit von hier den Ludus und war nun gezwungen, sich eine der Stuben auszusuchen. Wie es der Zufall so wollte, wählte er die alte Stube von Artyom und fand sie sofort gemütlich und warm. Es schien, als wären die Nomaden wohl auch nicht länger hier gewesen, denn es gab kein Öl für die Fackeln, nichts zu essen und vor allem keine einzige Wasseramphore. Als Nächstes stand also an, eben diese Dinge zu besorgen und nach dem Brand war das bestimmt keine leichte Aufgabe. Dennoch entschlossen sich Cassius und Mauritius dieser Herausforderung zu stellen und nahmen dafür reichlich Geld und einen Karren mit, der neben der Culina stand. Nachdem Stephaton und Longinus ihre Habseligkeiten in ihren Stuben auspackten, setzten sie sich im Atrium auf eine der Steinbänke und warteten. Es dauerte eine ganze Weile, bis die anderen wiederkamen und Cassius berichtete unmittelbar: „Man kann in der Stadt noch einigermaßen gut mit allem Nötigen versorgt werden, aber die Warteschlangen sind echt zum Kotzen und wenn die Leute schon dran waren, haben sie versucht die Hälfte zu erbetteln. Es geht den Menschen wirklich nicht gut und sie haben kaum noch Mittel. Die Kosten für alles halten sich noch in Grenzen, aber der Wein kostete das Vierfache des üblichen Preises."

Cassius hatte auch mehr über die Menschenopfer erfahren und berichtete ausführlich. Demnach beschuldigten alle erst Kaiser Nero, die Brände gelegt haben zu lassen, doch dieser beschuldigte darauf ganz klar die Christen und alle sollten ab jetzt verfolgt werden. Stephaton hörte gespannt zu, bis er meinte: „Nicht verwunderlich, dass wir die Anhänger von Jesus nun schützen sollen, so zumindest verstehe ich das. Der Engel sagte doch, wir sollen Nero aufbauen lassen, was er zerstört hat, also muss er für die Brände verantwortlich sein und diese Christen sind wohl nur die Sündenböcke, wieso auch immer."

Cassius: „Darauf läuft es hinaus."

Longinus: „Ich teile ebenso eure Meinung, aber wie lange sollen wir warten? Es wird Jahre dauern, Rom wiederaufzubauen."

Stephaton erwiderte leicht belustigt: „Ja, das wird einige Zeit brauchen und davon haben wir reichlich. Ich frage mich bloß, wieso wir nicht in Panormus warten konnten."

Cassius: „Das frage ich mich auch, aber ich schätze, das erfahren wir auch bald."

Den restlichen Abend versuchten sie gemütlich zu gestalten und lenkten sich von schweren Themen erstmal ab und als sie in ihren Stuben verschwanden, blieb noch viel Wein übrig. Sie haben reichlich getrunken, doch keiner von ihnen wurde nur ansatzweise besoffen. Irgendwie erinnerte sich keiner von ihnen mehr daran, wie es überhaupt ist, betrunken zu sein und sie tranken schon lange nur noch aus Geselligkeit und Tradition. Die ersten Tage vergingen, dann die ersten Wochen und mittlerweile rasierten sie ihre Bärte ab, um wieder wie zivilisierte Römer auszusehen. Eines Tages, als Longinus mit Stephaton an der Reihe war Besorgungen zu machen, verließen sie zu zweit die Villa und trafen auf ihrem Weg einen Mann, der plötzlich vor ihnen stoppte, sie anstarrte und fragte: „Stephaton, bist du es?"

Stephaton schaute den Mann fragend an und erwiderte: „Ja, ich bin Stephaton, doch wer bist du?"

Der Mann erfreut: „Ich bin es, Lucas!"

Stephaton beglückt: „Lucas? Wie groß du geworden bist! Man erkennt dich nicht wieder. Wie geht es deinem Vater und deiner Mutter?"

Lucas: „Sie sind leider schon drei Jahre nicht mehr. Erst starb mein lieber Vater und meine Mutter folgte ihm einige Tage darauf ins Jenseits."

Stephaton: „Das tut mir leid zu hören."

Lucas: „Ja, bedauerlich, dass sie nicht mehr unter uns weilen. Mein Vater hätte sich sicher sehr gefreut euch zu sehen. Tröstlich ist, dass beide glücklich waren und diesen elenden Brand nicht miterlebt haben. Sagt mal, ihr habt euch kaum verändert."

Stephaton: „Warte ab, bis du Cassius gesehen hast."

Lucas: „Sie sind auch hier in Rom? Auch eure Frauen?"

Stephaton: „Nein, Lucas, sie sind in Panormus. Aquila ist auch schon vor einiger Zeit verstorben."

Lucas etwas betrübt: „Verstehe. Wo wolltet ihr eigentlich hin?"

Longinus: „Wir wollten die täglichen Besorgungen machen. Willst du uns vielleicht begleiten?"

Lucas: „Würde ich liebend gern, Stephaton, aber ich suche meinen Sohn Sejan. Er übernachtete gestern Abend bei einem Freud und sollte eigentlich schon zuhause sein. Aber wir besuchen euch gerne in den nächsten Tagen in der Villa."

Stephaton lächelnd: „Macht das, das würde uns wirklich sehr freuen."

Lucas drückte ganz fest jeweils die Hand der beiden Männer und ging seines Weges. Als Stephaton und Longinus weitergingen, fragte Longinus: „Meinst du nicht, dass Lucas sich wundern wird, dass Cassius etwa gleichalt wie er aussieht?"

Stephaton ganz gelassen: „Was soll schon passieren? Mehr als wundern kann er sich nicht. Außerdem kann sich Cassius gut mit einer Ausrede drum kümmern. Ich bin schon gespannt, was er sich dieses Mal einfallen lässt."

Beide lachten und gingen weiter zu dem Versorgungspunkt, wo damals der Marktplatz stand. Er war noch nicht hergerichtet, aber einige Gebäude um ihn herum waren schon langsam im Wiederaufbau. In der Warteschlange fingen die beiden wieder einige interessante Gerüchte auf, aber für die beiden war eine einzige Information von Bedeutung und handelte über den angeblichen Bau eines neuen Palastes, den Kaiser Nero befahl. Des Weiteren befahl der Kaiser viele weitere Gebäude zu errichten und man sprach noch über einen Schauprozess in der Arena, wo die vermeintlich letzten Christen mit ihren Kindern hingerichtet werden sollten und am Ende des Schauprozesses sollte einer der Führer der Christen namens Petrus gekreuzigt werden. Mit diesem Wissen und den eingekauften Sachen eilten die beiden schnell zu der Villa zurück. Dort unterrichteten sie Cassius und Mauritius erstmal darüber, dass sie Lucas getroffen haben und dann über die Gerüchte. Alle waren sich darüber einig, dass die Gerüchte dem Aufbau von Rom galten, über den der Engel sprach und hofften, dass das mit den Christen nur ein Gerücht bleibt. Es vergingen drei ruhige Tage, als es plötzlich am Villentor klopfte. Es war der angekündigte und erwartete Besuch von Lucas und seiner Familie, der hoffentlich etwas Abwechslung mitbrachte, meinte Cassius. Lucas stellte erst seine Frau Laura vor, dann seinen Sohn Sejan. Laura hielt eine große Schüssel voller Essen in ihren Händen, Lucas hingegen eine große Weinkaraffe. Sejan war ein großer, junger und dunkelhaariger Mann, der die Haarfarbe eindeutig von seiner Mutter geerbt hat. Alle setzten sich gemütlich an den Tisch und Lucas fing das Gespräch an: „Cassius, Stephaton warnte mich bereits, dass du sehr jung geblieben bist, doch so jung? Wie machst du das?"

Cassius lächelte kurz, überlegte und erwiderte: „Es ist der Schneckenschleim."

Laura ganz überrascht: „Wie bitte?"

Cassius: „Ein ganz gewöhnlicher Schneckenschleim von ganz gewöhnlichen Schnecken, der hält meine Haut jung. Nun gut, meine alten Knochen sind auf meine junge Haut ganz neidisch, aber sollen sie es doch unter sich ausmachen."

Alle lachten laut auf, besonders Stephaton, denn sowas blödes hätte er wirklich nicht erwartet. Den Bissen Brot, welchen er gerade in seinem Mund hatte, spuckte er notgedrungen vor Lachen in seine rechte Hand und streifte die Essensreste diskret in den Rasen ab. Mauritius meinte darauf lachend, mit dem Versuch dabei ernst zu bleiben: „Cassius war schon immer ein Schneckenliebhaber, nicht wahr, Männer? Könnt ihr euch noch an den Morgen erinnern, als Cassius auf der Wiese hier aufwachte und ganz voller Nacktschnecken war?"

Longinus: „Zu gut. Seine Schneckenliebe kommt wohl daher."

Alle lachten erstmal nur über Cassius und sein junges Aussehen war schnell nicht mehr das Thema. Darauf folgte aber eher ein unangenehmer Teil der Unterhaltung, als Lucas nach Celina und Marina fragte und wieso sie nicht mitgekommen sind. Er fragte auch, was sie nach Rom brachte, wo die Lage momentan doch so unsicher sei, aber Stephaton fand rasch eine kurze und knappe Ausrede: „Nun, die beiden und ihre Söhne haben sich mit Cassius und Mauritius ziemlich zerstritten und sie verbindet wohl sowieso Nichts mehr. Ich wollte dich ohnehin darum bitten, den beiden nach Panormus zu schreiben, dass wir in den Feuern umgekommen sind. Dass es in Rom brannte, werden sie sicherlich schon mitbekommen haben. Könntest du das zeitnah für uns erledigen?"

Lucas: „Ich lüge zwar sehr ungern, Stephaton, aber wenn du mich schon darum bittest, wirst du schon einen triftigen Grund dafür haben. Ich werde den Brief gleich morgen früh aufsetzen."

Mauritius und Cassius schauten Stephaton etwas unsicher an, wollten jedoch keine Bemerkungen zu seinem Einfall machen, während Lucas und seine Familie noch anwesend war. Nach einem wirklich gelungenen Abend verabschiedeten sich die Drei irgendwann von den Männern und als sie fort waren, ging die ernste Bemerkung mit den Einwänden von Cassius los: „Sag mal, hältst du das für eine gute Idee, unseren Tod vorzugaukeln?"

Stephaton: „Fändest du es besser, wenn Trojan oder Nestor wegen ihrer Ungewissheit irgendwann nach uns suchen? Wohl eher nicht. Zudem haben sie bestimmt schon von dem Brand erfahren und machen sich ohnehin Sorgen. Sie müssen sich auch endgültig von uns verabschieden können, so wie wir von ihnen, auch wenn auf diese harte Art und Weise."

Longinus: „Da hat Stephaton aber Recht, so sehr ich es auch bedaure."

Cassius freundete sich nur langsam mit der Idee an und etwas später verschwand jeder in seiner Stube, womit der Abend zu Ende war. Es vergingen wieder Tage, dann Wochen. Lucas war noch oft zu Besuch und die Vier besuchten Lucas und seine Familie ebenfalls des Öfteren. Lucas wohnte noch immer in dem kleinen, gemütlichen Häuschen, welches die Männer seiner Familie vor Jahren schenkten. So vergingen für die Männer drei Jahre in Rom und das vierte begann. Rom war mittlerweile wieder in seinem ursprünglichen Glanzzustand, wenn nicht sogar noch schöner. Die Männer langweilten sich schon enorm und die Spaziergänge und Arenabesuche hatten sie auch schon satt. Jeder fragte sich schon, wann endlich etwas in Bezug auf ihre eigentliche Mission geschehen würde, bis Cassius eines Tages in der Stadt auf etwas aufmerksam wurde. Ein Schreier verkündete eine Nachricht vom Kaiser persönlich, in der Nero alle Dichter der Stadt aufrief, an einem Gedichtwettbewerb teilzunehmen. Erst dachte sich Cassius nichts dabei, doch dann in der darauffolgenden Nacht wurde ihm in einem Traum offenbart, dass dieser Aufruf auch ihm galt. Schweißgebadet stand er wegen dem Traum auf und notierte schnell einige Zeilen eines Gedichts, das ihm plötzlich in den Kopf schoss. In dem Traum sah er viele Männer vor Nero in einem riesigen, achteckigen Saal sitzen und er war einer von ihnen. Nacheinander wurden sie aufgerufen und jeder las sein Gedicht. Cassius hörte nicht recht, was die anderen Dichter von sich gaben und wurde dann selbst von Neros Sprecher aufgerufen. Als Nächstes sah er das breite Grinsen im Gesicht des Kaisers, was immer skurriler, erschreckender und verwirrter wurde und wodurch er erschrocken aufwachte. Er dachte noch lange in der Nacht darüber nach, was dieser Traum zu bedeuten hatte, aber er war sich sicher, dass dies mit ihrer Mission zu tun haben musste. Irgendwann schaffte er es dann doch noch, für einige Zeit einzuschlafen und als er am Morgen aufwachte, eilte er zu seinen Freunden, die bereits schon hellwach im Atrium saßen und vergaß nicht, das aufgeschriebene Gedicht gleich mitbringen. Er erzählte ihnen erst von dem gestrigen Aufruf in der Stadt, dann von dem Traum und zum Schluss drückte er Stephaton das Gedicht in die Hand. Stephaton las es durch, gab es an Mauritius weiter, dann wanderte es an Longinus und als er damit durch war, meinte er: „Das ist doch ein Zeichen. Mit diesem Gedicht gehst du glatt als Dichter durch. Ich meine es ernst."

Stephaton: „Er hat Recht. Wenn Nero auf der Suche nach Dichtern ist, wird er von dir begeistert sein. Vielleicht könnten wir so an ihn herankommen? Eine bessere Möglichkeit ergibt sich wohl kaum."

Mauritius vertrat die gleiche Meinung: „Scheinbar bist du für die Aufgabe auserwählt worden, so sehe ich das."

Stephaton: „Los, schreib das auf ein besonders schickes Pergament ab und geh zu dieser Vorlesung. Kleide dich aber lieber wie ein Dichter."

Cassius lächelte und meinte: „Ich müsste lügen, wenn ich behaupten würde, dass ich keine Angst habe. Ich habe sogar eine Riesenangst, aber ich ziehe es dennoch durch. Ich bin nämlich auch deiner Meinung, Stephaton, dass das die Gelegenheit sein könnte."

Stephaton: „Falls etwas schiefgehen sollte, lassen wir dich natürlich nicht im Stich."

Cassius: „Meinst du, jetzt hast du mir die Angst genommen?“

Die Männer lächelten kurz und Stephaton erwiderte: „Scheinbar wohl nicht. Wann soll diese Vorlesung denn stattfinden?“

Cassius: „Ich glaube am Samstag im Neros Palast, den man Domus Aurea nennt, aber ich höre mich noch lieber genauer um. Gleichzeitig besorge ich auch das Pergament.“

Nicht nur Cassius wirkte plötzlich aufgeregt, sondern jeder spürte, dass der eine Augenblick nach den vielen Jahren endlich gekommen war. Bis Samstag waren es nur noch drei Tage und Cassius war sich immer unsicherer, was auf ihn zukommt. Es blieb ihm nur zu hofften, bei der Vorlesung mehr Klarheit zu bekommen. Am nächsten Tag begab er sich auf die Suche nach dem Pergament. Er suchte den ganzen Vormittag danach, bis er das Geeignete in einer Schreibschule der gehobenen Klasse fand. Es war nicht ausgefranst, wie das übliche Pergament vom Markt, sondern gut verarbeitet und deutlich heller. Der Zeitpunkt der Vorlesung bestätigte sich, also waren es bis dahin nur noch zwei Tage. Als Nächstes suchte er angemessene Kleidungsstücke aus seinen Sachen heraus, doch ein passendes Oberteil musste er sich von Longinus liehen. Am Freitag zog er sich zurück, schrieb in aller Ruhe das Gedicht sauber ab und früh am Samstag war es dann soweit. Seine Freunde standen schon bereit, um ihn zum Palast zu begleiten, obwohl es fast schon klar war, dass sie nicht mithineingelassen werden. Dennoch wollten sie ihn soweit wie möglich begleiten. Cassius verschloss die Villa mit dem Schlüssel, bevor sie weitergingen und Stephaton nahm den Schlüssel rein aus Vorsicht an sich. Man konnte Cassius die Spannung nun wirklich ansehen, dennoch kniff er nicht und ging allen voran. In der Nähe des Palastes veränderte sich das Umfeld komplett. Einfache Bürger waren nicht mehr zu sehen, sondern nur Patrizier, Wachsoldaten und Senatoren. Manche waren in Begleitung ihrer hübschen Frauen, bis auf die Soldaten, die gerade ihren Wachdienst verrichteten. Nicht wenige von ihnen steuerten gerade das einzige, geöffnete Tor zu dem prachtvollen Palast an und auch die Vier verstanden das als ihr

Ziel. Das Tor wurde von mehreren Prätorianern bewacht und rechts neben ihnen stand ein ungewöhnlich gekleideter Mann mit prächtigem, lockigem und blondem Haar. Er notierte etwas und als die Vier vor ihm standen, fragte er: „Seid ihr etwa alle vier Dichter?"

Stephaton gab die Antwort: „Nein, nur er."

Dabei zeigte er auf Cassius, der leicht grinste und der Mann entgegnete sofort: „Also, nur er darf passieren. Wie ist dein Name, hübscher Mann?"

Cassius vorsichtig lächelnd: „Cassius, Herr."

Der Mann: „Schön, dann geh durch und viel Erfolg. Der Nächste bitte, der Nächste!"

Stephaton und die anderen traten zur Seite und begaben sich gleich ganz abseits des Platzes. Ihnen blieb nichts anderes über, als auf Cassius geduldig zu warten. Derweilen betrat Cassius einen sehr langen Korridor, an dessen Ende eine Tür zu sehen war. Alles war hier sehr prunkvoll und nicht nur der Boden war mit hellem, glänzendem Marmor versehen, sondern auch die Wände und sogar die Decke. So etwas hatte er zu Tiberius' Zeiten und vor dem Wiederaufbau nicht gesehen. Er lief eine ganze Weile, bis er die Tür erreichte. Auch hier wachten zwei Prätorianer, die ihn einfach in den achteckigen Raum ließen und einer von ihnen öffnete ihm sogar die Tür. Er betrat den Raum dahinter und blieb sofort erschrocken stehen. Alles war nämlich wie in seinem Traum, die ganzen Dichter, wie sie da auf dem Boden saßen und der Raum mit der offenen Kuppel. Nur Nero fehlte noch. Er suchte einen Durchgang zur Mitte des Raumes, wo er noch Platz entdeckte und als er dort angekommen war, setzte er sich hin und wartete wie die anderen auch. Einige von den Männern schienen sich bereits zu kennen, denn sie unterhielten sich miteinander wie gute Freunde. Es waren nur wenige dabei, die scheinbar unsicher und neu in dieser Situation waren und Cassius konnte man ruhig dazuzählen. Es verging ein Weilchen, bis kein neuer Dichter den Raum mehr betrat und man plötzlich eine Tür aufgehen hören konnte, die man aber nicht sah. Es war nicht die Tür, durch die alle Dichter hineingelassen wurden und dem Gehör nach müsste sie sich hinter dem Thron befinden, der ganz vorne in der Mitte des Saals stand. Als Nächstes kamen hinter dem Thron vier Prätorianer hervor, die alle Dichter sofort akribisch in Augenschein nahmen. Da sie ziemlich gut bewaffnet waren, musste man darauf schließen, dass sie die Leibwache von Nero waren. Nach ihnen folgte der Mann, der vorhin am Haupteingang die Namen notierte und alle Fünf stellten sich rechts neben dem Thron. Nach kurzer Zeit betrat dann endlich Nero durch die gleiche Tür den Saal und alle Dichter standen blitzartig auf, auch Cassius. Nero war im Vergleich zu Tiberius ein ganz anderer Typ Kaiser und Cassius hatte ihn sich ganz anders vorgestellt. Er hatte rotes Haar, eine weiße Toga mit einer knallroten Schlaufe und seinen Kopf schmückte ein vergoldeter Lorbeerkranz. Möglicherweise war er sogar ganz aus Gold. Er setzte sich ohne Worte total überheblich auf seinen Thron und betrachtete einzeln alle Teilnehmer. Es dauerte wirklich eine ganze Weile, bis er sich mit einigen Gesichtern vertraut machte und als er Cassius anblickte, lächelte er ihn sogar kurz an und schaute dann auf den Mann weiter rechts. Irgendwann klatschte er in seine Hände und meinte: „Setzt euch wieder, meine Dichter, und lasst wieder mal Ovidius beginnen. Ich bin nämlich voller Spannung. Ovidius, bitte!"

Ein älterer Mann stand darauf auf und als er stand, drehte er stolz seinen Kopf von rechts nach links, um zu schauen, ob er auch genug Aufmerksamkeit unter seinesgleichen hatte und begann:

Des Kaisers rotes Haar ist so prachtvoll und satt,
keiner wünscht ihm den Verrat.
Mit Ihm geht die Sonne auf...

Das Gedicht ging noch weiter, doch Nero schien kein Gefallen daran zu finden. Wahrscheinlich fehlte darin etwas, da er Ovidius einfach unterbrach: „Ovidius! Ich bin besseres von dir gewohnt. Bemühe dich das nächste Mal! Dein Nachbar rechts von dir."

Nero schaute auf den Mann, der rechts von Ovidius saß und winke ihn zum Aufstehen. Dieser stand auf und las sein Gedicht zu Ende durch, worauf Nero kurz mit seiner Beurteilung zögerte und danach nur leicht in seine Hände klatschte, in der Folge auch die anderen Dichter anfingen leicht zu klatschen. Darauf forderte ihn Nero mit einem Handzeichen wieder zum Sitzen auf. Als Nächstes suchte sich Nero jemanden von der anderen Saalseite aus und forderte diesen zum Aufstehen auf. Der junge, blonde und dürre Mann stand darauf auf und wartete, bis Nero frage: „Wie ist dein Name, junger Dichter?"

Dieser erwiderte rasch: „Mein Name ist Amor, mein Kaiser."

Nero: „Amor? Ich würde mich nicht wundern, wenn du ein Liebesgedicht für uns hast."

Amor entgegnete zügig: „In der Tat, mein Kaiser."

Nero nicht gerade begeistert: „Nicht weiter tragisch. Bitte, fang an."

Amor las sein Gedicht vor und für Cassius klang es recht angenehm, zudem es von Sehnsucht handelte. Es beschrieb eine ziemlich gleiche Situation, in der sich Cassius momentan befand, doch Nero war der einzige, der eine Bewertung abgeben durfte und scheinbar fand er es nicht gut, da er den Mann sofort zum Setzen aufforderte. Es kamen noch zehn weitere Dichter dran, bei denen Nero nur zwei Mal klatschte. Irgendwann schaute er plötzlich auf Cassius und winkte ihn hoch: „Wie ist dein Name, unbekannter Dichter?"

Cassius erwiderte selbstsicher: „Mein Name ist Cassius, mein Kaiser."

Nero: „Cassius? Sehr schön. Bitte, dein Gedicht."

Cassius entfaltete die Schriftrolle, hielt sie etwas nach rechtsoben von sich, damit Nero sein Gesicht im Blick haben konnte und begann:

Du wirst siegen, aber nicht überzeugen.
Du wirst herrschen, doch niemals der Herr sein.
Du wirst bejubelt werden, doch kurz darauf verspottet.
Du wirst der Erbauer sein, doch für sie der Zerstörer.
Du wirst sie führen, aber sie werden irren.
Nun fragst du dich, hast du die Macht?
Nicht etwa das Schwert in deiner Hand,
sondern das Wissen in all seiner Pracht.
Denn Wissen ist die Wahre Macht!

Nachdem Cassius fertig war, rollte er die Pergamentrolle in aller Ruhe zusammen und schaute ganz tapfer auf Nero. Alle anderen Dichter schauten plötzlich empört einander und dann Cassius an. Sie fanden es wahrscheinlich zu gewagt, dem Kaiser Schwachstellen aufzuzeigen, doch Nero war da anderer Meinung, klatschte entzückt in seine Hände und stand dabei sogar auf. Die anderen Dichter überraschte es ziemlich, doch sie hatten keine andere Wahl, als mit ihrem Kaiser mit zu klatschen, der alle kurz darauf laut unterbrach: „Sehr schön, junger Cassius. Dein Gedicht klingt, als würde es von einem Soldaten stammen. Es sind weise Worte. Kannst du sie mir näher erläutern?"

Cassius blieb immer noch gelassen: „Natürlich, mein Kaiser."

Nero: „Gut! Für heute ist Schluss! Ovidius, begleite den jungen Cassius zu meinen Gärten. Ich werde gleich nachkommen."

Ovidius: „Sehr wohl, mein Kaiser."

Ovidius schaute Cassius ganz neidisch an, lächelte ihm jedoch gezwungenermaßen zu und winkte ihn zu sich, während Nero wieder verschwand und die anderen Dichter den Saal auf dem Weg wieder verließen, auf dem sie gekommen waren. Ovidius ließ alle erstmal passieren, bevor er Cassius durch die Tür hinter dem Thron weiterführte. Hinter der Tür war ein weiterer langer Flur, der jedoch viele Türen hatte und am Ende nach rechts offen war. Man konnte direkt auf einen riesigen Garten blicken, wo ziemlich zentral ein Brunnen stand, um den wiederum exklusive Steinthrone standen, von denen einer besonders groß und aus Marmor war. Der Garten war voller blühender Fruchtbäume, bunter Blumenwiesen und es wimmelte nur von diversen exotischen Vogelarten. Sogar querbunte Papageie konnte Cassius ausmachen und er zählte mindestens zehn Angestellte, die gerade mit der Pflege dieses Gartens beschäftigt waren. Ovidius geleitete ihn weiter zu einem der Throne, bat ihn darauf Platz zu nehmen und er selbst setzte sich zwei Plätze weiter zwischen den großen Thron. Cassius schaute weiter umher, währen Ovidius versuchte ihn auszuquetschen: „Woher kommst du eigentlich?"

Cassius erwiderte: „Ich kam vor fast vier Jahren aus Panormus hierher, kurz nach dem großen Brand."

Ovidius nickte und wollte eine weitere Frage stellen, als in dem Garten plötzlich weitere Bedienstete von Nero erschienen. Sie brachten Wein, viel diverses Essen und stellten es auf den breiten Rand des Brunnens, der sehr gut als Tisch fungierte. Nach einer kurzen Zeit kam Nero in Begleitung seines Bediensteten, der am Eingang die Dichter notierte, setzte sich lächelnd zu Cassius und sagte: „So, mein junger Freund, erzähl mehr von dir. Wo kommst du her?" Cassius erwiderte freundlich, jedoch nicht unterwürfig: „Ich komme aus Panormus, mein Kaiser."

Nero erfreut: „Ich kenne Panormus, das ist eine sehr schöne Stadt. Kaiser Augustus residierte beispielsweise dort."

Cassius: „Das ist mir bekannt. Ich wohnte sogar mit meinen Freunden in der gleichen Villa."

Nero: „Tatsächlich? Wer sind denn deine Freunde?"

Cassius: „Stephaton der Gladiator ist einer von ihnen."

Nero überrascht: „Etwa der, den Tiberius begnadigte? Du kennst also diesen ruhmreichen und legendären Kämpfer?"

Cassius lächelnd: „Ja, ganz genau diesen."

Nero: „Das erklärt natürlich dein Gedicht. Ich sagte ja, es könnte von einem Soldaten stammen. Dennoch muss ich ausdrücken, dass dein Gedicht viel Weisheit enthält. Jedem sollte klar sein, dass Wissen Macht bedeutet. Wie du vielleicht weißt, bin ich leidenschaftlicher Sänger."

Cassius: „Ja, mein Kaiser, davon hörte ich."

Nero: „Vielleicht wärst du damit einverstanden, dass ich aus deinem Gedicht ein Lied mache? Oder besser noch, würdest du für mich ein Lied schreiben? Das wäre wundervoll!"

Cassius: „Natürlich, mein Kaiser, sogar sehr gerne. Gebt mir nur etwas Pergament und ich lege los."

Nero: „Nein, nein, jetzt trinken wir erstmal etwas Wein und essen einen Happen. Das Lied kannst du in Ruhe daheim schreiben und es mir in drei Tagen hierherbringen. Nun zu dir, Ovidius. Was ist geschehen? Hattest du wieder keine Ruhe vor deinem Weib?"

Ovidius: „Ganz recht, mein Kaiser. Ich hatte tatsächlich nicht genug Ruhe zum Schreiben. Verzeiht."

Nero: „Gib dir mehr Mühe oder finde einfach einen stilleren Ort zum Schreiben. Schau dir Cassius an, da steckt Kampfgeist dahinter. Geh hinaus, begleite die Soldaten bei einer Schlacht, oder befreunde dich mit einem. Lasse dir Geschichten erzählen und lasse dich von ihnen inspirieren. Willst du den gleichen Ruhm erfahren wie Publius Ovidius, musst du dich mehr ins Zeug legen. Nun gut, genug geredet, jetzt wird getrunken."

Die Drei redeten noch eine ganze Weile über die Kunst und der Bedienstete hielt sich von Anfang an aus allem raus und stand oder saß einfach nur bereit. Cassius war überrascht, sich so schnell in Neros Nähe eingeschleust zu haben, während Stephaton und die anderen in der Nähe des Domus Aurea ungeduldig mit dem Blick auf das Tor warteten. Sie sahen die Dichter, die den Palast schon längst verließen, doch Cassius war nicht unter ihnen. Es bedeutete für sie, dass Cassius entweder vollen Erfolg hatte, oder kläglich versagte und in einem Kerker saß, oder noch schlimmer. Ihnen blieb leider nichts übrig, als weiterhin geduldig zu warten und Ausschau zu halten. Nach einer ganzen Weile und einer enormen Weinmenge, beendete Nero die Audienz, entließ die beiden Dichter heim und erinnerte Cassius noch daran, ihn in drei Tagen aufzusuchen. Der Bedienstete begleitete die beiden durch den Türreichen Flur in den Saal und dann durch den zweiten Flur nach draußen. Zum Schluss sagte er zu Cassius, dass er in drei Tagen zur gleichen Zeit hier vor dem Tor auf ihn warten würde. Cassius verabschiedete sich von Ovidius, der vom Wein auch schon ganz schön lallte und hielt nach seinen Freunden in der Umgebung Ausschau. Sie saßen ganz rechts auf der Treppe eines riesigen Gebäudes, das wie ein Regierungsgebäude aussah. Als er sich ihnen näherte und sie ihn bemerkten, standen sie auf, liefen ihm entgegen und als sie sich gegenüberstanden, fragte Stephaton ziemlich ungeduldig: „Was ist geschehen, erzähl schon!"

Cassius gelassen: „Alles gut. Er war von dem Gedicht begeistert und wir tranken sogar Wein in seinem Riesengarten. Ich soll ihn in drei Tagen wieder aufsuchen. Er will, dass ich für ihn ein Lied schreibe."

Longinus: „Wie ist die Wache? Wie willst du ihn erledigen?"

Cassius: „Jetzt redet nicht so laut. Schaut diskret hinter mich... der Typ mit dem Besen... Seht ihr ihn?"

Stephaton schaute ziemlich diskret hinter Cassius und bemerkte tatsächlich einen Mann, der hin und wieder rüber starrte: „Neros Spion?"

Cassius: „Natürlich. Nero wird sicherlich nicht nur wissen wollen, wo ich wohne, nehme ich an. Wir müssen damit rechnen nun ständig beschattet zu werden."

Stephaton: „Nun gut, bereden wir alles in der Villa. Kommt."

Der Straßenfeger folgte ihnen tatsächlich bis zu der Villa und er war nicht gerade gut darin, sich besonders zu tarnen und allein die Tatsache, dass jeder Straßenfeger nur für sein kleines Gebiet verantwortlich war, ließ ihn auffliegen. Cassius plante die Tatsache aber zu seinem Vorteil zu nutzen und Nero darüber zu unterrichten, dass sein Spion sich unzulänglich tarnte und damit sofort scheiterte. Damit wäre er in Neros Arsch noch tiefer gekrochen, was für die ganze Sache nur vom Vorteil sein konnte. In der Villa angekommen, setzten sich alle ins Atrium, um das weitere Vorgehen zu besprechen. Cassius begann mit seiner Feststellung: „Also, einfach erstechen oder totprügeln wird wohl kaum funktionieren, das ist schon mal klar. Giftmord scheidet auch aus, da er den Wein und das Essen von seinen Leuten servieren und sicher auch vorkosten lässt. Hat einer von euch vielleicht einen Vorschlag?"

Mauritius: „Vielleicht eine giftige Schlange?"

Cassius: „Ausgeschlossen. Die Vögel im Garten würden wegen der Schlange sofort Alarm schlagen. Andere Vorschläge?"

Stephaton: „Es muss etwas sein, was ihn langsam tötet. Gibt es da nicht so ein Gift?"

Cassius: „Gibt es bestimmt, aber man würde von einem Giftmord ausgehen und alle verdächtigen, die kürzlich mit ihm zu tun hatten."

Longinus: „Mir fällt sonst wirklich nichts ein."

Jeder überlegte noch eine ganze Weile und Cassius stand sogar öfter vom Tisch auf und machte einige Runden im Atrium. Irgendwann setzte er sich wieder hin und kurz darauf platze es aus ihm heraus: „Ich hab's! In meinem Traum schnitt er sich die Adern auf und ich weiß auch, wie ich ihn tatsächlich dazu bringe."

Stephaton lächelnd: „Gehst du etwa hin und bittest ihn es zu tun?"

Cassius ernst: „Nein, er wird es von sich aus tun. Hört zu, Akatia erzählte mir in dieser Culina von einem Kraut, welches einen beim Verzehr verrückt macht. Man wird dadurch paranoid und extreme Paranoia führt doch oft zu Selbstmord, oder? Wartet, ich schaue in der Culina nach. Womöglich liegt davon noch etwas in den Regalen."

Cassius eilte zur Culina um nachzuschauen, währen Longinus sich mit den anderen beriet: „Das könnte hinhauen, aber wie sollte er es ihm verabreichen?"

Stephaton: „Keine Ahnung, mein Lieber."

Kurze Zeit später kam Cassius tatsächlich mit einer Handvoll von diesem Zeug wieder und meinte beglückt: „Schaut, das muss es sein. Wenigstens schaut es genauso aus."

Stephaton: „Du musst dir sicher sein und ist es überhaupt noch frisch genug?"

Cassius: „Ja, ich bin mir sicher und so getrocknet war es schon damals. Aber wie verabreiche ich es ihm?"

Longinus: „Das haben wir uns auch schon gefragt. Ich würde daraus einen Aufguss machen."

Cassius: „Er trinkt aber nur Wein, wie könnte ich ihn also von einem Aufguss überzeugen?"

Alle überlegten eine Weile, bis Cassius überzeugt meinte: „Ich weiß schon, wie ich es anstelle. Ich koche einen Aufguss, filtere ihn, lasse ihn abkühlen und vermische ihn einfach mit dem besten Wein, den man in Rom kaufen kann. Den Wein nehme ich mit und trinke aus einem seiner Becher erst selbst davon. Ich deklariere ihn als einen Gewürzwein nach eigener Rezeptur und vielleicht wird er neugierig werden und selbst nach einem Becher fragen."

Stephaton lachend: „Wenn du aber selbst davon trinkst, wirst du doch auch verrückt und du bist mir jetzt schon zu schräg, Mann."

Cassius: „Nein, denkt doch mal nach! Wann war einer von euch das letzte Mal besoffen? Nicht einmal der Wein hat auf uns noch eine Wirkung und wenn ein Dolch mich nicht umbringen kann, dann wird es wohl auch nicht dieses Kraut."

Stephaton: „Da ist schon etwas dran, aber du musst selbst wissen, ob du es riskieren willst. Ich würde es wagen, aber ich bin ja nicht der Dichter mit der Permission für die Audienz."

Cassius: „Ich mache es. In drei Tagen soll ich mit dem neuen Lied zu ihm und wir bräuchten dann noch einen guten Wein für den Verschnitt. Kümmert ihr euch um den Wein und ich kümmere mich um das Lied. Wenn ihm das Lied wie mein Gedicht gefällt, wird er sicher auch von meinem leckeren Gewürzwein probieren wollen."

Für die nächsten zwei Tage war Cassius nicht ansprechbar und suchte nur Ruhe zum Schreiben. Er lief ständig mit einem Stück Papier umher und versuchte ein wirklich gutes Lied für Nero zu schreiben. In der Zwischenzeit hatten die anderen einen edlen und sehr teuren Wein gekauft und informierten sich näher über Nero und seine politische Haltung. Es stellte sich heraus, dass Nero momentan viele politische Todfeinde hatte und selbst bei einem Giftanschlag könnte es jeder von ihnen gewesen sein, doch sie wussten nicht, wie sehr sich Nero von ihnen fernhielt. Der Tag der Audienz näherte sich und am Vorabend setzten sich alle nochmals zusammen und Cassius erzählte den anderen etwas über das Lied: „Also, Nero schwärmte das letzte Mal vom Kampfgeist, daher erzähle ich in diesem Lied von einer Schlacht mit einem Heerführer aus dem fernen Asien, genauer gesagt noch hinter Sarmatien. Rom wird von ihm angegriffen und der Kaiser bekämpft mit einer List seine zahlenmäßig überlegenen Truppen. Vor allem erwähnte ich den Namen des ruhmreichen Kaisers nicht und wenn Nero sich das Lied aneignet, wird er sich in die Rolle des unbenannten Kaisers versetzen. Das muss ihm einfach gefallen. Lest euch das auch mal durch und ich kümmere mich eben um den Aufguss. Bekleckert bloß nicht das Pergament."

Cassius begab sich zur Culina und fing die Wurzel des Stechapfels in einer kleinen Schüssel zu kochen an, nachdem er sie sorgfältig gereinigt und fein zermahlen hatte. Hinterher öffnete er den noblen

Wein und trank etwa die Menge, die hinterher mit dem Aufguss nachgefüllt werden sollte. Als der Aufguss nach einer Weile des Kochens kurz aufschäumte, ließ er ihn abkühlen, vermischte zum Schluss alles sorgfältig mit dem Zusatz eines Löffels Honig und stellte die Karaffe in eine kühle Ecke der Culina. Hinterher begab er sich zu den anderen und alle begnügten sich mit dem Wein der schlechteren Qualität und unterhielten sich noch ziemlich lange, bevor es ins Bett ging. Cassius stellte sich schon alles vor und plante sogar, wie er sich am besten verhalten sollte. Er war wirklich selbst von dem Lied überzeugt und war sich sicher, dass es Nero auch ganz bestimmt gefallen würde. Die Nacht verging für alle einigermaßen ruhig, außer verständlicherweise für Cassius. Er hatte wirklich Angst, aber nicht vor dem Tode, sondern nur vor dem Ungewissen. Er verinnerlichte sich dann immer wieder, dass jeder seiner Freunde für die Gemeinschaft bereits Opfer brachte. Paradebeispiel war Stephaton, der sich die Freiheit nach der Wüstenmaßnahme wieder hart erkämpfen musste und ihnen dadurch sogar noch zusätzlich satte Wettgewinne ermöglichte. Irgendwann schlief Cassius doch ein, als er sich an das Schaukeln des Schiffes auf dem Mittelmeer erinnerte. Am nächsten Morgen wachten alle zeitgleich auf und beschlossen Cassius alleine gehen zu lassen, um keine unnötige Aufmerksamkeit zu erregten. Bewaffnet mit der Weinkaraffe und der Schriftrolle zog er los und jeder drückte ihm fest die Daumen. Als Cassius nach einer Weile am Domus Aurea ankam, bemerkte er Neros blonden Bediensteten mit der Lockenpracht, der bereits auf ihn wartete. Als Cassius sich ihm näherte, lächelte der Typ schelmisch und meinte laut: „Das wird heute lustig! Ich hoffe, du hast wirklich ein schönes Lied geschrieben. Kaiser Nero hat nämlich seine Musikanten dazu gerufen und das kann nur bedeuten, dass er selbst singen wird. Es wird also viel Wein fließen, junger Freund, denn nüchtern kann er nicht singen. Wenn dein Lied scheiße ist, möchte ich ehrlichgesagt nicht in deiner Haut stecken. Was bringst du da überhaupt noch mit?“

Cassius erwiderte ruhig und gelassen: „Das ist mein Gewürzwein und gut für den Rachen.“

Der Lockenmann: „Nun gut, behalte ihn und lass uns zum Garten.“

Die beiden liefen durch den ersten Flur, darauf durch den Saal und dann durch den zweiten Flur bis zum Garteneingang. Vor dem Eingang waren gleich sechs Prätorianer postiert und von dort aus hörte man schon Musikinstrumente. Wahrscheinlich stimmten sich die Musikanten erstmal ein, denn es klang nicht nach einem kompletten Lied. Einer der Prätorianer schaute ganz böse auf die Weinkaraffe von Cassius, dann auf ihn selbst und fragte unfreundlich: „Was ist das?“

Der Lockenmann: „Das ist sein Gewürzwein für seinen Rachen, nichts für den Kaiser.“

Der Prätorianer zu Cassius: „Los, trink davon!“

Cassius schaute kurz den Lockenmann an, übergab ihm die Schriftrolle mit dem Lied und entfernte den Holzverschluss der Karaffe. Als Nächstes nahm er einen tiefen Schluck und wollte die Karaffe wieder verschließen, als der Prätorianer ihn erneut aufforderte: „Trink mehr davon, los!“

Cassius setzte wieder an und trank einen noch größeren Schluck, verschloss die Karaffe und der Prätorianer trat endlich beiseite. Cassius und der Lockenmann gingen in den Garten hinein und steuerten wieder die Fontäne an. Als Nero die beiden erblickte, unterbrach er die Musiker und schrie ganz laut: „Cassius! Gerade zu rechten Zeit! Hast du das Lied für mich?“

Cassius lächelte Nero freundlich an und übergab ihm die Schriftrolle. Nero setzte sich skeptisch auf seinen Thron und begann sich das Lied durchzulesen. Cassius stand noch neben ihm, als Nero ihn kurz vor dem Vertiefen in den Text mit einem Handzeichen zum Setzen aufforderte. Nach einigen Augenblicken lächelte Nero auf, dann schrittweise immer mehr, bis er zusätzlich noch anfing zufrieden mit dem Kopf zu nicken. Als sein Blick sich dem Ende der

Schriftrolle näherte, schrie er laut auf: „Sehr schön, Cassius! Ich muss sagen, es ist eine spannende Heldengeschichte, nur leider hat der Held keinen Namen."

Cassius: „In der Tat, mein Kaiser. Nun, das könntet ihr werden."

Nero strahlte vor Stolz und meinte zu Cassius: „Du schmeichelst mir, junger Freund. Trink Wein mit mir. Los, gebt Cassius Wein!"

Cassius darauf ganz schnell: „Danke vielmals mein Kaiser, aber ich bevorzuge meinen Gewürzwein."

Nero: „Gewürzwein? Nun, wie auch immer, dann gebt Cassius halt einen Becher für seinen Gewürzwein!"

Einer der Musikanten übergab Cassius unverzüglich einen Becher, setzte sich darauf links von Nero und der Kaiser ließ ihn nun mitlesen. Beide suchten eine passende Melodie zu dem Text und fanden sie rasch. Erst war die Melodie fröhlich, dann wurde sie beim Angriff des Heerführers dramatisch und Nero ging bei der Sache voll auf. Während der Musiker die Melodie summte, sang Nero den Text erst leise. Es dauerte eine Weile, bis Nero mit dem Musiker im Einklang war und sie das komplette Lied komponiert hatten. Am Ende stand Nero stolz auf und rief die Musiker herbei, während Cassius alles unter Spannung beobachtete: „Kommt, stimmt euch nun mit eurem Dirigenten ab und sobald ihr fertig seid, werde ich singen." Während die Musikanten das Lied einübten, wandte sich Nero Cassius zu und wollte mit ihm vor Glück gerade anstoßen als er feststellte, dass sein Krug schon leer war und fragte einfach Cassius: „Schenk mir doch etwas von deinem Gewürzwein ein, ja?"

Cassius ganz entspannt: „Aber natürlich, mein Kaiser."

Cassius machte den Krug von Nero randvoll und füllte darauf vor den Augen der Prätorianer seinen Becher. Der Lockenmann stand auch daneben und beobachtete alles. Das passte Cassius, dass jeder sah, dass auch er diesen Wein trank und er war sich sicher, dass ihm nun keiner vorschnell beschuldigen würde. Die Karaffe musste jedoch rasch leer werden, damit alle Beweise ausgetrunken waren. Cassius wusste nicht genau, wie diese Pflanze auf jemanden wirken sollte, aber er hoffte, dass die Wirkung des Weines den Effekt des Giftes überschattet. Es verging eine Weile, bis die Musikanten soweit waren und bis dahin tranken Nero und Cassius noch jeweils zwei Becher von dem Gewürzwein. Als die Musikanten ihre Bereitschaft signalisierten, stellte sich Nero vor sie, begann zu singen und die Musikanten spielten los. Noch hinkten sie Neros Gesang etwas hinterher, aber holten immer wieder auf. Bei dem nächsten Versuch war es besser, beim dritten war es beinahe perfekt und Nero war stolz wie ein Feldherr nach einer siegreichen Schlacht. Der eigentliche und heimliche Sieger war aber Cassius, denn ihm ist alles gelungen und sein Erfolg war der Wille Gottes. Er schrieb für Nero ein schönes Lied, verabreichte ihm das Gift, das ihn zum Tode führen sollte und als die Karaffe leer war, war Cassius deutlich erleichtert. Er selbst verspürte keine Effekte, nicht die Wirkung des Weins und auch keine andere und spielte beruhigt bei diesem Spektakel fröhlich weiter mit. Als es dunkel wurde und Nero schon recht betrunken wirkte, riet ihm der Lockenkopf zum Abbruch des schönen Abends und flüsterte ihm zu: „Man sollte einen Kaiser nicht betrunken sehen und ihr, mein lieber Kaiser, seid knapp an der Grenze, total betrunken zu sein."

Nero war einsichtig, erhob zum guten Schluss seine Hände, klatsche ganz fest, bedankte sich bei den Musikanten und darauf persönlich bei Cassius: „Ich danke dir, junger Freund! Ich würde es begrüßen, wenn wir uns öfter sehen."

Cassius nahm die Einladung gern an: „Es wäre mir eine Ehre, mein Kaiser."

Die Musikanten wussten schon, dass der Abend gelaufen war und verließen den Garten selbstständig. Cassius schloss sich ihnen an und lief mit ihnen die Flure entlang nach draußen. Sie hörten Nero noch alle singen, als sie sich entfernten und schmunzelten darüber. Cassius wusste nicht, ob der Stechapfel nun etwas gebracht hat oder nicht. Sollte er nichts gebracht haben, hätte er dennoch jederzeit wieder Zutritt zu Nero. So oder so, sollte dieser Tag keine Früchte tragen, so hätte Cassius wenigstens einen Teilerfolg erzielt.

Die Musikanten liefen alle in verschiedene Richtungen und Cassius begab sich mit seiner leeren Karaffe in der Hand rasch zur Villa. In der Villa angekommen, sprangen die anderen blitzartig von den Steinbänken auf, als sie Cassius erblickten und Stephaton fragte als Erster: „Und, wie ist es gelaufen? Erzähl schon."

Cassius steuerte erstmal eine Steinbank an und fasste zusammen, während die anderen ihn auf dem Weg belagerten: „Er sang, er trank und ging danach besoffen schlafen. Ich weiß nicht, ob es gewirkt hat, keine Ahnung. Lasst mich erstmal etwas essen, dann erzähle ich euch alles genauer."

Er stellte die leere Karaffe im Atrium ab, begab sich kurz zur Culina und die anderen warteten. Als er wiederkam, biss er mehrmals ins Brot und erzählte haargenau, wie alles ablief. Nach einer Weile war alles erzählt und alle mutmaßten, was nun geschehen könnte. Als es schon dunkel war, verteilten sie sich auf ihre Stuben und schliefen voller Gedanken ein, bis auf Cassius, der seltsamerweise ganz beruhigt wegknickte. Am nächsten Tag wurden alle vom Hämmern aufs Tor geweckt. Cassius riss sich als Erster auf, eilte aus seiner Stube und die anderen kamen unmittelbar hinterher. Sie waren voller Spannung, wer da wohl so laut hämmerte und Stephaton riss das Tor auf. Sie erwarteten im schlimmsten Fall die Prätorianer, aber sie erblickten ganz überrascht Michael, der sie anlächelte und wieder in Begleitung von zwei anderen Engeln war. Doch dieses Mal fehlte der ganze Schein und Glanz und ohne ihre Flügel wirkten sie wie gewöhnliche Soldaten und Michael begann das Gespräch: „Das habt ihr gut hinbekommen. Im Beisein seines Dieners nahm sich Nero heute Nacht aus freien Stücken das Leben. Man vermutet, er ist einfach durchgedreht, einfach übergeschnappt. Ihr habt wirklich viel Schlimmes verhindert und vielen das unschuldige Leben gerettet. Der Herr dankt euch, wie es jedes fühlende Wesen tun sollte."

Stephaton stellte darauf die ihm wichtigste Frage: „Was passiert als Nächstes?"

Michael lächelnd: „Der freie Wille wurde euch einst gegeben aber nie genommen. Lebt also weiter euer Leben. Umrundet vielleicht die Erde? Ihr habt alle Zeit der Welt dazu. Wann wir uns wiedersehen, weiß ich nicht, aber wir werden uns gewiss wiedersehen. Lebt wohl, handelt gerecht und verkündet Rechtschaffenheit."

Michael und die anderen drehten sich um und gingen wie gewöhnliche Männer einfach in Richtung des Stadtkerns. Stephaton schloss wieder das Tor und fragte sich und die anderen: „Die Erde umrunden? Was er wohl damit meinte?"

Longinus: „Ich glaube, das erfahren wir erst, wenn wir die Reise auch antreten."

Fortsetzung folgt …

DANKSAGUNGEN

In erster Linie danke ich meiner Familie, die seit Beginn des Projekts auf mich verzichten muss und entschuldige mich gleichzeitig bei ihr, dass ich ihre Störungen beim Schreiben oft als Sabotage sah.

Als zweites danke ich Selman Kum, der mir als Co-Autor zur Seite gestanden hat.

Ein besonderer Dank gilt an Julia Jaenigen, die mein Lektorat war und sich mühevoll um die eingeschlichenen Schreibfehler kümmerte.

DANKE!

Martin Adam Kotyczka
www.vindicta.me

In Gedenken an Julia

Auch Sie können uns unterstützen!
Bitte spenden Sie unter dem Stichwort: „Macht weiter“
auf das folgende Konto:
Z. Kotyczka, IBAN DE72 3605 0105 0001 8237 49
BIC: SPESDE3EXXX

Wszystko dzieję się dla przyczyny